知識工場

Knowledge is everything！

知識工場
nowledge.

Knowledge is everything！

全球華人指定英語學習用書

破解
字根字首，
7000單字
不必背！

MP3
隨書附贈MP3朗讀書光碟

本書完整收錄讓字首＋字根＋字尾＋複合字單字破解新招！
字彙涵蓋最完全你非懂不可、想忘都忘不了！

英語學習書暢銷
第一名作者 **蘇秦**／編著

TONY COOLIDGE／審訂

1 **同義反義字**提升對該單字敏感度，並依**TOEFL**、**TOEIC**、**GEPT**、**IELTS**、**GRE**五大考試為讀者整理常考出處。

Ⓢ同義　Ⓐ反義　Ⓕ單字出現頻率

Ⓢdome ❸TOEFL

arch rival 主要敵手 arch criminal 罪魁禍首

was erected long before the road.

字首

rchitect　Ⓢdesigner ❹TOEIC

師

ding energy efficient homes.

字

architecture　Ⓢstructure ❹TOEIC

；構造

novative.

2 **字首＋字根＋字尾＋複合字** 四大學習法，瞬間掌握7000英單記憶脈絡。

011

auth-, auto

快學便利貼

3 **快學便利貼** 加深第一印象，補充最多英單字義和詞性。

authentic adj. 真正的；可信的；認證的
autobiography n. 自傳；自傳文學
autograph n./v. 親筆簽名；親筆書寫；手稿；**adj.** 親筆的

auto

auto

4 字源拆解依**字首、字根、字尾**多種方式排列組合，運用邏輯理解記憶，擊破單字奧秘。

單字拆解

 S 同義

arch [ɑrtʃ] 拱門；弓形

速記 arch riv

The street runs directly under the **arch**, which was er
街道直接從更早之前建造的拱門底下穿過。

archi 主要的 + **tect** 建造者 = **archite**

architect ['ɑrkə,tɛkt] 建築師；設計師

Nowadays, **architects** are focusing on building ene
現今，建築師多專注於建造節能住家。

5 兼具專業與生活化的**實用例句**，加上嚴選**速記片語**，讓你靈活運用所學單字。

architect 建築師 + **ure** 名詞 = **archit**

architecture [ɑrkə,tɛktʃə] 建築；構造

The **architecture** of Taipei 101 is indeed innovativ
台北101的建築真是創新。

auto- 自己

6 **MP3收錄標準美式發音**，即使不用翻書也能迅速辨認並唸出該單字。

7 **字彙速成別冊**提最貼心的瞬學記憶，讓你考前也能處之泰然。

co-/col-/com-/con-/cor-/coun- 共同

coexist = co+exist 共存 動
coincide = co+incide 相符 動
collaborate = co+labor+ate 合作 動
collapse = co+lapse 倒塌 名 / 動

字首

挑戰單字記憶，字源拆解最關鍵！

　　由於國內升學考試依然主導英語教育，英語教學重心多置於大量的模擬試題演練，而較少教導新穎有效的學習方法。以英文單字記憶而言，英語教師往往只要求學生限時背誦一定數量的字彙，而鮮少教授單字記憶法則或技巧，如此一來非但無法提升學習成效的質，反而事倍功半，難以建構堅強的英語學習力。學生在離開校園進入職場後，雇主對於其英語能力的要求，又是一大挑戰。

　　何謂「單字記憶法則」呢？其實就是藉由認識英文詞彙形成的義理，進而達到因理解而記憶，甚至是以理解代替記憶的學習方式。英文詞彙形成的義理包括字音、字形與字義等基本要素，以及字音與字形、字音與字義、字形與字義等交互影響的關連性。學習者若能夠了解、熟悉並且活用這些字彙構成的現象，必能在歸納與演繹的交互螺旋作用下，達到識字辨義、以音取義的字彙學習境界。

　　然而，熟習字形是表現字彙能力的首要條件，也是一般學習者最在意也最想突破的環節。

　　英文字彙與中文字一樣，字義都是由其組成成份的語意組合而成的。以英文而言，字彙是由詞素（morpheme）所組成，亦即中文的部首。以下是學習英文詞素時應有的基本認知：

1. 詞素具有一致性與可預測等性質。

　　根據本書的拆解法則：

　　pre-（之前）＋ view（看）──→「在⋯之前看到」= preview（預習）

　　re（返回）＋ fer（攜帶）──→「帶回」= refer（交付）

以上四個詞素pre、view、re、fer還可以重新組合成以下單字：

pre-（之前）＋fer（攜帶）──→「提前攜帶」＝prefer（較喜歡）

re（返回）＋view（看）──→「返回看」＝review(複習)

2. 詞素的兩大特徵：有語意以及不可再分割。

bicycle（單車）包含bi-（兩個，源自two）與cycle（圓圈）兩詞素，兩個圓圈組成的車輛是單車。當然，若是三輪車（tricycle）則是由三個（tri-，源自three）圓圈所組成的交通工具。company（同伴）包含com-（一起）、pan（食物）與-y（名詞）等詞素，字義為「一起吃食物的人謂之同伴」。以上各字的詞素都不可再分割出其他詞素。

　　然而在切割詞素時須遵守以下法則：

1. 單字語意源自詞素，因此切割出來的詞素與單字的語意應有關聯。

office（職務）乍看之下可以分析出ice（冰）與off（離開）兩個詞素，但是這兩個詞素皆與單字的語意無關，因此它們不是office的組成詞素。

2. 切割後的單字組成成分應皆為詞素，否則不成立。

help（幫助）切割出he（他）之後，-lp還不被認為是一個詞素，因此不可切割。

3. 詞素可分為獨立詞素與不可獨立詞素兩大類：

獨立詞素，即所謂的字根，不須依附在其他詞素也能獨立存在，例如sign、man、child等。獨立詞素可與另一獨立詞素形成複合字，例如：understand（了解）、outside（外面）等。不可獨立詞素：必須依附於獨立詞素或不可獨立的詞素，例如：return可分解為re-（不可獨立詞素）+turn（獨立詞素）。依附在獨立詞素的不可獨立詞素又稱為詞綴，例如return一字中的re-即是詞綴。另外，名詞複數形、所有格、動詞單數形、分詞、形容詞比較級或最高級所加接的字尾變化都是詞綴。

詞綴附加於獨立詞素前面時，稱為字首，附加於獨立詞素後面時，稱為字尾。

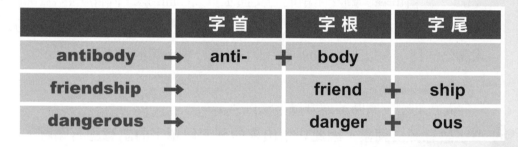

	字首	字根	字尾
antibody →	anti- +	body	
friendship →		friend +	ship
dangerous →		danger +	ous

詞綴可以數個連續加接，即字首或字尾可以多個接連出現，例如：

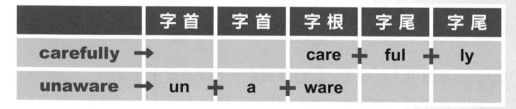

	字首	字首	字根	字尾	字尾
carefully →			care +	ful +	ly
unaware →	un +	a +	ware		

★ 4. 詞素的變換：

母音字母僅是拼音功用，不涉及字根辨識，詞素中的母音字母可變換為另一母音字母或省略。舉例來說，predict（預測）和 program（計畫），其pre-與-pro為同一字根的變化型，母音字母變換。另外，biology（生物學）和amphibian（兩棲動物），bio-與-bi也為同一詞素的變化型，母音字母部分刪除。

　　詞素的辨識在於子音字母，詞素的子音字母可與其發音部位相同或相近的子音互換，如下表：

原生字	字 根	變化型	例　字
father	patr	f--p	paternal父系的　patriot愛國的
break	frag	b--f	fracture裂痕　fraction碎片
get	hed	g--h	apprehend理解　comprehend領悟

5. 單字拆解步驟：從附屬到核心，先蠶食後鯨吞！

　　第一步先從字尾決定詞性，如-ant、-ment、-ness...為名詞；-en、-fy、-ize...為動詞。接著，再從字首判斷其字意的影響，如a-、ad-、be等並不影響其字意；co-、bene-、re-則有增加字義的功能；反之，an-、anti、ob-等表示否定字意。

　　本書篇幅龐大、內容繁瑣，編寫過程至為艱辛，本人有幸承蒙諸多先進與摯友鼎力相助，實在難以付梓成書。感謝摯友Tony Coolidge協助校閱英文例句、台南大學與南台科大推廣教育單字記憶班學員提供寶貴試讀意見、知識工場出版社編輯部同仁悉心校稿編輯，還有國內知名英語師訓名師 「牛津英語大師路易思」 盛情推薦。本人衷心期盼本書的出版，能夠增強眾多莘莘學子的英文單字學習力，注入國內英語字彙教學的新活力，提升職場考場優質的英語競爭力。

蘇秦

This book is an irreplaceable resource for students of English to build their vocabulary and strengthen their fluency. When student have greater demands on their time, they have less time and ability to memorize thousands of English vocabulary words. The smart students will learn the building blocks of the English language, including the word roots （字根）, prefixes （字首） and suffixes （字尾）. By mastering these building blocks, you will save much time and effort. The book will help you recognize and understand the meanings of thousands of words, including those you see for the first time.

Su chin is a veteran language instructor and writer of many English-language instruction books, and he bases his success on understanding the unique needs of students at a different education levels. His customers can count on his commitment to providing teaching resources that are contemporary and effective. I am fortunate to being a part of his team on this book project.

Tony Coolidge

Contents

目 錄

Contents

Part 1

字首篇 PREFIX

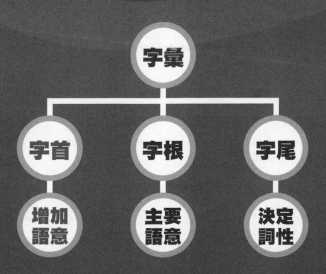

a- 處於;在…之中

MP3 001

快學便利貼

aboard adv./prep. 在車（船、飛機）上;上車（船、飛機）	**amid prep.** 在其中;四周是;在…過程中
abroad adv. 去國外;傳開;**n.** 異國	**among prep.** 在…之中
across prep. 橫過;遍及各處;**adv.** 在對面;寬;交叉	**around adv./prep.** 環繞;周圍
ahead adv. 在前面;領先;預先	**aside prep.** 在旁邊;**n.** 旁白;低聲說的話
alive adj. 活著的;活躍的;敏感的	**asleep adj.** 睡著的;(手腳)麻木的
	away adv. 離開;在遠方;持續地;在客場;消失;外出

單字拆解

Ⓢ同義　Ⓐ反義　❺單字出現頻率

a 處於 + **board** 船（車）上 = **aboard**　Ⓐashore ④TOEIC

aboard [əˈbord] 在車（船、飛機）上
速記 All aboard! 全體上車!

We all got **aboard** the ferry in Taitung to go visit Green Island.
我們都在台東搭渡輪前往綠島遊覽。

a 處於 + **broad** 遼闊的 = **abroad**　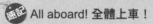Ⓢoverseas ❺GEPT

abroad [əˈbrɔd] 去國外;在國外
速記 go abroad 出國

Many retired Taiwanese want to go **abroad** for their vacation.
許多退休的台灣人想要出國渡假。

a 處於 + **cross** 穿越 = **across**　Ⓐalong ④TOEIC

across [əˈkrɔs] 橫過
速記 come across 偶遇

Across the Taiwan Strait is the People's Republic of China.
橫越台灣海峽就是中華人民共和國。

a 處於 + **head** 頂端 = **ahead**　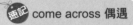Ⓢforward ③GEPT

ahead [əˈhɛd] 在前面
速記 Go ahead! 請便!

The students went **ahead** of the teacher without asking.
這群學生沒有問過老師就走到前面。

a 處於 + **live** 活的 = **alive**

alive [ə'laɪv] 活著的

Ⓢanimate ④TOEFL

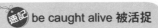 be caught alive 被活捉

The rescued scuba divers are really happy to be **alive** and well.
獲救的潛水俠都非常高興自己能安然無恙的活著。

a 處於 + **mid** 中央的 = amid

Ⓢamong ③IELTS

amid [ə'mɪd] 在其中

Amid the financial crisis, many people still have a job to go to.
許多人在金融危機時期還是有工作。

a 處於 + **mong** = among

Ⓢamid ④GEPT

among [ə'mʌŋ] 在…之中

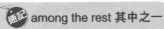 among the rest 其中之一

She is **among** the few girls to have joined the army in Taiwan.
她是台灣少數從軍的女孩之一。

a 處於 + **round** 周圍 = around

Ⓢabout ③TOEIC

around [ə'raʊnd] 環繞;周圍

fool around 閒蕩

A young American girl sailed **around** the world by herself.
一位年輕美國女孩獨自坐船航行全世界。

a 處於 + **side** 旁邊 = aside

Ⓢnext to ③GRE

aside [ə'saɪd] 在旁邊

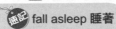 aside from 除此之外

Let's put our differences **aside** and try to find a solution.
讓我們撇開彼此的歧見,試著找出解決方案。

a 處於 + **sleep** 睡覺 = asleep

Ⓐawake ②GEPT

asleep [ə'slip] 睡著的

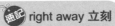 fall asleep 睡著

I always fall **asleep** when that boring teacher talks too much.
那位令人厭煩的老師講太多話時我總是睡著。

a 處於 + **way** 道路 = away

Ⓢoff ③GEPT

away [ə'we] 離開

right away 立刻

I wish all these cockroaches in my house would just go **away**!
但願我屋子裡所有蟑螂都消失!

002

a- 強調

MP3
002

字首
字根
字尾
複合字

abide v. 遵守；居住；忍受；頂住
alike adj./adv. 相似地；兩者都
aloud adv. 大聲地；出聲地
amaze v. 使驚訝
arise v. 上升；發生；群起反對；起床；復活

arouse v. 鼓勵；引起；使奮發
ashamed adj. 慚愧的；羞恥的
await v. 等候；期待；將降臨到
awake v. 喚起；意識到；adj. 醒著的
aware adj. 注意到的；知道的；對…有興趣
awhile adv. 一會兒；暫時

 單字拆解

Ｓ同義　Ａ反義　❺單字出現頻率

a 強調 + **bide** 等待 = abide

Ｓtolerate ❸TOEIC

abide [ə'baɪd] 遵守；居住

速記 abide by 堅持；遵守

You must **abide** the law or else the police will give you a fine.
你必須遵守法令，否則警察會開你罰單。

a 強調 + **like** 相像的 = alike

Ａdifferent ❹GRE

alike [ə'laɪk] 相似地

速記 look very much alike 看起來十分相似

Because of the school uniforms, all the high school students look **alike**.
因為學校制服，所有高中生看起來都很像。

a 強調 + **loud** 大聲的 = aloud

Ａsilently ❸GEPT

aloud [ə'laud] 大聲地

速記 think aloud 自言自語

They want to speak **aloud** to reach each other, but they have to whisper.
他們想大聲講話讓彼此聽得見，實際上他們卻必須輕聲細語。

a 強調 + **maze** 困惑 = amaze

Ｓastonish ❸GEPT

amaze [ə'mez] 使驚訝

速記 be amazed at 對…感到驚訝

The amount of scooters on the streets of Taiwan **amazes** me.
台灣街頭的機車數量令我驚訝。

a 強調 + **rise** 上升 = arise

Ｓshow up ❹TOEIC

arise [ə'raɪz] 上升；發生

速記 arise from/out of 出現/形成

A conflict **arose** after that politician was seen taking a bribe.
那名政客被發現收賄後引起爭論。

a 強調 + **rouse** 激起 = arouse

arouse [əˈrauz] 鼓勵；引起 **S** stimulate **③** GRE

 arouse sb from sleep 將某人喚醒

My attention is **aroused** when that smart woman speaks.
那名漂亮女士說話時引起了我的注意。

a 強調 + **shame** 羞愧 + **ed** 的 = **ashamed** **A** proud **③** GEPT

ashamed [əˈʃemd] 慚愧的 be ashamed to 以…為恥

We are **ashamed** of that student for his being caught cheating.
那位學生考試作弊被抓，我們真是替他感到羞愧。

a 強調 + **wait** 等待 = **await** **S** anticipate **④** TOEFL

await [əˈwet] 等候 await 是書寫用語，wait 為口語用法

The government has been prepared and now **awaiting** a typhoon to hit.
政府已做好準備，正等待颱風來襲。

a 強調 + **wake** 喚醒 = **awake** **A** asleep **③** GEPT

awake [əˈwek] 喚醒的 awake to 察覺到 wide awake 機警的

I was **awake** all night for the sake of the loud cats in the alley.
我整夜沒睡，因為巷子裡的貓咪很吵。

a 強調 + **ware** 物品 = **aware** **A** ignorant **④** TOEIC

aware [əˈwɛr] 知道的 self awareness 自覺

I'm well **aware** that you have way too much homework to do.
我很清楚你有太多功課要做。

a 強調 + **while** 一段時間 = **awhile** **A** forever **④** TOEFL

awhile [əˈhwaɪl] 一會兒 stay awhile 留下來

Please wait **awhile**. The doctor will see you in a few minutes.
請稍候，醫生會在幾分鐘後替你看診。

003

a-, ac-, ad-, af-, ag-, al-, ap-, as-, at-, av-

前往

字首

字根

字尾

複合字

快學便利貼

abandon n. 放任；v. 遺棄；投保	**address** n./v. 地址；演說；稱呼
accustom v. 使習慣	**allow** v. 允許；放縱；承認；體諒
accumulate v. 累積；漸漸提高	**asset** n. 資產；財產；有利條件
acknowledge v. 承認；感謝；致意	**attach** v. 附上；使附屬；查封；簽署
acquaint v. 使熟悉；瞭解；介紹	**attack** n./v. 攻擊；著手；發病；投入

 單字拆解   **S** 同義 **A** 反義 **5** 單字出現頻率

a 前往 + **bandon** 秩序 = abandon   **A** maintain **4** TOEFL

abandon [əˈbændən] 遺棄   撇記 with gay abandon 輕率

The **abandoned** dog was adopted by a caring and nice woman.
一位好心女子收養了那隻棄犬。

ac 前往 + **custom** 習慣 = accustom   **S** familiarize **5** GEPT

accustom [əˈkʌstəm] 使習慣   撇記 accustom oneself to 使自己習慣於

It can be hard to get **accustomed** to another culture's food.
要習慣另一文化的食物會有困難。

ac 前往 + **cumulate** 堆積 = accumulate   **A** dissipate **4** GRE

accumulate [əˈkjumjəˌlet] 累積   撇記 accumulated value 累積結餘

If you **accumulate** more debt, you will end up in big trouble.
如果你再累積債務，你就會身陷大麻煩。

ac 前往 + **know** 知道 + **ledge** = acknowledge
          A disregard **4** GEPT

acknowledge [əkˈnɑlɪdʒ] 承認   撇記 acknowledge the applause 謝幕

My instructor is so angry at me that she won't even **acknowledge** my presence in the classroom.
我的導師對我生氣到甚至不肯承認我有去上課。

ac 前往 + **quaint** 理解 = acquaint   **S** enlighten **3** TOEFL

acquaint [əˈkwent] 使熟悉；瞭解   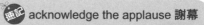 be acquainted with 熟悉

Take time to **acquaint** yourselves with each other before you start to work.
在開始工作前，先花點時間熟悉彼此。

ad 前往 + **dress** 直接 = address

address [ə'drɛs] 演說

S abode **5** GEPT

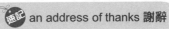 速記 an address of thanks 謝辭

President Obama will **address** the nation this evening.
歐巴馬總統將於今晚發表全國演說。

al 前往 + **low** 稱讚 = **allow**

A prevent **5** GEPT

allow [ə'laʊ] 允許

 速記 allow me 讓我來(表示主動幫忙) allow for sb/sth 容許

It is not **allowed** to eat in the auditorium or in the laboratory.
不准在禮堂或視聽教室內進食。

as 前往 + **set** 足夠 = **asset**

S wealth **4** TOEIC

asset ['æsɛt] 資產

 速記 assets and liabilities 資產與負債 intangible asset 無形資產

Terry Guo, a very successful enterpriser, has many **assets** throughout Taiwan and the world.
郭台銘是一位非常成功的企業家，他在台灣及世界各地擁有許多資產。

at 前往 + **tach** 繫於樁上 = **attach**

A detach **4** TOEIC

attach [ə'tætʃ] 附上

 速記 attach oneself to 附著於；屬於；加入

Don't forget to **attach** the file to the e-mail before you send it.
寄出電子郵件前別忘了附加檔案。

at 前往 + **tack** 棍棒 = **attack**

A defend **5** GEPT

attack [ə'tæk] 攻擊

速記 make an attack on 攻擊 sneak attack 突襲

The American military launched a full scale **attack** on Iraq to oust Saddam Hussein.
美國軍隊為了驅逐海珊而大舉進攻伊拉克。

---

004 a-, am-, an- 否定

 MP3 004

快學便利貼

atom n. 原子；微粒；微小物

 單字拆解

S 同義 **A** 反義 **5** 單字出現頻率

a 否定 + **tom** 切割 = **atom**

字首　字根　字尾　複合字

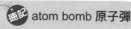
atom [ˈætəm] 原子；微粒

速記 atom bomb 原子彈

The **atom** bomb was dropped on Nagasaki and Hiroshima in 1945.
長崎與廣島於一九四五年遭投擲原子彈。

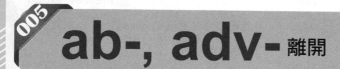

005 ab-, adv- 離開

MP3 005

快學便利貼

abortion n. 墮胎；流產；夭折
absorb v. 吸收；合併；承擔
abundant adj. 豐富的；充足的

advance n./v. 進展；預支；提升；
　　　　adj. 預先的；先行的
advantage n. 利益；優勢；v. 有益於

單字拆解　　Ⓢ同義　Ⓐ反義　❺單字出現頻率

ab 離開 + **or** 成長 + **tion** 名詞 = **abortion** Ⓢmiscarriage ❹TOEFL

abortion [əˈbɔrʃən] 墮胎

速記 backstreet abortion 非法墮胎

She said that she was going to get an **abortion** because she was afraid of passing her disease on to the child.
她說她因為害怕將疾病傳給孩子而打算去墮胎。

ab 離開 + **sorb** 吸取 = **absorb** Ⓢassimilate ❺TOEFL

absorb [əbˈsɔrb] 吸收

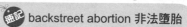 be absorbed by 為…所吸收

Tell me how these students will **absorb** all this information.
告訴我這些學生要如何吸收這些資訊。

ab 離開 + **und** 起伏 + **ant** 的 = **abundant** Ⓐscarce ❹TOEFL

abundant [əˈbʌndənt] 豐富的

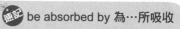 abundant in 富含

It's clear that Kenting has an **abundant** amount of tourists.
墾丁很明顯有大量的遊客。

adv 離開 + **ance** 以前 = **advance** Ⓐrecede ❹IELTS

advance [ədˈvæns] 前進

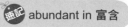 in advance 預先 advance payment 預付款

If Spain wins this game, they will **advance** to face Holland.
若西班牙贏得這場比賽，他們就會晉級並與荷蘭隊對壘。

advantage [əd'væntɪdʒ] 優勢　　速記 gain an advantage over 勝過

If I learn English well, I will have an **advantage** in the future.
如果我把英文學好，將來會較佔優勢。

006　**al-** 全部

字首

快學便利貼

almost adv. 幾乎；差不多	**although conj.** 雖然；儘管
alone adj./adv. 單獨的；只有	**altogether adv.** 完全；總共；總之
already adv. 已經；先前	**always adv.** 總是；永遠
also adv./conj. 並且；也；同樣地	**almighty adj.** 全能的；極度的

 單字拆解　　Ⓢ同義　Ⓐ反義　⑤單字出現頻率

al 全部 + **most** 大部分 = **almost**　　Ⓢjust about　⑤GEPT

almost ['ɔl͵most] 幾乎　　速記 almost upon you 近在咫尺

I **almost** had an accident while driving to the campsite yesterday.
我昨天開車去營地時，差點發生意外。

al 全部 + **one** 單獨 = **alone**　　Ⓐaccompanied　⑤GEPT

alone [ə'lon] 單獨地　　速記 let alone 任憑；遑論 leave sb alone 不打擾

I went to Anping beach **alone** last week and it was very relaxing.
我上週獨自去安平海灘，感覺很放鬆。

al 全部 + **ready** 已完成 = **already**　　Ⓐyet　⑤TOEIC

already [ɔl'rɛdɪ] 已經　　速記 Enough already! 真是夠了

I **already** finished my report. Now I can go for a walk outside!
我已經做完報告了，現在我可以到戶外散步。

al 全部 + **so** 這樣 = **also**　　Ⓢbesides　⑤GEPT

also ['ɔlso] 並且；也　　速記 not only..., but also 不但…並且

Dark chocolate tastes very good and it can **also** be healthy.
黑巧克力既好吃又有益健康。

al 全部 + **though** 儘管 = although　　　**S** even if　**4** TOEIC

although [ɔl'ðo] 雖然　　　速記 although 表轉折語氣，不與 but 連用

Although Kaohsiung is a busy city, it also has a very quiet beach.
雖然高雄是個繁忙的城市，它也有非常寧靜的海灘。

al 全部 + **together** 一起 = altogether　　　**A** partially　**5** GRE

altogether [ˌɔltə'ɡɛðə] 總之　　　速記 taken altogether 總而言之

Altogether my experience climbing Jade Mountain was really great!
整體來說，我攀登玉山的經驗真的很棒。

al 全部 + **way** 通道 + **s** = always　　　**A** seldom　**5** GEPT

always ['ɔlwez] 永遠　　　速記 as always 一如往常

I will **always** remember my vacation on beautiful Orchid Island.
我會永遠記得在美麗蘭嶼的假期。

al 全部 + **mighty** 強大的 = almighty　　　**S** divine　**3** TOEFL

almighty [ɔl'maɪtɪ] 全能的　　　速記 Almighty God 全能的上帝

Because of his miserable past, Ted thought there's nothing could compare to the **almighty** money.
因為泰德悲慘的過去，他認為沒有任何東西比得上萬能的金錢。

007 amb-, ambi-, amphi- MP3 007

兩者；周圍

快學便利貼

ambiguity n. 歧義；模稜兩可　　　ambition n. 抱負；野心

amb 兩者 + **igu** 趨進 + **ity** 名詞 = ambiguity　　　**4** TOEFL

ambiguity [ˌæmbɪ'ɡjuɪtɪ] 模稜兩可；曖昧

The **ambiguity** of our future makes life much more interesting.
未來的不確定性使我們的生活更有趣。

amb 周圍 + **it** 前進 + **ion** 名詞 = ambition

ambition [æm'bɪʃən] 野心

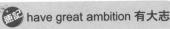

速記 have great ambition 有大志

Barack Obama needed a lot of **ambition** to become the President.
歐巴馬需要極大的野心才能成為總統。

008

an-, anci-, ante, anti- 之前

MP3 008

字首

快學便利貼

ancestor n. 祖先；原型；被繼承人 **ancient n.** 古人；**adj.** 古代的；舊式的	**anticipate v.** 預期；提早；提前支用； 優先考慮到；先發制人

---

an 之前 + **cest** 行走 + **or** 人 = **ancestor**　Ⓢ forebear ❺ TOEFL

ancestor ['ænsɛstə] 祖先

速記 noble ancestor 名門

The **ancestors** of most of the residents in this area come from Fujian Province of China.
這地區大多數居民的祖先都來自中國福建省。

---

anci 之前 + **ent** 事物 = **ancient**　Ⓐ modern ❹ GEPT

ancient ['enʃənt] 舊式；古代的

速記 ancient book 古籍

The **Ancient** city of Rome was a busy and magnificent place.
古羅馬城是個繁華宏偉的地方。

---

anti 之前 + **cipate** 取得 = **anticipate**　Ⓢ expect ❹ TOEFL

anticipate [æn'tɪsə,pet] 預期

速記 anticipate + Ving 期望

A lot of scientists **anticipate** that the global climate will continue to get warmer.
許多科學家預測全球氣候將持續暖化。

009

ant-, anti- 反對；相反；反抗

MP3 009

複合字

Antarctic n. 南極；**adj.** 南極的
antibody n. 抗體

antibiotic n. 抗生素；**adj.** 抗菌的

單字拆解

Ⓢ同義　Ⓐ反義　❺單字出現頻率

ant 相反 ＋ **arctic** 北極 ＝ Antarctic

Ⓐ Arctic ❹ TOEFL

Antarctic [æn'tɑrktɪk] 南極

速記 Antarctic circle 南極圈

Who was the Taiwanese man that crossed the **Antarctic**?
是哪位台灣勇士橫越南極洲？

anti 反抗 ＋ **body** 體 ＝ antibody

❹ TOEFL

antibody ['æntɪ,bɑdɪ] 抗體

速記 monoclonal antibody 單株抗體

I hardly ever get sick because my **antibodies** are very strong!
我很少生病，因為我的抵抗力非常強。

anti 反抗 ＋ **bio** 生命 ＋ **tic** 物 ＝ antibiotic

❸ TOEFL

antibiotic [,æntɪbaɪ'ɑtɪk] 抗生素

速記 antibiotic resistance 抗藥性

The doctor gave the child **antibiotics** because she had H1N1.
醫生開抗生素給那位小孩，因為她罹患新流感。

010 arch-, arche-, archi-

首領；主要的

arch n. 首領；拱門；弓形 **v.** 成弓形；
　　用拱連接；**adj.** 首要的；淘氣的

architect n. 建築師；設計師
architecture n. 建築；建築學；構造

單字拆解

S同義　**A**反義　**S**單字出現頻率

Sdome　**3**TOEFL

arch [ɑrtʃ] 拱門；弓形　　速記 arch rival 主要敵手 arch criminal 罪魁禍首

The street runs directly under the **arch**, which was erected long before the road.
街道直接從更早之前建造的拱門底下穿過。

archi 主要的 ＋ **tect** 建造者 ＝ **architect**　　**S**designer　**4**TOEIC

architect [ˈɑrkəˌtɛkt] 建築師；設計師

Nowadays, **architects** are focusing on building energy efficient homes.
現今，建築師多專注於建造節能住家。

architect 建築師 ＋ **ure** 名詞 ＝ **architecture**　　**S**structure　**4**TOEIC

architecture [ˈɑrkəˌtɛktʃə] 建築；構造

The **architecture** of Taipei 101 is indeed innovative.
台北101的建築真是創新。

011

auth-, auto- 自己

快學便利貼

authentic adj. 真正的；可信的；認證的	**automatic adj.** 自動的；機械的
autobiography n. 自傳；自傳文學	**automobile n./v.** (開)汽車 **adj.** 自動推
autograph n./v. 親筆簽名；親筆書寫；	進的；汽車的
手稿；**adj.** 親筆的	**autonomy n.** 自治；自主；自治團體

單字拆解

S同義　**A**反義　**S**單字出現頻率

auth 自己 ＋ **ent** 製造者 ＋ **ic** 有關 ＝ **authentic**　　**S**real　**3**GEPT

authentic [ɔˈθɛntɪk] 真正的　　速記 authentic signature 真跡簽字

Many Louis Vuitton purses look **authentic**, but in fact they are fake and cheap.
許多LV皮包看起來像真的，但事實上是仿冒又廉價的。

auto 自己 ＋ **bio** 生命 ＋ **graphy** 寫 ＝ **autobiography**　　**4**TOEFL

autobiography [ˌɔtəbaɪˈɑgrəfɪ] 自傳；自傳文學

The **autobiography** of Lee Teng-Hui, the former president, is very inspiring.
李登輝前總統的自傳非常激勵人心。

 auto 親自 + **graph** 書寫 = autograph ⑤endorse ④TOEFL

autograph [ˈɔtəˌɡræf] 親筆簽名
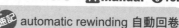 an autograph album 題字紀念冊

I saw Jolin Tsai and I finally got her to **autograph** my shirt!
我看見蔡依林，最後終於得到她在我衣服上的親筆簽名。

auto 自己 + **mat** 思考 + **ic** 有關 = automatic Ⓐmanual ❸TOEIC

automatic [ˌɔtəˈmætɪk] 自動的
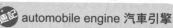 automatic rewinding 自動回卷

I want an **automatic** car this time because it's easier to drive.
這次我想要一部自排車，因為比較容易駕駛。

auto 自己 + **mob** 移動 + **ile** = automobile ⑤car ❺GEPT

automobile [ˈɔtəməˌbɪl] 汽車
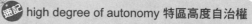 automobile engine 汽車引擎

The new Volvo is a safe but pretty expensive **automobile**.
新款富豪汽車性能安全但相當昂貴。

auto 自己 + **nomy** 支配 = autonomy ⑤independence ④TOEFL

autonomy [ɔˈtɑnəmɪ] 自主
 high degree of autonomy 特區高度自治權

It's hard to believe the **autonomy** of that little boy since he does everything by himself.
小男孩凡事都親手完成，他的自我管理能力真是令人難以置信。

012 be- 存在於

MP3 012

快學便利貼

because conj. 因為	**beneath** adv./prep. 在之下；劣於
become v. 成為；轉為；發生；適合	**beside** prep. 在…旁邊；除…之外
before adv./prep./conj. 之前；從前	**betray** v. 背叛；陷害；辜負；暴露；把…引入歧途；透露
behalf n. 利益；維護；支援	
behind n./adv./prep. 在後面	**beyond** n. 那邊；adv. 在遠方；此外；prep. 在那邊；遠於；超過
below adv./prep. 在之下；低於；劣於	

be 存在於 + **cause** 原因 = because 　　Ｓsince ❺GEPT

because [bɪˈkɔz] 因為 　　速記 because of + 名詞片語

Zongzi is yummy mostly **because** of the pork.
粽子會好吃主要是因為豬肉。

be 存在於 + **come** 來到 = become 　　Ｓchange into ❺GEPT

become [bɪˈkʌm] 成為 　　速記 become of 遭遇 become aware of 發覺

My nephew dreams of **becoming** a doctor and practicing in America.
我姪子夢想成為一名醫師，並且在美國執業。

be 存在於 + **fore** 前部的 = before 　　Ａafter ❺GEPT

before [bɪˈfor] 之前 　　速記 before long 不久以後 before-mentioned 上述的

Before going to KTV, let's clean the apartment and make some dinner.
去KTV之前，我們來整理公寓然後做些晚餐。

be 存在於 + **half** 一邊 = behalf 　　Ｓinterest ❹TOEIC

behalf [bɪˈhæf] 利益 　　速記 on behalf of 代替；為了 in sb's behalf 為幫助某人

On **behalf** of all the children in the world, please stop polluting!
為了世界上的孩子著想，請別再製造污染了。

be 存在於 + **hind** 後面 = behind 　　Ａahead ❺TOEFL

behind [bɪˈhaɪnd] 在…後面 　　速記 behind the time 不合時宜

I'm scared because I think there's a cockroach **behind** the locker.
我很害怕，因為我覺得櫃子後面有一隻蟑螂。

be 存在於 + **low** 低的 = below 　　Ａabove ❹GRE

below [bəˈlo] 在…之下 　　速記 see below 參見下文 below par 不舒服

I keep a lot of old things I don't use below the **balcony**.
我把很多用不到的舊東西放在陽台下。

be 存在於 + **neath** 下面 = beneath 　　Ｓunder ❹IELTS

beneath [bɪˈniθ] 在…之下 　　速記 beneath contempt 不齒；極可鄙

Beneath this ground there may be a massive amount of gold.
這塊地底下可能藏有大量黃金。

be 存在於 + **side** 旁邊 = beside 　　Ｓnext to ❹TOEFL

beside [bɪˈsaɪd] 在…旁邊 　　 beside the mark 不相關

My manager forgot her iPod **beside** the photocopy machine in the meeting room.
經理把iPod忘在會議室的影印機旁。

be 存在於 + **tray** 呈交 = **betray**　　　　　**S** deceive **4** TOEIC

betray [bɪ'tre] 背叛；陷害　　　速記 openly betray 公然背叛

Many people in this country used to feel **betrayed** by their president.
這個國家有許多人民曾經感覺遭到他們總統的背叛。

be 存在於 + **yond** 跨越 = **beyond**　　　　　**S** farther **4** GRE

beyond [bɪ'jɑnd] 超過　　　速記 beyond endurance 無法忍耐

The full understanding of the universe is **beyond** everybody, including scientists.
對宇宙的全面認知並非人類能力所及的，包括科學家。

013　bene-, beni-, bon- MP3 013
益處；有益的

快學便利貼

beneficial adj. 有益的；有權益的　　　benefit n. 利益；恩惠；津貼；撫恤金；
bonus n. 紅利；獎金；額外津貼　　　　　　 v. 受益；對…有利

單字拆解
S 同義　　**A** 反義　　**5** 單字出現頻率

bene 益處 + **fic** 使得 + **ial** 關於 = **beneficial**　　**A** vain **4** TOEIC

beneficial [ˌbɛnə'fɪʃəl] 有益的　　速記 be beneficial to 有益於

To stop smoking is **beneficial** for your health and your family.
戒菸對你個人健康及家庭有益。

bene 益處 + **fit** 符合 = **benefit**　　　　　　　**A** loss **4** TOEIC

benefit ['bɛnəfɪt] 受益　　速記 a public benefit 公益　housing benefit 住房補貼

You will **benefit** from eating vegetables in many ways.
攝取蔬菜對你很多方面都有幫助。

bon 益處 + **us** = **bonus**　　　　　　　　　　　**S** premium **5** TOEIC

bonus ['bonəs] 紅利　　速記 year-end bonus 年終獎金

All the employees in my company got a very big **bonus** this year because of the high sales.
本公司員工今年因高銷售成績而獲得豐厚紅利。

bi- 兩個；雙

快學便利貼

bicycle n. 單車 v. 騎自行車　　bisexual n. 雙性；adj. 兩性的

 單字拆解　　Ⓢ同義　Ⓐ反義　Ⓕ單字出現頻率

bi 兩個 + **cycle** 輪子 = bicycle　　Ⓢbike ❸GEPT

bicycle [ˈbaɪsɪk!] 單車　　速記 tandem bicycle 協力車

The Giant **bicycle** company is a very big Taiwanese company.
捷安特自行車是一家規模龐大的台灣公司。

bi 兩個 + **sexual** 性的 = bisexual　　Ⓐheterosexual ❸TOEFL

bisexual [ˈbaɪˈsɛkʃuəl] 雙性的；雌雄同體的

Some of the lower organisms are born to be **bisexual**.
有些低等生物一出生即為雌雄同體。

cat-, cata- 往下

快學便利貼

catalog n. 目錄；大學概況一覽(美)；記載；　　category n. 類型；部門
　　 v. 為…編目；登記；記載　　catastrophe n. 突變；事故；災變

字首

字根

字尾

複合字

 **單字拆解**　　　　　　　**S**同義　**A**反義　**S**單字出現頻率

cata 往下 **+** **log** 陳述 **= catalog**　　　　　　**S**list　**S**TOEIC

catalog ['kætəlɔg] 目錄　　 速記 catalog marketing 目錄行銷

I buy all my clothes from **catalog** because it's cheaper.
我都是買型錄上的衣服，因為比較便宜。

cat 往下 **+** **egory** 集合 **= category**　　　　　**S**class　**④**TOEIC

category ['kætə.gorɪ] 部門　　 速記 category + 數目，表示級數

The strongest and usually worst hurricanes are **category** 5.
五級颶風最強通常也最為嚴重。

cata 往下 **+** **strophe** 翻轉 **= catastrophe**　　**S**calamity　**④**TOEFL

catastrophe [kə'tæstrəfɪ] 災變　　速記 catastrophe theory 突變理論

Typhoon Morakot was a **catastrophe** for many people in southern Taiwan.
莫拉克颱風對許多台灣南部民眾而言是一大災難。

016

circu-, circul-, circum- 環繞；周圍

 MP3 016

快學便利貼

circuit n. 巡迴；電路；v. 繞行
circulate v. 循環；流通；巡迴

circumference n. 周圍；圓周
circumstance n. 環境；細節

 **單字拆解**　　　　　　　**S**同義　**A**反義　**S**單字出現頻率

circu 環繞 **+** **it** 行走 **= circuit**　　　　　　**S**orbit　**④**TOEFL

circuit ['sɜkɪt] 周邊一圈　　速記 make the circuit of 繞…一圈

The **circuit** in Montreal of the Formula One Champion is very fast and dangerous.
一級方程式錦標賽的蒙特婁賽道真是又快又危險。

circul 環繞 **+** **ate** 動作 **= circulate**

circulate [ˈsɝkjə,let] 循環；流傳

諧記 circulate through 傳開

There's a rumor **circulating** that the new mayor was involved in an embezzlement scandal.
新任市長盜用公款的謠言正持續流傳。

circum 環繞 **+** **fer** 帶著 **+** **ence** 名詞 **= circumference**

S perimeter **5** GRE

circumference [səˈkʌmfərəns] 周圍

Jenny goes jogging around the **circumference** of the park every morning.
珍妮每天早上都會繞著公園周圍慢跑。

circum 周圍 **+** **stan** 處於 **+** **ce** 名詞 **= circumstance**

S condition **4** IELTS

circumstance [ˈsɝkəm,stæns] 環境 **諧記** in easy circumstances 生活安樂

The **circumstances** in Iraq have been bad for a long time.
伊拉克的處境已經糟了好一陣子。

017

co-, col-, com-, con-, cor-, coun- 共同

 MP3 017

字首 字根 字尾 複合字

■ 快學便利貼

coincide v. 相符；與…一致
collapse n./v. 倒塌；瓦解；暴跌；虛脫
colleague n. 同行；同事 v. 聯合；加盟
collide v. 碰撞；衝突
combine v. 結合；合併；聯合
commuter n. 通勤族；交換者
compile v. 編輯；彙集；程式編譯
complain v. 抱怨；控訴；申訴

complaint n. 抱怨；控訴；申訴；主訴
condemn v. 責難；報廢；判罪
condense v. 使簡潔；濃縮；壓縮
conflict n./v. 衝突；矛盾；糾紛
consonant n. 子音；**adj.** 一致的；調和的
council n. 會議；立法機構；委員會；理事會；公會；協商
counselor n. 顧問；法律顧問

co 共同 + **incide** 落下 = coincide　　　🆂correspondent　❹TOEIC

coincide [ˌkoɪnˈsaɪd] 相符　　速記 coincide with 與…一致

The secretary timed the workshop to **coincide** with each department's schedule.
秘書配合各部門時程安排研討會的時間。

co 共同 + **lapse** 下滑 = collapse　　　🆂breakdown　❸IELTS

collapse [kəˈlæps] 虛脫；倒塌；瓦解；消沉

I was so tired after running the marathon that I **collapsed**.
我跑完馬拉松之後非常累，整個人都虛脫了。

col 共同 + **league** 選擇 = colleague　　　🆂associate　❺TOEIC

colleague [ˈkɑlig] 同事；同行；聯合；加盟

My **colleague** got fired because she always argued with the manager.
我同事因為一直與經理爭執而遭解雇。

col 共同 + **lide** 擊 = collide　　　🆂conflict　❹TOEFL

collide [kəˈlaɪd] 碰撞　　速記 collide with 相撞

The two soccer players **collided** and both got seriously hurt.
兩位足球選手相撞，雙方都傷勢嚴重。

com 共同 + **bine** 兩個 = combine　　　🅰separate　❹GEPT

combine [kəmˈbaɪn] 結合　　速記 combined accounts 總帳

If you **combine** hard work and good rest, you will get good grades.
如果你能適當結合努力用功和充分休息，你就會得到好成績。

commute 共同 + **er** 人 = commuter　　　❹TOEFL

commuter [kəˈmjutɚ] 通勤族　　速記 commuter belt 通勤居住地

More than 14 million **commuters** travel on the railways of Greater Tokyo every day.
每天有超過一千四百萬的通勤族利用東京首都圈的鐵路系統通勤。

com 共同 + **pile** 大量 = compile　　　🆂collect　❸TOEIC

compile [kəmˈpaɪl] 編輯；匯集；程式編譯

Everything is ready and has been **compiled** into one document.
每個項目都已備妥並編輯進同一份文件中。

com 共同 + **plain** 敲擊胸口 = complain　　　🆂grumble　❺GEPT

complain [kəmˈplen] 抱怨　　速記 complain to 控訴

The clerk always **complains** that his supervisor gives him too much work.
那位職員總是抱怨主管派給他太多工作。

com 共同 + **plaint** 敲擊胸口 = complaint　　Ⓢcriticism　⑤GEPT

complaint [kəm'plent] 控訴　 complaint department 顧客申訴部門

The customer had a **complaint** about the food because it was stale!
因為食物不新鮮，所以顧客要提出控訴。

con 共同 + **demn** 傷害 = condemn　　Ⓐpraise　③TOEIC

condemn [kən'dɛm] 責難　 be condemned to death 被宣判死刑

It's absurd to **condemn** one particular country for the September 11 attacks.
針對九一一攻擊事件去責難某一特定國家真的很荒謬。

con 共同 + **dense** 密實的 = condense　　Ⓢcompress　③TOEIC

condense [kən'dɛns] 濃縮　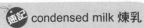 condensed milk 煉乳

Many food products are **condensed** so that they take up less space and last longer.
許多食品用濃縮的方式以佔用較少空間，保存期限也能維持較久。

con 共同 + **flict** 攻擊 = conflict　　Ⓢfight　⑤GEPT

conflict ['kɑnflɪkt] 衝突　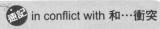 in conflict with 和…衝突

There's a **conflict** between those representatives over the proposal.
針對那份提案，兩位代表之間有衝突。

con 共同 + **son** 聲音 + **ant** 的 = consonant　　Ⓐvowel　④TOEFL

consonant ['kɑnsənənt] 調和的；子音　　be consonant with 一致的

Music that has **consonants** is a pleasure to listen to and dance.
有諧和音的音樂聽起來令人感到愉快，也會使人樂於翩然起舞。

coun 共同 + **cil** 喚 = council　　Ⓢconference　③IELTS

council ['kaʊnsl̩] 會議　　a cabinet council 內閣會議

The city **council** has decided against the construction of a subway because it's too expensive.
由於經費昂貴，市議會已決議反對興建地下鐵。

coun 共同 + **sel** 取得 = counsel　　Ⓢadvise　④IELTS

counsel ['kaʊnsl̩] 勸告　　give counsel 提出建議

I need someone to **counsel** me on how to lose weight and keep healthy.
我需要有人提供我如何減重及保持健康的建議。

counsel 共同 + **or** 人 = counselor

字
首

字
根

字
尾

複
合
字

counselor [ˈkaʊnslɚ] 顧問；輔導老師　 **Ⓢ**adviser **④**TOEFL　速記 counselor-at-law 法院律師

Mary was a **counselor** in high school for over twenty-five years.
瑪莉在中學擔任輔導老師超過二十五年了。

contra- 反對；逆向

MP3 018

快學便利貼

contradict v. 反駁；否認；與…矛盾	**contrast** n./v. 對照；對比
contrary n. 反對；矛盾；adj./adv. 反對的(地)；相反的(地)；矛盾的(地)	**counter** n. 計數器；籌碼；反面；v. 反駁；adj./adv. 相反的(地)

 單字拆解　　**Ⓢ**同義　**Ⓐ**反義　**❺**單字出現頻率

contra 反對 ＋ **dict** 講話 ＝ contradict　　**Ⓐ**admit **④**TOEFL

contradict [ˌkɑntrəˈdɪkt] 反駁　速記 contradict oneself 自相矛盾

If you **contradict** someone, you'd better have a good reason.
如果你要反駁人，最好有個好理由。

contra 反對 ＋ **ry** 充滿 ＝ contrary　　**Ⓢ**opposite **❺**TOEIC

contrary [ˈkɑntrɛrɪ] 相反的　速記 contrary to 與…相反

Contrary to popular belief, most sharks don't eat people because they simply prefer fish.
顛覆一般人的想法，大多數鯊魚不吃人，因為它們更愛吃魚。

contra 反對 ＋ **st** 處於某狀態 ＝ contrast　　**Ⓢ**antithesis **❺**GRE

contrast [ˈkɑnˌtræst] 對照　速記 contrast colors 對比色

The color of the walls presents a striking **contrast** to that of the roof.
牆壁的顏色與屋頂的顏色形成強烈對比。

count(ra) 反對 ＋ **er** 使 ＝ counter　　**Ⓢ**against the grain **④**TOEIC

counter [ˈkaʊntɚ] 反駁　速記 act counter to 違反

I will **counter** his offer on that house because I really want it.
我要反擊他對那棟房子的出價，因為我實在很想要它。

de- 往下；分離；來自；完全的

快學便利貼

decay n./v. 衰落；腐爛；衰減；凋謝
degrade v. 降級；撤職；墮落；分解
deliberate v. 考慮；商議；adj. 故意
的；慎重的；深思熟慮的

delinquent n. 過失者；adj. 不盡責的
detail n. 細節；零件；v. 詳述
devote v. 獻身於；致力於
devour v. 吞食；毀滅；傾聽

單字拆解

S同義　A反義　5單字出現頻率

de 往下 + **cay** 墜落 = decay

S spoil　4 GEPT

decay [dɪ'ke] 腐爛

速記 go to decay 腐朽；衰微

People who don't brush their teeth are more prone to tooth **decay**.
不刷牙的人較容易蛀牙。

de 往下 + **grade** 走 = degrade

S demote　4 TOEIC

degrade [dɪ'gred] 降級；撤職；墮落；分解

I feel you **degraded** me when you talked to me with that angry tone.
當你用那種憤怒的口氣跟我說話時，我覺得你在貶低我。

de 完全的 + **liberate** 重壓 = deliberate

A hasty　3 GEPT

deliberate [dɪ'lɪbərɪt] 故意的

速記 a deliberate murder 蓄意謀殺

The way the bully knocked me hurt was obviously **deliberate**.
那名惡霸顯然是故意打傷我的。

de 分離 + **linqu** 離開 + **ent** 的 = delinquent

S offender　3 TOEIC

delinquent [dɪ'lɪŋkwənt] 有過失的

速記 juvenile delinquent 少年犯

The adolescent is **delinquent** because he often violates the school rules.
那位青少年有違法傾向因為他時常觸犯校規。

de 完全的 + **tail** 切割 = detail

S itemize　5 GEPT

detail ['ditel] 細節

速記 go into details 詳述

I need more **details** about Mrs. Lin before I hire her expertise.
在我聘用林太太之前，我需要更多關於她的詳細資料。

字首
字根
字尾
複合字

de 來自 + **vote** 立誓 = devote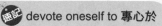

devote [dɪ'vot] 獻身於　　　速記 devote oneself to 專心於

A husband is expected to **devote** his life to his wife and children.
一般都期望丈夫能夠把自己奉獻給妻兒。

de 完全的 + **vour** 吃 = devour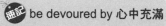

devour [dɪ'vaʊr] 吞食　　　速記 be devoured by 心中充滿

Those bears **devoured** twenty big salmon in only five minutes.
那些熊在短短五分鐘之內吞食了二十條大鮭魚。

020 deca-+；deci-十分之一

快學便利貼

| decade n. 十年；十 | December n. 十二月 |

 單字拆解　　　S同義　A反義　5單字出現頻率

deca 十年 + **de** = decade　　　S decennary　5 GEPT

decade [ˈdɛked] 十年　　　速記 for decades 幾十年

The first **decade** of the millennium was awfully dramatic.
千禧年的前十年間非常戲劇化。

decem 第十 + **ber** 月 = December　　　4 GEPT

December [dɪ'sɛmbə] 十二月

Christmas falls on a Saturday this year so I will be able to fly home until the 24th of **December**.
今年聖誕節在星期六，所以我要到十二月二十四日才能搭機返家。

021 di-兩倍

dial n. 日晷；航海羅盤；v. 撥
diet n. 食物；規定的飲食；v. 規定飲食；食用規定飲食；節食
diploma n. 文憑；畢業證書
diplomacy n. 外交手腕；交際手段
diplomat n. 外交官；善於交際者

diplomatic adj. 有外交手腕的；外交的
double n. 兩倍；替身；重疊；v. 使加倍；重覆；adj./adv. 加倍的(地)
doubt n./v. 疑問；懷疑；不信
dozen n. 一打；許多；幾十
dual adj. 兩層的；二元的；n. 雙數

字首

字根

字尾

複合字

單字拆解

Ｓ同義　Ａ反義　Ｓ單字出現頻率

di 兩倍 + **al** = dial　　　　　　　　　　　Ｓcall　❹GEPT

dial [ˈdaɪəl] 撥　　　　速記 dial-up 撥號上網的 dial tone 撥號音

Old rotary phones are difficult to **dial** and require some patience for people who used to using cell phones.
舊式輪轉型電話很難撥，對於習慣用手機的人來說需要一些耐心。

di 兩倍 + **et** 小巧可愛 = diet　　　　　　Ｓvictuals　❺TOEFL

diet [ˈdaɪət] 食物；節食　　速記 on a diet 節食 stable diet 慣用手段

The Inuit of Alaska and Northern Canada survive on a **diet** consisting mostly of meat.
阿拉斯加及北加拿大的因紐特人賴以維生的飲食主要為肉類。

di 兩倍 + **plo** 摺 + **ma** = diploma　　Ｓcertificate　❹TOEFL

diploma [dɪˈplomə] 文憑　　速記 professional diploma 專業進修

The section chief has a **diploma** in civil engineering from National Taiwan University.
科長具有國立台灣大學土木工程的學位。

diploma 文憑 + **cy** = diplomacy　　Ｓstatecraft　❹TOEFL

diplomacy [dɪˈploməsɪ] 外交手腕　速記 dollar diplomacy 金錢外交

We will certainly have war if there is no **diplomacy** between leaders.
如果領導人之間沒有外交策略，那肯定會有戰爭。

diploma 文憑 + **t** 人 = diplomat　　Ｓpolitician　❸TOEFL

diplomat [ˈdɪpləmæt] 外交官

Diplomats have special privileges in their host countries.
外交官在他們自己的國家中享有特殊待遇。

diplomat 外交 + **ic** 有關 = diplomatic

diplomatic [ˌdɪpləˈmætɪk] 外交手腕的　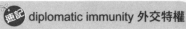 diplomatic immunity 外交特權

Being **diplomatic** in times of conflict is very important.
外交手腕的展現在戰亂時期非常重要。

dou 兩倍 + ble 對摺 = double　　　Asingle ③GEPT

double ['dʌbḷ] 兩倍　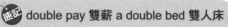 double pay 雙薪 a double bed 雙人床

The boy is so hungry that he will eat a **double** hamburger with cheese.
男孩好餓，所以他要吃一份雙層吉司漢堡。

dou 兩倍 + bt = doubt　　　Aconfidence ④TOEFL

doubt [daʊt] 疑問　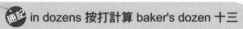 make no doubt of 毫不懷疑

There's no **doubt** in my mind that humans cause global warming.
我完全相信人類是造成全球暖化的元兇。

do 兩個 + zen = dozen　　　　④GEPT

dozen ['dʌzn] 一打　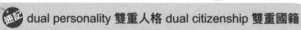 in dozens 按打計算 baker's dozen 十三

The students in the cooking class need three **dozen** apples to make fifteen delicious apple pies.
烹飪班學生需要三打蘋果來做十五個美味的蘋果派。

du 兩倍 + al 關於 = dual　　　Sdouble ③TOEIC

dual ['djuəl] 二重的　速記 dual personality 雙重人格 dual citizenship 雙重國籍

That old World War Ⅱ airplane in the aviation musuem has **dual** propeller engines.
航空博物館裡的那架舊式二戰飛機有雙重螺旋槳引擎。

022 **dia-** 穿越；兩者之間　 MP3 022

快學便利貼

diabetes n. 糖尿病	**dialogue** n./v. 對話；問答題；對白；討論；交換意見
diagram n. 圖表；v. 作圖；圖示	
dialect n. 方言；專業用語	**diameter** n. 直徑；倍

dia 穿越 + **betes** 野獸 = **diabetes**　**3** TOEFL

diabetes [ˌdaɪə'bitiz] 糖尿病　速記 diabetes mellitus 糖尿病醫學用語

Health experts claim that the diets of many Americans are leading to a steep rise in the incidents of **diabetes**.
健康專家主張許多美國人的飲食方式導致糖尿病發生率急遽上升。

dia 兩者之間 + **gram** 圖表 = **diagram**　**S** draw　**4** TOEIC

diagram ['daɪəˌɡræm] 圖表　速記 Data Flow Diagram 資料流程圖

The **diagram** shows differences between the rich and the poor in the developing country.
這份圖表顯示出開發中國家的貧富差距。

dia 兩者之間 + **lect** 選擇 = **dialect**　**S** idiom　**3** TOEFL

dialect ['daɪəlɛkt] 方言　速記 dialect ballads 地方民謠

The English language has many **dialects** around the world.
英語在世界各地擁有許多方言。

dia 兩者之間 + **logue** 說話 = **dialogue**　**S** words　**5** GEPT

dialogue ['daɪəˌlɔɡ] 對話　速記 dialogue box 對話框

The **dialogue** between those two characters is hilarious.
兩位演員之間的對話很有趣。

dia 兩者之間 + **meter** 計量 = **diameter**　**A** radius　**5** GRE

diameter [daɪ'æmətə] 直徑；放大倍數

Geometry surely teaches how to calculate the **diameter**.
幾何學一定會教到如何計算直徑。

023

di-, dis-, s- 分離；否定；使喪失；剝奪

MP3
023

快學便利貼

digest n. 文摘；摘要；v. 消化；領會
disability n. 殘疾；無能力；無資格
disadvantage n. 缺點；損失；v. 使不利

disconnect v. 分離；掛斷
discreet adj. 謹慎的；考慮周到的
disease n. 疾病；病害；變質

字首　字根　字尾　複合字

disagree v. 不同意；不符合；不適宜	**disguise n.** 偽裝；藉口；**v.** 假裝；隱藏
disappear v. 消失；不見；突然離開	**disgust n.** 厭惡；反感；**v.** 令人唾棄
disappoint v. 使失望；使沮喪；失信	**dishonest adj.** 不誠實的；不正直的
disapprove v. 指責；不贊成；反對	**dislike v.** 反感；不喜歡
disbelief n. 不相信；懷疑	**dismay n.** 灰心；沮喪；**v.** 使沮喪
discard n. 拋棄；被拋棄者；**v.** 拋棄	**disregard n./v.** 不顧；蔑視
discharge v. 排出；解雇；清償；撤銷； 　　　 **n.** 排出；釋放；執行	**dissuade v.** 勸阻；勸戒
	distribute v. 分配；散佈；區分
discomfort n. 不舒適；不愉快；**v.** 使苦 　　　惱；使不安	**distrust n./v.** 不信任；疑惑
	spend v. 花費；度過；用光；消耗

單字拆解

Ｓ 同義　**Ａ** 反義　**５** 單字出現頻率

di 分離 + **gest** 傳輸 = **digest**　　　　**Ｓ** absorb　**④** TOEFL

digest [daɪˈdʒɛst] 消化　 digestive system 消化系統

The aboriginal boy cannot **digest** milk well because he's lactose intolerant.
那位原住民男孩不太能消化牛奶，因為他有乳糖不適症。

dis 使喪失 + **ability** 能力 = **disability**　　　**Ａ** ability　**④** TOEIC

disability [dɪsəˈbɪlətɪ] 殘疾　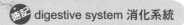 learning disability 學習障礙

The child's **disability** makes it hard for him to go up the stairs.
那小孩的殘疾使他難以爬上樓梯。

dis 否定 + **advantage** 優勢 = **disadvantage**　　**Ｓ** liability　**④** GEPT

disadvantage [ˌdɪsədˈvæntɪdʒ] 不利

Those who don't speak Chinese or Taiwanese in Taiwan are at a **disadvantage**.
那些在台灣不會講中文或台語的人，處境較為不利。

dis 否定 + **agree** 同意 = **disagree**　　　　**Ａ** agree　**⑤** TOEFL

disagree [ˌdɪsəˈgri] 不同意　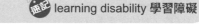 disagree with 不適合

I **disagree** with my parents about my future all the time!
對於我的未來，我和父母一向意見相左。

dis 否定 + **appear** 出現 = **disappear**　　　　**Ｓ** vanish　**④** GEPT

disappear [ˌdɪsəˈpɪr] 消失　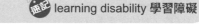 disappear into thin air 不翼而飛

He made a wish on his birthday that all his problems would **disappear** and never come back.
他在生日那天許願希望他所有的問題都消失，而且不會再發生。

dis 否定 + **appoint** 約定 = **disappoint**   A inspire ④GEPT

disappoint [ˌdɪsəˈpɔɪnt] 使失望

Many Oriental young people think if they don't become successful, they will **disappoint** their family.
許多亞洲年輕人認為如果他們無法成功，就會令家人失望。

dis 否定 + **approve** 贊成 = **disapprove**   A approve ④TOEFL

disapprove [ˌdɪsəˈpruv] 不贊成   速記 disapprove of 不同意

The girl's father **disapproved** of her boyfriend and told him to leave.
女孩的父親不喜歡她男朋友，並要他離開。

dis 否定 + **belief** 相信 = **disbelief**   A belief ③TOEIC

disbelief [ˌdɪsbəˈlif] 不相信   速記 disbelief in superstition 不迷信

When the hijacked planes hit the New York World Trade Center, everybody was in **disbelief**.
遭劫持的飛機撞上世貿中心時，每個人都無法相信。

dis 否定 + **card** 辦法 = **discard**   S reject ③TOEIC

discard [dɪsˈkɑrd] 拋棄   速記 go into the discard 被拋棄

The applicant asked the interviewer not to **discard** his offer to work and give him a chance.
那位求職者要求面試官不要拒絕他的工作申請並給他一個機會。

dis 否定 + **charge** 責任 = **discharge**   A charge ④TOEIC

discharge [dɪsˈtʃɑrdʒ] 解雇   速記 discharge one's duties 盡責

My nephew was **discharged** from the army because he was sick.
我姪子因為生病而從軍中退役。

dis 否定 + **comfort** 舒服 = **discomfort**   A comfort ④GEPT

discomfort [dɪsˈkʌmfət] 不舒適   速記 chest discomfort 胸悶

The hikers felt **discomfort** after eating all that weird canned food.
健行者在吃了奇怪的罐頭食品後感到不舒服。

dis 分離 + **connect** 連結 = **disconnect**   S connect ⑤GRE

disconnect [ˌdɪskəˈnɛkt] 分離   速記 disconnect the telephone 掛電話

Don't forget to **disconnect** the toaster after you are done.
妳用完烤麵包機後，別忘了拔掉插頭。

dis 分離 + **creet** = **discreet**   A rash ③GEPT

discreet [dɪˈskrit] 謹慎的；慎重的；考慮周到的

When it comes to personal issues, I feel people should be **discreet**.
一提到隱私問題，我覺得人們應當謹慎小心。

dis 分離 + **ease** 安逸 = disease   Ａ health ⑤ GEPT

disease [dɪ'ziz] 疾病   速記 suffer a disease 患病

Tuberculosis has been a horrible and frightening **disease** for centuries.
幾世紀以來，結核病一直都是駭人的疾病。

dis 分離 + **guise** 外表 = disguise   Ｓ mask ④ TOEIC

disguise [dɪs'gaɪz] 假扮   速記 in disguise 偽裝的

My little niece can't wait for Halloween because her **disguise** is fantastic.
我的小姪女非常期待萬聖節的來臨，因為她的裝扮很棒。

dis 分離 + **gust** 味道 = disgust   Ａ please ③ GEPT

disgust [dɪs'gʌst] 令人厭惡   速記 be disgusted at 討厭

The lady was **disgusted** when she saw a truck driver spitting betel nut juice out of the window.
女士看到一位卡車司機從車窗吐檳榔汁到窗外感到很厭惡。

dis 分離 + **honest** 誠實的 = dishonest   Ａ honest ④ GEPT

dishonest [dɪs'ɑnɪst] 不誠實的；不正當的；欺詐的

The real estate broker was **dishonest** at work and therefore, he was fired.
那位房地產仲介商在工作上不誠實，因此被解雇。

dis 否定 + **like** 喜歡 = dislike   Ａ like ⑤ IELTS

dislike [dɪs'laɪk] 反感；厭惡   速記 dislike + Ving 厭惡

We took an instant **dislike** to the new member because he was mean and aggressive.
我們立刻對那位新成員感到厭惡，因為他既自私又挑釁。

dis 否定 + **may** 可以 = dismay   Ａ cheer ④ IELTS

dismay [dɪs'me] 驚愕；沮喪   速記 exclaim in dismay 訝異得喊出來

Professor Lin was **dismayed** by Leo's lack of participation in the annual conference.
林教授對李爾未出席年度研討會感到灰心。

dis 否定 + **regard** 關心 = disregard   Ｓ ignore ④ TOEIC

disregard [ˌdɪsrɪ'gɑrd] 不顧   速記 in disregard of 置之不理

Just **disregard** her rude comments and keep up the good work.
不要理會她不經大腦的評斷，繼續把工作做好。

dis 分離 + **suade** 建議 = dissuade   Ａ persuade ④ TOEFL

dissuade [dɪ'swed] 勸阻   速記 dissuade from 勸阻

Many people tried to **dissuade** the Australian man from swimming with sharks.
許多人試著勸阻那位澳洲男子與鯊魚共游。

dis 分離 + **tribute** 給予 = **distribute**　　Ⓐ**gather** ❹**TOEIC**

distribute [dɪ'strɪbjut] 分配　　通記 distribute over 散佈

The Apple Daily **distributes** millions of newspapers all over Taiwan every day.
蘋果日報每天發行數百萬份報紙到全台各地。

dis 分離 + **trust** 相信 = **distrust**　　Ⓐ**trust** ❸**GEPT**

distrust [dɪs'trʌst] 不信任　　通記 have a distrust of 不信任

The human resources supervisor **distrusts** people who brag about themselves.
人資主管不信任那些自誇的人。

s 分離 + **pend** 份量 = **spend**　　Ⓐ**save** ❺**GEPT**

spend [spɛnd] 花費　　通記 spend money like water 揮金如土

I don't intend to **spend** more than $50 for a new pair of shoes.
我不會花超過五十美元去買一雙新鞋子。

024

em-, en- 使

 MP3 024

快學便利貼

embark v. 搭載；開始；使從事；投資	**enhance** v. 增加；提升；宣揚
embrace v. 擁抱；包括；參加；著手	**enjoy** v. 喜愛；享受；欣賞
enact n./v. 頒佈；法令；制定法律	**enlarge** v. 增加；擴大；放大
encounter n. 遭遇；偶然遇見；v. 邂逅	**enlighten** v. 啟發；開導；教導
endanger v. 危害；危及	**enrich** v. 使富裕；使肥沃；濃縮
endeavor n./v. 竭力；努力	**enroll** v. 登記；註冊；使入會；使入學
energy n. 精力；活力；能量	**entitle** v. 使具資格；賦予權利
engage v. 從事；答應；保證；訂婚	

 單字拆解　　Ⓢ同義　Ⓐ反義　❺單字出現頻率

em 使 + **bark** 運輸 = **embark**　　Ⓢ**depart** ❸**TOEIC**

embark [ɪm'bɑrk] 開始　　通記 embark money in an enterprise 投資企業

Several club members will **embark** on a great expedition through the Amazon.
幾位社團成員將啟程展開橫越亞馬遜河流域的偉大探險之旅。

em 使 + **brace** 支撐 = embrace   **S** hug **3** GEPT

embrace [ɪmˈbres] 擁抱   速記 embrace an opportunity 利用機會

Canadians **embrace** the fact that they have plenty of land and fresh water lakes.
加拿大人欣然坐擁廣闊幅員及淡水湖。

en 使 + **act** 行動 = enact   **S** perform **3** TOEFL

enact [ɪnˈækt] 頒佈；制定法律   速記 re-enact 重做

Much of the laws **enacted** by the new legislation seem to benefit only a handful of very wealthy people.
新頒布的法條似乎只讓一些非常富有的人受惠。

en 使 + **counter** 櫃檯 = encounter   **S** meet **3** IELTS

encounter [ɪnˈkaʊntɚ] 偶遇   速記 re-encounter 重逢

Yoko told the reporter that she had **encountered** an Alien in the mountains.
雅子告訴記者說她在山區遇見外星人。

en 使 + **danger** 危險 = endanger   **S** risk **4** TOEFL

endanger [ɪnˈdendʒɚ] 危及   速記 endangered 瀕臨絕種的

Blue whales are **endangered** species; therefore, people should stop hunting them.
藍鯨是瀕臨絕種的動物，因此人們應該停止獵捕。

en 使 + **deavor** 責任 = endeavor   **A** neglect **4** TOEIC

endeavor [ɪnˈdɛvɚ] 努力   速記 endeavor to 力圖

Exploring planets in the solar system is a dangerous but courageous **endeavor**.
探索太陽系行星是一項危險但勇敢的嘗試。

en 使 + **erg** 工作 + **y** = energy   **S** vigor **4** GEPT

energy [ˈɛnɚdʒɪ] 活力   速記 energy crisis 能源危機

A number of aged people had more than enough of **energy** to finish the Taipei marathon.
很多老年人的體力要跑完台北馬拉松比賽綽綽有餘。

en 使 + **gage** 保證 = engage   **S** involve **4** TOEIC

engage [ɪnˈgedʒ] 從事   速記 Are you engaged? 你在忙嗎？

I wanted to **engage** the Japanese girl in a conversation but she ignored me.
我想和那位日本女孩交談，但是她不理我。

en 使 + **hance** 高的 = enhance

S uplift **④** TOEIC

enhance [ɪnˈhæns] 提升；增進(價值、品質)

Jogging for thirty minutes every day will surely **enhance** your overall strength.
每天慢跑三十分鐘一定能提升你的整體體力。

en 使 + **joy** 愉快 = enjoy   **A** dislike **⑤** GEPT

enjoy [ɪnˈdʒɔɪ] 喜愛   速記 enjoy oneself 玩得愉快

Jolin and that model **enjoy** going to pubs together because it gives an opportunity to bond.
裘琳和那位模特兒喜愛一起上夜店，因為這讓她們有機會可以膩在一起。

en 使 + **large** 大的 = enlarge   **A** narrow **④** TOEIC

enlarge [ɪnˈlɑrdʒ] 放大   速記 an enlarged edition 增訂版

Can the print shop **enlarge** this picture big enough to make a poster?
這家影印店能將這張圖片放大到製成海報嗎？

en 使 + **lighten** 發亮 = enlighten   **S** instruct **③** TOEFL

enlighten [ɪnˈlaɪtn] 啟發；闡明；開導

Meditating every day undoubtedly **enlightens** the soul and relaxes the body.
每天靜坐肯定能夠啟迪心靈及放鬆身體。

en 使 + **rich** 富裕的 = enrich   **S** enhance **④** IELTS

enrich [ɪnˈrɪtʃ] 使富裕   速記 enrichment 表示致富

My time traveling through Africa in my early twenties really **enriched** my life.
我二十出頭遊歷非洲的時光確實豐富了我的生命。

en 使 + **roll** 卷軸 = enroll   **S** register **④** TOEIC

enroll [ɪnˈrol] 註冊   速記 enroll oneself in the army 徵召入伍

The gifted student has **enrolled** in Harvard University in the United States this fall.
那位資優生已於今年秋天在美國哈佛大學註冊。

en 使 + **title** 權利 = entitle   **A** deprive **③** IELTS

entitle [ɪnˈtaɪtl] 賦予權利   速記 entitle sb to 授予

People in a democratic country are **entitled** to freedom of speech and to protest.
民主國家的人民被賦予言論自由及抗議的權利。

字首 / 字根 / 字尾 / 複合字

025

ep-, epi- 在…之中；在…之上

epidemic n./adj. 流行(的)；傳染病(的)	**episode n.** 情節；一集；插曲

 **單字拆解**　　　**S**同義　**A**反義　**5**單字出現頻率

epi 在…之中 + **dem** 人的 + **ic** 物 = epidemic　　**4** TOEFL

epidemic [ˌɛpɪˈdɛmɪk] 傳染病；蔓延；泛濫

H1N1 was a very scary **epidemic** that affected a great number of people all over the world.
新流感是一種非常可怕的傳染病，全世界有許多人感染。

epi 在…之上 + **sode** 到達 = episode　　**S** event　**3** GEPT

episode [ˈɛpəˌsod] 情節；片段；插曲；一集

I have seen all the **episodes** of Friends three times over, and I still laugh when watching it.
我已看過六人行全集三次，現在再看時仍會忍俊不禁。

026 e-, ex-, s- 排除；向外；完全地

edit n. 編輯；**v.** 編輯；校訂；剪輯

editorial n. 社論；重要評論；**adj.** 編輯的；總編輯的

eliminate v. 淘汰；除去；逐出

elite n. 菁英份子；精華；精英

emerge v. 出現；發生；暴露

exact v. 強索；強制；需要；**adj.** 精確的；嚴格的；精密的

escape n./v. 逃脫；漏出；逃避

example n. 實例；範例；標本；樣本

excel v. 優於；擅長；勝過

excerpt v. 摘錄；引用；節錄

exchange v. 交易；交換；兌換

execute v. 執行；實現；製成；執行死刑

exercise n./v. 執行；練習；演習；訓練；運動；儀式；典禮

exert v. 運用；行使職權；盡力

exhaust v. 排出；廢氣；使筋疲力盡

exist v. 存在；生存；生活；實際上有

exotic n. 外來品種；外來語；舶來品；**adj.** 外來的；外國出產的

expand v. 擴張；膨脹；詳述；引伸

explain v. 解釋；說明；闡明

exterior n. 外部；戶外場景；外景；**adj.** 外部的；對外的；外交的；外面的；外用的

e 向外 + **dit** 產生 = **edit**　　　　**S** revise　**④** TOEIC

edit [ˈɛdɪt] 編輯；校訂；剪輯　　　速記 edit out 剪輯

The author needs a capable editor to **edit** a few books that she has written.
作者需要一位有能力的編輯幫她主編幾本已寫好的書。

editor 編輯 + **ial** 抽象名詞 = **editorial**　　　**S** column　**④** TOEFL

editorial [ˌɛdəˈtorɪəl] 社論　　　速記 editorial paragraph 短評

There's an interesting **editorial** in the Taipei Times about the Cultural Revolution.
台北時報有一篇關於文化大革命的有趣社論。

e 排除 + **limin** 門檻 + **ate** 動作 = **eliminate**　　　**A** maintain　**④** GEPT

eliminate [ɪˈlɪməˌnet] 淘汰　　　速記 eliminate from 淘汰

The Nationals with the help of Jerry Wang have **eliminated** many strong teams.
國民隊由於王建民的神助而淘汰許多強隊。

e 排除 + **lite** 選出 = **elite**　　　**S** cream　**③** TOEFL

elite [eˈlit] 菁英；掌權人物；上層集團

The **elite** of our country have the power to decide the direction we will take.
我國的菁英分子有權決定我們未來的走向。

e 向外 + **merge** 合併 = **emerge**　　　**A** submerge　**③** TOEIC

emerge [ɪˈmɝdʒ] 出現　　　速記 emerge from 浮現

If he continues working hard and keeping his connections, he will **emerge** as the CEO.
如果他繼續努力工作並維繫人脈，他將成為執行長。

ex 完全地 + **act** 見效 = **exact**　　　**S** precise　**④** TOEIC

exact [ɪgˈzækt] 強索；精確的　　　速記 exact science 精密科學

The man was **exacted** from him by means of blackmail.
男子遭受他的強行敲詐。

es 排除 + **cape** 斗篷 = **escape**　　　**S** flee　**④** GEPT

escape [əˈskep] 逃脫　　　速記 narrowly escape death 死裏逃生

During the flood, many crocodiles **escaped** the zoo and now inhabit the rivers.
許多鱷魚在洪水來臨時逃出動物園，現在棲息於河中。

ex 往外 + **ample** 拿取 = **example**　　　**S** sample　**④** TOEIC

example [ɪgˈzæmpl] 範例　　　速記 beyond example 空前的

The instructor gave the audience several **examples** to illustrate the current situation.
講師為聽眾舉幾個例子以說明當前的情勢。

字首

字根

字尾

複合字

ex 排除 + **cel** 高出 = excel

Ⓢsurpass ❸TOEIC

excel [ɪk'sɛl] 擅長；優於；勝過

通記 excel in 擅長於

Taiwanese high school students usually **excel** in subjects such as math, physics and chemistry.
台灣中學生通常擅長於數學、物理和化學等科目。

ex 排除 + **cerpt** 選取 = excerpt

Ⓢextract ❸TOEFL

excerpt ['ɛksɜpt] 摘錄

通記 excerpt from 引用

Movie previews show **excerpts** that are very thrilling or appealing to attract the audience.
電影預告片秀出非常驚悚或動人的片段以吸引觀眾。

ex 完全地 + **change** 交換 = exchange

Ⓢswitch ❺TOEIC

exchange [ɪks'tʃendʒ] 交換

通記 exchange student 交換學生

We can **exchange** MSN or email addresses so that we can keep in touch.
我們可以交換即時通或電子郵件以保持聯絡。

ex 完全地 + **ecute** 跟隨 = execute

Ⓢdo ❹TOEFL

execute ['ɛksɪˌkjut] 執行；實現；製成

The company executives have decided to **execute** their new marketing strategy.
公司主管決定執行新的行銷策略。

ex 排除 + **ercise** 圍住 = exercise

Ⓢtrain ❹GEPT

exercise ['ɛksɚˌsaɪz] 運動；演練

通記 exercise book 練習本

Regular **exercise** and good eating habits will almost guarantee a long life.
規律運動及良好的飲食習慣幾乎可以保證長壽。

ex 完全 + **ert** 努力 = exert

Ⓢutilize ❹TOEIC

exert [ɪg'zɜt] 運用

通記 exert all one's powers 盡全力

If you want to run a marathon, you will have to **exert** a tremendous amount of energy.
如果你要跑馬拉松，你將需要用到大量的體力。

ex 完全地 + **haust** 拔出 = exhaust

⚠supply ❹GEPT

exhaust [ɪg'zɔst] 耗盡

通記 exhaust pipe 排氣管

If you don't sleep before an exam, you will **exhaust** your mind and do poorly.
如果你考前不睡覺，你將耗盡腦力，而且會考不好。

ex 完全地 + **ist** 處於 = exist

Ⓢlive ❺TOEFL

exist [ɪg'zɪst] 存在；生存

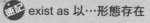 exist as 以⋯形態存在

Cockroaches have **existed** on earth much longer than human beings have.

蟑螂存在於地球的時間比人類更為長久。

ex 向外 + **otic** 屬於 = exotic ⓢforeign ❹TOEIC

exotic [ɛgˈzɑtɪk] 外來的 （速記）exotic food 異國美食

The fruits in Taiwan are delicious and **exotic**, but still many people don't eat enough.
台灣水果美味又具異國風，但還是有許多人不願多吃。

ex 向外 + **pand** 散布 = expand Ⓐabridge ❹GEPT

expand [ɪkˈspænd] 擴張 （速記）expand on 詳述

Many western organizations are looking to **expand** into developing countries in Asia.
許多西方的組織想要擴展到亞洲的開發中國家。

ex 向外 + **plain** 清楚的 = explain ⓢsolve ❺TOEFL

explain [ɪkˈsplen] 說明 （速記）explain away 解釋清楚

The police officer asked the gangster to **explain** why he was at the crime scene.
警方要求幫派份子說明他為何出現在案發現場。

exter 向外 + **ior** 比較級 = exterior Ⓐinterior ❹GRE

exterior [ɪkˈstɪrɪə] 外部 （速記）exterior policy 對外政策

The **exterior** of the new BMW is really aerodynamic and attracts a lot of attention.
新的BMW汽車外觀極具空氣動力感，吸睛效果百分百。

s 排除 + **ample** 拿取 = sample ⓢtest ❹GRE

sample [ˈsæmpl] 標本；榜樣；實例；抽樣

I was asked to provide a **sample** of my handwriting.
有人要求我提供我的筆跡樣本。

027

extra- 額外的；超出

 MP3 027

快學便利貼

extra n. 額外的事物；特級品；臨時演員；
　　adj. 額外的；特大的；另外收費的

extracurricular adj. 課外的；業餘的
extraordinary adj. 特別的；非凡的

右側標籤：字首　字根　字尾　複合字

 **單字拆解**

 S同義　**A**反義　**5**單字出現頻率

S additional　**4** TOEIC

extra [ˈɛkstrə] 額外的

晚記 extra allowance 特別津貼

May I have **extra** French fries and ketchup on the side with the hamburger?
我的漢堡可以多附一些薯條和番茄醬嗎？

extra 超出 ＋ **curricular** 課程的 ＝ **extracurricular**　**3** TOEIC

extracurricular [ˌɛkstrəkəˈrɪkjələ] 課外的

Students should be encouraged to take part in **extracurricular** activities after school.
我們應鼓勵學生放學後參加課外活動。

extra 超出 ＋ **ordinary** 平凡的 ＝ **extraordinary**　**A** normal　**4** GEPT

extraordinary [ɪkˈstrɔrdn͵ɛrɪ] 非凡的

The performance of the athletes at the Olympic summer games was **extraordinary**.
奧林匹亞夏季運動會中運動員的表現非凡。

028 il-, im-, in-, ir-
進入；在裡面；在上面；朝向

 MP3 O28

快學便利貼

incense n. 香；v. 焚香祭神；激怒
incentive n. 誘因；動機；**adj.** 刺激的
incident n. 事件；事變；插曲；**adj.** 易有的；附帶的
indulge n. 放縱；沉溺；赦免；參加；參與；v. 縱情；沈溺
illusion n. 幻影；錯覺；幻想；錯誤觀念
illustrate v. 舉例說明；加上插圖

illuminate v. 照亮；闡釋；裝飾
imprison v. 監禁；限制；束縛
index n. 指南；索引；食指
inside n./adj. 內部(的)；內幕(的)
insight n. 見識；洞察力；眼光
intuition n. 直覺；直感事物
invade v. 侵略；侵犯；侵襲；打擾
investigate v. 研究；調查；審查

in 進入 + **cense** 燒香 = incense　　**S** annoy　**3** TOEFL

incense [ɪn'sɛns] 激怒　　速記 be incensed at 使大怒

When a person is angry, there is no point to **incense** the situation by saying dim-witted things.
當一個人生氣時，沒必要提一些蠢事使局面更加白熱化。

in 進入 + **cent** 鳴叫 + **ive** 的 = incentive　　**S** motive　**4** TOEIC

incentive [ɪn'sɛntɪv] 誘因　　速記 financial incentive 工作獎金

Students usually study harder when their parents give them an **incentive** to do so.
當父母提供讀書的誘因時，學生們通常會更加用功。

in 在上面 + **cid** 落下 + **ent** 物 = incident　　**S** event　**5** IELTS

incident ['ɪnsədnt] 事件　　速記 incident light 入射光

Witnesses' reports of the **incident** are unclear and contradictory.
目擊證人對整起事件的說法既不清楚、又很矛盾。

in 朝向 + **dex** 熟練 = index　　**S** list　**4** TOEFL

index ['ɪndɛks] 指南；索引　　速記 index finger 食指

If a person wants to find something specific in the guide, they should look at the **index**.
如果有人想要在旅遊指南中找到特定的事物，應查詢索引。

in 朝向 + **dulge** 沉溺 = indulge　　**S** pamper　**3** IELTS

indulge [ɪn'dʌldʒ] 放縱　　速記 indulge with 使享受

After the marathon, Amanda **indulged** in a big steak at the best restaurant in the city.
跑完馬拉松後，亞曼達在市內最棒的餐廳享用一大客牛排。

il 朝向 + **lus** 假扮 + **sion** 名詞 = illusion　　**A** reality　**3** TOEFL

illusion [ɪ'ljuʒən] 幻影；錯覺　　速記 opitical illusion 視覺錯覺

Most people who think they see ghosts probably see an **illusion** of some sort.
大多數自認為看到鬼的人可能是看到某種幻影。

il 朝向 + **lustr** 亮光 + **ate** 動作 = illustrate　　**S** exemplify　**3** TOEFL

illustrate ['ɪləstret] 舉例說明　　速記 illustrate with 闡明

Bill Bryson, the famous author, sometimes likes to use pictures to **illustrate** his meaning.
知名作家比爾·布萊森喜歡以圖片來闡述他的想法。

字首　字根　字尾　複合字

il 朝向 + **lumin** 亮光 + **ate** 動作 = illuminate ⑤lighten ❸TOEFL

illuminate [ɪ'lumə,net] 照亮；啟發；使容光煥發

If my room is not well **illuminated**, I won't be able to do my homework properly.
如果我的房間採光不佳，我就無法好好地做功課。

im 在裡面 + **prison** 監禁 = imprison ▲liberate ❸TOEFL

imprison [ɪm'prɪzn] 監禁
速記 life imprisonment 無期徒刑

Please do not **imprison** my son; I strongly believe he didn't commit the crime.
請不要監禁我兒子，我堅信他沒有犯罪。

in 在裡面 + **side** 面 = inside ▲outside ❺GRE

inside ['ɪn'saɪd] 內側；內部
速記 on the inside 知情的

The game had to be moved **inside** to the gym because of the rain.
因為下雨，比賽必須移至體育館舉行。

in 在裡面 + **sight** 看法 = insight ⑤perception ❹TOEIC

insight ['ɪn,saɪt] 見識；洞察力
速記 insight into 洞悉

We were all impressed by the speaker's **insights** on the international law of the Americas.
講者對美洲國際法令的洞見令我們印象深刻。

in 在裡面 + **tui** 觀看 + **tion** 名詞 = intuition ⑤instinct ❸TOEIC

intuition [,ɪntju'ɪʃən] 直覺；敏銳洞察力

My mother had an **intuition** that I would get accepted into Harvard University and she was right!
我的母親直覺認為哈佛大學會接受我的入學申請，結果應驗了。

in 進入 + **vade** 移動 = invade ⑤intrude ❸GEPT

invade [ɪn'ved] 侵略
速記 invade one's privacy 侵犯隱私

The Japanese military **invaded** many countries in the early twentieth century.
日軍在二十世紀早期侵略過許多國家。

in 朝向 + **vestigate** 追蹤 = investigate ⑤explore ❹TOEFL

investigate [ɪn'vɛstə,get] 調查
速記 field investigate 田野調查

The police need to **investigate** if the same robber is responsible for all the crimes.
警方需要調查是否由同一名搶匪犯下所有案子。

in- 否定

快學便利貼

infinite n. 無限；**adj.** 無限的；無數的   **inaudible adj.** 聽不見的；無法聽懂的

單字拆解

Ⓢ同義   Ⓐ反義   Ⓕ單字出現頻率

in 否定 + **finite** 有限的 = **infinite**   Ⓐfinite Ⓕ3 GRE

infinite ['ɪnfənɪt] 無限的   速記 infinite loop 無限循環

There are an **infinite** number of stars so it is impossible to count them all.
星星的數量無限多，因此不可能勝數。

in 否定 + **audible** 聽得見的 = **inaudible**   Ⓐaudible Ⓕ2 GRE

inaudible [ɪn'ɔdəbl] 聽不見的   速記 be inaudible to 聽不到

People who are gathering around the corner are **inaudible** to voices.
聚集在轉角處的那些人是聽不見的。

---

enter-, intel-, inter-

在…之間

快學便利貼

enterprise n. 事業；規劃；進取心
intelligence n. 智力；通知；情報；機構
interior n. 內部(的)；室內；內政
international adj. 國際的；國際間的

Internet n. 網際網路
intersection n. 交叉；交集；十字路口
interval n. 間隔；差異；休息時間
interview n./v. 接見；訪問；面試

單字拆解

Ⓢ同義   Ⓐ反義   Ⓕ單字出現頻率

enter 在…之間 + **prise** 承擔 = **enterprise**

enterprise [ˈɛntəˌpraɪz] 事業

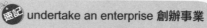 速記 undertake an enterprise 創辦事業

Vicky and Kevin started an **enterprise** a few years ago and now generates millions of dollars.
薇琪和凱文幾年前創業，目前該事業營利達數百萬元。

intel 在…之間 + **ligence** 挑選 = **intelligence**　Ⓢintellect ❹GEPT

intelligence [ɪnˈtɛlədʒəns] 智力

速記 intelligence test 智力測驗

The **intelligence** of dolphins is said to be superior to all other animals.
據說海豚的智力優於其他動物。

inter 在…之間 + **ior** 比較級 = **interior**　Ⓐexterior ❸TOEIC

interior [ɪnˈtɪrɪə] 室內

速記 interior design 室內設計

The **interior** of the house we visited is very elegant; therefore, I want to buy it.
我們參觀的房子內部非常雅緻，因此我想要買下來。

inter 在…之間 + **national** 國家的 = **international**　Ⓢglobal ❹GEPT

international [ˌɪntəˈnæʃənl̩] 國際的

速記 international trade 國貿

Stephen King is a famous writer that achieved the status of **international** best-seller.
史蒂芬‧金是一位國際知名的暢銷作家。

inter 在…之間 + **net** 網絡 = **Internet**　Ⓢthe Net ❺TOEIC

Internet [ˈɪntəˌnɛt] 網際網路

速記 Internet marketing 網路行銷

The **Internet** is an incredible tool to do research on any topic that a student wants.
網際網路是學生在做任何主題的研究時一項極為好用的工具。

inter 在…之間 + **pret** 代價 = **interpret**　Ⓢtranslate ❹TOEFL

interpret [ɪnˈtɜprɪt] 口譯

 速記 simultaneous interpreter 同步口譯員

We will need a translater to **interpret** Japanese at the meeting because our clients only speak Japanese.
我們需要一名口譯員在會議中翻譯日文，因為我們的客戶只講日文。

inter 在…之間 + **section** 路段 = **intersection**　Ⓢcrossroad ❸GEPT

intersection [ˌɪntəˈsɛkʃən] 十字路口

 速記 at-grade intersection 平交道

There was a bad accident at the **intersection** yesterday; luckily, nobody was seriously injured.
昨天在十字路口發生一件可怕車禍；幸運地，無人傷勢嚴重。

inter 在…之間 + **val** 隔間 = **interval**　Ⓢspace ❸TOEFL

interval [ˈɪntəvl̩] 間隔

速記 at regular intervals 每隔一段時間

The shuttle bus between the station and the city hall arrives at an **interval** of twenty minutes.
車站到市政府之間的接駁車每二十分鐘來一班。

inter 在…之間 + **view** 看 = **interview** Ⓢquiz ❹GEPT

interview [ˈɪntəˌvju] 面試 grant an interview to 接見

Every time I go for a job **interview**, the interviewers always ask me the same questions.
每次我去工作面試時，面試官總是詢問我相同的問題。

031 **micro-** 小的

MP3 031

快學便利貼

microphone n. 麥克風；擴音器
microscope n. 顯微鏡

microwave n. 微波；微波爐
microeconomics n. 個體經濟學

單字拆解

Ⓢ同義　Ⓐ反義　❺單字出現頻率

micro 小的 + **phone** 話筒 = **microphone** Ⓢloud speaker ❷GEPT

microphone [ˈmaɪkrəˌfon] 麥克風；擴音器

Jolin Tsai's **microphone** stopped working while she was singing a song last night.
蔡依林昨晚唱歌時，她的麥克風突然沒聲音。

micro 小的 + **scope** 觀測 = **microscope** ❷TOEFL

microscope [ˈmaɪkrəˌskop] 顯微鏡 solar microscope 日光顯微鏡

Only with a **microscope** can scientists find out if the germs have mutated.
唯有透過顯微鏡，科學家才能發現細菌是否已突變。

micro 小的 + **wave** 波浪 = **microwave** ❷GEPT

microwave [ˈmaɪkroˌwev] 微波 microwave oven 微波爐

Never put any metals in a **microwave** because it may be dangerous.
絕對不要將金屬放進微波爐，因為可能會發生危險。

micro 小的 + **economics** 經濟學 = **microeconomics**
Ⓐmacroeconomics ❷IELTS

microeconomics [ˌmaɪkrəˌikəˈnɑmɪks] 個體經濟學

This introductory course mainly teaches the fundamentals of **microeconomics**.
這個導論課程主要是教授個體經濟學的基礎概念。

032 mis- 錯誤

快學便利貼

mischief n. 損害；災害；頑皮
misfortune n. 不幸；災難；惡運
mislead v. 誤導；引入歧途；欺騙

mistake n./v. 錯誤；過失；搞錯；誤解
misunderstand v. 誤解；誤會；曲解

S同義　**A**反義　**5**單字出現頻率

mis 錯誤 + **chief** 首要 = mischief　　　　**S**trouble　**3**TOEFL

mischief ['mɪstʃɪf] 損害　　　速記 mischief-making 挑撥離間

Police officers were forced to kill the alligator since it was causing so much **mischief** and was too big to move.
那條鱷魚不斷造成危害，且體型龐大無法移動，迫使警方將它殺害。

mis 錯誤 + **fortune** 運氣 = misfortune　　　　**S**disaster　**4**TOEFL

misfortune [mɪs'fɔrtʃən] 不幸；災難；厄運

I consider a great **misfortune** that I never had a chance to meet your father before he died.
沒能在令尊往生前與他見上一面，我感到十分惋惜。

mis 錯誤 + **lead** 引導 = mislead　　　　**A**lead　**3**GEPT

mislead [mɪs'lid] 誤導　　　速記 mislead into 引入歧途

The criminal left many false clues in the hopes of **misleading** the detectives.
罪犯想要誤導探員而留下許多假線索。

mis 錯誤 + **take** 拿 = mistake　　　　**S**error　**5**GEPT

mistake [mɪ'stek] 錯誤　　　速記 mistake for 誤認

My father always taught me that the important thing was to learn from my **mistakes**.
我父親總是教導我，重要的是要從自己的錯誤中學習。

mis 錯誤 + **understand** 理解 = misunderstand

misunderstand [ˈmɪsʌndəˈstænd] 誤會

Speak clearly or else there is a strong chance that people will **misunderstand** you.
講清楚，否則人們可能會誤會你。

mon-, mono- 單一

快學便利貼

monarch n. 帝王；君主；元首；統治者	**monotony n.** 千篇一律；單調
monk n. 和尚；修道人；僧侶	**monotonous adj.** 單調的；無聊的
monopoly n. 壟斷；專利；專利品	**monologue n.** 獨白；長篇大論

 **⑤同義** **Ａ反義** **⑤單字出現頻率**

mon 單一 + **arch** 統治者 = **monarch** **⑤ruler** **③GEPT**

monarch [ˈmɑnək] 君主

速記 monarch cartepillar 班蝶幼蟲

Though Cleopatra's fame as the beautiful Queen of Egypt has lasted centuries, she only sat on the throne as the **monarch** for one year.
縱使克麗巴特拉女王享有好幾個世紀埃及豔后的盛名，她實際在位期間只有一年。

mon 單一 + **k** = **monk** **⑤friar** **③GEPT**

monk [mʌŋk] 和尚；修道士

速記 尼姑為 nun

The **monk** who lives in the temple is very peaceful and kind to everybody around him.
深居廟宇中的和尚非常平靜，且對周圍的人非常和善。

mono 單一 + **poly** 賣 = **monopoly** **⑤control** **③TOEIC**

monopoly [məˈnɑplɪ] 壟斷

速記 make a monopoly of 壟斷

Companies who have a **monopoly** do not need to worry about the competition.
擁有專賣權的公司無須擔心競爭。

mono 單一 + **ton** 音調 + **ous** 的 = **monotonous**
⑤tedious **③TOEFL**

monotonous [məˈnɑtənəs] 單調的

She had to quit her job because she found working on the assembly line **monotonous**.

由於覺得組裝線的工作單調，她必須辭掉工作。

mono 單一 + **ton** 音調 + **y** = **monotony** 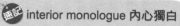 Ⓐ various ❸ TOEFL

monotony [mə'nɑtənɪ] 千篇一律；沒有變化

The **monotony** of the professor is making the whole class very bored and sleepy.
教授單調的聲音令全班感到無聊想睡至極。

mono 單一 + **logue** 談話 = **monologue** Ⓐ dialogue ❸ IELTS

monologue ['manl‚ɔg] 獨白　　速記 interior monologue 內心獨白

In Shakespeare's play, he usually gave the villains chances to have their interior **monologues**.
在莎士比亞的戲劇裡，他總是讓反派角色有機會詮釋內心獨白。

034　n-, ne-, non- 否定

快學便利貼

neither **pro./adj./adv.** 兩者都不
neutral **n.** 中立者；**adj.** 中立的；公平的
never **adv.** 絕不；從來沒有；一點也不

none **pro.** 無一；一點兒也沒
nonsense **n.** 無意義的話；胡鬧
nonviolent **adj.** 非暴力的

 單字拆解　　Ⓢ同義　Ⓐ反義　❺單字出現頻率

n 否定 + **either** 其一 = **neither** Ⓐ either ❹ TOEFL

neither ['niðɚ] 兩者都不　 速記 neither fish nor fowl 不倫不類

The game was won by **neither** team because the rain was coming down too hard.
兩隊都沒有贏得比賽，因為下起了大雨。

ne 否定 + **utr** 其一 + **al** 關於 = **neutral** Ⓢ impartial ❹ TOEIC

neutral ['njutrəl] 中立者　 速記 neutral zone 中立區

Switzerland managed to stay **neutral** during both World War I and World War II.
瑞士在一次及二次世界大戰期間設法保持中立。

n 否定 + **ever** 從來 = **never** Ⓐ ever ❺ GEPT

never ['nɛvɚ] 絕不　 速記 You never know. 很難說。

As hard as Peter tries, I think he will **never** be able to beat me at chess.
儘管彼得努力嘗試，我想他絕不可能在西洋棋上贏我。

n 否定 + **one** 一個 = **none**　　Ｓno one　④GEPT

none [nʌn] 無一　　　　　　　便記 second to none 首屈一指

None of the players on the German team were able to score a goal against the English.
德國隊沒有一位選手能夠從英國隊手中獲得分數。

non 否定 + **sense** 意義 = **nonsense**　　Ａsense　③TOEIC

nonsense ['nɑnsɛns] 無意義　　便記 no-nonsense 言簡意賅

I've been listening to what you are saying and it's all **nonsense** because you are lying!
我一直在聽你所說的話，這些話一點意義也沒有，因為你在說謊。

non 否定 + **violent** 暴力的 = **nonviolent**　　Ａviolent　③GEPT

nonviolent [nɑn'vaɪələnt] 非暴力的

The Dalai Lama is a **nonviolent** person who is capable of immense compassion.
達賴喇嘛是一位慈悲為懷的非暴力人士。

字首

字根

035 ob-, oc-, op- 處於；反對

快學便利貼

oblige v. 強制；使負義務；施恩於	**occupy** v. 占據；使忙碌；擔任
obscure v. 遮蔽；**adj.** 不清楚的	**opposite** n. 對立面；**adj.** 相對的；
obstacle n. 妨害；阻礙；障礙物	**adv.** 在對面；**prep.** 在…的對
obstinate adj. 固執的；難以治癒的	面；在…反對地位

字尾

複合字

單字拆解　　Ｓ同義　Ａ反義　⑤單字出現頻率

ob 處於 + **lige** 盲目 = **oblige**　　Ｓexact　③TOEIC

oblige [ə'blaɪdʒ] 強制　　便記 noblesse oblige 位高責任重

The architect was **obliged** to abandon the project because the budget was so tight.
由於預算吃緊，建築師被迫放棄計畫。

ob 處於 + **scure** 覆蓋的 = obscure　　　　　Ⓢfaint ❹TOEFL

obscure [əb'skjʊr] 隱藏的　　　速記 an obscure day 陰天

Bats usually live in dark and **obscure** caves where most people would never go.
蝙蝠通常住在人煙罕至的黑暗又隱密的洞穴。

ob 反對 + **sta** 抵抗 + **cle** 小尺寸 = obstacle　　　Ⓢblock ❹GEPT

obstacle ['ɑbstək!] 障礙物　　　速記 obstacle race 障礙賽跑

The goal of the race is to go through and around all the **obstacles** and come back first.
比賽的目標是穿越所有的障礙並且首先返回。

ob 反對 + **stin** 堅持 + **ate** 的 = obstinate　　　Ⓢstubborn ❸IELTS

obstinate ['ɑbstənɪt] 固執的　　　速記 as obstinate as a mule 非常頑固

If my partner continues to be **obstinate**, I think I will cancel the contract and go my own way.
如果我的合夥人繼續固執已見，我想我會取消合約並圖謀自行發展。

oc 處於 + **cupy** 抓奪 = occupy　　　Ⓢcapture ❹TOEIC

occupy ['ɑkjə͵paɪ] 占據　　　速記 occupy oneself in 正從事

The Japanese **occupied** the Island of Taiwan from 1895 to the end of World War II.
日本人自一八九五年佔據台灣島直到二戰結束。

op 反對 + **pos** 放 + **ite** 的 = opposite　　　Ⓐidentical ❺TOEFL

opposite ['ɑpəzɪt] 相反的　　　速記 the opposite sex 異性

The young lady's aggressive behavior had the **opposite** effect, turning off the men she hoped to attract.
年輕少女的挑釁行為收到反效果，導致她想吸引的男士拂袖而去。

036

pa-, par-, para- 旁邊；抵抗

快學便利貼

parachute n. 降落傘；降落傘狀物； 　　　　v. 用降落傘降落	**parallel** n. 平行線；相似物；並聯；adj. 　　　　平行的；並聯的；相同的
paragraph n. 段落；v. 分段；寫短文	**paralyze** v. 使麻痺；使癱瘓

單字拆解

para 抵抗 + **chute** 降落 = **parachute**　　　**S** chute　**4** TOEFL

parachute [ˈpærə,ʃut] 降落傘　　　**速記** parachute kids 小留學生

Once those skydivers jumped out of the airplane, their **parachute** opened.
一旦跳傘人員跳離飛機，他們的降落傘就會打開。

para 旁邊 + **graph** 書寫 = **paragraph**　　　**S** segment　**4** GEPT

paragraph [ˈpærə,græf] 段落　　　**速記** an editorial paragraph 短評

The third **paragraph** of the essay you wrote has many inconsistencies and errors.
你論文的第三段有許多不連貫及錯誤的地方。

para 旁邊 + **llel** 互相 = **parallel**　　　**S** collateral　**5** GRE

parallel [ˈpærə,lɛl] 平行的　　　**速記** in parallel with 和…並行

Train tracks are always perfectly **parallel** because if they weren't, the train would derail.
火車鐵軌要一直保持絕對平行，否則火車會出軌。

para 旁邊 + **lyze** 鬆開 = **paralyze**　　　**S** numb　**4** TOEFL

paralyze [ˈpærə,laɪz] 使麻痺　　　**速記** be paralyzed for life 終身癱瘓

Many mix martial artists are very careful to not **paralyze** one another when they fight.
許多自由搏擊手在對打時都會注意不使對方麻痺。

037

pre- 之前；pro- 向前地

快學便利貼

precaution n. 小心；預防；v. 預先警告	**preside** n. 會議主持者；v. 擔任主席
predecessor n. 前任；前輩；祖先	**prestige** n. 聲望；顯赫；adj. 重要的
prehistoric adj. 史前的；非常古老的	**preview** n./v. 預習；預告；試映
prejudice n./v. 偏見；侵害；歧視	**problem** n. 問題；課題；難搞的人；
preliminary n. 開端；預賽；淘汰賽；	adj. 成問題的；難處理的
adj. 初步的；預備的	**profile** n. 人物簡介；外觀；v. 畫輪廓
premature n. 早產兒；adj. 早熟的；未	**prominent** adj. 顯著的；卓越的；重要
成熟的；時機未成熟的	的；著名的；突出的

字首　字根　字尾　複合字

 **單字拆解**

⑤同義　⚠反義　⑤單字出現頻率

pre 之前 + **caution** 謹慎 = **precaution**　⑤notification ④TOEFL

precaution [prɪˈkɔʃən] 預防

速記 by way of precaution 為了預防

Firemen must use many **precautions** before entering a burning building.
消防隊員進入火場前必須採取許多預防措施。

pre 之前 + **de** 離開 + **cess** 行走 + **or** 人 = **predecessor**

⚠successor ③TOEIC

predecessor [ˈprɛdɪˌsɛsɚ] 前任；祖先

The **predecessor** of President Barack Obama was President George W. Bush.
歐巴馬總統的前任元首是小布希總統。

pre 之前 + **historic** 歷史的 = **prehistoric**　③TOEFL

prehistoric [ˌprihɪsˈtɔrɪk] 史前的

速記 prehistoric age 史前時代

Prehistoric evidence shows that modern humans coexisted with Neanderthals.
史前證據顯示現代人與尼安德塔人同時存在。

pre 之前 + **judice** 判斷 = **prejudice**　⑤preconception ④GEPT

prejudice [ˈprɛdʒədɪs] 偏見

速記 in prejudice of 不利於

In court, it's important that the judge and jury have no **prejudice** towards the defendant.
法庭上，法官及陪審團對被告不帶偏見是重要的。

pre 之前 + **limin** 門檻 + **ary** 的 = **preliminary**

⑤preparatory ②TOEFL

preliminary [prɪˈlɪməˌnɛrɪ] 預賽；初步的

Our baseball team went home early since we lost in the **preliminary** round.
我們棒球隊提早打道回府，因為我們初賽就輸了。

pre 之前 + **mature** 成熟的 = **premature**　⚠mature ③TOEFL

premature [ˌpriməˈtjur] 時機未成熟的

速記 a premature birth 早產

It would be **premature** to make a judgment on the new secretary.
現在就對新任秘書下評斷似乎為時過早。

pre 之前 + **sent** 存在 = **present**

present [prɪ'zɛnt] 出席

速記 present oneself 參加；到場

Miss Lin asks her students to **present** themselves to class on time or else they cannot come in.
林老師要她的學生準時上課，否則不能進教室。

pre 之前 + **side** 坐下 = **preside**

Ｓdirect ③TOEFL

preside [prɪ'zaɪd] 擔任；指揮

速記 preside over 管轄

She has **presided** over the board of trustees for eight years and seen it through many tough years.
她主掌理事會達八年之久，看著它走過許多艱辛歲月。

pre 之前 + **stige** 梯子 = **prestige**

Ｓprominence ④TOEIC

prestige [prɛs'tiʒ] 聲望

速記 the political prestige and influence 政治聲勢

When she saw the **prestige** in which these superstars live in, she felt envious.
看到巨星們生活於名聲與威望之中，她感到吃味。

pre 之前 + **view** 看 = **preview**

Ａreview ⑤GEPT

preview ['pri,vju] 預告

速記 sneak preview 試映

Amy said she saw the **preview** for Iron Man 3 and it looked really good.
艾咪說她看了鋼鐵人3的預告，看起來很棒。

pro 向前地 + **blem** 拋擲 = **problem**

Ａsolution ⑤GEPT

problem ['prɑbləm] 問題

速記 solve the problem 解決問題

If you have any **problem** while you are working, talk to the manager immediately.
工作上遇到問題時，馬上與經理討論。

pro 向前地 + **file** 檔案 = **profile**

Ｓoutline ④TOEIC

profile ['profaɪl] 人物簡介

速記 draw in profile 畫側面

While reading his girlfriend's **profile**, Chad suddenly realized he knew her from high school.
查德看到他女友的檔案時，才突然想到原來中學時就認識她。

pro 向前地 + **min** 突出 + **ent** = **prominent**

Ａcommon ④TOEFL

prominent ['prɑmənənt] 著名的

速記 prominent teeth 暴牙

Chen Shui-Bian emerged as a **prominent** Taiwanese political person in the 1990s.
陳水扁於九零年代以重要的台籍政治人物之姿出頭。

pro 向前地 + **noun** 名詞 = **pronoun**

②GEPT

pronoun ['pronaun] 代名詞

速記 relative pronoun 關係代名詞

Who and which are just a few examples of **pronouns** which refer back to the noun in

字首

字根

字尾

複合字

a sentence.
「who」和「which」是代名詞的例子，往前指涉句中的名詞。

pur 之前 + **chase** 追逐 = **purchase**　　　 Ⓐ sell ❹ TOEIC

purchase [ˈpɝtʃəs] 購買　　　 速記 purchasing power 購買力

The foreign labor **purchased** a silk shirt at a budget price in the night market.
那名外勞在夜市以低價購得一件絲質襯衫。

038 **re-** 返回；再一次　　　 MP3 038

▌快學便利貼

recall n./v. 回憶；撤銷；召回；恢復
reconcile v. 調停；和解；使一致
recruit n. 新成員；初學者；補給品；v.
　　招募；恢復；補充
redundant adj. 冗長的；多餘的；失業的
refresh v. 使煥然一新；使精神恢復；使
　　重新明瞭；消除⋯疲勞
refuge n. 庇護所；權宜之計；v. 避難
regard n. 注意；問候；尊重；v. 注意；
　　關心；尊敬；視為；認為；考慮
register n. 註冊；登記；v. 記錄；登記；
　　註冊；信件掛號
regret n./v. 遺憾；懷念；哀悼；懊悔
rehearse v. 朗誦；預演；詳述

relic n. 遺跡；遺物；紀念物
reluctant adj. 不情願的；難處理的
remain n. 剩餘物；遺跡；化石；v.
　　剩餘；遺留；仍然；停留
repay n./v. 償還；報復；賠款；報答
reproduce v. 再生產；再演；再版；
　　複製；繁殖；翻印
research n./v. 研究；調查；探究
rescue n./v. 救援；營救；非法奪回
retrieve v. 恢復；補償；取回；拯救
return n. 回報；來回票；收益；v. 返
　　回；歸還；反駁道
reveal n. 顯露；啟示；v. 顯示；揭發
reward n./v. 報酬；獎賞；報答

 單字拆解　　　Ⓢ 同義　Ⓐ 反義　❺ 單字出現頻率

re 返回 + **call** 召喚 = **recall**　　　Ⓢ recollect ❸ IELTS

recall [rɪˈkɔl] 召回　　　速記 recall a decree 撤銷法令

Toyota had to **recall** thousands of cars due to a defect with the gas pedal.
由於油門的問題，豐田汽車必須召回數千輛汽車。

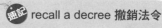 **re** 再一次 + **concile** 協調 = **reconcile**

reconcile ['rɛkənsaɪl] 調停

S settle **3** TOEFL

速記 reconcile to 和解

Mary hopes that her parents would **reconcile** the differences between each other and stop fighting.
瑪莉希望父母能夠調和彼此間的差異並停止爭吵。

re 再一次 + **cruit** 增加 = **recruit**

S enlist **3** GEPT

recruit [rɪ'krut] 招募；補充；新手

The army is trying to **recruit** more young adults, male and female, but it's not an easy task.
軍隊試圖招募更多青年男女，但這並不是一項簡單的任務。

re 再一次 + **dund** 波動 + **ant** = **redundant**

S needless **3** GEPT

redundant [rɪ'dʌndənt] 累贅的

速記 redundant words 冗詞

When asking the same question over and over again, it becomes **redundant** and useless.
一再問相同問題會變得多餘且無益。

re 再一次 + **fresh** 新鮮 = **refresh**

A exhaust **3** IELTS

refresh [rɪ'frɛʃ] 煥然一新

速記 refresh a storage battery 給蓄電池充電

I don't remember that incident, but if you **refresh** my memory, it may come back.
我不記得那件事了，但是如果你能給我一點提示，我可能想得起來。

re 返回 + **fuge** 逃跑 = **refuge**

S shelter **4** TOEFL

refuge ['rɛfjudʒ] 庇護所

速記 give refuge to 隱匿

Soldiers who escaped the fighting found a **refuge** in a little village near the lighthouse.
從戰爭中逃脫的士兵在燈塔附近的小村莊裡找到藏身之處。

re 返回 + **gard** 照顧 = **regard**

A disdain **5** GEPT

regard [rɪ'gɑrd] 問候

速記 in regard of 關於

I cannot attend the wedding, but please give my best **regards** to the bride and the groom.
我無法出席婚禮，請幫我向新人獻上最誠摯的祝福。

re 再一次 + **gister** 具有 = **register**

S enroll **3** TOEFL

register ['rɛdʒɪstə] 海關證明書

速記 social register 社會名人錄

First, record your name in the **register** and then take a name tag.
首先，在海關證明書上填寫你的名字，然後拿一張名牌。

re 再一次 + **gret** 哭泣 = **regret**

A content **4** GEPT

regret [rɪ'grɛt] 後悔

速記 to my regret 非常抱歉

字首

字根

字尾

複合字

破解字根字首，7000單字不必背 .63.

Mike's wife felt a lot of **regret** after she accused him of something he didn't do.
麥克的太太在錯怪他之後感到非常懊悔。

re 再一次 + **hearse** 折磨 = **rehearse**

Spractice **3**IELTS

rehearse [rɪ'hɜs] 預演

速記 rehearse to 詳述

The more you **rehearse** the play, the better the live performance will be.
排練越多次，現場演出就會越順利。

re 返回 + **lic** 遺留 = **relic**

Smomemto **3**TOEFL

relic ['rɛlɪk] 遺跡；遺物；紀念物

速記 be reluctant to 不情願

There is a **relic** of an old abandoned ship by the harbor where tourists can take nice pictures.
碼頭旁有一處廢船遺跡，觀光客可以在那裏拍出很棒的相片。

re 再一次 + **luct** 掙扎 + **ant** 的 = **reluctant**

Awilling **3**TOEIC

reluctant [rɪ'lʌktənt] 不情願的

Although the doctor is **reluctant** to tell the patient his real condition, he must do that.
雖然醫生不願意告知病人實際病況，但他必須直說。

re 返回 + **main** 停留 = **remain**

Aperish **4**GEPT

remain [rɪ'men] 仍然；保持

速記 remain aloof 漠不關心

Twelve miners have been rescued from the mine but five **remain** trapped under ground.
十二名礦工已被救出礦坑，但仍有五名受困地底。

re 再一次 + **pay** 支付 = **repay**

Srequite **4**TOEIC

repay [rɪ'pe] 償還；回敬

速記 repay a salutation 答禮

Ann lent me some money and told me that I should **repay** it within two weeks.
安借我一些錢，並要我在兩週內償還。

re 再一次 + **produce** 製造 = **reproduce**

Sduplicate **4**GRE

reproduce [͵riprə'djus] 再生產；使重現

Those darn cockroaches **reproduce** so fast that it's hard to get rid of them.
該死的蟑螂繁殖速度太快，很難將它們消除殆盡。

re 返回 + **scue** 拉走 = **rescue**

Acapture **4**TOEFL

rescue ['rɛskju] 救援

速記 go to the rescue 進行援救

That brave firefighter **rescued** an aboriginal kid from drowning in the flood last night.
勇敢的消防隊員昨夜搶救一名差點在洪水中溺斃的原住民小孩。

re 再一次 + **search** 搜查 = **research**

research [rɪ'sɝtʃ] 研究

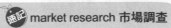 market research 市場調查

Research on AIDS began in the early 1980s after the reports of young men contracting an aggressive form of a cancer usually found in the elderly.
八零年代初期有研究報告顯示，在老年人身上才會發現的侵襲型癌症也發生在年輕人身上；而後，愛滋病的研究於焉展開。

re 再一次 + **trieve** 找 = **retrieve**　　　Ⓢreclaim ❸ TOEIC

retrieve [rɪ'triv] 取回

 beyond retrieve 無可挽回地

Mr. Suzuki forgot to **retrieve** his belongings in the hotel before leaving for the airport.
鈴木先生前往機場前忘記先拿回放在飯店的行李。

re 返回 + **turn** 翻轉 = **return**　　　Ⓐdepart ❺ GEPT

return [rɪ'tɝn] 返回

 return ticket 來回票

The dean of the school is at a conference in Canada and will **return** next week.
學院院長目前正在加拿大參加會議，將於下週回國。

re 返回 + **veal** 掩飾 = **reveal**　　　Ⓐconceal ❹ TOEIC

reveal [rɪ'vil] 揭發

 reveal one's hand 攤牌

Once the game is over, the contestant will **reveal** his identity to the audience.
一旦比賽結束，參賽者會向在場觀眾透露身分。

re 返回 + **ward** 保護 = **reward**　　　Ⓐpunish ❹ GEPT

reward [rɪ'wɔrd] 報酬

offer reward to 給人報酬

The **reward** for Daniel's extraordinary sales performance is a hefty bonus and an extended vacation.
丹尼爾高業績的報酬是豐厚的紅利及一段長假。

039 sub-, suf-, sum- 下面

快學便利貼

submarine n. 潛水艇；v. 以潛艇擊沈；
　　　adj. 水下的；海底的
substance n. 物質；內容；要領；財產
substitute n. 代用品；候補者；v. 作代替
　　　者；代替；adj. 代理的；代替的

subtle adj. 敏銳的；難解的；狡猾的
subway n. 地下鐵；地下通道
sufficient adj. 足夠的；能勝任的
suffocate v. 窒息；受阻；悶熄
summon v. 傳喚；召集；鼓起勇氣

字首

字根

字尾

複合字

sub 下面 + **marine** 海的 = **submarine** ❸TOEFL

submarine ['sʌbmə‚rin] 潛水艇 速記 a submarine volcano 海底火山

The American Navy operates many nuclear **submarines** around the world.
美國海軍在全世界佈署許多核子潛艇。

sub 下面 + **stan** 沈積 + **ce** = **substance** Ｓmaterial ❹TOEFL

substance ['sʌbstəns] 物質 速記 in substance 基本上

The **substance** that criminal police have discovered on the body is believed to be poisonous.
刑警認為在屍體上發現的物質有毒。

sub 下面 + **stitute** 放置 = **substitute** Ｓreplace ❹GEPT

substitute ['sʌbstə‚tjut] 代用品 速記 substitute for 代替

Frankly speaking, eating less is not an effectvie **susititute** for exercise.
坦白說，吃得少不能有效替代運動。

sub 下面 + **tle** 擺動 = **subtle** Ａfaint ❸IELTS

subtle ['sʌtl] 敏銳的 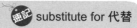 速記 subtle intellect 睿智

Try to be **subtle** when breaking bad news to somebody or else it might make them angry.
傳達壞消息時試著細心敏感一點，否則可能會惹毛他人。

sub 下面 + **way** 道路 = **subway** Ｓunderground ❹IELTS

subway ['sʌb‚we] 地下鐵；地下人行道

The Kaohsiung **subway** is in operation, but building it did not come without controversy.
高雄捷運正在營運中，但該捷運的興建並非沒有引起爭議。

suf 下面 + **fici** 做出 + **ent** 的 = **sufficient** Ａdeficient ❹TOEIC

sufficient [sə'fɪʃənt] 足夠的 速記 self-sufficient 自足的

The student doesn't have **sufficient** money to pay for his meal now; therefore, he will pay tomorrow.
那位學生現在沒有足夠的錢付餐費，因此他明天再來付。

suf 下面 + **foc** 食道 + **ate** 動作 = **suffocate** Ｓchoke ❸GRE

suffocate ['sʌfə‚ket] 窒息；憋氣；感覺悶熱

I always **suffocate** when I'm in a room with many people who are smoking.
每當我與許多吸菸者共處一室時，總是感覺快要窒息。

sum 下面 + **mon** 通知 = **summon**

⑤conjure ③TOEFL

summon [ˈsʌmən] 傳喚

速記 summon up 引起

The judge has **summoned** the man's ex-girlfriend to testify in the case.
法官傳喚男子的前女友作證。

040
super-, sove-, sur-
在…之上;超越

MP3
040

字首

字根

字尾

複合字

快學便利貼

sovereign n. 最高統治者;主權國家
superb adj. 上等的;豪華的;宏偉的
superior n. 前輩;優勝者;上司;**adj.** 上級的;高級的;優秀的
supersonic n./adj. 超音速(的)

surplus n. 剩餘;盈餘;**adj.** 剩餘的
supreme adj. 至高的;元首的;優秀的
surrender n./v. 讓渡;屈服;投降;放棄
survey n./v. 調查;測量;勘查;俯視;全面的考察;概括論述

單字拆解

⑤同義 **▲反義** **⑤單字出現頻率**

sove 在…之上 + **reign** 支配 = **sovereign**

⑤supreme ④TOEFL

sovereign [ˈsɑvrɪn] 主權國家

速記 a sovereign state 主權國家

Quebec failed to become a **sovereign** country because the referendum in 1995 failed.
魁北克未能成為一個主權獨立的國家是由於一九九五年的公投失敗。

super 超越 + **b** = **superb**

⑤splendid ③TOEIC

superb [suˈpɝb] 上等的;豪華的;宏偉的

I don't know what perfume the lady is wearing, but it smells absolutely **superb**.
我不知道那位女士擦的是甚麼香水,但它聞起來超棒的。

super 超越 + **ior** 形容詞比較級 = **superior**

▲inferior ④TOEFL

superior [səˈpɪrɪɚ] 優秀的

速記 with a superior air 驕傲地

Do you think the strength of Batman is **superior** to the strength of Ironman?
你認為蝙蝠俠的力量比鋼鐵人強大嗎?

super 超越 + **son** 聲音 + **ic** = supersonic　Ⓐsubsonic ❸TOEFL

supersonic [ˌsupəˈsɑnɪk] 超音速的　速記 supersonic waves 超聲波

The fighter jet is capable of reaching **supersonic** speed; therefore, reaching its destination quickly.
噴射客機能夠達到超音速，因此能快速抵達目的地。

sur 在…之上 + **plus** 外加 = surplus　Ⓢexcess ❸TOEIC

surplus [ˈsɜpləs] 盈餘　速記 trade surplus 貿易順差

The government had a trillion dollar **surplus** last year and is still raising taxes.
政府去年盈餘破兆，而今年仍要增稅。

supre(er) 超越 + **me** = supreme　Ⓢutmost ❸IELTS

supreme [səˈprim] 至高的　速記 Supreme Court 最高法院

The case passed quickly through the lower courts to the **Supreme** Court.
案件迅速從一般法院移送到最高法院。

sur 在之上 + **render** 放棄 = surrender　Ⓐresist ❹GEPT

surrender [səˈrɛndə] 投降　速記 surrender oneself to 向…投降

The German and Japanese army **surrendered** to the allied forces, putting an end to the war.
德軍和日軍向盟軍投降，戰爭因此結束。

sur 超越 + **vey** 看 = survey　Ⓢscrutinize ❸TOEFL

survey [səˈve] 調查　速記 field survey 實地考查

Professor Yang asked us to conduct a **survey** pertaining to student satisfaction of the professors.
楊教授要我們進行一項學生對教授滿意度的調查。

---

041 syn-, syl-, sym- 一起

快學便利貼

syllable n./v. (分成)音節	**sympathy** n. 同情；同感；慰問；共鳴
symbol n. 象徵；符號；記號	**symptom** n. 症狀；徵兆；表徵
sympathetic n. 交感神經；**adj.** 有同情心的；和諧的	**system** n. 系統；制度；方法；組織；規律；體制；全身；宇宙

sy(n) 一起 + **lable** 持有 = **syllable**　❸GEPT

syllable ['sɪləbḷ] 音節

速記 in words of one syllable 簡單明瞭地說

The words "water" and "matter" are both composed of two **syllables**.
「water」和「matter」都是由兩個音節組成的單字。

sym 一起 + **bol** 投射 = **symbol**　Ⓢemblem ❹TOEFL

symbol ['sɪmbḷ] 象徵；符號；記號

The dove and olive branch are known worldwide as the **symbol** of peace.
鴿子及橄欖枝象徵和平是舉世皆知的。

sym 一起 + **path** 感覺 + **etic** = **sympathetic**　Ⓢruthful ❹GEPT

sympathetic [ˌsɪmpə'θɛtɪk] 有同情心的；贊同的

I love that teacher because he is **sympathetic** to his students when it comes to giving homework.
我喜愛那位老師，因為一提到分派作業，他就會對學生產生同情心。

sym 一起 + **path** 感覺 + **y** = **sympathy**　Ⓐantipathy ❹GEPT

sympathy ['sɪmpəθɪ] 同情

速記 have sympathy for 同情

Peter's friends had a lot of **sympathy** for him when he lost his parents in a car accident.
彼得失去因車禍身亡的雙親時，他的朋友對他深表同情。

sym 一起 + **ptom** 下降 = **symptom**　Ⓢindication ❹GEPT

symptom ['sɪmptəm] 症狀；徵兆；表徵

One horrible thing about HIV is that in many people there are no **visible** symptoms.
愛滋病可怕之處在於，許多帶原者並沒有任何外顯症狀。

sy(n) 一起 + **ste** 處於 + **m** = **system**　Ⓢscheme ❺TOEIC

system ['sɪstəm] 系統

速記 social systems 社會制度

It is good for our immune **system** to drink a lot of water and eat various vegetables every day.
每天大量喝水及食用各種蔬菜有益於我們的免疫系統。

042

tele- 遠方的

MP3 042

字首

字根

字尾

複合字

快學便利貼

telegram n. 電報；v. 發電報	**telephone** n./v. (打)電話
telegraph n. 電報；電報機；v. 用電報通知；電匯；流露出	**telescope** n. 望遠鏡；v. 嵌進；縮短
	television n. 電視；電視機

 **單字拆解**

Ⓢ同義　Ⓐ反義　⑤單字出現頻率

tele 遠方的 + **gram** 書寫 = telegram　Ⓢwire ❸TOEIC

telegram [ˈtɛləˌgræm] 電報　速記 send a telegram 發電報

The **telegram** says that there is a shipment of rice and water that will arrive in 5 days.
電報說有一批稻米和供水會在五天後運達。

tele 遠方的 + **graph** 書寫 = telegraph　Ⓢticker ❸TOEFL

telegraph [ˈtɛləˌgræf] 電報　速記 telegraph pole 電線杆

Because there are telephones and e-mails, we no longer need **telegraph**.
因為有了電話和電子郵件，我們不再需要電報。

tele 遠方的 + **phone** 聲音 = telephone　Ⓢphone ❹GEPT

telephone [ˈtɛləˌfon] 電話　速記 public telephone 公用電話

The great Canadian Alexander Graham Bell was the inventor of the **telephone**.
偉大的加拿大人亞歷山大‧葛蘭‧貝爾是電話的發明者。

tele 遠方的 + **scope** 看 = telescope　Ⓢscope ❸TOEFL

telescope [ˈtɛləˌskop] 望遠鏡　速記 a binocular telescope 雙筒望遠鏡

With a good **telescope**, it is possible to see Chang'e and her rabbit on the moon.
一部性能良好的望遠鏡可以讓我們看到月亮上的嫦娥和玉兔。

tele 遠方的 + **vision** 視力 = television　Ⓢbroadcast ⑤GEPT

television [ˈtɛləˌvɪʒən] 電視　速記 on television 螢幕上

Tonight I'm going to get some popcorn and relax in front of the **television** all night long.
今晚我要買些爆米花，在電視機前放鬆一整夜。

tra-, trans-, tres-

跨越；經由

快學便利貼

transfer n. 移轉；匯兌；轉車車票；v. 轉送；調職；交付；轉帳

transform v. 變形；改革；變壓；轉化

transit n. 通行；運輸；過境；v. 通過

transmit v. 傳送；導熱；遺傳；傳染

transparent adj. 明白的；坦率的；透明的；一目了然的

transplant n./v. 移植；移栽；移居(者)

transport n./v. 運輸；轉運；運輸機關

tranquil adj. 安靜的；平靜的

單字拆解

S 同義　**A** 反義　**5** 單字出現頻率

trans 跨越 + **fer** 攜帶 = **transfer**　　**S** hand over　**4** TOEIC

transfer [træns'fɜ] 調職　　速記 a transfer slip 撥款單

My whole family will move to Spain because my father is being **transferred** by his company.
由於家父即將調職，我們會舉家搬至西班牙。

trans 跨越 + **form** 形式 = **transform**　　**S** alter　**4** GRE

transform [træns'fɔrm] 變形；轉化

If you eat properly and exercise regularly, I guarantee that your body will be **transformed**.
如果你飲食得宜且運動規律，我保證你的身體狀況會改善。

trans 跨越 + **it** 行進 = **transit**　　**S** pass through　**3** TOEFL

transit ['trænsɪt] 過境　　速記 transit visa 過境簽證

John has a **transit** in Kuala Lumpur before heading to Amsterdam where he will meet his wife.
約翰前往阿姆斯特丹與妻子相會前會先過境吉隆坡。

trans 跨越 + **mit** 發送 = **transmit**　　**S** transit　**4** TOEFL

transmit [træns'mɪt] 傳送　　速記 metals transmit electricity 金屬導電

Can you **transmit** this message to my boss for me?
可以麻煩你幫我將這訊息傳遞給我老闆嗎？

字首　字根　字尾　複合字

trans 跨越 + **parent** 呈現 = transparent Ａopaque ④TOEIC

transparent [træns'pɛrənt] 透明的
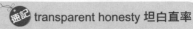 transparent honesty 坦白直率

The window the janitor cleaned yesterday was so **transparent** that a bird flew into it.
工友昨天清潔的那扇窗戶乾淨透明到讓一隻鳥直接飛撞上去。

trans 跨越 + **plant** 種植 = transplant Ｓshift ④TOEFL

transplant ['trænsplænt] 移植
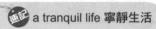 hair transplant 植髮

The old man feels like he got a second chance to live because of the heart **transplant**.
老先生因心臟移植而感到重獲新生。

trans 跨越 + **port** 運載 = transport Ｓcarry ④TOEIC

transport [træns'pɔrt] 運輸
 transport ship 運輸船

The bus will **transport** the tourists around the Island of Formosa on a three-day tour.
巴士將搭載觀光客進行一趟環台三日遊。

tran 跨越 + **quil** 靜止 = tranquil Ｓcalm ④TOEIC

tranquil ['træŋkwɪl] 安靜的
a tranquil life 寧靜生活

The beach in Mexico where the backpacker spent one week last year was **tranquil** and relaxing.
背包客去年待上一週的墨西哥海灘既寧靜又令人放鬆。

044 un- 否定;相反
MP3 044

快學便利貼

uncover v. 揭露;發現;脫帽致敬　　unfold v. 展開;說明;打開;攤開
undo v. 恢復;解決;解開;打開　　unlock v. 開鎖;揭露;開啟;表露
undoubtedly adv. 無疑地;肯定地　　unpack v. 打開;吐露;打開包裹

單字拆解
Ｓ同義　Ａ反義　⑤單字出現頻率

un 相反 + **cover** 掩蓋 = uncover Ｓreveal ③TOEFL

uncover [ˌʌn'kʌvɚ] 揭露;脫帽致敬

The detective **uncovered** the murder weapon and there were finger prints on it.
偵探發現兇器,上面還留有指紋。

un 相反 + **do** 做 = undo

S unfasten ❸ TOEIC

undo [ʌn'du] 恢復；解決；取消；破壞

It is too late now; you cannot **undo** what has already been done.
已經太遲了，你無法改變既定的事實。

un 相反 + **doubt** 懷疑 + **ed** 的 + **ly** 情狀 = undoubtedly

S certainly ❹ TOEIC

undoubtedly [ʌn'dautɪdli] 無疑地

筆記 等於 no doubt

The owner of Giant Bicycles is **undoubtedly** a bicycle enthusiast.
捷安特的老闆無疑是一位單車狂熱者。

un 相反 + **fold** 摺疊 = unfold

A fold ❸ TOEIC

unfold [ʌn'fold] 展開；說明；透露

As the story **unfolds**, we learn that the princess wasn't a very nice lady after all.
隨著故事情節發展，我們知道公主其實不是一位好女孩。

un 相反 + **lock** 上鎖 = unlock

S open ❸ TOEIC

unlock [ʌn'lɑk] 開鎖；揭露；解開

Terry forgot to **unlock** the door for Suzy; thus, she had to wait outside for an hour.
泰瑞忘記幫蘇西開門，所以她必須在門外等一個小時。

un 相反 + **pack** 打包 = unpack

A pack ❸ GEPT

unpack [ʌn'pæk] 打開；吐露心事；解除負擔

Now that we have arrived home, we need to **unpack** our suitcases and clean our clothes.
既然已經到家了，我們必須打開行李箱並清洗衣服。

045

un-, uni- 單一

快學便利貼

unanimous adj. 意見一致的；全體一致的；無異議的
uniform n. 制服；**v.** 使一致；**adj.** 相同的；均勻的；不變的
unify v. 統一；使一致；使成一體
union n. 聯合；一致；合併；工會

unique n. 獨一無二之物；**adj.** 獨特的
unit n. 個體；單位；單元；部隊
unite v. 聯合；團結；合併；一致
unity n. 個體；團結；一致；一貫；共有；統一；聯合；和諧

單字拆解

Ⓢ同義　Ⓐ反義　❺單字出現頻率

un 單一 + **anim** 心 + **ous** 的 = **unanimous**　Ⓢagree ❸TOEFL

unanimous [juˈnænəməs] 意見一致的

Floyd Mayweather won many of his boxing fights by **unanimous** decision.
佛洛伊德‧梅威瑟贏得許多拳擊賽皆獲裁判一致決議。

uni 單一 + **form** 形式 = **uniform**　Ⓐvarious ❹GEPT

uniform [ˈjunəˌfɔrm] 制服；相同的
速記 out of uniform 穿著便服

At the Halloween party, there were two teenagers wearing police **uniforms**.
有兩位青年在萬聖節舞會中穿著警察制服。

uni 單一 + **fy** 變成 = **unify**　Ⓢcombine ❹TOEIC

unify [ˈjunəˌfaɪ] 統一；使成一體；聯合

North and South Korea will **unify** peacefully if the two governments are genuine to each other.
若雙方政府能以誠相待，南北韓將和平統一。

uni 單一 + **on** 物 = **union**　Ⓢuniformity ❺GRE

union [ˈjunjən] 聯合
速記 European Union 歐盟

Union is strength.
團結就是力量。

uni 單一 + **que** 具…風貌 = **unique**　Ⓢsole ❸GEPT

unique [juˈnik] 獨一無二的；無可匹敵的

My nephew told me he fell in love with Rebecca because he felt she was **unique**.
我姪子說會愛上瑞貝卡是因為當時覺得她很獨特。

uni 單一 + **t** = **unit**　Ⓢelement ❺GRE

unit [ˈjunɪt] 單位
速記 astronomical unit 天文單位

There's a shipment of twenty-five air-conditioner **units** that will arrive tomorrow.
有一批裝載二十五台冷氣機的貨明天會到。

uni 單一 + **te** = **unite**　Ⓐdevide ❸GEPT

unite [juˈnaɪt] 聯合；團結；混合；兼備

If the free people of the world **unite** against tyranny, the dictators will stand no chance.
如果全世界的自由人聯合抵抗暴政，獨裁者將無機可乘。

uni 單一 + **ty** = **unity**　Ⓢharmony ❸TOEFL

unity [ˈjunətɪ] 一致
速記 family unity 家庭融洽

After all, it's the **unity** between the players on the team that makes them win.
該隊兩名選手的合作無間讓他們最終贏得比賽。

Part 2

字根篇
ROOT

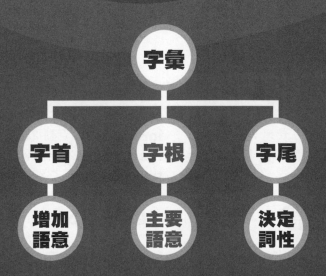

字彙

字首 — 字根 — 字尾

增加 語意 — 主要 語意 — 決定 詞性

n.名詞　v.動詞　adj.形容詞　adv.副詞　prep.介系詞　conj.連接詞

001

ac-, acid 酸的；尖銳的

MP3 046

快學便利貼

acid n. 酸性物質；尖刻；**adj.** 酸性的；刻薄的；脾氣壞的；敏銳的

acute adj. 敏銳的；深刻的；嚴重的；急性的；高音的；尖銳的

單字拆解

S 同義　**A** 反義　**5** 單字出現頻率

S sour　**3** GRE

acid [ˈæsɪd] 酸性物質

速記 acid rain 酸雨 sulphuric acid 硫酸

Be very careful when handling **acid** because it easily burns skin and can leave scars.
操作酸性物質時務必要小心，因為酸性物質容易腐蝕皮膚，而且會留下疤痕。

ac 尖銳的 + **ute** = acute

S keen　**3** GEPT

acute [əˈkjut] 嚴重的

速記 acute pain 劇痛 acute triangle 銳角三角形

Jenna has an **acute** throat infection. She can't even speak.
珍娜的喉嚨嚴重感染，她甚至無法說話。

002

act-, ag- 行為；行動

MP3 047

快學便利貼

act n. 行為；法案；**v.** 行動；扮演
actual adj. 真實的；實際的
agency n. 經銷處；代理；動作
agent n. 代理人；動作者
agony n. 極大的痛苦；（感情的）爆發

enact v. 頒布；扮演
exact v. 強索；強制；**adj.** 正確的
interact n./v. 互動；相互影響
react v. 反應；反作用
transaction n. 交易；處理；執行；業務

單字拆解

S 同義　**A** 反義　**5** 單字出現頻率

S perform　**4** TOEIC

act [ækt] 扮演

速記 an act of hostility 敵對行為 get your act together 集中精力

Brad Pitt can **act** very well especially when he takes on roles that deal with emotions.

布萊德彼特演技精湛，尤其擅長與情感有關的角色。

actu 行為 + **al** 有關的 = actual　　　　　　　Ⓢfactual ④GEPT

actual [ˈæktʃuəl] 實際的　　　速記 in actual life 現實生活中 in actual fact 實際上

The **actual** price of the item is $125.
那件商品的實際價格是一百二十五美元。

ag 行動 + **ency** 性質 = agency　　　　　　　Ⓢoffice ③IELTS

agency [ˈedʒənsɪ] 代理　　　速記 an employment agency 職業介紹所

There are many advertising **agencies** that can help companies sell their products.
有許多協助公司銷售產品的廣告代理商。

ag 行動 + **ent** 人 = agent　　　　　　　Ⓢoperator ③GEPT

agent [ˈedʒənt] 代理人　　速記 a general agent 總代理 secret agent 特務

Most professional sport players in the United States rely on an **agent** to find a team to play for.
大多數美國職業運動員仰賴代理人尋找球隊以獲得出賽機會。

ag 行動 + **ony** 名詞 = agony　　　　　　　Ⓢpain ④TOEFL

agony [ˈægənɪ] 極大的痛苦　　速記 pile on the agony 無病呻吟

After the old man suffered a heart attack, he was in **agony** for many hours.
老先生心臟病發後，有好幾個小時全身都感到非常痛苦。

en 使 + **act** 行動 = enact　　　　　　　Ⓢrepresent ③TOEIC

enact [ɪnˈækt] 頒布　　速記 enact a bill 施行法案

The President **enacted** a controversial law which has severe impact on individual rights.
總統頒布一項具爭議性的法令，因其嚴重影響個人權利。

ex 向外 + **act** 行動 = exact　　　　　　　Ⓢprecise ③GRE

exact [ɪgˈzækt] 正確的　　速記 the exact sum 準確的金額 exact science 精密科學

I don't have the **exact** time, but I think it's around midnight.
我不知道現在的正確時間，不過我想大概是午夜了。

inter 在…之間 + **act** 行動 = interact　　　　　　　Ⓢcommunicate ④GEPT

interact [ˌɪntəˈrækt] 互動　　速記 interact with 與…互動

Foreign teachers are often asked to **interact** with students to develop their conversation skills.
外籍老師需要時常和學生互動以加強他們的會話技巧。

re 反向 + **act** 行動 = react

react [rɪ'ækt] 反應

 速記 react against 反抗 react in 影響

The crowd **reacted** wildly when Alex Rodriguez hit the home run that won the game.
當羅德里奎茲擊出再見全壘打時，全場球迷為之瘋狂。

trans 貫通 + **action** 行動 = **transaction**

Sbusiness 3TOEIC

transaction [træn'zækʃən] 交易

 速記 financial transaction 金融交易

When the waitress tried to process a **transaction** with that credit card, it didn't work.
女服務生試著用那張信用卡結帳時，卡片卻不能刷。

---

003 agri-, agro- 田野

 MP3 O48

快學便利貼

agricultural adj. 農業的；務農的	agriculture n. 農業；農耕

 單字拆解

S同義　A反義　5單字出現頻率

agri 田野 + **cultural** 種植的 = **agricultural**

3TOEFL

agricultural [ˌægrɪ'kʌltʃərəl] 農業的

 速記 agricultural land 農業用地

Every society in the world is dependent on the **agricultural** industry for the production of food.
世界上每個社會都仰賴農業生產食物。

agri 田野 + **culture** 栽培 = **agriculture**

Sfarming 4IELTS

agriculture ['ægrɪˌkʌltʃə] 農業

 速記 agriculture department 農業部門

Most people who devote themselves to **agriculture** work hard and have long working hours.
大多數從事農業的人工作辛苦，而且工時很長。

---

004 al-, ol-, ul- 滋養

 MP3 O49

adolescence n. 青春期；青少年時期
adolescent n. 青少年；adj. 青春期的

adult n. 成人；adj. 適合成人的
adulthood n. 成年；成年期

單字拆解

Ⓢ同義　Ⓐ反義　⑤單字出現頻率

ad 前往 + ol 滋養 + escence 名詞 = adolescence

Ⓢyouth ④GRE

adolescence [ˌædl̩ˈɛsn̩s] 青春期

速記 in adolescence 在青春期

Many youths have a hard time getting used to the world in their **adolescence**.
許多年輕人在青春期時很難適應這個社會。

ad 前往 + ol 滋養 + escent 人 = adolescent

Ⓢteenaged ③GEPT

adolescent [ˌædl̩ˈɛsn̩t] 青少年

速記 adolescent girl 青少女

My brother and sister had a lot of acne when they were **adolescents**.
我弟弟和妹妹在青春期時長很多粉刺。

ad 前往 + ult 滋養 = adult

Ⓢgrown-up ②TOEFL

adult [əˈdʌlt] 成人

速記 adult ticket 成人票 adult education 成人教育

Most **adults** around the world end up getting married and having children.
全世界大多數的成人總有一天都會結婚生子。

adult 成年的 + hood 狀態 = adulthood

Ⓐchildhood ③TOEIC

adulthood [əˈdʌlthʊd] 成年

速記 middle adulthood 中年

Once a person reaches **adulthood**, they are expected to be responsible for their actions.
一般認為，人一旦成年就應該為自己的行為負責。

005 alt-, alti- 高的

 快學便利貼

altitude n. 高度；海拔；高地

字首
字根
字尾
複合字

Ⓢ同義　Ⓐ反義　❺單字出現頻率

alt 高的 + **itude** 程度 = altitude

Ⓢheight ❹GRE

altitude [`ˈæltəˌtjud`] 高度　速記 high altitude 高海拔 altitude illness 高山症

The **altitude** of Mount Everest is so high that it is very hard to breathe on top of it.
聖母峰海拔非常高，很難在峰頂呼吸。

006 al-, alter-, altr- 其他的

快學便利貼

alien n./adj 外國人(的)；外星人(的)	**alternate** n./v./adj. 輪流(的)；替代(的)
alienate v. 讓渡；使疏遠；挪用資金	**alternative** n./adj. 二者擇一(的)；交替
alter v. 改變；修改；變樣	(的)；n. 可行方法；替代物

Ⓢ同義　Ⓐ反義　❺單字出現頻率

al 其他的 + **ien** = alien

Ⓢextraneous ❸GEPT

alien [`ˈeliən`] 外星人　速記 be alien to 與…性質不同的

Many people around the world claim to have been abducted by **aliens**.
世界上有許多人聲稱曾被外星人綁架。

alien 不同的 + **ate** 動作 = alienate

Ⓢestrange ❸TOEFL

alienate [`ˈeljənˌet`] 使疏遠　速記 alienate oneself from 使自己脫離

The constant noise from the construction next door really **alienates** me from quiet when I try to sleep.
噪音不斷從隔壁工地傳來讓我想睡覺時不得安寧。

alt 其他的 + **er** 使 = alter

Ⓢchange ❷TOEIC

alter [`ˈɔltɚ`] 改變　速記 have sth altered 修改某物 alter ego 至交

We have to **alter** the route because the original one was buried in a landslide.
我們必須改變路線，因為原路線遭山崩掩埋。

alter 其他的 + **nate** 具有…性質 = alternate

Ⓐconsecutive ❸GRE

alternate [`ˈɔltɚˌnɛt`] 替代的　速記 on alternate days 隔日

We need an **alternate** strategy to beat the opponent.
我們需要替代策略來擊敗對手。

alternate 替代的 + **ive** 物 = alternative　　Ⓢreplacement ④TOEIC

alternative [ɔl'tɜnətɪv] 可行方法　　alternative fuel 代用燃料

Sometimes there is no other **alternative** but to tell someone your true feelings.
有時候，你只能選擇告訴他人你真實的感受。

007 am-, em- 喜愛

 MP3 052

快學便利貼

amateur n. 業餘者；愛好者；**adj.** 業餘的　　**enemy n.** 敵人；危害物；**adj.** 敵方的

單字拆解

Ⓢ同義　Ⓐ反義　❺單字出現頻率

ama 喜愛 + **teur** 人或物 = amateur　　Ⓐexpert ④TOEIC

amateur ['æmə.tʃur] 業餘的　　amateur model 業餘模特兒

Baseball players who do not make the professional leagues usually end up playing in **amateur** ones.
無法打入職業聯賽的棒球選手通常會轉戰業餘聯盟。

en 否定 + **em** 喜愛 + **y** 人 = enemy　　Ⓢopponent ❸IELTS

enemy ['ɛnəmɪ] 敵人　　make an enemy 樹敵 natural enemy 天敵

After World War II, America's **enemy** quickly became Soviet Russia.
第二次世界大戰之後，美國的敵國很快就變成了蘇俄。

008 ang- 窒息

 MP3 053

快學便利貼

anger n. 生氣；怒；**v.** 使發怒；發怒
angry adj. 生氣的；兇猛的；腫痛的；
　　風雨交作的；發炎的

anxiety n. 憂慮；渴望；掛念；焦慮
anxious adj. 憂慮的；渴望的；令人焦
　　慮的；掛念的

ang 窒息 + **er** 物 = anger　　　　　　　　　　　　Ｓire ❷GRE

anger [ˈæŋgə] 生氣　　　　　速記 in anger 生氣地

After the lead singer told the fans he didn't like their city, there's a feel of **anger** in the crowd.
在主唱告訴粉絲他不喜歡他們的城市之後，群眾中感受到一股怒氣。

ang 窒息 + **ry** 的 = angry　　　　　　　　　　　Ｓwrathful ❹GEPT

angry [ˈæŋgrɪ] 生氣的　　速記 be angry at 因…而發怒；生…的氣

Johnson was really **angry** once he found out that his colleague checked his iPhone.
強森發現同事查看他的iPhone後非常生氣。

anxie 窒息 + **ty** 名詞 = anxiety　　　　　　　　Ｓuneasiness ❹TOEFL

anxiety [æŋˈzaɪətɪ] 憂慮　　速記 with great anxiety 非常焦急

My niece feels no **anxiety** about making a speech in front of a crowd.
我姪女面對群眾演講時不會感到焦慮。

anxi 窒息 + **ous** 充滿 = anxious　　　　　　　　Ｓuneasy ❸TOEIC

anxious [ˈæŋkʃəs] 憂慮的　　速記 be anxious about 擔憂

Martin was very **anxious** about his final exam results. He wanted to know if he has passed or not.
馬汀對於期末考成績感到焦慮，他想知道他是不是通過了。

---

009 **angl-** 角度

 MP3 O54

快學便利貼

angle n. 角度；觀點；**v.** 轉變角度　　　　**triangle n.** 三角形；三角鐵；三角
rectangle n. 長方形；長方形物；矩形　　　　　板；（男女間）三角關係

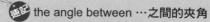 單字拆解　　Ｓ同義　Ａ反義　Ｓ單字出現頻率

❸TOEFL

angle [ˈæŋgl] 角度　　速記 the angle between …之間的夾角

Although squares and rectangles are different, they both have four 90 degree **angles**.
雖然正方形和長方形不同，但它們都有四個九十度角。

rect 直角的 + **angle** 角度 = **rectangle**　　　⑤oblong ④GRE

rectangle [rɛk'tæŋgl] 長方形　　通記 golden rectangle 黃金長方形

The teacher told us to draw a **rectangle** and then paint our favorite cartoon inside.
老師要我們畫一個長方形，然後在裡面畫上自己最喜愛的卡通。

tri 三 + **angle** 角度 = **triangle**　　　⑤set-square ③TOEIC

triangle ['traɪˌæŋgl] 三角形　　通記 obtuse triangle 鈍角三角形

Her earrings are special because they are shaped like **triangles** and have diamonds on them.
她的耳環很特別，因為是三角形的而且又有鑲鑽。

010

anim- 呼吸

快學便利貼

animal n. 動物；殘暴的人；**adj.** 動物界的；肉慾的；獸類的	**animate** v. 使有生氣；使活躍；激勵；**adj.** 有生命的；活的

單字拆解　　　⑤同義　△反義　⑤單字出現頻率

anim 呼吸 + **al** 抽象名詞 = **animal**　　　⑤creature ④TOEFL

animal ['ænəml] 動物　　通記 wild animals 野生動物　animal husbandry 畜牧業

Some land **animals** hibernate or go into a very deep sleep during the cold winter months.
某些陸地動物會在寒冷的冬季冬眠或沉睡。

anim 呼吸 + **ate** 具有…性質 = **animate**　　　⑤alive ③IELTS

animate ['ænəˌmet] 有生命的　　通記 animated cartoon 動畫

My drama teacher always stresses that we must be **animate** when we are on the stage acting.
我的戲劇老師一直強調在舞台上表演時必須充滿活力。

011

ann-, enn- 年

| anniversary n. 週年；週年紀念 | annual n. 年鑑；adj. 一年一次的 |

單字拆解

Ⓢ同義　Ⓐ反義　Ⓕ單字出現頻率

anni 年 **+** **vers** 轉變 **+** **ary** 物 **= anniversary**　Ⓢbirthday ❷GRE

anniversary [ˌænəˈvɝsərɪ] 週年紀念　 wedding anniversary 結婚紀念日

On the fiftieth **anniversary** of that married couple, they went on a cruise to celebrate.
那對夫婦參加郵輪假期來慶祝結婚五十週年紀念。

annu 年 **+** **al** 有關的 **= annual**　Ⓢyearly ❹GEPT

annual [ˈænjʊəl] 一年一次的　 an annual report 年報

At the **annual** Santa Claus parade, there were many elves and reindeers in the streets.
一年一度的耶誕老人遊行，街上有許多小精靈及馴鹿。

012 apt- 適合的

MP3 057

快學便利貼

| apt adj. 適合於；傾向於；合宜的
adapt v. 改編；適應；改建 | aptitude n. 才能；習性；恰當；天資；傾
向；適宜 |

Ⓢ同義　Ⓐ反義　Ⓕ單字出現頻率

Ⓢsuitable ❹TOEFL

apt [æpt] 適合於　 Iron is apt to rust. 鐵易生銹。

Many people feel that the president is too young, he may not be **apt** for the job.
許多人覺得總裁太年輕，他或許並不適合這份工作。

ad 向 **+** **apt** 適合的 **= adapt**　Ⓢmodify ❸TOEIC

adapt [əˈdæpt] 適應　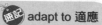 adapt to 適應

Taiwanese who go overseas need to **adapt** to different food and diverse weather.
台灣人出國需要適應不同的食物及多變的天氣。

apt 適合的 + **itude** 狀態 = aptitude Ⓢtalent ❷GEPT

aptitude ['æptə,tjud] 才能

速記 an aptitude test 性向測驗

That man has a great personality, but his **aptitude** for the job may not be good enough.
那位男子品行良好，但他的工作能力不足。

013
argu- 使清楚

<MP3 058>

 快學便利貼

argue v. 爭論；證明；說服；認為；提出理由；辯論

單字拆解　　Ⓢ同義　Ⓐ反義　❺單字出現頻率

argu 使清楚 + **e** 動作 = argue　　Ⓐagree ❹IELTS

argue ['ɑrgju] 爭論

速記 argue with 與…爭吵 argue the toss 無謂的爭論

Sandra is constantly **arguing** with everybody and it's making me very annoyed.
珊卓不斷與每個人爭辯，這使我非常惱怒。

014
arm- 武器

<MP3 059>

 快學便利貼

alarm n. 驚慌；警報；**v.** 使驚慌；警告
arm n. 手臂；支架；扶手；權力
armor n. 鐵甲；裝甲；**v.** 提供防禦

arms n. 武器；徽章；圖徽；武裝
army n. 陸軍；軍隊；大群；大批；團體；軍團

單字拆解　　Ⓢ同義　Ⓐ反義　❺單字出現頻率

al 前往 + **arm** 武器 = alarm　　Ⓢstartle ❸TOEFL

alarm [ə'lɑrm] 警報

速記 false alarm 虛驚一場 burglar alarm 防盜鈴

I set my **alarm** for 5 a.m. because tomorrow morning I'll go cycling with friends.

我將鬧鐘設為早上五點，因為明天一早我會和朋友騎單車郊遊。

④ TOEIC

arm [ɑrm] 手臂；支架

 速記 Justice has long arms. 法網恢恢，疏而不漏。

My **arm** is sore since I lifted all those heavy boxes at the paper factory last week.
我的手臂會痠痛是因為上週在紙廠抬重箱子。

arm 武器 + **or** 物 = **armor**

❸ GRE

armor ['ɑrmə] 鐵甲

 速記 a suit of armor 鎧甲裝 armor clad 武裝的

The **armor** warriors used to wear in the middle ages was very heavy and always slowed them down.
中古世紀戰士所穿的盔甲很重，而且老是讓他們的速度變慢。

arm 武器 + **s** = **arms**

S weapon **④** GEPT

arms [ɑrmz] 武器

 速記 arms race 軍備競賽 be under arms 枕戈待旦

The United States has traditionally supplied the Taiwanese with different types of **arms**.
美國已照慣例提供台灣人不同類型的武器。

arm 武器 + **y** 名詞 = **army**

S troops **④** IELTS

army ['ɑrmɪ] 軍隊

 速記 a regular army 正規軍

The South Korean **army** was put on high alert when one of their warships was sunk.
南韓軍隊的其中一艘軍艦遭擊沉後，他們就保持高度警戒。

---

015 **art-** 藝術；技巧

 MP3 060

快學便利貼

art n. 藝術；技巧；文科；藝術作品
artery n. 動脈；幹線；中樞；要道
artifact n. 工藝品；加工品

artificial adj. 人工的；模擬的
artistic adj. 風雅的；藝術的；藝術家
　　　　　　的；有美感的；精巧的

 單字拆解

S 同義　**A** 反義　**⑤** 單字出現頻率

④ TOEFL

art [ɑrt] 藝術

 速記 the fine arts 美術 objet d'art 小工藝品

Picasso's **art** is some of the most expensive and also captivating in the world.
畢卡索的藝術是世界上最昂貴，也最令人神魂顛倒的作品。

art 技巧 + **ery** 物 = **artery**

A vein **3** GRE

artery [ˈɑrtərɪ] 動脈

速記 coronary artery 冠狀動脈

People get heart attacks generally because an **artery** in the heart has been blocked.
人們通常是因為心臟的某條動脈堵塞而心臟病發。

arti 藝術 + **fact** 製作 = **artifact**

 2 TOEIC

artifact [ˈɑrtɪˌfækt] 工藝品

速記 ancient Egyptian artifact 古埃及工藝品

The National Palace Museum in Taipei has **artifacts** that date back more than one thousand years ago.
台北故宮博物院有可追溯至一千多年前的工藝品。

arti 技巧 + **fic** 製作 + **ial** 關於 = **artificial**

 A natural **3** IELTS

artificial [ˌɑrtəˈfɪʃəl] 人工的

速記 artificial intelligence 人工智慧

That man has an **artificial** leg because he had a serious car accident many years ago.
那名男子因為多年前的嚴重車禍而裝上義肢。

art 藝術 + **istic** 有關 = **artistic**

 A vulgar **2** GEPT

artistic [ɑrˈtɪstɪk] 藝術的

速記 artistic value 藝術價值

One of the students in my class has an amazing **artistic** sense because she can sing and paint.
我班上有名學生藝術天份極高，因為她會歌唱又會畫畫。

---

016 **aster-, astro-** 星星

 MP3 061

快學便利貼

astronaut n. 太空人；宇航員	**astronomy** n. 天文學
astronomer n. 天文學家	**disaster** n. 災難；災害；不幸

單字拆解

S 同義 **A** 反義 **5** 單字出現頻率

astro 星星 + **naut** 人 = **astronaut**

 S spaceman **4** TOEFL

astronaut [ˈæstrəˌnɔt] 太空人

速記 astronaut suit 太空衣

Buzz Aldrin is known around the world for having been the second **astronaut** to walk on the moon.
伯茲・艾德林因是第二位在月球上漫步的太空人而聞名全球。

字首

字根

字尾

複合字

astronom 星星 + **er** 人 = **astronomer**　　　Ⓢstargazer ❸TOEFL

astronomer [əˈstrɑnəmə] 天文學家

Practically speaking, every **astronomer** will tell you that there is life out in the universe.
事實上，任何一位太空人都會告訴你宇宙之中還有其他生命。

astro 星星 + **nomy** 學問 = **astronomy**　　　Ⓢastrology ❷GRE

astronomy [əsˈtrɑnəmɪ] 天文學　　　速記 radar astronomy 雷達天文學

Astronomers never run out of things to discover in **astronomy** because the universe is endless.
天文學家永遠有探索不完的天文現象，因為宇宙無窮無盡。

dis 遠離 + **aster** 星星 = **disaster**　　　Ⓢmishap ❷GEPT

disaster [dɪˈzæstə] 災難　　　速記 disaster area 災區 disaster film 災難片

The tsunami that struck Asia a few years ago was a huge **disaster** for many countries.
數年前侵襲亞洲的海嘯對許多國家來說是一起重大災難。

017 aud-, audi-, edi 聽

快學便利貼

audience n. 聽眾；傾聽；聽取
audio n. 音響；adj. 聽覺的；聲音的
obedience n. 服從；遵守；管轄

obedient adj. 服從的；孝順的；馴良的；順從的；恭順的
obey v. 服從；遵守；執行；聽話

 單字拆解　　　Ⓢ同義　Ⓐ反義　❺單字出現頻率

audi 聽 + **ence** 名詞 = **audience**　　　Ⓢspectator ❸TOEFL

audience [ˈɔdɪəns] 聽眾　　　 have audience of 拜會

A large **audience** at the opera show tonight really seemed to enjoy the singers.
今晚觀賞歌劇表演的大批觀眾似乎非常喜愛所有演唱者。

audi 聽 + **o** 名詞 = **audio**　　　Ⓐvideo ❸TOEIC

audio [ˈɔdɪˌo] 音響　　　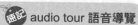 audio tour 語音導覽

The **audio** in Peter's car is really good obviously because he invested a lot of money in it.
彼得車上的音響真的很棒，顯然是因為他在那上面花了不少錢。

ob 處於 + **edi** 聽 + **ence** 名詞 = obedience

△disobedience ❸IELTS

obedience [ə'bidjəns] 服從

補記 in obedience to 遵從；服從

Amanda sent her dog to **obedience** training because it wouldn't listen to her.
阿曼達送她的狗去受服從訓練，因為它不聽她的話。

ob 處於 + **edi** 聽 + **ent** 的 = obedient

△disobedient ❹GEPT

obedient [ə'bidjənt] 服從的

補記 be obedient to 順從

When entering the military, it's important to understand that you must be **obedient** to superiors.
從軍時，重要的是你要服從長官。

ob 處於 + **ey** 聽 = obey

△resist ❸GRE

obey [ə'be] 服從

補記 obey the law 遵守法律

The sergeant told us that if we **obeyed** his command, we would all get home alive.
警官告訴我們如果服從他的命令，我們就能活著回家。

---

018 aug-, auth- 增加

MP3 063

快學便利貼

auction n./v. 拍賣；標售
author n. 作者；作品；發起人；v. 寫作

authority n. 權威；權力；許可權；當權者；來源；依據；判例

單字拆解

❸同義 △反義 ❺單字出現頻率

auc 增加 + **tion** 名詞 = auction

❷TOEIC

auction ['ɔkʃən] 拍賣

補記 put sth up for an auction 拍賣某物

The exchange student sold his furniture by **auction** on line before he left Taiwan.
交換學生離開台灣之前在網路上拍賣掉所有傢俱。

auth 增加 + **or** 人 = author

❸writer ❷GEPT

author ['ɔθə] 作者

補記 the author of mischief 禍首

The **author** of the Da Vinci Code has sparked outrage within the religious community.
達文西密碼的作者已經引起宗教界的盛怒。

auth 增加 + **or** 物 + **ity** 名詞 = authority

字首 字根 字尾 複合字

authority [əˈθɔrətɪ] 權力

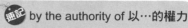 速記 by the authority of 以⋯的權力

The police have the **authority** to arrest people who are breaking the law.
警方有權逮捕觸犯法律的人。

019

band-, bond- 綑綁

 MP3 064

快學便利貼

band n. 帶；夥；樂團；v. 捆紮；團結
bond n. 聯結；束縛；債券；v. 證券抵押

bound n. 界限；v. 跳躍；adj. 被束縛的
boundary n. 邊界；限界；範圍

 單字拆解

S 同義　**A** 反義　**⑤** 單字出現頻率

S strap **④** TOEFL

band [bænd] 樂團；帶子

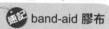 速記 band-aid 膠布

When Henry was young, his favorite **band** was Metallica, but now he likes Radiohead.
亨利年輕時最喜歡的樂團是金屬製品合唱團，而現在則喜歡電台司令合唱團。

S link **④** TOEIC

bond [bɑnd] 聯結

 速記 enter into a bond with 與⋯訂約

The **bond** between my brother and I is unbreakable since we have lived together for a long time.
我和我哥的關係牢不可破，因為我們一直都住在一起。

S limit **②** GEPT

bound [baʊnd] 邊境；綑綁

 速記 keep within bounds 約束；守規

He transgressed the **bounds** of the agreement by investing his money outside the country.
他因為投資海外市場而違反了協議規範。

bound 邊境 + **ary** 名詞 = **boundary**

S border **④** GRE

boundary [ˈbaʊndrɪ] 限界

 速記 a boundary dispute 邊界糾紛

Jeffery crossed the **boundary**, and therefore, his team lost possession of the ball.
傑弗瑞出界了，因此他的球隊失了控球權。

020

bar- 棒子；障礙

 MP3 065

bar n. 棒狀物；酒吧；律師業；**v.** 阻擋	**barrier** n. 障礙；界線；**v.** 用柵圍住
barrel n. 桶；**v.** 裝入桶內；高速行進	**embarrass** v. 使窘迫；使窮困；妨礙

單字拆解

S 同義　**A** 反義　**⑤** 單字出現頻率

⑤ prohibit　❸ TOEFL

bar [bɑr] 棒狀物

記 in bar of 為禁止；為防止　behind bars 坐牢

He hurt his back playing limbo because the **bar** was too low for him to make it through.
他在玩凌波舞時背部受傷，因為桿子太低，他無法從下面通過。

barr 障礙 + **el** 名詞 = **barrel**

⑤ bucket　❸ TOEIC

barrel ['bærəl] 桶

記 a barrel of 一桶

Wine is stored in oak **barrels** for many months or even years, depending on the type.
葡萄酒依種類貯存於橡木桶內長達數月，甚至數年。

barr 障礙 + **ier** 物 = **barrier**

⑤ obstruction　④ GEPT

barrier ['bærɪr] 障礙

記 a barrier to progress 進步的障礙

The **barrier** was set up to make sure nobody from the other side could enter.
設置柵欄是為確保無人能從另一邊進入。

em 向內 + **barr** 障礙 + **ass** 動作 = **embarrass**

⑤ disconcert　❸ IELTS

embarrass [ɪm'bærəs] 使窮困

記 embarrass with 因…而困窘

It goes without saying that the decline of sales will **embarrass** the company.
銷路下降理所當然會使公司陷於財政困難。

021

base- 基礎

 MP3 066

快學便利貼

base n./v. 基礎；根據；**adj.** 卑鄙的	**basis** n. 基礎；基底；主要成份；準則
basin n. 水盆；流域；盆地；海灣	**bass** n. 低音部；低音樂器；**adj.** 低音的

字首　字根　字尾　複合字

base [bes] 根據

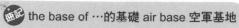 the base of …的基礎 air base 空軍基地

The academic authority should always **base** arguments upon facts, instead of personal assumption.
學術權威應根據事實評論，而不是只靠個人臆測。

bas 基礎 + **in** 名詞 = **basin**

Ⓢsink ❸GEPT

basin ['besn] 水盆

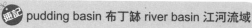 pudding basin 布丁缽 river basin 江河流域

The boy poured a **basin** of hot water into the bathtub.
男孩把一盆熱水倒入浴缸。

bas 基礎 + **is** 物 = **basis**

Ⓢfoundation ❹GRE

basis ['besɪs] 基礎

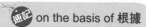 on the basis of 根據

We declare consolidated income tax on the **basis** of assessment.
我們依據課稅標準申報綜合所得稅。

bas 基礎 + **s** 的 = **bass**

❹TOEIC

bass ['bes] 低音的

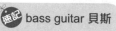 bass guitar 貝斯

The winner of the reality TV competition show has a magnetic **bass** voice.
電視實境比賽的冠軍擁有一副極具磁性的低音。

---

022 bat- 打；去

 MP3 067

快學便利貼

bat n. 球棒；蝙蝠；v. 擊球；拍翅
batter n. 打擊者；奶油麵糊；v. 打碎；
　　　磨損；毆打；連續猛擊
battery n. 炮兵連；炮臺；電池；毆
　　　打；一系列；一套；一批

battle n. 戰役；競爭；勝利；交戰；v.
　　　作戰；鬥爭；奮鬥；搏鬥
combat n. 戰鬥；競賽；反對；v. 打
　　　鬥；鬥爭；反對；搏鬥
debate n./v. 討論；辯論；v. 思考；盤算

bat [bæt] 球棒

the side at bat 棒球攻方 right off the bat 毫不猶豫

Most baseball players prefer a wooden **bat** as opposed to one made of metal.
大多數棒球選手偏愛木製球棒，而非金屬球棒。

bat 打 + **er** 名詞 = **batter**　　　　　　Ⓢbeat ❸IELTS

batter [ˈbætə] 奶油麵糊　　速記 pancake batter 鬆餅麵糊 batter sth down 砸毀

The cookie **batter** is ready therefore the next step is to turn on the oven and bake the cookies.
餅乾的麵糊已準備妥當，因此下個步驟是打開烤箱烤餅乾。

batt 打 + **ery** 物 = **battery**　　　　　　Ⓢaccumulator ❸GRE

battery [ˈbætərɪ] 電池　　速記 in battery 準備發射 buffer battery 儲能電池

It will be gratifying to see the reduction in pollution when all the cars are **battery** powered.
當所有汽車都使用電池動力時，汙染降低是可樂見的。

batt 打 + **le** 名詞 = **battle**　　　　　　Ⓢfight ❹TOEIC

battle [ˈbætḷ] 戰役　　速記 battle station 戰鬥基地 pitched battle 群架

The **battle** at Tripoli was said to have been a turning point in the Second World War.
據說的黎波里戰役是第二次世界大戰的轉捩點。

com 共同 + **bat** 打 = **combat**　　　　　　Ⓢbattle ❷GEPT

combat [ˈkɑmbæt] 戰鬥　　速記 a single combat 單挑 combat aircraft 戰鬥機

All the troops are ready for **combat** and awaiting orders to attack the enemy.
所有軍隊已備戰完畢，正等待進攻的指令。

de 向下 + **bate** 打 = **debate**　　　　　　Ⓢargue ❸IELTS

debate [dɪˈbet] 辯論　　速記 debate with oneself 盤算

The presidential **debate** was very interesting but it only touched on the economy and education.
總統競選辯論雖然非常有趣，卻只侷限於經濟與教育議題。

023 bel-, bell- 戰爭

 MP3 068

快學便利貼

rebel n. 叛徒；v. 反叛；adj. 反叛的　　**rebellion** n. 反叛；反抗；叛亂

 **單字拆解**　　　　　Ｓ同義　Ａ反義　Ｇ單字出現頻率

re 反對 + **bel** 戰爭 = **rebel**　　　　Ｓrevolt ❹TOEFL

rebel [rɪˈbɛl] 叛徒　　　　速記 the rebel army 叛軍

Mao Zedong was once seen as a meaningless **rebel** in China but proved to be a formidable force.
毛澤東在中國一度被視為一位毫無份量的叛徒，但後來成為一股可畏的力量。

rebel 叛徒 + **ion** 名詞 = **rebellion**　　　Ｓuprising ❹GEPT

rebellion [rɪˈbɛljən] 叛亂　　　速記 rise in rebellion 起義

The Boxer **Rebellion** is seen to have been a pivotal point in Chinese history.
義和團叛變被視為中國歷史上的重要事件。

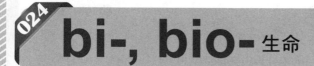

024 **bi-, bio-** 生命　　　 MP3 069

快學便利貼

biochemistry n. 生物化學	**biology** n. 生物學；生理；生態；（一種
biography n. 傳記；傳記文學	生物的）生活規律

 **單字拆解**　　　　　Ｓ同義　Ａ反義　Ｇ單字出現頻率

bio 生命 + **chemistry** 化學 = **biochemistry**　　❹TOEFL

biochemistry [ˈbaɪoˈkɛmɪstrɪ] 生物化學

Of the entire things Peter could have chosen to study at University, he chose **biochemistry**.
所有能在大學選讀的科目中，彼得選擇了生物化學。

bio 生命 + **graphy** 寫 = **biography**　　Ｓlife history ❷GRE

biography [baɪˈɑgrəfɪ] 傳記　　速記 biography of sb 某人的傳記

The **biography** of famous leaders such as Mao or Lenin has interested many scholars.
如毛澤東或列寧等著名領袖的傳記讓許多學者感興趣。

bio 生命 + **logy** 學問 = **biology**

biology [baɪˈɑlədʒɪ] 生物學

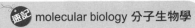 速記 molecular biology 分子生物學

In **biology**, students dissect many different things such as frogs and a variety of animal organs.
學生在生物課解剖許多動物，如青蛙和各種動物器官。

025

brev-, brevi- 短的

 MP3 070

快學便利貼

abbreviate v. 省略；縮寫；約分；使簡短；縮短

brief n./v. (做)簡報；(做)摘要；**adj.** 短的；簡潔的；草率的；**n.** 訟案；訴書

單字拆解

 ⑤同義　▲反義　⑤單字出現頻率

ab 前往 ＋ **brevi** 短的 ＋ **ate** 動作 ＝ **abbreviate** ⑤shorten ③GRE

abbreviate [əˈbrɪvɪˌet] 縮寫

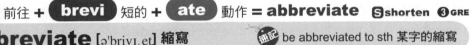 速記 be abbreviated to sth 某字的縮寫

The teacher prefers his students to **abbreviate** long words as to save space and time.
為了節省空間及時間，老師較喜歡他的學生將長的字縮寫。

⑤short ②TOEFL

brief [brif] 做簡報；簡短的

速記 a brief life 短暫的人生

Before the marines went on the mission to save the hostages, they were **briefed** by their captain.
海軍陸戰隊員展開人質救援任務之前，先聽取上尉的簡報。

026

cad-, case-, cid- 落下

 MP3 071

快學便利貼

accident n. 意外事件；故障；附帶事件
case n. 事件；案件；箱；外殼；病例
casual n. 零工；**adj.** 非正式的；偶然的

coincide v. 一致；符合；同時發生
incident n. 事件；**adj.** 易有的；附帶的
occasion n. 場合；時機；原因；**v.** 引起

 單字拆解　　　　Ｓ同義　Ａ反義　⑤單字出現頻率

ac 前往 + **cid** 落下 + **ent** 名詞 = accident　　Ｓcasualty ④GEPT

accident [ˈæksədənt] 意外事件　　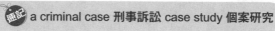 by accident 偶然

There was a horrible car **accident** on the highway caused by a drunken driver.
高速公路有一起酒駕造成的可怕車禍。

❸TOEFL

case [kes] 案件　　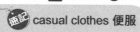 a criminal case 刑事訴訟 case study 個案研究

The **case** against Mr. Peterson will not hold up in court because of lack of evidence.
控告彼得森先生的案件因缺乏證據而將不在法庭提出。

cas 落下 + **ual** 關於 = casual　　Ａformal ❸TOEIC

casual [ˈkæʒuəl] 非正式的　　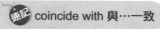 casual clothes 便服

Don't worry about wearing a suit and tie because tomorrow is a **casual** day at work.
別擔心要穿西裝打領帶，因為明天是便服日。

co 共同 + **in** 朝向 + **cide** 落下 = coincide

Ｓcorrespondent ④TOEFL

coincide [ˌkoɪnˈsaɪd] 一致　　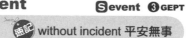 coincide with 與…一致

The beginning of the millennium unfortunately **coincided** with a big war.
千禧年的一開始不幸地同時發生了一場大戰。

in 朝向 + **cid** 落下 + **ent** 名詞 = incident　　Ｓevent ❸GEPT

incident [ˈɪnsədnt] 事件　　 without incident 平安無事

The **incident** that involved those two angry customers at the restaurant was resolved quickly.
兩位憤怒的顧客在餐廳發生的意外事件很快就解決了。

oc 在…之前 + **cas** 落下 + **ion** 名詞 = occasion　　Ｓtime ④TOEIC

occasion [əˈkeʒən] 時機　　give occasion to 引起 on occasion 偶爾

Charlie is waiting for the perfect **occasion** to propose to Alexandra.
查理一直在等待完美時機向亞莉珊卓求婚。

027 calc- 石灰

 MP3 072

快學便利貼

calcium n. 鈣
calculate v. 計算；估計；預測；籌劃

chalk n. 粉筆；白堊；v. 用粉筆寫；規劃；畫出…的草圖；得分；記下

單字拆解

S 同義　**A** 反義　**5** 單字出現頻率

calc 石灰 ＋ **ium** 名詞 ＝ **calcium**

3 IELTS

calcium [ˈkælsɪəm] 鈣

速記 calcium oxide 氧化鈣

Specialists recommend elderly people to take **calcium** supplements to strengthen their bones.
專家推薦老年人攝取鈣補給品以強健骨骼。

calc 石灰 ＋ **ul** 小的 ＋ **ate** 動作 ＝ **calculate**

S count　**4** TOEIC

calculate [ˈkælkjəˌlet] 估計

速記 calculating machine 計算機

Before travelling, it's important to **calculate** how much the trip will cost.
旅遊前先預估旅途花費的金額很重要。

S blackboard crayon　**2** GRE

chalk [tʃɔk] 粉筆

速記 not know chalk from cheese 不知好歹

My elementary school still uses old **chalk** boards while other schools have whiteboards.
我的小學仍使用舊式黑板，然而其他學校已有白板了。

028

camp- 田野

MP3 073

快學便利貼

camp n. 營地；營隊；戰場；v. 露營
campaign n. 競選運動；v. 發起活動

campus n. 校園；大學；大學生活；
adj. 大學的；校園的

單字拆解

S 同義　**A** 反義　**5** 單字出現頻率

S cantonment　**3** TOEFL

camp [kæmp] 營隊

速記 go camping 去露營 camp it up 裝模作樣

Jeffery is looking forward to going to summer **camp** in Canada with his cousins.
傑弗瑞很期待和他表弟一起參加在加拿大的夏令營。

camp 田野 + **aign** = campaign　　　Ⓢmovement ❹GEPT

campaign [kæm'pen] 競選運動　　　速記 launch a campaign 發起活動

The Democratic **campaign** for the presidency focused on one thing and that was change.

民主黨總統競選活動主要著重於一件事，那就是改變。

camp 田野 + **us** = campus　　　Ⓢcollege ❸TOEFL

campus ['kæmpəs] 校園　　　速記 on/off campus 校內/校外

The National Cheng Kung University is one of the most beautiful **campus** in Taiwan.

國立成功大學是台灣最美麗的校園之一。

029

cand- 白色；亮光　　　MP3 074

快學便利貼

| candidate n. 候選人；候補人；應試者 | candle n. 蠟燭；燭光；v. 對光檢查 |

 **單字拆解**　　　Ⓢ同義　Ⓐ反義　❺單字出現頻率

cand 亮光 + **id** 的 + **ate** 人 = candidate　　　Ⓢnominee ❷TOEFL

candidate ['kændədet] 候選人　　　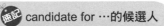速記 candidate for …的候選人

There are three main **candidates** for the student council presidency at my school.

我校的學生會主席主要有三位候選人。

cand 亮光 + **le** 小尺寸 = candle　　　Ⓢbougie ❹GEPT

candle ['kændl̩] 蠟燭　　　速記 hold a candle to another 為別人盡力

When the power went out in typhoon day, we had to resort to **candles** for light.

每當颱風天停電時，我們就必須仰賴燭光。

030

cant-, chant-, cent- 唱歌　　　MP3 075

 快學便利貼

| accent n. 腔調；重音；特徵；v. 重讀 | chant n. 吟誦；韻文；v. 吟誦；歌頌 |

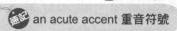 單字拆解　　　S同義　A反義　5單字出現頻率

ac 前往 + **cent** 唱歌 = **accent**　　　S tone　3 GRE

accent [ˈæksɛnt] 腔調　　　速記 an acute accent 重音符號

Oliver has a different **accent** when he speaks English because his native language is French.
奧利佛講英語時有特別的腔調，因為他的母語是法文。

S sing　3 TOEFL

chant [tʃænt] 歌頌　　　速記 chant the praise of 頌揚

The soldiers **chanted** songs as they were marching to the battle field to fight the enemy.
士兵們前進戰場與敵軍奮戰時唱著戰歌。

031

cap- 頭；捉拿

 MP3 076

 快學便利貼

cabbage n. 甘藍菜；紙幣；捲心菜	capital n. 大寫字母；資本；資方；首都；
cap n. 帽子；蓋子；v. 脫帽致意	adj. 大寫的；重要的；首都的
capable adj. 有能力的；有資格的	captive n. 俘虜；受迷惑者；adj. 被俘
capacity n. 容量；才能；性能；資格	的；被迷住的；被監禁的
cape n. 披肩；岬；斗篷；海角	capture n. 捕獲；戰利品；v. 捕獲；奪取

單字拆解　　　S同義　A反義　5單字出現頻率

cabb 頭 + **age** 名詞 = **cabbage**　　　2 TOEIC

cabbage [ˈkæbɪdʒ] 甘藍菜　　　速記 Chinese cabbage 大白菜

The main ingredient in the traditional Korean food Kimchi is **cabbage**.
韓國傳統泡菜料理的原料是甘藍菜。

S lid　3 GRE

cap [kæp] 蓋子　　　速記 baseball cap 棒球帽 to cap it all 最糟糕的是

The employee at the gas station forgot to put back my gas **cap** yesterday.
昨天加油站員工忘了將我的油箱蓋拴好。

cap 頭 + **able** 能力 = **capable**　　　Ⓢable ❸TOEIC

capable [ˈkepəbl̩] 有能力的　　　速記 be capable of 能夠⋯

In 1960 the president of USA said that the country was **capable** of reaching the moon.
美國總統於一九六零年表示該國有能力登上月球。

cap 頭 + **acity** 名詞 = **capacity**　　　Ⓢvolume ❹GEPT

capacity [kəˈpæsətɪ] 容量　　　速記 breathing capacity 肺活量

The elevator in the school has a **capacity** of fifteen people or six hundred kilos.
學校電梯可容納十五人或六百公斤的重量。

cap 頭 + **e** = **cape**　　　Ⓢponcho ❷TOEFL

cape [kep] 披肩　　　速記 the Cape of Good Hope 好望角

Superman and batman are examples of popular superheroes that wear a **cape**.
超人和蝙蝠俠都是披著斗蓬受歡迎的超級英雄。

cap 頭 + **ital** 關於 = **capital**　　　Ⓢmetropolis ❹TOEIC

capital [ˈkæpət̩l] 首都的；資本　　　速記 financial capital 金融資本

The gifted student has a good memory. He is able to remember all the **capital** cities in the world.
那位資優生記憶力很好，他能記住世界上所有國家的首都。

cap 捉拿 + **tive** 的 = **captive**　　　Ⓢhostage ❸GRE

captive [ˈkæptɪv] 俘虜　　　速記 hold captive 活捉；俘虜

The poor hostage was held **captive** on a boat off the coast of Somalia for thirty days.
可憐的人質被監禁在索馬利亞外海的船上長達三十天。

cap 捉拿 + **ture** 名詞 = **capture**　　　Ⓢarrest ❸GEPT

capture [ˈkæptʃɚ] 捕獲　　　速記 capture one's heart 擄獲人心

Having a camera handy is important to **capture** important moments.
隨身攜帶一部相機很重要，因為可隨時捕捉重要時刻。

032 **car-** 跑；車

MP3 077

car n. 汽車；車廂；（電梯）升降廂
career n. 職業；履歷；全速；v. 狂奔；
    adj. 專業的；職業的
cargo n. 貨物；負荷
carry n. 射程；運載；v. 搬運；攜帶；
    傳達；資助；刊登；隱瞞

cart n. 手推車；馬車；v. 用車運送
charge n. 索價；控訴；充電；v. 收費；
    充電；指控；譴責
chariot n. 四輪馬車；輛車；v. 馬車運送；
    駕馭；乘戰車
discharge n./v. 排放；履行；卸貨；解雇

字首

單字拆解　　　　　　　**S**同義　**A**反義　**⑤**單字出現頻率

字根

S vehicle　**③** TOEFL

car [kɑr] 汽車
速記 a dining car 餐車 racing car 賽車

A hybrid **car** usually uses fuel and electricity in sync to power it.
油電混合車通常同時使用汽油及電力來發動。

car 跑 + **eer** 物 = **career**

S job　**④** GRE

career [kə'rɪr] 職業
速記 career plan 生涯規劃 career break 離職期

Many adolescents have a hard time figuring out what they want for a **career**.
許多青少年無法找出自己想要從事什麼行業。

car 車 + **go** 移動 = **cargo**

字根

S freight　**④** TOEIC

cargo ['kɑrgo] 貨物
速記 cargo plane 貨運飛機；運輸機

The **cargo** ship is heading to the United States and it contains mostly brand-new trucks.
貨輪正開往美國，它大部分裝載著全新的卡車。

carr 跑 + **y** = **carry**

字尾

S hold　**②** GEPT

carry ['kærɪ] 搬運
速記 carry on 繼續 carry sb back 使回憶

Evelyn was really tired because she had to **carry** the groceries home by foot.
伊芙琳真的很累，因為她必須用走的將雜貨搬回家。

car 車 + **t** 名詞 = **cart**

S handcart　**③** IELTS

cart [kɑrt] 手推車
速記 be in the cart 陷於困境 upset the apple cart 打亂計畫

The shopping **carts** at Costco are big enough for shoppers to purchase a lot of things at a time.
好事多的購物推車夠大，讓顧客能夠一次購買很多物品。

複合字

char 跑 + **ge** = **charge**

Ⓢfee **④**TOEIC

charge [tʃɑrdʒ] 索價

 通記 charges paid 費用付訖 service charge 服務費

There's a ten percent extra **charge** on the bill that goes to the waitress for her hard work.
帳單上有百分之十的額外收費是為了犒賞女服務生的辛勞。

char 車 + **iot** = chariot

Ⓢcarriage **③**GRE

chariot ['tʃærɪət] 四輪馬車

The **chariot** was used by the Romans as a form of transportation many centuries ago.
數世紀前，羅馬人使用四輪馬車做為一種交通工具。

dis 遠離 + **charge** 指控 = discharge

Ⓢrelease **③**GEPT

discharge [dɪs'tʃɑrdʒ] 履行

 通記 discharge from 從⋯被釋放

The judge was well-known for always **discharging** his duties with the utmost courtesy.
那名法官因為執行公務時極為有禮而聞名。

033 carn- 肉

 MP3 078

快學便利貼

carnation n. 康乃馨；adj. 肉色的　　carnival n. 嘉年華會；歡宴；節日表演

單字拆解

Ⓢ同義　**Ⓐ**反義　**⑤**單字出現頻率

carn 肉 + **ation** 名詞 = carnation

②TOEFL

carnation [kɑr'neʃən] 康乃馨

 通記 Carnation Revolution 康乃馨革命

The boy gave his mother a bouquet of **carnations** to show her how much he loved her.
男孩送母親一束康乃馨以向她表示他有多愛她。

carn 肉 + **ival** 抽象名詞 = carnival

Ⓢfestival **③**IELTS

carnival ['kɑrnəvl] 嘉年華會

 通記 a carnival atmosphere 狂歡節的氣氛

Every year, tourists from all over the world visit during **carnival** time in Rio de Janeiro, Brazil.
來自全世界的觀光客每年在里約熱內盧嘉年華期間造訪巴西。

cast- 投擲

快學便利貼

cast n. 演員表；投擲；v. 擲；拋棄　　forecast n./v. 預測；預報

單字拆解

Ⓢ同義　Ⓐ反義　Ⓕ單字出現頻率

Ⓢthrow　❷TOEFL

cast [kæst] 演員表　　速記 cast a vote 投票 cast around for sth 苦苦思索

The movie was amazing partly due to the incredible **cast** of actors who played in it.
這部電影如此令人驚奇，一部分是由於堅強的演員陣容。

fore 預先 + **cast** 投擲 = forecast

Ⓢprediction　❸GEPT

forecast ['for,kæst] 預報　　速記 weather forcast 氣象預報

Kelly usually listens to the weather **forecast** on her cell phone.
凱莉經常用手機收聽氣象預報。

cause-, cuse- 理由

快學便利貼

accuse v. 控告；起訴；譴責；歸咎　　excuse n. 藉口；請假條；道歉；v. 原
cause n. 原因；理由；v. 引起；導致　　　　諒；免除；准許…離去

單字拆解

Ⓢ同義　Ⓐ反義　Ⓕ單字出現頻率

ac 前往 + **cuse** 理由 = accuse

Ⓢcharge　❹GRE

accuse [əˈkjuz] 控告　　速記 accues sb of sth 以某事指控某人

Marilyn **accused** Cynthia of stealing her wallet, but Cynthia denied stealing it.
瑪麗蓮控告辛希亞偷她的皮包，但辛希亞否認。

Ⓢreason　❸TOEIC

cause [kɔz] 原因　　速記 cause and effect 因果 in a good cause 行善

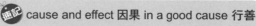

The **cause** of global warming is believed to be increased levels of carbon dioxide in the air.
全球暖化的原因一般認為是由於空氣中的二氧化碳含量增加。

ex 在外 + **cuse** 理由 = excuse

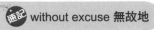 **A** punish **3** IELTS

excuse [ɪk'skjuz] 藉口

速記 without excuse 無故地

There is no **excuse** for the clerk's erratic behavior and I hope she gets fired for it.
那位職員的行為如此反常，我希望她因此被解雇。

036 cav- 中空的

 MP3 081

快學便利貼

cave n. 洞穴；地窖；v. 投降；使凹陷　　cavity n. 蛀牙；穴；凹處；腔

 單字拆解　　**S** 同義　**A** 反義　**5** 單字出現頻率

cav 中空的 + **e** = cave

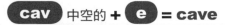 **S** lair **2** GRE

cave [kev] 洞穴

速記 cave in on sb/sth 塌陷 cave in to sth 讓步

Most bats live in dark and damp **caves** where there is no light.
大多數蝙蝠住在既黑且溼又沒光線的洞穴裡。

cav 中空的 + **ity** 名詞 = cavity

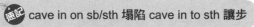 **S** hole **3** IELTS

cavity ['kævətɪ] 蛀牙

速記 the abdominal cavity 腹腔 nasal cavity 鼻腔

Celia's daughter needs to see the dentist to get three **cavities** fixed.
西莉亞的女兒需要去看牙醫，將三處蛀牙補起來。

037 cede-, ceed-, cess-

MP3 082

前去；讓步

access n. 接近；入口；通路；增加	**proceed** v. 前進；著手；繼續講下去
concede v. 讓與；容許；承認	**process** n. 過程；步驟；v. 處理
concession v. 讓步；許可；租借地	**recession** n. 衰退；撤退；凹處
exceed v. 優於；勝過；超過	**succeed** v. 成功；繼承；接連發生
excess n. 過度；超越；**adj.** 過度的	**success** n. 成功；成功的人或事
precede v. 領先；優於	**successor** n. 繼承者

字首

🧩 **單字拆解**　　　　　　　　Ｓ同義　Ａ反義　Ｆ單字出現頻率

字

根

ac 前往 ＋ **cess** 前去 ＝ **access**　　　　　　Ｓentry　Ｆ TOEIC

access [ˈæksɛs] 入口　　　　　速記 gain access to 接近

I lost **access** to my e-mail account because I forgot my password.
我無法登入我的電子郵件帳號，因為我忘記密碼了。

con 共同 ＋ **cede** 讓步 ＝ **concede**　　　　　Ｓadmit　Ｆ GRE

concede [kənˈsid] 承認　　　　速記 concede a game 輸一局

The runner-up to the presidency respectfully **conceded** the victory to his opponent.
總統落選人恭敬地承認對手的勝利。

con 共同 ＋ **cess** 讓步 ＋ **ion** 名詞 ＝ **concession**
　　　　　　　　　　　　　　　　　　Ｓsurrender　Ｆ GEPT

字

尾

concession [kənˈsɛʃən] 讓步　　速記 make a concession to 對…讓步

When negotiating peace, it is important for both sides to make **concessions**.
和平談判時，雙邊讓步很重要。

ex 向外 ＋ **ceed** 前去 ＝ **exceed**　　　　　Ｓsurpass　Ｆ TOEIC

exceed [ɪkˈsid] 超過　　　速記 exceed in sth 在某方面超出其他

Anthony always **exceeds** the speed limit on the highway but never gets pulled over.
安東尼開車總是超速，但他從未被攔下。

複

合

字

ex 向外 ＋ **cess** 前去 ＝ **excess**　　　　　Ｓsurplus　Ｆ TOEFL

excess [ɪkˈsɛs] 過度的　　　　速記 go to excess 走極端

Excess eating and no exercise will unquestionably lead to being overweight.
過度飲食及不運動一定會導致體重過重。

pre 在…之前 ＋ **cede** 前去 ＝ **precede**

precede [pri'sid] 優於

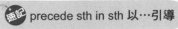 precede sth in sth 以…引導

For those in authority, economy should **precede** all the other problems.
對於當權者而言，經濟問題應要優先處理。

pro 向前 + **ceed** 前去 = proceed

Arecede ④GEPT

proceed [prə'sid] 繼續講下去

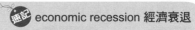 proceed upon 照…進行

The judge told the witness to **proceed** with the testimony and give all the details.
法官告訴證人要繼續提出證詞，並且全盤托出。

pro 向前 + **cess** 前去 = process

Sprocedure ③TOEFL

process ['prɑsɛs] 步驟

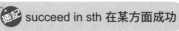 mental process 心理歷程

When writing a book, a writer should follow a logical **process** to make things simpler.
作者寫書時應該遵循邏輯程序讓故事更易懂。

re 向後 + **cess** 讓步 + **ion** 名詞 = recession

Sdeterioration ③GRE

recession [rɪ'sɛʃən] 衰退

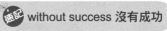 economic recession 經濟衰退

The **recession** has affected most people negatively because their disposable income decreases.
經濟衰退已對大多數人造成負向影響，因為他們可支配收入減少。

suc 在…下面 + **ceed** 前去 = succeed

Afail ④TOEIC

succeed [sək'sid] 成功；繼承

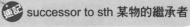 succeed in sth 在某方面成功

We are determined to **succeed** no matter what the cost is.
不計任何代價，我們堅決要成功。

suc 在…之下 + **cess** 前去 = success

Afailure ⑤TOEFL

success [sək'sɛs] 成功

without success 沒有成功

Only a few new businesses end up being a **success** because it's really hard to run a business.
只有少數新興企業最終達到成功，因為經營事業真的很不容易。

success 繼承 + **or** 人 = successor

Apredecessor ④IELTS

successor [sək'sɛsəʳ] 繼承者

successor to sth 某物的繼承者

Their latest release is a worthy **successor** to their popular debut album.
繼首張唱片大受歡迎之後，他們最近推出的新專輯再獲成功。

ceive-, cept-, cip, cipate- 拿

MP3 083

字首

字根

字尾

複合字

快學便利貼

accept v. 接受；同意；理解；承擔	**perceive** v. 感覺；發覺；理解；領會
conceive v. 想到；以為；理解；懷胎	**receipt** n. 收據；接受；v. 開收據；簽收
concept n. 概念；思想；觀念	**receive** v. 接受；接球；收到；容納
deceive v. 欺騙；誤解；蒙蔽	**recipient** n. 接受者；容器；間接受詞；
except v. 排除；prep./conj. 除外	adj. 容納的；接受的；受領的

 單字拆解

S同義　**A**反義　**5**單字出現頻率

---

ac 前往 ＋ **cept** 拿 ＝ **accept**

Arefuse　**3**TOEIC

accept [əkˈsɛpt] 同意

速記 accept the situation 聽天由命

Jennifer **accepted** to marry John because he had been taking good care of her in the past seven years.
珍妮佛同意嫁給約翰，因為過去七年來他對她的照顧無微不至。

---

con 共同 ＋ **ceive** 拿 ＝ **conceive**

Sthink　**3**IELTS

conceive [kənˈsiv] 理解

速記 conceive of 設想

Many economists **conceived** an aversion to the casual decision on government bonds.
許多經濟學者對於草率決定的政府公債表達反感。

---

con 共同 ＋ **cept** 拿 ＝ **concept**

Sidea　**2**TOEFL

concept [ˈkɑnsɛpt] 概念

速記 the concept of …的概念

The **concept** that the world is warming up because of human activities is clearly proven.
由於人類行為而導致全球氣溫上升的概念已經受到證實。

---

de 遠離 ＋ **ceive** 拿 ＝ **deceive**

Shoax　**2**GEPT

deceive [dɪˈsiv] 欺騙

速記 deceive into 誘騙

Martin always **deceives** his opponents with clever moves when playing chess.
馬汀下棋時總是以巧妙的手法蒙騙對手。

---

ex 向外 ＋ **cept** 拿 ＝ **except**

except [ɪk'sɛpt] 除外

 except that 除了；只是 except to 反對

Except for Peter who studied very hard, everybody else has failed the examination.
除了努力用功的彼得之外，其他人考試都不及格。

per 穿過 + **ceive** 拿 = perceive

Ⓢsense ❸TOEIC

perceive [pə'siv] 察覺

 perceived self 知覺到的自我

The active boy is disappointed because people **perceive** him as being dishonest but he's not.
好動的男孩很沮喪，因為人們認為他不誠實，但他不是。

re 往回 + **ceipt** 拿 = receipt

Ⓢvoucher ❷TOEIC

receipt [rɪ'sit] 收據；接受

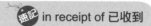 in receipt of 已收到

I beg to acknowledge **receipt** of your letter.
接奉尊函。

re 往回 + **ceive** 拿 = receive

Ⓢobtain ❹IELTS

receive [rɪ'siv] 收到

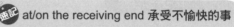 at/on the receiving end 承受不愉快的事

The marketing manager worked really hard this year and she feels she should **receive** a big bonus.
行銷經理今年工作非常努力，她覺得她應該拿到豐厚紅利。

re 往回 + **cipi** 拿 + **ent** 人 = recipient

Ⓢreceiver ❸GEPT

recipient [rɪ'sɪpɪənt] 接受者

通記 the recipients of …的接受者

They would finally become the **recipients** of much praise.
他們最後會受到許多稱讚。

039 celer- 快速的

 MP3 084

快學便利貼

accelerate v. 加速；促進；增長 **acceleration** n. 加速；加速度；促進

 單字拆解

Ⓢ同義 Ⓐ反義 ❺單字出現頻率

ac 前往 + **celer** 快速的 + **ate** 動作 = accelerate

accelerate [æk'sɛlə,ret] 加速

The new Ferrari F150 can **accelerate** faster than any other car in the world.
新款法拉利F150的加速度比世界上任何其他車還快。

ac 前往 + **celer** 快速的 + **ation** 名詞 = acceleration

decelaration ❸GEPT

acceleration [æk,sɛlə'reʃəl] 加速

速記 acceleration in/of …的加速

The **acceleration** of a bus is always very slow compared to other cars on the road.
和路上其他車輛比起來，公車的加速一直都非常慢。

040

cell- 小房間；隱藏

< MP3 085

快學便利貼

cell n. 小室；細胞；電腦元件；牢房
cellar n. 地窖；酒窖；v. 藏入地窖
cellular adj. 細胞的；多孔的；劃分的
conceal v. 隱瞞；隱藏；埋伏；隱蔽

 單字拆解

Ⓢ同義　Ⓐ反義　❺單字出現頻率

Ⓢchamber ❸TOEIC

cell [sɛl] 細胞

速記 a secondary cell 蓄電池

HIV attacks white blood **cells** which are very important in fighting diseases.
愛滋病毒侵襲對抗疾病時非常重要的白血球。

cell 小房間 + **ar** 物 = cellar

Ⓢbasement ❹IELTS

cellar ['sɛlə] 地窖

 wine cellar 酒窖 from cellar to rafter 上上下下

John keeps a good **cellar**.
約翰藏有大量的好酒。

cell 小房間 + **ular** 的 = cellular

❷GRE

cellular ['sɛljulə] 多孔的；細胞的

 cellular phone 手機

The youngster is bound by the terms of the **cellular** phone contract.
那位年輕人的手機被綁約。

con 共同 + **ceal** 隱藏 = conceal

Ⓢhide ❷GEPT

conceal [kən'sil] 隱藏

 concealed hinge 隱藏式鉸鍊

That robber has a **concealed** weapon and is getting ready to rob a bank.
那位歹徒藏有武器，準備好要搶劫銀行。

041

cent- 百；百分之一

 MP3 086

快學便利貼

cent n. 一分錢；百分之一元；分
centigrade adj. 攝氏的；n. 攝氏度
centimeter n. 公分

century n. 世紀；百碼賽跑
percent n. 百分比；部分；adj. 百分
之…的；adv. 以百分之…地

單字拆解

 Ｓ同義 Ａ反義 Ｓ單字出現頻率

Ｓpenny ❸TOEFL

cent [sɛnt] 一分錢   速記 don't care a cent 毫不在乎

Joe's godfather has a collection of **cents** dating back to more than one hundred years ago.
喬的教父蒐集追溯至一百多年前的一分錢幣。

cent 百分之一 + **grade** 程度 = centigrade   Ｓcelsius ❸GRE

centigrade ['sɛntə,gred] 攝氏的   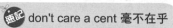 速記 30 degrees centigrade 攝氏三十度

In France, the temperature is sometimes forty degrees **centigrade**.
在法國，溫度有時高達攝氏四十度。

cent 百分之一 + **meter** 公尺 = centimeter   Ｓcm ❸GEPT

centimeter ['sɛntə,mitə] 公分   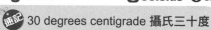 速記 160 centimeters tall 一百六十公分高

There's one hundred **centimeters** in a meter and one thousand meters in a kilometer.
一公尺有一百公分，而一公里有一千公尺。

cent 百 + **ury** 名詞 = century   Ｓcentenary ❷TOEIC

century ['sɛntʃʊrɪ] 世紀   速記 21st century 二十一世紀

The amount of devices invented in the last **century** is absolutely phenomenal.
上個世紀發明的器具數量非常驚人。

per 每 + **cent** 百分之一 = percent   Ｓpercentage ❷GRE

percent [pə'sɛnt] 百分比   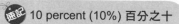 速記 10 percent (10%) 百分之十

The amount of people out of work in America is currently at fourteen **percent**.
目前美國失業人口率為百分之十四。

center-, centr- 中心

 MP3 087

快學便利貼

center **n.** 中央；中心；起源；**v.** 使集中
central **adj.** 中央的；主要的；重要的

concentrate **v.** 專注；集中；濃縮
eccentric **n.** 古怪的人；**adj.** 偏執的

單字拆解

⑤同義　▲反義　⑤單字出現頻率

⑤core ④TOEIC

center ['sɛntɚ] 中心 　　　速記 center of gravity 重心 control center 控制中心

The Taiwan **Center** for Disease Control has been on high alert because of H1N1.
因為新流感，台灣疾病管制中心已拉高警戒。

center 中心 + **al** 有關的 = **central** 　　　▲marginal ③GRE

central ['sɛntrəl] 中央的 　　　速記 central nervous system 中樞神經系統

The **central** earthquake command is predicting strong earthquake aftershocks.
中央地震中心預測會有強烈餘震發生。

con 共同 + **center** 中心 + **ate** 動作 = **concentrate** 　　　⑤focus ②GEPT

concentrate ['kɑnsɛn,tret] 專注 　　　速記 concentrate on 全神貫注於

Sleeping well and eating healthy food help students **concentrate** on studying.
良好睡眠與健康食物有助於學生專心讀書。

ec 往外 + **centr** 中心 + **ic** 的 = **eccentric** 　　　⑤odd ③TOEFL

eccentric [ɪk'sɛntrɪk] 古怪的 　　　速記 eccentric behavior 奇怪的行為

Some talk show hosts in Taiwan are **eccentric** individuals who do crazy things.
台灣的某些談話節目主持人是舉止瘋狂的怪咖。

cern-, cret- 分開

 MP3 088

字首
字根
字尾
複合字

concern n. 關心；掛念；v. 影響；擔心
concerning prep. 關於；涉及；論及

discreet adj. 謹慎的；深思的
secret n. 秘密；秘訣；adj. 秘密的

 單字拆解　　　　Ｓ同義　Ａ反義　⑤單字出現頻率

con 共同 + **cern** 分開 = concern　　　Ａunconcern ❹TOEIC

concern [kən's₃n] 擔心　　速記 have no concern for 毫不關心

Mrs. Lee is very **concerned** that her child might be taking drugs with his friends.
李太太非常擔心她的小孩可能和朋友一起吸毒。

concern 關心 + **ing** = concerning　　　Ｓabout ❸GEPT

concerning [kən's₃nɪŋ] 關於

The marketing manager wants to talk to his team **concerning** the new contract the company got.
行銷經理想與他的團隊討論關於公司拿到的新合約。

dis 否定 + **creet** 分開 = discreet　　　Ｓcareful ❷IELTS

discreet [dɪ'skrit] 謹慎的　　速記 at a discreet distance 保持距離

The receptionist is always **discreet** with people because she doesn't want to hurt their feelings.
接待員待人一直都很謹慎小心，因為她不想傷到他人的感受。

se 遠離 + **cret** 分開 = secret　　　Ｓmystery ❸TOEFL

secret ['sikrɪt] 秘密　　速記 keep the secret 保守秘密

Close friends usually tell each other **secrets** that cannot be repeated to others.
親密的朋友經常對彼此吐露不能跟別人說的秘密。

044 cert- 確定的

concert n. 音樂會；一致；v. 協力
certain adj. 某些；確定的；可靠的

certificate n. 證書；文憑；v. 認可
certify v. 確認；證明；擔保；保證

字首

con 共同 + **cert** 確定的 = concert   Sgig ②GEPT

concert ['kɑnsət] 音樂會   速記 in concert with 和⋯相呼應

Jolin Tsai will have a **concert** in Taipei and there will be a guest appearance by A-Mei.
蔡依林將在台北開演唱會，而阿妹會以嘉賓身分出現。

字根

cert 確定的 + **ain** 物 = certain   Ssome ③TOEIC

certain ['sɜtən] 某些   速記 for certain 的確；一定

There are **certain** students standing out from the others because of their diligence and intelligence.
某些學生因為認真又聰明而比其他學生傑出。

cert 確定的 + **ific** 使成⋯化 + **ate** 動作 = certificate
Scertification ③GEPT

certificate [sə'tɪfəkɪt] 證書   速記 a certificate of deposit 存款憑單

When Herald completed his Chinese language course, he received a **certificate** issued by the college.
哈洛德完成中文課程後，他獲得一張學院頒發的證書。

cert 確定的 + **ify** 使成⋯化 = certify   Sprove ④TOEFL

certify ['sɜtə,faɪ] 證明   速記 certified mail 掛號信

The certificate the boy scout got was to **certify** that he indeed completed the training course.
男童軍得到的證書證明他確實完成訓練課程。

---

045 chief 頭

快學便利貼

achieve v. 實現；完成；達到；贏得
chef n. 廚師；主廚；大師傅
chief n. 首領；主管；adj. 主要的

handkerchief n. 手帕；紙巾
mischief n. 災禍；故障；淘氣；加害
者；不和；禍根；爭執

 單字拆解   S同義   A反義   5單字出現頻率

a 處於 + **chieve** 頭 = achieve

achieve [əˈtʃiv] 完成

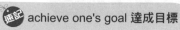 achieve one's goal 達成目標

Wendy **achieved** a great deal in her work but she always hides her light under a bushel.

溫蒂工作能力很強，但總是很謙虛。

chef [ʃɛf] 主廚

A apprentice **3** TOEIC

 a master chef 大廚 chef d'oeuvre 代表作

The **chef** is bound up in designing innovative courses.

主廚熱衷於構思創新菜餚。

chief [tʃif] 主管

S head **3** GEPT

 editor-in-chief 主編 commander in chief 總司令

Chief of all, Tina intended to cast the blame on Jessica, who had no concern with the accident.

最重要的是，蒂娜打算把責任歸咎於毫無關聯的潔西卡身上。

hand 手 + **ker** + **chief** 頭 = handkerchief

S hanky **3** GRE

handkerchief [ˈhæŋkɚˌtʃif] 手帕

 pocket handkerchief 手帕

The worker wept away sweat on his forehead with a big **handkerchief**.

工人用大手帕擦去額頭上的汗水。

mis 錯誤的 + **chief** 頭 = mischief

S trouble **4** TOEFL

mischief [ˈmɪstʃɪf] 災禍

 mischief-maker 惡作劇的人

One **mischief** comes on the neck of another.

禍不單行。

---

046 chron- 時間

 MP3 091

快學便利貼

chronic n. 慢性病患者；adj. 慢性的；長期的；習慣性的

 單字拆解

S 同義 **A** 反義 **5** 單字出現頻率

chron 時間 + **ic** 有關 = chronic

S lasting **4** GEPT

chronic [ˈkrɑnɪk] 長期的

 a chronic disease 慢性病

Celia is in a bad mood because she has **chronic** headaches and they really hurt.

西莉亞心情很差，因為她有習慣性頭痛，讓她感到非常痛苦。

cide-, cise- 切割

快學便利貼

concise adj. 簡潔的;概括的;簡明的
decide v. 決定;裁決;選定;解決
pesticide n. 殺蟲劑

precise adj. 精確的;考究的;認真的
scissors n. 剪刀;摔角剪刀式
suicide v. 自殺;**n.** 自毀;**adj.** 自殺的

單字拆解

S 同義　**A** 反義　**5** 單字出現頻率

con 一起 + **cise** 切割 = concise　　　**S** brief　**3** IELTS

concise [kən'saɪs] 簡潔的
速記 clear and concise 簡單明瞭

The measurement taken when building the space station must be **concise**.
興建太空站時所做的測量必須簡潔。

de 向下 + **cide** 切割 = decide　　　**S** determine　**3** GEPT

decide [dɪ'saɪd] 決定
速記 decide on 決心;決定

Soon enough NASA will **decide** if it's worth sending people to Mars for exploration.
美國太空總署很快就會決定送人上火星探險是否有其價值。

pest 害蟲 + **cide** 切割 = pesticide　　　**S** insecticide　**2** TOEIC

pesticide ['pɛstɪ,saɪd] 殺蟲劑
速記 pesticide science 農藥科學

My aunt buys organic food because she is worried that **pesticides** may cause cancer.
阿姨買有機食品是因為她擔心農藥可能會致癌。

pre 在之前 + **cise** 切割 = precise　　　**S** exact　**2** TOEFL

precise [prɪ'saɪs] 精確的
速記 at the precise moment 正好在那時

When you give me the directions to Kenting, please be **precise** because I get lost easily.
請準確仔細地告訴我如何前往墾丁,因為我很容易迷路。

sciss 切割 + **ors** 物 = scissors　　　**S** shears　**3** IELTS

scissors ['sɪzəz] 剪刀
速記 scissors and paste 剪貼

The hairdresser has several pairs of **scissors** of various shapes and functions for different processes.
依據不同的理髮過程,設計師擁有數把不同形狀與功能的剪刀。

sui 自己 + **cide** 切割 = suicide

suicide ['suə,saɪd] 自殺

速記 commit suicide 自殺

I was in shock when I heard that the former Korean President committed **suicide**.
聽到南韓前總統自殺的消息時，我感到非常震驚。

048

circ-, cyc- 環

快學便利貼

circle n. 圓圈；週期；v. 環繞；流傳
circular n. 傳單；adj. 圓形的；循環的
circulate v. 循環；散佈；流通；運行
circus n. 馬戲團；圓形競技場

cycle n. 週期；自行車；整個過程；一
　　段長時期；v. 騎單車；循環
encyclopedia n. 百科全書
recycle v. 回收；整修；反覆利用

 單字拆解

Ⓢ同義　Ⓐ反義　❺單字出現頻率

circ 環 + **le** 小東西 = circle

Ⓢround ❸TOEIC

circle ['sɝkl̩] 圓圈

速記 business circles 商業界　run round in circles 瞎忙

The first thing a beginner painter has to learn is how to draw a perfect **circle**.
剛開始學畫的人首先要學的是如何畫出一個完美的圓圈。

circul 環 + **ar** 的 = circular

Ⓢring-shaped ❸GEPT

circular ['sɝkjələ] 圓形的

速記 circular explanation 拐彎抹角的解釋

The stadium in Taichung is **circular** and can seat many thousands of people.
台中體育場是圓弧形的，足以容納數千人。

circul 環 + **ate** 動作 = circulate

Ⓢdistribute ❷GRE

circulate ['sɝkjə,let] 散佈

速記 circulation desk 圖書流通櫃台

The part-timer's job requires him to **circulate** flyers for the promotion of house products.
工讀生的工作內容為發送傳單以促銷公司產品。

circ 環 + **us** = circus

Ⓢrodeo ❸IELTS

circus ['sɝkəs] 馬戲團

速記 traveling circus 流動馬戲團

The aboriginal kid is looking forward to going to the **circus** from Kazakh in Tamsui.
原住民男孩期待去欣賞哈薩克馬戲團在淡水的表演。

cyc 環 + **le** 反覆動作 = **cycle**

Ⓢcircle ❸GRE

cycle [ˈsaɪkl] 週期

速記 the life cycle 生命週期

The **cycle** of life is a very interesting process that requires the elements to work together.
生命循環是非常有趣的過程，因其需要許多元素共同運作。

en 進入 + **cycl** 環 + **opedia** = **encyclopedia**

Ⓢcyclopedia ❷TOEIC

encyclopedia [ɪnˌsaɪkləˈpidɪə] 百科全書

The **Encyclopedia** contains information about practically everything we need to know.
百科全書包含我們所需的一切資訊。

re 再度 + **cycle** 環 = **recycle**

Ⓢretrieve ❸GEPT

recycle [riˈsaɪkl] 回收

速記 recycling can 回收桶

The old woman **recycles** cans, bottles and waste paper around her house to exchange some money.
老婦人在她房子附近回收瓶罐及廢紙以變賣。

049 cite- 召喚

MP3 094

快學便利貼

cite v. 引用；列舉；表揚；想起
excite v. 使興奮；使感光；煽動

recite v. 背誦；陳述；列舉；朗誦；詳述；回答問題

單字拆解

Ⓢ同義　Ⓐ反義　❺單字出現頻率

Ⓢname ❸IELTS

cite [saɪt] 列舉

速記 be cited as 被列為 cite for 表揚

If a person states a fact, it's important to **cite** where it came from.
若要陳述一項論據，列舉其出處是重要的。

ex 向外 + **cite** 召喚 = **excite**

Ⓢstir ❸GEPT

excite [ɪkˈsaɪt] 使興奮

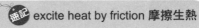
速記 excite heat by friction 摩擦生熱

Martin made his wife mad because he kept **exciting** the kids before bed time.
馬丁讓他老婆很抓狂，因為他在睡覺前還一直讓小孩很興奮。

re 再度 + **cite** 召喚 = **recite**

字首　字根　字尾　複合字

recite [rɪ'saɪt] 背誦

The students were required to **recite** several of Blake's poems in English Literature class.

在英國文學課中，學生必須背誦幾首布雷克的詩作。

050 civi- 公民

快學便利貼

civic adj. 公民的；都市的；公民資格的
civil adj. 民事的；公民的；國內的；文明的
civilian n. 市民；平民；民法學者

civilization n. 文明；教化；教育
civilize v. 教化；教育；使文明；
　　　　　薰陶；開化；使文雅

Ⓢ同義　Ⓐ反義　❺單字出現頻率

civi 公民 + **c** = civic

Ⓢurban ❹TOEIC

civic ['sɪvɪk] 都市的

速記 civic center 市中心 civic-minded 熱心公益的

The mayor is planning to build a **civic** center that will include a swimming pool and a film library.

市長正計畫建造一座包含游泳池及電影圖書館的市民中心。

civi 公民 + **l** = civil

Ⓢpublic ❸GEPT

civil ['sɪvḷ] 公民的

速記 civil war 內戰 civil servant 公務員

Government workers can also be called **civil** servants because they serve the civilians.

公務人員也可稱為公僕，因為他們為人民服務。

civil 公民的 + **ian** 人 = civilian

Ⓢpeople ❹IELTS

civilian [sɪ'vɪljən] 平民

速記 innocent civilian 無辜的平民

The amount of **civilians** that will be affected by the new taxation policy is yet unknown.

受到新稅收政策影響的公民人數目前還不確定。

civil 公民的 + **ize** 使…化 + **ation** 名詞 = civilization

Ⓢculture ❸GRE

civilization [ˌsɪvḷə'zeʃən] 文明

速記 the dawn of civilization 文明的曙光

Western **civilization** started in Europe and then spread to the Americas.

西方文明起源於歐洲，而後傳播至美洲。

civil 公民的 + **ize** 使…化 = **civilize**　　　Ⓢ humanize　❸ IELTS

civilize [ˈsɪvəˌlaɪz] 教化；使文明　　　速記 a civilized hour 早晨不太早的時間

The girls in a class tend to have a **civilizing** influence on the boys.
班上的女生往往能讓班上的男生變得文雅。

MP3 096

051 clam-, claim- 大叫

快學便利貼

claim n./v. 主張；要求；權利；聲稱　　　**exclaim** v. 呼喊；驚叫；大聲叫嚷

單字拆解

Ⓢ同義　Ⓐ反義　❺單字出現頻率

Ⓐ disclaim　❹ TOEIC

claim [klem] 主張　　　速記 set up a claim to 聲明對…的權利

Hundreds of people around the world **claim** to have been abducted by aliens in the past century.
上個世紀全球有幾百人宣稱曾遭外星人綁架。

ex 向外 + **claim** 大叫 = **exclaim**　　　Ⓢ shout　❸ GEPT

exclaim [ɪksˈklem] 呼喊　　　速記 exclaim upon （表示抗議的）大聲叫嚷

The voters **exclaimed** their dissatisfaction concerning the missing ballots.
選民大聲叫嚷著他們對遺失選票的不滿。

052 clar- 清楚的

MP3 097

快學便利貼

clarify v. 澄清；淨化；闡明　　　**clear** v. 澄清；使清楚；**adj.** 清楚的
clarity n. 清楚；清澈；清晰的思維　　　**declare** v. 宣佈；發表；聲明；招供

 **單字拆解**

S同義　A反義　5單字出現頻率

clar 清楚的 + **ify** 使成…化 = **clarify**　　　Sexplain ❷TOEIC

clarify [ˈklærəˌfaɪ] 澄清　　 速記 clarify one's position 表明立場

The government is going to hold a press conference to **clarify** its involvement in the war.

政府即將召開記者會以澄清其介入戰事。

clar 清楚的 + **ity** 名詞 = **clarity**　　　Sclearness ❸GEPT

clarity [ˈklærətɪ] 清楚　　速記 clarity of thoughts 思路清晰

There is no **clarity** in what Jason has written so no one is able to understand the story.

傑森寫得一點也不清晰明瞭，所以沒有人看得懂故事內容。

Sobvious ❸IELTS

clear [klɪr] 清楚的　　速記 a clear majority 絕對多數

The old man got an eye surgery last month, and ever since he can see **clearly** without glasses.

老先生自從上個月動了眼睛手術後，他不戴眼鏡就能看得一清二楚。

de 密集的 + **clare** 清楚的 = **declare**　　　Sannounce ❹GRE

declare [dɪˈklɛr] 宣佈　　速記 declare war on 對…宣戰

The new President has **declared** a state of emergency because of the approach of the devastating typhoon.

由於強烈颱風接近，新任總統已宣佈進入緊急狀態。

053 claus-, close-, clud-, clus- 關閉

MP3 09B

快學便利貼

clause n. 條款；子句；款

close v. 關閉；**adj.** 接近的；親近的

closet n. 壁櫥；內室；小房間

conclude v. 結束；作結論；決定

disclose v. 洩露；表明；公開

enclose v. 附寄；圍繞；把（公文、票據等）封入；圈起；關閉住

exclude v. 拒絕；排除；開除；逐出

include v. 包含；計入；算入

including v. 包括；關注；包含

claus 關密 + **e** = **clause**　　　　Ⓢsentence ③TOEIC

clause [klɔz] 條款
速記 noun clause 名詞子句

Before signing a contract, it's important to take note of the many **clauses** attached to it.
簽約之前要特別留意附帶條款。

Ⓢshut ④TOEIC

close [kloz] 關閉
速記 close accounts 結算 run sth/sb close 不相上下

Don't forget to **close** the door when you leave home.
你出門時別忘了關門。

close 關閉 + **et** 小巧 = **closet**　　　　Ⓢlocker ②IELTS

closet ['klɑzɪt] 壁櫥
速記 come out of the closet（同志）出櫃

The little girl was scared of the little monster in her **closet**; therefore, she couldn't sleep.
小女孩害怕衣櫥裡的小怪物而因此睡不著覺。

con 共同 + **clude** 關閉 = **conclude**　　　　Ⓢend ③GEPT

conclude [kən'klud] 作結論
速記 conclude that 結論為⋯

The judges **concluded** that Daphne was the best figure skater and should win the trophy.
評審認為黛芬妮是最佳花式溜冰選手，她應該贏得冠軍。

dis 否定 + **close** 關閉 = **disclose**　　　　Ⓢreveal ④GRE

disclose [dɪs'kloz] 洩露
速記 a disclosed ballot 公開投票

The lawyer told his client not to **disclose** any information about the case to anyone.
律師告訴他的客戶不要將案件的任何訊息洩漏給任何人。

en 使 + **close** 關閉 = **enclose**　　　　Ⓢcontain ③TOEIC

enclose [ɪn'kloz] 附寄
速記 please find enclose 請參閱附件

Enclosed in the package is a letter with directions and some money for your expenses.
包裹內附寄一封說明信件與一些錢作為你的經費。

ex 除外 + **clude** 關閉 = **exclude**　　　　Ⓢreject ④IELTS

exclude [ɪk'sklud] 排除
速記 exclude from 開除

The boy wanted to be on the basketball team, but he was **excluded** because he is too short.
男孩想要加入籃球隊，但因為他身高不足而被拒絕。

in 在內 + **clude** 關閉 = **include**

字首　字根　字尾　複合字

include [ɪnˈklud] 包含

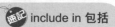 ▲exclude ❸TOEIC

囲記 include in 包括

The instructor will **include** his phone number in the e-mail in case you need to contact him.

教練會在電子郵件內附上他的手機號碼，以便你有需要時聯絡他。

include 包含 + **ing** = including

▲excluding ❹GRE

including [ɪnˈkludɪŋ] 包括

The price paid for this overseas trip is **including** everything except the airfare.

這趟海外旅行包含除了機票之外的所有費用。

054

cli-, clin- 彎曲

 MP3 O99

快學便利貼

climax n. 頂點；高潮；v. 達到頂點
decline n. 衰退；物價下跌；v. 退步

incline n. 傾斜；坡度；v. 屈身；傾向；
點頭；使想要；有意

 單字拆解

⑤同義　▲反義　❺單字出現頻率

cli 彎曲 + **max** 最大 = climax

⑤apex ❺IELTS

climax [ˈklaɪmæks] 頂點

囲記 reach one's climax 到達高潮

The **climax** at this university is serious because all the students here are on scholarship.

這所大學的頂尖人才非常認真，所有學生均靠領獎學金前來就讀。

de 往下 + **cline** 彎曲 = decline

⑤fail ❹TOEFL

decline [dɪˈklaɪn] 下降

囲記 on the decline 衰退中

There is a birthrate **decline** in first world countries and the reasons are unclear.

第一世界國家的出生率正在下降，且原因不明。

in 朝向 + **cline** 彎曲 = incline

▲disincline ❹GEPT

incline [ɪnˈklaɪn] 傾向

囲記 be inclined to 傾向於…

The **incline** in carbon dioxide in the atmosphere is supposed to be the reason for global warming.

大氣層中二氧化碳的傾向應是全球暖化的原因。

055 cognis-, gnos- 知曉

 MP3 100

快學便利貼

diagnose v. 診斷；判斷；分析
diagnosis n. 診斷；分析；審查
ignorant adj. 無知的；愚昧的

ignore v. 忽視；不顧；駁回
recognize v. 辨認；承認；確認；讚賞；公認；看重；理睬

單字拆解

Ⓢ同義 Ⓐ反義 ⑤單字出現頻率

dia 透過 + **gnose** 知曉 = **diagnose**　　Ⓢanalyze ❸TOEIC

diagnose ['daɪəgnoz] 診斷
速記 diagnose sb as 診斷為…

The thin girl was **diagnosed** with a strange disease; thus, she needs to go through many tests.
那位瘦弱女孩被診斷罹患一種罕見疾病，因此她需要進行許多檢查。

dia 透過 + **gnosis** 知曉 = **diagnosis**　　❷GEPT

diagnosis [daɪəg'nosɪs] 診斷
速記 diagnosis of …的診斷

We could tell that the **diagnosis** was certainly a bad one since he cried after the doctor spoke to him.
他的診斷結果一定很不好，因為在醫生跟他講完話後他就哭了。

i 否定 + **gnor** 知曉 + **ant** 的 = **ignorant**　　Ⓢfoolish ❹IELTS

ignorant ['ɪgnərənt] 愚昧的
速記 be ignorant of 無知

The President stated that racist people were the most **ignorant** and should not be given any attention.
總統表示種族主義人士最為愚昧，且不該給予任何關注。

i 否定 + **gnore** 知曉 = **ignore**　　Ⓢneglect ⑤GRE

ignore [ɪg'nor] 忽視
速記 ignore the fact that 忽略…的事實

It's hard to **ignore** mosquitos when there are so many biting all the time.
當一直有蚊子在叮時，很難置之不理。

re 再一次 + **cogn** 知曉 + **ize** 使…化 = **recognize**
Ⓢacknowledge ❹TOEFL

recognize ['rɛkəg,naɪz] 辨認
速記 recognize as 認出

My mother went to her high school reunion but she could hardly **recognize** anyone.
我媽媽去參加她的高中同學會，但她幾乎認不出任何人。

字首　字根　字尾　複合字

coll- 領子；脖子

MP3
101

快學便利貼

collar n. 衣領；項圈；護肩；**v.** 捉住；逮住

 **單字拆解**

Ⓢ同義　Ⓐ反義　❺單字出現頻率

coll 領子 + **ar** 物 = collar

Ⓢneckband ❸TOEIC

collar [ˈkɑlə] 衣領

速記 white-collar 白領階級

The **collar** of that man's shirt is a totally different color from the rest of his shirt.
那位男子襯衫的領子和他襯衫其他地方的顏色完全不同。

commun- 共同的

MP3
102

快學便利貼

communicate n. 溝通；傳達；通知；使感染；通訊；連接
communicative adj. 善於溝通的
communism n. 共產主義

communist n. 共產主義者；**adj.** 共產黨的
community n. 社區；團體；共享；群落；公眾；社會

 **單字拆解**

Ⓢ同義　Ⓐ反義　❺單字出現頻率

communi 共同的 + **cate** 動作 = communicate

Ⓢinform ❺IELTS

communicate [kəˈmjunəˌket] 溝通

速記 communicate with 與⋯溝通

When there is a conflict, it's important to **communicate** sincerely to resolve the problem.
衝突發生時，坦誠溝通以解決問題很重要。

communicate 溝通 + **ive** 的 = communicative

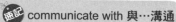
Ⓢtalkative ❹TOEFL

communicative [kəˈmjunəˌketɪv] 善於溝通的

The Chinese teacher this semester is very **communicative** and has taught us much.
這學期的中文老師很善於溝通並且教了我們很多事。

commun 共同的 + **ism** 主義 = communism　🅐capitalism ❹GEPT

communism [ˈkɑmjuˌnɪzəm] 共產主義

In America, many people have a bad view of **communism** because of the cold war.
在美國，許多人因為冷戰而對共產主義觀感不佳。

commun 共同的 + **ist** 人 = communist　🅐capitalist ❸IELTS

communist [ˈkɑmjuˌnɪst] 共產主義者　速記 communist economy 共產經濟

There are several **communist** countries in the world such as China, Cuba and North Korea.
世界上有許多共產國家，例如中國、古巴和北韓。

commun 共同的 + **ity** 名詞 = community　Ⓢsociety ❸GRE

community [kəˈmjunətɪ] 社區　速記 community college 社區大學

The **community** in which most Hollywood stars live in is very rich and sophisticated.
許多好萊塢明星居住的社區非常豪華且高度發展。

---

058 cord-, cour- 心臟

快學便利貼

accord **n.** 一致；調和；**v.** 使一致；給予
core **n.** 核心；果核；精髓；**v.** 去果核
discourage **v.** 勸阻；使沮喪；不允許

encourage **v.** 鼓勵；助長；支持
record **n.** 紀錄；唱片；**v.** 錄音；記錄
cordial **n.** 強心劑；**adj.** 誠懇的

單字拆解　Ⓢ同義　🅐反義　❺單字出現頻率

ac 前往 + **cord** 心臟 = accord　Ⓢharmony ❹GRE

accord [əˈkɔrd] 一致　速記 in accord with 與…一致的

The two rival political parties struck an **accord** concerning public protests.
這兩個敵對政黨對公開抗議達成共識。

cord 心臟 + **e** = core　Ⓢheart ❺TOEFL

core [kor] 果核　速記 to the core 徹底 hard-core 中堅的

The **core** of an apple where the seeds are is usually uneatable and thrown away.
蘋果的果核經常是不吃丟掉的。

dis 遠離 + **cour** 心臟 + **age** = discourage ⒜encourage ④TOEIC

discourage [dɪsˈkɝɪdʒ] 勸阻　　速記 discourage from 勸阻

Mom usually **discourages** me from staying up late because it's very bad for my health.
媽媽常勸我不要熬夜，因為不健康。

en 進入 + **cour** 心臟 + **age** = encourage ⒜discourage ③IELTS

encourage [ɪnˈkɝɪdʒ] 鼓勵　　速記 encourage in 鼓勵

The coach always **encourages** the team to do their best no matter what happens.
教練總是鼓勵球隊無論狀況如何都要盡力而為。

re 再度 + **cord** 心臟 = record ⓈScore ③GEPT

record [ˈrɛkəd] 紀錄　　速記 break the record 打破記錄

There were many new world **records** set at the 2008 Beijing Olympics.
許多新的世界紀錄在二千零八年北京奧運被締造。

cord 心臟 + **ial** 關於 = cordial Ⓢfriendly ④GEPT

cordial [ˈkɔrdʒəl] 友善的　　速記 a cordial welcome 熱誠的歡迎

The two had once dated and managed to remain **cordial** after they broke up.
他們曾經在一起過，分手後決定維持友誼。

059 corp- 身體

MP3 104

快學便利貼

corporate adj. 法人的；團體的；公司的	**corpse n.** 屍體；沒有活動力的人；殘骸
corps n. 團體；特種部隊；一群人	

單字拆解

Ⓢ同義　　⒜反義　　⑤單字出現頻率

corpor 身體 + **ate** 具…性質 = corporate Ⓢcompany ⑤TOEIC

corporate [ˈkɔrpərɪt] 公司的　　速記 a corporate body 法人團體

When entering a job in a **corporate** environment, it's important to dress well.
進入一間企業工作時，穿著得體很重要。

corp 身體 + **s** = corps   **S**division   **4** IELTS

corps [kɔr] 特種部隊   速記 corps volant 游擊隊 diplomatic corps 外交使團

Entering the Marine **Corps** may be very hard, but it will surely make a person stronger.
加入海軍陸戰隊或許很辛苦，但它必定會使人更強壯。

corp 身體 + **se** = corpse   **S**carcass   **3** GRE

corpse [kɔrps] 屍體   速記 corpse of …的屍體

In the field, there is a **corpse** of an ox that has been there for a few weeks and it stinks.
有一具公牛遺體橫屍田野好幾星期而且都發臭了。

字首

060

cosm- 秩序；宇宙

字根

快學便利貼

| cosmetic adj. 化妝用的；表面的 | cosmetics n. 化妝品 |

單字拆解   **S**同義   **A**反義   **5**單字出現頻率

cosm 秩序 + **etic** 有關 = cosmetic   **S**make-up   **3** TOEIC

cosmetic [kɑz'mɛtɪk] 化妝用的   速記 cosmetic surgery 整容手術

The **cosmetic** products that are being sold at that luxurious shop are very expensive.
那家精品商店所販售的化妝品都很貴。

字尾

cosm 秩序 + **etics** 名詞 = cosmetics   **S**make-up   **4** TOEFL

cosmetics [kɑz'mɛtɪks] 化妝品   速記 apply cosmetics 上妝

The lady loves buying different kinds of **cosmetics** because she feels they make her look younger.
那位女士喜愛購買不同類型的化妝品，因為覺得它們使她看起來更年輕。

複合字

061

count- 計算

account n. 帳戶；報告；v. 說明
accountable adj. 可說明的；有責任的

count v. 計算；列舉；依賴；值得考慮
discount n. 折扣；貼現；貶損

 單字拆解

Ⓢ同義　Ⓐ反義　Ⓕ單字出現頻率

ac 前往 + **count** 計算 = account
Ⓢreport　ⒻIELTS

account [əˈkaʊnt] 報告　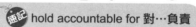 on account of 因為 of little account 無足輕重

The foreign student's **account** of the beauty of Taiwan was very flattering to Professor Lin.
外國學生關於台灣之美的報告很討林教授的喜愛。

account 說明 + **able** 能力 = accountable
Ⓢresponsible　③GEPT

accountable [əˈkaʊntəbl̩] 有責任的　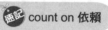 hold accountable for 對…負責

The judge found the company guilty and handed down a large fine to hold the company **accountable**.
法官判決公司有罪並處以巨額罰鍰以示負責。

Ⓢcalculate　④IELTS

count [kaʊnt] 計算　 count on 依賴

When learning a new language, one of the first things to learn is how to **count** to ten.
學習新語言時，其中首先要學會的事情是從一數到十。

dis 除外 + **count** 計算 = discount
Ⓐpremium　ⒻGRE

discount [ˈdɪskaʊnt] 折扣　20% discount 打八折

There are awesome **discounts** on household appliances during the winter sales at RT Mart.
大潤發在冬季拍賣期間推出家電用品瘋狂折扣優惠。

062 cover 掩蓋

 MP3 107

快學便利貼

cover n. 擔保；蓋子；v. 覆蓋；掩護
discover v. 發現；洩露；查明

recover v. 恢復；補償；痊癒
uncover v. 揭露；挪去覆蓋物

單字拆解

Ⓢ同義　Ⓐ反義　⑤單字出現頻率

Ⓢhide ④GEPT

cover ['kʌvɚ] 覆蓋

速記 be covered with 覆滿 from cover to cover 從頭到尾

It suddenly rained, and the woman **covered** her head with a file holder as not to get her hair wet.
因為突然下雨，女士用公文夾遮住頭不讓頭髮弄濕。

dis 剝奪 + **cover** 覆蓋 = discover

Ⓢreveal ③TOEFL

discover [dɪsˈkʌvɚ] 發現

速記 discover that 發現…

Christopher Columbus from Spain **discovered** America in the middle of the fifteenth century.
十五世紀中葉來自西班牙的哥倫布發現美洲大陸。

re 返回 + **cover** 覆蓋 = recover

Ⓢregain ④TOEIC

recover [rɪˈkʌvɚ] 痊癒

速記 recover oneself 清醒 recover from 恢復原狀

Hank fully **recovered** from the motorcycle accident after almost one year of medical treatment.
經過一年的治療後，漢克完全自車禍中康復。

un 相反 + **cover** 覆蓋 = uncover

Ⓢexpose ③GEPT

uncover [ʌnˈkʌvɚ] 揭露

A team of investigative journalists **uncovered** the scandal.
一組新聞調查記者揭發了那宗醜聞。

063 cre-, cresc- 生長；製作

快學便利貼

create v. 創造；製造；致使；設計
concrete n. 混凝土；v. 凝固；adj. 具體的
decrease n./v. 減少；減退；減小

increase n./v. 增加；增大；增強
recreation v. 娛樂；消遣；（身心的）休養；遊戲

單字拆解

Ⓢ同義　Ⓐ反義　⑤單字出現頻率

cre 製作 + **ate** 動作 = create

create [krɪ'et] 創造

The military is constantly **creating** new and better ways to defend the island from attack.

軍隊要不斷創造新式且更好的方法來捍衛本島避免遭受攻擊。

con 共同 + **crete** 製作 = concrete　　　　　　**S** substantial **4** IELTS

concrete ['kɑnkrit] 具體的　　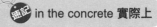 in the concrete 實際上

The information in the documents submitted from the overseas branch is not **concrete** enough.

海外分部所提交的文件資訊不夠具體。

de 衰退 + **crease** 生長 = decrease　　　　　　　**S** diminish **5** TOEIC

decrease [dɪ'kris] 減退　　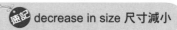 decrease in size 尺寸減小

There has been a **decrease** in Judy's performance at school since she got a part-time job.

自從兼差工作之後，裘蒂的在校表現已變差。

in 朝向 + **crease** 生長 = increase　　　　　　　**A** decrease **4** IELTS

increase [ɪn'kris] 增加　　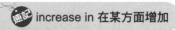 increase in 在某方面增加

The company's circulating capital and fixed capital will **increase** with years.

公司的流動資本與固定資本將逐年增加。

re 再度 + **creat** 製作 + **ion** 名詞 = recreation　　**S** leisure **3** TOEFL

recreation [ˌrɛkrɪ'eʃən] 消遣　　 recreation room 娛樂室

More and more people are taking up cycling as a form of **recreation** to stay healthy.

越來越多的人以騎單車旅行作為保持健康的休閒方式。

064 cred- 相信　　 MP3 109

快學便利貼

credit n. 信用；學分；功勞；v. 歸功於　　credibility n. 可靠性；確實性

單字拆解　　　　　　**S** 同義　**A** 反義　**5** 單字出現頻率

cred 相信 + **it** = credit

credit [ˈkrɛdɪt] 功勞

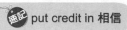 速記 put credit in 相信

All the **credit** for the school's drama performance has been given to the drama teacher.
學校戲劇表演的功勞全都歸於戲劇指導老師。

cred 相信 + **ibil** 能力 + **ity** 名詞 = credibility

5 TOEIC

credibility [ˌkrɛdəˈbɪlətɪ] 可靠性

Since the boy was caught stealing from other students, he has lost all his **credibility**.
自從那位男孩偷竊其他學生物品被逮之後，他的信用就蕩然無存了。

字首

字根

字尾

複合字

065

crim- 罪

 MP3 110

快學便利貼

crime **n.** 罪惡；犯罪；**v.** 指控犯罪 　｜　criminal **n.** 犯罪者；**adj.** 犯罪的

單字拆解

S 同義　**A** 反義　**5** 單字出現頻率

crim 罪 + **e** = crime

S sin **4** GRE

crime [kraɪm] 犯罪

 速記 a capital crime 死刑罪

The man had committed a serious **crime** before he served in the army.
那名男子在服役之前曾犯下一件嚴重的罪行。

crim 罪 + **inal** 名詞 = criminal

S law-breaker **4** IELTS

criminal [ˈkrɪmənl̩] 犯罪者

速記 criminal law 刑法

Al Capone was a notorious gang leader and **criminal** who was jailed at Alcatraz Island.
艾爾・卡彭是一位惡名昭彰的幫派頭子，也是監禁在惡魔島的一名罪犯。

066

crit- 判斷

 MP3 111

快學便利貼

| criterion n. 標準；準則；尺度 | critic n. 批評家；評論家；挑剔者 |

單字拆解

Ⓢ同義　Ⓐ反義　Ⓕ單字出現頻率

crit 判斷 + **erion** 名詞 = **criterion**　　Ⓢmeasure ③GEPT

criterion [kraɪˈtɪrɪən] 標準　　速記 meet the criterion 達到目標

The performance was judged based on only one **criterion**.
表演僅有一項評分標準。

crit 判斷 + **ic** 人 = **critic**　　Ⓢreviewer ③TOEFL

critic [ˈkrɪtɪk] 評論家　　速記 movie critic 影評人

The famous film **critic** is going to give a course of lectures in the activity center.
那位知名影評人即將在活動中心進行一系列的演說。

---

067 **cruc-** 交叉

快學便利貼

| crucial adj. 關鍵的；艱苦的；十字形的
cruise n. 旅行；巡邏；v. 巡邏；巡航 | cruiser n. 巡邏車；巡洋艦；遊艇；
流動計程車 |

單字拆解

Ⓢ同義　Ⓐ反義　Ⓕ單字出現頻率

cruc 交叉 + **ial** 關於 = **crucial**　　Ⓢcritical ④TOEIC

crucial [ˈkruʃəl] 關鍵的　　速記 crucial period 關鍵期

It was seen as **crucial** that the allied forces managed to take the beach at Normandy.
盟軍著手搶灘諾曼第被視為關鍵的行動。

cru 交叉 + **ise** = **cruise**　　Ⓢtravel ③IELTS

cruise [kruz] 旅行　　速記 cruise ship 遊輪

On spring break, science club members will **cruise** down from New York to Las Vegas.

春假時，科學社成員將從紐約一路南下旅行到拉斯維加斯。

cruise 巡邏 + **er** 物 = **cruiser**　　　　　Ⓢpatrol ❸GRE

cruiser [ˈkruzə] 巡邏車　　速記 battle cruiser 巡洋戰艦

The new police **cruiser** is equipped with the most up-to-date technology available.
新的警用巡邏車配備最先進的科技。

cult- 耕種　　　　　　　　　　　 MP3 113

快學便利貼

cultivate v. 培養；教化；耕種	**colonial** n. 殖民地居民；**adj.** 殖民地的；
cultural adj. 文化的；培養的	群體的；殖民的；集群的
culture n. 文化；耕種；**v.** 培養；耕種	**colony** n. 殖民；群體；殖民地；僑居地

單字拆解　　　　Ⓢ同義　Ⓐ反義　❺單字出現頻率

cultiv 耕種 + **ate** 動作 = **cultivate**　　　　Ⓢfarm ❹TOEFL

cultivate [ˈkʌltə͵vet] 耕種　　速記 cultivated land 耕地

Ever since Mrs. Suzuki put a garden in her backyard, she has been **cultivating** her vegetables.
自從鈴木太太在自家後院闢建菜園後，她就持續栽種蔬菜。

cult 耕種 + **ur** + **al** 有關的 = **cultural**　　　Ⓢcultivated ❺GEPT

cultural [ˈkʌltʃərəl] 文化的　　速記 cultural differences 文化差異

Historically speaking, the **cultural** heritage of Taiwan spans over many thousands of years.
就歷史來說，台灣的文化遺產長達數千年之久。

cult 耕種 + **ure** 名詞 = **culture**　　　　Ⓢcultivation ❹GEPT

culture [ˈkʌltʃə] 文化　　速記 culture shock 文化衝擊

When travelling or doing business abroad, it's essential to be sensitive to different **cultures**.
到海外旅遊或從商時，必須要對不同文化保持靈敏。

colon + **ial** 關於 = **colonial**

字首
字根
字尾
複合字

colonial [kə'lonjəl] 殖民地的

 colonial rule 殖民統治

As a **colonial** power, England laid the infrastructure for the industrialization and modernization of many now independent nations.
殖民強權英國曾在許多現已獨立的國家內鋪設工業化與現代化公共建設。

colon + **y** 名詞 = colony

Ssettlement **3**TOEIC

colony ['kɑlənɪ] 殖民地

 a colony of 一群(鳥類)

The first inhabitants of the early **colonies**, in what is now Canada, laid the foundations for permanent settlement.
目前加拿大的早期殖民地居民在當時打下永久殖民的根基。

---

069 custom 習慣

 MP3 114

快學便利貼

accustom v. 使習慣
custom n. 習慣；風俗；顧客；關稅；慣例；adj. 訂製的；訂做的

customer n. 顧客；客戶；買主
customs n. 海關；關稅；進口稅；（大寫）海關出入境口

 單字拆解

S同義 **A**反義 **5**單字出現頻率

ac 前往 + **custom** 習慣 = accustom

Sget used to **4**GRE

accustom [ə'kʌstəm] 使習慣

 be accustomed to 習慣於

The secretary is **accustomed** to speaking to clients over the telephone.
秘書習慣用電話和客戶聯繫。

Stradition **3**GEPT

custom ['kʌstəm] 風俗

 traditional custom 傳統習俗

The celebration of the Mid-Autumn Festival is a traditional **custom** for the Chinese people.
慶祝中秋節是中國人的一項傳統習俗。

custom 習慣 + **er** 人 = customer

Sclient **3**TOEFL

customer ['kʌstəmə] 顧客

 regular customer 常客

Seated near the window, the regular **customer** refreshed himself with a cup of tea.
坐在窗邊的常客喝了一杯茶提神。

custom 習慣 + **s** = customs   Ⓢcustomhouse ⑤IELTS

customs ['kʌstəmz] 海關   clear customs 通關 customs union 關稅同盟

I rushed to the baggage claim area as soon as I got through **customs**.
我一通關就急忙趕到行李提領處。

course-, cur- 跑   MP3 115

字首

快學便利貼

字根

course n. 路線；課程；一道菜；v. 追捕
current n. 潮流；電流；adj. 目前的
currency n. 流通；貨幣；通貨

occur v. 發生；出現；使想起；存在於
recur v. 再發生；重現；訴諸；循環；
　　　採用；重提；再現

單字拆解   Ⓢ同義　Ⓐ反義　⑤單字出現頻率

Ⓢline ④GEPT

course [kors] 路線   take its course 聽其自然

The **course** of the Tour de France is the most difficult and painful one in the world.
環法自行車大賽的路線是全世界最艱難且最痛苦的路程。

curr 跑 + **ent** 的 = current   Ⓢpresent ③TOEIC

current ['kɜənt] 目前的   current affairs 時事

The **current** sea levels are sustainable, but if they keep going up, it's going to be a problem.
目前的海平面還維持在一定水平，但如果持續上升，就會產生問題。

curr 跑 + **ency** 名詞 = currency   Ⓢmoney ③GEPT

currency ['kɜənsɪ] 貨幣   paper currency 紙幣

My brother has a full time job trading **currency** and he is very good at it.
我弟弟有個貨幣交易的全職工作，他對這行很專精。

oc 之前 + **cur** 跑 = occur   Ⓢhappen ④TOEFL

occur [ə'kɜ] 使想起；發生   it occurred to me that 我想到…

It **occurred** to me that we could take counsel with the accountant about the category of tax.
我突然想到我們能就稅目問題請教那名會計師。

字根 字尾 複合字

re 再度 + **cur** 跑 = recur

S repeat **5** IELTS

recur [rɪ'kɜ] 重現

 recurring nightmare 一再出現的噩夢

The color bar often **recurred** in the Asian teacher's memory.
亞裔教師經常會回想起曾遭受的種族歧視。

---

071 cure- 注意；小心

 MP3 116

快學便利貼

accuracy n. 正確；準確度
accurate adj. 準確的；精密的

cure n. 治療藥物；v. 治療；改正
secure v. 保證；妥善保管；adj. 安全的

 單字拆解

S 同義 **A** 反義 **5** 單字出現頻率

ac 前往 + **cur** 注意 + **acy** 名詞 = accuracy

S exactness **3** GRE

accuracy ['ækjərəsɪ] 準確度

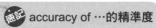 accuracy of …的精準度

The secretary at the administration office is able to complete tasks assigned with **accuracy**.
行政室秘書有能力準確完成交付的任務。

ac 前往 + **cur** 注意 + **ate** 動作 = accurate

A inaccurate **5** TOEIC

accurate ['ækjərɪt] 準確的

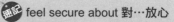 entirely accurate 完全準確

The staff member **accurate** at figures will be responsible to handle the company's working capital.
計算精確的職員將負責處理公司的流動資本。

S remedy **4** TOEFL

cure [kjʊr] 治療藥物

 cure oneself of 自行矯正

Many scientists are trying to figure out a **cure** for AIDS, but it's not an easy undertaking.
許多科學家試圖找出治療愛滋病的藥物，但這並不容易。

se 免於 + **cure** 注意 = secure

S safe **2** IELTS

secure [sɪ'kjʊr] 安全的

feel secure about 對…放心

Depositing your money in the bank is usually a **secure** way to save your money.
將錢存在銀行通常是儲蓄金錢的安全方法。

CUSS- 打擊；搖晃

快學便利貼

discuss v. 討論；辯論；對債務人起訴；詳述

單字拆解

Ⓢ同義　Ⓐ反義　Ⓕ單字出現頻率

dis 否定 ＋ **cuss** 搖晃 ＝ **discuss**

Ⓢdebate　ⒻGRE

discuss [dɪˈskʌs] 討論

 discuss with 與…討論

Professor Lin **discussed** the final presentation with all his graduate students in the meeting room.
林教授在會議室與他所有的研究生討論期末發表事宜。

damn-, demn- 損害

快學便利貼

damage n. 損害；賠償金；賠償損失；
費用；**v.** 使損壞；損害

damn n./v. 咒罵；**adj.** 糟透的；**adv.** 非常
condemn v. 譴責；宣判；報廢；充公

單字拆解

Ⓢ同義　Ⓐ反義　Ⓕ單字出現頻率

dam 損害 ＋ **age** 名詞 ＝ **damage**

Ⓢharm　ⒻTOEIC

damage [ˈdæmɪdʒ] 損害

 cause inflict damage to 損害

The **damage** done to the car in the accident is irreparable. That is, it is a total loss.
那部汽車在事故中的損壞無法修護，也就是說，車子已全毀。

Ⓐbless　ⒻGEPT

damn [dæm] 該死

 as near as damn it 相差無幾

Damn me, but I'll explain myself within bounds.
糟糕，但我會盡可能表明自己的立場。

con 一起 ＋ **demn** 損害 ＝ **condemn**

condemn [kən'dɛm] 譴責

 condemn to death 判死刑

The South Korea government severely **condemned** North Korea over the sinking of a warship.
南韓政府為軍艦遭擊沉事件嚴厲譴責北韓。

074 dat- 給予

 MP3 119

快學便利貼

data n. 資料；數據；材料 | **date n.** 日期；約會；**v.** 註明日期；約會

 單字拆解 **S** 同義 **A** 反義 **5** 單字出現頻率

dat 給予 + **a** = data

S information **3** TOEFL

data ['detə] 資料

 database 資料庫 data processing 數據處理

The researchers need to compile all the **data** into one file before they are able to analyze them.
研究人員在分析資料之前必須先將它們彙整成一個檔案。

dat 給予 + **e** = date

S day **2** TOEIC

date [det] 日期

 date back to 回溯至 due date 到期日

This telephone directory is out of **date**. You had better use a new version.
這本電話簿過期了，你最好使用新版本。

075 deb-, du- 欠債

 MP3 120

快學便利貼

debt n. 借款；負債；情義；罪；恩義
due n. 應得權益；**adj.** 由於；到期的
| **duty n.** 職務；義務；關稅；兵役；功率；恭順；值班；負荷；本分

deb 欠債 + **t** = debt　　　🅢obligation ❸GRE

debt [dɛt] 負債　　🗒速記 be deep in debt 負債累累 contract a debt 借債

Since the recession, a number of entrepreneurs have gone bankrupt because of too much **debt**.
因為經濟衰退，許多企業主因負債過多而破產。

du 欠債 + **e** = due　　　🅢because ❹IELTS

due [dju] 由於　　🗒速記 the due date 票據付款日

Due to the severe thunderstorms in the area, the beaches will be closed temporarily this weekend.
由於該地區的強烈暴風雨，海灘將於本周末暫時關閉。

du 欠債 + **ty** 名詞 = duty　　　🅢obligation ❸TOEFL

duty [ˈdjutɪ] 職務　　🗒速記 customs duties 關稅 export duties 出口稅

It's the **duty** of a police officer to enforce the law, but to show humanism at the same time.
警察的職責是執行法令，但同時也要兼顧人道主義。

076 dem-, demo- 人民

快學便利貼

democracy n. 民主政治；民主主義　　democratic adj. 民主政治的；民主主義的
democrat n. 民主主義者　　　　　　　epidemic n./adj. 傳染病(的)；流行性

🧩 **單字拆解**　　　　　🅢同義　🄰反義　❺單字出現頻率

demo 人民 + **cracy** 統治 = democracy　　🅢commonwealth ❺GEPT

democracy [dɪˈmɑkrəsɪ] 民主主義　🗒速記 social democracy 社會民主主義

Democracy and Communism are two political ideologies that are at odds with each other.
民主主義與共產主義是兩個彼此大相徑庭的政治意識形態。

demo 人民 + **crat** = democrat

字首　字根　字尾　複合字

democrat [ˈdɛməˌkræt] 民主主義者　速記 Liberal Democrat Party 自由民主黨

President Barack Obama is a **Democrat** who previously used to be a Senator in Illinois.
歐巴馬總統是以前曾任伊利諾州參議員的民主黨員。

democrat 民主主義者 **+** **ic** 形容詞 **= democratic**　Ⓢpopular ❸IELTS

democratic [ˌdɛməˈkrætɪk] 民主政治的　速記 Democratic Party 民主黨

Taiwan is a **democratic** country that holds presidential or mayor elections every four years.
台灣是一個每四年舉行一次總統或縣市長選舉的民主國家。

epi 在…之中 **+** **dem** 人民 **+** **ic** 形容詞 **= epidemic**
Ⓢprevalent ❹TOEFL

epidemic [ˌɛpɪˈdɛmɪk] 傳染病　速記 epidemic of …的大流行

People may live in alarm when an **epidemic** is spreading around.
流行病四處蔓延時，人們會生活在恐懼中。

---

077 dent- 牙齒

快學便利貼

dental adj. 牙齒的；齒科的；n. 齒音　｜　dentist n. 牙醫師；牙科醫生

單字拆解

Ⓢ同義　Ⓐ反義　❺單字出現頻率

dent 牙齒 **+** **al** 關於 **= dental**　❸GRE

dental [ˈdɛntl̩] 牙齒的　速記 dental floss 牙線

Most basic health insurance plans do not cover **dental** treatment. Therefore, you must pay the full price.
大部分基本的健康保險規劃不含牙科治療，因此你必須全額自費。

dent 牙齒 **+** **ist** 人 **= dentist**　Ⓢorthodontist ❹GEPT

dentist [ˈdɛntɪst] 牙醫師　速記 go to the dentist 看牙醫

The **dentist** advised the little girl that she stop eating sweet snacks because she has too many cavities.
牙醫師勸告小女孩不要再吃甜食，因為她有太多蛀牙了。

dic- 宣稱

MP3 123

快學便利貼

dedicate v. 奉獻；致力；題詞；供奉
index n. 索引；指數；指針；食指

indicate v. 顯示；指示；暗示；象徵；被建議；表明

單字拆解

S 同義　**A** 反義　**5** 單字出現頻率

de 往下 **+** **dic** 宣稱 **+** **ate** 動作 **= dedicate**　**4** IELTS

dedicate ['dɛdə,ket] 致力

速記 dedicate oneself to 致力於…

The volunteer **dedicated** himself to hold a candle to another in the rest of his life.
那位志工奉獻自己的餘生照亮他人。

S chart　**3** TOEIC

index ['ɪndɛks] 索引

速記 card indexes 卡片索引

The **index** in this book has been listed in alphabetical order to ease any searches.
為了方便查詢，這本書的索引用字母順序排列。

in 朝向 **+** **dic** 宣稱 **+** **ate** 動作 **= indicate**　**S** demonstrate　**4** GRE

indicate ['ɪndə,ket] 顯示

速記 indicate that 顯示…

The speedometer **indicates** that the driver is driving over the speed limit by ten kilometers per hour.
計速器顯示那位司機超速十公里。

dict- 說

MP3 124

快學便利貼

addict n. 成癮者；v. 沉溺於；醉心於
condition n. 健康狀況；條件；v. 適應
dictate n./v. 命令；原則；聽寫；口授

dictation n. 口述；聽寫；命令
dictionary n. 字典；辭典
predict v. 預測；預言；預料

字首　字根　字尾　複合字

Ⓢ同義　Ⓐ反義　Ⓕ單字出現頻率

ad 前往 + **dict** 說 = addict

Ⓢhabituate　❸TOEFL

addict [ə'dɪkt] 沉溺於

速記 a drug addict 吸毒成癮者

Most people who try smoking will end up with being **addicted** and have a hard time stopping.
大多數嘗試吸菸的人最後都會上癮，而且很難戒掉。

con 共同 + **dit** 說 + **ion** 名詞 = condition

Ⓢstate　❸GEPT

condition [kən'dɪʃən] 條件

速記 out of condition 健康不佳

I will work on the project on **condition** that you pay me half of the profit from it.
我會加入計畫，前提是你要付我獲利的一半。

dict 說 + **ate** 動作 = dictate

Ⓢorder　❷GEPT

dictate ['dɪktet] 命令

速記 dictate to sb 向某人發號施令

The homeroom teacher **dictated** the classroom rules to the whole class before we started.
導師在我們開始施行班規之前唸給全班聽。

dictate 命令 + **ion** 名詞 = dictation

Ⓢcommand　❹TOEIC

dictation [dɪk'teʃən] 口述；聽寫

速記 take dictation 做記錄

One of the skills once most essential for a secretary, taking **dictation**, is no longer of much importance.
記錄曾是秘書一項不可或缺的技能，現在已經不再重要了。

dict 說 + **ion** 名詞 + **ary** 名詞 = dictionary

Ⓢlexicon　❸IELTS

dictionary ['dɪkʃən, ɛrɪ] 字典

速記 instant dictionary 電子字典

Every year, there are words that are added to or removed from the **dictionary**.
每年都有新增到字典的字，或從字典中刪除的字。

pre 在之前 + **dict** 說 = predict

Ⓢforetell　❸TOEFL

predict [prɪ'dɪkt] 預言

速記 be predicted to V 預測將會…

Nostradamus, a French astrologist, **predicted** many things including the end of the world centuries ago.
諾斯特拉達姆士是一位法國占星術士，曾在幾世紀前預言許多事，包括世界末日。

080 **dign-** 有價值的

MP3 125

快學便利貼

dignity n. 尊嚴；爵位；高官；自重

單字拆解 Ⓢ同義 Ⓐ反義 ⑤單字出現頻率

dign 有價值的 + **ity** 名詞 = dignity Ⓢstateliness ❷GRE

dignity [ˈdɪgnətɪ] 尊嚴 速記 with dignity 莊嚴地 upon one's dignity 擺架子

The senior supervisor felt he lost all his **dignity** when he was fired from his job all of a sudden.
資深主管突然遭解雇時，他感到自己的尊嚴盡失。

---

081 divid- 分割

 MP3 126

快學便利貼

divide n. 分界線；**v.** 分配；分割
division n. 分割；分配；除法

individual n. 個體；個人；**adj.** 個人的；獨特的；單獨的

單字拆解 Ⓢ同義 Ⓐ反義 ⑤單字出現頻率

divid 分割 + **e** = divide Ⓢseparate ❸TOEIC

divide [dəˈvaɪd] 分配 速記 divide against itself 發生內訌

After blowing out the candles, the birthday girl cut the cake and **divided** it among all the guests.
吹熄蠟燭後，壽星切開蛋糕並將它分給所有來賓。

divid 分割 + **ion** 名詞 = division Ⓢseparation ❹GRE

division [dəˈvɪʒən] 除法 速記 division of labor 分工

Olga has improved her **division** since she attended a special class of mental calculation.
自從歐佳參加心算課程之後，她的除法進步了。

in 否定 + **divid** 分割 + **ual** = individual Ⓢpersonal ❸GEPT

individual [ɪndəˈvɪʒuəl] 個人 速記 individuall needs 個人需求

字首 字根 字尾 複合字

An unidentified **individual** entered the bank and demanded the clerk to hand over the money.
一位身分不明的人士進入銀行，並要職員把錢交出來。

082 disc-, doc- 教導

快學便利貼

disciple n. 徒弟；門徒；追隨者
discipline n./v. 紀律；懲戒；訓練
doctor n. 醫師；博士；v. 治療；就醫

doctrine n. 教訓；教義；主義
document n. 證件；公文；文書；v. 用文件證明；提供證書

S同義　**A**反義　**5**單字出現頻率

---

disc 教導 + **iple** = disciple
　　　　　　　　　　　　　　　　　　Sfollower **5**IELTS

disciple [dɪ'saɪpl̩] 門徒
速記 a disciple of …的信徒

Jesus was said to have had a dozen **disciples** and one of them, Judah, betrayed him in the end.
據說耶穌有十二位門徒，而其中一位猶大最後出賣了他。

---

disc 教導 + **ipline** = discipline
　　　　　　　　　　　　　　　　　　Spractice **4**GEPT

discipline ['dɪsəplɪn] 紀律
速記 courage without discipline 匹夫之勇

Everyone in the company executes their duties under perfect **discipline**.
公司每一位員工在嚴格訓練下執行職務。

---

doc 教導 + **tor** 人 = doctor
　　　　　　　　　　　　　　　　　　Apatient **3**GEPT

doctor ['dɑktə] 醫師
速記 Doctor of Philosophy 哲學博士

The **doctor** has prescribed very strong medicine to the weak patient to fight off her disease.
醫師開強效藥給虛弱的病患以治癒她的病。

---

doc 教導 + **trine** = doctrine
　　　　　　　　　　　　　　　　　　Sdogma **4**TOEIC

doctrine ['dɑktrɪn] 教義
速記 religious doctrines 宗教教義

Joseph Stalin had a very harsh **doctrine** when it came to those who spoke out against him.
一提到那些出言反對約瑟夫‧史達林的人，他就嚴詞斥責。

docu 教導 + **ment** 名詞 = **document**   ⑤paper ❺GRE

document ['dɑkjəmənt] 用文件證明   速記 a document of shipping 運貨單據

Historians interview centenarians to **document** history from actual witnesses.
歷史學家會晤百歲人瑞，以從真正的歷史見證者口中記錄歷史。

083 dom- 家；統治；馴服

快學便利貼

dome n. 圓頂；圓頂體育場；圓蓋；蒼穹；**v.** 呈圓頂狀

domestic adj. 家務的；馴良的；本國的；**n.** 佣人；僕人

單字拆解   ⑤同義 ⚠反義 ❺單字出現頻率

dom 家 + **e** = **dome**   ⑤rotunda ❹IELTS

dome [dom] 圓頂   速記 a domed roof 圓形屋頂

The new baseball stadium with the shape of a **dome** will be located in the center of the city.
圓頂造型的新棒球場將建於市中心。

dom 家 + **estic** 的 = **domestic**   ⑤household ❸TOEFL

domestic [də'mɛstɪk] 家務的；國內的   速記 domestic economy 家政

In Taiwan, the number of the female victims of **domestic** violence has been increasing these years.
台灣的家暴受害婦女人數這幾年不斷攀升。

084 domin- 統治；馴服

快學便利貼

dominant adj. 佔優勢的；主要的

dominate v. 支配；優於；超出

單字拆解

Ⓢ同義　Ⓐ反義　❺單字出現頻率

domin 統治 + **ant** 形容詞 = **dominant**　Ⓢ**governing** ❹ TOEIC

dominant [ˈdɑmənənt] 主要的　速記 the dominant party 第一大黨

Mike Tyson and Mohammed Ali are believed to be the most **dominant** boxers ever.
一般認為麥克・泰森和穆罕默德・阿里是有史以來最舉足輕重的拳擊手。

domin 統治 + **ate** 動作 = **dominate**　Ⓢ**rule** ❺ IELTS

dominate [ˈdɑmə‚net] 支配　速記 dominate over 處於支配地位

David Beckham, rich and famous, used to **dominate** the soccer field because he was fast and accurate.
名利雙收的貝克漢曾在足壇中叱吒風雲，因為他傳球又快又準。

085 don-, dot-, dow- 給予

MP3 130

快學便利貼

anecdote n. 軼事；趣聞；祕史	**dose** n. 一劑藥；一次；吸收劑量；一
donate v./n. 贈予；捐贈；贈送	份；一點；v. 服藥；配藥
donor n. 捐贈者；捐血者	**pardon** n./v. 寬恕；特赦；抱歉

單字拆解

Ⓢ同義　Ⓐ反義　❺單字出現頻率

an 否定 + **ec** 外出 + **dote** 給予 = **anecdote**　Ⓢ**story** ❺ GRE

anecdote [ˈænɪk‚dot] 趣聞　速記 amusing anecdotes 有趣的故事

When I come home, I have a funny little **anecdote** to tell you.
當我回家時，我有個好笑的小趣聞要告訴你。

don 給予 + **ate** 動作 = **donate**　Ⓢ**contribute** ❹ TOEFL

donate [ˈdonet] 捐贈　速記 donate blood 捐血

The Bill and Melinda Gates foundation has **donated** millions of dollars to the poor children.
比爾蓋茲基金會已捐贈數百萬美元給貧窮兒童。

don 給予 + **or** 人 = **donor**

donor ['donə] 捐贈者

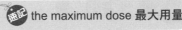 blood donor 捐血者

The general hospital is having a campaign to attract blood **donors** since there is a shortage.
因為血荒，綜合醫院正舉辦活動吸引捐血者。

S portion **3** GEPT

dose [dos] 一劑藥

the maximum dose 最大用量

The doctor gave the famous entertainer a small **dose** of morphine because she was in so much pain.
醫師提供知名藝人小劑量嗎啡，因為她實在疼痛難捱。

par 完全地 + **don** 給予 = pardon

S excuse **5** IELTS

pardon ['pɑrdn̩] 寬恕

Pardon me for interrupting. 對不起打擾了。

The king decided to **pardon** thousands of minor criminals because all the jails are overcrowded.
因為所有的監獄都過度擁擠，所以國王決定赦免數千名輕刑犯。

086 dogma-, dox- 意見

 MP3 131

快學便利貼

paradox n. 似非而是的論點；反面議論；悖論

 單字拆解

S 同義　**A** 反義　**5** 單字出現頻率

para 相反 + **dox** 意見 = paradox

S dilemma **4** TOEFL

paradox ['pærə,dɑks] 反面議論

paradox of thrift 節儉的矛盾

The Democratic and Republican parties in the United States are at a **paradox** with each other.
美國民主與共和兩黨彼此的論點分歧。

087 draw- 拉

 MP3 132

字首

字根

字尾

複合字

快學便利貼

draw n. 抽出;和局;抽籤;v. 拉;吸引 ・ **drawer** n. 抽屜;開票人;製圖者

 單字拆解

Ⓢ同義　Ⓐ反義　Ⓕ單字出現頻率

Ⓢpull　ⒻGRE

draw [drɔ] 拉

 draw a bow 張弓 draw the blank 無收穫

The headwaiter **drew** a cork from a bottle and poured some champagne to the lady's goblet.
領班拉開瓶塞,將香檳倒入女士的高腳杯裡。

draw 拉 + **er** 物 = **drawer**

❹IELTS

drawer ['drɔɚ] 抽屜

 a chest of drawers 有抽屜的櫥櫃

I went to Carrefour to buy a new set of **drawers** but the colors didn't match the walls in my room.
我去家樂福買新抽屜,但顏色與我房間的牆壁不搭。

088 dress - 指正;矯正

MP3
133

快學便利貼

dress n. 洋裝;v. 穿衣;包紮;裝飾 ・ **address** n. 地址;演講;v. 演說;委託

 單字拆解

Ⓢ同義　Ⓐ反義　Ⓕ單字出現頻率

Ⓢclothe　❸GEPT

dress [drɛs] 穿衣

 dress code 著衣標準 dress sb down 責罵

The lady **dressed** in black with a young child at the funeral is likely to be the dead's ex-wife.
喪禮中穿著黑衣服,並帶著一名小孩的婦女可能是死者的前妻。

ad 前往 + **dress** 指正 = **address**

Ⓢabode　❹TOEFL

address [ə'drɛs] 地址

 an address of thanks 謝辭

John wanted to order pizza but he didn't have the **address** of the place he was.
約翰想訂披薩,但他沒有自己所在位置的地址。

duce-, duct- 引導

MP3 134

字首

快學便利貼

conduct n. 行為；處理；**v.** 傳導；指揮
educate v. 教育；教導；訓練
induce v. 招致；引誘；說服
introduce v. 介紹；納入；引進

produce n. 生產；產量；**v.** 生產；提出
product n. 產物；成果；生成物
reduce v. 減少；貶低；減價；使適應
seduce v. 誘惑；使誤入歧途

 單字拆解

S同義　**A**反義　**5**單字出現頻率

con 共同 + **duct** 引導 = **conduct**　　　　**S**manage **4**IELTS

conduct [kən'dʌkt] 行為
通記 conduct a business 經營生意

The bus driver's rude **conduct** when dealing with unruly children is completely inacceptable.
公車司機對不守規矩的孩子所做的無禮行為完全無法被接受。

e 向外 + **duc** 引導 + **ate** 動作 = **educate**　　　　**S**teach **5**TOEIC

educate ['ɛdʒə,ket] 教導
通記 self-educated student 自學的學生

The master has offered to **educate** me mixed martial arts if I make progress in English.
校長已經表示如果我的英文進步，他就願意教我綜合格鬥。

in 向內 + **duce** 引導 = **induce**　　　　**S**elicit **4**GRE

induce [In'djus] 招致
通記 induce…to 誘惑去做 induced current 感應電流

The light boxer was hit so hard by a punch that it **induced** him into a deep coma.
輕量級拳擊手遭重重地一擊，導致他陷入重度昏迷。

intro 向內 + **duce** 引導 = **introduce**　　　　**S**innovate **5**GEPT

introduce [Intrə'djus] 介紹
通記 introduce a motion 提出動議

John **introduced** his fiancée to everyone in the reunion party, which made him pleased but embarrassed.
約翰介紹他的未婚妻給同學會上的每個人，這使他既開心又難為情。

pro 向前 + **duce** 引導 = **produce**　　　　**S**make **5**TOEFL

produce [prə'djus] 生產
通記 the agricultural produce 農產品

The chocolate factory located in Guangzhou **produces** over two million chocolate bars a year.

字根

字尾

複合字

位於廣州的巧克力工廠一年共生產超過兩百萬條巧克力棒。

pro 向前 + **duct** 引導 = **product**　　Ⓢmanufactures ❸GEPT

product [ˈprɑdəkt] 產物　　速記 residual product 副產物

Most high quality **products** are also more expensive because the production cost is higher.
大部分高品質產品也比較貴，因為生產成本較高。

re 往回 + **duce** 引導 = **reduce**　　Ⓐincrease ❸GEPT

reduce [rɪˈdjus] 減少　　速記 reduce prices 減低價格

In order to **reduce** her expenses, Sarah has decided to cook at home instead of eating out.
為了降低開銷，莎拉決定在家煮而不外食。

se 分離 + **duce** 引導 = **seduce**　　Ⓢlure ❹IELTS

seduce [sɪˈdjus] 誘惑　　速記 seduce into 引誘

The beautiful model's angel-like looks can be used to **seduce** practically any man in the world.
那位美麗模特兒天使般的容顏可能會迷倒世上幾乎所有的男人。

090 dur- 持久的；堅固的

 MP3 135

快學便利貼

durable adj. 耐久的；**n.** 耐用品
duration n. 持續的時間；持久

during prep. 在⋯期間
endure v. 耐久；忍耐；忍受

單字拆解

 Ⓢ同義　Ⓐ反義　❺單字出現頻率

dur 持久的 + **able** 能力 = **durable**　　Ⓢenduring ❹TOEIC

durable [ˈdjurəbl] 耐久的　　速記 durable goods 耐用品

One of the advantages of buying a carbon fiber bicycle is that it is very strong and **durable**.
購買碳纖維單車的一項優點就是產品堅固耐用。

dur 持久的 + **ation** 名詞 = **duration**

duration [dju'reʃən] 持續的時間

速記 for the duration 直到⋯結束

The **duration** of a field hockey game is sixty minutes unless the score is even.
曲棍球比賽時間是六十分鐘,除非比數平手。

dur 持久的 + **ing** = during

Ⓢ throughout Ⓣ GRE

during ['djurɪŋ] 在⋯期間

速記 during the day 在白天

A big riot broke out in the stands **during** the final football game of the season.
本季橄欖球決賽期間,看台處發生一場大規模的暴動。

en 向內 + **dure** 持久的 = endure

Ⓢ bear ④ GEPT

endure [ɪn'djur] 忍受

速記 endure pain 忍受痛苦

The manager got mad and said he couldn't **endure** lateness anymore in the morning meeting.
經理在早會時發飆說他無法再忍受遲到了。

091 dyn-, dynam- 力量

 MP3 136

快學便利貼

dynamic n. 動力;adj. 有活力的
dynamite n. 炸藥;v. 炸毀

dynasty n. 王朝;朝代

單字拆解

Ⓢ 同義　Ⓐ 反義　⑤ 單字出現頻率

dynam 力量 + **ic** 有關 = dynamic

Ⓢ energetic ③ IELTS

dynamic [daɪ'næmɪk] 有活力的

速記 a dynamic population 動態人口

The clerk get promoted because he is intelligent and, most importantly, he is **dynamic** in what he does.
那位職員因為他的聰明才智獲得晉升,且最重要的是,他做事時總是充滿活力。

dynam 力量 + **ite** 物 = dynamite

Ⓢ explosives ② TOEIC

dynamite ['daɪnə,maɪt] 炸藥

速記 a dynamite blast 炸彈開花

The miners used so much **dynamite** to blow a hole that the explosion was felt 20km away.
礦工使用非常多的炸藥炸開一個洞,二十公里外都可感受到爆炸威力。

字首　字根　字尾　複合字

dyn 力量 + **ast** 人 + **y** 物 = dynasty　　　　Ⓢsovereignty ❹TOEFL

dynasty [ˈdaɪnəstɪ] 王朝　　　速記 Ming Dynasty 明朝

Historically speaking, the Qing **Dynasty**, also known as the Manchu, was the last empire to rule China.
從歷史上來看，清朝也就是滿清，是最後一個統治中國的帝制政權。

092 **eco-** 家　　MP3 137

快學便利貼

ecology n. 生態學；生態；環境
economy n. 經濟；節省；adj. 經濟的

economic adj. 經濟學的；經濟上的
economical adj. 經濟的；節儉的

單字拆解　　　Ⓢ同義　Ⓐ反義　❺單字出現頻率

eco 家 + **logy** 學 = ecology　　　　Ⓢbionomics ❸GRE

ecology [ɪˈkɑlədʒɪ] 生態學　　速記 wildlife ecology 野生動物生態學

Students will learn about earth and it's ecosystem in the first year of high school in **ecology** class.
高一學生的生態課程需學習關於地球及其生態系統。

eco 家 + **nomy** 統治 = economy　　　　Ⓢfrugality ❸IELTS

economy [ɪˈkɑnəmɪ] 經濟　　速記 practice economy 節約

In some countries, the **economy** is slowly recovering after a major recession hit a few years ago.
一些國家的經濟狀況在幾年前嚴重的經濟衰退之後，正緩慢的復甦。

economy 經濟 + **ic** 有關 = economic　　　　Ⓢmonetary ❸TOEFL

economic [ikəˈnɑmɪk] 經濟上的　　速記 economic agreement 經濟協議

It is believed that the opposition's **economic** policies are going to hurt our nation if they are elected.
一般認為如果反對黨贏得選舉的話，他們的經濟政策會對我們國家造成傷害。

economic 經濟 + **al** 關於 = economical　　　　Ⓢthrifty ❸GEPT

economical [ikəˈnɑmɪkl̩] 經濟的

It is more **economical** to travel by coach than by business class flight.

旅行時搭乘長途巴士比乘坐飛機商務艙要來得經濟實惠。

093 electr- 電的

快學便利貼

electric adj. 電的；緊張的；刺激的
electricity n. 電；電力；電流；熱心

electron n. 電子

單字拆解

S 同義　**A** 反義　**⑤** 單字出現頻率

electr 電的 + **ic** 有關 = **electric**　　　**④** TOEIC

electric [ɪˈlɛktrɪk] 電的　　　速記 an electric atmosphere 緊張氣氛

Crossing the street, I saw an aged man driving an **electric** scooter without making noise.
我在過馬路時看見一位老先生騎著一部不會產生噪音的電動機車。

electr 電的 + **icity** 名詞 = **electricity**　　**S** galvanization　**②** GEPT

electricity [ilɛkˈtrɪsətɪ] 電力　　　速記 negative electricity 負電

The nuclear power plant in the south of the island produces over eighty percent of the **electricity**.
島嶼南邊的核能發電廠供應超過百分之八十的電力。

electr 電的 + **on** 物 = **electron**　　　**S** particle　**③** IELTS

electron [ɪˈlɛktrɑn] 電子　　　速記 the electron beam 電子束

In a thunderstorm, the lighting is mostly composed of a surge of **electrons**.
雷雨交加時，閃電基本上是由大量的電子組成。

094 eem-, em-, ample, empt- 拿；買

字首
字根
字尾
複合字

example n. 樣本；楷模；警告　　　prompt n./v. 提示；adj. 立即的

單字拆解

S同義　**A**反義　**5**單字出現頻率

ex 向外 + **ample** 拿 = example　　　　**S** sample　**4** TOEFL

example [ɪgˈzæmpḷ] 樣本

速記 set a good example to 立下榜樣

Students enjoy the professor always gives practical **examples** to explain economic theories.

學生喜愛教授總是舉實例來說明經濟學理論。

pro 向前 + **mpt** 拿 = prompt　　　　**S** instant　**3** TOEIC

prompt [prɑmpt] 立即的

速記 prompt response 即刻反應

The bank came to a **prompt** decision on the fully secured loan without prejudice.

在不受損害的情況下，銀行當機立斷核可完全擔保貸款。

095 equ-, equi- 相等的

MP3 140

快學便利貼

adequate adj. 適當的；充分的；勝任的　　equate v. 使相等；同等對待
equal n. 對手；v. 等於；adj. 相等的　　equivalent n. 相等物；adj. 相同的

單字拆解

S同義　**A**反義　**5**單字出現頻率

ad 前往 + **equ** 相等的 + **ate** 具…性質 = adequate

A inadequate　**5** GRE

adequate [ˈædəkwɪt] 適當的

速記 adequate for 適合；足夠

Adding one liter of milk to the cookie dough is **adequate** since the baker wants the cookies to be soft.

烘培師傅想讓餅乾軟一些，加一公升牛奶到餅乾麵糊裡剛剛好。

equ 相等的 + **al** 關於 = equal

equal [ˈikwəl] 等於

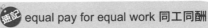 通記 equal pay for equal work 同工同酬

If you add all the potted plants along the sidewalk, it should **equal** to one hundred and twenty-two.
如果你沿著人行道將盆栽的數量加起來,總數應為一百二十二個。

equ 相等的 + **ate** 動作 = **equate**

S equalize **4** TOEFL

equate [ɪˈkwet] 使相等

通記 equate to 與…相等

It's hard to **equate** the damage done by the oil spill but it will take a long time to clean up.
漏油造成的損失難以計算,將需要長時間清理。

equi 相等的 + **val** 價值 + **ent** = **equivalent**

A different **4** GEPT

equivalent [ɪˈkwɪvələnt] 相等物

通記 be equivalent to 等於;相當於

The **equivalent** of one hundred US dollars is approximately three thousand new Taiwan dollars.
美金一百元大約等於台幣三千元。

096 ess-, est- 存在

 MP3 141

快學便利貼

essence n. 本質;要素;精華;精油
essential n. 本質;實質;**adj.** 實質上的;必要的;基本的;主要的;精華的

interest n. 利息;利益;興趣;重要性;股份;同行;**v.** 使感興趣;使參與

單字拆解

S 同義　**A** 反義　**5** 單字出現頻率

ess 存在 + **ence** 名詞 = **essence**

S substance **3** TOEIC

essence [ˈɛsn̩s] 本質

通記 in essence 本質上;大體上

To capture the **essence** of that Indian author's philosophy, you must read his autobiography.
要理解那位印度籍作者的哲學本質,你必須閱讀他的自傳。

ess 存在 + **ent** 物 + **ial** 的 = **essential**

S necessary **3** TOEFL

essential [ɪˈsɛnʃəl] 必要的

通記 essential ingredients 主要成分

Before running a marathon, it is **essential** to train for many months to prevent

字首　字根　字尾　複合字

misfortune.
參加馬拉松賽跑前，接受幾個月的訓練以避免發生意外很重要。

inter 在之間 + **est** 存在 = interest

Ⓐindifference ❹GRE

interest [ˈɪntərɪst] 利息；興趣

速記 interest rate 利率

My savings account in the foreign bank permits me to accumulate a certain amount of **interest** soon.
我在外商銀行的儲蓄帳戶讓我很快累積一定額度的利息。

097 et-, ev- 時代

MP3 142

快學便利貼

eternal adj. 永遠的；不朽的；永久的 **eternity n.** 永恆；來世；不朽；永遠	**medieval adj.** 中世紀的；老式的；守舊的；中古風的

 單字拆解

Ⓢ同義　Ⓐ反義　❺單字出現頻率

et 時代 + **ern** 方向 + **al** 關於 = eternal

Ⓢeverlasting ❷IELTS

eternal [ɪˈtɜn̩] 永遠的

速記 eternal triangle 三角關係

Rome is sometimes called the **Eternal** City.
羅馬有時被稱為永恆之城。

et 時代 + **ern** 方向 + **ity** 名詞 = eternity

Ⓢperpetuity ❸GEPT

eternity [ɪˈtɜnətɪ] 永恆

速記 eternity leave 留職留薪假

My brother always takes an **eternity** when he goes to the bathroom, which really makes me annoyed.
我弟弟每次一進浴室就會佔用非常久的時間，讓我很惱怒。

medi 中 + **ev** 時代 + **al** 關於 = medieval

Ⓐmodern ❹TOEIC

medieval [mɪdɪˈivəl] 中世紀的

速記 medieval time 中世紀

The boy is planning to dress up as a **medieval** English knight to go trick or treating on Halloween.
男孩打算在萬聖節時裝扮成中世紀英國武士玩不給糖就搗蛋的遊戲。

fa-, fabl-, fabul- 說

快學便利貼

fable n. 寓言；神話；傳說；v. 撒謊　　**fabulous** adj. 極好的；虛構的

單字拆解

Ⓢ同義　Ⓐ反義　❺單字出現頻率

fabl 說 + **e** = **fable**　　　Ⓢstory ❸TOEFL

fable [ˈfebḷ] 寓言　　　描記 Aesop's Fables 伊索寓言 fable about 捏造

Hansel and Gretel is a very famous **fable** that most people were taught in their childhood.
糖果屋是許多人小時候就聽過的一則著名童話。

fabul 說 + **ous** 充滿 = **fabulous**　　　Ⓢwonderful ❺IELTS

fabulous [ˈfæbjələs] 極好的　　　描記 fabulous wealth 非常有錢

The sound of the new piano that my father bought me is absolutely **fabulous**.
父親買給我的新鋼琴音色非常優美。

fac-, front- 臉；額頭

快學便利貼

confront v. 面對；對抗；對照　　**preface** n. 開端；序言；v. 為…作序
face n. 臉部；表面；v. 面對；抵抗　　**superficial** adj. 表面的；膚淺的；草率
facial adj. 臉部的；表面的　　　　　　的；面積的；粗略的
front n. 前面；開頭；前線；v. 對　　**surface** n. 表面；外觀；水面；adj. 表面
抗；adj. 正面的；前面的　　　　　　的；外觀的

單字拆解

Ⓢ同義　Ⓐ反義　❺單字出現頻率

con 共同 + **front** 臉 = **confront**

confront [kən'frʌnt] 面對

Ⓢencounter ❹GRE

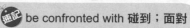速記 be confronted with 碰到；面對

Alex **confronted** his roommate about the missing money and it turned into a fight.
艾利克斯為了遺失的錢和室友對質，而且還打起架來。

Ⓐback ❹GEPT

face [fes] 臉部

速記 lose one's face 丟臉 on the face of it 表面上看

That little girl fell off her bike and scratched her **face**, but she didn't even cry.
小女孩從單車摔下來後臉部擦傷，但她完全沒哭。

fac 臉 + **ial** 關於 = facial

❸TOEFL

facial ['feʃəl] 臉部的

速記 facial expression 臉部表情

Many people wish they could buy **facial** cream that will remove wrinkles.
許多人希望能買到除皺面霜。

Ⓐback ❹GEPT

front [frʌnt] 前面

速記 the front row 前排 a question at the front 當前的問題

The teacher asked Jennifer to come to the **front** of the classroom and make a speech.
老師要珍妮佛到教室前面演講。

pre 前 + **face** 臉 = preface

Ⓢforeword ❹IELTS

preface ['prɛfɪs] 序言

速記 the preface to …的序言

The **preface** to a book gives the reader a good idea about what the book is about.
一本書的序言提供讀者有關這本書的主要概念。

super 在…之上 + **fic** 臉 + **ial** 關於 = superficial

Ⓢshallow ❸GEPT

superficial ['supə'fɪʃəl] 表面的

速記 a superficial wound 表皮傷害

The wounds she incurred in the car accident are **superficial** and not life-threatening.
她在車禍中受的傷是無生命危險的皮肉傷。

sur 在…之上 + **face** 臉 = surface

Ⓢexterior ❹TOEIC

surface ['sɝfɪs] 表面

速記 surface tension 表面張力 on the surface 表面上

Many birds wait on the **surface** of the water for fish to come up and catch them.
許多鳥類在水面上等著游出水面的魚，然後獵捕它們。

100 fact-, fect- 製造

MP3 145

快學便利貼

affect v. 影響；作用；感染

affair n. 事情；事件；事務；業務

defeat n. 擊敗；廢除；v. 打敗；宣告無效；困惑；阻撓；戰勝

defect n. 缺點；弱點；缺乏；v. 背叛

difficult adj. 困難的；頑固的

effect n. 效果；作用；影響；實施

facilitate v. 使容易；助長；促進

facility n. 簡易；機敏；-ies 設備

fact n. 事實；實際；證據；犯罪行為

faculty n. 才能；機能；特權；教職員

infect v. 傳染；使受影響；感染

office n. 辦公室；職務；官職；政府機關；服務；幫忙；全體職員

perfect adj. 完美的；理想的；熟練的

profit n. 利潤；益處；紅利；收益

sacrifice n. 犧牲；祭品；捨身；v. 犧牲；廉價賣出

單字拆解

S同義　**A**反義　**5**單字出現頻率

af 前往 + **fect** 製造 = affect　　　**S**influence　**3**TOEFL

affect [əˈfɛkt] 影響

通記 Drops of water affect roundness. 滴水成珠。

The huge amount of garbage being dumped in the water will **affect** many types of fishes.
傾倒在水中的大量垃圾會影響許多魚種。

af 前往 + **fair** 製造 = affair　　　**S**occasion　**4**IELTS

affair [əˈfɛr] 事件

通記 private affairs 私事 That's my own affair. 莫管閒事。

It has been speculated that the current president may have had an **affair** with his secretary.
一般推測現任總裁可能曾與他的秘書有染。

de 向下 + **feat** 製造 = defeat　　　**S**overcome　**3**GEPT

defeat [dɪˈfit] 打敗

通記 suffer a defeat 失敗 in jaws of defeat 鬼門關

The Chinese Taipei baseball team has the talent to **defeat** any baseball team in the world.
中華台北棒球隊有擊敗世界上任何一支棒球隊的能力。

de 向下 + **fect** 製造 = defect　　　**S**flaw　**2**GRE

defect [dɪˈfɛkt] 缺點

通記 in defect of 因無… birth defect 天生缺陷

Thousands of cars have been recalled because of a **defect** in the gas pedal.
數千輛汽車因為油門的瑕疵而被召回。

dif 遠離 + **fic** 製造 + **ult** 的 = difficult　　　**A**easy　**3**GEPT

difficult [ˈdɪfəˌkəlt] 困難的

通記 difficult to access 難接近

Jenny finds math **difficult** especially since she has started to learn algebra.
自從珍妮學習代數之後就覺得數學很難。

ef 向外 + **fect** 製造 = effect　　　　　Ⓢinfluence ❹GEPT

effect [ɪ'fɛkt] 影響　　　通記 in effect 正在實行 come into effect 生效

Running too much every day may have a bad **effect** on a person's knees.
每天跑步過量對膝蓋可能會有不良影響。

fac 製造 + **ilit** + **ate** 動作 = facilitate　　Ⓢease ❹TOEIC

facilitate [fə'sɪlə,tet] 使容易

Computers and the Internet have **facilitated** communication around the world.
電腦及網路已使全世界的通訊變得較方便。

fac 製造 + **il** + **ity** 名詞 = facility　　　Ⓐdifficulty ❸TOEFL

facility [fə'sɪlətɪ] 簡易；設施　　　通記 with facility 容易地

The new **facilities** built by the city government will be big enough to host concerts.
市政府所建造的新設備大到足以舉辦音樂會。

　　　　　　　　　　　　　　　　　　　　　　　Ⓢtruth ❺GEPT

fact [fækt] 事實　　　通記 Facts are stubborn things. 事實是改變不了的。

It would be irrational to believe something that could not be backed up by **facts**.
相信未以事實為依據的事情是很荒謬的。

fac 製造 + **ul** + **ty** 名詞 = faculty　　　Ⓢability ❷IELTS

faculty ['fæk]tɪ] 才能；教職員

Ludwig van Beethoven, a German composer, lost his **faculty** of hearing in his late years.
德國作曲家貝多芬在晚年失去聽力。

in 在內 + **fect** 製造 = infect　　　　Ⓢcontaminate ❺GEPT

infect [ɪn'fɛkt] 傳染　　　通記 infect with 受到…感染

Washing your hands after sneezing will keep you from **infecting** other people.
打噴嚏後洗手能防止其他人被你傳染。

of 前往 + **fice** 製造 = office　　　　Ⓢposition ❸GRE

office ['ɔfɪs] 辦公室　　通記 resign office 辭職 enter upon office 就職

The principal called the student into the **office** to ask her why she screamed in class.
校長叫那名學生到辦公室，並問她為何在課堂上尖叫。

per 完全地 + **fect** 製造 = perfect　　　Ⓢflawless ❹GEPT

perfect ['pɝfɪkt] 完美的　　　通記 make perfect 兩面印刷

It may not be easy to be **perfect** but it is something we can try to achieve.

要達到完美的境界或許不容易，但我們可以試試看。

 pro 向前地 + **fit** 製造 = profit   Ⓢearnings ④TOEIC

profit [ˈprɑfɪt] 利潤   速記 net profit 淨利 gross profits 總利潤；毛利

If you invest your money wisely, you will receive a **profit** sooner or later.
如果你聰明地投資金錢，你早晚會獲利。

 sacri 神聖 + **fice** 製造 = sacrifice   Ⓢsurrender ③TOEFL

sacrifice [ˈsækrəˌfaɪs] 犧牲   速記 self-sacrifice 自我犧牲

All the members made all **sacrifices** to put the promotion policy into effect.
為落實促銷策略，所有成員做出徹底的貢獻。

 字 首

101 fall-, fals- 欺騙
MP3 146

字 根

快學便利貼

false adj. 虛偽的；捏造的；錯誤的；人造的；全無根據的	**fault** n. 過失；罪過；斷層；故障；發球失誤；v. 犯規；挑剔

 單字拆解   Ⓢ同義 Ⓐ反義 ⑤單字出現頻率

字 尾

fals 欺騙 + **e** = false   Ⓢincorrect ②IELTS

false [fɔls] 虛偽的；人造的   速記 prove false to 違背；辜負

I was surprised when the first time I saw my grandmother pull out her **false** teeth.
第一次看見祖母拔出假牙時，我感到很詫異。

faul 欺騙 + **t** = fault   Ⓢerror ④GEPT

fault [fɔlt] 罪過；斷層   速記 in fault 有過錯 at fault 不知所措

It will be no one's **fault** but our own if we do not study and then fail the test.
如果我們因為不用功而考不及格，那就是我們自己的問題。

複 合 字

102 fam- 說

MP3 147

fame n. 名聲；聲望；**v.** 使有名聲
fatal adj. 命中註定的；致命的；嚴重的

fate n. 宿命；死亡；結局；**v.** 命定
infant n./adj. 嬰兒(的)；未成年人(的)

 **單字拆解**

⑤同義 **⚠反義** **⑤單字出現頻率**

fam 說 + **e** = fame

⑤reputation **③TOEIC**

fame [fem] 名聲
　　　　　　　　　　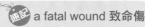速記 win fame 成名 fifteen minutes of fame 大出風頭

Many people have a difficult time when they achieve **fame** overnight.
許多人在一夜成名之後都會經歷一段難熬的時光。

fat 說 + **al** 有關的 = fatal

⑤mortal **③TOEFL**

fatal ['fetl] 致命的；嚴重的
　　　　　　　　　　　　　　速記 a fatal wound 致命傷

The motorcyclist was killed in the **fatal** accident that was broadcast on the news.
新聞報導機車騎士死於嚴重車禍的消息。

fat 說 + **e** = fate

⑤fortune **④IELTS**

fate [fet] 宿命
　　　　　　　速記 meet one's fate 死亡 go to one's fate 自取滅亡

Those who only believe in **fate** do not take responsibility for their lives.
只相信命運的人不會對自己的人生負責。

in 否定 + **fant** 說 = infant

⑤baby **③GRE**

infant ['ɪnfənt] 嬰兒
　　　　　　　　　　速記 infant fruit 未熟的水果 infant prodigy 天才神童

The **infant** stopped crying after her mother picked her up and sang to her.
女嬰在母親將她抱起來並唱歌給她聽之後就不哭了。

103 **famil-** 熟悉的；親密的

 MP3 148

family n. 家庭；家屬；家族；派別；
　語系；種族；**adj.** 家庭的；家族的

familiar n. 親友；**adj.** 親密的；熟悉的
familiarity n. 親密；親近；熟悉；精通

單字拆解

famil 親密的 **+** **y** 名詞 **= family**

⑤household **②**GEPT

family [ˈfæməlɪ] **家庭** 通記 family name 姓氏

The Lin **family** used to raise many domestic animals in their backyard.
林家人以前在他們家後院飼養許多家畜。

famil 親密的 **+** **iar** 形容詞 **= familiar**

Ⓐunfamiliar **④**TOEFL

familiar [fəˈmɪljə] **親密的** 通記 be familiar with 對⋯熟悉

The vet is **familiar** with the therapy of foot-and-mouth disease.
那名獸醫通曉口蹄疫的療法。

familiar 親密的 **+** **ity** 名詞 **= familiarity**

Ⓐunfamiliarity **④**TOEIC

familiarity [fə͵mɪlɪˈærətɪ] **精通** 通記 familiarity breeds contempt 親近生侮慢

The professor who shows thorough **familiarity** with Latin is quite famous in the kingdom of English literature.
展現拉丁文長才的教授在英國文學領域赫赫有名。

104 fare- 去

⟨ MP3 149

快學便利貼

f**are** n. 交通費；乘客；伙食；v. 過日子；進展
f**arewell** n. 告別；歡送會；adj. 告別的；送行的

w**arfare** n. 戰爭；鬥爭
w**elfare** n. 福利；繁榮；幸福

單字拆解

⑤同義 **Ⓐ**反義 **⑤**單字出現頻率

⑤fee **③**GRE

fare [fɛr] **交通費** 通記 bus fare 公車車資

After paying the **fare**, she stepped out of the taxi and stepped in a puddle of water.
付了車費，她踏出計程車後踩到一灘水。

fare 去 **+** **well** 好的 **= farewell**

⑤cheerio **③**IELTS

farewell [ˈfɛrˈwɛl] **歡送會** 通記 a farewell address 告別辭

The section chief took a **farewell** of each of his colleagues before he was transferred to Chicago.

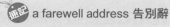

課長在被調到芝加哥之前一一向同事道別。

war 戰爭 + **fare** 去 = **warfare**　　　　　　Ⓢbattle ❹GEPT

warfare ['wɔr,fɛr] 戰爭　　　速記 nuclear warfare 核武大戰

Technology has changed the art of **warfare** in the twentieth century.
科技已改變了二十世紀的戰爭形態。

wel 好的 + **fare** 去 = **welfare**　　　　　　Ⓢbenefit ❸TOEFL

welfare ['wɛl,fɛr] 福利　　　速記 social welfare 社會福利

Most parents are concerned with the **welfare** of their children in school.
大多數父母都很關切孩子在學校的安全與健康。

105 fend-, fest- 打擊

快學便利貼

defend v. 防禦；保護；抗辯
defense n. 防禦；答辯；被告一方；守方
fence n. 柵欄；籬笆；圍牆；v. 用牆圍住；
　　用柵欄防禦；買賣贓物；**-s** 政治利益

manifest n. 船貨清單；v. 顯示；
　　把…記在貨單上；**adj.** 明顯的
offend v. 冒犯；違反；觸怒
offense n. 犯罪；違反；冒犯；侮辱

單字拆解　　Ⓢ同義　Ⓐ反義　❺單字出現頻率

de 往下 + **fend** 打擊 = **defend**　　　　　Ⓢsafeguard ❹TOEIC

defend [dɪ'fɛnd] 防禦；抗辯　　　速記 defend against 抵禦

Most lawyers find it difficult to **defend** a guilty client who committed a horrible crime.
大部分律師覺得要為犯下滔天大罪的客戶辯護很困難。

de 往下 + **fense** 打擊 = **defense**　　　　　Ⓐoffence ❸GEPT

defense [dɪ'fɛns] 防禦；答辯　　　速記 in defence of 為…辯護

In sports, the team playing **defense** does not have the ball to hold on to.
運動中防守方不控球。

Ⓢwall ❸GEPT

fence [fɛns] 籬笆；圍牆　　　速記 fence off 擋開；隔開

A **fence** will help keep unwanted visitors away from your house when you are sleeping.
睡眠時，圍籬能幫你將不速之客隔絕於住宅外。

mani 手 + **fest** 打擊 = **manifest**　　　Ⓢ apparent　❷ GEPT

manifest [ˈmænəˌfɛst] 顯示；明顯的　　　[插記] become manifest 變明顯

Anger will **manifest** itself in a different way for a quiet person than for someone who is noisy.
安靜的人表達憤怒的方式與吵鬧的人不一樣。

of 反抗 + **fend** 打擊 = **offend**　　　Ⓐ defend　❸ GEPT

offend [əˈfɛnd] 冒犯；觸怒　　　[插記] offend against 冒犯

If you **offend** the host of a party, you will not be invited there next time around.
如果你冒犯了宴會主人，下次你就不會被邀請了。

of 反抗 + **fense** 打擊 = **offense**　　　Ⓐ defence　❹ IELTS

offense [əˈfɛns] 進攻；冒犯　　　[插記] cause offence to 得罪

The **offense** in a sport is the team that is trying to score points.
運動比賽中的進攻方是試圖要得分的隊伍。

106　fer- 承載

　MP3 151

快學便利貼

confer v. 授予；賦予；商議；協商
differ v. 不同；意見不一；相異
ferry n. 渡船；渡口；v. 以船運送
fertile adj. 肥沃的；豐富的；能生育的
indifference n. 不關心；不重要；中立
indifferent adj. 漠不關心的；無關緊要的

infer v. 推論；臆測；暗示
offer n. 提供；出價；v. 提議；奉獻
prefer v. 較喜歡；提出；建議
refer v. 交付；查詢；歸因於；談及
suffer v. 遭受；忍耐；寬恕；患病；
　　　　受懲罰；任憑；經歷

單字拆解　　　Ⓢ 同義　Ⓐ 反義　❺ 單字出現頻率

con 共同 + **fer** 承載 = **confer**　　　Ⓢ discuss　❸ GRE

confer [kənˈfɝ] 賦予；商議　　　[插記] confer a medal on 授與…勳章

The partners decided to **confer** to settle the disagreement in the contract.
合夥人決定協商解決合約中的爭議。

dif 分離 + **fer** 承載 = **differ**

differ ['dɪfə] 不同；意見不一

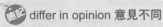 differ in opinion 意見不同

It is not uncommon for two people to **differ** in their outlook on life.
兩個人對生命持不同看法很正常。

ferr 承載 + **y** 物 = ferry

S carry **2** TOEIC

ferry ['fɛrɪ] 渡船；以船運送

The **ferry** brought the tour group to the island during the summer vacation season.
渡輪在暑假期間載送旅行團到那座島嶼。

fer 承載 + **tile** = fertile

A infertile **3** GRE

fertile ['fɝtl] 肥沃的

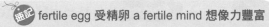 fertile egg 受精卵 a fertile mind 想像力豐富

Plants will grow well when they are planted in **fertile** soil and given lots of attention.
將植物種植在肥沃土壤中，並細心照顧，它們就會茁壯成長。

in 否定 + **difference** 差異 = indifference

A concern **3** GEPT

indifference [ɪn'dɪfərəns] 不關心；中立

with indifference 冷淡地

To be a good referee, one must show **indifference** to the outcome of the game.
為了當個稱職的裁判，我們要對比賽結果保持中立。

in 否定 + **different** 有差異的 = indifferent

S detached **4** IELTS

indifferent [ɪn'dɪfərənt] 漠不關心的

be indifferent to 對…不關心

My ex-girlfriend was **indifferent** when I asked her if she was happy to see me.
我問前女友是否樂於見到我時，她一副無所謂的樣子。

in 進入 + **fer** 承載 = infer

S deduce **3** GEPT

infer [ɪn'fɝ] 推論；暗示

infer from 從…推測

It is easier to **infer** knowledge of others than to find out the truth.
推論他人的知識比發掘真相更為容易。

of 附近 + **fer** 承載 = offer

S propose **4** TOEFL

offer ['ɔfə] 提供；出價

special offer 特別優待 under offer 洽售中

After looking at several houses, I made an **offer** on the house I wanted to buy.
看了幾間房子之後，我對我想買的房子出價。

pre 在…之前 + **fer** 承載 = prefer

S favor **3** GEPT

prefer [prɪ'fɝ] 較喜歡

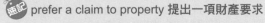 prefer a claim to property 提出一項財產要求

If given a choice, I **prefer** strawberry ice cream over chocolate or vanilla.
若要選擇的話，我喜歡草莓口味的冰淇淋勝過巧克力或香草口味。

re 返回 + **fer** 承載 = refer

refer [rɪ'fɜ] 查詢；談及

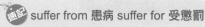 refer to 談及

It is helpful to have a dictionary to **refer** to when reading a book with many new words.
閱讀含有許多陌生詞彙的書籍時，參考字典是很有幫助的。

suf 下面 + **fer** 承載 = suffer

Ⓢundergo ❸GEPT

suffer ['sʌfɚ] 遭受；患病

 suffer from 患病 suffer for 受懲罰

Sometimes it is necessary to **suffer** in order to grow or learn something new.
為了成長或學習新事物，有時候需要受點苦。

107

fess- 講

MP3 152

快學便利貼

confess v. 自白；承認；聲明；告解 　　professor n. 教授；(大學的)講師

 單字拆解　　　Ⓢ同義　Ⓐ反義　❺單字出現頻率

con 完全地 + **fess** 講 = confess

Ⓢadmit ❸TOEFL

confess [kən'fɛs] 自白；承認

confess a crime 坦白罪行

To solve the mystery, the police tried to make the criminal **confess** to the crime.
為了解開謎團，警方試圖讓罪犯自白。

pro 向前地 + **fess** 講 + **or** 人 = professor

Ⓢeducator ❹GRE

professor [prə'fɛsɚ] 教授

 visiting professor 客座教授

When learning in university, it is important to listen to everything your **professor** says.
上大學後，聽從教授的指導是很重要的。

108

fest- 節慶

MP3 153

字首

字根

字尾

複合字

festival n. 節慶；音樂節；慶祝典禮；**adj.** 節日的；喜慶的

 單字拆解　　　　　　　**S** 同義　**A** 反義　**5** 單字出現頻率

fest 節慶 **+** **ival** 的 **= festival**　　　　　**S** activities　**3** IELTS

festival ['fɛstəvl] 節慶；節日的　　　 harvest festival 豐年祭

The play reminded me of the **festival** atmosphere in my hometown.
這齣戲劇讓我懷念起家鄉的節慶氣氛。

---

109 fict-, fig- 假裝

 MP3 154

快學便利貼

fiction n. 小說；虛構；假定；謊言；想像

單字拆解　　　　　　　**S** 同義　**A** 反義　**5** 單字出現頻率

fict 假裝 **+** **ion** 名詞 **= fiction**　　　　**A** nonfiction　**2** TOEFL

fiction ['fɪkʃən] 小說；虛構　　　 science fiction novel 科幻小說

A book of **fiction** is a work that is dreamed up by the writer who creates it.
小說是作家虛構的作品。

---

110 fid-, fides 信任

 MP3 155

快學便利貼

confident adj. 自信的；沉著的；大膽的　　**fidelity n.** 忠誠；傳真度；準確性；
faith n. 信心；信仰；信條；忠誠　　　　　　　盡責；保真度；精確

con 完全 + **fid** 信任 + **ent** 的 = **confident**　　🆂sure ❸IELTS

confident [ˈkɑnfədənt] 自信的　　速記 be confident of 滿懷信心

I feel more **confident** taking a test when I have spent a lot of time studying for it.
當我花了很多時間準備後，我就覺得更有信心去參加考試。

🆂belief ❷TOEIC

faith [feθ] 信念；信心　　速記 lose faith in 對⋯失去信念

When we do something out of **faith**, we do it not because we know but because we believe.
當我們出於信念做某事時，並不是因為了解而做，而是因為我們相信能做到。

fidel 信任 + **ity** 名詞 = **fidelity**　　🆂loyalty ❹GRE

fidelity [fɪˈdɛlətɪ] 忠誠　　速記 high fidelity 高傳真度

Theodor was rewarded for years of **fidelity** to the firm, and was offered a job promotion.
希爾多因對公司多年的忠誠而獲得獎勵及升遷。

111 fin-, finis- 結束

快學便利貼

confine n. 範圍；限制；v. 監禁；分娩
define v. 為⋯立界限；規定為⋯；下定義
definite adj. 明確的；確切的；肯定的
final n. 結局；期末考；-s 決賽；adj. 最後的
finance n. 財政；金融；資金支援；-s 歲入；v. 融資；提供資金；籌措資金

fine n. 罰款；v. 罰款；adj. 精緻的；美好的；優秀的
finish n. 結束；終點；v. 完成；用完；吃完；耗盡；消滅
finite adj. 有限的；限定的
refine v. 提煉；改善；精製

con 共同 + **fine** 結束 = **confine**　　🆂restrain ❸TOEFL

confine [kənˈfaɪn] 限制　　 within the confines of 在⋯範圍內

The doctor had to **confine** the patient to bed after he broke both of his legs.
病人斷了雙腿之後，醫師必須限制他待在床上。

字首　字根　字尾　複合字

de 向下 + **fine** 結束 = define

Ⓢexplain ③GEPT

define [dɪˈfaɪn] 規定為；下定義

速記 well-defined 定義明確的

If you hesitate, you may miss this great opportunity at the **defining** moment.
如果你猶豫，你會在關鍵時刻失去這個絕佳的機會。

de 向下 + **fin** 結束 + **ite** 的 = definite

Ⓐindefinite ④IELTS

definite [ˈdɛfənɪt] 明確的

速記 definite article 定冠詞

You should have been more **definite** in your statements about your current account.
你應該要更明確地說明你的經常帳。

fin 結束 + **al** 關於 = final

Ⓢterminal ③GEPT

final [ˈfaɪn] 期末考；最後的

速記 All sales are final. 恕不退換。

A **final** examination is given at the end of a semester to test the student's knowledge.
為了測試學生理解多少，期末將舉辦一場期末考試。

fin 結束 + **ance** 名詞 = finance

Ⓢeconomy ②GRE

finance [faɪˈnæns] 金融；資金

速記 public finance 國家財政

You don't need a degree in **finance** to understand how to budget your money properly.
要知道如何編列自己的預算，你其實不需要金融方面的學位。

fin 結束 + **e** = fine

Ⓢdelicate ③TOEIC

fine [faɪn] 罰款；精緻的

速記 fine sugar 精製糖 cut a fine figure 嶄露頭角

The driver had to pay a **fine** after the police officer caught her driving too fast.
駕駛被警察抓到開快車後必須繳納罰鍰。

fin 結束 + **ish** 做⋯動作 = finish

Ⓢend ④GEPT

finish [ˈfɪnɪʃ] 結束

速記 I am finished. 我準備完畢了。

The runner had a big smile on her face when she crossed the **finish** line of the marathon.
那名女馬拉松選手在通過終點線時綻放出一個大大的微笑。

fin 結束 + **ite** 的 = finite

Ⓐinfinite ③GRE

finite [ˈfaɪnaɪt] 有限的

速記 finite resources 有限資源

As the earth has **finite** resources, it is important to learn how to conserve them.
因為地球資源有限，學習如何保存很重要。

re 再度 + **fine** 精製的 = refine

Ⓢpurify ②IELTS

refine [rɪˈfaɪn] 提煉；改善

速記 oil refining 煉油

The sales supervisor will **refine** her speech because right now it is way too long and boring.
那位業務主管會改善她的演講，因為目前的太過冗長乏味。

firm- 堅定的；堅固的

MP3 157

快學便利貼

affirm v. 斷言；肯定；證實
confirm v. 使更堅固；證實；批准

firm n. 公司；**adj.** 穩固的；結實的；
adv. 堅定地；**v.** 穩步上漲

單字拆解

Ⓢ同義　Ⓐ反義　Ⓕ單字出現頻率

af 前往 ＋ **firm** 堅定的 ＝ **affirm**

Ⓢassert ❷TOEFL

affirm [ə'fɜm] 肯定 affirm a judgement of the lower court 維持下級法院的判決

All the new employees have to **affirm** their loyalty to the company while taking office.
所有新進員工在就職時都要聲明他們對公司的忠誠。

con 完全地 ＋ **firm** 堅定的 ＝ **confirm**

Ⓢverify ❸TOEIC

confirm [kən'fɜm] 確認　　　　　　　　　亟記 confirm a treaty 批准條約

Before a trip, it is wise to call the airline to **confirm** your flight and seat assignment.
旅行之前，先打電話給航空公司確定你的班機和機位是明智的。

Ⓢcompany ❹GRE

firm [fɜm] 公司；穩固的　　　　　　　　亟記 firm up 使穩固 a firm hand 嚴格紀律

The dancer exercised every day to **firm** up her body so she could dance in the show.
舞者天天鍛鍊身體以使自己能夠在表演中跳舞。

flect-, flex 彎曲

MP3 158

快學便利貼

flexible adj. 有彈性的；靈活的

reflect v. 反射；反映；反省；招致

單字拆解

Ⓢ同義　Ⓐ反義　Ⓕ單字出現頻率

flex 彎曲 ＋ **ible** 能力 ＝ **flexible**

flexible [ˈflɛksəbḷ] 有彈性的

 extremely flexible 超有彈性

A **flexible** person will find it easy to reach down and touch his or her toes.
柔軟度高的人可以很容易地彎腰碰到自己的腳趾。

re 返回 + **flect** 彎曲 = **reflect**

S mirror **4** TOEFL

reflect [rɪˈflɛkt] 反射；反映

 reflect on 仔細考慮

The sun will **reflect** off of the shiny surface of the icy lake on a sunny day.
天晴時，陽光會反射在那片結冰的湖面上。

---

114 flour 茂盛

 MP3 159

快學便利貼

florist n. 花匠；花商；花店
flower n. 花；盛時；v. 開花；繁盛

flourish n. 繁榮；揮舞；花飾；華麗辭藻；
v. 盛行；茂盛；搖動

單字拆解

S 同義　**A** 反義　**5** 單字出現頻率

flor 茂盛 + **ist** 物 = **florist**

S flower shop **4** GEPT

florist [ˈflorɪst] 花商；花店

The **florist** delivers fresh flowers from place to place in a freight car every morning.
花店每天早上都用貨車把鮮花載往各地。

A grass **2** GRE

flower [ˈflauɚ] 花；用花裝飾

 flower arranging 插花 flower pot 花盆

Watering **flowers** in the courtyard is one of the janitor's everyday concerns.
在庭院澆花是校工每天要負責的工作之一。

flour 茂盛 + **ish** 做…動作 = **flourish**

S thrive **3** IELTS

flourish [ˈflɝɪʃ] 繁榮；茂盛

 with a flourish of trumpets 大肆宣揚

Ever since she built her web site, Mrs. Lee's business has been **flourishing**.
自從架設網站以來，李太太的生意一直都非常好。

flu- 流

MP3 160

快學便利貼

flood n. 洪水；豐富；v. 使泛濫；湧到
fluency n. 流暢；流利；流暢的說話
fluent n. 變數；adj. 流暢的；流利的
fluid n. 流體；adj. 流動的；液體的

flush n. 奔流；冒芽；激發；v. 奔流；驟然發紅；發亮；使得意；使植物冒芽
influence n. 影響；感化；有影響的人或事物；有權勢的人；v. 影響；感化

字首

單字拆解

S 同義　A 反義　5 單字出現頻率

字根

S overflow ❷ TOEFL

flood [flʌd] 洪水；使泛濫

速記 flooded districts 水災區域

The rescue team used a boat to help the family get away from their house during the **flood**.
水災期間，救援小組用救生艇幫助這個家庭逃離他們的家園。

`flu` 流 + `ency` 名詞 = fluency

A hindrance ❹ GEPT

fluency ['fluənsɪ] 流暢

速記 with fluency 流暢地 fluency of speech 口齒流利

Your **fluency** in English will be improved when you start using the language with others.
當你開始用英語和別人溝通時，會增強你的英語流暢度。

字尾

`flu` 流 + `ent` 的 = fluent

S eloquent ❷ GEPT

fluent ['fluənt] 流暢的；流利的

速記 fluent in 流暢於…

The blender from Canada is able to speak **fluent** English and a little Japanese.
那位合群的加拿大人能夠說一口流利的英語以及一點日語。

`flu` 流 + `id` = fluid

S liquid ❸ TOEIC

fluid ['fluɪd] 流體；液體的

速記 correction fluid 修正液

A **fluid** does not have a definite shape and can be stored in a bottle.
液體沒有固定的形狀而且可被裝在罐子裡。

複合字

`flu` 流 + `sh` 動作 = flush

S redden ❸ GEPT

flush [flʌʃ] 奔流；驟然發紅

速記 flush of hope 希望的曙光

My mom reminded my little brother to **flush** the toilet after using it.
媽提醒小弟用完廁所後要沖水。

`in` 進入 + `flu` 流 + `ence` 名詞 = influence

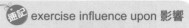
influence [ˈɪnfluəns] 影響；感化

描記 exercise influence upon 影響

Playing online games have negative **influence** on academic performances and interpersonal interaction.
玩線上遊戲會影響學業表現以及人際互動。

116 form 形式

 MP3 161

快學便利貼

conform v. 使符合；使遵照；相一致	**formulate v.** 公式化；制定；規劃
form n. 形態；形狀；表格；**v.** 形成	**informative adj.** 提供情報的；增進知
format n. 格式；編排；**v.** 格式化	識的；有教育意義的
formula n. 公式；程式；方案；處方	**perform v.** 履行；完成；演出；演奏

 單字拆解

Ⓢ同義　Ⓐ反義　❺單字出現頻率

con 共同 ＋ **form** 形式 ＝ **conform**

Ⓢcomply ❸GEPT

conform [kənˈfɔrm] 使符合

描記 conform oneself to 遵照；順應

All the staff are required to **conform** to the company rules on duty.
所有員工上班時都應遵守公司規定。

Ⓢshape ❸GRE

form [fɔrm] 表格；形成

描記 in the form of 以…的形式

After filling in the order **form**, Sandy faxed it to the mail order firm.
珊蒂填好訂購單後就傳真到郵購公司。

form 形式 ＋ **at** ＝ **format**

Ⓢform ❷TOEFL

format [ˈfɔrmæt] 格式

描記 consistent format 一致的格式

Papers written while in university must be written in a certain **format** to be accepted.
大學裡的論文寫作必須使用特定的格式才會被接受。

form 形式 ＋ **ula** ＝ **formula**

Ⓢprescription ❸TOEIC

formula [ˈfɔrmjələ] 公式；處方

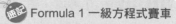 描記 Formula 1 一級方程式賽車

If you knew the secret **formula** for Coca-Cola, you could become a very rich person.
如果你知道可口可樂的秘方，你就可以變成一個有錢人。

form 形式 + **ul** + **ate** 動作 = **formulate**　　　Ⓢdevelop ④IELTS

formulate [ˈfɔrmjəˌlet] 公式化
通記 formulate an idea 將想法系統化

It is easier to **formulate** a plan when you have gathered all of the information beforehand.
事先蒐集所有資料可使計畫的制定變得比較容易。

in 進入 + **form** 形式 + **ative** 的 = **informative**
Ⓢwell-informed ②GEPT

informative [ɪnˈfɔrmətɪv] 提供情報的

A clearly written and **informative** article is enjoyable and educational to read.
文筆清晰且含有豐富資訊的文章讀起來令人感到愉悅且具教育意義。

per 完全 + **form** 形式 = **perform**　　　Ⓢact ②GRE

perform [pɚˈfɔrm] 履行；演出
通記 perform a task 執行任務

The club member with a trait of humor usually **performs** in the role of a key person.
在社團裡擁有幽默特質的成員通常扮演著關鍵的角色。

117 fort- 強壯的
MP3 162

快學便利貼

comfort n. 安慰；慰勞品；安慰者；-s
　現代化生活用品；v. 安慰；使痛苦緩和
fort n. 要塞；堡壘；市集；v. 設要塞保衛

force n. 力；精力；暴力；武力；效力
　約束；實施；-s 部隊；v. 強制；加快
effort n. 努力；嘗試；努力的成果

單字拆解　　　Ⓢ同義　Ⓐ反義　⑤單字出現頻率

com 完全地 + **fort** 強壯的 = **comfort**　　　Ⓢease ③TOEIC

comfort [ˈkʌmfɚt] 安慰
通記 give comfort to 安慰

Comfort food is the food we eat when we are upset and want to calm ourselves down.
胃安菜是當我們心情不好想要撫慰心靈時所吃的食物。

Ⓢfortress ③TOEFL

fort [fort] 堡壘；設要塞保衛
通記 hold the fort 堅守陣地

The boys went into the forest and built a **fort** high up in a tree to play in.
男孩跑進森林並在其中一棵樹上蓋了一座堡壘玩耍。

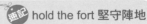

for 強壯的 + **ce** = force

S make **④** IELTS

force [fors] 力；強制

 cease to be in force 失效

The firefighters used axes to **force** their way into the burning building.
消防隊員用斧頭開路強行進入失火的大樓裡。

ef 向外 + **fort** 強壯的 = effort

S attempt **④** GRE

effort ['ɛfət] 努力；嘗試

 make efforts 努力

Though the company spared no **efforts** to imitate some of its competitors, it did not meet with success.
雖然該公司不遺餘力地模仿競爭對手，卻沒有因此成功。

---

118 fortune 幸運

MP3 163

快學便利貼

fortune n. 運氣；命運；財富；v. 偶然發生　　fortunate adj. 幸運的；帶來幸運的

 單字拆解

S 同義　**A** 反義　**⑤** 單字出現頻率

A misfortune **②** GEPT

fortune ['fɔrtʃən] 運氣；財富

 make one's fortune 發財

The contractor spent a small **fortune** on a second-hand concrete-mixer.
承包商花了一筆錢購買二手混凝土攪拌器。

fortune 幸運 + **ate** 具…性質 = fortunate

A unfortunate **③** TOEFL

fortunate ['fɔrtʃənɪt] 幸運的

 a fortunate star 吉星

The celebrity donated millions of dollars to help less **fortunate** children in the world.
那位名人捐獻數百萬元救助世上不幸的孩子。

---

119 found- 基礎

MP3 164

快學便利貼

found v. 建立；創辦；熔鑄；以…為根據；adj. 已包括在價款內的

founder n. 創建者；奠基者；締造者；鑄造工；v. 崩潰；失敗

fundamental n. 原理；基礎；adj. 基礎的；重要的；基頻的

profound adj. 深遠的；深奧的；深厚的；完全的；n. 深處

單字拆解　　　　Ｓ同義　Ａ反義　⑤單字出現頻率

Ｓestablish ②IELTS

found [faʊnd] **建立；根據**　　速記 found a family 建立家庭

Many people didn't agree with the official because he didn't **found** his claim on facts.
許多人不認同那名官員，因為他的主張並沒有以事實為依據。

found 基礎 + **er** 人 = **founder**

Ｓcreater ③TOEIC

founder ['faʊndə] **創建者**　　速記 founder member 創辦人

Historically speaking, the **founder** of the Republic of China was Dr. Sun Yat-sen.
就歷史上來說，中華民國的創立者是孫逸仙博士。

funda 基礎 + **ment** 狀態 + **al** 關於 = **fundamental**

Ｓbasic ③GEPT

fundamental [ˌfʌndəˈmɛntl̩] **基礎的；重要的**

The supervisor advised the layman to be familiar with **fundamental** skills before he attempted to learn advanced skills.
上司建議新手在嘗試學習進階技術前，先熟悉基礎技術。

pro 向前地 + **found** 基礎 = **profound**

Ｓdeep ⑤GRE

profound [prəˈfaʊnd] **深遠的；深厚的**　　速記 a profound sleep 熟睡

The businessman has a **profound** understanding of painting collection because he is fascinated with art.
商人對畫作蒐集有淵博的知識，因他沉迷其中。

fract-, frag- 損壞

 MP3 165

字首
字根
字尾
複合字

快學便利貼

fracture n. 裂痕；裂縫；挫傷；骨折；斷層；v. 破裂；骨折

fragile adj. 易碎的；虛弱的

fragment n. 碎屑；未完稿；v. 使成碎片

frail adj. 脆弱的；虛弱的；意志薄弱的

fraction n. 一些；碎片；片斷；分數

單字拆解

S 同義　**A** 反義　**5** 單字出現頻率

fract 損壞 + **ure** 名詞 = fracture
S crack　**4** IELTS

fracture ['fræktʃə] 裂縫；骨折

速記 a comminuted fracture 粉碎骨折

The motorcyclist's arm was in a cast after he suffered a **fracture** from the car accident.
車禍骨折後，機車騎士的手臂上了石膏。

frag 損壞 + **ile** 的 = fragile
S delicate　**2** TOEFL

fragile ['frædʒəl] 易碎的；虛弱的

速記 fragile economy 脆弱的經濟

Please handle my package carefully as it is very **fragile** and contains expensive objects.
請小心處理我易碎且貴重的包裹。

frag 損壞 + **ment** 狀態 = fragment
S part　**4** GEPT

fragment ['frægmənt] 碎屑；使分裂

速記 reduce to fragments 弄碎

We were able to gather the **fragments** of the broken pot and piece them back together.
我們可將破掉的罐子碎片拼湊回來。

S weak　**3** GEPT

frail [frel] 虛弱的；意志薄弱的

速記 mentally frail 精神虛弱

The heavy smoker became very **frail** after he had suffered from lung cancer for two years.
老煙槍在罹患肺癌兩年後變得非常虛弱。

fract 損壞 + **ion** 名詞 = fraction
S portion　**4** TOEIC

fraction ['frækʃən] 一些；片斷

速記 a fraction closer 稍微靠近一點

We can accomplish a lot if we use just a **fraction** of the energy we use to avoid work.
只要花一些逃避工作的力氣在正事上，我們可以完成很多事。

121 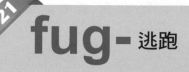 fug- 逃跑

快學便利貼

refuge n. 庇護；避難；避難所；藉口；權宜之計；**v.** 躲避；避難

refugee n. 難民；逃亡者；避難者；**v.** 避難；**adj.** 逃難的

單字拆解

Ⓢ同義　Ⓐ反義　Ⓕ單字出現頻率

re 返回 ＋ **fuge** 逃跑 ＝ **refuge**　　Ⓢshelter　❸IELTS

refuge [ˈrɛfjudʒ] **避難；避難所**　　速記 take refuge in 求助於…

The captive escaped from the camp and sought **refuge** with a farmer in a village.
戰俘從拘留營逃出，向村裡的農民請求庇護。

re 返回 ＋ **fug** 逃跑 ＋ **ee** 人 ＝ **refugee**　　Ⓢrunaway　❷GRE

refugee [ˌrɛfjuˈdʒi] **難民；逃亡者**　　速記 refugee camp 難民營

The official paid a visit to the house of **refuge** and expressed sympathy for the refugees there.
官員拜訪難民收容所並對難民表達慰問之意。

122 fuse-, found- 傾倒

MP3 167

快學便利貼

confuse v. 使混亂；弄錯；使困窘
fuse n. 保險絲；導火線；**v.** 熔化；熔合；合併；裝導火線；混合

refund n. 退還；償還；退款；**v.** 退還
refuse n. 廢料；垃圾；**v.** 拒絕；推辭；**adj.** 無價值的

單字拆解

Ⓢ同義　Ⓐ反義　Ⓕ單字出現頻率

con 共同 ＋ **fuse** 傾倒 ＝ **confuse**　　Ⓐclarify　❸TOEFL

confuse [kənˈfjuz] **使混亂；使困窘**　　速記 confuse with 混淆

Many teenagers make mistakes just because they **confuse** liberty with indulgence.
許多青少年犯錯是因為他們分不清自由與放縱的差別。

Ⓢsmelt　❹GEPT

fuse [fjuz] **保險絲；熔化**　　速記 blow a fuse 暴跳如雷

The **fuse** blew because the tenant was using too many electrical appliances at one time.
因為房客同時使用太多電器而燒斷了保險絲。

 re 返回 + **fund** 傾倒 = **refund**　　　　　　　Ⓢrepay ❹TOEIC

refund [rɪ'fʌnd] 退款；退還　　　　　插記 tax refund 退稅

The shopping mall gave me my **refund**, so I bought another handbag with the money.
大賣場退錢給我，所以我用那些錢去買了另一個手提包。

re 返回 + **fuse** 傾倒 = **refuse**　　　　　　　Ⓢreject ❸IELTS

refuse [rɪ'fjuz] 廢料；拒絕　　　　插記 refuse one's consent 不同意

It is not always polite to **refuse** food when we are guests in someone's home.
到別人家作客時，拒絕食物有時是很不禮貌的。

123 **gener-** 產生；種族

 MP3 168

快學便利貼

gene n. 基因；遺傳因子
general n. 上將；將軍；adj. 一般的；概括的；公眾的
generate v. 生殖；產生；導致
genetics n. 遺傳學

genius n. 天才；精靈；特徵
genuine adj. 真正的；真誠的；純種的
oxygen n. 氧；氧氣
pregnant adj. 懷孕的；含蓄的；成果豐碩的；滿溢著；有創作力的

 單字拆解　　　Ⓢ同義　Ⓐ反義　❺單字出現頻率

Ⓢfactor ❹GRE

gene [dʒin] 基因　　　　插記 dominant gene 顯性基因

Our **genes** come from both of our parents and determine many of our physical characteristics.
我們的基因來自父母雙方，並決定我們許多生理特徵。

 gener 產生 + **al** 關於 = **general**　　　Ⓢcommon ❸IELTS

general [ˈdʒɛnərəl] 一般的　　　　插記 as a general rule 原則上

We all feel that in **general** the group trip around the island was well organized.
我們都覺得這次環島團體旅行基本上算辦得不錯。

 gener 產生 + **ate** 動作 = **generate**

generate [ˈdʒɛnəˌret] 產生

 generate income 產生收益

The students put up flyers to **generate** interest in the performance they were going to put on.
學生們張貼海報以為他們的表演增加收入。

genet 產生 + **ics** 學科 = **genetics**

Sheredity ❸TOEFL

genetics [dʒəˈnɛtɪks] 遺傳學

 behavioral genetics 行為遺傳學

The biology major has decided to study **genetics** in the US after graduation from college.
主修生物的學生已決定大學畢業後到美國研讀遺傳學。

gen 產生 + **ius** 充滿 = **genius**

Stalent ❸GRE

genius [ˈdʒinjəs] 天才；特徵

 a man of genius 天才

The assault force chief captain has a **genius** for leadership and management.
那位突擊隊隊長擁有領導和管理的天份。

genu 產生 + **ine** 的 = **genuine**

Sreal ❹TOEIC

genuine [ˈdʒɛnjʊɪn] 真正的

 a genuine breed 純種

A **genuine** diamond is worth much more than an artificial diamond is.
真鑽的價值比假鑽高很多。

oxy 酸 + **gen** 產生 = **oxygen**

❸GRE

oxygen [ˈɑksədʒən] 氧

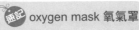 oxygen mask 氧氣罩

We feel it difficult to breathe in the mountain because **oxygen** becomes thinner at higher altitudes.
高海拔處氧氣較稀薄，所以我們在山上會感到呼吸困難。

pre 之前 + **gnant** 產生 = **pregnant**

Sfertile ❹GEPT

pregnant [ˈprɛgnənt] 懷孕的

 the pregnant year 豐收年

It is better to wait until you get married before you decide to get **pregnant**.
先結婚再決定懷孕會比較好。

124 ger-, gest- 攜帶

 MP3 169

字首
字根
字尾
複合字

快學便利貼

digest n. 摘要；法律彙編；v. 消化；整理；忍受；領悟	**gesture** n. 姿勢；手勢；舉止；v. 用動作示意；做手勢
exaggerate v. 誇張；言過其實	**suggest** v. 建議；提議；暗示；使想到

 單字拆解

S 同義　**A** 反義　**S** 單字出現頻率

di 分離 + **gest** 攜帶 = digest

S ingest　**3** IELTS

digest [daɪˈdʒɛst] 摘要；消化　　　Reader's Digest 讀者文摘

There are certain foods such as hamburgers that can be hard to **digest**.
某些食物難以消化，例如漢堡。

ex 出外 + **ag** 前往 + **ger** 攜帶 + **ate** 動作 = exaggerate

S overstate　**5** GEPT

exaggerate [ɪgˈzædʒəˌret] 誇張　　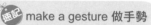 wildly exaggerated 非常誇張

My grandmother tended to **exaggerate** stories when she told them to sound more interesting.
祖母為了讓故事聽來更有趣，時常誇大其實。

gest 攜帶 + **ure** 名詞 = gesture

S signal　**3** TOEIC

gesture [ˈdʒɛstʃɚ] 手勢　　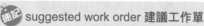 make a gesture 做手勢

To bring a gift or at least a bottle of wine to a dinner party is a polite **gesture**.
攜帶伴手禮或至少一瓶酒去參加晚宴以表示禮貌。

sug 下面 + **gest** 攜帶 = suggest

S insinuate　**4** TOEFL

suggest [səˈdʒɛst] 建議　　　suggested work order 建議工作單

The teacher **suggested** the students to do the online questions before the exam.
老師建議學生在考試前做線上測驗。

125 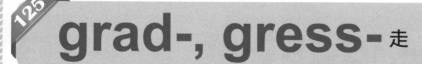 grad-, gress- 走

aggression n. 攻擊；侵犯；挑釁
aggressive adj. 侵略的；攻勢的；挑釁的；進取的；好鬥的
congress n. 國會；集會；交際；v. 集合
grade n. 等級；階段；成績；程度；v. 定次序；定等級；記分數
gradual adj. 逐漸的；漸進的；傾斜度小的；平緩的；逐步的

graduate n. 大學畢業生；v. 授與…學位；畢業
ingredient n. 組成部分；要素
progress v. 前進；進步；進度；增長；進化；n. 前進；發達
undergraduate n. 大學生；大學肄業生；adj. 大學生的

字首　字根　字尾　複合字

單字拆解　　Ⓢ同義　Ⓐ反義　❺單字出現頻率

ag 前往 + **gress** 走 + **ion** 名詞 = **aggression** Ⓢinvasion ❹GEPT

aggression [ə'grɛʃən] 攻擊；侵犯　速記 commit aggression against 進行侵略

The police are prohibited to use their guns unless there is a serious act of **aggression**.
除非遭受嚴重攻擊，不然警察是禁止使用槍枝的。

ag 前往 + **gress** 走 + **ive** 的 = **aggressive** Ⓢoffensive ❸GEPT

aggressive [ə'grɛsɪv] 侵略的　速記 an aggressive policy 侵略政策

The gorilla was tranquilized because it got really **aggressive** when the boy touched it.
猩猩被麻醉是因為當男孩碰觸它時，它變得很有攻擊性。

con 共同 + **gress** 走 = **congress** Ⓢparliament ❹GRE

congress ['kɑŋgrəs] 國會；集會　速記 a member of congress 國會議員

It is the law that **congress** must vote in favor of a war before any action is taken.
法律規定，在決定是否參戰前，國會應先進行投票。

grad 走 + **e** = **grade** Ⓢsort ❸IELTS

grade [gred] 等級；成績　速記 make the grade 符合要求

Johanna got the best **grades** in her class last year because she studied harder than everyone.
去年喬安娜是全班最高分，因為她比所有人都更認真學習。

gradu 走 + **al** 關於 = **gradual** Ⓢprogressive ❹TOEFL

gradual ['grædʒuəl] 逐漸的　速記 a gradual change 逐漸改變

If a person eats healthy food and exercises, there typically will be a **gradual** loss of weight.
若人吃得健康並且運動，通常會逐漸變瘦。

gradu 走 + **ate** 動作 = **graduate** Ⓢadvance ❷GEPT

graduate [ˈɡrædʒʊˌet] 畢業　通記 graduate school 研究所

Many adolescents just can't wait to **graduate** from high school and go to university.
許多青少年等不及要從高中畢業進入大學。

in 在內 + **gredi** 走 + **ent** 名詞 = **ingredient** Ⓢelement ❸IELTS

ingredient [ɪnˈɡridɪənt] 組成部分；要素　通記 secret ingredient 秘方

Mr. Lee will not reveal the secret **ingredients** in his soup.
李先生不會透漏湯裡的秘方。

pro 向前地 + **gress** 走 = **progress** Ⓐregress ❹GEPT

progress [ˈprɑɡrɛs] 前進；進步　通記 make progress in 進行；進步

The civil rights movement in the United States has made enormous **progress** since the 1950's.
美國民權運動於五零年代起有顯著進步。

under 在…之下 + **graduate** 畢業 = **undergraduate** Ⓐpostgraduate ❸GEPT

undergraduate [ˌʌndəˈɡrædʒʊɪt] 大學生(的)

Peter's niece is an **undergraduate** now, and she will start a master's program after graduation.
彼得的姪女現在是大學生，她畢業後會念碩士。

126 gram-, graph- 寫

快學便利貼

calligraphy n. 善於書寫；書法；筆跡	**photograph** n. 照片；v. 為…照相；為…攝影；使深深印入
geography n. 地理學；地形；地勢	
graph n. 曲線圖；圖表；v. 用圖表表示	**program** n. 節目單；計劃；進度表；課程表；v. 為…安排節目
grammar n. 文法；基本原理；入門	

單字拆解　Ⓢ同義　Ⓐ反義　❺單字出現頻率

calli 漂亮的 + **graph** 寫 + **y** = **calligraphy** Ⓢscript ❺TOEFL

calligraphy [kəˈlɪɡrəfɪ] 書寫　通記 calligraphy font 書法字體

Calligraphy is the ancient art of painting Chinese characters that have deep meaning.
書法是一門關於中國文字繪畫的古老藝術，具有深刻意義。

geo 土地 + **graph** 寫 + **y** = **geography**　　Ａastronomy ④GEPT

geography [dʒɪˈɑgrəfɪ] 地理學　　速記 human geography 人文地理學

Tim learned in **geography** today that Australia is the only continent that is its own country.
提姆今天在地理課上學到澳大利亞是唯一的洲國。

Ｓchart ③IELTS

graph [græf] 圖表；用圖表表示　　速記 graph paper 座標紙

The **graph** illustrates how increased CO2 levels coincide with the rise of the global warming.
圖表顯示二氧化碳量的增加與氣候的暖化是一致的。

gramm 寫 + **ar** 物 = **grammar**　　Ｓprinciple ④TOEIC

grammar [ˈgræmə] 文法；基本原理

When learning a second language, mastering the **grammar** is the hardest part for many people.
學習第二外語時，對許多人來說最困難的部分是精通文法。

photo 光 + **graph** 寫 = **photograph**　　Ｓshot ⑤GRE

photograph [ˈfotəˌgræf] 照片；攝影　　速記 take a photograph 拍照

The **photograph** taken of the little girl playing in the sand reminds me of my childhood.
小女孩玩沙的照片使我憶起兒時。

pro 向前地 + **gram** 寫 = **program**　　Ｓschedule ⑤TOEFL

program [ˈprogræm] 節目單；計劃　　速記 program management 程式管理

The photography **program** at my university is said to be world renowned.
據說敝校的攝影課程是舉世聞名的。

127 grac-, grat- 使高興

快學便利貼

agree v. 同意；承認；約定；符合	**disgrace** n. 恥辱；丟臉；v. 玷污；貶黜
congratulate v. 祝賀；向…致祝詞	**grace** n. 恩典；慈悲；優雅；美德

字首　字根　字尾　複合字

S 同義　**A** 反義　**5** 單字出現頻率

a 去 + **gree** 使高興 = **agree**

A disagree　**4** GEPT

agree [ə'gri] 同意；約定

速記 agree on 對…意見一致

We all **agreed** that the applicant's record is against him.
我們一致認為申請者的成績對他不利。

con 共同 + **grat** 使高興 + **ulate** 動作 = **congratulate**

S bless　**4** GEPT

congratulate [kən'grætʃə,let] 祝賀；向…致祝詞

All Fred's colleagues **congratulated** him on his special promotion.
所有佛瑞德的同事都恭喜他榮獲特別拔擢。

dis 否定 + **grace** 使高興 = **disgrace**

S shame　**3** IELTS

disgrace [dɪs'gres] 恥辱；丟臉

速記 in disgrace 丟臉地

Hitler and his Nazi party was a clear **disgrace** to Germany and the rest of humanity.
希特勒與納粹是德國與全人類的恥辱。

A disgrace　**5** GRE

grace [gres] 優雅；美德

速記 saving grace 可取之處

Every lover sees a thousand **graces** in the beloved object.
情人眼裡出西施。

128 **grav-** 重的

 MP3 173

快學便利貼

grave n. 墳墓；v. 雕刻；**adj.** 重要的
gravity n. 莊重；嚴重性；地心吸力

grief n. 悲傷；傷心事；不幸；失敗
grieve v. 悲傷；使悲傷；哀悼

 單字拆解

S 同義　**A** 反義　**5** 單字出現頻率

S burial　**4** GEPT

grave [grev] 墳墓；重要的

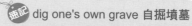 dig one's own grave 自掘墳墓

My family went to sweep my grandfather's **grave** on the morning of Tomb Sweeping Day.
我們家在清明節一早去打掃祖父的墳墓。

grav 重的 + **ity** 名詞 = gravity

S solemnity **3** TOEIC

gravity [ˈɡrævətɪ] 莊重；地心吸力

速記 null gravity 無重力

Astronauts float in space because there is no **gravity** pulling them down to the ground.
因為沒有重力下拉，太空人能在太空漫步。

S misery **3** GEPT

grief [ɡrif] 悲傷；不幸

速記 come to grief 失敗

That child usually gives his poor mother such **grief** because he is always crying and complaining.
因為那孩子總是哭泣和抱怨，所以他時常讓他可憐的母親悲傷。

S sorrow **4** GEPT

grieve [ɡriv] 悲傷；使悲傷

速記 grieve for/over 為…感到悲傷

Celina will need a few days alone to **grieve** the loss of her mother and father.
瑟琳娜需要獨處幾天哀悼父母的離世。

129 hab-, hibit- 有；居住

快學便利貼

exhibit **n.** 展出；證物；**v.** 展覽；陳列
habit **n.** 習慣；體格；行為；**v.** 穿著
habitat **n.** 棲息地；聚集處；居住地

habitual **adj.** 平常的；習慣的；慣常的
inhabit **v.** 居住；棲息；存在於
prohibit **v.** 禁止；阻止；防止

單字拆解

S 同義　**A** 反義　**5** 單字出現頻率

ex 出外 + **hibit** 居住 = exhibit

S show **3** TOEFL

exhibit [ɪɡˈzɪbɪt] 展出；陳列

速記 exhibit a charge 提出控訴

Peter's photo **exhibit** generated a lot of praise from the artistic community.
彼得的攝影展在藝術界獲得許多好評。

hab 有 + **it** 去 = habit

S custom **4** IELTS

habit [ˈhæbɪt] 習慣

速記 in the habit of 有…習慣

To live a long and healthy life, it's essential to fall into the **habit** of exercising every day.
若要過著健康長壽的生活，培養每天運動的習慣很重要。

habit 居住 + **at** 在 = habitat

habitat ['hæbə,tæt] 棲息地；居住地

Ⓢperch ❷GRE

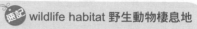 wildlife habitat 野生動物棲息地

Putting animals in zoos takes them out of their natural **habitat** and may be seen as cruel.
將動物帶離棲息地並關進動物園，被視為殘忍的事。

habit 居住 + **ual** 關於 = habitual

Ⓢordinary ❸TOEIC

habitual [hə'bɪtʃuəl] 平常的；習慣的

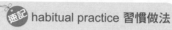 habitual practice 習慣做法

John is **habitual** to go to the bank to pay all his bills on the first day of every month.
約翰習慣在每個月第一天去銀行繳納帳款。

in 在內 + **habit** 居住 = inhabit

Ⓢlive ❹GEPT

inhabit [ɪn'hæbɪt] 居住；棲息

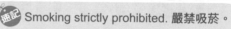 inhabited island 有人島

Those who **inhabit** a city can take advantage of a variety of conveniences.
居住於城市的人享有許多近便之利。

pro 之前 + **hibit** 有 = prohibit

Ⓢban ❸GEPT

prohibit [prə'hɪbɪt] 禁止；阻止

Smoking strictly prohibited. 嚴禁吸菸。

It's now **prohibited** to smoke in restaurants in Taiwan because smoking is a nuisance.
台灣的餐廳現在禁止吸菸，因為吸菸屬於妨害行為。

130 -heal 治療

 MP3 175

快學便利貼

heal v. 痊癒；治癒；使和解；使恢復
health n. 健康；衛生；興旺；健康狀況

healthful adj. 健康的；有益於健康的
healthy adj. 健康的；衛生的；旺盛的

單字拆解

Ⓢ同義　Ⓐ反義　❺單字出現頻率

Ⓢcure ❹TOEFL

heal [hil] 治癒；使恢復

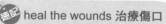 heal the wounds 治療傷口

The basketball player's right knee **healed**, and he could walk on both feet.
籃球選手的右膝已痊癒，可用雙腳行走。

heal 治療 + **th** 名詞 = health

Ⓐillness ❸IELTS

health [hɛlθ] 健康；衛生

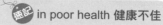 in poor health 健康不佳

Drinking does harm to **health**, and so does smoking.
飲酒有害健康，吸菸亦然。

health 健康 + **ful** 充滿 = **healthful** Ⓐ**harmful** ❺ **TOEIC**

healthful [ˈhɛlθfəl] 有益於健康的 healthful environment 有益健康的環境

Fried chicken with salt is the least **healthful** snack because it contains a large amount of calories.
鹹酥雞是最不健康的點心，因為它熱量很高。

health 健康 + **y** 充滿 = **healthy** Ⓢ**sound** ❺ **GRE**

healthy [ˈhɛlθɪ] 健康的 healthy diet 健康飲食

It is **healthy** to walk ten thousand steps a day.
天天走一萬步有益健康。

131 heir 繼承人
 MP3 176

快學便利貼

heritage n. 繼承權；遺產；傳統；文化遺產	**inherit** v. 繼承；經遺傳而得；接替
heir n. 繼承人；後嗣；傳人；承襲者	(責任等)；繼任

 單字拆解　　Ⓢ同義　Ⓐ反義　❺單字出現頻率

her 繼承人 + **it** 去 + **age** 名詞 = **heritage** Ⓢ**heredity** ❸ **GEPT**

heritage [ˈhɛrətɪdʒ] 繼承權；遺產 national heritage 國家遺產

Cultural Affairs Bureau is trying to protect the local **heritage** from being lost.
文化局正努力保護當地文物以防遺失。

Ⓢ**inheritor** ❹ **TOEFL**

heir [ɛr] 繼承人；後嗣 heir at law 法定繼承人

The **heir** to hotel fortune never had to work a day in all her life.
飯店資產繼承人在她的一生中完全不必工作。

in 在內 + **her** 繼承人 + **it** 去 = **inherit** Ⓢ**receive** ❸ **GEPT**

inherit [ɪnˈhɛrɪt] 繼承；經遺傳而得 inherit from 從⋯繼承

After my father passed away, I **inherited** his house and a large sum of money.
父親往生後，我繼承他的房子及一大筆金錢。

here-, hes- 黏著

 MP3 177

快學便利貼

coherent adj. 一致的；連貫的；緊密結合的 hesitate v. 猶豫；支吾；顧慮	inherent adj. 內在的；固有的；與 生俱來的

 單字拆解

S 同義 **A** 反義 **5** 單字出現頻率

co 共同 **+** **her** 黏著 **+** **ent** 的 **=** coherent **S** adherent **4** IELTS

coherent [koˈhɪrənt] 一致的 通記 a coherent group 意見一致的團體

All the supervisors are making a **coherent** plan to expand the overseas markets.
所有主管正共同擬定一項拓展海外市場的計畫。

hes 黏著 **+** **it** 去 **+** **ate** 動作 **=** hesitate **S** pause **5** TOEIC

hesitate [ˈhɛzəˌtet] 猶豫；支吾 通記 please don't hesitate 請儘管

If there is anything you require, please don't **hesitate** to inform me right away.
若有任何需要，請儘管立刻與我聯繫。

in 內在 **+** **her** 黏著 **+** **ent** 的 **=** inherent **S** natural **4** TOEFL

inherent [ɪnˈhɪrənt] 固有的；與生俱來的 通記 inherent in 固有的

The committee decided to set bounds to some of the power **inherent** in the office of President.
委員會決定為總統固有的職權設立限制。

hydr- 水

 MP3 178

快學便利貼

carbohydrate n. 碳水化合物	hydrogen n. 氫；氫氣

單字拆解

carbo 碳 + **hydrate** 水 = **carbohydrate** ❸GRE

carbohydrate [ˈkɑrbəˈhaɪdret] 碳水化合物

Athletes who compete in long distance running will usually eat lots of **carbohydrates**.
參加長跑的運動員通常會食用大量的碳水化合物。

hydro 水 + **gen** = **hydrogen** ▲oxygen ❹GEPT

hydrogen [ˈhaɪdrədʒən] 氫

速記 hydrogen bomb 氫彈

If a balloon is filled with **hydrogen**, it will fly up into the sky and never come back.
如果氣球裡裝滿氫氣,它會飛向天空且再也不會回來了。

134 ident- 相同的

MP3 179

快學便利貼

identical adj. 同一的;同樣的;完全相同的　　**identity n.** 同一;一致;身分;
identification n. 識別;鑑定;驗明;身分證　　　　　　　個性;特性;本體

單字拆解

⑤同義　▲反義　⑤單字出現頻率

ident 相同的 + **ical** 關於 = **identical** ⑤same ⑤TOEFL

identical [aɪˈdɛntɪkḷ] 同樣的

速記 on the identical day 在同一天

Amanda and Robert just have **identical** twin girls and it's very difficult to tell them apart.
阿曼達和羅伯特剛生了一對同卵雙胞胎女嬰,很難區別她們。

ident 相同的 + **ifi** 使成…化 + **cation** 名詞 = **identification** ⑤ID ❸GEPT

identification [aɪ,dɛntəfəˈkeʃən] 身分證明

速記 identification card 身分證明

The motorcyclist was required to show his **identification** card when he got stopped by the police.
摩托車騎士遭警察攔檢時,警察要求他出示證件。

ident 相同的 + **ity** = **identiity**

identity [aɪˈdɛntətɪ] 一致；身分

 identity crisis 自我認同危機

The **identity** of the bank robber is not yet known, but we have his finger prints and DNA.

銀行搶匪的身分尚未被確認，但是我們有他的指紋及DNA。

 **it-** 去

 MP3 180

快學便利貼

circuit n. 巡迴；電路；v. 環繞；環行　　initial n. 字首字母；adj. 最初的；初期的
exit n. 出口；排氣管；通道；太平門；　　initiate v. 著手；創始；開始實施；adj.
　　v. 退出；離去；出去　　　　　　　　　新加入的；n. 新加入者

 單字拆解

§ 同義　🅐 反義　❺ 單字出現頻率

circu 環繞 + **it** 去 = circuit

§ orbit ❹ GEPT

circuit [ˈsɝkɪt] 巡迴；環繞

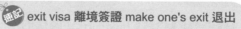 go the circuit of 繞…環行

The Formula 1 **circuit** in Montreal is one of the most exciting route because of the tight corners.

蒙特婁一級方程式賽車場地是最刺激的賽道之一，因為它有很多急彎。

ex 出外 + **it** 去 = exit

§ depart ❺ GRE

exit [ˈɛksɪt] 出口；離去

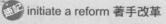 exit visa 離境簽證 make one's exit 退出

The **exits** of the building were all blocked because someone chained all the doors.

那棟建築物的出口都被封鎖，因為有人用鐵鏈拴住所有的門。

in 進入 + **iti** 去 + **al** 關於 = initial

§ beginning ❹ IELTS

initial [ɪˈnɪʃəl] 字首字母；最初的

the initial expenditure 初期費用

The bank teller told Cynthia to write her **initials** on the receipt before she could get the money.

銀行出納員告訴辛西亞，領錢之前要先把自己名字的字首簽在收據上。

in 在裡面 + **iti** 去 + **ate** 動作 = initiate

§ start ❸ TOEFL

initiate [ɪˈnɪʃɪˌet] 新入會者；著手

initiate a reform 著手改革

If there is a fire in my apartment, the smoke will **initiate** the fire alarm to wake me up.

如果我的公寓發生火災，濃煙會啟動火災警報器把我叫醒。

jac-, ject- 投擲

 MP3 181

快學便利貼

inject v. 注入；注射；加入；引入
object n. 物體；目標；宗旨；受詞；
    v. 反對；抗議；反對說
project n. 規劃；計劃；專案；v. 投擲；
    投影；預計；突出；推斷

reject n. 不合格物；廢品；v. 拒絕；抵
    制；否決；排斥；吐出
subject n. 主題；學科；主語；主觀；
    原因；理由；v. 使隸屬；使服
    從；adj. 受支配的；從屬的

字首

字根

字尾

複合字

 單字拆解　　Ⓢ同義　Ⓐ反義　Ⓕ單字出現頻率

in 進入 + **ject** 投擲 = **inject**　　Ⓢinsert ④GEPT

inject [ɪn'dʒɛkt] 注射　　速記 inject hypodermically 皮下注射

The doctor wanted to **inject** me with the medicine but I asked him for some pills instead.
醫生原本要給我打針，但我要求吃藥就好。

ob 反對 + **ject** 投擲 = **object**　　Ⓢarticle ③TOEIC

object ['ɑbdʒɪkt] 物體；反對　　速記 object against 反對

Some **objects** get bigger when they're heated, and get smaller when they're cooled.
有些物體會熱脹冷縮。

pro 向前地 + **ject** 投擲 = **project**　　Ⓢplan ④GEPT

project ['prɑdʒɛkt] 計劃　　速記 project management 項目管理

If Louis plans to go to International Business School, he had better be ready to do team **projects**.
如果路易斯打算就讀國際商業學校，他最好準備做小組企劃。

re 返回 + **ject** 投擲 = **reject**　　Ⓐaccept ③TOEFL

reject [rɪ'dʒɛkt] 拒絕　　速記 reject a literary contribution 退稿

Samantha is applying to Oxford University and really hopes they don't **reject** her application.
莎曼珊正在申請牛津大學，她真心希望他們不會拒絕她的申請。

sub 下面 + **ject** 投擲 = **subject**　　Ⓢtopic ④GRE

subject ['sʌbdʒɪkt] 主題；學科　　速記 subject to sale 供出售的

Several boys said that their favorite **subject** in high school was physical education, not English.
幾個男生說他們高中時最喜歡的科目是體育，不是英語。

 # join-, junct- 加入

快學便利貼

join n. 連接；接合處；v. 接合；參加；聯合　　**conjunction** n. 聯合；連接詞

 單字拆解　　Ⓢ同義　Ⓐ反義　Ⓕ單字出現頻率

Ⓢconnect　④ TOEIC

join [dʒɔɪn] **參加**　　通記 join two points by a straight line 用直線把兩點連起來

To test my strength, I planned to **join** the local cycling team next year.
為了測試自己的體能，我明年打算參加當地的自行車隊。

con 共同 + **junct** 加入 + **ion** 名詞 = **conjunction**

Ⓢcombination　⑤ IELTS

conjunction [kən'dʒʌŋkʃən] **聯合；連接詞**

The architect and the contractor worked in **conjunction** to build the high rise in town.
建築師和承包商合作，建造城裡的高樓大廈。

 # jud- 審判；判斷

快學便利貼

judge n. 法官；裁判；認為；鑑賞家；　　**prejudice** n. 偏見；歧視；不利；偏
v. 判決；評定；評價；認為　　　　　　　　祖；v. 使懷成見；侵害

 單字拆解　　Ⓢ同義　Ⓐ反義　Ⓕ單字出現頻率

Ⓢmediate　③ TOEFL

judge [dʒʌdʒ] **裁判**　　 通記 act as judge at the contest 擔任比賽裁判

It was **judged** better to classify customers into three groups: children, teenagers, and

young adults.
把客戶分成三個族群會更好判斷：兒童、青少年和青年。

pre 之前 + **judice** 判斷 = **prejudice**　　Ⓢpreconception ❹TOEIC

prejudice ['prɛdʒədɪs] 偏見　have a prejudice against 對…有偏見

The medical student has a **prejudice** in favor of dental surgery.
醫學院的學生對牙科有偏好。

139

journ- 一天

 MP3 184

快學便利貼

diary n. 日記；日誌；日記簿　　　　journey n. 旅行；旅程；歷程；行程；
journal n. 日記；雜誌；期刊；分類賬　　　　　v. 旅行

單字拆解

Ⓢ同義　Ⓐ反義　❺單字出現頻率

Ⓢjournal ❹GRE

diary ['daɪərɪ] 日記；日誌　　pocket diary 袖珍日記

Hugh is used to keeping a **diary** in English before going to bed.
休習慣在睡前寫英文日記。

journ 一天 + **al** 關於 = **journal**　　Ⓢdiary ❸IELTS

journal ['dʒɝnl] 日記；期刊　　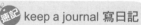keep a journal 寫日記

To study finance bills, the senator subscribed for several monthly financial **journals**.
為了研究金融財政法案，參議員訂閱幾本財經月刊。

journ 一天 + **ey** 名詞 = **journey**　　Ⓢtrip ❺TOEFL

journey ['dʒɝnɪ] 旅行；旅程　　life's a journey 人生歷程

I wish you a nice **journey**!
祝你一路順風。

140

just-, juris- 法律；正當的

 MP3 185

adjust v. 調整；整理；評定賠償；調停
injure v. 損害；毀壞；傷害；使受傷
injustice n. 不公正；不公平；權利侵害
jury n. 陪審團；評獎人；評審委員會

just adj. 公正的；正確的；正直的；公平的；合法的；adv. 正好；剛才；僅僅
justice n. 正義；公正；正確；妥當；審判；司法；法官；公平；合理

 單字拆解

Ｓ同義　Ａ反義　Ｓ單字出現頻率

ad 前往 ＋ **just** 正當的 ＝ adjust　Ｓalter ❹TOEFL

adjust [ə'dʒʌst] 調整
速記 adjust oneself to the environment 適應環境

If the bicycle chain is grinding on something while pedaling, the gears may need to be **adjusted**.
如果腳踏車在踩的時候發出嘎嘎聲，齒輪可能需要調整。

in 否定 ＋ **jure** 正當的 ＝ injure　Ｓdamage ❺TOEIC

injure ['ɪndʒə] 損害；毀壞
速記 injured party 受傷害的一方

The tri-athlete got severely **injured** when he crashed his bicycle coming down the steep hill.
那位鐵人三項運動員騎腳踏車時從陡峭的山坡墜落，受了重傷。

in 否定 ＋ **justice** 公平 ＝ injustice　Ｓunfairness ❸IELTS

injustice [ɪn'dʒʌstɪs] 不公平；權利侵害
速記 do sb an injustice 冤枉

You shouldn't have got into the act and done your partner an **injustice**.
你不應該做出對你合夥人不公平的行為。

Ｓjuror ❹GEPT

jury ['dʒʊrɪ] 陪審團；評獎人
速記 common jury 普通陪審團

The twelve **jury** members will decide if the man accused of murder is innocent or guilty.
十二名陪審團成員將決定該名被控謀殺罪的男子是否有罪。

Ｓfair ❹GEPT

just [dʒʌst] 公正的；僅僅
速記 a just opinion 合理的意見

The experienced advisor usually makes a **just** assessment of the changeable situation.
有經驗的顧問通常在面對一個多變的情況時會做出正確的評估。

just 正當的 ＋ **ice** 名詞 ＝ justice　Ｓfairness ❺GRE

justice ['dʒʌstɪs] 正義；公正
速記 do justice to 公平評判

The President promised that **justice** will be served in the case involving the corrupt officials.
總統承諾官員涉嫌貪污案件將會秉公處理。

late- 攜帶

MP3
186

字首

快學便利貼

delay n. 延遲；拖延；v. 延期；延緩
relate v. 關聯；符合；敘述；適應

translate v. 翻譯；解釋；使轉化；理解；給予(某種涵義)；說明

單字拆解

S 同義　**A** 反義　**5** 單字出現頻率

字首

de 遠離 ＋ **lay** 攜帶 ＝ **delay**　　　　**S** postpone　**3** TOEIC

delay [dɪ'le] 延遲　　　　　速記 without delay 立即

The train to Taipei has been **delayed** for twenty minutes due to the heavy rain.
由於大雨，那班往台北的火車將晚二十分鐘發車。

字根

re 返回 ＋ **late** 攜帶 ＝ **relate**　　　　**S** narrate　**4** GEPT

relate [rɪ'let] 關聯；符合　　　　速記 relate with 符合

In my opinion, the judgement of acquittal should be **related** to the force of public opinion.
我認為無罪宣判應該與公眾的意見有關。

trans 跨越 ＋ **late** 攜帶 ＝ **translate**　　　**S** interpret　**4** TOEFL

translate [træns'let] 翻譯　　　速記 translate into 翻譯為

The professor asked his students to **translate** their essays into Chinese before the conference.
教授要求學生們在研討會之前把他們的文章翻譯成中文。

字尾

lax-, lyse- 放鬆

MP3
187

複合字

快學便利貼

analysis n. 分解；分析；解析
analyst n. 分解者；分析者；化驗員
analytical adj. 分解的；分析的

relax v. 放鬆；減輕刑罰；休息
release n. 釋放；解除；棄權；v. 釋放；使免除；讓與；發表；發行

 **單字拆解**

S同義 **A**反義 **5**單字出現頻率

ana 往後 ＋ **lys** 放鬆 ＋ **is** 名詞 ＝ **analysis** **A**synthesis **2**GRE

analysis [əˈnæləsɪs] 分析；解析 插記 in the last analysis 歸根究底

After careful **analysis** of the company expenditures, the CEO made the cutbacks needed.
在仔細分析公司的開支後，行政總裁作出了必要的刪減。

ana 往後 ＋ **lys** 放鬆 ＋ **t** 人 ＝ **analyst** **3**GEPT

analyst [ˈænˌlɪst] 分析者 插記 financial analyst 財務分析師

The computer **analyst** suggested Bob that he buy a new computer immediately.
電腦分析師建議鮑勃立刻買一台新電腦。

ana 往後 ＋ **ly** 放鬆 ＋ **tical** 的 ＝ **analytical**
Sexplanatory **3**TOEIC

analytical [ˌænlˈɪtɪk!] 分解的；分析的 插記 analytical geometry 解析幾何

Most **analytical** people are very good at taking things apart and putting them together.
多數善於分析的人都會先把事情一項一項拆開，然後再組織起來。

re 返回 ＋ **lax** 放鬆 ＝ **relax** **S**rest **4**GEPT

relax [rɪˈlæks] 放鬆；休息

When on vacation, most people don't want to be bothered and just want to **relax**.
度假時，大多數的人都想放鬆，不想被打擾。

re 返回 ＋ **lease** 放鬆 ＝ **release** **S**free **4**TOEFL

release [rɪˈlis] 釋放；發行 插記 release from 釋放

That notorious murderer was **released** from prison after serving twenty-five years in prison.
在監獄裡服刑二十五年後，惡名昭彰的殺人犯被釋放了。

143 **lect-, leg-, lig-** 選擇；聚集 MP3 188

快學便利貼

analects n. 文選；言論集	**intellectual** adj. 智力的；n. 知識分子
collect v. 收集；徵收；領取；堆積	**intelligent** adj. 有才智的；明智的

diligent **adj.** 刻苦的，勤奮的
elect **n.** 當選人；**v.** 推選；選舉；決定
elegant **adj.** 優雅的；優美的；講究的
intellect **n.** 才智；智力；有才智的人

legend **n.** 傳說；神話；銘文；說明
neglect **n.** 疏忽；輕忽；**v.** 輕忽；忽略
select **v.** 選擇；挑選；**adj.** 挑選出來的
lecture **n./v.** 演講；教訓；訓斥；授課

單字拆解

S 同義　**A** 反義　**5** 單字出現頻率

ana + **lect** 選擇 + **s** = analects　**S** selection　**5** GEPT

analects [ænə'lɛkts] 選集；言論集
速記 the Analects of Confucius 論語

A priest will often choose different **analects** from the Bible before giving his sermon.
牧師在講道之前，往往會從聖經選出不同的段落。

col 共同 + **lect** 聚集 = collect　**S** gather　**4** IELTS

collect [kə'lɛkt] 收集
速記 stamp collecting 集郵

Many children as well as adults from around the world **collect** stamps and coins as a hobby.
世界各地有許多兒童和成人把收集郵票和硬幣當成一種嗜好。

di 分離 + **lig** 選擇 + **ent** 的 = diligent　**S** industrious　**3** GEPT

diligent ['dɪlədʒənt] 勤奮的
速記 a diligent student 用功的學生

The student **diligent** in studies has faith in his college entrance exams.
認真念書的學生對他的大學入學考試充滿信心。

e 向外 + **lect** 選擇 = elect　**S** choose　**3** GRE

elect [ɪ'lɛkt] 選舉
速記 the elected 當選人 pre-elect 預選

A democratic country lets the people **elect** its officials usually every four years.
民主國家通常每隔四年就讓人民選出政府官員。

e 出外 + **leg** 選擇 + **ant** 的 = elegant　**S** refined　**4** TOEFL

elegant ['ɛləgənt] 優雅的

The Italian restaurant is decorated with **elegant** arts and filled with exotic atmosphere.
那間意大利餐廳用高雅的藝術品作裝飾且富有異國情調。

intel 在…之間 + **lect** 選擇 = intellect　**S** reason　**3** TOEIC

intellect ['ɪntḷˌɛkt] 智力
速記 considerable intellect 相當聰明

Albert Einstein, a man of high **intellect**, is generally thought of as a genius.
亞伯特・愛因斯坦是位擁有高智商的人，一般人都認為他是天才。

intellect 智力 + **ual** 人 = intellectual

intellectual [ˌɪntl̩ˈɛktʃʊəl] 智力的；知識分子

The Ph.D. student of business management has exhibited that he has a high **intellectual** capacity.
該企業管理博士生展現出他的高智商。

intel 在…之間 + **lig** 選擇 + **ent** 的 = **intelligent** Ⓢbright ❹GEPT

intelligent [ɪnˈtɛlədʒənt] 有才智的

highly intelligent 非常聰明

My brother is really **intelligent** because he can calculate anything in his head.
我哥哥真的很聰明，因為他可以用大腦直接做運算。

leg 選擇 + **end** 結束 = **legend** Ⓢstory ❹IELTS

legend [ˈlɛdʒənd] 傳說；神話

legend has it 據說

The Koxinga is a **legend** in Taiwan because he took back the island from the Dutch.
鄭成功是台灣的傳奇人物，因為他從荷蘭人手中奪回這座寶島。

neg 否定 + **lect** 選擇 = **neglect** Ⓢignore ❹TOEIC

neglect [nɪgˈlɛkt] 疏忽；忽略

treat with neglect 不理睬

Some of Mrs. Lee's neighbors seem to **neglect** their dogs. They never feed them on time.
李太太的一些鄰居似乎都疏忽了他們自己養的狗，從沒準時餵牠們吃飯。

se 分離 + **lect** 選擇 = **select** Ⓢpick ❺TOEFL

select [səˈlɛkt] 選擇；挑選

select from 從中選擇

The University rugby team will **select** five new players to fill in the empty spots.
大學橄欖球隊將選出五名新球員以填補球隊空缺。

lect 聚集 + **ure** 名詞 = **lecture** Ⓢspeech ❸GRE

lecture [ˈlɛktʃə] 演講；講授

deliver a lecture 演講

The journalist will **lecture** on the way he went through strange adventures in Africa.
這名記者將演講他在非洲所經歷不可思議的冒險。

144 leg- 法律

快學便利貼

law n. 法律；法令；法學；訴訟；戒律；司法界；律師界；律師職務

legal n. 法定權利；**adj.** 法律的；合法的

legislation n. 立法；法規；法律

legislative n. 立法權；立法機關；**adj.** 立法的；有立法權的；立法部門的

legislator n. 議員；立法委員

legislature n. 立法機關；議會

legitimate v. 使合法；認為具法律正當性；**adj.** 合法的；正統的；嫡系的

privilege n. 特權；優惠；特別照顧；優惠增購權；**v.** 給…以特權；特許

單字拆解

S同義　**A**反義　**5**單字出現頻率

Srule　**4**IELTS

law [lɔ] 法律；法學

速記 law of conservation of energy 能量守恒定律

Carl will major in **law** in college and plan to enter the **law** after graduation.
卡爾將在大學主修法律並計畫於畢業後進入法律界。

leg 法律 + **al** 的 = legal

Aillegal　**3**GRE

legal ['ligl] 法律的；合法的

速記 the legal profession 律師業

In Taiwan, it is **legal** to drive a scooter if you are over eighteen years of age.
在台灣，超過十八歲可以合法騎乘摩托車。

legis 法律 + **lat** 帶來 + **ion** 名詞 = legislation

Slawmaking　**4**GEPT

legislation [lɛdʒɪs'leʃən] 立法

速記 under the new legislation 新法規定下

The new **legislation** will make it illegal for anybody to hurt or torture animals.
新法條將視「任何人傷害或折磨動物」為非法行為。

legis 法律 + **lat** 帶來 + **ive** 的 = legislative

Slawful　**3**TOEFL

legislative ['lɛdʒɪs‚letɪv] 立法的

速記 Legislative Yuan 立法院

The **legislative** act undertaken by those politicians was done to protect human rights.
那些從政者著手進行的法案，其目的是要保護人權。

legis 法律 + **lat** 帶來 + **or** 者 = legislator

Slawmaker　**4**TOEIC

legislator ['lɛdʒɪs‚letə] 議員；立法委員

速記 chief legislator 立法首長

The **legislator** was found guilty of taking bribes from big contracting companies.
該名立法委員因接受承包商的賄賂而被判有罪。

legis 法律 + **lat** 帶來 + **ure** 機關 = legislature

Sinstitute　**4**GRE

legislature ['lɛdʒɪs‚letʃə] 立法機關

速記 state legislature 州議會

The Taiwan **legislature** votes on many new laws that are always in the interest of the people.
台灣立法機關所投票表決的許多新法案總是以民眾的利益為依歸。

leg 法律 + **itim** 最高級 + **ate** 動作 = legitimate Ⓢlawful ❸IELTS

legitimate [lɪˈdʒɪtəmɪt] 使合法；合法的 速記 a legitimate claim 正當要求

It was found after the paternity test that Marc is the **legitimate** father of that child.
親子鑑定後發現馬克是這孩子的生父。

privi 私下 + **lege** 法律 = privilege Ⓢadvantage ❺GEPT

privilege [ˈprɪvḷɪdʒ] 特權；特許 速記 the privilege of citizenship 公民權

I wish I had the **privilege** to meet with the President of the United States of America.
我希望我有這個榮幸與美國總統會面。

145 lev- 輕的；提高

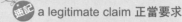 MP3 190

快學便利貼

elevate v. 舉起；提升；鼓舞；振奮
relevant adj. 有關的；適當的；中肯的

relief n. 救助；救濟品；解除；安慰
relieve v. 解救；救助；安慰；減輕

單字拆解

Ⓢ同義 Ⓐ反義 ❺單字出現頻率

e 向外 + **lev** 提高 + **ate** 動作 = elevate Ⓢraise ❸TOEFL

elevate [ˈɛləˌvet] 舉起；提升 速記 elevate to 提升至…

Since my foot was broken, my doctor told me to **elevate** it and ice it.
自從我的腳斷掉之後，醫生要我把腳抬高以及冰敷。

re 再度 + **lev** 提高 + **ant** 的 = relevant Ⓐirrelevant ❹TOEIC

relevant [ˈrɛləvənt] 有關的 速記 not relevant to the present situation 和現況無關

The amount of cars sold each year and the amount of oil remaining are **relevant** to each other.
汽車每年的銷售量與汽油每年的存留量之間是相關的。

re 往回 + **lief** 輕的 = relief Ⓢease ❸GEPT

relief [rɪˈlif] 減壓；安慰 速記 a relief fund 救濟金

The medicine will give this patient a certain amount of **relief** and comfort.
藥物將使病人的疼痛得到舒緩。

re 再度 + **lieve** 輕的 = **relieve**　　　　　Ⓢlessen　❺GRE

relieve [rɪ'liv] 解除；減輕　　　熟記 relieve of responsibility 解除職務

The section director has already been **relieved** of her post at her own request.
部門主任在提出辭呈後就被解職了。

146 liber- 自由的

快學便利貼

liberal n. 自由主義者；adj. 自由的
liberate v. 釋放；解除；釋出

liberation n. 釋放；釋出；析出
liberty n. 自由；釋放；使用權

單字拆解　　　Ⓢ同義　Ⓐ反義　❺單字出現頻率

liber 自由的 + **al** 的 = **liberal**　　　Ⓐdogmatic　❸IELTS

liberal ['lɪbərəl] 自由的；思想開明的　　熟記 a liberal translation 意譯

"Charge this box of wine to my account against me," said the businessman **liberal** of his money.
出手大方的商人說：「把這箱葡萄酒記在我帳上」。

liber 自由的 + **ate** 動作 = **liberate**　　　Ⓢfree　❺TOEFL

liberate ['lɪbə,ret] 釋放；解除　　　熟記 liberate from 釋放

To cooperate with Tina, a matter of primary importance is to **liberate** your mind from prejudice.
與蒂娜合作最重要的就是先拋除偏見。

liberat(e) 釋放 + **ion** 名詞 = **liberation**　　Ⓢemancipation　❸GEPT

liberation [lɪbə'reʃən] 釋放；釋出　　　熟記 liberation from 解放

The former vice president has been an advocate of women's **liberation** movement all her life.
前副總統一生致力於提倡婦女解放運動。

liber 自由的 + **ty** 名詞 = **liberty**

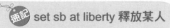
liberty ['lɪbətɪ] 自由

set sb at liberty 釋放某人

The guest is allowed to have the **liberty** of all the facilities in the room.
房客可自由使用房內的所有設施。

lig- 綁

MP3 192

快學便利貼

ally n. 盟友；夥伴；v. 結盟；聯姻
colleague n. 同事；同行；同僚
league n. 同盟；盟約；社團；v. 結盟
liable adj. 有義務的；有…傾向的

oblige v. 迫使；使負債務；答應請求
religion n. 宗教；信仰；信條
rally n. 重新集合；挽回頹勢；汽車競賽；v. 召集；重整；激勵

單字拆解

Ⓢ同義　Ⓐ反義　⑤單字出現頻率

al 前往 + **ly** 綁 = **ally**

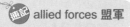
Ⓢleague ④IELTS

ally [ə'laɪ] 盟友；夥伴

allied forces 盟軍

Canada and the United States are good **allies** against the ongoing war on terror.
美加兩國是反恐戰爭的最佳盟友。

col 共同 + **league** 選擇 = **colleague**

Ⓢassociate ③TOEFL

colleague ['kɑlig] 同事；同行

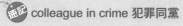
colleague in crime 犯罪同黨

My **colleague** went to the bank to withdraw some money, but the ATM was broken.
我同事去銀行提領一些錢，但是自動提款機故障。

leag 綑綁 + **ue** = **league**

Ⓢunion ⑤GEPT

league [lig] 同盟；結盟

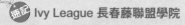
Ivy League 長春藤聯盟學院

Peter's fiancee simply is in **league** with him.
彼得的未婚妻根本就跟他是同一國的。

li 綑綁 + **able** 能力 = **liable**

Ⓢresponsible ④TOEIC

liable ['laɪəbl] 有義務的

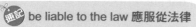
be liable to the law 應服從法律

Jeff is **liable** for being sued because he purposely broke the window of Ann's car.
傑夫因蓄意破壞安的車窗而被控告。

ob 前往 + **lige** 綁 = **oblige** ⑤require ④GEPT

oblige [ə'blaɪdʒ] 迫使；使負債務
速記 feel obliged to 感到有責任

The prisoners were **obliged** by the guards to work in the field all day long.
警衛逼迫囚犯在田裡工作一整天。

re 返回 + **lig** 綁 + **ion** 名詞 = **religion** ⑤belief ③IELTS

religion [rɪ'lɪdʒən] 宗教；信仰
速記 liberty of religion 宗教自由

The **religion** of Christianity has the most followers in the world and its most sacred place is Jerusalem.
基督教在全球擁有最多的信徒，且聖地在耶路撒冷。

r 返回 + **ally** 盟友 = **rally** ⑤assemble ④GRE

rally ['rælɪ] 召集；重整
速記 protest rally 抗議集會

My grandmother **rallied** from her disease of long duration.
外婆久病初癒。

148 lingu- 語言；舌頭

MP3 193

快學便利貼

language n. 語言；文體；強烈的言詞　　　**linguist** n. 語言學家；通曉多種外語者

單字拆解

⑤同義　Ⓐ反義　⑤單字出現頻率

langu 語言 + **age** 名詞 = **language** ⑤tongue ③TOEFL

language ['læŋgwɪdʒ] 語言
速記 foreign language 外國語

In addition to English, Chinese will be another globally common **language** in the near future.
除了英語，中文即將成為另一個全球性的共通語言。

lingu 語言 + **ist** 人 = **linguist** ④TOEIC

linguist ['lɪŋgwɪst] 語言學家；通曉多種外語者
速記 multi-linguist 多語言學家

The **linguist** is familiar with syntax, morphology, and phonology.
語言學家對句法學、構詞學和音韻學都很熟悉。

149 liter- 文字

快學便利貼

literal adj. 文字的；實際的；逐字的
literary adj. 文學的；著作的；文言的

literate n. 識字的人；**adj.** 有學問的；能寫能讀的；有文化修養的人

 單字拆解

S 同義　**A** 反義　**⑤** 單字出現頻率

liter 文字 + **al** 相關 = **literal**

A verbal　**③** GEPT

literal [ˈlɪtərəl] **文字的**　⚑ a literal interpretation 字面解釋

This is a **literal** translation from Tagalog, not Vietnam.
這是塔加拉族語的直譯，不是越南語。

liter 文字 + **ary** 形容詞 = **literary**

S written　**③** GRE

literary [ˈlɪtəˌrɛrɪ] **文學的；著作的**　⚑ literary columns 文藝欄

The author of that book is looking for a **literary** agent to help him sell it.
該書作者正在尋找一位著作權代理人來幫他賣書。

liter 文字 + **ate** 具有…性質 = **literate**

A illiterate　**③** TOEFL

literate [ˈlɪtərɪt] **識字的人；有學問的**　⚑ musically literate 精通音樂的

Johnson is very **literate** in English even though he's only been learning for six months.
強森英文很好，雖然他只學了六個月。

150 loc- 地方

快學便利貼

allocate v. 分派；配置；分配；劃分
local n. 當地居民；**adj.** 鄉土的；當地的

locate v. 設於；位於；找出；創辦於
lock n. 鎖；閂；煞車；**v.** 鎖住；緊閉

al 前往 + **locate** 地方 = allocate　　　　Ｓallot ❹IELTS

allocate ['ælə,ket] 分派　　　🔊速記 allocate resources 分配資源

The city government will **allocate** a hefty subsidy to those who purchase an electric car.
市政府將分配大量補助給購買電動車的民眾。

loc 地方 + **al** 的 = local　　　　Ｓregional ❹GEPT

local ['lokḷ] 局部的；當地的　　　🔊速記 local call 市內電話

The dentist said **local** anesthesia would do for the operation on the patient for his oral cavity.
牙醫說病患的口腔手術打局部麻醉即可。

loc 地方 + **ate** 動作 = locate　　　　Ｓsituate ❹TOEIC

locate [lo'ket] 設於；位於　　　🔊速記 be located in 位於…

The institute planned to **located** its headquarters in the suburbs.
協會計畫將總部設於郊區。

Ａunlock ❸GEPT

lock [lɑk] 鎖；鎖住　　　🔊速記 lock the door 鎖門

The thief broke into the house from the back door because the **lock** there was broken.
由後門的鎖被破壞可知竊賊由後門闖入。

151　log-, loqu- 說　 MP3 196

快學便利貼

analogy n. 類推；相似；比擬　　　eloquent adj. 雄辯的；有口才的；富於
apology n. 辯護；道歉；賠罪　　　　　　表現的；有說服力的
colloquial adj. 口語的；會話上的　　logic n. 邏輯；推理；道理

🧩 單字拆解　　　Ｓ同義　Ａ反義　❺單字出現頻率

ana 在…之上 + **log** 說 + **y** = analogy　　　Ｓcomparison ❷GRE

analogy [ə'næləʤɪ] 類推；相似　　　🔊速記 by analogy with 由…類推

字首　字根　字尾　複合字

Michael Moore's **analogy** is that the war on Iraq should have never taken place.
麥克摩爾所做的推論是，伊拉克戰爭從來就不該發生。

apo 離開 + **log** 說 + **y** = apology　　　Ⓢbe sorry ❸IELTS

apology [ə'pɑlədʒɪ] 辯護；道歉　　秘記 in apology for 為⋯致歉

The driver with a Trudeau salute made an **apology** to the public for his impoliteness.
比中指的司機為他的不禮貌向大眾道歉。

col 共同 + **loqu** 說 + **ial** 關於 = colloquial　　　Ⓢoral ❹TOEFL

colloquial [kə'lokwɪəl] 口語的；會話上的　　秘記 colloquial words 口語字

"Pop" and "soda" are examples of **colloquial** words that describe a soft drink.
汽水和蘇打是清涼飲料的口語說法。

e 出外 + **loqu** 說 + **ent** 的 = eloquent　　　Ⓢexpressive ❸GEPT

eloquent [ˈɛləkwənt] 有口才的　　秘記 an eloquent appeal 有力的呼籲

The boy who was saved by the firefighters gave a rather **eloquent** speech at the city hall today.
被消防隊員救起的男孩今天在市政廳發表一場強而有力的演說。

log 說 + **ic** 有關 = logic　　　Ⓢreasoning ❹GEPT

logic [ˈlɑdʒɪk] 邏輯；推理　　秘記 follow one's logic 跟著某人的邏輯

In my personal judgement, Linda's **logic** is shaky and she needs to bound her desires by reason.
我個人的看法是，琳達在邏輯上站不住腳，且她需要約束自己的慾望。

152 logy-, ology- 學說 MP3 197

快學便利貼

psychology n. 心理學　　　technology n. 技術；工藝；術語
sociology n. 社會學

單字拆解

Ⓢ同義　Ⓐ反義　❺單字出現頻率

psycho 心理 + **logy** 學說 = psychology Ⓢmental philosophy ❷IELTS

psychology [saɪˈkɑlədʒɪ] 心理學　　秘記 criminal psychology 犯罪心理學

My niece is very curious about how people behave; therefore, she wants to study **psychology**.
姪女對人類行為感到好奇，因此她想研究心理學。

soci 社會 + **ology** 學說 = sociology　　Ⓢsocial science ❷TOEIC

sociology [soʃɪ'ɑlədʒɪ] 社會學　　速記 urban sociology 都市社會學

Eve has a Ph.D. in **sociology** and she studies how individuals react to unknown groups of people.
夏娃擁有社會學博士學位，她研究個人在未知的人群中如何反應。

techno 技術 + **logy** 學說 = technology　　Ⓢtechnique ❹TOEFL

technology [tɛk'nɑlədʒɪ] 技術；工程　　速記 high technology 高科技

Computer **technology** has gone leaps and bounds over the last twenty years.
過去二十年來，電腦技術已突飛猛進。

153 long- 長的

快學便利貼

along adv. 成一行地；向前；**prep.** 沿著	**longevity** n. 長壽；壽命；長命
belong v. 屬於；合適；居住	**oblong** n./adj. 長方形(的)；橢圓形(的)
length n. 長度；程度；期間	**prolong** v. 延長；拉長；拖延

 單字拆解　　Ⓢ同義　Ⓐ反義　❺單字出現頻率

a 在…之上 + **long** 長的 = along　　Ⓢalongside ❹GRE

along [ə'lɔŋ] 成一行地；沿著　　速記 all along 始終

Jennifer went **along** with Peter to see the solar eclipse that will happen in five minutes.
珍妮佛陪彼得去看將在五分鐘後發生的日食。

be 成為 + **long** 長的 = belong　　Ⓢbe part of ❸GEPT

belong [bə'lɔŋ] 屬於　　速記 belong to 屬於

The purse you found on the bench **belongs** to the old lady over there.
你在板凳上發現的錢包是那邊那位老太太的。

leng 長的 + **th** 名詞 = length

length [lɛŋθ] 長度；程度

 **S** extent **❸** GRE

記 at length 終於

The **length** of my boat is forty-four feet long, making it perfect for my family and me.
我的船長度為四十四英尺，非常適合我和家人。

long 長的 + **evity** 名詞 = **longevity**

S macrobiosis **❹** GEPT

longevity [lɑnˈdʒɛvətɪ] 長壽

記 longevity of …的生命長度

Sea turtles have a life **longevity** that is often over one hundred years.
海龜的壽命很長，通常活超過一百歲。

ob 朝向 + **long** 長的 = **oblong**

S rectangle **❷** IELTS

oblong [ˈɑblɔŋ] 橢圓形(的)；長方形(的)

記 an oblong table 長方桌

Not all short hairstyles look good on an **oblong** face.
不是所有短髮造型都適合橢圓形的臉蛋。

pro 向前 + **long** 長的 = **prolong**

S extend **❸** TOEIC

prolong [prəˈlɔŋ] 延長；拖延

記 to prolong life 延年益壽

I really hope the professor won't **prolong** the class again because my wife is waiting.
我真的不希望教授延長上課時間，因為我太太正在等我。

154

magn-, maj-, max-
偉大的

 MP3 199

快學便利貼

climax n. 頂點；高潮；v. 達到高潮
magnificent adj. 莊嚴的；動人的
majestic adj. 莊嚴的；高貴的
majesty n. 威嚴；尊嚴；主權；雄偉；壯麗；(大寫M)陛下

major n. 主修；少校；成年人；v. 主修；adj. 較多的；成年的；主要的
maximum n. 最大值；最大限度；極大；adj. 最大的；頂點的；最多的；最高的

單字拆解

S 同義　**A** 反義　**❺** 單字出現頻率

cli + **max** 偉大的 = **climax**

S apex **❹** GRE

climax [ˈklaɪmæks] 頂點；高潮

 記 reach the climax 達到高潮

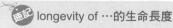

Mr. Suzuki's election to the mayor is supposed to be the **climax** of his political career.
鈴木先生當選市長應是他個人政治生涯的高峰。

magni 偉大的 + **ficent** 的 = magnificent　　　　Ｓsplendid ❸TOEFL

magni**ficent** [mæg'nɪfəsənt] 動人的

I think I fell in love with my wife for the reason that she has the most **magnificent** eyes.
我因老婆美麗的雙眼而與她墜入愛河。

maj 偉大的 + **estic** 的 = majestic　　　　Ｓgrand ❸GEPT

maj**estic** [mə'dʒɛstɪk] 莊嚴的；高貴的　　速記 a majestic figure 有威嚴的人

The scenery from Ali Mountain early in the morning is absolutely **majestic**.
清晨阿里山上的風景非常壯麗雄偉。

maj 偉大的 + **esty** 名詞 = majesty　　　　Ｓnobility ❹IELTS

maj**esty** ['mædʒɪstɪ] 威嚴；尊嚴　　速記 Her Majesty 女王陛下

The president was seated on the middle chair in all his **majesty**.
總統威嚴地坐在中間的椅子上。

maj 偉大的 + **or** 的 = major　　　　Ａminor ❹GEPT

maj**or** ['medʒɚ] 主修；主要的　　速記 the major part 多數

The assassination of JFK is seen as a **major** event in the United States.
甘迺迪總統暗殺事件在美國被視為重大事件。

maxi 偉大的 + **mum** = maximum　　　　Ａminimum ❸GEPT

maxi**mum** ['mæksəməm] 最大值；最大的　　速記 maximum speed 最高速

The **maximum** speed of the racing car is 210 miles per hour.
賽車的最大車速是每小時兩百一十英里。

155 man-, manu- 手

快學便利貼

manage v. 處理；管理；經營；設法	**manuscript** n. 原稿；adj. 手寫的
manipulate v. 操縱；竄改；控制	**manufacture** n. 製造；生產；製造
manual n. 手冊；說明書；指南；adj. 手	業；產品；v. 製造；捏
的；手工的；用手操作的	造；虛構；加工

S 同義　**A** 反義　**5** 單字出現頻率

man 手 + **age** 動作 = **manage**

S handle　**4** TOEFL

manage ['mænɪdʒ] 處理；設法

通記 manage with 設法應付

Mr. Li has been **managing** to make both ends meet since his boss reduced his salaries.
自從被減薪，李先生設法維持收支平衡。

mani 手 + **pul** 拉 + **ate** 動作 = **manipulate**

S handle　**4** IELTS

manipulate [mə'nɪpjə,let] 操縱；控制

通記 manipulate into 操縱

It's very hard to **manipulate** things when your hands are cold and numb.
當手冷冷麻麻時非常難做事。

manu 手 + **al** 關於 = **manual**

S directory　**3** GEPT

manual ['mænjuəl] 說明書；手工的

通記 the service manual 維修守則

The technician read the **manual** in English carefully before he operated the imported machine.
操作這台進口機器前，技師仔細閱讀英語操作指南。

manu 手 + **script** 寫 = **manuscript**

S writing　**4** GEPT

manuscript ['mænjə,skrɪpt] 手稿

通記 original manuscript 原稿

The judge demanded that a **manuscript** of the recorded conversation be submitted.
法官要求提交那份對話錄音的手稿。

manu 手 + **fact** 製造 + **ure** 名詞 = **manufacture**

S fabricate　**3** GRE

manufacture [,mænjə'fæktʃə] 製造；生產

Many items are now being **manufactured** in China, which has created joblessness here.
許多零件目前都在中國製造，導致此地的失業狀況。

156　mand-, mend- 委託；命令

MP3 201

快學便利貼

command n. 命令；指揮；支配權；掌握；v.命令；支配；管理	**demand** n. 要求；需要；v. 請求；需要 **recommend** v. 推薦；介紹；付託

Ⓢ同義　Ⓐ反義　Ⓕ單字出現頻率

com 共同 + **mand** 命令 = command　Ⓢorder ④GEPT

command [kə'mænd] 命令；支配
速記 at command 自由使用

The general took **command** of the three battalions and led them to a victorious battle.
將軍指揮三個營隊並帶領他們在戰役中獲得勝利。

de 離開 + **mand** 命令 = demand　Ⓢask ③TOEFL

demand [dɪ'mænd] 要求；需要
速記 in demand 有需求

The supply of pork is expected to fall short of **demand** before the festival.
節慶前，豬肉預計會供不應求。

re 再次 + **com** 共同 + **mend** 命令 = recommend
Ⓢsuggest ④TOEIC

recommend [rɛkə'mɛnd] 推薦；介紹
速記 recommend to 託付

The teacher will **recommend** that John be placed in advanced English class next semester.
下學期老師將推薦約翰就讀英語高級班。

字
首

字
根

---

157 mark - 記號；邊界
 MP3 202

字
尾

快學便利貼

mark n. 記號；標誌；分數；著名；
　　　v. 記錄；記分數；標明；注意

marker n. 作記號的人或物；記分器
remark n. 留意；評論；v. 談論；評論

複
合
字

單字拆解　　　Ⓢ同義　Ⓐ反義　Ⓕ單字出現頻率

Ⓢsign ③IELTS

mark [mɑrk] 記號；標誌
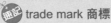 trade mark 商標

The students are required to **mark** the appropriate answers clearly with a pencil.
學生要用鉛筆清楚地標示出適當的答案。

mark 記號 + **er** 物 = marker　Ⓢsymbol ③GRE

marker ['mɑrkɚ] 作記號的人或物；記分器
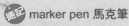 marker pen 馬克筆

A whiteboard requires **markers** as opposed to a blackboard that requires chalk.
白板要用白板筆，正好與黑板要用粉筆相反。

re 再一次 + **mark** 記號 = **remark**

Ⓢcomment ❷TOEFL

remark [rɪ'mɑrk] 留意；評論　　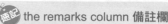 the remarks column 備註欄

The **remark** made by Emily while she was driving was very offensive to me.
艾蜜莉開車時所說的話嚴重冒犯到我。

meas-, mens-, -meter 測量

快學便利貼

barometer n. 氣壓計；晴雨表
centimeter n. 公分
geometry n. 幾何學
kilometer n. 公里；千米

measure n. 尺寸；標準；方案；v. 測量
meter n. 測量器；公尺；v. 測量
symmetry n. 對稱；調和
thermometer n. 溫度計

單字拆解

Ⓢ同義　Ⓐ反義　❺單字出現頻率

baro 氣壓 + **meter** 測量 = **barometer**　　❶IELTS

barometer [bə'rɑmətə] 氣壓計　　 aneroid barometer 無液氣壓計

Once the **barometer** drops below a certain level, it's a good indicator that a storm is coming.
一旦氣壓計下降到一定的程度，就表示有暴風雨要來了。

centi 百分之一 + **meter** 測量 = **centimeter**　　❸GEPT

centimeter ['sɛntə,mitə] 公分　　 160 centimeters tall 身高一米六

Thirty **centimeters** of snow fell on the city yesterday, and therefore, there is no school today.
昨天城裡下了三十公分的積雪，因此今天學校停止上課。

geo 土地 + **metry** 測量 = **geometry**　　❹GEPT

geometry [dʒɪ'ɑmətrɪ] 幾何學　　 spherical geometry 球面幾何

The teacher told us to bring our protractor next class since we will be doing **geometry**.
因為我們下一堂課要做幾何習題，老師告訴我們下次上課要帶量角器。

kilo 千 + **meter** 測量 = kilometer　❸ GRE

kilometer ['kɪləˌmitə] 公里
速記 1000 kilometer 一千公里

The United States uses miles to measure distance as opposed to Taiwan which uses **kilometers**.
美國用英里來衡量距離,而台灣用公里。

meas 測量 + **ure** 名詞 = measure　Ⓢ grade ❸ TOEFL

measure ['mɛʒə] 尺寸;測量
速記 adopt measures 採取措施

Pythagorean Theorem can help you **measure** the hypotenuse of a right triangle.
畢達哥拉斯定理可以幫助你測量直角三角形的斜邊。

Ⓢ measure ❹ TOEIC

meter ['mitə] 測量器;公尺
速記 water meter 水表

Both the electric **meter** and the water **meter** are placed close to the main gate.
電錶和水錶都設在靠近大門的地方。

sym 一起 + **metr** 測量 + **y** = symmetry　Ⓐ asymmetry ❸ IELTS

symmetry ['sɪmɪtrɪ] 對稱;調和
速記 bilateral symmetry 左右對稱

Simon really has a problem drawing a circle that has perfect **symmetry**.
賽門真的無法畫出一個完全對稱的圓形。

thermo 溫度 + **meter** 測量 = thermometer Ⓢ thermograph ❷ GEPT

thermometer [θəˈmɑmətə] 溫度計

The **thermometer** indicates that it's twenty nine Celsius outside but it feels hotter.
溫度計顯示外面的溫度是攝氏二十九度,但是實際感覺起來更熱。

159 med- 治療

快學便利貼

medical n. 醫學院學生;體格檢查; adj. 醫學的;醫療的;醫師的

medicine n. 醫藥;醫學;內科;良藥
remedy n. 療法;補償;v. 治療;賠償

單字拆解

Ⓢ 同義　Ⓐ 反義　❺ 單字出現頻率

med 治療 + **ical** 的 = medical

medical ['mɛdɪkl] 醫學的

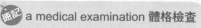 **S** therapeutic **3** GRE

速記 a medical examination 體格檢查

My uncle has been a **medical** doctor for thirty years and specializes in heart surgery.
我叔叔當醫生三十多年了，且他專精於心臟手術。

medi 治療 + **cine** = medicine

S medication **4** GEPT

medicine ['mɛdəsn̩] 醫藥

速記 take medicine 吃藥

The amount of **medicine** the doctor prescribed me seems to be excessive.
那位醫生開給我的藥劑量似乎過多。

re 再次 + **med** 治療 + **y** = remedy

S cure **3** TOEFL

remedy ['rɛmədɪ] 治療

速記 beyond remedy 無可救藥的

Drinking lots of warm water is said to be a good **remedy** to fight a cold.
多喝溫開水據說是對感冒很好的治療方法。

---

160 **medi-** 中間的

MP3 205

快學便利貼

medium n. 媒介物；媒體；手段；中庸；
    adj. 中等的，中級的；平均的
mediate v. 調解；斡旋；傳達；影響…的
    發生；**adj.** 間接的；中間的

medieval adj. 中古時代的
immediate adj. 直接的；立即的
intermediate n. 中間人；v. 調解；
    adj. 中間的；居中的

單字拆解

S 同義 **A** 反義 **5** 單字出現頻率

medi 中間的 + **um** 的 = medium

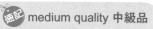 **S** middle **4** GRE

medium ['midɪəm] 中等的；媒介物

速記 medium quality 中級品

Chinese is not the common **medium** of instruction in the language school.
在那間語言學校，中文不是教學時會使用的語言。

medi 中間的 + **ate** 動作 = mediate

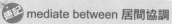 **S** settle **4** GEPT

mediate ['midɪˌet] 調解；斡旋

速記 mediate between 居間協調

Someone is needed to **mediate** my parent's conversations or else they will just argue.
得要有人來調解我父母之間的談話，否則他們只會一直吵下去。

medi 中間的 + **ev** 時代 + **al** 關於 = **medieval** Ⓐ**modern** ❸**TOEFL**

medieval [ˌmɪdɪˈivəl] 中古時代的

描記 medieval castle 中世紀城堡

The stories of Robin Hood took place in England during **medieval** times.
羅賓漢的故事發生於中古世紀的英國。

im 否定 + **mediate** 中間的 = **immediate** Ⓐ**mediate** ❹**IELTS**

immediate [ɪˈmidɪɪt] 直接的；立即的

描記 immediate delivery 立即交貨

The southern part of the island needs **immediate** assistance since the earthquake just hit.
由於地震才剛發生，島嶼南部需要即刻救援。

inter 在…之間 + **mediate** 中間的 = **intermediate** Ⓢ**meddle** ❸**GEPT**

intermediate [ˌɪntəˈmidɪət] 調解；中間的

描記 intermediate school 中學

My English must be getting better because I was moved up from beginner to **intermediate** level.
我的英語能力一定有進步，因為我才剛從初級班升到中級班。

161 memor- 記得

MP3 206

快學便利貼

commemorate v. 紀念；慶祝
memorable adj. 難忘的；重大的；著名的；值得懷念的
memorial n. 紀念物；adj. 紀念的

memory n. 記憶；記憶力；記憶體；紀念；死後的名聲；回憶
remember v. 記起；感謝；酬勞；致意；問候；回憶起

單字拆解

Ⓢ同義　Ⓐ反義　❺單字出現頻率

com 共同 + **memor** 記得 + **ate** 動作 = **commemorate** Ⓢ**celebrate** ❹**GRE**

commemorate [kəˈmɛməˌret] 紀念；慶祝

There is a plaque, which **commemorates** the event, hanging above the front door.
有一塊紀念該事件的牌匾掛在大門的上方。

memor 記得 + **able** 能力 = **memorable**

字首
字根
字尾
複合字

memorable ['mɛmərəb!] 難忘的

 a memorable day 難忘的一天

The most **memorable** day of Jack's life was when he got married to his true love.
傑克這輩子最難忘的一天是他與自己的真愛結婚的日子。

memor 記得 + **ial** 的 = memorial

Smonument ❹TOEFL

memorial [mə'morɪəl] 紀念品；紀念的

 a memorial service 追悼會

There is a **memorial** plaque in the park in memory of the founder of the city.
公園裡有一塊紀念該市創辦人的紀念碑。

memor 記得 + **y** = memory

Srecall ❸TOEFL

memory ['mɛmərɪ] 記憶；記憶力

 to the memory of 獻給

Alzheimer's is a horrible disease that makes people lose their **memory**.
阿茲海默症是一種會使人失憶的可怕疾病。

re 返回 + **member** 記得 = remember

Aforget ❹TOEIC

remember [rɪ'mɛmbɚ] 記起

 remember oneself 醒悟；反省；記起

I've been working so hard that I don't **remember** the last time I went out to have a good time.
我工作賣力到忘了上次出去玩是什麼時候。

162 ment- 心智

 MP3 207

快學便利貼

mental **adj.** 精神的；智力的；心理的
mention **n.** 提及；提名表揚；說起；
    v. 記載；提名；提到；說起
comment **n.** 評語；評論；閒話；議論；
    v. 說明評論；批評

commentary **n.** 註解；評論；紀事；
    實況報導
mind **n.** 精神；智力；決心；心思；記
    憶力；**v.** 注意；照料
remind **v.** 提醒；使想起；使記起

單字拆解

S同義　A反義　❺單字出現頻率

ment 心智 + **al** 關於 = mental

Aphysical ❷IELTS

mental ['mɛnt!] 精神的；心理的

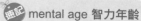 mental age 智力年齡

Ever since Johnny bumped his head in the car crash, he has had some **mental**

problems.
自從強尼出車禍撞到頭之後，他出現了一些精神方面的問題。

ment 心智 + **ion** 名詞 = **mention**　　　Ｓremark ❸TOEFL

mention [ˈmɛnʃən] 提及；提到　　通記 Don't mention it. 不要客氣。

The officer made no **mention** of the certificate of shipment in our conversation.
談話過程中，警官完全沒有提到貨物證明書。

com 完全 + **ment** 心智 = **comment**　　　Ｓnote ❸TOEFL

comment [ˈkɑmɛnt] 評語；批評　　通記 No comment. 無可奉告。

If there are any problems with the food at this restaurant, please leave a **comment** in the box.
若對餐廳裡的食物有任何想法，請將您寶貴的意見投入箱中。

comment 評語 + **ary** 物 = **commentary**　　　Ｓannotation ❹GRE

commentary [ˈkɑmənˌtɛrɪ] 評論；紀事

There was a short **commentary** at the end of the documentary that was out of the ordinary.
這部與眾不同的紀錄片在結尾時有一段簡短的評論。

　　　Ａbody ❹GEPT

mind [maɪnd] 精神；注意　　通記 Mind your own business. 別管閒事。

After listening and concentrating for ten hours, my **mind** needs a well deserved rest.
專心聽講十小時後，我需要好好休息一番。

re 再次 + **mind** 心智 = **remind**　　　Ｓrecall ❸TOEIC

remind [rɪˈmaɪnd] 提醒；使想起　　通記 remind of 想起…

Please **remind** Amanda that we will meet at the shopping mall at seven this evening.
請提醒阿曼達我們今晚七點要在購物中心見面。

163 **merc-** 貿易

MP3 208

快學便利貼

commerce n. 商業；商務；貿易；社交
market n. 市場；需要；行情；市集；
　　　　v. 買賣；出售；推銷；促銷
mercy n. 恩惠；幸運；仁慈；寬恕

merchandise n. 商品；指定商品；
　　　　v. 交易；買賣；推銷
merit n. 價值；優點；功過；優良事蹟；
　　　　法律根據；v. 值得；應得

com 共同 + **merce** 貿易 = **commerce**   §business ❸IELTS

commerce ['kɑmɜs] 商業   速記 have no commerce with 跟…無交往

The amount of **commerce** generated by the bailout is less than imagined.
那筆商業救助款的金額比想像中少。

mark 貿易 + **et** = **market**   §smart ❹GEPT

market ['mɑrkɪt] 市場   速記 at the market 按市價

The Sunday **market** in the city is full of fresh fruits and vegetables at affordable prices.
市區內的週日市場隨處可見價格合理的新鮮水果與蔬菜。

merc 貿易 + **y** = **mercy**   §kindness ❹TOEFL

mercy ['mɜsɪ] 恩惠；幸運   速記 without mercy 毫不留情地

The judge had no **mercy** for the murderers and sent them to life in prison.
法官一點也不同情那些殺人犯且判他們無期徒刑。

merc 貿易 + **hand** 手 + **ise** = **merchandise**   §goods ❸GRE

merchandise ['mɜtʃən,daɪz] 商品   速記 foreign merchandise 外國商品

The **merchandise** in a golf store is usually of high quality but very expensive.
高爾夫球店裡的商品通常品質很好但非常昂貴。

§quality ❷IELTS

merit ['mɛrɪt] 價值；優點   速記 a certificate of merit 獎狀

The young magician's performance was totally without **merit**.
那位年輕魔術師的表演毫無可取之處。

164 merge-, mers- 下沉；浸泡

快學便利貼

emerge v. 出現；擺脫；暴露	**merge v.** 吞沒；合併；使結合；相融；
emergency n. 突然事件；緊急情況	同化；併入；融入；融合

 單字拆解   §同義 ▲反義 ⑤單字出現頻率

e 排除 + **merge** 浸泡 = **emerge**

emerge [ɪ'mɝdʒ] 擺脫、出現

 速記 emerge from 從…浮出

After years of hard work, the man finally **emerged** from financial difficulties.
經過多年的努力，男子終於擺脫財政困難。

e 排除 + merg 浸泡 + ency 名詞 = emergency　　S crisis ❹ TOEFL

emergency [ɪ'mɝdʒənsɪ] 緊急情況

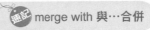 速記 in case of emergency 在危急時刻

Call the police in the context of an **emergency** in any sort.
在任何緊急情況下都可以打電話給警方。

S combine ❸ GEPT

merge [mɝdʒ] 合併

速記 merge with 與…合併

The commercial bank has been approved to **merge** with a foreign bank.
該商業銀行已獲准與外商銀行合併。

---

165 migr- 移動；流浪

 MP3 210

快學便利貼

migrate v. 遷移；移居；洄游　　immigrate v. 自外國移入；遷移
emigrate v. 移居外國；遷出

 單字拆解　　　S 同義　A 反義　❺ 單字出現頻率

migr 移動 + ate 動作 = migrate　　S emigrate ❹ IELTS

migrate ['maɪˌgret] 遷移

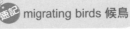 速記 migrating birds 候鳥

The birds will **migrate** south at the end of summer and return north at the end of winter.
鳥兒在夏季結束時會飛往南部而冬季結束時則會飛回北部。

e 出外 + migrate 遷移 = emigrate　　A immigrate ❸ GRE

emigrate ['ɛməˌgret] 移居外國；遷出

速記 emigrate from 從…移出

Many Filipinos **emigrate** from the Philippines for the sake of finding a better job.
很多菲律賓人移出菲律賓是為了要找到一份更好的工作。

im 進入 + migrate 遷移 = immigrate　　A emigrate ❹ TOEFL

immigrate ['ɪməˌgret] 自外國移入；遷移

速記 immigrate to 移民至

Many Taiwanese have chosen to **immigrate** to the United States to have a better life.
許多台灣人選擇移民到美國過更好的生活。

 # 166 milli- 千

快學便利貼

mile **n.** 英里；英里賽跑；大面積 | million **n.** 百萬；百萬元

 單字拆解

Ⓢ同義　Ⓐ反義　Ⓕ單字出現頻率

Ⓐ **kilometer** ❸ GEPT

mile [maɪl] 英里；英里賽跑

 sea mile 浬 go the extra mile 加把勁

The headquarters are about ten **miles** away from the train station.
總部離火車站的距離大約是十英里。

milli 千 + **on** = million

Ⓐ **billion** ❸ GRE

million ['mɪljən] 百萬；百萬元

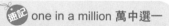 one in a million 萬中選一

There are two **million** permanent residents in the town so far.
市區目前有兩百萬名永久居民。

 # 167 min- 小的；突出

快學便利貼

administer **v.** 管理；統治；處理；實施
diminish **v.** 貶損；減少；減小；縮減
minimal **adj.** 最小的；最低限度的
minimum **n.** 最小；最少限度；極小值；
　　　　 adj. 最小的；最低的
ministry **n.** 服務；牧師；部長職務

minor **n.** 未成年者；**v.** 輔修；**adj.** 較
　　　 小的；不重要的；未成年的
minute **n.** 分鐘；片刻；筆記；**v.** 測量
　　　 時間；**adj.** 微小的；詳細的
prominent **adj.** 突出的；顯著的；卓
　　　　　 越的；重要的；著名的

ad 前往 + **mini** 小的 + **ster** 人 = administer ⑤manage ④IELTS

administer [əd'mɪnəstə] 管理
速記 administer justice 執行法律；審判

Italy needs someone competent to **administer** the garbage problem there.
義大利需要一位有能力的人來處理當地的垃圾問題。

di 分開 + **mini** 小的 + **sh** 動作 = diminish ⑤reduce ②GEPT

diminish [də'mɪnɪʃ] 貶損；減少
速記 diminishing return 報酬遞減

The mortgage and the car loan **diminished** the Chang family's savings.
房貸與車貸使張家的存款減少。

mini 小的 + **mal** 關於 = minimal ⚠maximal ④TOEFL

minimal ['mɪnəməl] 最小的；最低限度的
速記 minimal damage 微小的損害

A runner should run smoothly and concentrate on **minimal** impact to save the knees.
為了保護膝蓋，跑者應放輕腳步。

mini 小的 + **mum** 最高級 = minimum ⚠maximum ③GEPT

minimum ['mɪnəməm] 最小
速記 the minimum value 極小值

The annual report I have to submit by the end of November requires a **minimum** of one thousand words.
我十一月底要繳交的年度報告字數至少要超過一千字。

mini 小的 + **stry** = ministry ⑤prelacy ③TOEIC

ministry ['mɪnɪstrɪ] 部長職務
速記 Ministry of Foreign Affairs 外交部

The **Ministry** of Economy Affairs announced oil contributes 45% of the country's total economy.
經濟部宣佈石油對國內經濟的貢獻率佔百分之四十五。

min 小的 + **or** 比較級 = minor ⚠major ④GEPT

minor ['maɪnə] 較小的；不重要的
速記 a minor fault 輕微過失

Stealing a pen is considered a **minor** offence but it's still wrong and there will be consequences.
偷筆是小罪，但仍是錯的並且要承擔後果。

min 小的 + **ute** 具有…性質 = minute ⑤moment ④IELTS

minute ['mɪnɪt] 分鐘；詳細的
速記 make a minute of 記錄

Once the bell rings, the students will have ten **minutes** to play outside.
鐘聲一響學生就有十分鐘的戶外遊戲時間。

字首 字根 字尾 複合字

pro 向前地 + **min** 突出 + **ent** 的 = **prominent**

Ⓢoutstanding ③TOEFL

prominent ['prɑmənənt] 卓越的
通記 prominent teeth 暴牙

The **prominent** statesmen made significant contributions of improving democracy to his country.
優秀的政治家對於促進國家民主貢獻重大。

168 mir- 驚訝；看

快學便利貼

admire v. 讚美；欽佩；羨慕；誇獎	**mirror** n. 鏡子；反射鏡；v. 反射
miracle n. 奇蹟；奇人；驚人的事例	**marvel** n. 驚奇的人事物；v. 詫異

 單字拆解

Ⓢ同義　Ⓐ反義　⑤單字出現頻率

ad 前往 + **mire** 驚訝 = **admire**

Ⓢhonor ③GRE

admire [əd'maɪr] 讚美；羨慕
通記 admire for 欣賞

Judy **admires** her executive for his finished manner as well as profound financial knowledge.
茱蒂欽佩主管的高尚禮節及造詣深厚的財經知識。

mir 驚訝 + **acle** = **miracle**

Ⓢwonder ④GEPT

miracle ['mɪrəkl] 奇蹟；奇人
通記 miracle drug 特效藥

It is said that Mother Teresa performed **miracles** that saved many lives in India.
據說德蕾莎修女在印度展現奇蹟，拯救了許多生命。

mirr 看 + **or** 物 = **mirror**

Ⓢreflect ④TOEFL

mirror ['mɪrə] 鏡子
通記 a concave mirror 凹鏡

Many young ladies carry a **mirror** with them everywhere so they can put on makeup.
許多年輕女性隨身攜帶鏡子以便補妝。

marv 驚訝 + **el** = **marvel**

Ⓢwonder ③IELTS

marvel ['mɑrvl] 驚奇的事物
通記 to marvel at 驚嘆不已

One of the great **marvels** of the world is Niagara Falls in Ontario, Canada.
加拿大安大略省的尼加拉大瀑布是世界奇景之一。

mis-, miss-, mit-

傳送；釋放

快學便利貼

admit v. 接受；許可；承認；容許；通向
admission n. 允許進入；入場費；承認
commission n. 委託；任務；代辦；犯罪；手續費；佣金；v. 任命；委託；授銜
commit v. 犯罪；委任；交付；收監
compromise n. 妥協；和解；損害；v. 和解；連累；放棄；洩露
dismiss v. 解散；開除；駁回；拒絕受理
missile n. 飛彈；投射器；adj. 可發射的
mission n. 派遣；任務；傳道；v. 交付任務

message n. 問候；消息；差使；神旨；v. 通知；通告
omit v. 省略；遺漏；疏忽；忘記
permit n. 准許證；許可；准許；容許；v. 准許；放任
promise n. 允許；諾言；約定事項；希望；前途；v. 約定；承諾；保證
submit v. 使服從；使屈服；提出；建議；忍受；呈遞

單字拆解

S 同義　**A** 反義　**⑤** 單字出現頻率

ad 前往 + **mit** 釋放 = **admit**

S confess　**③** GEPT

admit [əd'mɪt] 承認；容許

通記 admit of 容許

My little sister didn't **admit** that she is the one who stole the money from the purse.
我的小妹不承認她從錢包裡偷錢。

ad 前往 + **miss** 釋放 + **ion** 名詞 = **admission**

S charge　**④** GEPT

admission [əd'mɪʃən] 允許進入；承認

通記 gain admission into 獲准進入

The **admission** price to the pop concert is more than Tracy can afford, and therefore she won't go.
演唱會門票價錢遠超過崔西所能負荷，所以她不會去。

com 共同 + **miss** 傳送 + **ion** 名詞 = **commission**

S brokerage　**②** IELTS

commission [kə'mɪʃən] 委託；佣金

通記 commission broker 經紀人

The sales job pays a 20% **commission**, but it does not pay a salary.
銷售工作支付兩成佣金，但不支付薪資。

com 共同 + **mit** 釋放 = **commit**

commit [kə'mɪt] 犯罪

Ⓢ perform ❸ GRE

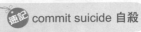 commit suicide 自殺

The jury formed a judgment for the plaintiff and **committed** the accused in prison.
陪審團對原告作出判決，並將被告判處入監。

com 共同 + **pro** 向前地 + **mise** 傳送 = compromise

Ⓢ settle ❸ GEPT

compromise ['kɑmprə,maɪz] 妥協

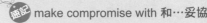 make compromise with 和…妥協

The soldier **compromised** the rescue mission when the enemy heard him in the bushes.
當敵方聽見那名士兵躲在樹叢時，他放棄了救援任務。

dis 分離 + **miss** 釋放 = dismisss

Ⓢ discharge ❹ TOEFL

dismiss [dɪs'mɪs] 解散；駁回

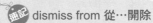 dismiss from 從…開除

The judge formed a judgement upon facts and **dismissed** the suit.
法官根據事實作出拒絕受理的判決。

miss 傳送 + **ile** = missile

Ⓢ rocket ❸ TOEIC

missile ['mɪsl̩] 飛彈

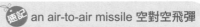 an air-to-air missile 空對空飛彈

There was a **missile** fired at the plane, but it missed and everybody got back to the base safe.
有枚飛彈朝飛機發射但並未命中，因而每個人都安全返回基地。

miss 傳送 + **ion** 名詞 = mission

Ⓢ task ❸ IELTS

mission ['mɪʃən] 任務

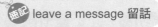 an economic mission 經濟代表團

There's a **mission** to rescue hostages held by very dangerous people in Columbia.
有項任務是要於哥倫比亞境內解救遭極度危險人士挾持的人質。

Ⓢ word ❹ GEPT

message ['mɛsɪdʒ] 消息；要旨

通記 leave a message 留話

The trapped miners sent a **message** to the surface asking for food and water.
受困地底的礦工傳送要求食物及水的訊息到地面上。

o 遠離 + **mit** 傳送 = omit

Ⓢ neglect ❸ GEPT

omit [o'mɪt] 省略；疏忽

通記 omit from 刪除

If somebody heckles me while I'm giving a speech, I will **omit** it and carry on as if nothing's wrong.
我演講時若有人在一旁起鬨，我會忽略他，並像沒事一樣繼續演說。

per 透過 + **mit** 傳送 = permit

Ⓐ forbid ❸ GEPT

permit [pə'mɪt] 許可

通記 temporary residence permit 暫住證

In most countries around the world, it is required to have a driving **permit** to drive a car.

世界上大多數國家都要求持有駕駛執照才能開車。

pro 向前地 + **mise** 傳送 = promise　　　　Ⓢpledge ④TOEFL

promise ['prɑmɪs] **允許；諾言**　 break a promise 不守諾言；違約

The shop made a **promise** that every purchaser of two cups of coffee received a chocolate bar as a bonus.
店家承諾每位購買兩杯咖啡的客人可獲得一條巧克力做為贈品。

sub 下面 + **mit** 傳送 = submit　　　　Ⓢyield ②GRE

submit [səb'mɪt] **使服從；繳交**　 submit oneself to 服從

For the September semester, new students must **submit** their applications before March.
要九月入學的話，新生必須在三月份前繳交申請表。

170　mix- 混合　

快學便利貼

mix v. 混合；混合；混淆；調製；使結合　　mixture n. 混合；混合物；混雜

 單字拆解　　Ⓢ同義　Ⓐ反義　Ⓢ單字出現頻率

　　　　　　　　　　　　　　　　　　　Ⓢblend ④TOEIC

mix [mɪks] **混合；調製**　 mix in society 出入社交界

The bartender **mixed** wine with lemonade and added a cake of ice in it.
吧檯人員混合葡萄酒和檸檬汁調製飲品，再加入一塊冰塊。

mix 混和 + **ture** 名詞 = misture　　　　Ⓢfusion ③GRE

mixture ['mɪkstʃə] **混合；混合物**

The international conference will be conducted in a **mixture** of Chinese, English and Japanese.
國際會議將結合華語、英語及日語進行。

171　mod- 模式；態度

 快學便利貼

accommodate v. 留宿；招待；調解；
通融；考慮到；可搭載
manner n. 方法；態度；禮貌；習慣
modal adj. 方式上的；形態上的；語氣的
model n. 模型；模範；模特兒；樣式；**v.**
作…的模型；當模特兒；**adj.** 模型
的；模範的；榜樣的

moderate n. 溫和主義者；**v.** 使和
緩；節制；減輕；**adj.** 有
節制的；中庸的；適度的
modern n. 現代人；**adj.** 現代的；時
髦的；近代的；最新的
modest adj. 謹慎的；謙虛的；優雅的
mode n. 方式；文體；種類；流行

單字拆解

S 同義　**A** 反義　**5** 單字出現頻率

ac 前往 + **com** 共同 + **mod** 模式 + **ate** = accommodate
S conform　**3** GEPT

accommodate [əˈkɑməˌdet] 留宿；可搭載

The shuttle bus can **accommodate** ten in the back, but it will be a bit crowded.
接駁車後座可容納十人，但會有點擠。

S way　**4** IELTS

manner [ˈmænɚ] 方法；態度

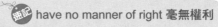 have no manner of right 毫無權利

Leo cares about table **manners**. He never puts bones on the table or uses the napkin to clean his face.
里歐在意餐桌禮儀。他從不將骨頭放在桌上或用餐巾擦臉。

mod 模式 + **al** 關於 = modal
S nominal　**3** GEPT

modal [ˈmodl] 形態上的

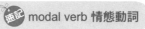 modal verb 情態動詞

The city council worked on the mass transit plan for the city, and had to make the **modal** decision to focus on bus or rail.
市議會正在進行市內大眾運輸計畫，並需要在公車與鐵路模式之間做出決策。

mod 模式 + **el** 小尺寸 = model
S design　**2** TOEFL

model [ˈmɑdl] 模型；模範的

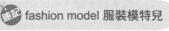 fashion model 服裝模特兒

I have a complete collection of World War II **model** airplanes if you want to see them.
若你想看，我有一套完整的二戰飛機模型。

mod 態度 + **erate** 具有…性質 = moderate
S mild　**3** TOEIC

moderate [ˈmɑdərɪt] 中庸的

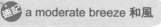 a moderate breeze 和風

It's important to always keep a **moderate** speed on this road since there are sharp turns.
在這條彎度大的路上，保持適當的行車速度是重要的。

mod 模式 + **ern** 方向 = **modern**

▲ancient ❹TOEFL

modern ['madən] 現代的

速記 modern times 現代

IKEA is one of the most popular places to buy **modern** furniture and appliances.
宜家家居是購買現代家具最受歡迎的地方之一。

mod 態度 + **est** = **modest**

▲immodest ❸GRE

modest ['madɪst] 優雅的

速記 modest about 謙虛

The first lady usually wears **modest** clothes as not to offend anybody.
第一夫人通常穿著優雅以避免使他人感到不舒服。

mod 模式 + **e** = **mode**

Ⓢsway ❸IELTS

mode [mod] 方式；種類

速記 out of mode 不流行

Jeremy doesn't want to be bothered for the next ten minutes as he is in work **mode**.
接下來十分鐘傑瑞米不想被打擾，因為他正在專心工作。

172 moni-, monstr- 顯示 ◀ MP3 217

快學便利貼

demonstrate **v.** 說明；證明；展示
monitor **n.** 顯示器；監考官；**v.** 監控

monster **n.** 怪物；妖怪；**adj.** 巨大的
summon **v.** 召喚；傳喚；召集；鼓起勇氣

單字拆解

Ⓢ同義　▲反義　❺單字出現頻率

de 完全 + **monstr** 顯示 + **ate** 動作 = **demonstrate**

Ⓢshow ❹TOEIC

demonstrate ['dɛmən,stret] 證明

速記 demonstrate against 示威抗議

The magician will **demonstrate** that he can indeed get out of the water chamber in one minute.
魔術師將證明他有辦法在一分鐘之內從水箱逃脫。

moni 顯示 + **tor** 人或物 = **monitor**

Ⓢoverseer ❸TOEFL

monitor ['manətə] 顯示器；監考官

速記 air monitor 空氣監測器

The boss **monitored** the factory's condition precisely through the **monitors** connected to his laptop.
老闆藉由連接到他筆電的監視器精確監控工廠狀況。

monstr 顯示 + **er** 人或物 = monster	**S** freak **3** GEPT

monster ['mɑnstə] 怪物；巨人

The autocrat, a **monster** of cruelty, has been overthrown and expelled to another country.
殘忍兇惡的獨裁者已被推翻並遭驅逐到國外。

sum 下面 + **mon** 顯示 = summon	**S** call **4** GRE

summon ['sʌmən] 召喚；傳喚　　 summon up 引起

Because she didn't have the money to feed her children, the poor woman **summoned** up the courage to ask her parents for a loan.
因為沒錢餵飽小孩，貧窮的婦人鼓起勇氣向父母借錢。

173 **mor-** 習俗
MP3 218

快學便利貼

morale n. 士氣；風紀；鬥志；道德	moral n. 寓意；adj. 道德的；精神上的

單字拆解

S 同義　　**A** 反義　　**5** 單字出現頻率

mor 習俗 + **ale** = morale	**S** spirit **3** IELTS

morale [mə'ræl] 士氣；風紀　　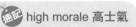 high morale 高士氣

In face of depression, the general manager boosted the **morale** of all the staff every day.
面對蕭條情勢，總經理每天鼓舞全體員工的士氣。

mor 習俗 + **al** 關於 = moral	**S** ethical **3** TOEFL

moral ['mɔrəl] 道德的；精神上的　　 moral obligations 道義責任

With her parents' **moral** support, Charice worked hard and finally paid off her debts.
有了父母精神上的支持，夏芮斯努力工作，最後清償所有債務。

174 **mount** 上升；山
MP3 219

amount n. 總和；總額；v. 合計；相當於
dismount n. 下馬(車)；v. 使下馬(車)

mountain n. 山；山脈；堆積如山的東西

單字拆解

Ⓢ同義　Ⓐ反義　➎單字出現頻率

a 前往 + **mount** 上升 = amount　　　　　　　Ⓢsum ➍GRE

amount [ə'maʊnt] 總和；總額　　　🏷 a large amount of 大量的

Nutritionists recommend drinking a healthy **amount**, or about two liters, of water every day.
營養專家建議每天攝取適量的，大約兩公升的飲水量。

dis 反向 + **mount** 上升 = dismount　　　　　　Ⓐmount ➍TOEIC

dismount [dɪs'maʊnt] 使下馬(下車)　　🏷 dismount from 下車

The cowboy **dismounted** from the horse and led it into the stable.
牛仔從馬背上下來，並將牠牽進馬廄。

mount 山 + **ain** 物 = mountain　　　　　　　Ⓢhill ➌GEPT

mountain ['maʊntn̩] 山　　🏷 make a mountain out of a molehill 小題大做

The retired civil servant lived a lonely life with his dog in the **mountains** near Taitung.
退休公務員和他的小狗一起在台東附近山區過著孤寂的生活。

175 mov-, mob-, mot- 移動

快學便利貼

emotion n. 情感；情緒；感動；激動
mobile n. 汽車；adj. 活動的；機動的
mob n. 暴民；民眾；v. 群眾襲擊
moment n. 片刻；時刻；機會；場合
motion n. 運動；運轉；動作；提議；動機；v. 打手勢；點頭示意
motivate v. 誘導；激發；給與動機

motive n. 動機；主旨；adj. 發動的；運動的；v. 使產生動機；激起
move n. 運動；手段；v. 移動；感動
promote v. 提倡；促進；使升級；推廣商品；晉升；發揚；創立
remote adj. 遙遠的；偏僻的；遙控的
remove v. 移動；收拾；脫掉；免職

e 出外 + **mot** 移動 + **ion** 名詞 = **emotion**　　Ⓢpassion ❸GEPT

emotion [ɪ'moʃən] 情感　　　　with emotion 感動地；激動地

Cynthia is not being honest with Brad and is toying with his **emotions**.
辛西雅對布萊德不坦承，而且一直在玩弄他的感情。

mob 移動 + **ile** 形容詞 = **mobile**　　Ⓢmovable ❹IELTS

mobile ['mobɪl] 活動的　　　　mobile phone news 手機新聞

The **mobile** blood bank was a bus that traveled to many communities to collect donated blood.
流動血液銀行是一部開至許多社區採集捐血的巴士。

Ⓢthrong ❸GRE

mob [mɑb] 暴民　　　　a mob of rioters 一夥暴徒

It is reported that the councilman is a member of the **mob**; however, he has firmly denied the accusation.
據報導，那名市議員是犯罪集團的成員，然而他堅決反對這項指控。

mo 移動 + **ment** 名詞 = **moment**　　Ⓢinstant ❹TOEIC

moment ['momənt] 片刻；重要時刻　　　　at any moment 隨時

If Tate hadn't reduced the temperature of the test tube at the last critical **moment**, it would have exploded.
如果泰德沒有在最後關鍵時刻降低試管溫度，它將會爆炸。

mot 移動 + **ion** 名詞 = **motion**　　Ⓢactivity ❹TOEFL

motion ['moʃən] 運動；運轉　　　　make a motion 示意；提議

The **motion** to adjourn the jury was passed by a majority of five.
陪審團休會的提議以五票多數通過。

motive 動機 + **ate** 動作 = **motivate**　　Ⓢdrive ❸IELTS

motivate ['motə,vet] 給與動機　　　　motivate sb to do sth 給某人動機作某事

The director **motivated** his members to recycle paper at the office by giving out fines if he found paper in the trash.
透過在垃圾裡看到紙屑就罰錢的方式，主管促使員工在辦公室進行紙類回收。

mot 移動 + **ive** 名詞 = **motive**　　Ⓢreason ❺GEPT

motive ['motɪv] 動機；主旨　　　　motive behind 背後的動機

The defendant's **motive** for stealing food in the convenience store was that he wanted to feed his kids.
被告在便利商店偷竊食物的動機是他想要餵養小孩。

mov 移動 + **e** 動詞 = move   Ⓢtouch ④GEPT

move [muv] 感動;移動   通記 be deeply moved 深深被感動

Alice is planning to **move** back to Taipei once her contract terminates at the end of the year.
愛麗絲計畫年底合約一終止就遷回台北。

pro 向前地 + **mote** 移動 = promote   Ⓢboost ③TOEIC

pro**mote** [prə'mot] 提倡;推銷   通記 be promoted to 升級至…

The beauty care company hired beautiful girls to **promote** their new line of products.
美容保養公司雇用美麗女孩推廣他們的新產品。

re 返回 + **mote** 移動 = remote   Ⓢdistant ④GRE

re**mote** [rɪ'mot] 遙遠的;遙控的   通記 a remote cause 遠因

Everytime I want to watch television, I cannot find the **remote** control and it drives me crazy.
每次想看電視時,我總是找不到遙控器,真令人抓狂。

re 再次 + **move** 移動 = remove   Ⓢmove ⑤IELTS

re**move** [rɪ'muv] 移動   通記 remove a name from a list 開除

The police officer told me to **remove** my car because I was blocking him.
警員叫我把車移開,因為我擋到他了。

---

176 **mun-** 服務   MP3 221

快學便利貼

communicate v. 傳達;通訊;連絡
communication n. 傳播;通訊;交通
communicative adj. 愛說話的;通訊
　　　　　　　聯絡的;暢談的

immune n. 免疫者;adj. 免疫的;免除
　　　　的;可避免的;不受影響的
municipal adj. 都市的;內政的;有自
　　　　治權的;市立的;市的

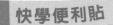 單字拆解   Ⓢ同義 🄰反義 ⑤單字出現頻率

com 共同 + **mun** 服務 + **icate** 動作 = communicate
Ⓢinform ③TOEIC

communicate [kə'mjunə,ket] 傳達;連絡;溝通

The translator was required to help the two parties **communicate** with each other.
譯者需協助雙方能彼此溝通。

communicate 傳達 + **ion** 名詞 = communication

S connection **③** TOEFL

communication [kə͵mjunə'keʃən] 傳播；交通

Leonard had no **communication** with his parents on the first two days during the summer camp.
藍納德在夏令營的頭兩天沒和父母連絡。

communicate 溝通 + **ive** 的 = communicative

S talkative **④** GRE

communicative [kə'mjunə͵ketɪv] 愛說話的

The professor's excellent **communicative** skills make it much easier to understand this hard topic.
教授優異的表達能力讓困難的主題易於理解。

im 否定 + **mun** 服務 + **e** = immune

S resistant **③** TOEIC

immune [ɪ'mjun] 免疫的；不受影響的

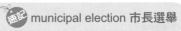 be immune from 免於…

All the goods inside the airport are **immune** from taxation.
機場內所有商品均免稅。

muni 服務 + **cip** 取得 + **al** 關於 = municipal

S civic **④** IELTS

municipal [mju'nɪsəpl̩] 都市的

 municipal election 市長選舉

After a long discussion, the **municipal** authorities approved of the labor union's demonstration.
經過冗長的討論後，市政當局批准工會的示威活動。

177 muscle- 肌肉

MP3 222

快學便利貼

muscle n. 肌肉；力量；體力；保鏢；v. 使勁擠出一條路；使勁搬動	muscular adj. 肌肉的；肌肉發達的；健壯的；強壯的

單字拆解

S 同義　**A** 反義　**⑤** 單字出現頻率

S brawn **④** GEPT

muscle ['mʌs!] 肌肉；侵入

 voluntary muscle 隨意肌

A polar bear **muscled** in the ice-bound area to seek for food.
北極熊在冰封地帶擠出一條生路找尋食物。

muscul 肌肉 + **ar** 的 = **muscular**　　　**S**brawny **3**GEPT

muscular [ˈmʌskjələ] 肌肉的　　 muscular movement 肌肉運動

There was a **muscular** strain on the hiker's legs after he exhausted himself walking for hours.
登山客走了好幾個小時之後耗盡體力，腿部出現了肌肉拉傷。

字
首

178 **mut** 變化；改變　MP3 223

字
根

快學便利貼

commute n./v. 通勤；v. 兌換；劃撥　　　**mutual** adj. 相互的；共有的；彼此的

單字拆解　　　**S**同義　**A**反義　**5**單字出現頻率

com 共同 + **mute** 變化 = **commute**　　　**S**exchange **3**TOEIC

commute [kəˈmjut] 兌換　　 commute stone into gold 點石成金

After arriving at the airport, the tourist **commuted** all his foreign currency to domestic currency.
抵達機場後，旅客將所有外幣兌換為本國貨幣。

字
尾

mut 變化 + **ual** 關於 = **mutual**　　　**S**reciprocal **4**GEPT

mutual [ˈmjutʃuəl] 相互的；共有的　　 mutual insurance 互助保險

The two companies made an agreement to improve **mutual** benefit and collaboration.
兩家公司訂立協議以增進互利合作。

179 **mult-, multi-** 許多　MP3 224

複
合
字

快學便利貼

multiple n. 倍數；adj. 多重的；複合的；多倍的；多人參加的　　　**multiply** v. 增加；乘；繁殖；adj. 多層的；adv. 複合地；多倍地

S同義　**A**反義　**5**單字出現頻率

multi 許多 + **ple** 的 = multiple　　　　　**S**manifold　**3**IELTS

multiple [ˈmʌltəpl] 倍數；多重的　　通記 common multiple 公倍數

The student of **multiple** interests has very nice school records.
那位興趣多元的學生在校成績優異。

multi 許多 + **ply** 動作 = multiply　　　　　**A**divide　**4**GRE

multiply [ˈmʌltəplaɪ] 增加；乘　　通記 multiply by 使相乘

The new regulation will **multiply** the efficiency of current expenses.
新的規章將可增進當前支出的效率。

180 **myst-** 神秘

快學便利貼

mysterious adj. 神秘的；不可思議的　　　**mythology n.** 神話；神話集；神話學
mystery n. 秘密；奧妙；偵探小說　　　　　**myth n.** 神話；奇人；荒誕的說法

 單字拆解

S同義　**A**反義　**5**單字出現頻率

myst 神秘 + **eri** + **ous** 充滿 = mysterious　　**S**mystical　**4**GEPT

mysterious [mɪsˈtɪrɪəs] 神秘的；可疑的

What the girl saw at the box office that night still remained **mysterious**.
那晚那女生在售票亭看到的東西如今依舊成謎。

myst 神秘 + **ery** 物 = mystery　　　　　**S**puzzle　**4**GEPT

mystery [ˈmɪstərɪ] 秘密；神秘事物　　通記 mysteries of a trade 行業訣竅

Chad tends to make a **mystery** of the relationship with his girlfriend.
查德傾向與女友低調戀愛。

myth 神話 + **ology** 學問 = mythology　　　　**3**GEPT

mythology [mɪˈθɑlədʒɪ] 神話；神話集；神話學

In Greek **mythology**, there are many Gods such as Poseidon and Zeus to name a few.
在希臘神話中有許多神，例如海神波賽頓以及宙斯。

myth [mɪθ] **神話;奇人;奇事;荒誕的說法**

Nobody put faith in the man's **myth** about his ironic fate.
沒有人相信這個男人所說關於自身諷刺的命運。

181 nat- 天生;出生

字首

快學便利貼

nation n. 民族;國家;種族;國民　　**nature n.** 自然;本質;特質;本能力量
native n. 本地人;**adj.** 出生地的;本國的　　**renaissance n.** 復興;復活;新生

 單字拆解　　　　S 同義　A 反義　5 單字出現頻率

字根

nat 天生 + **ion** 名詞 = **nation**　　　　S country 5 GEPT

nation ['neʃən] **民族;國家**　　暗記 the law of nations 國際公法

Thanks to industrial revolution, the United Kingdom used to be the top industrial **nation** of the world.
由於工業革命,英國曾是世界頂尖的工業國家。

nat 天生 + **ive** 的 = **native**　　　　A alien 4 GEPT

native ['netɪv] **本地人;出生地的;國內的**　　暗記 native country 祖國

An English **native** speaker is talking to the counter staff at the inquiry office.
一位英文母語人士正在詢問處和櫃台人員說話。

字尾

nat 天生 + **ure** 名詞 = **nature**　　　　S personality 4 GEPT

nature ['netʃə] **自然;本質**　　暗記 by nature 生來;本來

To protect **nature**, we must recycle and try to save as much energy as possible.
為了保護大自然,我們應該做好回收並盡可能的節省能源。

re 再 + **naiss** 出生 + **ance** 名詞 = **renaissance**
　　　　S rebirth 3 TOEFL

renaissance [rə'nesɳs] **復興;復活**　　暗記 the Renaissance 文藝復興

The famous architect is going to make a speech on **Renaissance** architecture.
知名建築師即將進行一場文藝復興時期建築的演講。

複合字

nau-, nav- 船

MP3 227

快學便利貼

naval adj. 海軍的;軍艦的;船的
navigate v. 駕駛;導航;通過議案

navigation n. 航行;導航;水上運輸
navy n. 海軍;海軍官兵;海軍艦隊

單字拆解

S同義 **A**反義 **5**單字出現頻率

nav 船 + al 關於 = naval

Amilitary **3**TOEFL

naval ['nevl] 海軍的;軍艦的 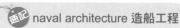 naval architecture 造船工程

The **naval** academy trains a number of captains and shipmates every year.
海軍學校每年都會訓練出許多船長和水手。

nav 船 + ig 駕駛 + ate 動作 = navigate

Scruise **4**IELTS

navigate ['nævə,get] 導航;通過議案 navigate through 使(法案)通過

It is said that it is not easy to **navigate** the Taiwan Strait since there are strong currents.
據說要越過台灣海峽不容易,因為水流強大。

navigate 導航 + ion 名詞 = navigation

Sguide **3**TOEIC

navigation [,nævə'geʃən] 航行;導航 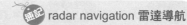 radar navigation 雷達導航

There has been an increase in **navigation** through the Panama Canal.
巴拿馬運河的船隻增加了。

nav 船 + y 人 = navy

Sfleet **3**TOEFL

navy ['nevɪ] 海軍;海軍官兵 navy blue 海軍(深)藍的

The **navy** has announced that it will purchase twelve stealth submarines in the next two years.
海軍聲明將在未來兩年內購買十二艘隱形潛艇。

-nect 綁

MP3 228

connect v. 連接；聯繫；接通電話　　　　　**disconnect v.** 分開；隔開；掛斷電話

單字拆解

Ⓢ同義　Ⓐ反義　Ⓕ單字出現頻率

con 一起 **+ nect** 綁 **= connect**　　　Ⓢcombine　❹TOEIC

connect [kə'nɛkt] **連接；聯繫；接通電話** 速記 be connected with 與…有關聯

The telephone operator **connected** me and transferred my call to the marketing department.
接線生接通我的電話並幫我轉接到行銷部。

dis 間隔 **+ connect** 連接 **= disconnect**　　　Ⓐconnect　❹GEPT

disconnect [ˌdɪskə'nɛkt] **分開；掛斷電話** 速記 disconnect from 使分離

He wants to **disconnect** his endless involvement from the miserable past.
他想切斷與悲慘過去無止盡的糾葛。

184 neg- 否認

MP3 229

快學便利貼

negative n. 否定觀點；陰極；**adj.** 否定　　**neglect n./v.** 疏忽；忽略；怠慢
的；反對的；消極的；陰性的；反抗的　　**negotiate v.** 談判；交涉；商議

單字拆解

Ⓢ同義　Ⓐ反義　Ⓕ單字出現頻率

neg 否認 **+ ative** 的 **= negative**　　　Ⓐpositive　❹GEPT

negative ['nɛgətɪv] **否定觀點** 速記 a negative plea 抗辯

One **negative** aspect of war is that many innocent people end up being killed.
戰爭負面影響之一是會有許多無辜的人被殺害。

neg 否定 **+ lect** 聚集 **= neglect**　　　Ⓐrespect　❹GEPT

neglect [nɪg'lɛkt] **疏忽；怠慢** 速記 benign neglect 善意的忽視

If you **neglect** your report on science this weekend, you will have some problems on

字首

字根

字尾

複合字

Monday.
如果你這週末忘了做科學報告，你禮拜一就慘了。

neg 否定 + **oti** 休閒 + **ate** 動作 = **negotiate** Ⓢarrange ❹TOEIC

negotiate [nɪˈgoʃɪ‚et] 談判；商議 negotiate with 洽談

When buying a new house, it is usually possible to **negotiate** a fair price.
買新房子時，通常有機會洽談到一個合理的價碼。

185

neur-, nerv- 神經

 MP3 230

MP3 230

快學便利貼

nerve n. 神經；膽量；沉著 v. 鼓勵；激勵
nervous adj. 神經的；緊張的；易怒的

neural adj. 神經系統的；神經中樞的；背側的；神經的

 單字拆解

Ⓢ同義 Ⓐ反義 ❺單字出現頻率

nerv 神經 + **e** = **nerve** Ⓐdiscourage ❹GEPT

nerve [nɝv] 神經；鼓勵 nerves 表示神經過敏

Generally speaking, banks play a role of **nerves** of commerce.
一般而言，銀行扮演交易中樞的角色。

nerv 神經 + **ous** 充滿 = **nervous** Ⓢrestless ❹GEPT

nervous [ˈnɝvəs] 緊張的；易怒的 nervous breakdown 精神崩潰

Ted feels **nervous** about the upcoming presentation.
泰德對於即將到來的上台報告感到緊張。

neur 神經 + **al** 關於 = **neural** Ⓢnervous ❸TOEFL

neural [ˈnjʊrəl] 神經系統的；背側的 neural network 神經網絡

The old woman suffered from the **neural** problems, which caused her sleeplessness.
老婦人患有神經方面的問題，造成她睡不好覺。

186

norm- 標準；規則

 MP3 231

MP3 231

快學便利貼

abnormal adj. 不正常的；變態的	**norm n.** 規範；模範；標準；定額
enormous adj. 巨大的；無法無天的； 罪大惡極的；兇暴的	**normal adj.** 正常的；平均的；標準的； 中性的；垂直的；**n.** 常態

 **單字拆解**

Ｓ同義　**Ａ**反義　**5**單字出現頻率

ab 相反 + **norm** 標準 + **al** 關於 = **abnormal**　**Ａ**regular　**3** TOEFL

abnormal [æb'nɔrml̩] **不正常的**　速記 abnormal demand 異常需求

An **abnormal** amount of rain fell in the mountains and caused terrible mudslide.
山區異常的降雨量造成可怕的土石流。

e 出去 + **norm** 標準 + **ous** 充滿 = **enormous**　**Ａ**diminutive　**3** TOEFL

enormous [ɪ'nɔrməs] **巨大的**　速記 enormous profits 龐大利益

The **enormous** profits from mining petroleum in the area caused the war between the two countries.
該區開採石油的龐大利益引發兩國間的戰爭。

Ｓstandard　**4** TOEIC

norm [nɔrm] **規範；模範；標準**

In the software company, it is the **norm** for employees to be younger than 30 years old.
在軟體公司，員工低於三十歲是一種常態。

norm 標準 + **al** 關於 = **normal**　**Ａ**abnormal　**4** GEPT

normal ['nɔrml̩] **正常的；平均的**　速記 normal university 師範大學

Relations between Leo and his stepfather have been restored to **normal** since he graduated from college.
李歐和他繼父的關係在他大學畢業後已經恢復正常了。

187 **not-** 標示；知道

 MP3 232

快學便利貼

know v. 知道；瞭解；認識；能分辨；體 驗；經歷；精通；懂事；見到過	**notice n.** 注意；情報；通知；短評； **v.** 留意；提及；通知；介紹
note n. 筆記；便條；票據；**v.** 特別提到	**notion n.** 意見；見解；意圖；概念

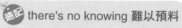

Ⓢunderstand ❺GEPT

know [no] 知道；能分辨；體驗

速記 there's no knowing 難以預料

For all I **know**, management will discuss which of the two applicants to hire this afternoon.
據我所知，管理部門今天下午將會討論要雇用兩位應徵者中的哪一個。

not 標示 + **e** = note

Ⓢrecord ❹TOEIC

note [not] 筆記；特別提到

速記 take note of 將…銘記在心

Elsa put a **note** on the refrigerator to remind her husband to buy some milk.
愛爾莎在冰箱上貼了一張紙條，提醒先生買牛奶。

not 標示 + **ice** = notice

Ⓐignore ❹TOEIC

notice ['notɪs] 留意；提及

速記 come into notice 引起注意

There is a **notice** on the board that warns against smoking and running inside.
布告欄上的公告寫著禁止在室內吸菸和奔跑。

not 標示 + **ion** 名詞 = notion

Ⓢidea ❸GEPT

notion ['noʃən] 意見；概念

速記 have no noion of 不知道

The **notion** that we are not alone in the universe has been widely accepted by many people.
我們並非獨自存在宇宙中的這個概念已廣為許多人所接受。

188 nounce-, nunci- 報告

快學便利貼

announce v. 告知；宣佈；顯示；聲稱	**pronounce** v. 發音；宣判；表態；斷
denounce v. 指責；告發；通告廢除	言；宣稱；表示

 單字拆解　　　　　　　Ⓢ同義　Ⓐ反義　❺單字出現頻率

an 前往 + **nounce** 報告 = announce

Ⓐhide ❸TOEFL

announce [ə'nauns] 告知

速記 announce for 宣佈參加競選

The chairperson **announced** the election result as soon as the vote was completed.
主席在投票一結束後就立刻宣布選舉結果。

de 往下 + **nounce** 報告 = **denounce**　　　**S blame** **3 TOEFL**

denounce [dɪ'naʊns] 指責　　速記 denounce vengeance against 揚言報仇

The opposition **denounced** the government's handling of building the subway.
在野黨指責政府對興建地鐵的處理方式。

pro 前往 + **nounce** 報告 = **pronounce**　　**S utter** **3 TOEFL**

pronounce [prə'naʊns] 發音　　速記 pronounce sentence of death 宣判死刑

The phonetician was hired by the School for the Deaf to help students **pronounce** words.
啟聰學校聘請語音學家來幫助學生發音。

---

189 nov-, new- 創新的；新的

MP3 234

字首　字根　字尾　複合字

快學便利貼

innovation **n.** 創新；新方法；新發明
innovative **adj.** 革新的；創新的
newlywed **adj.** 新婚的；**n.** 新婚夫婦
news **n.** 新聞；消息；新聞報導；新事件

new **adj.** 嶄新的；新就任的；不熟悉的；附加的；**adv.** 新；最近
novel **n.** 小說；**adj.** 新穎的；新奇的
renew **v.** 更新；恢復；重建；更換；補充

單字拆解　　S 同義　A 反義　5 單字出現頻率

in 進入 + **nov** 創新的 + **ation** 名詞 = **innovation**　　**3 GEPT**

innovation [ˌɪnə'veʃən] 創新；新制度

Inventing gear wheels is a vitally important **innovation** in industry.
發明齒輪是工業上十分重要的創新。

in 進入 + **nov** 創新的 + **ative** 的 = **innovative**　　**3 TOEIC**

innovative ['ɪnoˌvetɪv] 革新的；創新的

The CEO's **innovative** management philosophy has largely increased the staff's work efficiency.
執行長創新的管理哲學大幅提升員工的工作效率。

new 新的 + **ly** 情狀 + **wed** 結婚 = **newlywed**　　**2 GEPT**

newlywed ['njulɪˌwɛd] 新婚的；新婚夫婦

The **newlyweds** spent their honeymoon in Japan when a disastrous earthquake occurred.

發生地震時，那對新婚夫婦正在日本度蜜月。

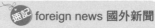

news [njuz] 消息；新聞報導

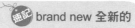 foreign news 國外新聞

The **news** that the two companies have come to terms is not true.

兩家公司已達成協議的消息並非屬實。

Ⓐold ❺GEPT

new [nju] 嶄新的；不熟悉的

通記 brand new 全新的

The **new** medicine has increased the efficiency in the treatment of some infectious diseases.

新藥在一些傳染性疾病的治療上已增強功效。

nov 創新的 + **el** = novel

novel ['nɑvḷ] 小說；新奇的；異常的

通記 a novel experience 新的經驗

The advisor finally figured out a **novel** solution to the tough problem.

顧問最後終於想出一個新的解決方法處理這個棘手的問題。

re 再一次 + **new** 創新 = renew

Ⓢresume ❹TOEIC

renew [rɪ'nju] 更新；重建；補充

通記 renew health 恢復健康

My assistant reminded me to **renew** my driver's license and health card before the end of the year.

助理提醒我年底前要去更換駕照和健保卡。

190 -onym 名字

MP3 235

快學便利貼

| anonymous adj. 匿名的；無名的；假名的；無特色的 | antonym n. 反義詞 |
| | synonym n. 同義詞；類義字 |

 單字拆解

Ⓢ同義　Ⓐ反義　❺單字出現頻率

an 沒有 + **onym** 名字 + **ous** = anonymous　Ⓢnameless ❷GEPT

anonymous [ə'nɑnəməs] 匿名的

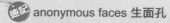 anonymous faces 生面孔

An **anonymous** person sent Olivia a beautiful bouquet of flowers but she refused them.

有位匿名者送奧利維亞一束美麗的花，但她拒絕了。

ant 抵抗 + **onym** 名字 = **antonym**   Ⓐsynonym ❷GEPT

antonym [ˈæntəˌnɪm] 反義詞

"Fortunate" is the **antonym** of "unfortunate."
「幸運」的反義詞是「不幸」。

syn 相同 + **onym** 名字 = **synonym**   Ⓐantonym ❸GEPT

synonym [ˈsɪnəˌnɪm] 同義詞

There are many **synonyms** to the word wonderful such as magnificent and outstanding.
「Wonderful」有許多同義字,如「magnificent」和「outstanding」。

191 oper- 工作 MP3 236

快學便利貼

cooperate v.合作;配合;協作;協助   opera n. 歌劇;歌劇院;歌劇劇本;歌
operate v. 操作;運轉;動手術;經營   劇藝術;歌劇業

單字拆解

Ⓢ同義   Ⓐ反義   ❺單字出現頻率

co 一起 + **oper** 工作 + **ate** 動作 = **cooperate**

Ⓢcollaborate ❸TOEIC

cooperate [koˈɑpəˌret] 合作   速記 cooperate to 合作

The witnesses to the crime will **cooperate** with the police.
這起犯罪的目擊者將與警方合作。

oper 工作 + **ate** 動作= **operate**

Ⓢwork ❹TOEIC

operate [ˈɑpəˌret] 操作;經營   速記 operate on 開刀

It is never easy to **operate** a forklift in a busy environment though it may look easy.
雖然看起來很容易,但在一個人來車往的環境中操作堆高機向來不容易。

oper 工作 + **a** = **opera**

❸GEPT

opera [ˈɑpərə] 歌劇;歌劇院   速記 opera house 歌劇院

The Phantom of the **Opera** is one of the most successful musicals ever.
歌劇魅影是史上最成功的音樂劇之一。

opt- 希望

MP3 237

快學便利貼

adopt v. 採用；收養；正式通過；吸收
optimism n. 樂觀主義；樂觀

optimistic adj. 樂觀的；樂天的
option n. 選擇；選擇標的；選擇特權

 單字拆解

S同義　**A**反義　**5**單字出現頻率

ad 前往 + **opt** 希望 = adopt

Adiscard **4**TOEIC

adopt [ə'dɑpt] 收養

速記 adopt a proposal 採納提議

Since my aunt and uncle cannot have children of their own, they will **adopt** a child.
由於阿姨和姨丈無法擁有自己的孩子，他們將會收養一個小孩。

opt 希望 + **im** 進入 + **ism** 學說 = optimism

Apessimism **4**GEPT

optimism ['ɑptəmɪzəm] 樂觀主義

There is **optimism** on Wall Street that the economy will bounce back quickly.
華爾街出現了經濟將會快速復甦的樂觀看法。

opt 希望 + **im** 進入 + **istic** 的 = optimistic

Scheerful **4**GEPT

optimistic [ˌɑptə'mɪstɪk] 樂觀的

速記 over optimistic 過分樂觀的

The hostess was **optimistic** that the potluck party would be well attended.
女主人樂觀地認為攜菜分享派對會有很多人參加。

opt 希望 + **ion** 名詞 = option

Schoice **4**TOEIC

option ['ɑpʃən] 選擇；選擇權

速記 at one's option 任意

The man had no **option** but to divorce himself from his spouse.
那個男人別無選擇，只能和他妻子離婚。

order-, ordin- 秩序

MP3 238

快學便利貼

coordinate n. 同等物；v. 協調；調整；使成同等；adj. 同等的；對等的

disorder n. 無秩序；混亂；不合手續；v. 擾亂；使混亂

orderly adj. 有秩序的；有紀律的；整齊的；adv. 依次地；有規則地；有條理地

order n. 順序；整齊；秩序；治安；健康狀態；議事程序；v. 命令；訂購

ordinary n. 平凡；常例；adj. 普通的；正常的；規定的；直轄的

subordinate n. 部屬；從句；v. 使從屬；使服從；adj. 下級的；從屬的；服從的

單字拆解

Ⓢ同義　Ⓐ反義　❺單字出現頻率

co 共同 + **ordin** 秩序 + **ate** = coordinate　Ⓢcorrespondent　❸GRE

coordinate [ko'ɔrdṇet] 協調；同等的

If they had **coordinated** their efforts with each other then, they could have been able to complete the task now.
如果當時他們同心協力，他們現在就能夠完成這項工作了。

dis 離開 + **order** 秩序 = disorder　Ⓐarrange　❸TOEIC

disorder [dɪs'ɔrdə] 無秩序；擾亂　　速記 throw into disorder 使混亂

Afer the funfest, the classroom was in **disorder** and students needed to put things back soon.
同樂會之後教室變得一團亂，學生需要將東西復原。

order 秩序 + **ly** 情狀 = orderly　Ⓐchaotic　❸GEPT

orderly ['ɔrdəlɪ] 有秩序的；依次地

The manager trained his staff how to have an **orderly** evacuation in case of an earthquake.
經理訓練公司員工萬一發生地震時如何有秩序地疏散。

Ⓐdisorder　❹TOEIC

order ['ɔrdə] 秩序；命令　　速記 in order 情況正常；有效的

Amanda filed the **order** forms in alphabetical **order** in **order** that she could find any of them quickly.
艾曼達照字母排序歸檔訂貨單，讓她可以快速的找到資料。

ordin 秩序 + **ary** 的 = ordinary　Ⓢcommon　❹GEPT

ordinary ['ɔrdṇ͵ɛrɪ] 常例；普通的；規定的

The single mother is a woman of perseverance far above the **ordinary**.
那位單親媽媽是個異常堅忍的女性。

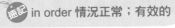

sub 下面 + **ordin** 秩序 + **ate** = subordinate　Ⓐdominant　②GEPT

subordinate [səb'ɔrdn̩ɪt] 部屬

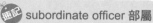 速記 subordinate officer 部屬

The captain treated his **subordinates** so kindly that they all got along well with him.
艦長對他的部屬非常親切，所以他們都跟他處得很好。

194 **ori-** 開始；上升

 MP3 239

快學便利貼

aboriginal n.原始居民；**adj.** 原住的
aborigine n. 土著居民；土生動植物
abortion n. 墮胎；流產；小產

orient n. 東方；亞洲；**v.** 定出方位；
使向東方；**adj.** 東方的
origin n. 起源；血統；原點；起點

單字拆解

Ⓢ同義　Ⓐ反義　⑤單字出現頻率

ab 來自 + **origin** 開始 + **al** 關於 = aboriginal　Ⓢnative　②GEPT

aboriginal [ˌæbə'rɪdʒən̩] 原住的；原始居民

The **aboriginal** communities of Australia are some of the oldest continually functioning societies in the world.
澳洲的原住民部落是世上現存最古老的部落之一。

ab 前往 + **origine** 開始 = aborigine　Ⓢnative　②GEPT

aborigine [æbə'rɪdʒəni] 土著居民；土生動植物

The boy with curly hair is half **aborigine**, one quarter Chinese and one quarter French.
那位捲髮男孩是半個原住民，同時有四分之一中國血統和四分之一法國血統。

ab 離開 + **or** 上升 + **tion** 名詞 = abortion　Ⓢmiscarriage　②IELTS

abortion [əb'ɔrʃən] 流產

 速記 backstreet abortion 非法墮胎

Some people do not see eye to eye when talking about **abortion**.
一些人在談論墮胎時意見不一致。

ori 上升 + **ent** 的 = orient　Ⓢthe East　②GEPT

orient ['orɪənt] 東方；定出方位；東方的

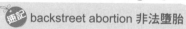 速記 the Orient 亞洲

The cyclist stopped and asked a pedestrian to **orient** him towards the main road.

自行車騎士停了下來並請路人指引他大馬路的方向。

ori 上升 + **gin** = origin Ⓐ result ❹ TOEFL

origin ['ɔrədʒɪn] 起源；血統 country of origin 原產國

There are a pile of different theories that attempt to explain the **origin** of the universe.
有一堆不同的理論試圖解釋宇宙的起源。

195 **pact** 同意；繫 ◀ MP3 240

快學便利貼

compact n. 契約；協定；小型汽車；**v.** 變緊密；變結實；**adj.** 擁擠的；密集的；結實的；簡潔的	**impact** n. 碰撞；衝擊；影響；作用；**v.** 衝擊；碰撞；填入；塞滿 **pact** n. 契約；公約；條約；協定

單字拆解 Ⓢ 同義 Ⓐ 反義 ❺ 單字出現頻率

com 一起 + **pact** 繫 = compact Ⓢ concise ❸ TOEIC

compact [kəm'pækt] 擁擠的 by compact 照契約

The auto company chose to make cars more **compact** and fuel efficient.
汽車公司選擇讓汽車更小巧，燃料使用更有效率。

im 進入 + **pact** 繫 = impact Ⓢ collision ❺ GEPT

impact ['ɪmpækt] 影響；塞滿 impact on 作用

The **impact** of the Chernobyl nuclear power plant meltdown was disastrous to the environment.
車諾比核電廠災變的衝擊對環境造成災難。

Ⓢ agreement GEPT

pact [pækt] 契約；公約；條約 make a pact 約定

Both sides of the conflict made a temporary truce **pact** on the day before Thanksgiving.
交戰雙方在感恩節前夕達成暫時停戰協定。

196 **pan-** 麵包 ◀ MP3 241

| accompany v. 陪伴；陪襯；伴奏 | company n. 交往；伴侶；朋友；公 |
| companion n. 夥伴；伴侶；v. 同行 | 司；劇團；客人；連 |

 單字拆解

S 同義 **A** 反義 **⑤** 單字出現頻率

ac 前往 + **com** 一起 + **pan** 麵包 + **y** = accompany

A leave **③** GEPT

accompany [əˈkʌmpənɪ] 陪伴

速記 an accompanying letter 附函

The love of my life has agreed to **accompany** me to my graduation ceremony next week.
我生命中的至愛已經答應下週要陪我出席畢業典禮。

com 一起 + **pan** 麵包 + **ion** 名詞 = companion **A** enemy **③** GEPT

companion [kəmˈpænjən] 夥伴；手冊

速記 companion for life 終身伴侶

Jerry is a steady cycling **companion** in the way that he always shows up and never misses.
傑瑞是固定一起騎腳踏車兜風的夥伴，他總是會出現且從不缺席。

com 一起 + **pan** 麵包 + **y** = company **S** association **④** TOEIC

company [ˈkʌmpənɪ] 伴侶；公司

速記 in company with 和⋯一起

The sales representative fell into **company** with one of his colleagues.
業務代表偶然結識他的同行從業人員。

197 par- 相等的；準備；出現；生下

 MP3 242

apparent adj. 明顯的；貌似的；表面的	parents n. 雙親
appear v. 出現；出庭；發表；顯得	peer n. 同輩；貴族；v. 和⋯同等
compare n. 比較；v. 比較；比喻	prepare v. 預備；籌備；佈置
comparison n. 比較；對照；類似；比喻	repair n. 修理；矯正；賠償；v. 修理；
pair n. 一對；一雙；一副；一對男女；v.	賠償；矯正；治療；恢復
使成對；結婚；為⋯配搭檔	separate v. 分開；切斷；區別；識別；
parade n. 遊行；閱兵；v. 列隊遊行	adj. 分開的；不相連的

ap 前往 + **par** 出現 + **ent** 的 = apparent 🅢clear ④TOEIC

apparent [ə'pærənt] 明顯的
速記 heir apparent 法定繼承人

The solution to the problem was **apparent** to all.
問題的解決方法顯而易見。

ap 前往 + **pear** 出現 = appear 🅐disappear ④GEPT

appear [ə'pɪr] 出現；顯得
速記 appear in court 出庭；到案

If we keep walking in the same direction, eventually a road will **appear**.
假如我們一直走在同樣的方向上，最後總會出現一條道路。

com 一起 + **pare** 相等的 = compare 🅢contrast ④TOEIC

compare [kəm'pɛr] 比較；比喻
速記 compare to 對照

By **comparing** the vertical section of the model, it looks vaster than the transverse section or the horizontal section.
透過比較模型的垂直剖面，它比橫切面或水平面看起來更寬廣。

com 一起 + **par** 相等的 + **ison** 名詞 = comparison 🅢contrast ④TOEFL

comparison [kəm'pærəsn̩] 對照；類似
速記 by comparison 比較起來

In **comparison** to teenagers in other countries, Taiwanese teenagers excel in many subjects such as math and physics.
相較於其他國家的青少年，台灣的青少年在許多科目中表現優異，如數學和物理。

🅢couple ④GEPT

pair [pɛr] 一對
速記 pair off 兩個成一組

The motorcyclist bought a special **pair** of waterproof gloves on an auction website.
機車騎士在拍賣網站買了一副特別的防水手套。

par 出現 + **rade** = parade 🅢display ③GEPT

parade [pə'red] 遊行；陳列
速記 on parade 受檢閱

The St. Patrick's **parade** in New York is always crowded with tourists.
紐約的聖派翠克遊行總是擠滿了觀光客。

par 相等的 + **ent** 人 + **s** = parents 🅐child ⑤GEPT

parents ['pɛrənts] 雙親
速記 adoptive parents 養父母

The boy's **parents** are very strict and won't even let him watch television on the weekend.
男孩的父母非常嚴格，甚至不讓他在週末看電視。

peer [pɪr] 仔細看；同輩；和…同等

A superior ④ TOEIC

速記 peer at 凝視

At the stand, an old woman took off her glasses, **peered** at the tag on the clothes and read the price.
攤位前，有個老婦人拿下眼鏡，盯著衣服上的標籤讀著價錢。

pre 前面 + **pare** 準備 = **prepare**

S provide ④ GEPT

prepare [prɪ'pɛr] 預備；籌備

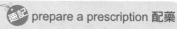 速記 prepare a prescription 配藥

I need to mentally **prepare** myself for the exam in one hour since it's really important.
因為這次考試很重要，我需要在一個小時內開始做考前心理準備。

re 再一次 + **pair** 準備 = **repair**

S mend ④ GEPT

repair [rɪ'pɛr] 修理；矯正

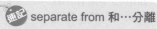 速記 repair a mistake 改正錯誤

The shop is closed during **repairs**.
本店裝修期間暫停營業。

se 分離 + **par** 準備 + **ate** 動作 = **separate**

A unite ③ TOEIC

separate ['sɛpə‚ret] 分開；區別

速記 separate from 和…分離

Physical strength and mental strength are two **separate** things that marathoners need.
體力和意志力是馬拉松選手所需要具備的兩種不同能力。

198 part- 分開；部分

 MP3 243

快學便利貼

apart adv. 分開地；分離地；單獨地
depart v. 離開；出發；死亡；違反
participate v. 參與；分擔；共用
participle n. 分詞
particular n. 專案；細節；adj. 特別的；顯著的；列舉的；嚴格的；講究的
partner n. 合夥人；夥伴；v. 合夥

part n. 部分；零件；要素；本分；角色；地區；片段；v. 使分開；分解；隔離；adv. 部分地
portion n. 一部分；一份；分得的財產；命運；定數；v. 分配
proportion n. 比率；部分；平衡；比例；v. 使相稱；分配

單字拆解

S 同義　　A 反義　　⑤ 單字出現頻率

a 前往 + **part** 分開 = **apart**

apart [ə'pɑrt] 不同的；分離地

速記 come apart 錯亂

Apart from mechanics, several office workers helped take the machine out of repair **apart**.
除了技工之外，好幾位公司員工都幫忙把機器搬出來個別修理。

de 離開 + **part** 分開 = **depart**

Ａarrive ④GEPT

depart [dɪ'pɑrt] 離開；違反

速記 depart from life 去世

My homeroom teacher was very surprised because lying was **departed** from the model student's usual behavior.
我的導師非常驚訝，因為撒謊與那位模範生平常的表現背道而馳。

parti 部分 + **cip** 拿取 + **ate** 動作 = **participate**

Ｓpartake ④GEPT

participate [pɑr'tɪsə,pet] 參與

速記 participate in 參加

Hundreds of athletes, local and oversea, **participated** in triathlon held in Taitung last month.
幾百名運動員，無論來自當地或海外，都來參加上個月在台東舉辦的鐵人三項。

parti 部分 + **ciple** = **participle**

❷GEPT

participle ['pɑrtəsəpl] 分詞

速記 present participle 現在分詞

The English teacher wanted to make sure that her students knew the present **participle** of each verb.
英文老師想要確定她的學生知道每個動詞的現在分詞。

parti 部分 + **cular** 的 = **particular**

Ａcommon ④GEPT

particular [pə'tɪkjələ] 顯著的

速記 in particular 特別地

There is a **particular** employee in my office who is always joking around and not doing any work.
我們辦公室裡的某位職員總是到處哈拉什麼都不做。

part 部分 + **ner** 人 = **partner**

Ｓcompanion ④GEPT

partner ['pɑrtnə] 合夥人

速記 partner for life 配偶

Police officers usually have a **partner**, and this way they can watch each other's back when on duty.
警察通常會兩人一組行動，這樣他們在值勤時才能互相保護。

Ａwhole ⑤GEPT

part [pɑrt] 部分；角色

速記 in part 在某種程度上

To do her **part** as a club member, Winnie decided to take **part** in the regulation meeting.
為了盡社團成員的本分，溫妮決定參加例行會議。

por 部分 + **tion** 名詞 = **portion**

字首

字根

字尾

複合字

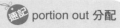

S division **3** GRE

portion ['porʃən] 一部分；分配

速記 portion out 分配

Mr. and Mrs. Lee went to a new restaurant and ordered the same thing, but Mrs. Lee's **portion** was bigger.
李氏夫婦去新開的餐廳點了同樣的東西，但李太太的那份比較大。

pro 往前 + **protion** 一部分 = **proportion**

S ratio **3** GRE

proportion [prə'porʃən] 比率；平衡

速記 in proportion to 與…成比例

A healthy meal should contain a good **proportion** of fruits and vegetables.
健康的一餐應包含一定比例的水果與蔬菜。

199 pass- 通過

快學便利貼

compass n. 範圍；羅盤；v. 達成；計劃
passenger n. 乘客；旅客；行人
pastime n. 消遣；娛樂；休閒活動

surpass v. 凌駕；超越；優於
trespass n. 侵入；侵害訴訟；v. 侵
佔；侵犯；違規；破壞

 單字拆解

S 同義 **A** 反義 **5** 單字出現頻率

com 徹底地 + **pass** 通過 = **compass**

S scheme **3** TOEFL

compass ['kʌmpəs] 範圍；瞭解

速記 compass the object 達到目的

The science test seemed to be beyond the **compass** of a seven-grader's comprehension.
這次自然科考試似乎超過了七年級生理解的範圍。

pass 通過 + **eng** + **er** 人 = **passenger**

A rider **4** GEPT

passenger ['pæsŋdʒə] 行人

速記 passenger seat 乘客座

A **passenger** on the flight to Los Angeles got very angry with the stewardess.
一名搭乘飛往洛杉磯班機的旅客對那名空姐非常生氣。

pas 通過 + **time** 時間 = **pastime**

S recreation **4** GEPT

pastime ['pæs,taɪm] 消遣；娛樂

John's favorite **pastime** is taking long walks through the forest with his dog.
約翰最喜歡的消遣就是帶著他的狗到森林散步。

sur 在…之上 + **pass** 通過 = surpass

Ⓢexceed ❸TOEIC

surpass [sɚˈpæs] 凌駕；優於

速記 surpass in 優於

Coming from humble parentage, Jack **surpassed** everyone's expectations and became a millionaire.
出身卑微的傑克，出乎大家意料成為一位百萬富翁。

tres 在對面 + **pass** 通過 = trespass

Ⓢintrude ❸TOEFL

trespass [ˈtrɛspəs] 侵入

速記 trespass on sth 濫用

May I **trespass** on you for that recharger?
麻煩你拿充電器給我好嗎？

200 pass-, pati-, path-
MP3 245

情感；受苦

快學便利貼

compassion n. 憐憫；同情
compatible adj. 相容的；可共存的
passion n. 感情；忿怒；愛好；熱情
passive n. 被動語態；adj. 被動的

pathetic adj. 可憐的；感傷的；情緒的
patience n. 忍耐；堅韌；耐心；毅力
patient n. 病人；adj. 有耐性的；容忍的；
　　　　容許的；勤奮的；需要耐心的

單字拆解

Ⓢ同義　Ⓐ反義　❺單字出現頻率

com 共同 + **pass** 情感 + **ion** = compassion　Ⓐhardness ❸GEPT

compassion [kəmˈpæʃən] 同情

速記 have compassion on 憐憫

All the students had a lot of **compassion** for Peter since he lost his girlfriend.
所有的學生都很同情彼得，因為他失去了女朋友。

com 共同 + **pati** 受苦 + **ble** 能力 = compatible

Ⓢharmonious ❹TOEFL

compatible [kəmˈpætəbl] 相容的

速記 upward compatible 與新機型相容

I made an order of a new mouse because it was **compatible** with my computer.
我訂了一個新的滑鼠，因為它與我的電腦相容。

pass 情感 + **ion** 名詞 = passion

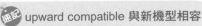

passion [ˈpæʃən] 激情;忿怒

 in a passion 盛怒之下

My cousin has a **passion** for drawing, and therefore she wants to major in arts at university.
我的表妹熱愛畫畫,因此她想要在大學裡主修藝術。

pass 受苦 + **ive** 的 = passive

Ⓐactive ④GEPT

passive [ˈpæsɪv] 被動的;消極的

 the passive voice 被動語態

Bella's boyfriend's **passive** behavior when she gets angry at him drives her absolutely mad.
貝拉對男友生氣時,男友的消極態度讓她氣瘋了。

path 情感 + **etic** 有關 = pathetic

Ⓢmiserable ③GEPT

pathetic [pəˈθɛtɪk] 可憐的;情緒的;無力的

His attempt to seek forgiveness by buying some cheap flowers was absolutely **pathetic**.
他買一些廉價花卉試圖尋求原諒,真是可憐至極。

pati 受苦 + **ence** 名詞 = patience

Ⓐimpatience ④GEPT

patience [ˈpeʃəns] 堅韌;耐心

 the patience of job 極度忍耐

Mika's boss seemed to be out of **patience** with his ignorance at job.
米卡的老闆似乎對他在工作上的無知失去了耐心。

pati 受苦 + **ent** 人 = patient

Ⓐdoctor ⑤GEPT

patient [ˈpeʃənt] 病人;容許的

private patient 自費病人

My nephew has a learning disability so you must be very **patient** with him.
我姪子有學習障礙,因此你要對他非常有耐心。

201 **patr-** 父親

 MP3 246

快學便利貼

patriot n. 愛國者;**adj.** 愛國的	**pattern** n. 模範;模型;式樣;圖表;結
patron n. 獎勵者;贊助人;庇護人;	構;方式;格調;樣本;**v.** 仿造;
顧客;老闆;守護神	用圖案裝飾;加上花樣

patr 父親 ＋ **iot** ＝ patriot　　　Ⓐtraitor ❸TOEFL

patriot [ˈpetrɪət] 愛國者；愛國的

No **patriot** would ever think of burning the flag of his own country.
沒有一位愛國人士會想焚燒自己國家的國旗。

patr 父親 ＋ **on** 人 ＝ patron　　　Ⓢclient ❸TOEIC

patron [ˈpetrən] 獎勵者；贊助人；庇護人；顧客

Since Mr. Jones was a long-time **patron** of the store, they offered him special discounts whenever he made a purchase.
因為瓊斯先生是店裡的老主顧，他每次購物都可得到店家的特別優惠。

patt 父親 ＋ **ern** ＝ pattern　　　Ⓢarrangement ❹GEPT

pattern [ˈpætən] 模範；模型；式樣

By showing to work on time, rarely call in sick, and always work diligently, the manager hopes to set a **pattern** that his employees would follow.
藉由表現出準時工作、幾乎不請病假及永遠勤奮工作，經理希望成為員工仿效的模範。

202 **ped-** 腳
〈MP3 247〉

快學便利貼

expedition n. 遠征；探險隊；迅速　　　pedestrian n. 行人；步行旅行者；adj.
pedal n. 踏板；v. 踩踏板；adj. 腳的　　　　　　步行的；平凡的；沉悶的

ex 往外 ＋ **ped** 腳 ＋ **ition** 名詞 ＝ expedition　　　Ⓢjourney ❸TOEFL

expedition [ˌɛkspɪˈdɪʃən] 探險隊　　　 with expedition 趕快

Many **expeditions** to the North Pole ended in horrible failure.
幾支前往北極的探險隊都慘敗而歸。

ped 腳 ＋ **al** ＝ pedal　　　Ⓢdrive ❸GEPT

pedal [ˈpɛdḷ] 踏板；踩踏板；踏板的　　　 pedal a bicycle 騎自行車

The **pedal** of the bike broke off when he stood on it with both feet.
他雙腳站在單車其中一支踏板上時，那支踏板就斷了。

 **ped** 腳 + **estr** + **ian** 人 = pedestrian ⑤hiker ③GEPT

pedestrian [pə'dɛstrɪən] 行人；步行的；平凡的

Pedestrians should be careful crossing the street and always cross at crosswalks.
行人過馬路時應注意，而且一定要走在斑馬線上。

203 -pel 驅動

 MP3 248

快學便利貼

appeal n. 懇求；吸引力；上訴；v. 訴
諸；呼籲；懇求；控訴；上訴
compel v. 強迫；使不得不；強求

expel v. 驅逐；開除；排出；趕走
impel v. 推動；激勵；迫使；推進
propel v. 推進；驅使；激勵；驅策

 單字拆解 ⑤同義 ⚠反義 ⑤單字出現頻率

ap 前往 + **peal** 驅動 = appeal ⑤implore ④GEPT

appeal [ə'pil] 懇求；吸引力 速記 appeal for aid 請求援助

Hundreds of people **appealed** to their representatives to change the law.
數百人呼籲議會代表修改法律。

com 共同 + **pel** 驅動 = compel ⚠persuade ③TOEFL

compel [kəm'pɛl] 強迫 速記 be compelled to 不得不

If he won't follow reason, then he must be **compelled** by threat of force.
假如他不聽從理智，他必定會受到武力脅迫。

ex 往外 + **pel** 驅動 = expel ⑤eliminate ③TOEIC

expel [ɪk'spɛl] 驅逐；射出；把…除名

The head waiter **expelled** the screaming customer from the restaurant.
服務生領班將尖叫的顧客逐出餐廳。

im 向前地 + **pel** 驅動 = impel ⑤force ④TOEIC

impel [ɪm'pɛl] 推動；激勵

We were **impelled** by the circumstances to ask for a compromise.

環境現況迫使我們請求和解。

pro 往前 + **pel** 驅動 = **propel**　　　　　　　Ⓢpush ❹TOEIC

propel [prə'pɛl] 推進；驅使；迫使

Many critics believe that her new album will **propel** the singer to fame.
許多評論家認為她的新專輯會拉抬她的名氣。

204 pen-, pun- 處罰

快學便利貼

penalty n. 刑罰；懲罰；罰款；損失　　　**punish** v. 處罰；懲罰；痛擊；折磨

單字拆解　　　Ⓢ同義　Ⓐ反義　❺單字出現頻率

penal 處罰 + **ty** 名詞 = **penalty**　　　Ⓐreward ❹TOEFL

penalty ['pɛnḷtɪ] 刑罰；罰款　　　摘記 on penalty of 受…處罰

The **penalty** for smoking in public is $500.
在公共場所吸菸罰款五百元。

pun 處罰 + **ish** 做…動作 = **punish**　　　Ⓐpardon ❺GEPT

punish ['pʌnɪʃ] 處罰；痛擊　　　摘記 punish sb for his crime 處罰

If you do not **punish** violators of the law, they will have no compelling reason to stop violating it.
假如你不懲處違規者，就沒有強制理由讓他們停止犯規。

205 pend-, pens- 懸掛；衡量

快學便利貼

compensate v. 賠償；補償；給報酬　　　**expense** n. 消耗；花費；損失；開支
depend v. 取決於；依賴；信任　　　　　　**pension** n. 退休金；生活津貼；補助費；
　　　　　　　　　　　　　　　　　　　　v. 給…養老金；**adj.** 有關退休的

dispense **v.** 分配；發放；配藥；施與；實施；豁免；執行

ponder **v.** 仔細考慮；衡量；反思；回想

suspense **v.** 懸掛；中止；暫停；權利停止

expend **v.** 使用；花費；耗盡

單字拆解

Ⓢ同義　**Ⓐ**反義　**⑤**單字出現頻率

com 共同 **+** **pens** 衡量 **+** **ate** 動作 **= compensate**

Ⓢpay ❸TOEIC

compensate ['kɑmpən,set] 賠償　　　㊙記 compensate sb for loss 賠償損失

The country **compensated** the war hero for the loss of his arm during the war.
國家補償那位戰爭英雄，因為他在戰爭中失去手臂。

de 往下 **+** **pend** 懸掛 **= depend**

Ⓢrely ⑤GEPT

depend [dɪ'pɛnd] 取決於；信任　　　㊙記 That depends. 看情況。

I am **depending** on my yearly bonus to help pay for my new car.
我正想靠年終獎金挹助支付新車款項。

dis 分離 **+** **pense** 衡量 **= dispense**

Ⓢdistribute ❹TOEIC

dispense [dɪ'spɛns] 分配；施與；豁免　　　㊙記 dispense with 免除

The charity **dispensed** blankets and clothes to the homeless.
慈善機構發放毛毯及衣物給無家可歸的人。

ex 往外 **+** **pend** 衡量 **= expend**

Ⓢconsume ❸TOEIC

expend [ɪk'spɛnd] 使用；耗盡　　　㊙記 expend in 消費

After **expending** so much effort studying for the exam, I was hoping to get a much better grade.
為考試耗盡如此多心力之後，我希望能得到更好的成績。

ex 往外 **+** **pense** 衡量 **= expense**

Ⓐincome ❸TOEIC

expense [ɪk'spɛns] 消耗；開支　　　㊙記 at the expense of 以…為代價

Many people prefer to live in big cities in spite of the **expense**.
儘管花費不貲，許多人仍偏好住在大城市。

pens 衡量 **+** **ion** 名詞 **= pension**

Ⓢallowance ❹TOEFL

pension ['pɛnʃən] 退休金；補助費　　　㊙記 pension fund 養老基金

The managers cruelly made cuts to the **pension** program, forcing many workers to put off retirement for another five years or more.
經理殘忍地削減退休給付計畫，迫使許多工人至少延後五年退休。

pond 衡量 **+** **er** 反覆動作 **= ponder**

ponder ['pɑndə] 仔細考慮;衡量

Ⓢcontemplate ❹TOEFL

助記 ponder over 深思

All of us are **pondering** the outcome of the war, for it is not certain if we will win.
我們都在衡量戰爭的結果,因為我們不確定是否會獲勝。

sus 下面 + **pense** 懸掛 = suspense

Ⓢanxiety ❸TOEFL

suspense [sə'spɛns] 懸掛;權利停止;懸而未決

As the man reached for the door behind which he had heard the scream, the **suspense** made everyone in the theater hold their breath.
男子聽到門後的尖叫聲後伸手把門推開,那懸疑感令劇院裡每個人屏住呼吸。

206 peri- 通過

快學便利貼

experience n./v. 經驗;體驗;經歷	**expert** n. 專家;技師;鑒定人;**adj.** 熟練的;精巧的;專家的
experiment n. 實驗;試驗;v. 做實驗;嘗試;試驗	**peril** n. 危險;冒險;危險的事物;v. 置於危險;危及;使臨險境
expertise n. 專門技能;專家評價;鑒定	

單字拆解

Ⓢ同義 🔺反義 ❺單字出現頻率

ex 全部 + **peri** 通過 + **ence** 名詞 = experience

🔺inexperience ❹GEPT

experience [ɪks'pɪrɪəns] 經歷;體驗

Most of my **experience** has been with design, so I don't feel qualified to deal with customer relations.
我大部分的經驗都在設計方面,因此我覺得自己沒有能力處理客戶關係。

ex 往外 + **peri** 通過 + **ment** 狀態 = experiment

Ⓢtry ❹GRE

experiment [ɪk'spɛrəmənt] 實驗

 make an experiment on 做…實驗

The results of the **experiment** showed that the drug was safe for human consumption and did not have too many side effects.
實驗結果顯示藥物對人體是安全的,且不會有太多副作用。

ex 往外 + **per** 通過 + **tise** = expertise

expertise [ˌɛkspɚˈtiz] 專門技能；專家鑑定

Dr. Smith's area of **expertise** is commercial law, especially international business law.

史密斯博士的專業領域在商務法律，尤其是國際商法。

ex 往外 + **per** 通過 + **t** = expert

A amateur **④** TOEFL

expert [ˈɛkspɚt] 鑑定人；熟練的

速記 expert at 能手

The computer virus was so serious that the company had to call in a computer **expert** to deal with the problem.

電腦中毒得太嚴重了，公司必須找電腦專家來處理。

A security **③** TOEFL

peril [ˈpɛrəl] 冒險；置於危險

速記 at the peril of 冒…的危險

If the program assistant does not finish this project in time, she will be in **peril** of losing her job.

如果專案助理無法及時完成這項企劃，她會有丟飯碗的危險。

207 -pet 尋求

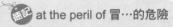

MP3 252

快學便利貼

appetite n. 嗜好；食慾；愛好；胃口
competence n. 能力；勝任；資格
competent adj. 稱職的；合法的

compete v. 競爭；比得上；比賽
repeat n. 重播節目；再訂貨；v. 重複；重播；重演；背誦

單字拆解

S 同義 **A** 反義 **⑤** 單字出現頻率

ap 前往 + **pet** 尋求 + **ite** = appetite

S hunger **③** GEPT

appetite [ˈæpəˌtaɪt] 嗜好；食慾

速記 have an appetite for 嗜好

She said she wouldn't join us for dinner because she didn't have much of an **appetite**.

她說她不和我們一起吃晚餐，因為她沒甚麼胃口。

com 共同 + **pet** 尋求 + **ence** = competence

S ability **②** TOEFL

competence [ˈkɑmpətəns] 能力

速記 exceed one's competence 越權

It takes little time to acquire the **competence** necessary to play chess, but it takes a lifetime to master.

學會下棋所需能力不用太多時間，但要花費一生的功夫才能精通。

com 共同 + **pet** 尋求 + **ent** = competent　△incapable ❷TOEFL

competent [ˈkɑmpətənt] 稱職的
 be competent to 恰當的

Mr. Wilson is an expert on medicine and thus is not **competent** to speak on matters of law.
威爾森先生是醫藥專家，因此在講述法律事務上他無從勝任。

com 共同 + **pete** 尋求 = compete　Ⓢrival ❹GRE

compete [kəmˈpit] 競爭；比得上
 compete in a race 參加賽跑

In spite of **competing** with many larger companies, the company was able to survive by creating a niche for itself.
儘管要和許多較大的公司競爭，這家公司能夠藉創造商機而生存下來。

re 再一次 + **peat** 尋求 = repeat　△stop ❺GEPT

repeat [rɪˈpit] 重複；重播
 repeat a year 留級

It is worth **repeating** that we should avoid judging people by the way they look.
值得一再提醒的是，我們應避免依外表評斷他人。

208　phan-, fan- 顯出
MP3 253

快學便利貼

emphasis n. 強調；重點；重要性
emphatic adj. 強調的；顯著的
fancy n. 幻想；嗜好；迷戀；v. 幻想；喜歡；設想；愛慕；adj. 別出心裁的；異想天開的

fantastic adj. 空想的；怪異的；極大的
fantasy n. 空想；想入非非；幻想曲
phase n. 狀態；時期；v. 按計劃進行
phenomenon n. 現象；奇跡；症候；非凡的人

單字拆解
Ⓢ同義　△反義　❺單字出現頻率

em 使成為 + **pha** 顯出 + **sis** = emphasis　Ⓢstress ❺GEPT

emphasis [ˈɛmfəsɪs] 強調；重要性
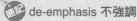 de-emphasis 不強調

The main **emphasis** of his speech was the need for entrepreneurs to invest in companies that are concerned with a strong local community.
他所陳述的重點在於需要企業家投資與當地有力社團相關的公司。

em 使成為 + **pha** 顯出 + **tic** 的 = emphatic

emphatic [ɪmˈfætɪk] 強調的；顯著的

She was **emphatic** that we not use her computer while she was away.
她強調當她不在時我們不要使用她的電腦。

fan 顯出 + **cy** = fancy

Aplain 4GEPT

fancy [ˈfænsɪ] 幻想；別出心裁的

速記 strike the fancy of 吸引

It has always been a **fancy** of mine to backpack alone through Europe.
獨自到歐洲各地背包旅行一直是我的夢想。

fan 顯出 + **tastic** 的 = fantastic

Sunreal 3GEPT

fantastic [fænˈtæstɪk] 空想的

速記 fantastic reasons 奇怪的理由

Your claim of aliens building the pyramids of Egypt is a little too **fantastic**.
你宣稱金字塔是外星人建造的，這有點太天馬行空了。

fan 顯出 + **tasy** = fantasy

Simagination 4TOEFL

fantasy [ˈfæntəsɪ] 空想；幻想曲

The film depicted the **fantasy** of what life might be like on other planets.
影片刻畫出想像在其他星球生活的可能狀況。

pha 顯出 + **se** 的 = phase

Sstage 4GEPT

phase [fez] 狀態；按計劃進行

速記 phase out 逐步淘汰

The newest **phase** of development will be a major technological leap.
最新的發展階段將會是科技上的重大躍進。

pheno 顯出 + **men** 人 + **on** 物 = phenomenon

Sevent 4TOEIC

phenomenon [fəˈnɑmə‚nɑn] 奇跡；症候；傑出人才

No one expected the shoes to be such a **phenomenon**, but soon every store was selling them and rapidly selling out.
沒人期待這款鞋會造成轟動，但很快地每家店都開始販售，而且快速售出。

209

philo- 愛

快學便利貼

philosopher n. 哲學家；思想家
philosophical adj. 哲學的；達觀的

philosophy n. 哲學；人生觀；宗旨；哲理；原理；主義

Ⓢ同義　Ⓐ反義　Ⓕ單字出現頻率

philo 愛 + **soph** 智慧 + **er** 人 = philosopher　❸TOEFL

philosopher [fəˈlɑsəfə] 哲學家；思想家

Perhaps the most well-known **philosopher** is Socrates who coined the word philosopher--lover of wisdom.
或許最知名的哲學家是蘇格拉底，他創造了哲學家——愛智者這個詞彙。

philo 愛 + **soph** 智慧 + **ical** 的 = philosophical
Ⓢwise　❸TOEFL

philosophical [ˌfɪləˈsɑfɪkl̩] 哲學的；達觀的

His **philosophical** views were so controversial that he was considered crazy by some of his colleagues.
他的哲學觀點頗具爭議，導致一些同事認為他瘋了。

philo 愛 + **soph** 智慧 + **y** = philosophy　❹GEPT

philosophy [fəˈlɑsəfɪ] 宗旨；哲學　速記 moral philosophy 倫理學

My personal **philosophy** is that rice should be eaten in every meal.
我的個人觀點是我們每餐都應該吃飯。

---

210 phe-, phon- 聲音；講話 MP3 255

快學便利貼

microphone n. 麥克風；擴音器　　symphony n. 交響樂；交響曲
prophet n. 預言者；預測者；先知　　telephone n. 電話；v. 打電話

 單字拆解

Ⓢ同義　Ⓐ反義　Ⓕ單字出現頻率

micro 小的 + **phone** 聲音 = microphone　Ⓢloud-speaker　❸GEPT

microphone [ˈmaɪkrəˌfon] 麥克風；擴音器

He had talked for five minutes before he realized the **microphone** was not turned on.
他發現麥克風沒開時，已經講了五分鐘的話了。

pro 向前地 + **phet** 講話 = prophet

prophet ['prɑfɪt] 預言者

速記 prophet doom 末日預言者

The **prophet** claimed that the whole nation was soon to face trouble from its neighbors if it continued to act so inhumanely.
預言家宣稱如果這個國家繼續如此不人道，整個國家將很快面臨來自鄰國的侵擾。

sym 共同 + **phon** 聲音 + **y** = symphony

symphony ['sɪmfənɪ] 交響樂

速記 symphony orchestra 交響樂團

Perhaps the most famous **symphonies** ever were composed by Beethoven, especially his fifth and ninth symphonies, the melodies of which are recognized around the world.
或許史上最有名的交響曲乃出自貝多芬之手，尤其是他的第五及第九交響曲，其旋律世人皆耳熟能詳。

tele 遠的 + **phone** 說話 = telephone

telephone ['tɛlə,fon] 電話；打電話

速記 telephone directory 電話號碼簿

Many people don't even bother to buy **telephones** anymore because of the ubiquity of cellphones.
由於手機無所不在，許多人乾脆連電話都不用買了。

211 plac-, pleas- 取悅

MP3 256

快學便利貼

displease v. 使不愉快；觸怒
pleasant adj. 愉快的；舒適的

please v. 使高興；使滿足；請；使喜歡；討好；願意

單字拆解

S 同義 **A** 反義 **5** 單字出現頻率

dis 否定 + **please** 取悅 = displease

displease [dɪs'pliz] 觸怒

速記 be displeased at 對…感到不愉快

He is so worried about **displeasing** his teachers that he pretends to be a good student.
因為他擔心讓老師不高興，所以假裝自己是好學生。

pleas 取悅 + **ant** 的 = pleasant

pleasant ['plɛzənt] 愉快的；舒適的

The conversation was so **pleasant** that we stayed at the cafe chatting for hours.

因為談話愉快，我們待在咖啡店一聊就是好幾小時。

S satisfy **4** GEPT

please [pliz] 使滿足；請

 please the eye 十分悅目

My boss was not **pleased** with my presentation at the meeting yesterday, and I am not sure whether she will ask me to present again.
老闆對我昨天會議中的發表不滿意，不知道她是否會要求我再發表一次。

212 plaud-, plod- 拍手；擊打 ◀ MP3 257

快學便利貼

applaud v. 拍手；歡呼；讚美
applause n. 喝采；熱烈鼓掌
explode v. 爆炸；爆破；迅速發展

explosion v. 爆炸；爆炸聲；擴張
explosive n. 炸藥；**adj.** 爆炸的；極易引起爭論的；暴躁的

單字拆解

S 同義　**A** 反義　**5** 單字出現頻率

ap 前往 + **plaud** 拍手 = applaud

S acclaim **3** GEPT

applaud [ə'plɔd] 拍手；讚美

通記 applaud sb for 誇獎

Everyone **applauded** the efforts of volunteers to clean up the town after the typhoon.
每個人為志工在颱風過後努力清理市容喝采。

ap 前往 + **plause** 拍手 = applause

S cheering **3** GEPT

applause [ə'plɔz] 喝采；熱烈鼓掌

As soon as the symphony was finished, wild **applause** broke out.
交響樂一演奏完畢，立即響起如雷掌聲。

ex 往外 + **plode** 擊打 = explode

S burst **3** TOEFL

explode [ɪk'splod] 爆炸；迅速發展

通記 explode with 爆發

A bomb was **exploded** on the bus, killing fifteen people and wounding many more.
一枚炸彈在公車上爆炸，十五人喪生，多人受傷。

ex 往外 + **plos** 擊打 + **ion** 名詞 = explosion

S bang **3** GEPT

explosion [ɪk'sploʒən] 爆炸聲；擴張

The population **explosion** in the 1950's gave the name "baby boomers" to that generation.
五零年代人口爆炸，稱為「嬰兒潮世代」。

字首 字根 字尾 複合字

ex 往外 + **plo** 擊打 + **ive** 的 = explosive   **S** eruptive **③** TOEFL

explosive [ɪk'splosɪv] 爆炸的
速記 an explosive temper 暴躁性格

Dynamite, a powerful **explosive**, was invented by Alfred Nobel who created the Nobel Prize to make up for the destruction his invention caused.
阿弗雷德‧諾貝爾創立諾貝爾獎以彌補他發明強力的甘油炸藥所造成的破壞。

213 ple-, plen-, plete-, pli-, ply- 充滿

快學便利貼

accomplish v. 完成；達到；實行	**supply** n. 供應；軍需；補充；存貨；
ample adj. 充分的；寬敞的；大量的	v. 供應；補充；提供；充足
complete v. 完成；結束；使完成；adj. 完全的；完滿的；徹底的	**complement** n. 補充；餘數；整套；補語；v. 補充；補足
plenty n. 豐富；充分；大量；adj. 充裕的；足夠的；adv. 很；非常	**compliment** v. 稱讚；恭維；n. 賀詞；恭維；祝賀；饋送

單字拆解
S 同義　**A** 反義　**⑤** 單字出現頻率

ac 前往 + **com** 一起 + **pli** 充滿 + **sh** 動詞 = accomplish
S complete **④** GEPT

accomplish [ə'kɑmplɪʃ] 完成
速記 accomplish one's object 達到目的

You can **accomplish** almost anything if you are willing to work hard and persevere.
如果你願意努力堅持到底，你就沒有不能完成的事。

am 到處 + **ple** 充滿 = ample
A insufficient **③** IELTS

ample ['æmpḷ] 充分的；寬敞的
速記 ample evidence 充足的證據

After being given **ample** opportunities to apologize for his behavior, the man still would not admit he had done anything wrong.
給予他充分機會為自己的行為道歉之後，男子仍不承認有做錯任何事。

com 一起 + **plete** 充滿 = complete
A incomplete **④** TOEIC

complete [kəm'plit] 完成；完全的
速記 complete works 作品全集

The clerk required the woman to **complete** the entire form before she handed it in.
店員要求女子填完整個表格後才能繳交。

plen 充滿 + **ty** = plenty　　　　　　　　**⑤** mass **④** TOEIC

plenty [ˈplɛntɪ] 豐富；足夠的　　　　速記 plenty of 很多的

Early American settlers celebrated Thanksgiving in order to give their thanks for the **plenty** of the land.
美國早期的拓荒者慶祝感恩節是為了感謝擁有充裕的土地。

sup 下面 + **ply** 充滿 = supply　　　　　　**④** demand **④** TOEIC

supply [səˈplaɪ] 軍需；補充；供應　　　速記 supply a demand 滿足要求

Our **supply** of paper is about to run out; you had better run to the store and buy some more.
我們的紙張即將用罄，你最好去店裡再買一些。

com 一起 + **ple** 充滿 + **ment** 狀態 = complement　　**③** GRE

complement [ˈkɑmpləmənt] 補充；互補；整套

White wine makes a fine **complement** to any meal serving fish or chicken as its main course.
白酒是任何以魚或雞肉為主菜餐點的優質搭配。

com 一起 + **pli** 充滿 + **ment** 狀態 = compliment　　**④** insult **③** GEPT

compliment [ˈkɑmpləmənt] 稱讚；恭維

If a man wants to win a woman's heart, he should **compliment** her often.
男人要想贏得女人的心，就應該時常恭維她。

214

-ple, -pli, -plic, -ply

層；摺疊

快學便利貼

apply v. 申請；應用；敷藥；專心

complex n. 複雜；合成物；情結；
　　adj. 複雜的；合成的；難懂的

complicate v. 使混亂；adj. 複雜的

display n. 展示；展覽品；v. 展覽；顯示

explicit adj. 明確的；顯然可見的；坦率的；易於理解的；清楚

exploit n. 功績；功勞；v. 利用；開發

implicit adj. 含蓄的；絕對的；盲目的

imply v. 暗示；包含；暗指；意味著

字首　字根　字尾　複合字

employ n. 雇用；使用；職業；v. 雇用； 使用；使專心於；利用	**reply** n./v. 答覆；回答；答辯；回擊 **simple** adj. 簡單的；樸素的；率直的

單字拆解　　　　　　Ⓢ同義　Ⓐ反義　Ⓕ單字出現頻率

ap 前往 ＋ **ply** 摺疊 ＝ apply　　　　Ⓢ request　④ TOEFL

apply [ə'plaɪ] 申請；敷藥；專心　　速記 apply for a position 求職

When you **apply** to the university, you must include two letters of recommendation.
申請大學時，必須附上兩封推薦信。

com 一起 ＋ **plex** 摺疊 ＝ complex　　　　Ⓐ simple　④ TOEIC

complex ['kɑmplɛks] 情結；複雜的　　速記 the inferiority complex 自卑情結

Designing computer software is very **complex** and is best left to the experts.
設計電腦軟體非常複雜，最好讓專家來做。

com 一起 ＋ **pli** 摺疊 ＋ **cate** 使 ＝ complicate　Ⓐ simplify　④ GEPT

complicate ['kɑmplə,ket] 使混亂　　速記 be complicated in 捲入

Bringing up the past only **complicates** matters.
翻舊帳只會讓事情變複雜。

dis 分離 ＋ **play** 層 ＝ display　　　　Ⓐ hide　④ TOEIC

display [dɪ'sple] 展示；顯示　　速記 make a display of 誇耀

After scoring his second goal of the match, he put on a proud **display** running around the field and leaping into the arms of his teammates.
踢進比賽中的第二球之後，他展現驕傲神情，繞著球場狂奔，並躍入隊友們的懷抱中。

em 進入 ＋ **ploy** 摺疊 ＝ employ　　　　Ⓐ dismiss　④ TOEIC

employ [ɪm'plɔɪ] 雇用；使專心於　　速記 in the employ of 受雇

I cannot stress enough the importance of **employing** the proper technique when giving CPR.
實施心肺復甦術時，使用正確的技巧再重要不過了。

ex 往外 ＋ **plic** 摺疊 ＋ **it** 的 ＝ explicit　Ⓐ vague　③ TOEIC

explicit [ɪk'splɪsɪt] 明確的　　速記 explicit cost 貨幣支付的成本

The newcomer was **explicit** in her demand that her name be included on the list.
新成員明確要求她的名字要包含在名單中。

ex 往外 ＋ **ploit** 摺疊 ＝ exploit　　　　Ⓢ deed　③ TOEFL

exploit ['ɛksplɔɪt] 功績；開發　　速記 exploit an office 利用職權

Many people disliked Bella because she **exploited** her beauty to get what she wanted too often.
許多人不喜歡貝菈，因為她太常利用自己的美貌去獲取想要的東西。

im 否定 + **plic** 摺疊 + **it** 的 = implicit　　　Ａexplicit ❹TOEIC

implicit [ɪm'plɪsɪt] 含蓄的；盲目的　　　速記 in implicit agreement 默契

Though the regulations allow for more casual attire, it is **implicit** that you cannot show up to work in only a shirt and your underwear.
雖然規定中允許穿著便服，但你也不能只穿著襯衫及內褲出現在工作場合。

im 進入 + **ply** 摺疊 = imply　　　Ｓhint ❹GEPT

imply [ɪm'plaɪ] 暗示；包含　　　速記 imply that 意味著

"Are we going out for dinner tonight?" he asked, **implying** that he really wanted to eat out.
他問說「今晚我們要出去吃晚餐嗎？」意味著他真的想要上館子。

re 返回 + **ply** 摺疊 = reply　　　Ｓrespond ❹GEPT

reply [rɪ'plaɪ] 答覆；答辯　　　速記 in reply 答覆

To his request that we keep our voices down, we **replied** that it was not a library but a pub, so we would talk as loud as we wanted.
他要求我們小聲一點，我們的回應是，這裡是夜店不是圖書館，所以我們可以隨心所欲地大聲談話。

sim 一起 + **ple** 摺疊 = simple　　　Ａcomplex ❺GEPT

simple ['sɪmpl] 簡單的；率直的　　　速記 live a simple life 過簡單的生活

Some things are **simpler** than others; it is **simpler** to learn to ride a bike than to drive a car, for example.
某些事情比起其他事相對簡單，例如，學習騎單車比開車容易。

215 polit- 城市

MP3 260

快學便利貼

cosmopolitan n. 世界主義者；adj. 全世界的；廣佈的

metropolitan n. 大城市人；都會風格的人；adj. 首都的；都會區的

cosmo 全世界 + **polit** 城市 + **an** 人 = cosmopolitan
S global　3 TOEFL

cosmopolitan [ˌkɑzməˈpɑlətn̩] 全世界的

New York is a **cosmopolitan** city because people who live there literally come from everywhere.
紐約是個世界性的都市，因為住在那裏的人真的都來自世界各地。

metro 地下鐵道 + **polit** 城市 + **an** 人 = metropolitan
S urban　3 TOEFL

metropolitan [ˌmɛtrəˈpɑlətn̩] 大城市人；首都的

Many younger people are moving into **metropolitan** areas because of the great variety of restaurants and a livelier arts and entertainment scene.
由於各式各樣的餐廳、較活絡的藝術及娛樂場所，許多年輕人一直遷入都會地區。

216 poli-, polit- 國家

 MP3 261

快學便利貼

police n. 警察；治安；v. 統治；管轄　　policy n. 政策；策略；保險單；方針

poli 國家 + **ce** = police
S guard　3 TOEFL

police [pəˈlis] 警察；治安；管轄
速記 the military police 憲兵

The **police** amassed outside the man's house waiting to charge in and arrest him.
警方集結在男子住家外面，伺機衝入逮捕他。

poli 國家 + **cy** = policy
S program　3 TOEIC

policy [ˈpɑləsɪ] 策略；保險單
速記 life policy 壽險保單

Our new **policy** enforces a strict dress code for both men and women.
我們的新政策對兩性的服裝做出嚴格的規範。

-pon, -pound 放置

字首

快學便利貼

component n. 部分；成分；**adj.** 構成的
compound n. 混合物；化合物；複合詞；
　　v. 使混合；調和；**adj.** 混合的；合成的
opponent n. 敵手；對手；反對者；**adj.**
　　對立的；反對的；敵對的

opposite n. 相反的人或事物；對立
　　面；**adj.** 相對的；對面的；
　　相反的；**adv.** 在對面
postpone n. 延遲；延緩；**v.** 使延期；
　　視為次要

字首

單字拆解

S 同義　**A** 反義　**5** 單字出現頻率

字根

com 共同 + **pon** 放置 + **ent** = component　　**S** part　**3** GEPT

component [kəm'ponənt] 部分；構成的　　速記 component part 組成部分

The ability to locate friends and family wherever they are is an interesting new **component** of some cell phones.
無論親朋好友身在何處都能定出位置的功能是某些手機的新功能。

com 共同 + **pound** 放置 = compound　　**S** complex　**3** GRE

compound ['kɑmpaʊnd] 化合物；混合的　　速記 compound with 和解

Most soft drinks are a **compound** of sugar, artificial colors and flavors, and carbonated water.
大部分不含酒精飲料是糖、人工色素、香料及碳水的混合物。

字根

op 反對 + **pon** 放置 + **ent** = opponent　　**A** ally　**4** TOEIC

opponent [ə'ponənt] 敵手；對立的；對向肌

Lu's **opponent** in the tennis match yesterday was ten years younger than him.
昨天盧彥勳網球比賽的對手比他年輕十歲。

字尾

op 反對 + **posite** 放置 = opposite　　**A** identical　**4** TOEFL

opposite ['ɑpəzɪt] 相對的　　速記 on the opposite side 在反方

Some say that fear, not hate, is the **opposite** of love.
有些人說愛的相反是懼怕，而非怨恨。

複合字

post 之後 + **pone** 放置 = postpone　　**A** advance　**3** GEPT

postpone [post'pon] 延遲者；使延期　　速記 postpone + Ving 延遲

Her manager asked her to **postpone** her vacation for two weeks so that she would be around during the busy holiday season.
經理要求她將假期延後兩週,在忙碌的度假季節堅守崗位。

popul-, publ- 人民

快學便利貼

popular adj. 大眾的;受歡迎的;便宜的
public n. 群眾;adj. 公共的;公立的

publish v. 公開;頒佈;發行;出版
republic n. 共和國;共和政體

 單字拆解

⑤同義　Ⓐ反義　⑤單字出現頻率

popul 人民 + **ar** 的 = **popular**　　　⑤usual ④GEPT

popular [ˈpɑpjələ] 有名氣的　　　speakpopular election 普選

Video games are now one of the most **popular** forms of entertainment around the world.
電動遊戲是當前全世界最流行的娛樂之一。

publ 人民 + **ic** = **public**　　　Ⓐprivate ⑤GEPT

public [ˈpʌblɪk] 群眾;政府的　　　public interests 公益

The mayor announced that a new library would open to the **public** in the fall of next year.
市長宣佈新圖書館將於明年秋季對外開放。

publ 人民 + **ish** 動作 = **publish**　　　⑤reveal ④GEPT

publish [ˈpʌblɪʃ] 公開;頒佈;發行;發表作品

The Internet has allowed many people, who would not otherwise have had the opportunity, to **publish** their books online in the hopes of attracting readers.
網路讓許多沒有機會出版實體書的人上網出書以吸引讀者。

re 再一次 + **publ** 人民 + **ic** = **republic**　　　Ⓐmonarchy ③TOEFL

republic [rɪˈpʌblɪk] 共和政體　　　the republic of letters 文學界

The idea of a **republic** as a form of government can be traced back to the republic of Athens in Greece over two thousand years ago.
以共和政體作為政府型式的概念可回溯至兩千多年前的希臘雅典共和。

port- 大門；運送

快學便利貼

export n. 輸出；出口貨；adj. 輸出的
v. 出口；排出；傳播；出品

import n. 輸入；進口；含義；v. 進口

port n. 港口；機場；舉止；避風港

opportunity n. 機會；良機；時機

porch n. 走廊；門廊；入口處

importance n. 重要；重要性；重大；
自大；傲慢

important adj. 重要的；優越的；有權
力的；重大的；狂妄的

report n. 報導；記錄；判例；v. 報告；
報導；公佈；採訪；描述

sport n. 運動；運動比賽；打獵；v. 運動；
打獵；adj. 適於戶外活動的；運動用的

support n. 支持；支柱；贊助；撫養；贍
養費；v. 支援；贊助；扶養

字首
字根
字尾
複合字

 單字拆解

Ｓ同義　Ａ反義　❺單字出現頻率

ex 往外 + **port** 運送 = export

Ａimport ❹TOEIC

export [ɪksˈport] 輸出；呼叫

速記 export promotion 鼓勵出口

Products made in Taiwan are **exported** all over the world.
台灣製造的產品出口至世界各地。

im 進入 + **port** 運送 = import

Ａexport ❹TOEIC

import [ɪmˈport] 輸入；進口

速記 import surplus 入超

America used to make many of its own products, but now **imports** many from other countries.
過去美國自行製造許多產品，目前則是從其他國家進口許多產品。

Ｓharbor ❸TOEIC

port [port] 港口；機場；舉止

速記 in port 停泊中

Hong Kong and Kaohsiung are two of the largest **ports** in Asia.
香港和高雄是亞洲其中兩個最大的港口。

op 靠近 + **port** 大門 + **unity** 整體 = opportunity

Ｓchance ❺GEPT

opportunity [ˌɑpəˈtjunətɪ] 機會

速記 a favorable opportunity 好機會

The **opportunity** to work personally with his mentor on such an important project was something that he could not pass up.
親自與指導老師一同進行重要計劃的機會是他不能放過的。

por 大門 + **ch** = porch

Ⓢgallery ❸GEPT

porch [portʃ] 走廊；門廊；入口處

We often liked to sit on the **porch** in the evenings and watch the sun set.
我們時常喜歡於向晚時分坐在門廊上觀賞太陽西下。

im 進入 + **port** 運送 + **ance** 名詞 = importance

Ⓢsignificance ❹GEPT

importance [Im'portn̩s] 重要性 　速記 of no importance 無關緊要的事

Many people attach **importance** to the things they own, seeing them as a way of communicating their accomplishments to other people.
許多人重視自己所擁有的東西，並視其為向他人彰顯成就的依據。

im 進入 + **port** 運送 + **ant** 的 = important

Ⓐtrivial ❹GEPT

important [Im'portnt] 重要的；優越的 　速記 self-important 自負的

It's **important** for a writer to review his work after he is done to avoid mistakes.
作者完成作品後重新檢查以避免錯誤是重要的。

re 返回 + **port** 運送 = report

Ⓢdescribe ❹TOEFL

report [rI'port] 公佈；採訪 　速記 make report 報告

Last year's sales **report** shows that profits have risen by 6%.
去年的銷售報告顯示利潤提升了百分之六。

s 向外 + **port** 大門 = sport

Ⓢamusement ❹GEPT

sport [sport] 運動；適於戶外活動的 　速記 sports page 體育版

Though Jack was never really into **sports** in high school, after he graduated, he became quite athletic.
傑克中學時雖然從未真正熱衷運動，但他畢業後變得很愛運動。

su 超越 + **port** 運送 = support

Ⓐabandon ❹GEPT

support [sə'port] 支持；贊助 　速記 give support to 支援

The telethon was asking viewers to give **support** to needy victims of the disaster.
電視馬拉松募款節目一再呼籲觀眾向貧困災民伸出援手。

220 pos-, pose-, post- 放置 ◀ MP3 265

快學便利貼

pose **n.** 姿態；姿勢；矯揉造作；**v.** 做作
compose **v.** 組成；創作；使鎮定；排字
deposit **n.** 淤積物；存款；保證金；寄存品；寄存處；**v.** 放置；儲蓄；付保證金
expose **v.** 使暴露；展覽；使感光；遺棄
impose **v.** 徵收；課稅；欺騙；利用
oppose **v.** 反對；對抗；妨礙；使相對
post **n.** 職位；標竿；郵件；**v.** 公佈；郵寄

propose **v.** 提議；推薦；提名；計劃；求婚；提出；計算
purpose **n.** 目的；宗旨；決心；效果；意義；**v.** 企圖；決心去做
suppose **v.** 推測；假定；料想
pause **n.** 中止；暫停；躊躇；段落；斷句；延長記號；間歇；**v.** 停止；躊躇；考慮；猶豫；停頓

 單字拆解

S 同義　**A** 反義　**5** 單字出現頻率

S posture　**4** GEPT

pose [poz] 姿態；做作

速記 put on a pose 裝腔作勢

As soon as the camera came out, everyone started striking **poses**.
相機一出現，每個人就開始喬姿勢。

com 共同 + **pose** 放置 = **compose**　　　　**S** construct　**4** TOEFL

compose [kəm'poz] 組成

速記 be composed of 由…組成

Beethoven **composed** many of his late works completely deaf.
貝多芬許多晚期的作品是在他全聾的狀態下創作的。

de 往下 + **posit** 放置 = **deposit**　　　　**A** draw　**3** TOEIC

deposit [dɪ'pɑzɪt] 淤積物；保證金

速記 current deposit 活期存款

Before you can move into the apartment, you must put down a **deposit** of $500, which will be returned to you when you move out.
搬入公寓前必須先繳納押金五千元，這筆錢會在你搬出時會退還。

ex 往外 + **pose** 放置 = **expose**　　　　**A** cover　**4** GEPT

expose [ɪk'spoz] 使暴露；遺棄

速記 be exposed to 接觸

The series of investigative reports **exposed** the serious corruption that had taken over the city government.
一系列的調查報告揭露市政府的貪污風雲。

im 在上面 + **pose** 放置 = **impose**　　　　**A** deprive　**4** TOEFL

impose [ɪm'poz] 課稅；欺騙

速記 impose a tax upon 徵稅

A controversial new anti-smoking law has made many smokers feel that their freedom is being **imposed** upon.

具爭議性的新禁菸法令已使許多吸菸者感到自由受到壓迫。

opt 反對 + **pose** 放置 = oppose

Ⓐagree ④TOEFL

oppose [ə'poz] 反對；妨礙

速記 oppose against 使相對

We are **opposed** to any use of force to stop the protests.
我們反對使用任何武力制止抗議。

Ⓢposition ④GEPT

post [post] 職位；郵政

速記 hold a post at 在…任職

Only an hour after her delivery, Janet **posted** the name and weight of her new baby on her Facebook page.
生產後僅一個小時，珍芮特就將小孩的名字及體重貼在自己的臉書上。

pro 之前 + **pose** 放置 = propose

Ⓐdeny ④TOEIC

propose [prə'poz] 推薦；計劃；求婚

速記 propose a riddle 出謎

The designer **proposed** that the new company logo be less complex and easier to recognize.
設計師提議新的公司商標不要太複雜，要易於辨認。

pur 之前 + **pose** 放置 = purpose

Ⓢaim ④TOEFL

purpose ['pɝpəs] 宗旨；效果

速記 on purpose 故意地

While the **purpose** of his visit was not entirely clear, I could tell from his expression that he was quite upset.
儘管無法完全理解他來訪的目的，仍可從他的表情判斷出他非常沮喪。

sup 下面 + **pose** 放置 = suppose

Ⓐbelieve ④GEPT

suppose [sə'poz] 推測

速記 I suppose so. 我想是的。

Suppose we got married right away in Las Vegas and then told your parents. Do you think they'd be angry?
假如我們立即在拉斯維加斯結婚，然後再告訴妳父母，妳想他們會生氣嗎？

Ⓐcontinue ⑤GEPT

pause [pɔz] 中止；躊躇；段落

速記 at pause 停止

We had to put the game on **pause** for the night because we were just too tired to go on.
我們今晚要將比賽暫停，因為我們太累了，無法繼續。

221 preci- 價錢

appreciate v. 感謝；欣賞；體會；漲
　　　　　　 價；賞識；感激；鑑別

praise v. 稱讚；讚美；表揚；崇拜

precious adj. 貴重的；珍貴的；極大的
price n. 價錢；費用；報酬；代價；懸
　　　　　 賞；v. 定價；估價；標價

單字拆解　　　　　　 **S**同義　**A**反義　**5**單字出現頻率

ap 前往 + **preci** 價錢 + **ate** 動作 = appreciate **A**despise **4**GEPT

appreciate [ə'priʃɪˌet] **欣賞**　速記 I appreciate your kindness. 感謝妳的好意。

To show how much we **appreciate** your hard work and dedication, we have all gotten together and paid for a vacation to Miami Beach for you.
為了表示我們有多麼感激你的辛勞以及奉獻，我們為你支付旅費，一起去邁阿密海灘度假。

Ablame **4**GEPT

praise [prez] **讚美；表揚**　速記 in praise of 讚美；歌頌

It is as important to **praise** a child for the good things they do as to punish them for the bad.
讚美孩子的好表現以及懲罰孩子的壞表現，兩者一樣重要。

preci 價錢 + **ous** 充滿 = precious **A**cheap **4**TOEIC

precious ['prɛʃəs] **貴重的；極大的**　速記 precious stones 寶石

Life is the most **precious** gift anyone is ever given and should be used wisely.
生命是每個人所得到最珍貴的禮物，人們應該以智慧利用它。

Scost **4**GEPT

price [praɪs] **價錢；報酬；估價**　速記 cost price 成本價格

Hoping for a more reasonable **price**, we haggled with the shopkeeper for over an hour.
希望得到一個更為合理的價錢，我們和店家討價還價一個多小時。

222 **press-** 壓

press n. 印刷；新聞界；出版界；v. 嚴厲
　　　　 執行；壓；按；擠；熨平；緊抱

impress n. 印象；蓋印；銘刻；v. 使
　　　　　 銘記；使印象深刻；做記號

字首

字根

字尾

複合字

depress v. 壓下；抑制；使沮喪；使蕭條	oppress v. 壓迫；欺侮；使氣餒
express v. 快遞；快車；表達；adj. 明確的；專門的；adv. 用快遞方式	repress v. 鎮壓；抑制；壓抑；約束；平息；制止；壓制

 單字拆解

S同義　**A**反義　**S**單字出現頻率

S push　**4** TOEIC

press [prɛs] 壓；新聞界；強迫

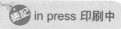 in press 印刷中

It's ridiculous that the **press** showed up at the crime scene even before the police did.
新聞媒體甚至比警方還早抵達刑案現場，真是荒謬。

de 往下 + **press** 壓 = depress

A encourage　**4** GEPT

depress [dɪ'prɛs] 壓下；抑制；使蕭條；使沮喪

If TV news **depresses** you so much, then just turn the TV off.
如果電視新聞讓你這麼沮喪，那就將電視關掉吧。

ex 往外 + **press** 壓 = express

A suppress　**5** GEPT

express [ɪk'sprɛs] 快遞；表達

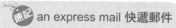 an express mail 快遞郵件

She took up painting because she found it difficult to **express** herself in any other way.
她開始畫畫，因為她覺得很難以任何形式表達自己。

im 在…上面 + **press** 壓 = impress

S affect　**5** GEPT

impress [ɪm'prɛs] 印象；使銘記

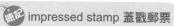 impressed stamp 蓋戳郵票

Everyone in the audience was **impressed** by the leading male actor's performance.
每位觀眾都對男主角的演出印象深刻。

op 反對 + **press** 壓 = oppress

S burden　**4** TOEIC

oppress [ə'prɛs] 壓迫；使氣餒

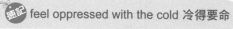 feel oppressed with the cold 冷得要命

For many years in Soviet Russia, artists, musicians, and writers were **oppressed** and had either to remain silent or to flee the country if they wanted to truly express themselves.
多年來，在蘇聯的藝術家、音樂家及作家都受到壓迫，若想真實表達自己，不是保持緘默，不然就只能逃出國。

re 返回 + **press** 壓 = repress

A incite　**3** IELTS

repress [rɪ'prɛs] 鎮壓；抑制；平息

After **repressing** his sadness for many days, he finally broke down and mourned the loss of his father.
壓抑悲傷好幾天之後，他終於崩潰，為失怙而哀痛不已。

prem-, prim-, prin-
第一的

快學便利貼

premier n. 初期；首要；總理；**adj.** 最初的；首要的；第一的

primary n. 初選；原色；主要事物；**adj.** 初級的；主要的；原始的；原色的

prince n. 王子；皇族；公爵；鉅子

princess n. 公主；王妃；公爵夫人

principal n. 首長；校長；資本；**adj.** 首要的；資本的；主要的

principle n. 原理；原則；主義；本質

supreme adj. 至尊的；最重要的

 單字拆解

⑤ 同義　**Ⓐ** 反義　**❺** 單字出現頻率

prem 第一的 + **ier** 的 = premier　　⑤chief ❹TOEIC

premier ['primɪə-] 首要的

Martha's Vineyard, outside New York City, is one of the **premier** vacation spots for wealthy Americans in the northeast.
瑪莎的葡萄園位於紐約市郊，是富裕的東北部美國人首選的度假勝地之一。

prim 第一的 + **ary** 的 = primary　　Ⓐsecondary ❹TOEIC

primary ['praɪmɛrɪ] 主要的；原始的　　筆記 primary school 小學

The **primary** objective of the trip was to visit my family, but we also did a lot of sightseeing along the way.
這趟旅遊的首要目的是拜訪我的家人，但沿途我們也到很多地方觀光。

prin 第一的 + **ce** = prince　　Ⓐprincess ❸GEPT

prince [prɪns] 王子；公爵　　筆記 a prince of the blood 皇族

The **prince** was greedy for his father's crown and carefully plotted to remove his father from the throne.
王子對他父親的王位有貪念，處心積慮要摘除父親的王位。

prin 第一的 + **cess** = princess　　Ⓐprince ❸GEPT

princess ['prɪnsɪs] 公主；王妃

The childhood fantasy of many young girls is to become a **princess** married to a handsome young prince.
許多年輕女孩的兒時幻想是變成嫁給年輕英俊王子的公主。

prin 第一的 + **cip** 拿 + **al** 關於 = principal   ⑤chief ❸TOEFL

principal [ˈprɪnsəp!] 首長；首要的   速記 the principal offender 主犯

The **principal** acted inappropriately with his secretary, leading to his dismissal.
與秘書間不成體統的行為導致校長遭免職。

prin 第一的 + **cip** 拿 + **le** = principle   Ⓐexception ❸TOEIC

principle [ˈprɪnsəp!] 原理；主義；本質   速記 by principle 按照原則

One of the most universal ethical **principles** is stated in the Golden Rule: Do unto others as you would have them do unto you.
金科玉律中述及其中一個普世道德原則：己所不欲，勿施於人。

sur 在…之上 + **preme** 第一的 = supreme   ⑤utmost ❸TOEIC

supreme [səˈprim] 至尊的；最重要的   速記 a supreme measure 死刑

The **supreme** leader of the Roman Empire was known as Caesar for many hundred years.
數百年來，羅馬帝國最崇高的領袖一直被認為是凱撒大帝。

224 prehend-, pris- 抓取 MP3 269

快學便利貼

apprentice **n.** 學徒；見習生；初學者；
　　　　　生手；徒弟；**v.** 使做學徒
prison **n.** 監獄；拘留所；監禁；**v.** 監禁
comprehend **v.** 理解；領悟；包含
comprise **v.** 包括；由…組成；構成

enterprise **n.** 事業；計劃；進取心
surprise **n.** 驚奇；驚奇的事；詫異；
　　　　　v. 使驚訝；突然襲擊
prize **n.** 獎賞；獎品；獎金；戰利品；**v.**
　　　珍視；緝捕；**adj.** 作為獎品的；得獎的

 單字拆解   ⑤同義 Ⓐ反義 ❺單字出現頻率

ap 前往 + **pr(eh)en** 抓取 + **tice** = apprentice   ⑤learner ❸TOEFL

apprentice [əˈprɛntɪs] 學徒   速記 go apprentice 做學徒

Before taking control of the operations of the newspaper, the young man was an **apprentice** under his mentor for many years.
年輕男子接管報社之前，當了好幾年師傅的學徒。

pris 抓取 + **on** 物 = prison

prison ['prɪzn̩] 監獄；拘留所；監禁 　　　　　**S** jail **3** TOEFL

🔖 in prison 在獄中

For the charge of murder, the gangster was given a sentence to life in **prison** without hope for parole.
由於被控謀殺，那位幫派份子被判終身監禁，且無假釋希望。

com 共同 + **prehend** 抓取 = **comprehend** 　　**S** realize **4** TOEIC

comprehend [ˌkɑmprɪ'hɛnd] 領悟；包含

Some of the deeper insights of physics are hard to **comprehend** and must be pondered for a long time.
某些物理學的深層意涵是難以理解的，需要長時間深入思考。

com 共同 + **prise** 抓取 = **comprise** 　　**▲** include **3** TOEFL

comprise [kəm'praɪz] 包括；由⋯組成

These volumes **comprise** the complete works of the brilliant writer.
這些書籍包含知名作者的作品全集。

enter 在⋯之中 + **prise** 抓取 = **enterprise** 　　**S** project **4** TOEIC

enterprise ['ɛntɚˌpraɪz] 進取心 　　🔖 undertake an enterprise 開創事業

Our latest **enterprise** is to develop green alternatives to many of the products used in daily life.
我們最新的企劃是發展日常用品的綠能替代物。

sur 超越 + **prise** 抓取 = **surprise** 　　**S** wonder **5** GEPT

surprise [sə'praɪz] 驚奇；令人驚訝 　　🔖 What a surprise! 真想不到！

The arrival of management for inspection was a complete **surprise** to everyone.
管理部門前來視察，每個人都感到驚訝。

　　　　　　　　　　　　　　　　　　　　　　　S reward **4** TOEIC

prize [praɪz] 獎賞 　　🔖 draw a prize in the lottery 摸彩

Monetary **prizes** were awarded for the winners of each category.
獎金頒發給每個類別的獲勝者。

225 priv- 私人的；剝奪

快學便利貼

deprive **v.** 剝奪；從⋯奪走；使喪失
privacy **n.** 隱私；隱居；秘密；獨處

private **adj.** 私人的；秘密的；隱蔽的
privilege **n.** 特權；優惠；恩典；**v.** 特許

⑤同義　⚠反義　⑤單字出現頻率

de 來自 ＋ **prive** 剝奪 ＝ **deprive**　⑤take away ❸TOEFL

deprive [dɪ'praɪv] 剝奪
速記 deprive sb of 剝奪

If you never travel outside your own country, you may be **deprived** of a life-changing experience.
如果你從未離開自己的國家旅行，你將無法擁有改變生活的經驗。

priv 私人的 ＋ **cy** 名詞 ＝ **privacy**　⑤intimacy ❹GEPT

privacy ['praɪvəsɪ] 隱居；秘密
速記 in privacy 秘密地

The paparazzi's job is to invade celebrities' **privacy** in the hope of snapping a front page photo.
狗仔的工作是侵犯名人的隱私，以期拍到登上頭版的照片。

priv 私人的 ＋ **ate** 具有…性質 ＝ **private**　⚠official ❹GEPT

private ['praɪvɪt] 秘密的；隱蔽的
速記 private property 私有財產

Please keep what I am telling you **private**, or it could hurt a great many people.
請將我剛剛告訴你的事保密，否則會有非常多人受傷。

priv 私人的 ＋ **lege** 法則 ＝ **privilege**　⑤advantage ❸TOEFL

privilege ['prɪvɪlɪdʒ] 優惠；特許
速記 executive privilege 行政特權

It is a great **privilege** to live in a country where you will not be put to death for expressing yourself.
生活在一個不會因表達自我而遭處死的國家真是一大恩典。

226 proach-, proxim- 接近

快學便利貼

approach n. 接近；入口；方法； v. 使接近；探討；處理	approximate adj. 近似的；大概的； v. 使接近；近似；模擬

單字拆解

⑤同義　⚠反義　⑤單字出現頻率

ap 前往 ＋ **proach** 接近 ＝ **approach**

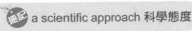
approach [ə'protʃ] 接近；方法

通記 a scientific approach 科學態度

The substitute teacher's **approach** to story-telling is very exciting and fresh.
代課老師講故事的方法既新鮮又刺激。

ap 前往 + **proxim** 接近 + **ate** = approximate ⑤ approach ④ GRE

approximate [ə'praksəmɪt] 近似

 an approximate account 簡要說明

The figures of the death toll after the tornado were only **approximate**.
龍捲風過後的死亡人數只是粗估。

227 prob-, prov- 檢測

◀ ⊙ MP3 272

快學便利貼

approve v. 批准；認可；贊成；滿意	**proof** n. 證明；證據；證件；證詞；檢驗；
improve v. 改善；進步；增值；利用	v. 使經得住；adj. 試驗過的；耐…的
probable adj. 可能的；大概的	**prove** v. 證明；驗證；證實；驗算

 單字拆解

Ⓢ 同義　Ⓐ 反義　⑤ 單字出現頻率

ap 前往 + **prove** 檢測 = approve

Ⓐ disagree ④ TOEFL

approve [ə'pruv] 批准；認可；滿意

通記 approve of 贊成

The boss **approved** the expressage of the package because it had to be there in the morning.
老闆批准包裹的快遞費用，因為這包裹必須在早上送達。

im 進入 + **prove** 檢測 = improve

Ⓐ worsen ⑤ GEPT

improve [ɪm'pruv] 改善；增值

通記 improve on 超過

The librarian was always reading Japanese comics in order to **improve** her language skills.
圖書館員為了增進語言能力一直在看日文漫畫書。

prob 檢測 + **able** 能力 = probable

Ⓢ likely ④ GEPT

probable ['prabəbl] 可能的

通記 it is probable that... 也許是

I think it is **probable** that the economy will gradually improve after the passing of new legislation.
我想新的法案通過之後，經濟應該會逐漸改善。

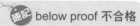

proof [pruf] 證據;耐…的

⚡速記 below proof 不合格

During the court case, the defendant had to provide **proof** that he was not at the crime scene.
案件訴訟期間,被告必須提供不在刑案現場的證據。

prove [pruv] 證明;驗證;驗算;原來是

He hoped that his alibi that he was on vacation out of state at the time of the murder would **prove** that he was innocent.
他希望案發期間出國渡假的不在場證明能證明他的清白。

228 proper-, propri- 適當的

快學便利貼

| appropriate v. 充當;擅用;挪用;撥款;adj. 適當的;專屬的 | proper adj. 適當的;正式的;規矩的;特有的;完完全全的;真的 |

單字拆解

Ⓢ同義　Ⓐ反義　⑤單字出現頻率

ap 前往 + **propri** 適當的 + **ate** 的 = appropriate

appropriate [ə'proprɪ,et] 挪用;適當的

⚡速記 be appropriate for 適於

We **appropriated** some of the old model's design elements for the new model.
我們將一些舊模型的設計元素套用在新模型上。

proper ['prɑpɚ] 適當的;特有的

⚡速記 good and proper 完全

Proper attire is required at the ceremony, which means a suit and a tie.
典禮中必須穿著合宜的服裝,也就是穿西裝打領帶。

229 peal-, pulse- 推

快學便利貼

impulse n. 脈衝；搏動；鼓舞；興奮
pulse n. 脈搏；傾向；v. 震動；脈動

repeal n./v. 作廢；取消；撤銷；放棄；否定；廢除；廢止（法規）

單字拆解

Ⓢ同義　Ⓐ反義　❺單字出現頻率

in 進入 ＋ **pulse** 推 ＝ **impulse**　　Ⓢthrust ❸GEPT

impulse ['ImpʌIs] 搏動；鼓舞　　速記 impulse purchase 即興購買

The tycoon's purchase of the theme park was made on **impulse**.
商業鉅子出於一時衝動買下主題樂園。

❹TOEFL

pulse [pʌIs] 脈動；傾向　　速記 keep your finger on the pulse 掌握最新情況

The doctor felt the patient's **pulse** for a while and gave her a prescription.
醫生幫病人把脈了一會兒，然後開一些藥給她。

re 返回 ＋ **peal** 推 ＝ **repeal**　　Ⓢabolish ❹TOEIC

repeal [rɪ'pil] 作廢；取消；撤銷

After wild public outcry, the law was **repealed**.
遭大眾強力反對後，那條法令被撤銷了。

---

230 point, punct- 刺

 MP3 275

字首　字根　字尾　複合字

快學便利貼

appoint v. 委派；任命；指定；處置
disappoint v. 使失望；使沮喪；挫敗
point n. 尖端；小數點；得分；特徵；時刻；要點；v. 指向；證明

punch n. 拳打；穿孔機；力量；活力；v. 打洞；用力擊；用力按
punctual adj. 準時的；準確的；點狀的；正確的；精確的

單字拆解

Ⓢ同義　Ⓐ反義　❺單字出現頻率

ap 前往 ＋ **point** 刺 ＝ **appoint**　　Ⓢnominate ❸TOEIC

appoint [ə'pɔɪnt] 委派；指定　　速記 appoint a time for a meeting 約定開會時間

After the last human relations officer retired, it was up to me to **appoint** a new one to replace her.
上一任人資主管退休後，由我指派一位新主管來接替她。

dis 分離 + **appoint** 指定 = disappoint

Ⓐ inspire ❹ GEPT

disappoint [ˌdɪsəˈpɔɪnt] 使失望

You can't be too **disappointed** in your performance if you took third place.
若你得第三名，你對自己的表現不可能會有多失望。

Ⓢ indicate ❺ GRE

point [pɔɪnt] 尖端；句號；要點；指向

速記 to the point 中肯地

It is rude to **point** at people in public.
公開用手指人是不禮貌的。

Ⓢ beat ❸ GEPT

punch [pʌntʃ] 拳打；打洞

速記 get a punch on the face 臉上挨一拳

The strong guy landed a hard **punch** on the boy's jaw that sent him to the mat.
壯漢重重一拳打在男孩的頜上，他應聲倒在墊子上。

punct 刺 + **ual** 關於 = punctual

Ⓐ unpunctual ❸ TOEFL

punctual [ˈpʌŋktʃuəl] 準確的

速記 as punctual as the clock 時間準確

Management requires all employees to be **punctual** or suffer penalties.
管理部門要求所有員工準時，否則就要被罰錢。

231 **pur-** 單純的

快學便利貼

pure adj. 單純的；道地的；純種的　　　**purity n.** 純淨；清白；純度；純粹

pur 單純的 + **e** = pure

Ⓐ polluted ❹ GEPT

pure [pjʊr] 道地的；單純的

速記 pure gold 純金

If your motives are **pure**, then I believe your roommate will accept your offer.
如果你的動機單純，我相信你的室友會接受你的提議。

pur 單純的 + **ity** 名詞 = purity

Ⓢ realness ❸ TOEIC

purity [ˈpjʊrətɪ] 純淨；純度

速記 spiritual purity 心靈潔淨

I looked at the bits of dirt and the brown color and found it difficult to accept the man's claims about the water's **purity**.
我看著水中的灰塵及汙濁，覺得難以接受男子對水質純度的說法。

pute- 思考

快學便利貼

compute n./v. 計算；估計；估算；推斷
deputy n. 代理人；**adj.** 代理的；副的

dispute n. 爭論；辯駁；爭端；**v.** 駁斥；抗辯；反抗；阻止

單字拆解

S 同義　**A** 反義　**5** 單字出現頻率

com 共同 ＋ **pute** 思考 ＝ **compute**

S calculate　**3** GRE

compute [kəm'pjut] 計算；估計

助記 beyond compute 不可估算

You must **compute** the number of hours you worked last year on your own.
你必須親自計算你去年工作的時數。

de 分離 ＋ **put** 思考 ＋ **y** 人 ＝ **deputy**

S agent　**4** TOEIC

deputy ['dɛpjətɪ] 代理人；副的

助記 by deputy 由他人代理

The CEO's new **deputy** of public relations often says things that contradict company policy.
執行長的新任公關代表常常說些與公司政策矛盾的事情。

dis 離開 ＋ **pute** 思考 ＝ **dispute**

A agree　**4** TOEFL

dispute [dɪ'spjut] 爭論；辯駁

助記 under dispute 爭論中

Their **dispute** was primarily over the amount of space each company was allotted to advertise on the page.
他們的爭執點在於，每家公司在網頁上所分配到刊登廣告的空間大小。

quest-, quire-, quisit-

尋找

快學便利貼

acquire v. 獲得；學得；養成習慣
conquer v. 征服；克服；改正；抑制

question n. 詢問；疑問；問題；議題；付表決的問題；**v.** 詢問；審問；懷疑

conquest n. 征服；佔領地；戰利品	**questionnaire** n. 調查表；問卷
exquisite n. 過於講究行頭者；**adj.** 精緻的；優雅的；微妙的；敏銳的	**request** n. 請求；要求；需求；請求的事；請願書；**v.** 請求；要求
inquire v. 調查；詢問；訊問；查問	**require** v. 需要；請求；命令；依靠；依賴；規定；使擁有
quest n. 尋找；搜索；**v.** 搜尋；請求	

 單字拆解　　　Ⓢ同義　Ⓐ反義　❺單字出現頻率

ac 前往 + **quire** 尋找 = acquire　　Ⓐloss ❹TOEIC

acquire [əˈkwaɪr] 獲得；養成習慣 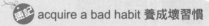 acquire a bad habit 養成壞習慣

By the time he was twenty-five, the young man had already **acquired** enough wealth to never have to work again.
二十五歲之前，年輕人就已經掙足讓他從此不必再工作的財富。

con 全部 + **quer** 尋找 = conquer　　Ⓐsubmit ❸GEPT

conquer [ˈkɑŋkə] 征服；抑制 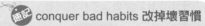 conquer bad habits 改掉壞習慣

Some people hope that skydiving will help them **conquer** their fear of heights.
有些人希望高空彈跳能幫助他們克服對高度的恐懼。

con 全部 + **quest** 尋找 = conquest　　Ⓢdefeat ❸TOEIC

conquest [ˈkɑŋkwɛst] 征服；戰利品 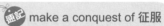 make a conquest of 征服

The thousands of deaths of Native Americans that resulted from the Spanish **conquest** of the Americas were mostly the result of the foreign diseases the Spanish brought with them.
西班牙人征服美洲造成數千名當地人喪生，主要是由於西班牙人傳染外國疾病給他們。

ex 往外 + **quis** 尋找 + **ite** = exquisite　　Ⓢdelicate ❸TOEFL

exquisite [ˈɛkskwɪzɪt] 精緻的 exquisite pain 劇痛

The fruit in Taiwan tastes **exquisite**, and it's also quite cheap purchase in the markets.
台灣水果口感絕佳，市場上賣價又相當低廉。

in 進入 + **quire** 尋找 = inquire　　Ⓐrespond ❹TOEIC

inquire [ɪnˈkwaɪr] 調查；詢問 inquire into 探索

May I **inquire** how long you had been working for the company before you quit?
可以告訴我妳辭職前已在公司工作多久了？

Ⓢsearch ❸GEPT

quest [kwɛst] 尋找；搜索 in quest of 探尋

The explorers' **quest** for gold ultimately failed.
探險者的黃金探索行動終告失敗。

quest 尋找 + **ion** 名詞 = question   🅐answer ④GRE

question [ˈkwɛstʃən] 問題；懷疑   速記 out of question 不可能

Are there any **questions** you'd like to ask me?
妳有任何問題要問我嗎？

question 問題 + **naire** 物 = questionnaire   ❷TOEIC

questionnaire [ˌkwɛstʃənˈɛr] 調查表；問卷

The **questionnaire** had over 150 questions so I declined to fill out.
問卷上有一百五十多個問題，因此我婉拒填寫。

re 再一次 + **quest** 尋找 = request   🅢beseech ④GEPT

request [rɪˈkwɛst] 要求；請願書   速記 make a request for 懇請

My **request** for time off was denied.
我休假的要求被否決。

re 再一次 + **quire** 尋找 = require   🅐refuse ❸GEPT

require [rɪˈkwaɪr] 需要；請求；命令   速記 if circumstances require 必要時

Many English words are hard to pronounce and **require** a lot of practice to get them right.
許多英文字難以發音，需要大量練習才能發音正確。

234 radi- 根部；光線   MP3 279

快學便利貼

radiant n. 光源；光點；**adj.** 發光的；
輻射的；燦爛的；容光煥發的

radiate v. 發光；輻射；射出；(感情) 流
露；**adj.** 射出的；輻射狀的

radical n. 激進分子；根部；**adj.** 基本
的；主要的；最初的；極端的

radio n. 收音機；無線電訊；無線電；
無線電廣播；無線電廣播台；**v.**
用無線電傳送；向…發無線電報

radius n. 半徑；半徑範圍；輻射線；周
圍；範圍；脛骨；輻射狀部分；
車輪的輻條

單字拆解   🅢同義 🅐反義 ❺單字出現頻率

radi 光線 + **ant** 的 = radiant   🅐dim ❸TOEFL

radiant [ˈredjənt] 光源；輻射的；燦爛的   速記 radiant ray 輻射線

字首　字根　字尾　複合字

破解字根字首，7000單字不必背 . 291.

The ocean was so **radiant** with reflected sunlight that it seemed ablaze.
海水因陽光的映射而看起來燦爛奪目。

radi 光線 + **ate** 動作 = **radiate**　　　　　　　　Ⓢdiverge ❸TOEFL

radiate ['redɪ,et] 發光；射出；輻射狀的

When the brand loyalist is speaking on stage, she absolutely **radiates** enthusiasm.
品牌忠誠者在舞台上說話時展露出無比的熱忱。

radi 根部 + **cal** = **radical**　　　　　　　　Ⓐsuperficial ❹GRE

radical ['rædɪkl̩] 激進分子；最初的　　　 a radical principle 基本原理

Before we found out that she had been in over 25 protests, we had no idea that she was such a political **radical**.
在發現她已參與超過二十五場抗議活動之前，我們不知道她是一位政治狂熱分子。

radi 光線 + **o** = **radio**　　　　　　　　Ⓢbroadcast ❹GEPT

radio ['redɪ,o] 收音機；無線電　　　 a radio program 廣播節目

Without power, we had to resort to using an old, battery-operated **radio**.
停電時，我們必須使用由電池供電的舊收音機。

radi 光線 + **us** = **radius**　　　　　　　　❸GRE

radius ['redɪəs] 半徑；輻射線

The **radius** of the circle measured over two meters.
圓圈的半徑超過兩公尺。

235　rap-, rav- 奪取

快學便利貼

| **rapid** n. 急流；灘；**adj.** 快速的；敏捷的 | **ravage** n./v. 摧殘；蹂躪；使荒廢 |

 單字拆解　　Ⓢ同義　Ⓐ反義　❺單字出現頻率

rap 奪取 + **id** 的 = **rapid**　　　　　　　　Ⓐslow ❸GEPT

rapid ['ræpɪd] 急流；敏捷的　　　 a rapid journey 匆促的旅程

In spite of the severity of the accident, the motorcyclist's doctors expect him to make a **rapid** recovery.
儘管車禍十分嚴重，機車騎士的醫療團隊預估他會快速復原。

rav 奪取 + **age** 名詞 = **ravage**　　　　Ⓐpreserve ❸GEPT

ravage ['rævɪdʒ] 摧殘；使荒廢；劫掠

The tsunami absolutely **ravaged** the coastland, destroying houses and killing dozens of people.
海嘯完全摧毀沿海地帶，破壞房屋並奪走數十條人命。

236 rat-, ratio- 理由

快學便利貼

ratio n. 比率；比例；係數；v. 使成比例　　**rational** n. 有理數；合理；adj. 理性的；推理的；合理的

單字拆解

Ⓢ同義　Ⓐ反義　❺單字出現頻率

Ⓢproportion ④GRE

ratio ['reʃo] 比例；使成比例

熟記 direct ratio 正比

Some social scientists say that any society that has a higher **ratio** of women to men will usually be more peaceful.
一些社會科學家說，女性比率高於男性的社會通常比較和平。

rat 理由 + **ion** 名詞 + **al** 關於 = **rational**　　Ⓐabsurd ❸GRE

rational ['ræʃən] 有理數；合理的

熟記 rational thought 理性思考

Many of his friends said that his decision to quit his high-paying job and pursue his dream of being a professional dancer was not **rational**.
他決定放棄高薪工作去追求成為一名專業舞者的夢想，許多朋友表示他很不理智。

237 -rect 正確的；直的

快學便利貼

correct v. 改正；矯正；解毒；責備；adj. 正確的；合適的；端正的　　**erect** v. 使直立；豎立；創立；安裝；adj. 直立的；垂直的；豎起的

字首　字根　字尾　複合字

direct v. 指揮；指導；管理；adj. 筆直的；直接的；adv. 筆直；直接	escort n. 警衛；護送；護送者；v. 護衛；護送；護航；陪同

 **單字拆解**

Ⓢ同義　Ⓐ反義　➎單字出現頻率

cor 共同 + **rect** 正確的 = **correct**　　　Ⓢrectify ➍GRE

correct [kə'rɛkt] 改正；矯正；解毒；正確的

Our teacher asked us to read our essay again and **correct** our own grammar.
老師要求我們再檢查一遍我們的文章，並修改文法。

di 分離 + **rect** 正確的 = **direct**　　　Ⓐindirect ➌GEPT

direct [də'rɛkt] 指揮；筆直的；直接

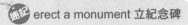 direct tax 直接稅

If you could, please **direct** your attention to diagram on the left.
如果可以的話，請將你的注意力集中在左邊的圖形。

e 往上 + **rect** 直的 = **erect**　　　Ⓐdemolish ➌GRE

erect [ɪ'rɛkt] 豎立；創立；直立的

 erect a monument 立紀念碑

The inhabitants of Easter Island **erected** massive stone statues with only manpower and very primitive tools.
復活節島的居民只用人力及原始工具將巨大的石雕豎立起來。

es 往外 + **cort** 正確的 = **escort**　　　Ⓢguide ➌TOEFL

escort ['ɛskɔrt] 警衛；護送

under the escort of 在⋯護送下

The Judo contestant's **escort** for the evening was his new girlfriend.
晚間護送柔道選手的人是他的新女友。

 238

reg- 統治

 MP3 283

快學便利貼

regime n. 政權；統治；管理；方法
region n. 區域；行政區；管轄區；領域
regular n. 常客；adj. 規律的；習慣性的；adv. 定期地；非常
regulate v. 規定；管制；調整；控制

reign n. 統治；支配權；在位期間；v. 統治；支配；盛行；佔優勢
rigid adj. 僵硬的；固定不動的；嚴格的
royal n. 皇族；頂梀；adj. 王室的；高貴的；高級的；極好的；一流的

reg 統治 + **ime** = regime　　　Ⓢgovernment ⒻTOEFL

regime [rɪˈʒim] 政權；管理；方法　　🎈 under the regime of 在…統治之下

Many feel that the current political **regime** has damaged the reputation of the country.
許多人覺得當前的政治情勢已經損害到國家聲望。

reg 統治 + **ion** 名詞 = region　　Ⓢlocation ⒻTOEIC

region [ˈridʒən] 區域；管轄區；領域　　🎈 in the region of 在…附近

This **region** of the world is known for its warm weather and beautiful scenery.
地球上的這個區域以溫暖氣候與美麗景致聞名。

regul 統治 + **ar** 的 = regular　　Ⓐirregular ⒋TOEIC

regular [ˈrɛgjələ] 常客；規律的　　🎈 regular procedure 正規手續

Mrs. Shen was such a **regular** at the restaurant that all the waiters and managers knew her name.
沈太太是餐廳的常客，所有的服務生及經理都知道她的名字。

regul 統治 + **ate** 動作 = regulate　　Ⓢmanage ⒻTOEFL

regulate [ˈrɛgjəˌlet] 規定；調整；使條理化；校準

The governor said in a statement yesterday that the price of gas would be **regulated** to prevent price gouging.
昨天州長聲明將管制油價，以避免物價被哄抬。

Ⓢprevail ⒻTOEFL

reign [ren] 統治；支配權；領域　　🎈 under the reign of 在位時期

The **reign** of the king was beset with troubles from the beginning.
國王的統治從一開始就滿是問題。

rig 統治 + **id** = rigid　　Ⓐyielding ⒋IELTS

rigid [ˈrɪdʒɪd] 僵硬的；固定不動的；嚴格的；精確的

If you are going to work at this company, you must not be so **rigid** and learn to go with the flow.
如果你打算在這家公司工作，你一定不能太硬頸，要學著順其自然。

Ⓢnoble ⒻTOEIC

royal [ˈrɔɪəl] 皇族；王室的；高級的　　🎈 a royal feast 盛宴

The new mansion in the countryside was of **royal** dimensions.
鄉下的新華廈規模雄偉。

rid-, ris- 笑

MP3 284

快學便利貼

ridicule n. 揶揄;笑柄;**v.** 嘲笑;挖苦　　　　**ridiculous adj.** 可笑的;荒謬的

Ⓢ同義　Ⓐ反義　Ⓕ單字出現頻率

ridi 笑 **+ cule** = **ridicule**　　　　Ⓐrespect Ⓕ GEPT

ridicule ['rɪdɪkjul] 嘲笑;揶揄　　　速記 cast ridicule upon 嘲笑

The chubby boy's abnormally large ears subjected him to constant **ridicule**.
胖男孩超大的耳朵使他不斷遭受嘲笑。

ridicule 嘲笑 **+ ous** 充滿 = **ridiculous**　　　Ⓢfoolish Ⓕ GEPT

ridiculous [rɪ'dɪkjələs] 可笑的;荒謬的

Don't be **ridiculous**, there is no such thing as a pink elephant.
別瞎掰了,沒有粉紅色大象這種東西。

rot- 旋轉

MP3 285

快學便利貼

rotate v. 旋轉;輪流;交替;輪作　　　　**rotation n.** 旋轉;交替;輪作;自轉

Ⓢ同義　Ⓐ反義　Ⓕ單字出現頻率

rot 旋轉 **+ ate** 動作 = **rotate**　　　　Ⓢspin Ⓕ TOEIC

rotate ['rotet] 旋轉;輪流;交替　　　速記 rotate around 轉動

It is advisable to **rotate** the tires on your car every 1000 miles.
建議你汽車輪胎每跑一千英里就應替換。

rot 旋轉 **+ ation** 名詞 = **rotation**

rotation [roˈteʃən] 旋轉；交替；輪作

 by rotation 輪流

He overslept so I had to take his **rotation** at the desk.
他睡過頭，所以我必須幫他代班。

rupt- 破壞

MP3
286

字首

字根

快學便利貼

abrupt adj. 突然的；沒禮貌的；不連貫的；斷裂的；意外的；險峻的	**corrupt v.** 使腐敗；**adj.** 貪腐的；墮落的
	erupt v. 爆發；噴出；出疹；長牙
bankrupt n. 破產者；**v.** 使破產；使無力償付；**adj.** 破產的；無力償還債務的	**interrupt v.** 妨礙；插嘴；中斷；打斷
	route n. 路線；路程；航線；**v.** 規定路線

單字拆解

Ⓢ 同義　Ⓐ 反義　⑤ 單字出現頻率

ab 離開 ＋ **rupt** 破壞 ＝ **abrupt**

Ⓢhasty ③TOEIC

abrupt [əˈbrʌpt] 突然的；不連貫的

an abrupt manner 粗暴的態度

The cheerleader's style of speaking was so **abrupt** that she was often considered extremely rude.
那名啦啦隊員講話的方式很沒禮貌，別人常認為她非常粗魯。

bank 銀行 ＋ **rupt** 破壞 ＝ **bankrupt**

Ⓢdebtor ④TOEIC

bankrupt [ˈbæŋkrʌpt] 破產

go bankrupt 破產

The current poor economic environment may **bankrupt** many businesses.
目前惡劣的經濟情勢可能會使許多企業破產。

cor 全部 ＋ **rupt** 破壞 ＝ **corrupt**

Ⓢwicked ③TOEIC

corrupt [kəˈrʌpt] 使腐敗；貪腐的；不可靠的

corrupt practices 行賄

His friends **corrupted** the innocent young man by teaching him to drink and smoke and dragging him to bars every night of the week.
年輕男子的朋友把單純的他帶壞了，教他喝酒、抽菸、夜夜笙歌。

e 往外 ＋ **rupt** 破壞 ＝ **erupt**

Ⓢvomit ③TOEFL

erupt [ɪˈrʌpt] 爆發；噴出；出疹

Unable to control his anger, Jim would often **erupt** at the smallest thing.

難以控制自己的情緒，吉姆時常對小事發怒。

inter 之間 + **rupt** 破壞 = **interrupt**　　Ｓhinder ④TOEIC

interrupt [ˌɪntəˈrʌpt] 妨礙；插嘴；中斷

You mustn't **interrupt** people when they are talking, or else they may not listen when you are speaking.
你不能在別人談話時插嘴，否則你說話時他們可能不會聽。

Ｓcourse ③IELTS

route [rut] 路程；航線；規定路線　　速記 on route 在途中

The highway is both the safest and quickest **route** to the coast.
高速公路是前往海岸最安全也最快速的路徑。

242 sacr- 神聖的

快學便利貼

sacred adj. 神聖的；不可侵犯的；供
獻給…的；宗教的；莊嚴的

sacrifice n. 犧牲；祭品；廉售；v. 犧
牲；低價出售；虧本出售

sanction n. 批准；懲罰；認可；v. 批
准；承認；支援；制裁；讚許

saint n. 聖者；天使；虔誠的人；逝者；
v. 把…視為聖徒

單字拆解　　　Ｓ同義　Ａ反義　⑤單字出現頻率

sacr 神聖的 + **ed** 充滿…性質 = **sacred**　　Ａsecular ③TOEFL

sacred [ˈsekrɪd] 神聖的；不可侵犯的　　速記 be sacred from 免除

Some people go to churches, others go to temples, but she had the greater sense of the **sacred** when she was in nature.
有些人上教堂，有些人去廟裡，但她接近大自然時更能感受到神聖的意念。

sacr 神聖的 + **ifice** 使 = **sacrifice**　　Ｓrelease ③GEPT

sacrifice [ˈsækrəˌfaɪs] 犧牲；低價出售　　速記 at the sacrifice of 犧牲

If you want to succeed, you may have to make some **sacrifices**.
假如你想要成功，或許必須做出一些犧牲。

sanct 神聖的 + **ion** 名詞 = **sanction**　　Ａinterdict ③TOEIC

sanction [ˈsæŋkʃən] 批准；承認　　速記 give sanction to 批准

Failing to punish their behavior will make it seem as if we were giving **sanction** to their horrible behavior.
若不處罰他們，就如同我們默許他們可怕的行為。

Sholy person ❷TOEFL

saint [sent] 聖者；把…視為聖徒；天使

Many people in the family considered their grandmother a **saint** because of all that she had sacrificed to keep the family together.
家族中許多成員因為祖母為家族的團聚所做的一切犧牲而視她為天使。

---

243 sal-, sult- 跳；健全的；鹽

快學便利貼

assault n./v. 攻擊；襲擊；威脅；抨擊
insult n./v. 侮辱；損害；羞辱；冒犯
result n. 結果；效果；後果；成績；
    v. 歸結為；導致；發生；產生
salad n. 沙拉；萵苣；生菜；蔬菜沙拉
salary n. 薪水；薪資；v. 付…薪水
salt n. 食鹽；要素；滋味；v. 加鹽；調味；**adj.** 含鹽份的；有鹹味的

salmon n. 鮭；橙紅色；**adj.** 橙紅色的
salute n. 敬禮；禮炮；喝彩；行禮；
    v. 致敬；祝賀；放禮炮；迎接
sane adj. 神智清楚的；明智的；合乎情理的；穩健的；健全的
sanitation n. 衛生；環境衛生；衛生設備；盥洗設備；下水道設施；公共衛生

單字拆解

S同義 **A**反義 **S**單字出現頻率

as 前往 + **sault** 跳 = assult

Adefense ❸GEPT

assault [ə'sɔlt] 攻擊；威脅

筆記 make an assault on 猛攻

The small company of soldiers launched an **assault** on the city from the north.
一小隊士兵從城市的北邊發動攻擊。

in 在…之上 + **sult** 跳 = insult

Arespect ❸TOEFL

insult ['ɪnsʌlt] 損害；侮辱

筆記 put up with an insult 忍受侮辱

The gifted student considered the overly simple question an **insult** to his intelligence.
資優生認為過分簡單的題目有辱他的聰明才智。

re 返回 + **sult** 跳 = result

Sconsequence ❹TOEIC

result [rɪ'zʌlt] 結果；效果；導致

筆記 result in 導致

The **result** of the investigation was that the police no longer suspected the victim's husband of murder.
調查結果是警方不再懷疑罹難者丈夫是兇手。

sal 跳 + **ad** = salad　　　　　　　　　　　　　　**3** GEPT

salad ['sæləd] 沙拉；萵苣　　　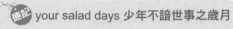 your salad days 少年不諳世事之歲月

The vegetarian prefers a simple **salad** with only olive oil and red wine vinegar for dressing.
素食者偏好只拌橄欖油及紅酒醋做醬汁的簡單沙拉。

sal 跳 + **ary** 物 = salary　　　　　　　**S** wages　**3** TOEIC

salary ['sælərɪ] 薪水；付…薪水　　　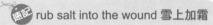 draw one's salary 領薪水

The interior designer's **salary** nearly doubled after she changed careers.
室內設計師改變職業後薪水幾乎加倍。

A sweet　**3** GEPT

salt [sɔlt] 食鹽；要素；含鹽份的　　　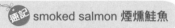 rub salt into the wound 雪上加霜

Many people thought that his breaking up with his girlfriend right after her father's death was like rubbing **salt** into her wounds.
許多人認為他在女友父親過世後與她分手就像在傷口上灑鹽。

sal 跳 + **mon** 物 = salmon　　　　　　　　　　　　**3** GEPT

salmon ['sæmən] 鮭；橙紅色的　　　 smoked salmon 煙燻鮭魚

The walls were painted a loud **salmon**, which might have looked very ugly in any other home.
牆壁刷上鮮豔的橘紅色，這在其他房子裡看起來都會非常醜。

sal 跳 + **ute** 具…性質 = salute　　　　　**S** greet　**3** GEPT

salute [sə'lut] 敬禮；禮炮；致敬　　　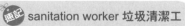 acknowledge a salute 答禮

During the president's inspection, the troops remained in **salute** until he had passed by.
總統閱兵期間，部隊持續行禮直到他通過。

A insane　**3** TOEFL

sane [sen] 神智清楚的；明智的；穩健的

We all thought it was very **sane** of him to leave the abusive relationship.
我們都認為他斬斷孽緣是明智之舉。

sanit 健全的 + **ation** 名詞 = sanitation　　　**S** hygiene　**3** GEPT

sanitation [ˌsænə'teʃən] 衛生　　　 sanitation worker 垃圾清潔工

The excellent water **sanitation** in the city meant that you could drink directly from the tap.
由於市內水質非常衛生，你可直接飲用水龍頭的水。

sat-, sati-, satis-, satur- 充滿的

MP3 289

字首

快學便利貼

satisfaction n. 滿意；償還；義務履行　　**satisfy** v. 令人滿意；符合標準；賠償

單字拆解

S 同義　**A** 反義　**⑤** 單字出現頻率

字根

satis 充滿的 + **fact** 使 + **ion** 名詞 = **satisfaction**

A discontent　**③** GEPT

satisfaction [ˌsætɪsˈfækʃən] 滿意；義務履行　通記 give satisfaction 使滿足

It will be a great **satisfaction** to my parents to know that I have obtained the scholarship from the institute.
父母得知我獲得研究所獎學金時一定會十分欣慰。

satis 充滿的 + **fy** 使 = **satisfy**

A dissatisfy　**③** GEPT

satisfy [ˈsætɪsˌfaɪ] 令人滿意；賠償　通記 satisfy with 使滿意

The Christmas dinner **satisfied** everyone this year.
每個人都滿意今年的聖誕大餐。

字尾

scal-, scan-, scend- 攀爬

MP3 290

複合字

快學便利貼

ascend v. 攀登；登上；追溯；上升
descend v. 下降；傳下，遺傳；突襲
descent n. 下坡；傾斜；家世；繼承；突襲；入侵；墮落；遺傳

escalate v. 乘電梯上升；迅速上漲
scale n. 刻度；尺度；音階；等級；規模；v. 用梯子爬上；用縮尺製圖
scan n. 掃描；瀏覽；v. 按韻律吟誦

a 前往 + **scend** 攀爬 = ascend　　A descend ③ GEPT

ascend [ə'sɛnd] 攀登；追溯　　速記 The path ascends here. 由此上坡。

After many years of hard work and determination, the clerk **ascended** to a management position.
經過多年的辛勞與決心，該名職員躍上管理職位。

de 往下 + **scend** 攀爬 = descend　　A ascend ④ TOEIC

descend [dɪ'sɛnd] 下降；遺傳；突襲　　速記 descend on 襲擊

I woke up just as the plane was beginning to **descend**.
我在飛機正要開始降落時醒來。

de 往下 + **scent** 攀爬 = descent　　A ascent ③ TOEFL

descent [dɪ'sɛnt] 下坡；繼承　　速記 make a descent upon 襲擊

The **descent** of the company from the ranks of the elite to total bankruptcy is the subject of a new book.
公司從優勢集團落敗到完全破產是一本新書的主題。

e 向外 + **scal** 攀爬 + **ate** 動作 = escalate　　③ GEPT

escalate [ˈɛskə,let] 乘電梯上升；迅速上漲

As the protest continued, the violence **escalated** to the point where the police could no longer control the crowd.
隨著抗議持續，群眾間的暴力氣氛已升高至警方無法控制的地步。

S steps ③ TOEIC

scale [skel] 刻度；等級；比例；攀登；用縮尺製圖

We decided to hold a meeting in order to get a better sense of the **scale** of the project.
我們決定舉行會議以進一步了解計畫的規模。

S inspect ④ TOEIC

scan [skæn] 掃描；瀏覽；按韻律念　　速記 scan for 審視

Please give the list of clients a quick **scan**.
麻煩你快速瀏覽客戶名單。

246

sci- 知道

 快學便利貼

conscience n. 良心；善惡觀念 　　**science** n. 科學；科學研究；學問

單字拆解　　　　Ⓢ同義　Ⓐ反義　Ⓕ單字出現頻率

con 共同 ＋ **sci** 知道 ＋ **ence** 名詞 ＝ **conscience**
Ⓢ moral sense　❸ TOEFL

conscience [ˈkɑnʃəns] 良心　　通記 upon my conscience 憑良心說

I believe Joe was upset because he had the betrayal of his wife's trust on his **conscience**.
我相信喬良心不安，因為他的確背叛了妻子對他的信任。

sci 知道 ＋ **ence** 名詞 ＝ **science**　　Ⓢ knowledge　❺ GEPT

science [ˈsaɪəns] 科學　　通記 behavioral science 行為科學

The branch of **science** that the gifted student studies is little known to the public.
資優生所攻讀的科學分部知名度不高。

247 **scribe-** 寫下

 MP3 292

快學便利貼

describe v. 描寫；評述；形容；敘述 　**subscribe** v. 捐助；簽名；訂購；
prescribe v. 指示；規定；開處方；使失效 　　　　　　訂閱；同意；認購
script n. 稿本；筆跡；正本；v. 寫電影腳本 　**transcript** n. 副本；抄本；謄本

單字拆解　　　　Ⓢ同義　Ⓐ反義　Ⓕ單字出現頻率

de 往下 ＋ **scribe** 寫下 ＝ **describe**　　Ⓢ portray　❹ GEPT

describe [dɪˈskraɪb] 描寫；評述　　通記 describe as 形容

Some find it hard to **describe** how they feel at the birth of their first child.
有些人覺得要描述他們第一個小孩誕生時的感覺不太容易。

pre 之前 ＋ **scribe** 寫下 ＝ **prescribe**

prescribe [prɪ'skraɪb] 指示；使失效

Sadvocate **③**TOEFL

 prescribe for 囑咐

Doctors **prescribed** a twelve-week course of therapy after the operation.
手術後，醫師規劃了一個十二週的療程。

Acopy **③**GEPT

script [skrɪpt] 正本；筆跡

 shooting script 拍攝用劇本

The letterhead of the company was written in a beautiful flowing **script**.
公司的信頭是用美麗且流暢的字體書寫。

sub 下面 + **scribe** 寫下 = subscribe

Sdonate to **③**TOEFL

subscribe [səb'skraɪb] 捐助；訂閱

 subscribe for 認購

With more and more people relying on the internet for information, fewer people are **subscribing** to magazines.
由於越來越多人仰賴從網路獲得資訊，現在較少人訂閱雜誌。

trans 跨越 + **script** 寫下 = transcript

Sduplicate **②**TOEIC

transcript ['træn‚skrɪpt] 副本；抄本

Along with your university diploma, please bring the **transcript** of your grades as well.
麻煩你攜帶大學學位證書時，連同成績單一起帶來。

248 sect-, seg- 切割

 MP3 293

快學便利貼

insect n. 蟲；昆蟲；adj. 昆蟲的　　sector n. 部門；函數尺；兩腳規
intersection n. 交叉；十字路口　　segment n. 部分；片段；部門；切片；
section n. 部門；區域；地段；v. 拆解　　　　v. 分割；分裂；切成片

 單字拆解　　　**S**同義　**A**反義　**⑤**單字出現頻率

in 否定 + **sect** 切割 = insect

Sbug **③**GEPT

insect ['ɪnsɛkt] 昆蟲；昆蟲的

 insect repellent 驅蟲藥

All of the run-down houses were infested with **insects**.
所有年久失修的房子都被昆蟲侵擾。

inter 之間 + **section** 切割 = intersection

intersection [ˌɪntəˈsɛkʃən] 十字路口；交叉點

The diner is located at the **intersection** of Little Road and Main Street.
餐館位於理投路與緬因街的十字路口。

sect 切割 + **ion** 名詞 = section

Sdivide ③GEPT

section [ˈsɛkʃən] 部門；拆解

通記 golden section 黃金分割

After the heavy rain, a large **section** of the mountain road was washed away and had to be closed.
大雨過後，一大片山區道路被沖垮而必須關閉。

sect 切割 + **or** 物 = sector

Ssegment ④TOEFL

sector [ˈsɛktə] 部門；兩腳規

通記 public sector 公營部門

The general retired early in order to pursue a career in the private **sector**.
將軍為了到私營機構謀職而提早退休。

seg 切割 + **ment** 狀態 = segment

Sdivision ③TOEIC

segment [ˈsɛgmənt] 片段；分割

通記 in segments 分段

The final **segment** of the TV show was the most informative.
電視節目的結尾片段最具教育意義。

249 sed-, sid-, sess- 坐

MP3 294

快學便利貼

session n. 會；會議；開庭；授課時間	**presidency** n. 總統職位；總統任期；支配；主席的職位
assess v. 評價；徵收；課稅；估價	
consult v. 商量；請教；會診；查閱	**reside** v. 居住；留駐；屬於；存在於
exile n./v. 放逐；流亡；離鄉背井	**siege** n. 包圍；圍攻；說服；劫持
possess v. 擁有；使佔有；支配；纏住	**residence** n. 居住；居住期間；官邸
preside v. 統轄；指揮；負責；主持	**consultation** n. 商量；協商；會診

單字拆解

S同義　A反義　❺單字出現頻率

sess 坐 + **ion** 名詞 = session

session [ˈsɛʃən] 會議；授課時間

速記 the morning session 股市早盤

I'm sorry there is no way you can go in while the meeting is in **session**.
很抱歉，你無法在會議進行期間進入會場。

as 前往 + **sess** 坐 = **assess**

Ⓢestimate ❹TOEIC

assess [əˈsɛs] 評價；課稅

速記 assess at 估定財產的價值

The new general manager's annual income will be **assessed** at three million dollars, including bonuses.
新任總經理的年收入包含紅利預計有三百萬元。

con 共同 + **sult** 坐 = **consult**

Ⓢtalk over ❹TOEFL

consult [kənˈsʌlt] 商量；查閱

速記 consult with 交換意見

If you are having trouble, it is best for you to **consult** the instruction manual.
如果你遇到困難，最好查閱指導手冊。

e 往外 + **xile** 坐 = **exile**

Ⓢbanish ❸TOEFL

exile [ˈɛksaɪl] 放逐；流亡

速記 live in exile 流亡

The deposed dictator was forced to live in **exile** for the rest of his life.
遭罷黜的獨裁者被迫過著流亡的餘生。

pos 向前 + **sess** 坐 = **possess**

Ⓢown ❹TOEIC

possess [pəˈzɛs] 擁有；使佔有；支配

速記 possess of 使掌握

The orphan **possessed** an uncanny ability to know exactly what to say to get what he wanted in any situation.
那名孤兒擁有一種特殊能力，就是在任何情況下都能準確知道該說甚麼以得到想要的東西。

pre 之前 + **side** 坐 = **preside**

Ⓢdirect ❸IELTS

preside [prɪˈzaɪd] 會議主持人；指揮；負責

The judge who **presided** over the trial took a hard line against the defendant.
主審法官對被告採取強硬態度。

pre 之前 + **sid** 坐 + **ency** 名詞 = **presidency**

❹TOEFL

presidency [ˈprɛzədənsɪ] 總統職位；支配

His **presidency** was marked with both great successes and salacious scandals.
他的總統任期留下顯赫政績與負面醜聞。

re 返回 + **side** 坐 = **reside**

Ⓢdwell ❸IELTS

reside [rɪˈzaɪd] 居住；留駐；屬於

速記 reside in 存在於

Though currently **residing** in the city, Kate frequently makes trips into the suburbs on business.

雖然目前住在城市裡，凱特經常到市郊出差。

S blockade **③** TOEFL

siege [sidʒ] 包圍；說服
 筆記 under heavy siege 重重包圍

The city was under **siege** for over four months before it finally fell.
城市淪陷之前遭受圍攻達四個多月。

re 返回 + **sid** 坐 + **ence** 名詞 = **residence**

S dwelling **⑤** GEPT

residence ['rɛzədəns] 居住；宅邸
筆記 in residence 常駐

As the crew prepared to demolish the derelict building, they found that over twenty homeless people had taken up **residence** inside.
當工作人員準備好要拆除廢棄建築物時，他們發現二十多名無家可歸的人已在裡面佔地而居。

con 共同 + **sult** 坐 + **ation** = **consultation**

S advice **④** TOEFL

consultation [ˌkɑnsəl'teʃən] 商量；協商；會診

In **consultation** with chief surgeon, it was decided to go ahead with the operation.
與主治醫師會診後，他們決定要繼續進行手術。

---

250 **sen-** 老的

MP3 295

快學便利貼

senator n. 參議員；上議院議員 | senior n. 前輩；資歷深者；adj. 資深的

 單字拆解

S 同義 **A** 反義 **⑤** 單字出現頻率

sen 老的 + **ator** 人 = **senator**

② TOEFL

senator ['sɛnətə] 參議員；上議院議員

She was the most popular **senator** the state had ever seen, remaining in office for thirty years.
她是該州史上人氣最旺，持續就任長達三十年的參議員。

sen 老的 + **ior** 比較級 = **senior**

A junior **④** TOEIC

senior ['sɛnɪə] 年長者；資深的
筆記 senior moment 老年失憶症

Most of her friends could not understand why she would want to marry a man twenty years her **senior**.
她大部分的朋友都無法理解為何她要嫁給一個大她二十歲的男子。

sens-, sent- 感覺

快學便利貼

consensus n. 一致；合意；輿論
consent n./v. 同意；贊成
sense n. 感官；判斷力；v. 感覺到
sensitivity n. 感光度；敏感

sentiment n. 感情；情操；感傷；感想
sentence n. 判決；句子；v. 宣判；判決
scent n. 氣味；香味；嗅覺；v. 嗅出；察覺；發出氣味

 單字拆解

Ⓢ同義　Ⓐ反義　❺單字出現頻率

con 共同 + **sens** 感覺 + **us** = consensus　Ⓢunanimity ❸TOEFL

consensus [kən'sɛnsəs] 一致；合意；輿論

After two weeks of deliberation, and just when it seemed they had reached an impasse, the committee reached **consensus**.
經過兩週的深入商議，似乎正陷入僵局時，委員會成員達成了共識。

con 共同 + **sent** 感覺 = consent　Ⓐrefuse ❸TOEFL

consent [kən'sɛnt] 同意；贊成　 consent to 答應

The magazine had to obtain the lady's **consent** before they published the photograph.
雜誌刊登那名女子的照片之前，必須獲得本人的同意。

Ⓢperceive ❹GEPT

sense [sɛns] 感官；判斷力；理會　通記 come to one's senses 恢復知覺

It doesn't make **sense** to speak ill of a colleague who has already resigned for a while.
背後批評已離職多時的同事毫無意義。

sens 感覺 + **itivity** 名詞 = sensitivity　❷TOEFL

sensitivity [ˌsɛnsə'tɪvətɪ] 敏感；靈敏性；感光度

The extreme **sensitivity** of the issue meant that everyone had to choose their words carefully.
議題極度敏感表示每個人都必須謹慎發言。

sent 感覺 + **ment** 狀態 = sentiment　Ⓢopinion ❸IELTS

sentiment ['sɛntəmənt] 感情

The senator's speech was full of admirable **sentiments**, which stirred everyone into action.
參議員的演說充滿令人欽佩的情操，也激發眾人參與活動。

sent 感覺	+	ence 名詞 = **sentence**	**S** decree **4** GEPT

sentence [ˈsɛntəns] 判決；句子

 速記 pass sentence upon 判刑

The notorious patricide was **sentenced** to death and executed by shooting in just three days.
惡名昭彰的弒父者被判處死刑，三天後執行槍決。

A stink **4** GEPT

scent [sɛnt] 氣味；嗅覺；察覺

速記 off the scent 失去線索

The **scent** of flowers filled the room covering the revolting odor of decay.
花的香氣充斥整個房間，蓋過令人作噁的腐臭味。

---

252 **secu-, sequ-, su-** 跟隨

快學便利貼

consequent adj. 必然的；因⋯而起的	**subsequent adj.** 後來的；附隨的
consequence n. 結果；影響；重要	**pursue v.** 追求；追趕；實行；採取
execute v. 實施；完成；演出；處決	**pursuit n.** 追求；實行；經營；工作
prosecute n. 起訴；告發；調查；執行	**suit n.** 控告；懇求；一套；**v.** 適合；相配
sequence n. 連續；順序；關聯；結果	**suite n.** 隨員；一副；套房；組曲；系列

單字拆解

S 同義　**A** 反義　**5** 單字出現頻率

con 一起	+	sequ 跟隨	+	ent	= **consequent**	**S** resulting **3** GEPT

consequent [ˈkɑnsəˌkwɛnt] 必然的；因⋯而起的

Consequent to your performance at the trial, I suggest that you be given a promotion.
從你試用期表現來看，我猜你會升職。

con 一起	+	sequ 跟隨	+	ence 名詞	= **consequence**	**S** effect **4** TOEFL

consequence [ˈkɑnsəˌkwɛns] 結果；影響

The dishonest salesperson should have answered for the **consequences** before he was transferred.
該名不肖業務員應當在移送法辦之前對他所造成的後果做出回應。

S complete **4** TOEFL

execute [ˈɛksɪˌkjut] 實施；完成；演出；處決

We should first **execute** the plan that we agreed upon then make any necessary adjustments afterwards.
我們應該先執行已一致同意的計畫，隨後再做必要的調整。

pro 往前 + **secute** 跟隨 = **prosecute**　　　Ⓢdischarge ❸TOEFL

prosecute [ˈprɑsɪ͵kjut] 起訴；調查；執行

The younster ignored the announcement "Trespassers will be **prosecuted**." and broke into the nature reserve.
年輕人忽視「侵入者依法究辦」的公告闖入自然保護區。

sequ 跟隨 + **ence** 名詞 = **sequence**　　　Ⓐseverance ❸TOEFL

sequence [ˈsikwəns] 連續；關聯；結果　　🔖in rapid sequence 緊接著

The manager chaired the meeting and discussed all the proposals with members in regular **sequence**.
經理主持會議，依例行程序與成員討論所有提案。

sub 下面 + **sequ** 跟隨 + **ent** 的 = **subsequent**　　　Ⓐantecedent ❸TOEIC

subsequent [ˈsʌbsɪ͵kwɛnt] 後來的　🔖subsequent events 隨後發生的事情

In the year **subsequent** to the president's death, Leo succeeded to all his estates and took over the company.
總裁往生的隔年，李歐繼承他所有的資產並接管公司。

pur 往前 + **sue** 跟隨 = **pursue**　　　Ⓐescape ❹TOEIC

pursue [pəˈsu] 追求；追趕；實行；採取

In Taiwan, a great number of college students are **pursuing** knowledge under difficulties.
在台灣，很多大學生都在艱困的環境中追求知識。

pur 往前 + **su** 跟隨 + **it** 前進 = **pursuit**　　　Ⓢhunt ❹GEPT

pursuit [pəˈsut] 追求；實行；經營

The police were in **pursuit** of two men who had stolen a car after robbing a bank.
警方正在追捕兩名竊車的銀行搶匪。

su 跟隨 + **it** = **suit**　　　Ⓢfit ❹TOEFL

suit [sut] 控告；懇求；相配　　🔖bring a suit against 對⋯提出控告

The old man brought a **suit** against his neighbor because she insulted him in public.
那位老先生因鄰居公然侮辱而對她提出控告。

su 跟隨 + **ite** = **suite**　　　❸GEPT

suite [swit] 隨員；一副；套房；組曲　　🔖en suite 成套的

The foreigner's **suite** was on the top floor of the hotel and had a magnificent view of

the city.
那位外國人的套房位於旅館的頂樓，可坐看整座城市的美景。

253 cert-, sert- 結合

 MP3 298

快學便利貼

assert **v.** 主張；聲明；堅持；顯示
concert **n.** 音樂會；一致；**v.** 協商；協調
desert **n.** 沙漠；**v.** 擅離職守；**adj.** 荒蕪的

insert **n.** 插入物；插頁；插入畫面；
　　　　v. 插進；刊登；嵌入；射入
series **n.** 連續；系列；叢書；組；套

 單字拆解

S 同義　**A** 反義　**5** 單字出現頻率

as 前往 ＋ **sert** 結合 ＝ assert

S declare　**3** TOEFL

assert [ə'sɝt] 主張；堅持

　　　　　　　熟記 assert oneself 堅持自己的權利

A majority of the villagers **asserted** that the fisherman was innocent and set him free.
大多數村民堅持該名漁夫是清白的並且把他放了。

con 一起 ＋ **cert** 結合 ＝ concert

S recital　**3** TOEFL

concert ['kɑnsət] 協奏曲；一致

　　　　　　　熟記 proceed in concert with 採取同一步驟

My grandparents are going to Jianhui's **concert** to enjoy old but romantic Taiwanese songs.
我祖父母要去聽江蕙的演唱會，欣賞浪漫的台語老歌。

de 離開 ＋ **sert** 結合 ＝ desert

A fertile　**4** GEPT

desert ['dɛzət] 沙漠；拋棄；擅離職守；荒蕪的

Lost in the **desert**, the traveler walked to an oasis, but he realized it was only a mirage.
由於在沙漠中迷了路，那位旅行者便往綠洲的方向走，但他知道那只不過是海市蜃樓罷了。

in 進入 ＋ **sert** 結合 ＝ insert

S put in　**3** TOEIC

insert [ɪn'sɝt] 插頁；插入畫面；插進；刊登

Dave **inserted** an adverbial phrase in the sentence and made it more semantically clear.
戴維在句子裡插入了一個副詞片語，使整句話的語意更加清楚。

ser(t) 結合 ＋ **ies** ＝ series

series ['siriz] 連續；系列

 速記 a series of victories 連戰連勝

The factory owner went bankrupt after a **series** of misfortunes in his late forties.
於不惑之年歷經一連串的不幸後，工廠的主人破產了。

 254

serv- 服務；保存

 MP3 299

快學便利貼

conserve v. 保存；保全；保存；節約
deserve v. 應得；值得；該得；應受
dessert n. 甜點；餐後甜點
observe v. 觀察；注意；評述；遵守
preserve n./v. 保存；維持；n. 蜜餞
reserve n. 貯藏；保留地；含蓄；沈默寡言；v. 預定；**adj.**備份的

reservoir n. 貯水池；水庫；貯藏；倉庫；v. 儲藏；蓄積
serve n. 發球；v. 開球；服務；服役；供應；備餐；任職；足夠
service n. 服務；業務；公用事業；宗教儀式；服役；招待；發球；v. 服務工作；支付；維修

 單字拆解

Ⓢ同義　Ⓐ反義　❺單字出現頻率

con 一起 ＋ **serve** 保存 ＝ **conserve**

Ⓢpreserve ❹TOEIC

conserve [kən'sɝv] 保存；保全

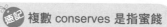 速記 複數 conserves 是指蜜餞

One of the best ways to **conserve** water is by turning off the tap while you are brushing your teeth.
省水的妙招之一就是當你在刷牙時把水龍頭關起來。

de 完全地 ＋ **serve** 保存 ＝ **deserve**

Ⓢbe worth ❹TOEIC

deserve [dɪ'zɝv] 應得；值得

 速記 deserve the fate 命該如此

The tae kwon do player **deserved** to be rewarded in spite of the umpire's ridiculous judgment.
無論裁判的判決多麼荒謬，該名跆拳道選手應當得獎。

des 分離 ＋ **sert** 服務 ＝ **dessert**

Ⓐhors d'oeuvre ❹GEPT

dessert [dɪ'zɝt] 餐後甜點

 速記 a dessert service 一套餐後甜點用具

The foreign backpacker's favorite **dessert** in Taiwan is unquestionably pineapple cake.
那位外國背包客最喜愛的台式甜點毫無疑問是鳳梨酥。

ob 前往 + **serve** 保存 = **observe**　　　Ⓐ **violate** ④ **IELTS**

observe [əbˈzɜv] 觀察；遵守　　　通記 observe on 評論

The detective **observed** the husband entering a restaurant with another woman.
私家偵探發現該名丈夫與情婦進入一家餐廳。

pre 之前 + **serve** 保存 = **preserve**　　　Ⓢ **protect** ④ **TOEIC**

preserve [prɪˈzɜv] 保存；維持；蜜餞　　　通記 preserve order 維持秩序

The residents in the fishing village **preserve** fish in salt and then dry them in the sun.
漁村居民用鹽把魚醃漬防腐後置於太陽下曬乾。

re 返回 + **serve** 保存 = **reserve**　　　Ⓢ **store** ④ **TOEFL**

reserve [rɪˈzɜv] 貯藏；保留；預定　　　通記 keep in reserve 預留

All rights **reserved**.
版權所有，翻印必究。

re 返回 + **serv** 保存 + **oir** = **reservoir**　　　Ⓢ **receptacle** ② **GEPT**

reservoir [ˈrɛzəˌvɔr] 水庫；貯藏　　　通記 a storing reservoir 貯水池

The heavy rain caused the **reservoir** to fill with mud and debris.
大雨造成水庫充滿泥沙和破瓦殘礫。

Ⓢ **supply** ⑤ **TOEIC**

serve [sɜv] 發球；服務；備餐　　　通記 It serves you right. 你活該。

Mr. Chen had **served** his apprenticeship in a plastic factory until he **served** in the ranks in Kinmen.
陳先生曾在一間塑膠工廠當學徒直到他去金門服役為止。

serv 服務 + **ice** = **service**　　　Ⓢ **assistance** ④ **TOEIC**

service [ˈsɜvɪs] 服務；服役　　　通記 at your service 敬候差遣

Even though the food is not the best in the world, the **service** is so good I would definitely eat here again.
雖然這裡的食物不是世界上最好吃的，但是這裡的服務好到我絕對會再光顧。

255 **sign-** 記號

快學便利貼

assign n. 受讓人；v. 分配；指定；轉　　**sign** n. 符號；信號；手勢；招牌；預兆；
讓；分派；派定；歸於　　　　　　　　症候；v. 用信號表示；做姿勢通知；簽名

字首　字根　字尾　複合字

design n. 設計；圖案；計劃；企圖；	signal n. 信號；預兆；徵象；暗號；導
v. 草擬；指定；設計；構思	因；標誌；v. 發信號；以動作示意
designate v. 指出；指定；任命職務；	significant adj. 有意義的；重要的；重
adj. 選定的；已指派的	大的；有效的；顯著的；非
resign v. 辭職；退出；拋棄；委託	偶然的；意味深長的

 單字拆解

Ⓢ同義　Ⓐ反義　Ⓕ單字出現頻率

as 前往 + **sign** 記號 = assign

Ⓢappoint ⒻTOEIC

assign [əˈsaɪn] 受讓人；分配；轉讓

速記 assign to 選派

The accused had intentionally **assigned** all his property to someone else before he was prosecuted.
該名被告在被起訴前已刻意將財產轉讓給他人。

de 往下 + **sign** 記號 = design

Ⓢsketch ⒋GEPT

design [dɪˈzaɪn] 設計；計劃；企圖；草擬

速記 by design 故意地

The section director has an obvious **design** on the position of department manager.
該部門主任對經理的職位有明顯的企圖心。

de 往下 + **sign** 記號 + **ate** = designate

Ⓢindicate ⒋TOEIC

designate [ˈdɛzɪɡˌnet] 指定；任命職務；稱呼

Susan was **designated** head of the committee by a unanimous vote.
蘇珊受到全體一致同意，指派擔任委員會的主席。

re 再一次 + **sign** 記號 = resign

Ⓢyield ⒊TOEIC

resign [rɪˈzaɪn] 辭職；拋棄；委託

速記 resign oneself to 聽任

Mrs. Lin will **resign** her child to her in-law's care if she gets the part-time job in the restaurant.
如果林小姐應徵上那間餐廳的兼職工作，她會把小孩託給親家照顧。

Ⓢsymbol ⒋TOEFL

sign [saɪn] 符號；預兆；用信號表示

速記 sign for sth 簽收

I don't care how convenient it is; the **sign** clearly says, "Do not enter."
我不管這樣做多方便；告示牌上清楚標示著「禁止進入」。

sign 記號 + **al** 名詞 = signal

Ⓢalarm ⒋TOEIC

signal [ˈsɪɡn̩] 預兆；發信號

速記 smoke signal 煙霧信號

When you are ready to leave, just give me a **signal** and we'll leave together.
當你準備要走的時候就給我打個暗號，然後我們一起走。

sign 記號 + **ifi** 使 + **cant** 的 = significant

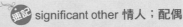

A insignificant **4** TOEIC

significant [sɪgˈnɪfəkənt] 有意義的

速記 significant other 情人；配偶

Moving the headquarters of the company out of the city into the suburbs will have a **significant** effect on costs.
公司總部移至郊區對成本將有很大的影響。

256 sembl-, simil- 相同；相似

快學便利貼

assemble v. 裝配；集合；聚集；召集
assembly n. 集合；集會；裝配；與會者

resemble v. 相像；相似；類似
similar n. 相像的人或物；adj. 相似的

單字拆解

S 同義　**A** 反義　**5** 單字出現頻率

as 前往 **+** **semble** 相同 **=** **assemble**　　　**A** dissolve **3** TOEIC

assemble [əˈsɛmbl̩] 裝配；集合；聚集

All the counter clerks were **assembled** in the auditorium for the marketing workshop.
所有櫃檯銷售員都為了這場行銷研討會聚集於講堂。

as 前往 **+** **sembl** 相同 **+** **y** **=** **assembly**　　　**S** gathering **3** TOEIC

assembly [əˈsɛmblɪ] 集合；集會；裝配

The **assembly** gathered to decide whether or not to allow the huge chain department store to build in their town.
與會者齊聚一堂決定是否要讓大型連鎖百貨公司在他們的城市裡興建。

re 再一次 **+** **semble** 相同 **=** **resemble**　　　**A** differ **4** TOEIC

resemble [rɪˈzɛmbl̩] 相像；相似

速記 resemble in 類似

The two dogs **resemble** each other in shape, but they are of different breeds.
這兩隻狗外型相似，但牠們的品種不同。

simil 相似 **+** **ar** 的 **=** **similar**　　　**A** different **4** GEPT

similar [ˈsɪmələ] 相似的

速記 be similar to 相仿的

Though the two teas taste **similar**, the difference in price is significant.
雖然這兩種茶品嚐起來味道相似，但價位卻明顯不同。

sist-, st-, sta-, stitute- 站立

MP3 302

快學便利貼

arrest n. 逮捕；拘留；收押；阻止；v. 逮捕；阻止；吸引；制止；拘留

assist n. 援助；v. 援助；協助；參加

consist v. 存在；一致；適合；構成

constant n. 常數；adj. 固定的；不斷的

constituent n. 組成成分；選民；adj. 構成的；具選舉權的

constitute v. 組成；委託；任命；設立

destination n. 目的地；目的；目標

destined adj. 註定的；預定的；前往

destiny n. 命運；宿命；神意；天命

distance n. 距離；路程；疏遠；v. 超過

distant adj. 遠方的；疏遠的；遠房的

ecstasy n. 狂喜；入迷；出神

establish v. 設立；制定；使開業；使定居；創辦；安置；規定

insist v. 堅持；堅決主張；強調

install v. 安裝；安置；任命；安頓

instance n. 實例；建議；場合；情況；訴訟手續；v. 舉例；舉例證明

instant n. 瞬間；時刻；頃刻；adj. 立即的；直接的；調製好的；當月的；迫切的；速食的

institute n. 協會；學會；學院；大學；研究所；原則；v. 設立；實行；任命

persist v. 堅持；存留；持續；固執

resist n. 防蝕用塗料；防腐劑；v. 抵抗；阻止；妨礙；反對；違背

restore v. 恢復；修補；歸還；使恢復意識；使復位；使復元；修復

stable n. 馬廄；adj. 穩定的；固定的

stage n. 講臺；舞臺；劇場；戲劇；階段；步驟；v. 演出；搬上舞臺

stall n. 販售攤；失速；車位；隔間；v. 敷衍；失速；欺騙；支吾；拖延

state n. 國務；政府；地位；資格；社會階層；狀況；v. 說明；陳述；確定

station n. 車站；航空站；派出所；電臺；電視臺；基地；身分；崗位；v. 駐紮；安置；部署；配置

stationery n. 文具；adj. 文具的

statue n. 雕像；塑像；v. 用雕像裝飾

status n. 狀況；資格；身份；重要地位

steady v. 使穩固；使穩定；穩定前進；鎮定；adj. 鎮定的；穩健的；有規則的；adv. 經常地；堅定地

 單字拆解

S 同義　**A** 反義　**5** 單字出現頻率

ar 前往 ＋ **re** 返回 ＋ **st** 站立 ＝ **arrest**　　**A** release　**3** TOEFL

arrest [əˈrɛst] 收押；逮捕；阻止　　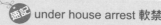 速記 under house arrest 軟禁

The policeman **arrested** the shoplifter for theft on the spot and put him under arrest in the police station.
警方當場逮捕了那位扒手並且將他押回警察局。

as 前往 + **sist** 站立 = assist　　　**S**support　**3**TOEFL

assist [ə'sɪst] 援助；參加　　　圖記 assist at 到場

My executive usually **assists** me in revising the marketing project before it is under discussion.
在行銷企劃案交付討論之前，我的業務主管通常會協助我做修改。

con 共同 + **sist** 站立 = consist　　　**S**include　**4**TOEIC

consist [kən'sɪst] 存在；一致　　　圖記 consist of 由…構成

My grandparents are living a simple life because they believe that happiness **consists** in contentment.
我的祖父母現在過著簡單的生活，因為他們相信知足常樂。

con 共同 + **st** 站立 + **ant** 的 = constant　　　**S**regular　**3**GRE

const**ant** ['kɑnstənt] 常數；固定的；不斷的

The reservoir was filled with water after five days of **constant** heavy rain.
經過五天連續大雨，水庫裡水量充足。

con 共同 + **stitu** 站立 + **ent** = constituent　　　**S**integral　**3**TOEFL

constitu**ent** [kən'stɪtʃuənt] 選民；構成的；組成成分

I am a **constituent** of this political party so I reserve the right to speak my mind.
我是這個政黨的一分子，所以我也保有說話權。

con 共同 + **stitute** 站立 = constitute　　　**S**organize　**2**TOEFL

constitute ['kɑnstə,tjut] 組成；委託；任命

The lawyer promised to **constitute** himself as the intermediate between the buyer and the seller.
律師承諾他會以擔任買賣雙方的調解人為使命。

de 往下 + **stin** 站立 + **ation** = destination　　　**S**objective　**3**TOEIC

destin**ation** [,dɛstə'neʃən] 目的地；目標；終點

Tahiti is the final **destination** of our trip.
大溪地是我們旅程的最終站。

de 往下 + **stin** 站立 + **ed** 的 = destined　　　**S**bound for　**3**TOEFL

destin**ed** ['dɛstɪnd] 註定；預定；開往；前往

She believed she was **destined** to be a star and never let failure keep her from trying again.
她相信她命中註定要當一位明星，而且她從未讓失敗打消她繼續嘗試的念頭。

de 往下 + **stin** 站立 + **y** = destiny ⓢfortune ❸GEPT

destiny [ˈdɛstənɪ] 命運；宿命

My parents usually encourage me to be a master of my own **destiny**.
父母常鼓勵我做自己命運的主人。

di 分離 + **st** 站立 + **ance** 名詞 = distance ⓢignore ❺GEPT

distance [ˈdɪstəns] 距離；疏遠；隔開 ㊙ Keep at a distance! 別靠近！

The **distance** between the hotel and Kyoto International Conference Center is exactly two miles.
旅館到京都國際會議廳的距離正好是兩英里。

di 分離 + **st** 站立 + **ant** 的 = distant Ⓐclose ❹GEPT

distant [ˈdɪstənt] 遠方的；疏遠的 ㊙ a distant place 遠方

Mr. Lin just moved to an apartment building only one mile **distant** from his office.
林先生剛搬到距離辦公室只有一英里遠的公寓。

ec 往外 + **sta** 站立 + **sy** = ecstasy ⓢrapture ❸TOEFL

ecstasy [ˈɛkstəsɪ] 狂喜 ㊙ in an ecstasy of joy 高興到極點

A crowd of young girls got into **ecstasies** when they saw the Korean band at the arrival hall.
當一群少女看到了韓國樂團來到入境大廳時，她們全都陷入瘋狂。

e 往外 + **sta** 站立 + **blish** 動作 = establish Ⓐdestroy ❸TOEFL

establish [əˈstæblɪʃ] 設立；安排；使開業 ㊙ re-establish 重建

The government tends to **establish** a law to discourage people from burning waste in the open air.
政府有意制定禁止民眾露天焚燒廢棄物的法律。

in 在…之上 + **sist** 站立 = insisit ⓢmaintain ❹TOEIC

insist [ɪnˈsɪst] 堅持 ㊙ insist on doing sth 執意繼續做

We must **insist** that you do not talk loudly in the library.
我們堅決要求你不准在圖書館裡大聲說話。

in 進入 + **stall** 站立 = install ⓢestablish ❹TOEFL

install [ɪnˈstɔl] 安裝；任命 ㊙ install in 使就職

The general affairs department director asked mechanics to **install** a heating system in the conference room.
總務處長要求技師在會議室裡安裝暖氣系統。

in 進入 + **st** 站立 + **ance** 名詞 = instance

instance ['ɪnstəns] 舉例證明

 in the first instance 首先

For **instance**, you had better give several **instances** in that **instance**.
比方說，在那樣的情況下，你最好能舉幾個例子來說明。

in 進入 + **st** 站立 + **ant** 名詞 = **instant**

S urgent ❸ IELTS

instant ['ɪnstənt] 瞬間

an instant response 立即回答

The **instant** the security guards heard the alarm, they fell in for action.
當警衛聽到了警報聲響，他們立即整隊應戰。

in 往上 + **stitute** 站立 = **institute**

S organize ❸ TOEFL

institute ['ɪnstətjut] 協會；設立

institute an action at law 提起法律訴訟

The resigned professor **instituted** a suit against the **institute** of technology he had ever worked previously.
那名退休教授對他之前待過的技術學院提出控告。

per 完全地 + **sist** 站立 = **persist**

A desist ❹ GEPT

persist [pəˈsɪst] 堅持；存留

persist that 反覆堅持說

Though the clerk **persisted** in working when ill, her supervior wanted her to take a sick leave.
儘管員工堅持抱病上班，她的上司依然要她請假休養。

re 反對 + **sist** 站立 = **resist**

A submit ❹ TOEFL

resist [rɪˈzɪst] 防腐劑；抵抗；阻止

resist heat 耐熱

The foreign lady seems to be hardly able to **resist** the smell of stinky tofu.
那位外國女士似乎無法忍受臭豆腐的味道。

re 再一次 + **store** 建立 = **restore**

S renovate ❹ TOEIC

restore [rɪˈstor] 恢復；歸還

restore order 恢復秩序

It took several hours for Brian to **restore** the files that had been deleted by mistake.
布萊恩花了好幾個小時修復誤刪的檔案。

sta 站立 + **ble** 能力 = **stable**

S steady ❸ GEPT

stable ['stebl] 馬廄；穩定的

stable boy 馬夫

The single mother has difficulty raising her children because she lacks **stable** income.
由於收入不穩，這位單親媽媽在撫養小孩上有困難。

st 站立 + **age** 名詞 = **stage**

S arrange ❹ GEPT

stage [stedʒ] 舞臺；步驟

take to the stage 做演員

The popular entertainer **staged** a comeback though he quit the **stage** ten years ago.
這名十年前退出舞台的演員復出了。

字首
字根
字尾
複合字

stall [stɔl] 販售攤；失速；拖延

The vendor knows how to **stall** off the customer beating a bargain well.
賣家知道如何不讓顧客殺價成功。

st 站立 + **ate** 動作 = state

state [stet] 政府；地位；說明

通記 in a terrible state 情況惡劣

The salesperson **stated** that the car was in a good **state** of repair and he would not lower the price.
銷售員表示車子維修狀況良好所以不降價。

st 站立 + **ation** 名詞 = station

station [ˈsteʃən] 車站；航空站；安置

通記 station in life 身分

The administration decided to **station** one more group of guards at the gate of the power **staion**.
管理部決定在發電廠門口加派一組警衛。

sta 站立 + **tion** 名詞 + **ery** 物 = stationery

stationery [ˈsteʃən͵ɛrɪ] 文具；文具的

Leo bought some **stationery** and envelopes in the neighborhood **stationery** store on his way home.
李歐在回家路上到家裡附近的文具店買了一些文具和信封。

stat 站立 + **ue** = statue

statue [ˈstætʃu] 雕像

通記 the Statue of Liberty 自由女神像

After the overthrow of Saddam Hussein, the people began the removal of his **statues**.
推翻海珊後，人們開始撤除他的雕像。

stat 站立 + **us** = status

status [ˈstetəs] 狀況；身份；重要地位

通記 status quo 現況

We were all worried about the **status** of our grandmother's health after she suffered a heart attack.
我們都很擔心奶奶在心臟病發之後的健康情形。

stead 站立 + **y** 的 = steady

steady [ˈstɛdɪ] 鎮定；有規則的

通記 steady-handed 不慌不忙的

A **steady** flow of tourists visited the museum this summer, leading to one of the best years, financially speaking, that the museum had ever seen.
今年夏天，博物館穩定的遊客量造就了前所未有收入最好的一年。

soci- 同伴

 MP3 303

快學便利貼

associate n. 夥伴；聯想物；準會員；
v. 使聯合；聯想；結交；
adj. 同伴的；有關的

sociable adj. 好交際的；聯誼的；社交的；友善的；n. 社交聚會

social n. 聯誼會；聯歡會；adj. 社會的；交際的；合群的；群居的

society n. 社會；協會；公會；交際；社交界；俱樂部；上流社會；交往；友誼；群集

 單字拆解

S 同義　**A** 反義　**⑤** 單字出現頻率

as 前往 + **soci** 同伴 + **ate** 具有…性質 = **associate**

S connect　**③** GEPT

associate [əˈsoʃɪˌet] 夥伴；有關的

速記 associate professor 副教授

It is reported that the popular singer is **associating** herself with a model three years younger than her.
據報導，該名受歡迎的女歌手與小她三歲的男模交往。

soci 同伴 + **able** 能力 = **sociable**

A unsociable　**④** TOEIC

sociable [ˈsoʃəbl] 社交的；聯誼的；友善的

You shouldn't just sit in the corner at the party; if you want to meet people, you have to get up and be **sociable**.
你不該呆坐在派對的角落；如果想認識更多人，你得先站起來並展現你的友善。

soci 同伴 + **al** 關於 = **social**

S community　**⑤** GEPT

social [ˈsoʃəl] 社會的；交際的

速記 social life 社交生活

It goes without saying that man is a **social** animal and we need to build a proper social life.
大家都知道人是群居動物，我們必須建立一個適當的社交生活。

soci 同伴 + **ety** = **society**

S public　**⑤** GEPT

society [səˈsaɪətɪ] 社會；協會；交際

速記 consumer society 消費社會

The British have a long-established system of peerage, which orders and ranks people in **society**.
英國人有一套長久以來把人區分成各個不同階層的貴族系統。

字首　字根　字尾　複合字

sol-, sole- 單獨的

MP3 304

快學便利貼

console v. 安慰；慰問；撫慰；慰藉
solemn adj. 嚴肅的；莊重的；重大的；照儀式的；冷峻的；鄭重的
sole n. 腳底；鞋底；襪底；adj. 唯一的；孤獨的；獨佔的；單身的
solidarity n. 團結一致；齊心協力

solid n. 固體；adj. 實質的；忠實的；有資產的；全體一致的；完全的
solitary n. 隱士；adj. 孤獨的；僻遠的
solo n. 獨奏曲；獨奏；單獨表演；單飛；v. 獨唱；獨奏；單飛；adj. 獨奏的；獨唱的；單獨的；adv. 單獨地

 單字拆解

Ⓢ同義　Ⓐ反義　Ⓕ單字出現頻率

con 共同 + **sole** 單獨的 = console　　Ⓐafflict ❸GEPT

console [kən'sol] 安慰；慰問　　﹝速記﹞console with 撫慰

I tried to **console** her by buying her an ice cream and offering to take her to see a movie, but she was just inconsolable.
我試著用買冰淇淋和請她看電影來安慰她，但她還是很傷心。

sol 單獨的 + **emn** 年 = solemn　　Ⓢserious ❸TOEFL

solemn ['saləm] 嚴肅的；照儀式的　　﹝速記﹞a solemn statement 嚴正的聲明

The dignitary's funeral was a most **solemn** occasion attended by many heads of state.
這位顯貴的葬禮非常莊嚴盛大，許多政府首長都有參加。

Ⓢsingle ❸GEPT

sole [sol] 腳底；唯一的　　﹝速記﹞have sole charge of 單獨掌管

The **sole** woman has the **sole** responsibility of the foundation since her husband's death.
自從這位單身太太的先生過世後，基金會是她唯一的責任。

solid 結實的 + **arity** 名詞 = solidarity　　Ⓢsoundness ❸GEPT

solidarity [ˌsɑlə'dærətɪ] 團結一致；相互支持

In hopes of showing **solidarity** with the poor, the new mayor has proposed a one million dollar project to clean up certain sections of the city.
新任市長提出以一百萬元預算清潔特定市區的計畫，希望能展現與貧民同在的精神。

sol 單獨的 + **id** 的 = solid　　Ⓐfluid ❹GRE

solid ['salɪd] 立體；實質的；結實的 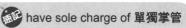 　　﹝速記﹞solid food 固體食物

The board finally went **solid** in favor of the proposal after discussing for a **solid** hour.
歷經了整整一小時的討論後，董事會終於對該提案產生一致同意的共識。

solit 單獨的 + **ary** 的 = solitary
Sisolated **3**GEPT

solitary ['sɑlə‚tɛrɪ] 獨居者；唯一的
筆記 a solitary exception 唯一的例外

The old soldier lived a **solitary** life in a **solitary** place after ten-year **solitary** imprisonment.
十年單獨監禁之後，老兵在僻遠的地方獨居生活。

Aduet **4**TOEFL

solo ['solo] 獨奏曲；獨奏；單飛；單獨的

The aboriginal youngster's guitar **solo** was the highlight of the song.
年輕原住民的吉他獨奏是這首歌的高潮。

260

solut-, solv- 鬆解

 MP3 305

快學便利貼

absolute adj. 絕對的；完全的；無條件的；專制的；確實的
dissolve v. 溶解；融化；分解；解散；撤銷；摧毀；失效

resolute n. 堅定的人；**adj.** 堅決的；勇敢的
resolve n. 決心；堅決；**v.** 決定；分解；溶解；還原；歸結於；失效；消失
solve v. 解決；解釋；調停；償債；溶解

單字拆解

S同義 **A**反義 **5**單字出現頻率

ab 離開 + **solute** 鬆解 = absolute
Scomplete **4**TOEIC

absolute ['æbsə‚lut] 絕對的；專制的
筆記 absolute truth 絕對真理

The board decided to cut down the number of the employees by ten percent by **absolute** necessity.
董事會萬不得已決定裁撤一成的員工。

dis 分離 + **solve** 鬆解 = dissolve
Scease **3**GRE

dissolve [dɪ'zɑlv] 溶解；撤銷
筆記 dissolve a bond 解除契約

Linda added salt into water and stirred it to make salt **dissolve** more quickly.
琳達加鹽巴到水裡，並且攪拌以使鹽巴較快速溶解。

re 返回 + **solute** 鬆解 = resolute

resolute [ˈrɛzəˌlut] 堅定的人；堅決的

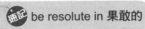 速記 be resolute in 果敢的

In the midst of nearly unanimous criticism, she was **resolute**, convinced that her solution was the only one.
在全體一致批評的聲浪當中，她堅決要大家相信只有她的解決方法是唯一可行的。

re 返回 + **solve** 鬆解 = **resolve**

Ⓐblend ④GRE

resolve [rɪˈzɑlv] 決心；分解；溶解

速記 be resolved to 決心

My grandfather has made a **resolve** to give up smoking after the capital operation on his lungs.
爺爺在他肺部動完大手術後決心戒菸。

solve [sɑlv] 解決；解釋；調停；償債

The greatest problem threatening humanity right now is environmental degradation, and many people are doing their best to **solve** this problem.
目前威脅全人類最大的問題就是環境的惡化，且許多人正盡全力解決這個問題。

261 soph- 智慧

 MP3 306

快學便利貼

sophisticated adj. 在行的；見多識廣的；世故的；老練的；精密的	**sophomore n.** 二年級學生；第二年的工作人員；**adj.** 二年級的

 單字拆解

⑤同義　Ⓐ反義　⑤單字出現頻率

soph 智慧 + **ist** 人 + **icate** + **ed** 的 = **sophisticated**

Ⓐnaive ③GEPT

sophisticated [səˈfɪstɪˌketɪd] 世故的

As far as I know, the **sophisticated** columnist is not a **sophisticated** person at all.
據我所知，出色的專欄作家完全不是個老練世故的人。

soph 智慧 + **more** 愚蠢 = **sophomore**

②TOEFL

sophomore [ˈsɑfəmor] 大學二年級生；具有兩年經驗者

As a **sophomore** at college, I finally decided what I wanted to do with the rest of my life.
我在大二時決定了人生的方向。

262

sort 種類

快學便利貼

resort n. 勝地;手段;依靠;v. 常去;採 用;訴諸;憑藉;求助	sort n. 種類;品質;性質;性格;方 式;程度;v. 分類;整理;挑選

單字拆解

S 同義　**A** 反義　**5** 單字出現頻率

re 再一次 + **sort** 種類 = resort

S turn to　**3** TOEFL

resort [rɪ'zɔrt] 手段;採用

聯記 resort to 訴諸

The police arrested three illegal foreign laborers without **resorting** to force at a health **resort**.
警方在一處養生莊園平和地逮捕了三名非法外勞。

S separate　**3** TOEIC

sort [sɔrt] 種類;性質;整理

聯記 all of a sort 差不多

What you need to understand is that this **sort** of person is dangerous and should be avoided at all costs.
你得知道這種人是非常危險的,而且要盡可能地避開他。

263

spec- 看

快學便利貼

aspect n. 容貌;方向;形勢;方面;態 貌;時態;時間;觀點	special n. 特別的人;特使;新聞號外; 特製影片;adj. 特別的;專用 的;額外的;具體的;特殊的
despise v. 輕視;鄙視;看不起	specimen n. 標本;樣品;實例;典型
despite n. 侮辱;prep. 不顧;縱然	spectacle n. 展覽物;景象;狀況;表演
expect v. 期待;預期;懷孕;盼望	
inspect v. 檢閱;審查;視察;檢閱	spectacular n. 盛大的場面;展覽物; 壯觀的;引人注意的
perspective n. 透視畫法;透視畫;遠 景;觀點;adj. 透視畫法的;透視的	spectrum n. 光譜;檢查鏡;範圍

prospect n. 眼界；景色；展望；方向；前途；預料；形勢；v. 勘探	speculate v. 思索；投機；推測；思索
respect n. 尊敬；問候；關係；方面；v. 尊敬；注意；關心；關於	spice n. 香料；調味料；香味；風味；少許；v. 加香料；增添趣味
scope n. 範圍；視界；見識；星占圖	spy n. 間諜；偵探；特務；v. 暗中監視
	suspect n. 嫌疑犯；可疑分子；v. 懷疑

 **單字拆解**　　　　Ⓢ同義　Ⓐ反義　❺單字出現頻率

a 前往 + **spect** 看 = aspect　　　　Ⓢview ❸TOEIC

aspect ['æspɛkt] 容貌；形勢　　記 take on a new aspect 呈現新局面

The trainer reminded all the students to consider a question in all **aspects**.
教練提醒學生在思考一個問題時要考量所有面向。

de 往下 + **spise** 看 = despise　　　　Ⓢdisdain ❸GEPT

despise [dɪ'spaɪz] 輕視；看不起

The foreign editor was forced to quit because she absolutely **despised** her boss.
外籍編輯被迫辭職，因為她完全瞧不起自己的老闆。

de 往下 + **spi** 看 + **te** = despite　　　　Ⓢin spite of ❺GEPT

despite [dɪ'spaɪt] 輕蔑；侮辱；不顧；縱然

Despite his advanced years, my grandfather enjoys bungee jumping and whitewater rafting.
即使年事已高，我祖父喜愛高空彈跳和泛舟。

ex 往外 + **pect** 看 = expect　　　　Ⓐdespair ❺GEPT

expect [ɪk'spɛkt] 期待；懷孕　　記 expect from 指望

I **expect** you to complete this project by the deadline, or you could face serious consequences.
我希望你能在期限內完成這項計畫，否則你可能會面臨非常嚴重的後果。

in 進入 + **spect** 看 = inspect　　　　Ⓢexamine ❹TOEFL

inspect [ɪn'spɛkt] 檢閱；審查；視察

The national leader **inspected** troops and made a lecture to the entire nation on Independence Day.
總統視察軍隊並在獨立紀念日當天對全國演講。

per 穿透 + **spect** 看 + **ive** = perspective　　　　Ⓢview ❸TOEFL

perspective [pɚ'spɛktɪv] 觀點；透視畫　　記 in perspective 正確地

Having served with the UN for over twenty years, we all trusted her **perspective** on global politics.

在聯合國工作超過二十年，我們相信她對全球政治的判斷力。

pro 向前地 + **spect** 看 = prospect   Ａretrospect ❸TOEIC

prospect ['prɑspɛkt] 眼界；展望   速記 prospect a mine 勘探礦藏

The youth will have a pleasant time in **prospect** because he obtains a job which offers good **prospects**.
這位年輕人將會有一個非常愉快的未來，因為他得到一份前景看好的工作。

re 再一次 + **spect** 看 = respect   Ａdishonor ❹GEPT

respect [rɪ'spɛkt] 尊敬；問候   速記 in respect to 關於

I would like to send my **respects** to the principal in **respect** that he paid **respect** to me in all **respects**.
我想寫信問候那位在各方面都很關心我的校長。

Ｓextent ❸TOEIC

scope [skop] 範圍；視界；能力；見識   速記 scope for 餘地

The **scope** of the problem reaches beyond our border and has become a cause for concern across the globe.
問題的範疇超越國界，已成為全球關注的焦點。

spec 看 + **ial** 關於 = special   Ａgeneral ❺GEPT

special ['spɛʃəl] 特別的；新聞號外   速記 special offer 特價商品

While I think that every person is unique and deserves to be treated humanely, some people are more **special** than others.
我認為每個人都是獨特的個體且應受人性對待，然而有些人還是比其他人特別。

spec 看 + **im** 進入 + **en** 小巧 = specimen   Ｓsample ❸GRE

specimen ['spɛsəmən] 標本；樣品

The **specimen** looks like a snake, but in fact, it is a big eel fish.
這個標本看起來像一條蛇，但實際上牠是一條大鰻魚。

spec 看 + **ta** + **cle** 小巧 = spectacle   Ｓsight ❸TOEFL

spectacle ['spɛktəkl] 表演；景象；狀況   速記 a pair of spectacles 一副眼鏡

Brian made a **spectacle** of himself on the MRT when he mistook a young lady for his girlfriend.
布萊恩在捷運上誤認一位小姐為自己女友時出盡洋相。

spectacu 景像 + **ar** 的 = spectacular   Ｓdramatic ❸TOEFL

spectacular [spɛk'tækjələ] 壯觀的   速記 in a spectacular fashion 壯觀地

A crowd of people were watching a **spectacular** display of fireworks along the riverbank.
一大群人在河岸邊觀看壯麗的煙火表演。

spect 看 + **rum** = spectrum
❷GRE

spectrum ['spɛktrəm] 光譜；範圍
速記 an optical spectrum 光譜

It was hard to reach an agreement because there was a wide **spectrum** of opinion.
由於意見過於分歧所以很難達成共識。

spec 看 + **ul** + **ate** 動作 = speculate
Ⓢguess ❸TOEFL

speculate ['spɛkjəˌlet] 思索；投機
速記 speculate on 沉思

Some investors **speculate** on a rise in stocks, while others **speculate** on a fall.
有些投資者推測股票上漲，然而有些則持相反看法。

Ⓢflavor ❸GEPT

spice [spaɪs] 香料；調味料；增添趣味

The chef added some exotic **spice** to the sausage so it tasted very special.
主廚在香腸中添加了異國香料所以嚐起來非常特別。

Ⓢdetect ❸IELTS

spy [spaɪ] 間諜；偵察；暗中監視
速記 spy on 刺探

A team of investigators are **spying** upon the movements of the terrorists all day long.
調查小組正全天候暗中監視恐怖份子的行動。

sus 下面 + **pect** 看 = suspect
Ⓐtrust ❹GEPT

suspect ['səspɛkt] 嫌疑犯；懷疑
速記 suspect sb of a crime 懷疑某人犯罪

The court decided to prosecute the **suspect** since they had had enough evidence against him.
法庭已決定起訴該名嫌疑犯，因為他們已掌握足夠對他不利的證據。

264 spair-, sper- 希望

MP3 309

快學便利貼

despair n./v. 絕望；n. 令人絕望的人或事　　prosper v. 興隆；繁榮；成功；昌盛
desperate adj. 拼命的；極度渴望

單字拆解
Ⓢ同義　Ⓐ反義　❺單字出現頻率

de 往下 + **spair** 希望 = despair
Ⓐdesire ❺GEPT

despair [dɪ'spɛr] 令人絕望的人或事；絕望
速記 out of despair 出於絕望

The salesperson gave up the attempt in **despair** because he has not received any

328

order for two months.
銷售員由於已經兩個月沒收到任何訂單而絕望地放棄了。

de 剝奪 + **sper** 希望 + **ate** 的 = desperate   Ⓢreckless ④TOEFL

desperate ['dɛspərɪt] 拼命的   速記 be desperate for 極度渴望的

Afer a long walk in the sun, the hiker was **desperate** for a bottle of water.
旅人在大太陽下走了好一陣子後非常渴望喝水。

pro 向前地 + **sper** 希望 = prosper   Ⓐdecline ④TOEIC

prosper ['prɑspɚ] 興隆；成功   速記 a prospering breeze 順風

My boss used to be driven to despair before, but now everything he does **prospers** with him.
雖然我的老闆曾失意過，但現在他可一帆風順了。

---

265 spir- 呼吸   MP3 310

快學便利貼

expire v. 吐氣；呼氣；屆滿；消滅
inspire v. 鼓舞；賦予靈感；指示

spirit n. 精神；心靈；靈魂；幽靈；時代精神；酒精；念頭；v. 鼓勵，鼓舞

單字拆解   Ⓢ同義 Ⓐ反義 ❺單字出現頻率

ex 往外 + **pire** 呼吸 = expire   Ⓢperish ③GEPT

expire [ɪk'spaɪr] 吐氣；屆滿；消滅；斷氣

The lease of the office **expires** in a month and the landlord won't continue the lease.
一個月內辦公室的租約就要到期了，而且房東也不打算續租。

in 進入 + **spire** 呼吸 = inspire   Ⓐexpire ③GEPT

inspire [ɪn'spaɪr] 鼓舞；賦予靈感；指示

In the orientation, the CEO **inspired** some creative thoughts into the new employees.
在迎新會上，執行長用了一些創意思考的方式來激勵新進員工。

spir 呼吸 + **it** = spirit   Ⓐflesh ❺TOEFL

spirit ['spɪrɪt] 精神；心靈   速記 in good / high spirits 精神好

The director wanted the clerk in low **spirits** to keep up her **spirits**.
主管要這位精神萎靡的店員振作起來。

spond- 保證

 MP3 311

快學便利貼

correspond v. 相當；對應；一致；符
合；通信；類似於
respond v. 回應；反應；承擔責任

response n. 回覆；反應；靈敏度
sponsor n. 發起者；主辦者；保證人；
資助人；v. 發起；主辦；擔保；贊助

 單字拆解 　　　Ⓢ同義　Ⓐ反義　❺單字出現頻率

cor 共同 + **re** 返回 + **spond** 保證 = correspond
Ⓢharmonize ❸IELTS

correspond [ˌkɔrɪ'spɑnd] 相當；符合　　速記 correspond to 相應

The salesperson has a high spirit; besides, his words always **correspond** with his action.
這名銷售員精神抖擻。此外，他總是言行一致。

re 返回 + **spond** 保證 = respond
Ⓢreply ❸GEPT

respond [rɪ'spɑnd] 回應；賠償；履行　　速記 respond by a nod 點頭答應

The accused **responded** the judgement of the court and indemnified the prosecutor for his losses.
被告承擔法庭的判決並且賠償原告的損失。

re 返回 + **sponse** 保證 = response
Ⓢanswer ❸GEPT

response [rɪ'spɑns] 回覆；靈敏度　　速記 make no response 無回應

The official's oratorical efforts evoked no **response** in his audience because what he said was just a cliché.
這位官員華麗的演講並沒有激起任何回響，因為他所說的都只是一些陳腔濫調罷了。

spons 保證 + **or** 人 = sponsor
Ⓢpromoter ❹TOEIC

sponsor ['spɑnsɚ] 發起者；贊助　　速記 a sponsored program 有廣告的節目

The raising garden party will be **sponsored** by several public good foundations.
此花卉培育園的宴會將受到幾個熱心的公家基金會贊助。

267

stereo- 立體的；實體的；堅固的 MP3 312

快學便利貼

stereo n. 立體聲；立體音響裝置；**adj.** 立體聲的	**stereotype** n. 刻板印象；v. 鉛版印刷；使固定；**adj.** 僵化的

單字拆解

Ｓ同義　**Ａ**反義　**⑤**單字出現頻率

② GEPT

stereo ['stɛrɪo] 立體聲；立體音響

速記 stereo system 立體音響系統

He proudly showed us the new **stereo** he had purchased and installed in his entertainment center.
他驕傲地展示買來安裝在家中視聽娛樂中心的全新立體音響。

stereo 堅固 + **type** 類別 = **stereotype**　　**Ｓ**cliché　**④**TOEFL

stereotype ['stɛrɪə‚taɪp] 刻板印象；使符合成規

Engineers in high-tech company needn't punch in and out for the practice has been **stereotyped** into a tradition.
科技新貴上下班無須打卡的現象已是一種成規。

268

stinct-, sting- 刺 MP3 313

快學便利貼

distinction n. 區別；特徵；優越；盛名；榮譽	**instinct** n. 本能；直覺；天性；**adj.** 充滿的
distinct adj. 獨特的；明確的；顯著的	**stimulate** v. 激勵；刺激
distinguish v. 區別；分類；使具特色	**sting** n. 刺；螫；刺激；諷刺；v. 刺疼；使苦悶；激勵
extinct adj. 熄滅的；絕種的；廢除的	

單字拆解

Ｓ同義　**Ａ**反義　**⑤**單字出現頻率

di 分離 + **stinct** 刺 + **ion** 名詞 = **distinction**

distinction [dɪ'stɪŋkʃən] 區別;特徵

 distinction between 差別

Many people have no idea about the **distinction** between colleagues and co-workers.
許多人不知道同行和同事的區別。

di 分離 + **stinct** 刺 = distinct

Aindistinct ④TOEIC

distinct [dɪ'stɪŋkt] 獨特的;顯著的

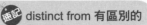 distinct from 有區別的

The new government promised to offer the nation a **distinct** improvement of living conditions.
新上任的政府承諾要明顯改善全國人民的生活。

di 分離 + **stingu** 刺 + **ish** 動作 = distinguish

Sdefine ③TOEIC

distinguish [dɪ'stɪŋgwɪʃ] 區別;分類

Irene took too much medicine; as a result, her mind could hardly **distinguish** between illusion and reality.
艾琳吃了太多藥,導致她無法區分幻覺和現實。

ex 往外 + **tinct** 刺 = extinct

Sobsolete ③TOEFL

extinct [ɪk'stɪŋkt] 熄滅的;絕種的;廢除的;失效的

A photographer surprisingly took a picture of an **extinct** species found in the area of the **extinct** volcano.
一名攝影師意外拍到在死火山附近發現的絕種生物。

in 進入 + **stinct** 刺 = instinct

Snatural feeling ④GEPT

instinct ['ɪnstɪŋkt] 本能;直覺

 have an instinct for 有…的天才

Mammals have an **instinct** for sucking. They do it just by **instinct**.
哺乳動物天生會吸奶。牠們這麼做憑的是本能。

stimul 刺 + **ate** 動作 = stimulate

Adeaden ④GEPT

stimulate ['stɪmjə,let] 激勵;刺激;促進…的功能

The adviser's encouragement has **stimulated** those who were out of spirits to spirit up.
顧問的一番鼓勵激勵了那群喪志的人。

Sprick ③GEPT

sting [stɪŋ] 刺激;諷刺;激勵

 a sting in the tail 煞風景的結局

Gina's ex-husband's visit took away the **sting** of her sorrow, which might cause them to be together again.
吉娜前夫的拜訪帶走了她的悲痛,這可能會使他們復合。

stress-, strict-, string-

拉緊

快學便利貼

distress n. 煩惱;悲痛;貧苦;不幸;
　　　v. 使苦惱;使貧困;扣押
district n. 地區;行政區;教區
restraint n. 抑制;禁止;羈押;限制
restrain v. 抑制;束縛;羈押;限制
restrict v. 限制;禁止
straight n. 直;直線;adj. 直接的;有
　　　條理的;正直的;價錢不變的;
　　　adv. 筆直;正確;率直;直
　　　接;立刻

strain n. 拉緊;盡力;過勞;濫用;
　　　v. 拉;拖;扭歪;彎曲;濾過
strait n. 海峽;狹隘;adj. 狹隘的;艱
　　　難的;嚴格的
stress n. 壓力;緊張;重音;重點;
　　　v. 強調;用重音讀;壓迫
stretch v. 展開;擴張;傾全力;濫
　　　用;adj. 彈性的
strict adj. 嚴格的;嚴厲的
string n. 線;一連串;弦;v. 排成一串

單字拆解

Ⓢ同義　Ⓐ反義　Ⓕ單字出現頻率

di 喪失 + **stress** 拉緊 = distress　　　Ⓐcomfort　Ⓕ GEPT

distress [dɪ'strɛs] 不幸;使苦惱
🔖 distress oneself 焦慮

The court decided to levy the property upon the man in debt, but it **distressed** him into committing suicide.
法院決定扣押該名男子名下的財產來抵債,但這使得他苦惱到去自殺了。

di 分離 + **strict** 拉緊 = district　　　Ⓢregion　Ⓕ GEPT

district ['dɪstrɪkt] 地區;行政區;教區
🔖 business district 商業區

According to the new zoning of the city, there will be a shopping **district** in my neighborhood.
根據全新的城市分區規劃,我家附近將會有一個購物區。

re 返回 + **straint** 拉緊 = restraint　　　Ⓐincitement　Ⓕ TOEFL

restraint [rɪ'strent] 抑制;羈押
🔖 free from restraint 無束縛的

The suspect was held in **restraint** soon after three hours' interrogation in the police station.
經過在警局三個小時的審問後,嫌犯立即被羈押。

字首 字根 字尾 複合字

re 返回 + **strain** 拉緊 = restrain

Ⓐimpel ❸TOEFL

restrain [rɪ'stren] 束縛；限制

速記 restrain oneself 自制

The captain is trying to **restrain** consultants from interference on his law inforcement.
該名上校試圖阻止那些抵觸他執法權的顧問。

re 返回 + **strict** 拉緊 = restrict

Ⓢconfine ❹TOEFL

restrict [rɪ'strɪkt] 限制；禁止；阻礙；束縛

You are **restricted** from entering any area marked "Private".
你無法進入任何標示「私有」的地區。

Ⓐcurved ❹GEPT

straight [stret] 直接的；正確的

速記 get straight 瞭解；弄好

According to **straight** information, the criminal will come back to Taiwan **straight** from Beijing.
根據正確消息指出，罪犯會從北京直接返台。

Ⓐrelax ❸TOEFL

strain [stren] 拉緊；拉

速記 strain oneself 過勞

Due to the local guide's **strained** interpretation, the foreign tourist **strained** the law there.
由於導遊的錯誤解釋，外國旅客曲解了當地的法律。

Ⓐbroad ❸IELTS

strait [stret] 海峽；狹隘；艱難的；嚴格的

The trip by boat across the **strait** took only four hours.
乘船橫越海峽的旅行只花四小時。

Ⓢtension ❹GEPT

stress [strɛs] 壓力；強調；壓迫

速記 under stress of 在…強制下

The sales manager has imposed a severe **stress** on all the salespersons.
業務部經理施加沉重的壓力給所有銷售員。

Ⓐshrink ❸GEPT

stretch [strɛtʃ] 擴張；傾全力；濫用

速記 bring to the stretch 盡力

It is not a **stretch** of the law to impose a penalty on the driver's smoking in his or her taxi.
處罰計程車司機在車上吸菸的條例並不算濫用法律。

Ⓐloose ❹GEPT

strict [strɪkt] 嚴格的；嚴厲的

速記 be strict with 嚴格的

Stockbrokers should be very **strict** in observing the operating regulations and sincere to their clients.
證券經紀人應嚴格遵守操作規範以及真誠地對待客戶。

Ⓐunstring ❸TOEIC

string [strɪŋ] 線；排成一串

速記 string together 連貫

The boy asked his teacher a **string** of questions, including how to tie up his shoe **strings**.
男孩問了老師一連串的問題，包括怎麼綁鞋帶。

stru-, struct- 建造

MP3 315

快學便利貼

destroy v. 破壞；殲滅；撲滅；摧毀
instruct v. 教導；通知；指示；吩咐

structure n. 構造；組織；石紋；化學
結構；建築物

單字拆解

Ⓢ同義　Ⓐ反義　❺單字出現頻率

de 往下 + **stroy** 建造 = **destroy**　　Ⓢ**demolish** ❺**GEPT**

destroy [dɪ'strɔɪ] 破壞；殲滅；使失敗

A string of old wooden houses was **destroyed** by fire on a cold winter night.
在一個寒冷冬夜裡，整排木造房屋遭大火吞噬。

in 進入 + **struct** 建造 = **instruct**　　Ⓢ**educate** ❸**GEPT**

instruct [ɪn'strʌkt] 教導；通知；指示

通記 instruct in 指導

The leader **instructed** his team to pull every string to search for the ship in distress.
隊長指示小組成員竭盡全力搜尋遇難船隻。

struct 建造 + **ure** 物 = **structure**　　Ⓢ**construction** ❸**TOEFL**

structure ['strʌktʃə] 構造；石紋

通記 power structure 權力結構

The major ordered the soldiers to strain every nerve to complete military **structures** straight off.
少校命令士兵立刻全神貫注地完成軍事建設。

sault-, sult- 跳

MP3 316

快學便利貼

assault v. 攻擊；襲擊；威脅
insult n. 侮辱；損害；v. 侮辱

result n. 結果；成效；成績；決議；
v. 歸結為；導致

 **單字拆解**

🅢同義 🅐反義 🅕單字出現頻率

as 前往 + **sault** 跳 = **assault**

🅐defense 🅑TOEFL

assault [ə'sɔlt] 攻擊；威脅

📝 indecent assault 猥褻罪

The young man was **assaulted** by three men behind his house in an alley.
那位年輕人在他家後面的巷子裡遭到三個男人攻擊。

in 進入 + **sult** 跳 = **insult**

🅐respect 🅑TOEFL

insult [ɪn'sʌlt] 侮辱；損害

📝 add insult to injury 雪上加霜

It is extremely impolite to **insult** your host at a party.
在派對上侮辱主人是非常不禮貌的。

re 返回 + **sult** 跳 = **result**

🅐cause 🅕TOEIC

result [rɪ'zʌlt] 結果；成效；導致

📝 result in 結果

The **result** of all our campaigning was to overturn the new law.
我們所有政治活動的成果為推翻新法。

272 sume-, sumpt- 拿

快學便利貼

assume v. 假定；承擔債務；採用；擔任；裝腔作勢；多管閒事

consume v. 消費；消耗；浪費；毀滅；枯萎

presume v. 假設；認為；想像；擅自行動

resume n. 履歷表；**v.** 拿回；恢復；重新開始

 **單字拆解**

🅢同義 🅐反義 🅕單字出現頻率

as 前往 + **sume** 拿 = **assume**

🅢suppose 🅐TOEIC

assume [ə'sjum] 假定；承擔債務；採用

📝 assume office 就職

Many people **assumed** that it was the administrative manager that should assume responsibility.
許多人認為行政部經理應承擔責任。

con 共同 + **sume** 拿 = **consume**

.336.

consume [kən'sjum] 消費；浪費；枯萎

 A produce **4** TOEIC

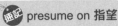 consume with 充滿

The artist **consumed** a long stretch of time creating a series of action figures instinct with life.
藝術家花了很多時間創作一系列充滿生命力的人形公仔。

pre 之前 + **sume** 拿 = presume

A prove **3** TOEFL

presume [prɪ'zum] 假設；推測

 presume on 指望

I **presume** that we are supposed to resume where we left off just now.
我認為我們應該從剛才停下來的地方重新開始。

re 返回 + **sume** 拿 = resume

S return to **3** TOEIC

resume [rɪ'zjum] 拿回

 resume the thread of one's discourse 言歸正傳

The opposite party **resumed** the reins of government through winning the presidential election.
反對黨由於總統大選的勝利而重掌政權。

273 **sur-** 安全的；確定的

MP3 31B

快學便利貼

assure v. 保證；鄭重宣告；保險；使弄清楚；使確定

ensure v. 保證；擔保；保險；保護

insure v. 投保；承保；為…提供保證

sure adj. 確實的；可靠的；堅定的；
adv. 的確；當然

 單字拆解

S 同義 **A** 反義 **5** 單字出現頻率

as 前往 + **sure** 確定 = assure

A alarm **3** TOEIC

assure [ə'ʃʊr] 保證；鄭重宣告；保險

assure one's life 保人壽險

I can **assure** you that your valuables will be secure in our safe Mr. Smith.
史密斯先生，我保證你把財產存放於我們的保險箱是絕對安全的。

en 使 + **sure** 確定 = ensure

S guarantee **3** TOEIC

ensure [ɪn'ʃʊr] 保證人；擔保

ensure from 使安全

I can't **ensure** that your supervisor won't strain her authority.
我無法保證你的上司不會濫用她的職權。

in 進入 + **sure** 確定 = insure

Ｓprotect ❹TOEIC

insure [ɪnˈʃʊr] 承保；為…提供保證

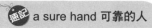 insure against death 保壽險

The house was **insured** for over $1,000,000 in the event of a fire.
這棟房子保了超過一百萬元的火險。

Ａdoubtful ❺GEPT

sure [ʃʊr] 確實的；當然；可靠的

 a sure hand 可靠的人

Please make **sure** that the truck driver will respond in damages without strings attached.
請確認卡車司機將無條件承擔損害賠償責任。

274

surge- 上升

MP3 319

快學便利貼

resource n. 資源；方法；機智；消遣　　 surge n. 大浪；洶湧；波動；v. 起大
source n. 來源；原因；出處；血統　　　　　　 浪；高漲；蜂擁而來；澎湃

單字拆解

Ｓ同義　Ａ反義　❺單字出現頻率

re 再一次 + **source** 上升 = resource

Ｓproperty ❹TOEFL

resource [rɪˈsors] 資源；機智；消遣

 human resources 人力資源

The criminal wanted by the law still strained under pressure at the end of his **resources**.
遭警方通緝的罪犯在山窮水盡的情況下仍然努力逃亡。

sour 上升 + **ce** = source

Ｓorigin ❹IELTS

source [sors] 來源；出處；血統

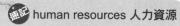 trace to its source 追根尋源

Based on a reliable **source**, the economic situation will be in increasingly dire straits in no time.
據可靠消息指出，經濟狀況很快就會跌入前所未有的深淵。

Ｓwave ❸GEPT

surge [sɝdʒ] 洶湧；蜂擁而來

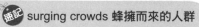 surging crowds 蜂擁而來的人群

The analyst placed great stress on the trend that the gold price will keep **surging** in the near future.
分析師特別強調黃金的價格於近期將有持續上漲的趨勢。

tact-, tang- 接觸

MP3 320

快學便利貼

attain v. 達到；獲得；n. 成就
contact n./v. 接觸；聯繫；交涉；
　　　　　adj. 有接觸的；有關係的
intact adj. 未受損的；原封不動的

integrate v. 使成整體；結合
tactics n. 戰術；策略
tact n. 機智；老練；圓滑

字首　字根　字尾　複合字

單字拆解

S 同義　**A** 反義　**⑤** 單字出現頻率

---

at 前往 + **tain** 接觸 = **attain**　　　**A** fail ❸ TOEIC

attain [ə'ten] 達到；獲得

速記 attain to 達到

She **attained** a management position after only three years in the company.
她在公司短短三年內就取得管理職位。

---

con 共同 + **tact** 接觸 = **contact**　　　**S** conncect ❹ GEPT

contact ['kɑntækt] 聯繫；有關係的

速記 out of contact with 失去聯繫

Please **contact** me as soon as you find out anything strange about your mother's health.
若您察覺令堂身體狀況有異，請立刻與我聯繫。

---

in 否定 + **tact** 接觸 = **intact**　　　**S** untouched ❸ TOEFL

intact [ɪn'tækt] 未受損的；原封不動的；完整無缺的

The biology teacher required the students to keep the specimen **intact** after the experiment.
生物老師要求學生在做完實驗後原封不動把標本收好。

---

in 進入 + **tegr** 接觸 + **ate** = **integrate**　　　**S** coordinate ❸ TOEIC

integrate ['ɪntə،gret] 使成整體；完整的

速記 integrate into 合併

The economics professor usually reminds his students of the importance of **integrating** theory with practice.
經濟學教授時常提醒他的學生理論和實務結合的重要性。

---

tact 接觸 + **ics** = **tactics**　　　**S** operation ❸ TOEFL

tactics ['tæktɪks] 戰術；策略

速記 scare tactics 恐嚇戰術

The company employed strange advertising **tactics**, putting their logo in bathrooms,

on trash cans, and in many other places you would not expect to see an ad.
該公司使用奇特的廣告策略，將公司的商標放在廁所、垃圾桶和其它意想不到的地方。

Sdiplomacy **3**GEPT

tact [tækt] 機智；老練；圓滑

Completely lacking any **tact**, he will speak his mind on any subject without any concern for other people's feelings.
他涉世未深，常常不顧他人感受對任何話題都直接表達自己的想法。

 # tain-, ten-, tin- 保持

快學便利貼

contain v. 包含；容納；等於；克制	**maintain** v. 保持；繼續；堅持；維護；扶養；保養；主張；強調
content n. 滿足；容積；v. 使滿意；使滿足；**adj.** 滿足的；滿意的	**obtain** v. 得到；買到；達到；流行
continent n. 大陸；陸地；**adj.** 自制的；貞潔的	**rein** n. 韁繩；牽制；控制；支配；v. 套上韁繩；統治
continue v. 繼續；仍然；使留任	**retain** v. 保留；保持；記住；聘用
detain v. 留住；扣留；拘留	**sustain** v. 支援；維持；鼓舞；抵擋；忍受；證明；承認；准許
entertain v. 招待；使娛樂	

 單字拆解　　　**S**同義　**A**反義　**5**單字出現頻率

con 共同 + **tain** 保持 = contain

A exclude **4** GEPT

contain [kən'ten] 容納；克制

 contain oneself 克制自己

The document the lawyer's holding **contains** all the information needed by the appeal.
律師持有的文件包括所有上訴時所需的資料。

con 共同 + **tent** 保持 = content

S satisfied **4** GEPT

content [kən'tɛnt] 滿足

通記 be content with 以…為滿足

Some of the **content** of the movie is quite explicit, so I don't think it is appropriate for children to watch.
電影裡的一些內容很寫實，所以我不認為它適合兒童觀賞。

con 共同 + **tin** 保持 + **ent** 物 = continent

continent ['kɑntənənt] 大陸；自制的；貞潔的

At one time, the **continents** of South America and Africa formed one super-continent.
南美洲和非洲曾經是一塊超級大陸。

con 共同 + **tinue** 保持 = **continue**　　Ⓢpersist ❺GEPT

continue [kən'tɪnju] 繼續；使留任　　速記 To be continued. 未完待續。

The graduate student has been allowed to **continue** using the chemistry laboratory during Chinese New Year.
那位研究生獲准在農曆過年期間繼續使用化學實驗室。

de 離開 + **tain** 保持 = **detain**　　Ⓐliberate ❸TOEFL

detain [dɪ'ten] 留住；拘留　　速記 detain provisionally 暫行拘留

The company ordered the spy to be **detained** for corporate espionage.
公司命令間諜停留以進行商業諜報行動。

enter 進入 + **tain** 保持 = **entertain**　　Ⓢdelight ❹GEPT

entertain [ˌɛntɚ'ten] 招待；使娛樂　　速記 entertain doubts 懷疑

All the sponsors were **entertained** to dinner with a variety of local food in Tainan.
晚餐時，所有贊助商都被招待台南當地小吃。

main 主要 + **tain** 保持 = **maintain**　　Ⓐabandon ❸TOEIC

maintain [men'ten] 保持；堅持；保養；主張

We **maintain** contact with each other through letters and occasional phone calls.
我們藉由通信以及偶爾打個電話來保持聯絡。

ob 反對 + **tain** 保留 = **obtain**　　Ⓢacquire ❸TOEFL

obtain [əb'ten] 買到；流行　　速記 obtain a high price 高價售出

Police **obtained** evidence of the man's guilt by careful and thorough detective work.
警方透過仔細而完整的調查取得男子的罪證。

Ⓢcontrol ❸TOEFL

rein [ren] 韁繩；支配；套上韁繩　　速記 take the reins 支配

The jailers hold a tight **rein** over each of the prisoners all the time, especially the serious criminals.
獄卒全天候嚴加看管每一名罪犯，尤其是重刑犯。

re 再一次 + **tain** 保持 = **retain**　　Ⓢpreserve ❸TOEIC

retain [rɪ'ten] 保留；記住；聘用；攔住

The teacher quit teaching full time but was **retained** by the university as an advisor, working part time and still receiving a salary.
老師辭去了全職教學的工作，但受學校改聘為指導教授，兼職工作又可有薪水可領。

字首　字根　字尾　複合字

sus 下面 + **tain** 保持 = sustain

Stolerate ❸IELTS

sustain [sə'sten] 支援；鼓舞；抵擋 sustain an injury 負傷

The car company **sustained** a great loss during the globally financial crisis.
汽車公司在全球金融危機時遭受極大的損失。

---

277 techn-, techno- 技巧

 MP3 322

快學便利貼

technical adj. 技術的；工藝的；專業的；根據法律的

technique n. 技術；技巧；手法
technological adj. 技術的

 單字拆解　　Ⓢ同義　Ⓐ反義　❺單字出現頻率

techn 技巧 + **ical** 關於 = technical

Ⓐ theoretical ❹TOEIC

technical ['tɛknɪkḷ] 技術的；專業的 technical skill 專門技能

The language of the instruction manual was too **technical** and was of no help at all to a layman.
操作手冊上的文字寫得太專業，對外行人來說一點幫助也沒有。

techn 技巧 + **ique** = technique

Ⓢ manner ❹TOEFL

technique [tɛk'nik] 技術；技巧；手法

The company has developed a new **technique** of manufacturing plastics, which it hopes to put to use as soon as possible.
公司研發了一種新的塑膠製造方法，期待這技術能盡快啟用。

techn 技巧 + **olog** 科學 + **ical** = technological

❷TOEFL

technological [tɛknə'lɑdʒɪkḷ] 技術的；工藝學的

There have been remarkable **technological** advances in the past century.
過去一百年內在科技方面有長足的進展。

---

278 tect-, teg 覆蓋

 MP3 323

快學便利貼

detect v. 發覺；查明；看穿
detective n. 偵探；**adj.** 偵查的

protect v. 保護；包庇；投保；準備
支付

單字拆解

S 同義　**A** 反義　**5** 單字出現頻率

de 往下 **+** **tect** 覆蓋 **= detect**　　　　　**A** hide　**4** TOEFL

detect [dɪ'tɛkt] 發覺；查明；看穿

The technical adviser was **detected** in offering the competitor the company's newly-developed technique.
該名技術顧問被查到將公司內部的最新研發技術提供給競爭同行。

de 往下 **+** **tect** 覆蓋 **+** **ive** **= detective**　　**S** investigator　**3** IELTS

detective [dɪ'tɛktɪv] 偵探；偵查的　　速記 private detective 私家偵探

The **detective** obtained some data drawn from an informer through information exchange.
透過交換情報的方式，偵探從一名線人那兒得到一些資訊。

pro 向前地 **+** **tect** 覆蓋 **= protect**　　　　　**A** endanger　**4** GEPT

protect [prə'tɛkt] 保護；包庇　　速記 protected trade 保護貿易

To save the earth, we need to **protect** natural resources from being abused.
為了保護地球，我們必須確保天然資源不被濫用。

279 temper- 適度的

MP3 324

快學便利貼

temperament n. 氣質；體質；脾氣；
暴躁
temperature n. 溫度；氣溫

temper n. 氣質；性情；心情；脾氣；
特徵；**v.** 調和；使緩和；變柔
軟

tempera 適度的 **+** **ment** **= temperament**　　**S** disposition　**4** TOEFL

temperament ['tɛmprəmənt] 氣質；脾氣；體質

Try not to put the person with a nervous **temperament** out of temper, or he or she will get into a temper.

試著別挑起神經緊繃者的脾氣，否則對方將會大發雷霆。

temper 適度的 + **at** 前往 + **ure** 名詞 = temperature **4** GEPT

temperature ['tɛmprətʃə] 溫度　　　速記 room temperature 室溫

As the **temperature** of the room cooled, some people began to shiver.

當室溫下降時，有些人開始打哆嗦。

⚠ intensify **4** GEPT

temper ['tɛmpə] 氣質；脾氣；調和　　　速記 in a good temper 心情好

Aware of her husband's affair one more time, Judy could contain no longer and lost her **temper**.

得知老公再次外遇時，朱蒂再也無法忍受地大發脾氣了。

280 **tempt-, temt-** 嘗試

MP3 325

快學便利貼

attempt n. 企圖；攻擊；v. 嘗試；企圖；　　**contempt** n. 輕蔑；恥辱；不管
覬覦；襲擊　　　　　　　　　　　　　　**tempt** v. 誘惑；教唆；冒險；誘導

 單字拆解　　　🅢同義　⚠反義　**5**單字出現頻率

at 前往 + **tempt** 嘗試 = attempt　　　　🅢strive **4** TOEIC

attempt [ə'tɛmpt] 企圖；嘗試　　　速記 in a vain attempt 妄圖

The technical expert is making an **attempt** at the improvement of the telecommunication function.

這名專門的技術員正嘗試改善長途電信的運作。

con 一起 + **tempt** 嘗試 = contempt　　　⚠respect **3** IELTS

contempt [kən'tɛmpt] 輕蔑；恥辱　　　速記 have...in contempt 蔑視

After getting out of temper, the rude customer found he just fell into **contempt**.

情緒失控後，無禮的顧客覺得自己很丟臉。

🅢attract **4** TOEIC

tempt [tɛmpt] 誘惑；冒險；誘導　　　速記 tempt fate 鋌而走險

Though I've already read half the book, I'm **tempted** to stop because it's boring.

這書我雖然看一半了，但還是很想停下來，因為它實在是很無聊。

tend-, tense, tent-

伸展

MP3 326

快學便利貼

attend v. 出席；參加；服侍；隨行；照料
contend v. 競爭；戰鬥；爭論
extend v. 伸展；延期；擴充；發揮；提供
extent v. 廣度；程度；範圍；界限
intend v. 打算；企圖；意指
intense adj. 激烈的；緊張的；熱切
intent n. 意圖；含義；adj. 集中的；熱心的；堅決的
pretend v. 假裝；佯裝；自稱；adj. 想像的

tend v. 照料；護理；傾向；服侍；招待；注意；有助於
tender n. 照護者；v. 提出；提供；adj. 嫩的；柔弱的；敏感的；易受感動的；柔和的；小心的
tense n. 時態；adj. 拉緊的；緊張的；v. 繃緊；緊張
tent n. 帳篷；寓所；v. 用帳篷遮蓋；住帳篷；暫居

單字拆解

S 同義　**A** 反義　**F** 單字出現頻率

at 前往 + **tend** 伸展 = **attend**

A disregard　**4** GEPT

attend [ə'tɛnd] 出席；參加；照料

速記 attend school 上學

We all **attended** the electronics convention together.
我們全員一同出席那場電子學會議。

con 一起 + **tend** 伸展 = **contend**

S struggle　**3** TOEFL

contend [kən'tɛnd] 競爭；戰鬥；爭論

速記 It is contended that 堅持

If you want to make any changes to the policy, you will have to **contend** with management.
如果你想要在政策上做些改變，你得先對付那些管理部門的人。

ex 往外 + **tend** 伸展 = **extend**

A shrink　**4** TOEIC

extend [ɪk'stɛnd] 伸展；延長

速記 extend a building 增建

Negotiations were **extended** for another month in the hopes that more time would settle the matter.
協商延期了一個月，期望藉此能有更多的時間來解決問題。

ex 往外 + **tent** 伸展 = **extent**

S magnitude **4** GRE

extent [ɪk'stɛnt] 廣度；程度
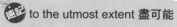 to the utmost extent 盡可能

The **extent** of the damage done to the body of the vehicle was so severe as to be beyond repair.
車體受損的程度嚴重到無法修復。

in 進入 + **tend** 伸展 = intend

S plan **4** TOEFL

intend [ɪn'tɛnd] 打算；意指
速記 intend for 本意是

I do not **intend** to just give up my position but I may be forced to leave.
我沒有打算辭職，但我可能會被迫離職。

in 進入 + **tense** 伸展 = intense

S extreme **3** GEPT

intense [ɪn'tɛns] 激烈的；緊張的；熱情的
速記 intense study 認真研讀

The young couple felt such **intense** love for each other that they eloped after only knowing each other for four months.
這對年輕的情侶愛得如此濃烈，在認識彼此四個月之後就私奔了。

in 進入 + **tent** 伸展 = intent

S purpose **3** GEPT

intent [ɪn'tɛnt] 意圖；熱心的
速記 an intent person 熱心的人

My **intent** was not to complicate the matter but to offer another solution.
我的目的不是要把事情複雜化，而是提供另一個解決方法。

pre 之前 + **tend** 伸展 = pretend

S act **4** GEPT

pretend [prɪ'tɛnd] 假裝；自稱
速記 pretend ignorance 假裝不知道

We **pretended** to be members of the band in order to sneak into the party.
為了溜進派對，我們假裝是樂團的成員。

tend 伸展 + **er** = tender

A tough **4** GEPT

tender ['tɛndə] 照護者；柔和的；提出
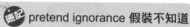 a tender spot 痛處；弱點

I plan to **tender** my resignation next fall and get some much-needed rest.
我打算明年秋天請辭，給自己一些必要的休息。

S incline **4** TOEIC

tend [tɛnd] 照料；傾向；有助於
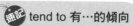 tend to 有…的傾向

Prices are **tending** upward, so most people **tend** to live an economical life to the utmost extent.
由於物價上漲，大部分的人傾向於盡量節儉過活。

A loose **4** GEPT

tense [tɛns] 拉緊的；緊張的；繃緊
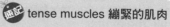 tense muscles 繃緊的肌肉

A crowd of people are watching the baseball finals between Taiwan and Korea with a **tense** anxiety in the pub.
酒館裡有一票人正繃緊神經觀看台韓棒球決賽。

tent [tɛnt] 帳篷；寓所；暫居

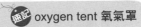

Ⓢwigwam ❸GEPT

速記 oxygen tent 氧氣罩

The instructor wanted the boys to pitch the **tent** and the girls to strike the **tent** during the camping.
露營期間，教官希望男生負責紮營而女生負責拔營。

term-, termin- 限制

MP3 327

快學便利貼

determine v. 決心；決定；確定；終止	**terminate v.** 終止；歸於；滿期
terminal n. 末端；總站；**adj.** 終端的；結尾的；極限的；定期的；期終的；末期的	**term n.** 期限；學期；任期；結算期；術語；條款；價錢；界限；終點；**v.** 稱呼

 **單字拆解**

Ⓢ同義　Ⓐ反義　❺單字出現頻率

de 完全地 + **termine** 限制 = **determine**

Ⓢdecide ❹TOEFL

determine [dɪ'tɜmɪn] 決心；確定；限定

The mayor was absolutely **determined** to end the crime wave sweeping the city.
市長堅決要遏止已席捲全市的不法行為。

termin 限制 + **al** 的 = **terminal**

Ⓢultimate ❸GRE

terminal ['tɜmənl] 末端；學期考試

速記 the terminal station 終點站

As her cancer reached its **terminal** stage, she grew weaker and thinner.
她在癌症末期時變得越來越瘦弱。

termin 限制 + **ate** 動作 = **terminate**

Ⓢfinish ❸TOEFL

terminate ['tɜmə,net] 終止；滿期

The news that the high-tech company has determined to **terminate** the contract is not true.
高科技公司決定要終止合約的消息不是真的。

Ⓢperiod ❹GEPT

term [tɜm] 學期；條款

速記 keep terms with 繼續談判

If you do not agree with the **terms** of the contract, they can be renegotiated.
如果您不同意合約上的條款，都可以再談。

terr- 土地；使驚嚇

快學便利貼

deter v. 防止；制止
deteriorate v. 墮落；使惡化；敗壞
terrace n. 一排房屋；臺地；梯田；
　　　　壇；露臺

terrific adj. 可怕的；極好的；非常的
territory n. 領土；版圖；範圍
terror n. 恐怖；恐怖的原因；可怕的人
　　　　或物

 單字拆解

Ｓ同義　Ａ反義　Ｆ單字出現頻率

de 往下 + **ter** 驚嚇 = deter

Ａrecommend ③GEPT

deter [dɪˈtɝ] 防止；制止

速記 deter sb from 制止

Many people feel that capital punishment does not **deter** potential murderers.
許多人認為死刑並無法遏止兇手犯罪。

de 往下 + **ter** 土地 + **iorate** = deteriorate

Ａimprove ②TOEFL

deteriorate [dɪˈtɪrɪəˌret] 墮落；使惡化

Relations between the two countries have **deteriorated** and it is feared that open conflict may soon break out.
兩國關係已惡化，衝突恐將一觸即發。

ter 土地 + **race** 比賽 = terrace

③GEPT

terrace [ˈtɛrəs] 一排房屋；梯田

速記 river terrace 河階

On a vast extent of land, there is a **terrace**, red and white, below tender green **terraced** fields.
在一片廣闊的土地上，有一排紅白相間的房子位於綠油油的梯田下方。

terr 驚嚇 + **ific** 有關 = terrific

Ｓmarvelous ④TOEFL

terrific [təˈrɪfɪk] 可怕的；極好的；非常的

The motorcyclist driving at a **terrific** speed at night has really stricken terror into other drivers' heart.
夜裡，高速飆車的機車騎士把其他駕駛嚇得心驚膽顫。

terr 土地 + **it** 延及 + **ory** 地點 = territory

Ｓarea ③TOEFL

territory [ˈtɛrəˌtorɪ] 領土

速記 go with the territory 成為必然的結果

The president's attending physician is supposed to be second to none in the **territory**

of diabetes treatment.
總統的主治醫師在糖尿病治療領域中首屈一指。

terr 驚嚇 + **or** 人或物 = **terror**　　　**S** fear　**3** GEPT

terror ['tɛrə] 恐怖；可怕的人或物　　　速記 in terror of 害怕

The gang hoped to strike **terror** in the hearts of the residents living in the neighborhood.
幫派份子希望讓住在這附近的居民各個聞之喪膽。

284 test-, testi- 證明

快學便利貼

contest n./v. 競爭；爭論
protest n. 聲明；抗議；拒付；堅決主張

test n./v. 檢驗；測驗；檢查；化驗；考驗

單字拆解

S 同義　**A** 反義　**S** 單字出現頻率

con 一起 + **test** 證明 = **contest**　　　**S** tournament　**4** GEPT

contest ['kɑntɛst] 競爭；爭論　　　速記 contest an election 競選

The girl **contested** against a number of gifted teenagers from other countries at the musical **contest**.
女孩和許多來自於其他國家天資聰穎的年輕選手一同參與音樂競賽。

pro 向前地 + **test** 作證 = **protest**　　　**A** support　**3** TOEFL

protest [prə'tɛst] 抗議　　　速記 protest one's innocence 堅決聲明無罪

The cell phone factory workers in China are **protesting** to get better working conditions.
中國的手機廠員工正為爭取較佳的工作環境而抗議。

S examine　**4** GEPT

test [tɛst] 檢驗；考驗　　　速記 put to the test 試驗；檢驗

The nurse took the patient's temperature and had his blood **tested**.
護士替病人測量體溫並抽血檢查。

285 text- 編織

字首

字根

字尾

複合字

context n. 上下文；文章脈絡；條件；背景；來龍去脈	textile n. 紡織品；紡織原料；adj. 紡織的
retort n./v. 反擊；反駁；報復	text n. 原文；本文；課文；教科書；主題
subtle adj. 精細的；敏銳的；難解的	tissue n. 薄絹；衛生紙；生物組織

 單字拆解

S同義　**A**反義　**5**單字出現頻率

con 共同 + **text** 編織 = context　　**S**connection **3**TOEFL

context ['kɑntɛkst] 文章脈絡；背景　　速記 outside the context of 在…之外

The researcher's speech, in a different **context**, would have been more appropriate.
該名研究員的言論在其他不同的情境下發表會比較合適。

re 返回 + **tort** 編織 = retort　　**S**respond **3**IELTS

retort [rɪ'tɔrt] 反擊；反駁；報復　　速記 retort on 反駁

After the witty **retort**, she was unable to think of a suitable comeback.
在對手機智地反擊之後，她無法想出一個適當的回應。

sub 下面 + **tle** 編織 = subtle　　**A**simple **3**TOEFL

subtle ['sʌtḷ] 精細的；敏銳的；難解的　　速記 subtle intellect 睿智

The differences between the forgery and the authentic painting were **subtle**, but the expert was able to pick up on them.
贗品和真跡之間只有細微的不同，然而專家就是有辦法挑出這些差別。

text 編織 + **ile** 小尺寸 = textile　　**S**fabric **3**TOEFL

textile ['tɛkstaɪl] 紡織品；紡織原料　　速記 textile fibres 紡織纖維

My uncle has been a **textile** merchant for over twenty-five years.
我叔叔當紡織商人超過二十五年了。

Sproposition **4**GEPT

text [tɛkst] 原文；課文；教科書；主題　　速記 full text 全文

Please read the **text** carefully and be prepared to explain it in class.
請仔細閱讀課文並準備解釋給全班同學聽。

Sgauze **3**GEPT

tissue ['tɪʃu] 衛生紙；生物組織　　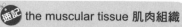 速記 the muscular tissue 肌肉組織

She always kept **tissues** handy for her own use or to lend to others.
她總是隨身帶著面紙以便自己使用或是借給他人。

theater 戲院

MP3 331

快學便利貼

amphitheater n. 圓形劇場　　　　theatrical adj. 劇場的；誇張的
theater n. 劇場；戲院；戲劇；戲劇文學　　theatricalism n. 戲劇手法；誇張作風

單字拆解

S 同義　**A** 反義　**5** 單字出現頻率

---

amphi 周圍 + **theater** 戲院 = **amphitheater**　　**2** IELTS

amphitheater [ˌæmfɪˈθɪətə] 圓形劇場

The performance of Hamlet will take place in the **amphitheater** in the city park.
哈姆雷特歌劇將會在都會公園的圓形劇場演出。

S stadium　**4** GEPT

theater [ˈθɪətə] 劇場；戲劇；會場

They arrived at the **theater** only two minutes before the curtain went up.
他們在表演開始前兩分鐘才到劇場。

---

theatri 戲院 + **cal** 關於 = **theatrical**　　**S** dramatic　**4** TOEFL

theatrical [θɪˈætrɪkl̩] 劇場的；誇張的

Her speech was very **theatrical**, full of passion and with elaborate gestures.
她的演講非常戲劇化，充滿熱情以及豐富的手勢。

---

theatri 戲院 + **cal** 關於 + **ism** 事物 = **theatricalism**　　**2** IELTS

theatricalism [θɪˈætrɪkl̩ɪzm] 戲劇手法；誇張作風

The seasoned actor's **theatricalism** was unrivaled in the business.
該名經驗豐富演員的戲劇手法在業界實在無人能出其右。

---

theo- 沉思

MP3 332

快學便利貼

theoretical adj. 理論的；推理的　　　　theory n. 理論；學說；推測

Ⓢ同義　Ⓐ反義　Ⓕ單字出現頻率

theo 沉思 + **retical** 關於 = **theoretical**　　Ⓢimpractical ❸TOEFL

theoretical [ˌθiəˈrɛtɪkl̩] 理論的；推理的

Your **theoretical** understanding of the situation is quite adept, but we need more practical solutions.
你在理論上的判斷非常純熟，但我們需要的是更實際的解決辦法。

theo 沉思 + **ry** 物 = **theory**　　Ⓢinference ❹TOEIC

theory [ˈθiərɪ] 理論；學說；推測　　速記 in theory 按理說

A new article in Journal of Natural Science purports to offer a new **theory** on the origins of the universe.
一篇刊載於自然科學期刊上的新文章中提出了一套宇宙起源的新理論。

288 toler- 容忍

 MP3 333

快學便利貼

tolerable adj. 可容忍的；可原諒的	tolerant adj. 忍受的；容忍的；寬大的
tolerance n. 忍受；容忍；耐性	tolerate v. 忍受；容忍；寬容；容許

 **單字拆解**

Ⓢ同義　Ⓐ反義　Ⓕ單字出現頻率

toler 容忍 + **able** 能力 = **tolerable**　　Ⓢacceptable ❹GEPT

tolerable [ˈtɑlərəbl̩] 可容忍的；可原諒的；過得去的

While you really liked the movie, I only found it **tolerable**.
雖然你真的很喜歡這部電影，但我覺得還好而已。

toler 容忍 + **ance** 名詞 = **tolerance**　　Ⓐintolerance ❹GEPT

tolerance [ˈtɑlərəns] 忍受；耐性　　速記 zero-tolerance 零容忍政策

My mother showed a lot of **tolerance** to the many interests I had as a child, which allowed me to explore lots of different career paths.
兒時母親對我廣泛的興趣非常寬容，使我得以探索出許多不同的事業之路。

toler 容忍 + **ant** 的 = **tolerant**

tolerant [ˈtɑlərənt] 忍受的；寬大的；有耐性的

America has gradually become a more **tolerant** society but not without a lot of struggle.
美國社會漸漸變得寬大包容，然而這一切並非得來容易。

toler 容忍 + **ate** 動作 = tolerate

S endure **4** GEPT

tolerate [ˈtɑləˌret] 忍受；寬容；容許

My boss **tolerates** my frequent absences from work because he knows that I have to take care of my dying mother.
我的老闆容許我常常請假是因為他知道我必須照顧病危的母親。

---

289 **tort-** 扭曲

字
首

字
根

字
尾

複
合
字

快學便利貼

distort v. 使歪扭；曲解；使不正常
torch n. 火把；火炬；手電筒
torment n. 苦惱；拷問；討厭事；v. 折磨

tortoise n. 烏龜
torture n. 訊問；拷問；v. 訊問；拷問；使痛苦

 單字拆解

S 同義 **A** 反義 **5** 單字出現頻率

dis 分離 + **tort** 扭曲 = distort

S twist **4** TOEFL

distort [dɪsˈtɔrt] 使歪扭；曲解

速記 distort the facts 扭曲事實

His views on current events were **distorted** by only having one source for news.
由於僅有一個新聞來源，他對時事的看法扭曲。

S light **3** GEPT

torch [tɔrtʃ] 火把；火炬

速記 put sth to the torch 付之一炬

The long hallway was lit by **torches** hung along the walls.
懸掛在牆上的火把照亮了整條長廊。

tor 扭曲 + **ment** 名詞 = torment

S plague **3** GEPT

torment [ˈtɔrˌmɛnt] 苦惱；折磨

速記 self-torment 自我折磨

Having to decide whether or not to keep my father on life support has caused me a great deal of **torment**.
我必須決定是否讓父親繼續使用呼吸器，為此我感到非常苦惱。

tor 扭曲 + **toise** 名詞 = tortoise

tortoise ['tɔrtəs] 龜

Tortoises are among the oldest animals in the world, some living more than one hundred and fifty years.
烏龜是世界上最老的動物之一，有些活了超過一百五十年。

tort 扭曲 + **ure** 名詞 = **torture**　　　Ｓdistress ❸TOEFL

torture ['tɔrtʃə] 訊問；折磨　　　速記 self-torture 苦行

The investigators put the suspect to **torture** for more than ten hours.
調查員拷問嫌犯長達十幾個小時。

290 tract-, treat- 拉

快學便利貼

abstract n. 抽象；萃取物；v. 摘要；
　　adj. 抽象的；純理論的
contract n. 契約；契約書；v. 訂約；
　　訂婚；承包；縮短
distract v. 分心；困擾；使錯亂
extract n. 抽出物；精華；摘錄；v. 抽
　　離；蒸餾出；做摘要；引用
portrait n. 肖像；相片；雕像；人物描
　　寫；生動的描繪
portray v. 畫肖像；描述；扮演

retreat n. 退卻；修養所；v. 撤退；隱退；
　　撤回；後移
subtract v. 減去；扣除
trace n. 足跡；痕跡；線索；圖形追蹤；
　　v. 追溯；追究；複寫
track n. 軌跡；痕跡；小徑；路程；線
　　索；跑道；徑賽；軌道；音軌；v. 追蹤
trait n. 特點；特徵；少許
treat n. 款待；請客；快樂的事情；娛
　　樂；v. 對待；處理；款待；治療；商議

單字拆解　　　Ｓ同義　Ａ反義　❺單字出現頻率

abs 分離 + **tract** 拉 = **abstract**　　　Ａconcrete ❸IELTS

abstract ['æbstrækt] 抽象；摘要　　　速記 in the abstract 抽象地

The painting was so **abstract** that, if there had been no title, we would have had no idea what it was meant to express.
那幅畫抽象到如果沒有標題我們可能就無法了解它所要表達的意思。

con 一起 + **tract** 拉 = **contract**　　　Ｓagreement ❹TOEIC

contract ['kɑntrækt] 契約；承包　　　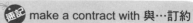 make a contract with 與…訂約

The record company made a **contract** with the band members.
唱片公司與樂團成員簽了合約。

dis 分離 + **tract** 拉 = distract　　　　　　　Ⓐattract ❸GEPT

distract [dɪ'strækt] 分心；困擾　　　　📝distract from 使從…分心

The noise of the temple festival **distracted** him from his study.
廟會的喧鬧聲使他讀書分心。

ex 往外 + **tract** 拉 = extract　　　　　　　Ⓐrestore ❸TOEFL

extract [ɪk'strækt] 抽出物；精華；摘錄　　📝extract from 摘錄

Since the police had **extracted** all the information they wanted from the witness, they let her go.
在警方從目擊證人那得到他們要的所有資訊之後，就讓她離開了。

por 姿態 + **trait** 拉 = portrait　　　　　　Ⓢimage ❸GEPT

portrait ['portret] 肖像；模型　　　　📝self-portrait 自畫像

The old soldier hung the **portrait** of the general who he admired most behind his desk.
老兵將他最景仰的將軍肖像掛在桌子後方。

por 姿態 + **tray** 拉 = portray　　　　　　Ⓢdepict ❸GEPT

portray [por'tre] 畫肖像；描述　　　📝portray as 把…描繪成

The girl's autobiography **portrayed** her stepmother as an uncompassionate woman.
女孩的自傳中將她的繼母描述成一位無情的女人。

re 返回 + **treat** 拉 = retreat　　　　　　Ⓢretire ❸IELTS

retreat [rɪ'trit] 退卻；避難處　　📝make good one's retreat 順利脫身

You cannot **retreat** from decision you made yesterday or everyone will see it as a sign of weakness.
你不能撤回昨天所做的決定，否則每個人都會認為你很軟弱。

sub 向下 + **tract** 拉 = subtract　　　　　　Ⓐadd ❹GRE

subtract [səb'trækt] 減去，扣除

Without enough money for the wedding banquet, the couple **subtracted** twelve people from their guest list.
由於婚宴預算不足，新人從賓客名單中刪掉十二個人。

trac 拉 + **e** = trace　　　　　　Ⓢreproduce ❸TOEFL

trace [tres] 蹤跡；追蹤　　　　📝on the traces of 追蹤

All **traces** of the manager's influence on the company were gone after only a year.
經理對公司的影響力於僅僅一年之後就消聲匿跡了。

字首　字根　字尾　複合字

trac 拉 + **k** = track Ⓢway ❸TOEFL

track [træk] 軌跡;線索
速記 keep track of 追蹤

I firmly believe this is the **track** we must follow if we are to improve.
我深信,若我們要進步,就必須依循這條道路。

Ⓢfigure ❹TOEFL

trait [tret] 特點;性格;容貌
速記 a bad trait 不好的特點

She possesses many fine **traits**, among which politeness is the most conspicuous.
她擁有許多優點,其中最明顯的就是禮貌。

Ⓢconsider ❹GEPT

treat [trit] 款待;對待
速記 stand treat 請客

It is my **treat** now. I'll **treat** you to a bottle of beer.
這次輪到我請客。 我請你喝一瓶啤酒。

291 tribute- 給予;贈與
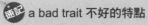

快學便利貼

contribute v. 貢獻;捐款;投稿
distribute v. 分配;分類;散佈

tribute n. 貢物;勒索款;贈品;頌辭

單字拆解

Ⓢ同義 Ⓐ反義 ❺單字出現頻率

con 一起 + **tribute** 給予 = contribute
Ⓢdonate ❸TOEIC

contribute [kən'trɪbjut] 貢獻;投稿
速記 contributing factors 促成因素

Leo **contributed** an article to a journal; however, the editor detected a couple of flaws in an argument.
李歐將論文投稿到期刊,然而編輯在某項論點中找到幾個錯誤。

dis 分離 + **tribute** 給予 = distribute
Ⓐgather ❹TOEIC

distribute [dɪ'strɪbjut] 分配;散佈
速記 distribute circulars 發傳單

Several young people were standing on the corner talking with passersby and **distributing** pamphlets.
一些年輕人站在街角與路人交談及發送手冊。

Ⓢcontribution ❹TOEFL

tribute ['trɪbjut] 貢物;勒索款;頌辭
速記 a silent tribute 默哀

Each of the family in the tribe needed to lay a **tribute** on the chief after harvests.
部落裡的每個家庭在收割後都必須進貢給酋長。

triumph- 勝利

快學便利貼

triumph n. 凱旋；功績；歡慶勝利；　　**triumphant** adj. 勝利的；成功的；
　　v. 成功；得意洋洋　　　　　　　　　得意的

單字拆解

Ⓢ同義　Ⓐ反義　Ⓕ單字出現頻率

Ⓐdefeat　❸TOEIC

triumph ['traɪəmf] 凱旋；成功

By far his greatest **triumph** was winning MVP in the championship game in only his second year.
在第二年就拿下總冠軍賽最有價值球員是他至今最大的成就。

triumph 勝利 + **ant** 的 = **triumphant**　　　Ⓢsuccessful　❸GEPT

triumphant [traɪˈʌmfənt] 勝利的；成功的；得意的

The senator returned to his home state **triumphant** at the passage of the new law he had proposed.
參議員回到自己的家鄉，並對自己所提出的新法通過感到很得意。

---

trud-, thrust- 推

快學便利貼

intrude v. 闖進；打擾；入侵　　　　**thrust** n. 推；刺；突擊；逆斷層；v. 猛
threat n. 恐嚇；威脅；凶兆　　　　　推；插入；突出；戳穿；強加；延伸

單字拆解

Ⓢ同義　Ⓐ反義　Ⓕ單字出現頻率

in 進入 + **trude** 推 = **intrude**　　　Ⓐextrude　❸TOEFL

intrude [ɪnˈtrud] 闖進；打擾　速記 I hope I am not intruding. 希望我不致打擾你。

Several protesters **intruded** themselves into the meeting while the minister was making a welcome speech.

當部長正在會議中致歡迎詞的時候，有幾位抗議人士闖入。

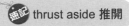 **S** warning **4** GEPT

threat [θrɛt] 恐嚇；威脅；凶兆

Most snakes are not a **threat** as long as you leave them alone and watch where you step.
只要你遠離蛇群並注意你的腳步，大部分的蛇對你而言都不會造成威脅。

S push **3** IELTS

thrust [θrʌst] 突擊；插入；突出；延伸
 thrust aside 推開

The chairperson who was in a fit of temper said to a man, "It's not time for you to **thrust** in a question now."
主席一怒之下對那位男士說：「現在不是你提問的時候。」

294

torn-, tour- 轉
MP3 339

快學便利貼

| tournament n. 比賽；錦標賽 | tour n./v. 旅行；巡迴演出；參觀 |

 單字拆解

S 同義　**A** 反義　**5** 單字出現頻率

tour 轉 + **nament** 狀態 = **tournament**

S contest **4** TOEFL

tournament ['tɜnəmənt] 比賽；錦標賽
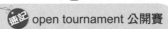 open tournament 公開賽

The principal paid a high tribute to all the contestants in the soccer league **tournament**.
校長大力讚揚所有參加足聯錦標賽的選手。

S journey **5** GEPT

tour [tʊr] 旅行；巡迴演出；參觀
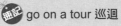 go on a tour 巡迴

Make a **tour** of some parts of India is really a terror to backpackers.
對背包客而言，到印度的某些地區旅行非常危險。

295

urb- 城市
MP3 340

快學便利貼

suburban adj. 郊區的；近郊的
suburb n. 郊區；市郊；近郊

urban adj. 城市的；城市居民的

單字拆解

Ⓢ同義　Ⓐ反義　❺單字出現頻率

sub 下面 + **urb** 城市 + **an** 的 = suburban　　Ⓐ**city** ❸**TOEFL**

suburban [sə'bɜbən] 郊區的；近郊的

I was born and raised in a **suburban** environment and I don't intend to move anywhere else.
我從小就在郊區出生長大，而且我也沒想過要搬去其他地方。

sub 下面 + **urb** 城市 = suburb　　Ⓢ**purlieu** ❸**TOEFL**

suburb ['sʌbɜb] 郊區；市郊

速記 garden suburb 園林化郊區

Many people choose to live in the **suburbs** and commute to and from the office by public transportation.
許多人選擇住在郊區並且搭乘大眾運輸工具上下班。

urb 城市 + **an** 的 = urban　　Ⓢ**metropolitan** ❹**TOEIC**

urban ['ɜbən] 城市的

速記 urban renewal 都市重建計劃

The **urban** population in northern Taiwan is much larger than that in the south.
台灣北部城市的人口數量遠大於南部城市。

296　us-, uti- 使用

 MP3 341

快學便利貼

abuse v. 濫用；虐待；傷害
use n./v. 使用；用法；效用；利益；
　　v. 使習慣；以前習慣於

usual adj. 通常的；普通的；平時的
utensil n. 器具；廚房用具

單字拆解

Ⓢ同義　Ⓐ反義　❺單字出現頻率

ab 離開 + **use** 使用 = abuse

abuse [ə'bjuz] 濫用；虐待

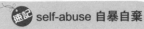 速記 self-abuse 自暴自棄

He often **abused** his power by freely firing anyone that he didn't like without any good reason.
他經常濫用職權，沒有充分理由就裁撤他不喜歡的人。

us 使用 + **e** = use

S utilize **⑤** GEPT

use [juz] 使用；利益；效用

速記 make use of 利用

Mandy used to put the **use** of her apartment at her brother's disposal.
曼蒂曾將公寓交給她哥哥管。

usu 使用 + **al** 關於 = usual

A special **⑤** GEPT

usual ['juʒʊəl] 普通的；平時的

速記 as usual 照舊

My **usual** route to work was closed due to construction on the highway.
我平時上班的路線因為高速公路建設的緣故而關閉了。

utens 使用 + **il** = utensil

S implement **③** IELTS

utensil [ju'tɛnsl] 器具；廚房用具

速記 cooking utensils 炊具

We spent an hour cleaning the silver **utensils** for the fancy dinner party.
為了這場特別的晚宴，我們花了一個小時清洗這些銀製餐具。

297 **vac-, van-, void-** 空的

快學便利貼

avoid v. 避免；防止；使無效；撤銷	**vacation n.** 假期；遷出；空缺；**v.** 休假；度假
inevitable adj. 不可避免的；必然的	
vacancy n. 空虛；空地；空位；職缺	**vacuum n.** 真空；空白；吸塵器
vacant adj. 空虛的；沒人住的；空缺的；茫然的；空閒的；無繼承人的	**vain adj.** 徒然的；空虛的；愛虛榮的
	vanish n. 弱化音；**v.** 消失；消滅

單字拆解

S 同義　**A** 反義　**⑤** 單字出現頻率

a 離開 + **void** 空的 = avoid

A face **⑤** TOEIC

avoid [ə'vɔɪd] 避免；使無效；撤銷

速記 avoid + Ving 避免

In Alaska, people used sled dogs for the portage of packages to **avoid** the risks of

travel on icy seas.
在阿拉斯加，人們用狗拉雪橇來運輸行李以避免航行於冰海上的風險。

in 否定 + **evit** 避免 + **able** = inevitable ⓐ avoidable ❸ TOEIC

inevitable [ɪn'ɛvətəbḷ] 不可避免的；必然的

It is **inevitable** that you will find some mistakes in your work, because nobody is perfect.
你在工作中發現自己的錯誤是無可避免的，因為沒有人是完美的。

vac 空的 + **ancy** 名詞 = vacancy ⓢ emptiness ❸ TOEFL

vacancy ['vekənsɪ] 空虛；職缺

The interviewer told the applicant that he would inform him the moment a **vacancy** occurred.
面試官告訴求職者一有空缺會立即通知。

vac 空的 + **ant** 的 = vacant ⓐ full ❸ IELTS

vacant ['vekənt] 空虛的；沒人住的   速記 a vacant lot 一塊空地

The **vacant** position of head of personnel was filled within a month.
人事部主任的職缺在一個月內就被遞補了。

vac 空的 + **ation** 名詞 = vacation ⓢ holiday ❹ GEPT

vacation [ve'keʃən] 假期；休假   速記 on vacation 度假

This summer **vacation** we are going on a cruise to the Bahamas.
我們在這個暑假會坐船航行到巴哈馬。

vac 空的 + **uum** = vacuum

vacuum ['vækuəm] 真空；空白；吸塵器

The death of the popular governor created a **vacuum** of power that many people rushed to try to fill.
受眾人景仰的總裁去世之後所留下的空缺許多人搶著想填補。

ⓐ effective ❹ GRE

vain [ven] 徒然的；虛飾的；愛虛榮的   速記 vain efforts 徒勞

Joe is a **vain** man who is always bragging about how much money he makes.
喬是一個愛炫耀的人，總是吹噓自己賺了多少錢。

van 空的 + **ish** 動作 = vanish ⓐ appear ❹ TOEFL

vanish ['vænɪʃ] 弱化音；消失   速記 vanish into smoke 煙消雲散

Rob has a bad habit of **vanishing** just when it is time to pay the bill.
羅伯有一個壞習慣：每當要付錢時，他總是不見人影。

val-, vail- 有價值的；強壯

 MP3 343

快學便利貼

devaluate v. 減價；貶值	**prevail v.** 佔優勢；勝過；盛行
evaluate v. 估價；評價	**valid adj.** 有效的；正確的；健全的
invaluable adj. 無法估價的；非常貴重的	**value n.** 價值；重要性；益處；價格；v. 估價；評價；看重

 單字拆解

S 同義　**A** 反義　**5** 單字出現頻率

de 向下 + **value** 價值 + **ate** 動作 = devalue　**A** value　**3** TOEIC

devaluate [di'vælju,et] 減價；貶值

The central bank decided to **devaluate** the currency last week.
中央銀行上週決定讓貨幣貶值。

e 往外 + **valu** 價值 + **ate** 動作 = evaluate　**S** estimate　**4** TOEIC

evaluate [ɪ'vælju,et] 估價；評價

速記 re-evaluate 再估價

After **evaluating** our options, I think it is best to continue with our present plan.
在考量大夥的意見後，我認為最好的方法是繼續我們目前的計畫。

in 否定 + **valu** 價值 + **able** = invaluable　**S** priceless　**3** TOEFL

invaluable [ɪn'væljəbl] 無法估價的；非常貴重的

Dr. Smith's participation has been **invaluable** to the success of the professional project.
史密斯博士的參與對這項專業計畫的成功有無以估計的貢獻。

pre 先前 + **vail** 價值 = prevail　**S** reign　**4** TOEIC

prevail [prɪ'vel] 壓倒；盛行

速記 prevail against the opponent 戰勝對手

We of course hope that our own side will **prevail** in the upcoming match.
我們當然希望我方會贏得即將來臨的比賽。

val 價值 + **id** = valid　**A** fallacious　**3** TOEIC

valid ['vælɪd] 有效的；健全的

速記 valid ballot papers 有效選票

I think your criticisms are **valid**, so I will suggest that we make some changes immediately.
我覺得你的批評是對的，所以我建議我們立刻做些改變。

value [ˈvælju] 價值；估價

 surplus value 剩餘價值

This locket may not look like much, but it has a lot of sentimental **value** for me.
這個墜鏈也許看起來沒什麼，但它對我而言在情感上意義重大。

299 var-, vari- 不同的

快學便利貼

variety n. 變化；多樣化；變種；品種
various adj. 不同的；多樣的；許多的

vary v. 變化；多樣化；不同；違背；變奏

單字拆解

Ⓢ同義　Ⓐ反義　❺單字出現頻率

vari 不同的 + **ety** 名詞 = **variety**

Ⓐmonotony ❹GEPT

variety [vəˈraɪətɪ] 變化；多樣化

 full of variety 富於變化的

Mika usually intrudes his opinions upon his colleagues in a **variety** of ways.
米卡常把他的意見用各式各樣的方法強加給他的同事。

vari 不同的 + **ous** 充滿 = **various**

Ⓐuniform ❹GEPT

various [ˈvɛrɪəs] 不同的；多樣的；多彩多姿的

Various suggestions were made on how to improve efficiency, some of which the management actually put into effect afterwards.
許多用來提高效率的建議被提出，今後管理部門會採用部分建議。

var 不同的 + **y** = **vary**

Ⓢchange ❹TOEIC

vary [ˈvɛrɪ] 變化；多樣化

 vary with 照…變化

Cars **vary** greatly in price, appearance, and reliability, so it is best to shop around a bit before you buy one.
車子在價錢、外觀、還有可靠度上有極大的差異，所以買車前最好多方比較。

300 velop-, velope 包裹

develop v. 發育；發展；使顯影	**envelope** n. 信封；紙袋；外殼

單字拆解　　　S同義　A反義　5單字出現頻率

de 往下 + **velop** 包裹 = **develop**　　A decay　4 GEPT

develop [dɪ'vɛləp] 發展；使顯影　　通記 develop a mine 開礦

The delegation visited the **developing** country and distributed foodstuffs among the underfed people there.
代表團造訪了那個開發中國家，並分送糧食給營養不足的民眾。

en 在裡面 + **velope** 包裹 = **envelope**　　S wrapper　3 GEPT

envelope ['ɛnvə,lop] 信封；外殼　　通記 push the envelope 逼人太甚

During Chinese New Year, it is a custom to give red **envelopes** containing lucky money.
春節期間，發送裝有壓歲錢的紅包是一項習俗。

301 ven-, vent- 來

MP3 346

快學便利貼

adventure n. 冒險；奇遇；投機；v. 冒險；大膽提出	**intervene** v. 介入；調停；干預
	inventory n. 財產清單；報表；商品目錄；存貨；v. 編目錄；開清單；盤存
avenue n. 大街；林蔭大道；途徑	
convenience n. 方便	**invent** v. 發明；創作；捏造
convenient adj. 方便的；合宜的	**prevent** v. 妨礙；阻止；預防
convention n. 會議；協定；慣例	**revenue** n. 歲入；稅收；收益；所得
event n. 事件；活動；比賽；訴訟結果	**souvenir** n. 紀念品；紀念物

單字拆解　　　S同義　A反義　5單字出現頻率

ad 前往 + **vent** 來 + **ure** = **adventure**　　S happening　3 GEPT

adventure [əd'vɛntʃə] 冒險；投機　　通記 adventure novel 冒險小說

Backpacking through the desert was a great **adventure**.

徒步旅行橫越沙漠是一項很大的冒險。

a 前往 ＋ **venue** 來 ＝ **avenue**　　　Ⓢ**boulevard** ❸**TOEFL**

avenue [ˈævəˌnju] 大街；途徑　　🔒 avenue to 方法

I'll meet a stock agent on the corner of 5th **avenue** and Broadway in thirty minutes.
我三十分鐘之後將在第五街與百老匯路口與一位股票經紀人會面。

con 共同 ＋ **ven** 來 ＋ **ience** 名詞 ＝ **convenience**
　　　　　　　　　　　　　　　　Ⓐ**inconvenience** ❺**GEPT**

convenience [kənˈvinjəns] 方便　　🔒 at one's convenience 就某人方便

If it is **convenient** to you, please make a reservation for a table of four for me.
如果方便的話，請幫我訂一桌四個人的位子。

con 共同 ＋ **ven** 來 ＋ **ient** 的 ＝ **convenient**　　Ⓐ**unsuitable** ❺**GEPT**

convenient [kənˈvinjənt] 方便的　　🔒 be convenient to 方便的

It may be **convenient** to shop at the grocery store near our house, but the price and selection leave much to be desired.
在家附近的雜貨店購物是很方便，但是商品的價格與選擇性是我更渴望的東西。

con 共同 ＋ **vent** 來 ＋ **ion** 名詞 ＝ **convetion**　　Ⓢ**meeting** ❸**TOEIC**

convention [kənˈvɛnʃən] 會議；慣例

The annual **convention** of law enforcement was moved from the city into the suburbs.
年度執法大會從原本的市中心移到郊區舉行。

e 往外 ＋ **vent** 來 ＝ **event**　　　Ⓢ**incident** ❺**GEPT**

event [ɪˈvɛnt] 事件；活動；經歷　　🔒 in the event of 萬一在…時

In the **event** of a fire, you must take the stairs instead of the elevator.
火災發生時，你一定要走樓梯而不是搭電梯。

inter 之間 ＋ **vene** 來 ＝ **intervene**　　　Ⓢ**mediate** ❸**TOEIC**

intervene [ˌɪntəˈvin] 介入　　🔒 intervene in a dispute 調停爭端

The courts **intervened** on behalf of the employers to end the strike and begin to work again.
法院的介入是為了要讓罷工停止並重新開始工作。

in 在…之上 ＋ **vent** 來 ＋ **ory** ＝ **inventory**　　Ⓢ**list** ❸**TOEIC**

inventory [ˈɪnvənˌtorɪ] 目錄；盤存　　🔒 make an inventory of 開列清單

It took us all night but we finally finished taking an **inventory** of the whole store.
我們花了整晚終於列出整間店的商品清單。

in 在…之上 ＋ **vent** 來 ＝ **invent**

invent [ɪnˈvɛnt] 發明；捏造

 invent an excuse 捏造藉口

The printing press was **invented** by a German named Johannes Gutenberg in 1440.
印刷機由一名叫做約翰・古騰堡的德國人於西元一四四零年發明。

pre 之前 + **vent** 來 = prevent

Ａallow ❺GEPT

prevent [prɪˈvɛnt] 妨礙；預防

 prevent from 阻止

The villagers tried hard to **prevent** the fishponds from being polluted by chemical liquid from factories.
村民努力防止魚池受到工廠排出的化學液體污染。

re 返回 + **venue** 來 = revenue

Ａexpenditure ❹TOEIC

revenue [ˈrɛvə͵nju] 收益；稅收

defraud the revenue 漏稅

The amount of **revenue** generated over the busy holiday was enough to cover expenses for three months.
繁忙假期的總收入足夠支應三個月的開銷。

sou 下面 + **ven** 來 + **ir** = souvenir

Ｓkeepsake ❸GEPT

souvenir [ˈsuvə͵nɪr] 紀念品；紀念物

On a trip to Thailand, we ended up buying so many **souvenirs** that we had to buy new luggage as well.
結束泰國之旅時，我們因為買了太多紀念品而必須買一個新的行李箱來裝。

302 verb- 語詞

 MP3 347

快學便利貼

adverb n. 副詞；**adj.** 副詞的　　**proverb n.** 諺語；箴言；眾所周知的事

 單字拆解

Ｓ同義　Ａ反義　❺單字出現頻率

ad 前往 + **verb** 語詞 = adverb

❶GEPT

adverb [ˈædvɚb] 副詞；副詞的

Adverbs are usually used to modify verbs, adjectives, adjverbs and even nouns.
副詞通常被用來修飾動詞、形容詞、副詞甚至名詞。

pro 往前 + **verb** 語詞 = proverb

proverb [ˈprɑvɜb] 諺語；箴言　　　　　記 to a proverb 弄到出名

As the **proverb** goes, "Haste makes waste."
有句諺語說：「欲速則不達」。

303 **vers-, vert-** 轉移

MP3 348

字首　字根　字尾　複合字

快學便利貼

advertise v. 登廣告；通告；宣揚
controversial adj. 爭論的；好爭論的
controversy n. 爭論；辯論
converse n. 交談；v. 談話；adj. 倒轉的
convert n. 改變信仰者；v. 改裝；使改變信仰；強佔；兌換
diverse adj. 不同的；多種多樣的
divert v. 使轉向；使轉換；使娛樂；使分心；轉移；使改道

divorce n./v. 離婚；使分離；脫節
reverse n. 反對；相反；反面；倒轉；逆境；v. 顛倒；倒轉；使倒退；撤銷；adj. 反面的；相反的
universe n. 宇宙；全世界；全人類
versatile adj. 多才多藝的；多方面的
version n. 翻譯；譯本；不同意見；版本；說法
vertical n. 垂直線；adj. 直立的

單字拆解

Ⓢ同義　Ⓐ反義　❺單字出現頻率

ad 前往 + **vert** 轉移 + **ise** 動作 = advertise　Ⓢnotify ❸TOEIC

advertise [ˈædvə͵taɪz] 登廣告；宣揚　　記 advertise a reward 登懸賞廣告

We have been **advertising** the new product for more than six months, yet we have not seen any response in the market.
我們已經廣告這個新產品超過六個月了，然而市場上卻不見任何回應。

contra 反對 + **vers** 轉移 + **ial** 關於 = controversial　Ⓢfactious ❸TOEIC

controversial [͵kɑntrəˈvɜʃəl] 爭論的　　記 non-controversial 一致的

The legality of abortion is one of the most **controversial** issues in the United States, causing much heated debate on both sides of the issue.
墮胎的合法性在美國是一項具爭議性的議題，造成正反雙方激烈的辯論。

contro 反對 + **vers** 轉移 + **y** = controversy　Ⓢquarrel ❸TOEFL

controversy [ˈkɑntrə͵vɜsɪ] 爭論　　記 in a controversy with sb 爭論中

The court's decision to outlaw capital punishment sparked a major **controversy**.
法庭決定廢除死刑引發非常大的爭議。

con 共同 + **verse** 轉移 = **converse**　　　Ⓢdiscuss ❸GEPT

converse [kənˈvɜs] 談話；倒轉的　　📝converse on 交談

I tried **conversing** with him about the issue, but he would not listen to anything I said.
我試過跟他談那件事，但他不肯聽我說。

con 共同 + **vert** 轉移 = **convert**　　　Ⓢtransform ❸TOEFL

convert [kənˈvɜt] 轉換；使回心轉意　📝make a convert of sb 使人改變信仰

The management committee approved to **convert** the warehouse into an exhibition hall.
管委會同意將倉庫改裝成展覽館。

di 分離 + **verse** 轉移 = **diverse**　　　Ⓐsimilar ❹GEPT

diverse [daɪˈvɜs] 不同的；多種多樣的

The meeting covered **diverse** topics from financial planning to tax law.
會議中談到各種主題，從財政計畫到稅法都有。

di 分離 + **vert** 轉移 = **divert**　　　Ⓢdistract ❸TOEFL

divert [daɪˈvɜt] 使轉向　　📝divert one's attention 轉移注意力

Mr. Ho was trained as an English teacher but **diverted** to music education.
何先生原本受訓要當英語老師，但是後來轉向音樂教育這行。

di 分離 + **vorce** 轉移 = **divorce**　　　Ⓐmarriage ❹GEPT

divorce [dəˈvors] 離婚；脫節　　📝the divorce rate 離婚率

The judge finally **divorced** the couple because of the husband's serious domestic violence.
法官最終讓這對夫妻離婚，原因是丈夫有嚴重的家暴行為。

re 返回 + **verse** 轉移 = **reverse**　　　Ⓢrevert ❸TOEFL

reverse [rɪˈvɜs] 反對；顛倒　　📝reverse the verdict 翻案

I gave you the book because I thought you would really enjoy it, but it turns out the **reverse** is true.
我給你這本書是因為我覺得你會喜歡，但其實不然。

uni 一個 + **verse** 轉移 = **universe**　　　Ⓢmacrocosm ❸TOEFL

universe [ˈjunəˌvɜs] 宇宙；全人類

The **universe** appears to be expanding at an increasing rate.
宇宙似乎正快速擴張中。

versat 轉移 + **ile** = versatile

Ⓢtalented ❸GEPT

versatile ['vɜsət]] 多才多藝的；多方面的

She was a **versatile** athlete able to compete in swimming, running, and gymnastics.
她是一位全方位的運動員，能參加游泳、賽跑及體操等競賽。

vers 轉移 + **ion** 名詞 = version

Ⓢrendition ❸GEPT

version ['vɜʒən] 版本；翻譯；不同意見

 cover version 翻唱版本

This new **version** of the software is quite an improvement over the previous **version**.
這個新版軟體是前一代的增強版。

vert 轉移 + **ical** 關於 = vertical

Ⓐhorizontal ❹GRE

vertical ['vɜtɪk]] 垂直線；絕頂的

 a vertical line 垂直線

The **verticals** of the two walls are not parallel.
這兩面牆的垂直線沒有平行。

---

304 vest- 穿著

〈 ⊙ MP3 349

快學便利貼

invest v. 投資；投入；授與

vest n. 背心；v. 使穿衣服；給與

單字拆解

Ⓢ同義　Ⓐ反義　❺單字出現頻率

in 進入 + **vest** 穿著 = invest

Ⓐdivest ❹TOEIC

invest [ɪn'vɛst] 投資

 invest money in stocks 投資股票

Invest in the listed company and you will be guaranteed to make millions of dollars.
投資那家上市公司，保證你會賺進數百萬元。

Ⓢwaistcoat ❸GEPT

vest [vɛst] 背心；給與

速記 vest in something 歸屬

Thanks to his bulletproof **vest**, the candidate survived the gunshot in the campaign.
幸虧穿著防彈背心，候選人才得以在競選活動中的槍擊意外存活下來。

vi-, voy- 道路

 MP3 350

convey v. 輸送；搬運；傳達；通知；轉讓
obvious adj. 明顯的；明白的
previous adj. 以前的；**adv.** 在前；在先

trivial adj. 瑣細的；淺薄的；無價值的
via prep. 經由；憑藉；通過
voyage v/n. 航行；旅行；航海；渡過

 單字拆解

S同義　**A**反義　**5**單字出現頻率

con 共同 + **vey** 道路 = **convey**

Stransport **3**GRE

convey [kən've] **輸送；傳達；傳導**

速記 convey to 轉讓；傳達

Please **convey** to your mother my best wishes.
請向令堂轉達我最深的祝福。

ob 靠近 + **vi** 道路 + **ous** 充滿 = **obvious**

Aobscure **4**GEPT

obvious ['ɑbvɪəs] **明顯的**

速記 an obvious advantage 顯著的優勢

It is **obvious** that the Taekwondo contestant and her coach lodged a protest against the unfair judge in vain.
很明顯地，那名跆拳道選手及她的教練對於審判不公所提出的抗議是徒勞無功的。

pre 先前 + **vi** 道路 + **ous** 充滿 = **previous**

Afollowing **4**GEPT

previous ['privɪəs] **以前的；在先**

速記 previous question 先決問題

The **previous** administration made so much progress that the current administration appeared weak by comparison.
先前的管理部門做了這麼多改進使得目前的管理部門相較之下遜色許多。

tri 三 + **vi** 道路 + **al** 關於 = **trivial**

Aimportant **3**TOEIC

trivial ['trɪvɪəl] **瑣細的；無價值的；平凡的**

速記 a trivial name 俗名

He was paid a **trivial** sum of money for all the work that he did.
他做了這麼多工作之後僅獲得一點點薪水。

Sacross **3**TOEFL

via ['vaɪə] **道路；經由；憑藉**

速記 via airmail 航空郵遞

The matter may seem trivial to you but I feel that it is important to discuss **via** email.
這問題可能看來沒有什麼，但我覺得有必要透過電子信件討論。

voy 道路 + **age** 名詞 = **voyage**

voyage ['vɔɪɪdʒ] 航行；旅行　　 on the voyage 航行中

The **voyage** from Europe to the United States used to take weeks by boat.
以前從歐洲到美國的旅程要坐幾個禮拜的船。

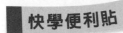

306 vict-, vinc- 征服　　MP3 351

快學便利貼

convict n. 罪犯；囚犯；v. 證明有罪；宣告罪；定罪	**convince** v. 說服；使承認；使確信
	victor n. 勝利者；戰勝者

 單字拆解　　S同義　A反義　⑤單字出現頻率

con 一起 + **vict** 征服 = **convict**　　Scondemn ③TOEFL

convict [kən'vɪkt] 罪犯；定罪　　convict of 判…有罪

The ex-convict had been **convicted** of arson according to material evidence and residents' verbal evidence.
根據物證及住戶的口供，該名前科犯被判縱火罪。

con 一起 + **vince** 征服 = **convince**　　Spersuade ④GEPT

convince [kən'vɪns] 說服；使確信　　convince sb of 使人信服

The secretary finally **convinced** herself of why her boss decided to avoid the purchase.
秘書最後說服自己相信老闆不願採購的原因。

vict 征服 + **or** 人 = **victor**　　Swinner ④GEPT

victor ['vɪktə] 勝利者；戰勝者

It is said that history is always written by the **victors**.
據說歷史總是由勝利者所寫下。

307 vey, vice-, vid-, vis-, vise, vy 看見　　 MP3 352

快學便利貼

advice n. 忠告；建議；指教；通知
advise v. 勸告；建議；商量；通知
device n. 設計；手段；策略；設備；圖案；商標
devise n. 遺讓；遺贈財產；**v.** 設計；發明；策劃；遺讓
envy n. 羨慕；**v.** 羨慕；忌妒
evidence n. 跡象；證據；證人；證詞；**v.** 證明；顯示
evident adj. 明白的；明顯的
provide v. 提供；預備；規定；禁止

review n./v. 再檢查；審查；觀察；評論；複習；回顧
revise n. 校訂；**v.** 校訂；修正；改變
supervise v. 監督；管理；指導
visa n. 簽證；**v.** 給予簽證
vision n. 視力；洞察力；景象；幻影；**v.** 想像；夢見
visit n. 探望；參觀；**v.** 訪問，拜訪；視察；逗留
visual adj. 視覺的；看得見的；光學的

 **單字拆解**

🇸同義　🇦反義　❺單字出現頻率

ad 前往 + **vice** 看見 = advice　　🇸instruction ❹GEPT

advice [əd'vaɪs] 忠告；通知　　🔑 ask advice of 請教

The director followed Judy's **advice** and distributed the process into three stages for a variety of reasons.
主管採用朱蒂的建議，將程序依不同理由分成三個階段。

ad 前往 + **vise** 看見 = advise　　🇸counsel ❹GEPT

advise [əd'vaɪz] 勸告；通知　　🔑 advise with sb on sth 和某人商量某事

My assistant **advised** me that the representative had a bad car accident previous to my arriving at the airport.
助理通知我說：代表在我到達機場前發生了一場嚴重的車禍。

de 分離 + **vice** 看見 = device　　🇸tool ❹GEPT

device [dɪ'vaɪs] 設計；策略；裝置　　🔑 listening device 竊聽器

It is believed that it is not good for our health to place many electronic **devices** in the bedroom.
一般相信在臥室裡放置許多電子設備對我們的健康不好。

de 分離 + **vise** 看見 = devise　　🇸plan ❸GEPT

devise [dɪ'vaɪz] 設計；發明

Those college students **devised** a plan to go on a voyage from California to Singapore within one month.
那群大學生計畫用一個月的時間從加州旅遊到新加坡。

en 使 + **vy** 看見 = **envy**　　　　　Ａsatisfy　❹GEPT

envy ['ɛnvɪ] 羨慕；忌妒　　　速記 out of envy 出於忌妒

His **envy** of his father's power and popularity created a lot of tension in their relationship.
他對父親權力及聲望的嫉妒造成他與父親之間的關係非常緊繃。

e 往外 + **vid** 看見 + **ence** 名詞 = **evidence**　　Ｓproof　❹TOEFL

evidence ['ɛvədəns] 跡象；證據　　速記 evidences of debt 借據

The DNA **evidence** found on the victim's body made the most convincing case for the defendant's guilt.
在受害者身上發現的DNA足以證明被告是有罪的。

e 往外 + **vid** 看見 + **ent** 的 = **evident**　　Ａuncertain　❹TOEIC

evident ['ɛvədənt] 明白的；明顯的　　速記 self-evident 不言而喻的

It is **evident** by your frequent absence and more frequent tardiness that you do not care about your job.
你經常缺席以及遲到明顯地表示出你不在乎你的工作。

pro 往前 + **vide** 看見 = **provide**　　　Ａconsume　❺GEPT

provide [prə'vaɪd] 預備；禁止　　速記 provide for old age 防老

A majority of parents try hard to **provide** their children with a good education as well as food and clothes.
大部分的家長都會盡力提供給孩子好的教育、飲食及衣物。

re 再一次 + **view** 看見 = **review**　　　Ａperview　❹GEPT

review [rɪ'vju] 審查；評論；回顧　　速記 in review 檢查中

The lawyer gave a general **review** of how to deal with vacant succession on the previous night.
律師全面檢討前一晚的繼承空缺。

re 再一次 + **vise** 看見 = **revise**　　　Ｓcorrect　❹TOEIC

revise [rɪ'vaɪz] 校訂；修正；改變　　速記 revise for 溫習功課

The publishing company put a high value on the **revised** edition of the grammar book.
出版社對校訂版的文法書有很高的評價。

super 超越 + **vise** 看見 = **supervise**　　Ｓoversee　❸TOEFL

supervise ['supəvaɪz] 監督；管理；指導

The chief accountant is designated to **supervise** the financial department temporarily.
會計主任被指派暫時督導財務部門。

vis 看見 + **a** = **visa**

visa ['vizə] 簽證；給予簽證

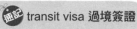 補記 transit visa 過境簽證

The official obtained a **visa** to visit a country without diplomatic relations.
官員獲得無外交關係國的簽證。

vis 看見 + **ion** 名詞 = vision

Ⓢperception ❹GEPT

vision ['vɪʒən] 視力；洞察力

補記 beyond one's vision 看不見的

We are in urgent need of a person of broad **vision** to guide the study club.
我們急需一位具有廣闊視野的人來帶領這個讀書會。

vis 看見 + **it** 行走 = visit

Ⓢattend ❺GEPT

visit ['vɪzɪt] 拜訪；參觀

補記 visiting professor 訪問教授

SARS **visited** Taiwan in 1993, which caused a great influence on the society and killed a number of people.
SARS於西元一九九三年侵襲台灣，造成很大的影響以及奪走許多人的生命。

vis 看見 + **ual** 關於 = visual

Ⓢoptic ❺GEPT

visual [vɪʒuəl] 視覺的；看得見的；光學的

補記 audio visual 視聽的

Not only was the speech interesting but the **visual** she used to illustrate her points were absolutely riveting.
她不僅演講有趣，用來闡述論點的視覺效果也非常吸引人。

308 vig-, veg- 充滿活力的

 MP3 353

快學便利貼

vegetable n. 蔬菜；植物人；**adj.** 植物的；蔬菜的	**vegetation** n. 植物；草木：單調的生活
	vigor n. 精力；活力；魄力

單字拆解

Ⓢ同義　Ⓐ反義　❺單字出現頻率

veg 充滿活力的 + **et** + **able** 能力 = vegetable

Ⓢherb ❹GEPT

vegetable ['vɛdʒətəbl] 蔬菜；沒有生氣的人

補記 vegetable soup 蔬菜湯

Since the car accident, she's just been a **vegetable**.
自從那場車禍之後，她一直是個植物人。

veg 充滿活力的 + **et** + **ation** 名詞 = vegetation

vegetation [ˌvɛdʒəˈteʃən] 植被；單調的生活

Vegetation obscured the unused trail leading through the mountains.
草木掩蓋了貫穿整座山且未使用過的小道。

vig 充滿活力的 + **or** 物 = vigor

Ⓢpower ❹TOEIC

vigor [ˈvɪɡɚ] 精力；魄力

 be in full vigor 精力旺盛

Even at the age of 78 my grandpa showed considerable **vigor**, practically running up and down the stairs in his house.
雖然高齡七十八歲，我的外公還是活力充沛，能在屋裡跑上跑下。

309

viv- 生存

MP3 354

字首

字根

字尾

複合字

快學便利貼

revive v. 甦醒；復活；恢復；重演；
再生效；回想
survive v. 生還；活下去；比…長命

vital adj. 生命的；充滿活力的；生死攸關的
vitamin n. 維生素；維他命
vivid adj. 活潑的；鮮豔的；栩栩如生的

單字拆解

Ⓢ同義　Ⓐ反義　❺單字出現頻率

re 再一次 + **vive** 生存 = revive

Ⓢrestore ❸GEPT

revive [rɪˈvaɪv] 甦醒；重演；再生效

revive an old play 重演

The doctors spent hours doing everything conceivable to **revive** her, but in the end her injuries were still too vital.
醫生們花了幾個小時盡力搶救她，但最後仍無力回天。

sur 超越 + **vive** 生存 = survive

Ⓢremain ❹GEPT

survive [səˈvaɪv] 生還；比…長命

survive ov 倖存

"We are convinced that all the crew **survive** the shipwreck." said the rescue team leader.
救難隊隊長說：「我們確信所有機組人員都在這次的船難當中倖存。」

vi 生存 + **tal** 關於 = vital

Ⓢnecessary ❹TOEFL

vital [ˈvaɪt!] 生命的；生死攸關的

vital functions 生活機能

The manager wanted all the salespersons to be fully convinced that perseverance is

vital to success.
經理要全體店員相信，要成功就必須堅持不懈。

vit 生存 + **amin** = vitamin

❷GEPT

vitamin ['vaɪtəmɪn] 維生素；維他命

Some fruits such as tomatoes and lemons are rich in **vitamins**.
有些水果含有豐富的維他命，如蕃茄和檸檬。

viv 生存 + **id** = vivid

Ⓐdull ❸GEPT

vivid ['vɪvɪd] 活潑的

速記 a vivid description 生動的描寫

The artist gave a **vivid** description of the landscape of Ilan through watercolor painting.
藝術家透過水彩畫栩栩如生地描繪了宜蘭的美景。

310 **voc-, voke-** 喊叫

快學便利貼

advocate n. 擁護者；提倡者；v. 擁護；
　　　　鼓吹；主張
provoke v. 觸怒；驅使；激發

vocabulary n. 字彙；用詞範圍
vocation n. 使命；職業；行業
vocal n. 聲音；adj. 聲音的；口頭的

 單字拆解　　Ⓢ同義　Ⓐ反義　❺單字出現頻率

ad 前往 + **voc** 喊叫 + **ate** 動作 = advocate

Ⓢsupport ❹TOEFL

advocate ['ædvəkɪt] 擁護

速記 devil's advocate 故意唱反調的人

After the student **advocated** that the president should sustain the objection, honors were thrust upon him.
學生在主張總統應該要禁得起異議之後，硬是被加上榮譽稱號。

pro 向前地 + **voke** 喊叫 = provoke

Ⓐsoothe ❸TOEFL

provoke [prə'vok] 觸怒；驅使；激發

速記 provoke riot 引起騷亂

The notorious King's autocracy **provoked** the people to rebellion and was turned over at last.
惡名昭彰的獨裁君王驅使老百姓群起反抗並且最後被推翻。

voc 喊叫 + **abul** + **ary** 物 = vocabulary

vocabulary [vəˈkæbjəˌlɛrɪ] 字彙

The exchange student from Japan is working hard to fill a vacancy in his English **vocabulary**.
來自日本的交換學生正努力地填補他在英文字彙上的不足。

voc 喊叫 + **ation** 名詞 = **vocation**　　**S** occupation **4** TOEIC

vocation [voˈkeʃən] 使命；職業　　速記 vocation for 才能；傾向

A majority of young students good at math or science choose to take up the **vocation** of engineering.
大部分數理傑出的年輕學子都選擇當工程師。

voc 喊叫 + **al** 關於 = **vocal**　　**S** uttered **3** GEPT

vocal [ˈvokl] 聲音；口頭的　　速記 a vocal communication 口頭傳達

The girl who is majoring in **vocal** music has a talent for singing.
主修聲樂的女孩有唱歌的天賦。

311　vol-, volunt 自願

快學便利貼

voluntary n. 志願者；自願行動；**adj.** 自願的；自動的；故意的；無償的	**volunteer** n. 自願者；**v.** 自願；**adj.** 自願的；自動的

單字拆解　　**S** 同義　**A** 反義　**5** 單字出現頻率

volunt 自願 + **ary** 的 = **voluntary**　　**S** willing **4** GEPT

voluntary [ˈvɑlənˌtɛrɪ] 自願的　　速記 voluntary manslaughter 蓄意謀殺

The bad man was accused for **voluntary** manslaughter and sentenced to death.
那名壞人被指控蓄意殺人並被判死刑。

volunt 自願 + **eer** 人 = **volunteer**　　**S** offer **4** GEPT

volunteer [ˌvɑlənˈtɪr] 自願；自動的　　速記 volunteer to 自願做

A group of college students **volunteered** to help immigrants learn Chinese during summer vacation.
一群大學生自願在暑假時幫助移民學習中文。

字首　字根　字尾　複合字

volve-, volu- 滾動

快學便利貼

evolve v. 進展；進化
involve v. 包括；涉及；使專注；連累
revolt v. 造反；起義；反叛；使反感

revolve v. 旋轉；循環；自轉；考慮
volume n. 體積；音量；卷冊；書籍

單字拆解

S同義　**A**反義　**5**單字出現頻率

e 向外 + **volve** 滾動 = **evolve**

Sdevelop **4**TOEFL

evolve [ɪ'vɑlv] 進展；進化

速記 evolve from 推斷出

It is generally believed that the human species **evolved** from an ancestor that was probably arboreal.
一般人相信人類是由棲息在樹上的祖先演化而來的。

in 進入 + **volve** 滾動 = **involve**

Sinclude **3**TOEIC

involve [ɪn'vɑlv] 涉及；使專注

速記 be involved in trouble 陷入煩惱

The police officer was suspended from duty because he was accused to get **involved** in bribery.
那名警員因為被控捲入收賄案而遭暫時停職。

re 返回 + **volt** 滾動 = **revolt**

Srebel **3**TOEFL

revolt [rɪ'vɑlt] 造反；起義；使反感

速記 rise in revolt 反抗；起義

A crowd of college students **revolted** against the authority because of the rising education tuition.
由於學費調漲，一群大學生對學校展開抗議。

re 返回 + **volve** 滾動 = **revolve**

Sturn **4**GEPT

revolve [rɪ'vɑlv] 旋轉；循環；考慮

速記 revolve around 以…為中心

The student **revolved** the difficult math problem and finally figured out a solution.
學生反覆思考困難的數學問題，終於在最後想出解法。

volu 滾動 + **me** = **volume**

Scapacity **3**IELTS

volume ['vɑljəm] 體積；音量；書籍

速記 turnover volume 交易量

Tina killed her free time reading through a novel in five **volumes** during spring break.
春假期間，蒂娜為了消磨時間閱讀了一部共五卷的小說。

Part 3

字尾篇

SUFFIX

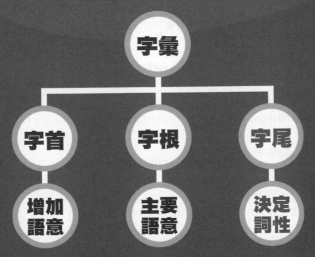

字彙

字首　　字根　　字尾

增加
語意　　主要
語意　　決定
詞性

n.名詞　v.動詞　adj.形容詞　adv.副詞　prep.介系詞 conj.連接詞

001

名詞 -age, -dom

快學便利貼

baggage 手提行李；精神包袱
bandage 繃帶；**v.** 用繃帶包紮
bondage 奴役；束縛；奴隸身分
carriage 車輛；運輸；運費；姿態
courage 勇氣；膽量
coverage 覆蓋範圍；總額；保證金
dosage 配藥；劑量；服法
freedom 自由；放肆；特權
hostage 人質；抵押品
marriage 結婚；婚姻；婚禮
mileage 英里數；里程；利益

orphanage 孤兒院；孤兒
package 包裝；包裹；元件；系列廣播電
視節目；**v.** 包裝
passage 通行；推移；旅行；通行權；通
行費；通路；**v.** 通過
percentage 百分比；比例；好處；利潤
postage 郵費；郵資
storage 貯藏量；儲存；倉庫
teenage 青少年時期；十多歲的時期
usage 用法；習慣；使用
village 村落；群落；農村
wisdom 智慧；學問；格言

單字拆解

S 同義 **A** 反義 **5** 單字出現頻率

bag 袋子 + **age** 名詞 = baggage

S luggage **4** TOEIC

baggage ['bægɪdʒ] 行李

 excess baggage 超重行李

Carl waited in line to check his **baggage** before getting the boarding pass.
領取登機證前，卡爾排隊等候托運行李。

band 帶子 + **age** 名詞 = bandage

S ligature **3** GEPT

bandage ['bændɪdʒ] 繃帶

 triangular bandage 三角巾

The doctor put a **bandage** on his arm because it was seriously burned in a fire.
因為被火嚴重燒傷，醫生纏繃帶在他手臂上。

bond 束縛 + **age** 名詞 = bondage

S slavery **3** TOEFL

bondage ['bandɪdʒ] 束縛

hold sb in bondage 束縛某人

There's **bondage** between those two because she owes him a significant amount of money.
他們之間關係緊繃，因為她欠他一大筆錢。

carry 搬運 + **age** 名詞 = carriage

carriage ['kærɪdʒ] 車輛;運費

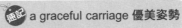 a graceful carriage 優美姿勢

That little baby in the **carriage** would prefer her mother to carry her than to be pushed around.
車上的小嬰兒較喜歡被媽媽抱著,而不喜歡被推著到處走。

cour 內心 + **age** 名詞 = **courage**　　Ⓐtimidity ❹TOEIC

courage ['kɜɪdʒ] 勇氣;精神

 lose courage 喪氣 take courage 鼓起勇氣

Kevin Lin showed everybody a lot of **courage** when he ran across the Sahara Desert.
林義傑跑步橫越撒哈拉沙漠時,向所有人展現出極大的勇氣。

cover 覆蓋 + **age** 名詞 = **coverage**　　Ⓢrange ❹TOEIC

coverage ['kʌvərɪdʒ] 範圍;總額

coverage diagram 搜索範圍

In accordance to the contract, you need to pay 10% of the total sum as **coverage** in advance.
根據合約,你需要預付總金額的一成做為保證金。

dose 劑量 + **age** 名詞 = **dosage**　　Ⓢdose ❸IELTS

dosage ['dosɪdʒ] 配藥;劑量

dosage compensation 劑量補償

The **dosage** recommended is more than enough to fight this non-threatening disease.
建議劑量遠超過對抗此種非致命疾病的所需劑量。

free 自由的 + **dom** 名詞 = **freedom**　　Ⓢliberty ❹TOEFL

freedom ['fridəm] 自由

freedom from taxation 免稅

The board voted unanimously to give the inmate his **freedom** after serving 20 years in prison.
服刑二十年後,委員會一致決議讓受刑人重返自由。

host 主人 + **age** 名詞 = **hostage**　　Ⓢcaptive ❸GEPT

hostage ['hɑstɪdʒ] 人質;抵押品

give hostage to fortune 造成後患之物

The businessperson's son was held as a **hostage** and was tied up in the car trunk for hours.
商人之子遭挾持,並被綁在汽車行李箱內達數小時。

marry 結婚 + **age** 名詞 = **marriage**　　Ⓐdivorce ❹IELTS

marriage ['mærɪdʒ] 結婚;婚姻

take sb in marriage 娶…

The young guy lowered his standards and took a much older woman in **marriage**.
年輕小夥子降低標準,娶一位年紀大他一截的女人為妻。

mile 英里 + **age** 名詞 = **mileage**　　Ⓢmile ❷IELTS

mileage ['maɪlɪdʒ] 英里數;里程

traffic mileage 交通里程

字首　字根　字尾　複合字

It is smarter to buy a used car with a low **mileage** because it costs much less than a new one.
買低里程的二手車是較聰明的做法，因為比新車便宜得多。

orphan 孤兒 + **age** 名詞 = orphanage　　**S** orphan **3** TOEFL

orphanage [ˈɔrfənɪdʒ] 孤兒院；孤兒

To my astonishment, the volunteer at the **orphanage** bought every child a gift for Christmas.
令我震驚的是，孤兒院的志工為每一位孩子買耶誕禮物。

pack 包裝 + **age** 名詞 = package　　**S** parcel **5** TOEIC

package [ˈpækɪdʒ] 包裝；包裹　　 package tour 套裝行程

For young people, an inclusive **package** tour may be more comfortable and convenient.
對年輕人來說，包價套裝行程或許較舒適方便。

pass 通行 + **age** 名詞 = passage　　**S** voyage **5** TOEFL

passage [ˈpæsɪdʒ] 通行　　 a bird of passage 候鳥　take passage in 搭乘

Cindy had booked her **passage** online a week before she went back to her hometown in Penghu.
辛蒂在回澎湖老家的一週前上網訂船票。

percent 百分之一 + **age** 名詞 = percentage　　**S** ratio **4** TOEIC

percentage [pəˈsɛntɪdʒ] 百分比；比例

The **percentage** of the population below the poverty line is far too high.
生活於貧窮線之下的人口比例太高了。

post 郵政 + **age** 名詞 = postage　　**S** postal rates **3** IELTS

postage [ˈpostɪdʒ] 郵費　　 postage due 欠郵資

The **postage** for sending letters overseas have increased dramatically because of rising fuel costs.
寄信到海外的郵資因燃料成本上升而戲劇性地增加。

store 儲存 + **age** 名詞 = storage　　**S** warehouse **4** TOEIC

storage [ˈstorɪdʒ] 儲存；倉庫　　 cold storage 冷藏

The new hilltop reservoir will provide over eight million liters of water in **storage** for the city.
山頂上的新建水庫將提供城市超過八百萬公升的儲水量。

teen 十幾歲的 + **age** 名詞 = teenage　　**S** adolescence **3** TOEIC

teenage [ˈtinˌedʒ] 青少年時期　　 teenage pregnancy 青少年懷孕

Simon didn't communicate with his parents a lot during his troubled **teenage** years.

賽門在他混亂的青少年時期不常與父母溝通。

use 使用 + **age** 名詞 = **usage**　　**S** method　**5** TOEIC

usage [ˈjusɪdʒ] 使用
速記 keep an old usage alive 保持舊習俗

According to the city rules, residents over 65 years old are provided free **usage** of the buses.
依據城市規定，六十五歲以上居民可免費搭公車。

villa 別墅 + **age** 名詞 = **village**　　**S** community　**4** IELTS

village [ˈvɪlɪdʒ] 村落；農村
速記 fishing village 漁村

There used to be horse-drawn carriages used for transport in the **village** ten years ago.
村裡十年前曾有運輸用的馬車。

wise 有智慧的 + **dom** 名詞 = **wisdom**　　**A** foolishness　**3** TOEIC

wisdom [ˈwɪzdəm] 智慧；學問
速記 wisdom tooth 智齒

We are in need of a person with great **wisdom** to lead the nation through these troubled times.
我們需要一位具有大智慧的人來領導國家度過這些艱困時期。

002

名詞 -ain, -aire, -an, -ant, -ean, -ian, -n 指人或物

快學便利貼

accountant 會計師；出納
American 美國人
applicant 申請人；求職者
arcade 拱廊；騎樓
assistant 助手；助理
attendant 出席者；參加者
barbarian 野蠻人；**adj.** 野蠻的
billionaire 億萬富翁
captain 艦長；機長；警長；指揮者
claimant 索賠者；要求者

inhabitant 居民；棲息的動物
librarian 圖書館長；圖書館員
magician 魔術師；術士
merchant 商人；**adj.** 商人的；商業的
migrant 候鳥；移棲動物；移居者
militant 激進分子；好鬥者
millionaire 百萬富翁
musician 音樂家；作曲家；樂師
participant 參與者；**adj.** 參加的
peasant 農民

字首
字根
字尾
複合字

comedian 喜劇演員	**physician** 醫生
consultant 顧問；諮詢者；會診醫生	**politician** 政治家；政客
contestant 競爭者；質疑者；選手	**pollutant** 汙染物
descendant 子孫；後代；弟子	**republican** 共和主義者；共和黨員
electrician 電工；電氣技師	**sanitarian** 衛生學家；**adj.** 公共衛生的
emigrant 移民	**sergeant** 中士；警官
European 歐洲人；**adj.** 歐洲的	**servant** 僕人；雇工；隨員；信徒；公
guardian 保護者；監護人	務員
historian 歷史學家；年代史編者	**technician** 技術人員；技師；專家
humanitarian 人道主義者；慈善家；	**tenant** 房客；住戶；租地人
adj. 人道主義者的；慈善家的	**vegetarian** 素食主義者
immigrant 移民；僑民；**adj.** 移民的；	**veteran** 退役軍人；富經驗的人
僑民的	**veterinarian** 獸醫

 單字拆解 　　　　Ⓢ同義　Ⓐ反義　❺單字出現頻率

account 帳目 ＋ **ant** 人 ＝ accountant　　　Ⓢbookkeeper ❹TOEIC

accountant [əˈkaʊntənt] 會計師；出納

The **accountant** finished preparing our taxes today and told us that we would get a nice refund.
今天會計師將我們的稅金核算完成，並且告訴我們會有高額退稅。

America 美洲 ＋ **an** 人 ＝ American　　　　　　　❷TOEIC

American [əˈmɛrɪkən] 美國人　 an American citizen 美國公民

May wanted a penpal from the USA, so she could learn more about **American** culture.
梅想要一位美國筆友，這樣她就能夠學習更多美國文化。

apply 申請 ＋ **ant** 人 ＝ applicant　　　　Ⓢcandidate ❹TOEIC

applicant [ˈæpləkənt] 申請人；求職者

The job **applicant** had great skills and talent, but he seemed nervous during the interview.
求職者擁有優秀的技能，但在面試時似乎很緊張。

arc 弧形 ＋ **ade** 物 ＝ arcade　　　　　　Ⓢstoa ❸TOEFL

arcade [arˈked] 拱廊；騎樓　　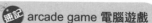 arcade game 電腦遊戲

The boardwalk offers visitors breathtaking ocean views and an **arcade** with shops and games.

海濱木板步道提供旅客瑰麗的海洋景觀，而長廊商場則提供商店與遊樂場所。

assist 幫助 + **ant** 人 = assistant

⑤helper ④TOEIC

assistant [ə'sɪstənt] 助手

秒記 assistant manager 副理

Please leave your phone number with my office **assistant**, and I will return your call.
麻煩留你的手機號碼給我助理，我將回電給你。

attend 參加 + **ant** 人 = attendant

⑤companion ③GEPT

attendant [ə'tɛndənt] 出席者

秒記 attendant circumstances 附帶情況

The flight **attendant** made sure the passengers felt safe and comfortable during a bumpy flight.
空服員確保乘客在顛簸的航程感到安全舒適。

barbar 傻子 + **ian** 人 = barbarian

Ⓐcivilian ③TOEFL

barbarian [bɑr'bɛrɪən] 野蠻人；野蠻的

The Great Wall of China was built to keep out the tribes of **barbarians** from the north.
興建萬里長城的目的是為了阻絕來自北方的野蠻部落。

billion 十億 + **aire** 人 = billionaire

Ⓐthe poor ④GEPT

billionaire [,bɪljə'nɛr] 億萬富翁

秒記 multi-billionaire 億萬富翁

The **billionaire** was concerned about the flood victims and donated a huge sum of money to them.
億萬富翁關心洪水災民，並且捐贈巨額善款給他們。

capt 頭 + **ain** 人 = captain

⑤chief ④TOEIC

captain ['kæptɪn] 艦長；機長；警長

The **captain** of the Star Ship Enterprise is Captain James T. Kirk of Iowa.
星艦企業號的艦長是愛荷華的寇克艦長。

claim 要求 + **ant** 人 = claimant

⑤complainant ③GRE

claimant ['klemənt] 索賠者

秒記 residual claimant 剩餘請求權

The judge awarded the **claimant** in the lawsuit a settlement of one million dollars.
法官判決原告獲賠一百萬元。

comedy 喜劇 + **ian** 人 = comedian

⑤funnyman ③IELTS

comedian [kə'midɪən] 喜劇演員

 a stand-up comedian 單口相聲演員

The funniest student in our class turned out to be the best **comedian** in the talent show.
我們班最搞笑的學生後來成為才藝節目的最佳喜劇演員。

consult 協商 + **ant** 人 = consultant

字首
字根
字尾
複合字

consultant [kən'sʌltənt] 顧問；商議者；會診醫生

The large company hired an experienced **consultant** before it started doing business in Taiwan.
這家大公司展開台灣業務之前雇用一位有經驗的顧問。

contest 競爭 + **ant** 人 = contestant　　　**S** player　**4** TOEIC

contestant [kən'tɛstənt] 競爭者；選手

The beauty pageant **contestant** from Brazil won this year's Miss Universe contest.
來自巴西的選美佳麗贏得今年環球小姐比賽。

descend 傳下 + **ant** 人 = descendant　　　**A** forefather　**5** TOEFL

descendant [dɪ'sɛndənt] 子孫；後代

These days, most sled dogs in Alaska are **descendants** of the wolves that used to live there.
如今大多數阿拉斯加的雪橇犬是以前居住在當地的野狼後代。

electric 電的 + **ian** 人 = electrician　　　**3** GRE

electrician [ˌilɛk'trɪʃən] 電工；電氣技師

After the thunderstorm knocked out our lights, an **electrician** visited our home to restore power.
雷雨擊滅我們的光源之後，一名電工到我們家恢復電力。

emigrate 移居外國 + **ant** 人 = emigrant　　　**A** immigrant　**4** TOEIC

emigrant ['ɛməgrənt] 移民

Most farm workers picking fruits and vegetables in Florida are **emigrants** from Mexico.
大多數在佛羅里達採摘水果及蔬菜的農場工人是來自墨西哥的移民。

Europe 歐洲 + **an** 人 = European　　　**3** IELTS

European [ˌjurə'piən] 歐洲人；歐洲的　　　速記 European Union (EU) 歐盟

Our **European** vacation last summer was the most memorable trip of our lives.
去年的歐洲假期是我們畢生最難忘懷的旅行。

guard 守衛 + **ian** 人 = guardian　　　**S** custodian　**2** GEPT

guardian ['gɑrdɪən] 保護者；管理員；監護人

During the field trip, a few parents volunteered to be **guardians** for all of the classmates.
戶外教學期間，一些家長自願擔任所有同學的監護人。

history 歷史 + **ian** 人 = historian

historian [hɪsˈtorɪən] 歷史學家；年代史編者

Dr. Johnson was a famous **historian** who studied amazing artifacts of the ancient Egyptians.
強森博士是一位研究古埃及手工藝品的知名歷史學家。

human 人類 + **itar** 的 + **ian** 人 = **humanitarian**

Ⓢhumanist **❹ TOEFL**

humanitarian [hjuˌmænəˈtɛrɪən] 人道主義者

Miss Jolie won a **humanitarian** award for her work to provide shelter for the homeless.
裘莉小姐因致力於提供無家可歸者庇護之所而獲得人道主義獎。

immigrate 移民 + **ant** 人 = **immigrant**

Ⓐemigrant **❹ TOEIC**

immigrant [ˈɪməgrənt] 移民；僑民；移入的生物

Many blue-collar workers in Chicago were **immigrants** from Poland and Eastern Europe.
許多在芝加哥的藍領工人是來自波蘭及東歐的移民。

inhabit 居住 + **ant** 人 = **inhabitant**

Ⓢdweller **❺ TOEIC**

inhabitant [ɪnˈhæbətənt] 居民；棲息的動物

The beautiful black jaguar is one of the elusive **inhabitants** of the Amazon jungle.
美麗的黑豹是亞馬遜叢林中謎樣的棲居動物之一。

library 圖書館 + **ian** 人 = **librarian**

❸ TOEFL

librarian [laɪˈbrɛrɪən] 圖書館長；圖書館員

Every **librarian** can always assist visitors to quickly find a needed book or resource.
每一位圖書館員總是能夠協助訪客快速找到所需的圖書或資源。

magic 魔法 + **ian** 人 = **magician**

Ⓢwizard **❷ GEPT**

magician [məˈdʒɪʃən] 魔術師

暗記 black magician 黑魔法術士

The **magician** seemed to pull a rabbit out of his hat, to the amazement of his audience.
魔術師似乎是從自己帽子裡拉出一隻兔子，著實讓觀眾驚嘆連連。

merch 貿易 + **ant** 人 = **merchant**

Ⓢtrader **❸ IELTS**

merchant [ˈmɝtʃənt] 商人；貿易商

The **merchant** in Hong Kong became wealthy selling products from China to Westerners.
把產品從大陸賣到歐美的香港商人變得有錢了。

migrate 遷移 + **ant** 人 = **migrant**

migrant ['maɪgrənt] 候鳥；移棲動物；移居者

Most of the beautiful cranes we see in our lakes are **migrants** that have flown from Japan.
我們在湖泊看見的美麗的鶴大多是從日本飛來的候鳥。

milit 軍事 + **ant** 人 = militant

Scombatant ②GEPT

militant ['mɪlətənt] 激進份子；好鬥者

A group of armed **militants** took over the capital city of the small and poor country.
一群武裝好戰份子接收貧窮小國的的首府。

million 百萬 + **aire** 人 = millionaire

⚠the underprivileged ②GEPT

millionaire [ˌmɪljən'ɛr] 百萬富翁

通記 multi-millionaire 巨富

Jane wanted to be a **millionaire**, so she could have the freedom to travel around the world.
珍想要做個百萬富翁，這樣她就可以自由地到世界各地旅行。

music 音樂 + **ian** 人 = musician

Sinstrumentalist ③TOEIC

musician [mju'zɪʃən] 音樂家；作曲家；樂師

Being a **musician** may seem like a fantasy to many, but it is usually a very difficult career.
對許多人來說，成為音樂家似乎是種幻想，但它通常是非常困難的職業。

participate 參與 + **ant** 人 = participant

Sally ③TOEIC

participant [pɑr'tɪsəpənt] 參與者；參加的

Every **participant** in the medical survey was given a free health checkup by the hospital.
每位醫學調查的參與者都獲得醫院提供的免費健康檢查。

pea 鄉村 + **ant** 人 = peasant

Sfarmer ②IELTS

peasant ['pɛzn̩t] 農民

通記 landless peasant 雇農 a peasant folk 農民

The wealthy landowner had many hard-working **peasants** to grow crops and tend orchards.
富有的地主擁有許多栽種穀物及照料果園的辛苦農民。

physic 醫學 + **ian** 人 = physician

Sdoctor ③TOEIC

physician [fɪ'zɪʃən] 醫生

通記 the physician in charge 主任醫師

Jeremy dreamed of being a **physician** like his father, so he could help people feel better.
傑瑞米夢想像他父親一樣成為一名醫師，這樣就能幫助病人康復。

politic 政治上的 + **ian** 人 = politician

politician [ˌpɑləˈtɪʃən] 政治家；政客

Every **politician** makes popular promises on the most important issues to win their elections.
為贏得勝選，政客會針對重要議題做出符合眾望的承諾。

pollute 汙染 + **ant** 物 = **pollutant**

Ⓢcontaminant ❹TOEFL

pollutant [pəˈlutənt] 汙染物

速記 degradable pollutant 可分解污染源

A **pollutant** from a nearby factory was the cause of the recent disappearance of fish in our river.
來自附近工廠的污染物是最近我們河裡魚類消失的原因。

republic 共和國 + **an** 人 = **republican**

Ⓢdemocratic ❷TOEFL

republican [rɪˈpʌblɪkən] 共和主義者；共和黨員

The **Republican** Party lost the Presidential election in the USA to a popular Barack Obama.
共和黨在美國總統大選中敗給人氣超旺的歐巴馬。

sanitary 衛生的 + **an** 人 = **sanitarian**

Ⓢhygienist ❷TOEFL

sanitarian [ˌsænəˈtɛrɪən] 衛生學家

The group of **sanitarians** say that infectious disease is another concern with global warming.
衛生專家小組表示傳染病是全球暖化的另一項關注焦點。

ser 服務 + **ge** 軍官 + **ant** 人 = **sergeant**

❸IELTS

sergeant [ˈsɑrdʒənt] 中士；巡佐

速記 sergeant first class 陸軍上士

The police officer ordered the **sergeant** to set up road blocks near th crime scene.
警官命令巡佐在犯罪現場附近設置路障。

serv 服務 + **ant** 人 = **servant**

Ⓐmaster ❷GEPT

servant [ˈsɜvənt] 僕人；隨員；信徒

速記 a civil servant 文官

The prince's **servant** was quick to follow his orders without question on a daily basis.
王子的僕人每天毫無質疑地迅速接下命令。

technic 技巧 + **ian** 人 = **technician**

Ⓢmechanic ❹TOEIC

technician [tɛkˈnɪʃən] 技術人員；專家

速記 dental technician 齒模師

The medical **technicians** assist doctors by providing the latest technology to monitor patients.
醫療技術員提供最新檢驗技術協助醫師幫病患檢查。

ten 租 + **ant** 人 = **tenant**

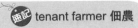

tenant ['tɛnənt] 房客；住戶

速記 tenant farmer 佃農

The quick-thinking fireman rescued a sleeping **tenant** from the burning apartment building.
反應靈敏的消防隊員從失火的公寓裡救出熟睡中的房客。

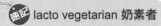

vegetable 蔬菜 + **ian** 人 = vegetarian

Ⓐ carnivore ❺ TOEFL

vegetarian [ˌvɛdʒəˈtɛrɪən] 素食主義者

速記 lacto vegetarian 奶素者

Because of her love and respect for all animals, Peggy decided she would be a **vegetarian**.
出於對動物的愛與尊重，佩姬決定吃素。

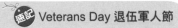

veter 老的 + **an** 人 = veteran

Ⓐ soldier ❷ TOEFL

veteran ['vɛtərən] 退役軍人

速記 Veterans Day 退伍軍人節

Colonel Stephens, a **veteran** of the Korean War, was honored at a ceremony last weekend.
韓戰退役軍人卡羅諾史蒂文生，上週末在典禮上接受表揚。

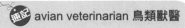

veterinary 獸醫的 + **ian** 人 = veterinarian

Ⓢ vet ❹ TOEFL

veterinarian [ˌvɛtərəˈnɛrɪən] 獸醫

速記 avian veterinarian 鳥類獸醫

I took my dog Fido to the **veterinarian** to control the infestation of fleas and to heal his rashes.
為預防跳蚤及治療皮疹，我帶狗狗費多去看獸醫。

003 名詞 -al 抽象名詞

快學便利貼

approval 贊成；批准；同意(商品)適用；包退包換

arrival 出現；新生嬰兒；抵達；引進；採用；推行

burial 埋葬；葬禮；墓地

denial 否認；否定

disposal 處理；配置；出售；支配權

mineral 礦物；**adj.** 含礦物的

proposal 提議；提案；求婚

refusal 拒絕；駁回；優先選擇權

rehearsal 背誦；詳述；彩排

removal 移動；除去；調職；撤職

rental 租金總額；租金收入；租費；**adj.** 供出租的

survival 生存；生還者；遺物

字首
字根
字尾
複合字

approve 批准 + **al** 抽象名詞 = **approval**　Ⓐdisapproval ④TOEIC

approval [əˈpruvl̩] 批准；同意　🐝速記 on approval 包退包換的

Mr. Smith practiced as a doctor in town with **approval** of the authorities.
史密斯先生在主管當局核可下於鎮上開業行醫。

arrive 抵達 + **al** 抽象名詞 = **arrival**　Ⓐdeparture ⑤TOEIC

arrival [əˈraɪvl̩] 出現；抵達　🐝速記 cash on arrival 貨到付款

Thousands of fans were at the airport waiting for the **arrival** of the rock star.
數千名粉絲在機場等待搖滾巨星的抵達。

bury 埋葬 + **al** 抽象名詞 = **burial**　Ⓢfuneral ③GEPT

burial [ˈbɛrɪəl] 埋葬；葬禮；墓地　🐝速記 burial insurance 喪葬保險

Tens of thousands of believers attended the religious leader's **burial** and chanted together.
數以萬計的信眾出席宗教領袖的葬禮並齊聲吟誦。

deny 否定 + **al** 抽象名詞 = **denial**　Ⓐaffirmation ④IELTS

denial [dɪˈnaɪəl] 否認；否定　🐝速記 general denial 全盤否認

The chronic liar continued his **denial** of his eccentric and illegal misconduct.
老是說謊的傢伙一直否認自己偏執且違法的不當行為。

dispose 處理 + **al** 抽象名詞 = **disposal**　Ⓢelimination ③GRE

disposal [dɪˈspozl̩] 處理；配置　🐝速記 at one's disposal 隨意自由

The **disposal** of those old useless things has created much needed space in the attic.
處理掉這些老舊無用的東西後，閣樓騰出不少必要的空間。

mine 礦 + **al** 抽象名詞 = **mineral**　Ⓢore ④TOEFL

mineral [ˈmɪnərəl] 礦物；含礦物的　🐝速記 mineral oil 礦油

The man bought several bottles of **mineral** water at the neighborhood convenience store.
男子在附近便利商店買了幾瓶礦泉水。

propose 提議 + **al** 抽象名詞 = **proposal**　Ⓢsuggestion ④TOEIC

proposal [prəˈpozl̩] 提議；求婚　速記 make a proposal 求婚

All the board members of the factory agreed to the **proposal** to reduce waste production.
工廠理事會成員一致同意減少廢物產生的提案。

refuse 拒絕 + **al** 抽象名詞 = **refusal** ⚠acceptance ❸GRE

refusal [rɪ'fjuzl̩] 拒絕；優先選擇權 💭速記 the refusal of an invitation 謝絕邀請

The agent promised to give Judy the right of **refusal** of his offer until the end of November.
代理商承諾裘蒂於十一月底前有優先選擇權。

rehearse 排演 + **al** 抽象名詞 = **rehearsal** Ⓢpractice ❹IELTS

rehearsal [rɪ'hɜsl̩] 背誦；彩排 💭速記 a full rehearsal 全體排演

The ballet company will have a public **rehearsal** in the national theater in two days.
芭蕾舞團兩天後將於國家劇院進行公開彩排。

remove 移動 + **al** 抽象名詞 = **removal** Ⓢexpulsion ❸TOEIC

removal [rɪ'muvl̩] 移動；調職 💭速記 Removal Notice 搬遷啟事

The police officer's **removal** is not only because he failed in his duty one time.
警官會遭撤職不只是因他一次的失職而已。

rent 出租 + **al** 抽象名詞 = **rental** Ⓢlease ❸GEPT

rental ['rɛntl̩] 租金總額；租費 💭速記 vacation rental 度假租借

The monthly office **rental** should be listed as one of your ongoing expenditures.
辦公室每月的租金應列入你的事務支出項目中。

survive 生還 + **al** 抽象名詞 = **survival** ⚠the departed ❹TOEIC

survival [sə'vaɪvl̩] 生存；生還者

Thanks to advanced therapies, the **survival** rates of some incurable diseases are rising.
由於先進的治療方法，一些無法治癒的疾病存活率持續上升。

004 名詞 -ance, -ancy, -ence, -ency, -cy

快學便利貼

abundance 豐富；充足	**maintenance** 維持；維修；繼續；主張；供給
absence 缺席；缺乏；缺少	
acceptance 接受；承認；承兌；驗收	**performance** 執行；完成；償還；行為；成績；表演
accordance 一致；和諧；給予	

acquaintance 認識；熟人；知識；心得
alliance 同盟；聯盟；聯姻；同盟條約
allowance 允許；零用錢；津貼；商業折扣；定量；承認
annoyance 煩惱；麻煩；煩惱的事情
appearance 出現；出版；外貌；出庭
appliance 器具；裝置；適用
assistance 幫助；援助
assurance 保證；確信；人壽保險；財產轉讓；擔保
attendance 出席；參加；出席者；參加者
bankruptcy 破產；倒閉
clearance 清除；解除；結算；清倉拍賣
coincidence 一致性；符合；巧合
conference 協商；討論會；會議
confidence 信任；自信；秘密
dependence 依賴；信任；從屬；未決
deficiency 缺乏；缺陷；不足額
disturbance 動亂；侵犯；妨害治安
efficiency 效率；效能；實力
endurance 忍耐；持久性
excellence 優秀；傑出；優點
guidance 指引；指導
ignorance 無知；缺乏教育；愚昧
independence 獨立；自主
insurance 保險；保險業；保險費

perseverance 堅持；不屈不撓
proficiency 精通；熟練
reliance 信賴；信心；寄託
resemblance 相似；相似點；外表；肖像
resistance 抵抗；抵抗力；阻力
tendency 傾向；趨勢；偏好
correspondence 通信；符合；一致
difference 差異；爭論；特殊性
diligence 勤勉；努力
eloquence 雄辯；口才；修辭法
emergency 緊急情況
existence 存在；生存；生活方式；生物
inference 推論；結論；含意；推斷的結果
innocence 無罪；清白；無知；天真無邪
insistence 堅持；強調
occurrence 發生；出現；事件
persistence 堅持；固執；持續性
preference 優先選擇；偏愛；優先選擇物
reference 委託；提到；參考；參考書；附註
residence 居住；宅邸
urgency 緊急；催促；堅持
violence 激烈；暴力；冒犯；破壞；狂熱行為；曲解；篡改

字首　字根　字尾　複合字

🧩 **單字拆解**

S 同義　**A** 反義　**5** 單字出現頻率

ab 離開 ＋ **und** 在…之下 ＋ **ance** 名詞 ＝ **abundance**

A shortage　**4** TOEFL

abundance [ə'bʌndəns] 豐富；充足

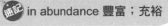 in abundance 豐富；充裕

There is an **abundance** of benefits to recycling, so government should take it more seriously.
從事回收具有龐大利益，政府應更加認真看待。

abs 缺乏 ＋ **ence** 名詞 ＝ **absence**

absence [ˈæbsn̩s] 缺席；缺乏

速記 absence of mind 心不在焉

The mayor will be charged with the crime of misconduct in office and **absence** without leave.
市長將因瀆職及擅離職守而遭控告。

accept 接受 + **ance** 名詞 = **acceptance**

acceptance [əkˈsɛptəns] 接受

速記 find acceptance with 獲得首肯

The general manager's annual report met with investors' unanimous **acceptance**.
投資者一致認同總經理的年度報告。

accord 一致 + **ance** 名詞 = **accordance**

accordance [əˈkɔrdəns] 一致；協調

Sandy made excuses for why she didn't fill out the tax document in **accordance** with rules.
珊蒂為她不按規定填寫報稅文件辯解。

acquaint 使熟悉 + **ance** 名詞 = **acquaintance**

acquaintance [əˈkwentəns] 熟人

速記 make acquaintance with 結識

The PR manager made a lot of **acquaintances** in the social and media circles.
公關經理在社交及媒體圈內有很多熟人。

ally 使結盟 + **ance** 名詞 = **alliance**

alliance [əˈlaɪəns] 同盟；聯盟

速記 enter into alliance with 與…聯盟

The two main steel companies in the country have created an **alliance** and dominated the market.
國內兩家龍頭鋼鐵廠已形成聯盟並主導市場。

allow 准許 + **ance** 名詞 = **allowance**

allowance [əˈlaʊəns] 零用錢

速記 make allowance for 斟酌

The parents gave their teenage daughter an **allowance** of fifty dollars every week.
父母每週給他們十多歲的女兒五十元零用錢。

annoy 使煩惱 + **ance** 名詞 = **annoyance**

annoyance [əˈnɔɪəns] 煩惱；麻煩

速記 put sb to annoyance 為難

The clerk is very good at tolerating the many **annoyances** of her customers and their children.
店員對待她的顧客及其小孩非常有耐心。

appear 出現 + **ance** 名詞 = **appearance**

appearance [əˈpɪrəns] 出現;外貌

速記 enter an appearance 出庭

The **appearance** of the villa completely changed after the strong typhoon.
強烈颱風過後,別墅的外觀完全改變。

apply 應用 + **ance** 名詞 = **appliance**

Sutensil ④TOEFL

appliance [əˈplaɪəns] 器具;裝置

The dormitory lounge will be equipped with several modern **appliances** next sememster.
宿舍交誼廳將於下學期裝設幾部現代化家電。

assist 幫助 + **ance** 名詞 = **assistance**

Said ③TOEIC

assistance [əˈsɪstəns] 幫助

速記 give assistance 給予援助

The overseas government service offered **assistance** to the tourist who lost his wallet to a thief.
海外政府機關對錢包失竊的旅客提供幫助。

assure 保證 + **ance** 名詞 = **assurance**

▲diffidence ③TOEIC

assurance [əˈʃurəns] 保證;確信

速記 with assurance 自信

The team members gave **assurances** that they would pursue the program and achieved the goal.
團隊成員保證會貫徹計畫並達成目標。

attend 出席 + **ance** 名詞 = **attendance**

▲absence ④TOEIC

attendance [əˈtɛndəns] 出席

速記 in attendance on 服侍

There was a large **attendance** at the conference on environmental sanitation last month.
很多人參與上個月的環境衛生會議。

bankrupt 破產的 + **cy** 名詞 = **bankruptcy**

Scrash ④TOEIC

bankruptcy [ˈbæŋkrəptsɪ] 破產

速記 bankruptcy notice 破產公告

After satisfying the debts to all of their contractors, the company went into **bankruptcy**.
公司在清償所有承包商欠款後就破產了。

clear 使清楚 + **ance** 名詞 = **clearance**

Sclear-out ③TOEIC

clearance [ˈklɪrəns] 清除;結算

速記 clearance sale 清倉大拍賣

The late passenger rushed to the gate as soon as she completed the security **clearance**.
遲到的旅客一完成出關安檢手續就急奔登機門。

coincide 與…一致 + **ence** 名詞 = **coincidence**

字首
字根
字尾
複合字

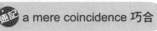

S fortuitousness **4** GEPT

coincidence [ko'ɪnsɪdəns] 一致性

 a mere coincidence 巧合

It is a **coincidence** that John bumped into Sally in Puerto Rico.
約翰在波多黎各遇見莎莉真是巧合。

confer 協商 + **ence** 名詞 = **conference**　　**S** meeting **5** TOEIC

conference ['kɑnfərəns] 討論會

 press conference 記者招待會

A majority of the members at the **conference** voted in favor of having an extended lunch period.
大多數與會成員贊成延長午餐時間。

confide 信任 + **ence** 名詞 = **confidence**　　**S** faith **3** GEPT

confidence ['kɑnfədəns] 信任

give confidence to 信任

All the citizens have sufficient **confidence** that the new mayor will meet his promises.
全體市民對新任市長履行承諾一事信心十足。

depend 依賴 + **ence** 名詞 = **dependence**　　**A** independence **3** GEPT

dependence [dɪ'pɛndəns] 依賴；信任

The glass factory had better reduce its **dependence** on foreign laborers as a source of workers.
玻璃工廠應減少仰賴外勞作為勞動力。

de 否定 + **fici** 製作 + **ency** 名詞 = **deficiency**　　**S** shortage **4** GRE

deficiency [dɪ'fɪʃənsɪ] 缺乏

make up for a deficiency 填補虧空

It's important to eat well or else you may end up with a **deficiency** in certain vitamins.
吃得好很重要，否則你可能會缺乏某些維他命。

disturb 擾亂 + **ance** 名詞 = **disturbance**　　**S** disorder **5** TOEFL

disturbance [dɪs'tɝbəns] 動亂；侵犯

The law enforcement authorities must suppress the **disturbance** in the neighborhoods right away.
執法當局必須立即鎮壓附近地區的動亂。

effici 效率 + **ency** 名詞 = **efficiency**　　**A** inefficiency **5** TOEIC

efficiency [ɪ'fɪʃənsɪ] 效率；效能

The **efficiency** of the new hybrid vehicles on the market is absolutely astounding.
市場上的新款油電混能車效能非常驚人。

endure 忍耐 + **ance** 名詞 = **endurance**　　**S** backbone **3** IELTS

endurance [ɪn'djʊrəns] 忍耐

 beyond endurance 忍無可忍

Doing long-term scientific experiments challenges a scientist's **endurance** as well intelligence.
從事長期的科學實驗考驗科學家的耐力及智力。

excel 優於 + **ence** 名詞 = excellence ⑤merit ④GEPT

excellence [ˈɛksləns] 優秀；優點 速記 excellence in 擅長

To his own satisfaction, the scientist won a prize for **excellence** with his creative invention.
科學家很滿意自己以傑出的創意發明得獎。

guide 引導 + **ance** 名詞 = guidance ⑤direction ④TOEIC

guidance [ˈgaɪdn̩s] 指引；指導 速記 under one's guidance 在…指導下

Kevin is working over the summer on a special program with his instructor's **guidance**.
凱文在老師的指導下，整個夏天都在從事一項特別計畫。

ignore 忽視 + **ance** 名詞 = ignorance ⓐknowledge ④GEPT

ignorance [ˈɪgnərəns] 無知；愚昧 速記 from ignorance 出於無知

Mrs. Lin claims **ignorance** of the changes in the tax laws because she has been touring the world.
林太太聲稱她不知道稅法改變是因為自己一直在環遊世界。

in 否定 + **depend** 依賴 + **ence** 名詞 = independence ⓐdependence ④TOEFL

independence [ˌɪndɪˈpɛndəns] 獨立；自主

Singapore gained **independence** from Britain in 1965 with the Constitution Amendment Act.
新加坡於一九六五年因憲法修正案而脫離英國獨立。

insure 保障 + **ance** 名詞 = insurance ⓐsecurity ❸TOEIC

insurance [ɪnˈʃʊrəns] 保險；保險費 速記 accident insurance 意外保險

The yearly **insurance** premiums on the paper factory is very high because of the high risk.
由於高風險，紙廠每年保險費都非常貴。

maintain 維持 + **ance** 名詞 = maintenance ⑤upkeep ④TOEFL

maintenance [ˈmentənəns] 維持 maintenance staff 維修人員

The technician is responsible for the plant's **maintenance** under the factory director's supervision.
技術員在廠長督導下負責工廠的維修工作。

perform 表演 + **ance** 名詞 = performance

performance [pə'fɔrməns] 表演

 通記 a performance test 性能試驗

The **performance** of the street mime in Paris fascinated some tourists, but annoyed others.

巴黎街頭的丑角表演吸引一些觀光客，但也造成其他人的困擾。

persevere 忍耐 + **ance** 名詞 = **perseverance** **S** patience **4** GEPT

perseverance [ˌpɜsə'vɪrəns] 堅持；不屈不撓

Through **perserverance**, the police forced the criminal to give up the hostages and surrender.

警方的不屈不撓迫使罪嫌釋放人質並且投降。

pro 向前 + **fici** 製作 + **ency** 名詞 = **proficiency**

S mastery **4** GRE

proficiency [prə'fɪʃənsɪ] 精通；熟練

After many years of study, Bill's teacher felt he attained a high level of **proficiency** in English.

經過多年的研讀，比爾的老師覺得他的英文已到非常精通的程度。

rely 信賴 + **ance** 名詞 = **reliance** **S** dependence **4** GEPT

reliance [rɪ'laɪəns] 信賴；信心

 通記 in reliance on 信賴

The agent was confident that his **reliance** on his talented assistant was going to be beneficial.

經理人堅信他對自己能幹助理的信賴會帶來助益。

resemble 相似 + **ance** 名詞 = **resemblance** **S** similarity **3** IELTS

resemblance [rɪ'zɛmbləns] 相似

Many of his relatives believed that Louis's fiancée has a great **resemblance** to his ex-wife.

許多路易斯的親戚認為他的未婚妻很像他的前妻。

resist 抵抗 + **ance** 名詞 = **resistance** **⚠** obedience **5** GEPT

resistance [rɪ'zɪstəns] 抵抗；阻力

通記 electric resistance 電阻

A few employees offered some **resistance** to the new regulations on sick leave and filed complaints.

一些員工抵制關於病假的新規定並提出申訴。

tend 傾向 + **ency** 名詞 = **tendency** **S** inclination **4** TOEFL

tendency ['tɛndənsɪ] 傾向

通記 have a tendency towards 有…的傾向

There has been a **tendency** in business towards liquidating physical inventory and firing workers.

清除實體庫存及解雇員工一向是商業界的趨勢。

correspond 與⋯一致 + **ence** 名詞 = **correspondence**
Ⓢresemblance ③TOEIC

correspondence [ˌkɔrə'spɑndəns] 通信

Sean had maintained **correspondence** with Mercy until she was transferred to Canada.
直到梅西調職加拿大前，尚恩和她都還一直保持連繫。

differ 不同 + **ence** 名詞 = **difference**
Ⓢdissimilarity ⑤GEPT

difference ['dɪfərəns] 差異
速記 pay the difference 付差額

The **difference** in temperatures during the day and night at the resort is less than ten degrees.
度假勝地的日夜溫差不到十度。

diligent 勤奮的 + **ence** 名詞 = **diligence**
Ⓢassiduity ④TOEIC

diligence ['dɪlədʒəns] 勤勉；努力
速記 have diligence to 勤奮

The manager paid a generous tribute to Amy's **diligence** in completing the tough task on schedule.
經理對愛咪準時完成艱難任務所做的努力極為讚賞。

eloquent 雄辯的 + **ence** 名詞 = **eloquence**
Ⓢpersuasiveness ④IELTS

eloquence ['ɛləkwəns] 雄辯；修辭法

During a political debate, clear facts often speak louder than the **eloquence** of a candidate.
政治辯論期間，清晰的事實通常比候選人的雄辯更具說服力。

emergent 緊急的 + **ency** 名詞 = **emergency**
Ⓢcrisis ④TOEFL

emergency [ɪ'mɝdʒənsɪ] 緊急情況

In case of an **emergency** of any sort, the camp leaders were ordered to call the police.
萬一有任何緊急狀況，營隊隊長受命報警。

exist 存在 + **ence** 名詞 = **existence**
Ⓢpresence ⑤TOEFL

existence [ɪg'zɪstəns] 存在；生存
速記 put out of existence 絕跡

Many people don't believe in the **existence** of reincarnation and life after death.
許多人不相信有死後生活及因果輪迴的存在。

infer 推論 + **ence** 名詞 = **inference**
Ⓢconsequence ④TOEFL

inference ['ɪnfərəns] 推論
速記 the deductive inference 演繹推理

The investigators of the case tried to draw some **inferences** from circumstantial evidence.
案件調查員試著根據旁證得出一些推論。

innocent 清白的 + **ence** 名詞 = innocence   ⓐguilt ④IELTS

innocence [ˈɪnəsn̩s] 清白   速記 innocence defense 無罪辯護

The lawyer insisted that the alibi provided by the witness proved his client's **innocence**.
律師堅持證人所提供的不在場申辯能證明其客戶的清白。

insistent 堅持的 + **ence** 名詞 = insistence   ⓢstress ④TOEIC

insistence [ɪnˈsɪstəns] 堅持；強調

At the **insistence** of the head of the parochial school, students were required to wear uniforms.
在教區學校校長堅持之下，學生必須穿制服。

occur 發生 + **ence** 名詞 = occurrence   ⓢhappening ⑤GEPT

occurrence [əˈkɝəns] 發生   速記 daily occurrences 日常事件

A full solar eclipse is such a rare **occurrence** that it often attracts visitors from many countries.
全日蝕非常罕見，所以常吸引來自許多國家的觀光客。

persist 堅持 + **ence** 名詞 = persistence   ⓢcontinuance ④GEPT

persistence [pəˈsɪstəns] 堅持   速記 persistence of energy 能量守恆

The **persistence** of the heavy snow in Chicago caused numerous flights to be cancelled.
芝加哥持續的大雪導致許多航班被迫取消。

prefer 更喜歡 + **ence** 名詞 = preference   ⓢfavorite ⑤TOEIC

preference [ˈprɛfərəns] 優先選擇   速記 have a preference for 喜歡

The company gives **preference** to applicants from good schools who have good references.
公司優先錄取出身名校且受正面推薦的應徵者。

refer 參考 + **ence** 名詞 = reference   ⓢnotice ⑤TOEFL

reference [ˈrɛfərəns] 提到；參考   速記 in reference to 關於

The accountant made no **reference** to the liquid assets and capital in her financial report.
會計師在她的財務報告中未提及流動資產及資本。

reside 居住 + **ence** 名詞 = residence   ⓢhome ③GEPT

residence [ˈrɛzədəns] 居住；宅邸   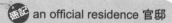速記 an official residence 官邸

The woman turned in her neighbor to the police because he broke into her **residence**.
女子的鄰居闖入她的住宅，所以她將他扭送警方。

urge 催促 + **ency** 名詞 = **urgency**   Shaste ④TOEIC

urgency ['ɝdʒənsɪ] 緊急；催促   速記 an urgency signal 緊急信號

It's a matter of great **urgency** that we repair the roads and bridges in this country.
我們目前的當務之急是整修此地的道路及橋樑。

violent 激烈的 + **ence** 名詞 = **violence**   Srage ③GEPT

violence ['vaɪələns] 激烈；扭曲事實   速記 resort to violence 動武

The alcoholic usually took out his frustrations and stress with **violence** against his wife.
這名酒鬼經常藉由對妻子的暴力相向來抒發自己的挫折與壓力。

005

名詞 -ar, -ard, -ary, -ery, -ry, -y 指人或物

快學便利貼

beggar 乞丐；募捐者；**v.** 使不足
boundary 邊界；界限
bravery 勇敢；華麗；大膽
cavalry 騎兵隊；騎兵
commentary 批評；注釋
delivery 交貨；運送；分娩；演講；釋放
difficulty 困難；爭論；逆境
discovery 發現；暴露；發覺
documentary 紀錄片；**adj.** 記錄的；文件的；文獻的
drunkard 醉漢；酒鬼
expeditionary 探險隊員；遠征隊員；**adj.** 探險的；遠征的
fishery 漁業；漁場；水產業
history 歷史；沿革；履歷
honesty 誠實；廉恥；公正
injury 傷害；毀壞；受傷處
inquiry 詢問；追究；調查

machinery 機器；機構；工具
mastery 控制；統治力；精通；勝利；優勢；駕馭
modesty 謙虛；端莊；樸實
misery 不幸；苦痛；貧窮
nanny 保姆；奶奶；姥姥
party 政黨；集會；部隊；隨行人員；夥伴；當事人；**v.** 參加宴會；**adj.** 社交的；政黨的
pharmacy 藥學；藥房
poetry 詩；詩意；詩歌
pottery 陶器；陶器廠；陶器製造
recovery 恢復；矯正；勝訴；復原
rivalry 競爭；對抗
robbery 搶奪；強盜罪
secretary 秘書
slavery 奴隸身分；奴隸制；屈從
summary 摘要；總結；**adj.** 概括的；扼要的

字首 字根 字尾 複合字

irony 諷刺;出乎意料的結果	**theory** 理論;學理;推測;原理
jealousy 忌妒;小心提防;警惕	**therapy** 療法;療效
jewelry 珠寶;首飾	**treasury** 國庫;公債券;寶典
lady 淑女;女士;小姐	**treaty** 條約;協定;談判
luxury 奢侈;奢侈品;不常有的樂趣;	**tyranny** 專制政治;暴虐
adj. 奢華的;豪華的	**vocabulary** 字彙;用詞範圍
liar 說謊的人;撒謊者	**wizard** 男巫;術士

 **單字拆解**

Ｓ同義　**Ａ**反義　**⑤**單字出現頻率

beg 乞討 + **ar** 人 = beggar　　　　　　　Ｓhobo ❸IELTS

beggar ['bɛgə] 乞丐　　速記 Beggars must not be choosers. 饑不擇食。

The **beggar** asked for spare change during the day and slept under a bridge at night.
乞丐白天乞討零錢,夜晚睡在橋下。

bound 邊界 + **ary** 物 = boundary　　　　Ｓborder ❹TOEFL

boundary ['baundrɪ] 邊界;界限　　速記 a boundary dispute 邊界糾紛

The **boundary** between the two neighbors' yards was not evident because of the overgrowth.
由於植物生長繁茂,兩戶鄰居的庭院界限並不明顯。

brave 勇敢的 + **ery** 物 = bravery　　　　Ｓcourage ❸GEPT

bravery ['brevərɪ] 勇敢　　速記 show exceptional bravery 展現非凡的勇氣

The bodyguard showed great **bravery** when he defended his boss at the risk of his own life.
保鑣冒著生命危險勇敢地保護老闆。

caval 馬 + **ry** 人 = cavalry　　　　　　Ｓmounted troops ❸IELTS

cavalry ['kævlrɪ] 騎兵隊;騎兵　　速記 air cavalry 空中偵察隊

Horses used to be important to the **cavalry** units of the U.S. Army, but now they use vehicles.
馬匹對美國陸軍騎兵單位曾經很重要,但是現在他們使用車輛。

comment 批評 + **ary** 物 = commentary　　Ｓnotes ⑤TOEIC

commentary ['kɑmən,tɛrɪ] 批評　　速記 running commentary 實況報導

The announcers of the televised game described the action, and a guest provided **commentary**.
電視轉播比賽由主播敘述活動,一位來賓提出評論。

deliver 運送 + **ery** 物 = delivery
Stransferal **5**TOEIC

delivery [dɪˈlɪvərɪ] 交貨；運送
速記 delivery on arrival 貨到交付

The express **delivery** firm has a reputation for prompt delivery of goods to their customers.
快遞公司因快速送貨到府而信譽佳。

difficult 困難的 + **y** 物 = difficulty
Shardship **5**TOEFL

difficulty [ˈdɪfəˌkʌltɪ] 困難
速記 in difficulties 經濟拮据

The consultant had no **difficulty** in dealing with the labor dispute within the company.
顧問在處理公司內部的勞工爭議得心應手。

discover 發現 + **y** 物 = discovery
Sunearthing **5**TOEFL

discovery [dɪsˈkʌvərɪ] 發現
速記 Discovery Channel 探索頻道

Dr. Fleming's **discovery** of penicillin occurred in 1928, quite by accident.
福雷明醫師於一九二八年發現盤尼西林純屬意外。

document 文件 + **ary** 物 = documentary
Smovie **4**TOEFL

documentary [ˌdɑkjəˈmɛntərɪ] 紀錄片

The Discovery Channel always shows very interesting **documentaries** about the world.
探索頻道總是播放與這世界有關的有趣紀錄片。

drunk 酒醉的 + **ard** 人 = drunkard
Salcoholic **2**IELTS

drunkard [ˈdrʌŋkəd] 醉漢
速記 drunkard's walk 醉漢走路

The neighborhood bar was frequented by **drunkards** and comedians last Saturday night.
上週六晚上，醉漢及搞笑人士頻繁出入附近夜店。

expedition 探險 + **ary** 人 = expeditionary
Sexplorer **4**TOEFL

expeditionary [ˌɛkspɪˈdɪʃənˌɛrɪ] 探險隊員

An **expeditionary** force headed for the Antarctic Circle for the purpose of scientific research.
科學研究遠征隊伍前往南極圈。

fish 魚 + **ery** 物 = fishery
Sfishing **3**GEPT

fishery [ˈfɪʃərɪ] 漁業；漁場
速記 the pearl fishery 採珠場

The government filed a complaint against unlicensed in-shore **fisheries** on the coast of Alaska.
政府對阿拉斯加海岸的無照近海漁場提出控訴。

histor 歷史 + **y** 物 = history

history ['hɪstərɪ] 歷史

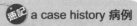 速記 a case history 病例

Don't think that we can avoid more war in the future, because **history** always repeats itself.

不要認為我們可以避免未來發生更多戰爭，因為歷史總是一再重演。

honest 誠實的 + **y** 物 = honesty

A dishonesty **4** GEPT

honesty ['ɑnɪstɪ] 誠實

速記 in all honesty 說實話

My mother told me that to avoid trouble, **honesty** is always the best policy.

我母親告訴我，要避開麻煩，誠實總是上策。

injure 傷害 + **y** 物 = injury

S harm **5** TOEFL

injury ['ɪndʒərɪ] 傷害；毀壞

速記 suffer severe injuries 受重傷

The man escaped from the scene of disaster without **injury** and fled in terror.

男子毫髮無傷地逃出災難現場，驚恐地離開。

inquire 調查 + **y** 物 = inquiry

S investigation **5** TOEFL

inquiry [ɪn'kwaɪrɪ] 詢問；追究

速記 make a searching inquiry 探究

The salesperson was knowledgeable when he answered all of my **inquiries** about the sales terms.

銷售員在回答我所有關於銷售條款的詢問時，顯得非常有見識。

iron 鐵 + **y** 物 = irony

S sarcasm **4** IELTS

irony ['aɪrənɪ] 諷刺

速記 dramatic irony 戲劇性諷示

The manager is stunned by the **irony** when the assistant he fired last year becomes his new boss.

去年遭經理解職的助理變成新老闆時，他對這樣的諷刺感到震驚。

jealous 妒忌的 + **y** 物 = jealousy

S envy **4** GEPT

jealousy ['dʒɛləsɪ] 忌妒；小心提防

The woman had a problem with her husband's **jealousy** whenever she met with male clients.

每當這名女子與男客戶見面時，她就得面臨丈夫的妒忌。

jewel 寶石 + **ry** 物 = jewelry

S jewels **3** IELTS

jewelry ['dʒuəlrɪ] 珠寶

速記 costume jewelry 人造珠寶飾物

The First Lady seldom wears **jewelry** in public, but the Queen of England always does.

第一夫人很少公開佩戴珠寶，而英國女王卻總是如此。

lad + **y** 人 = lady

lady ['ledɪ] 淑女

S madam 4 GEPT

速記 the First Lady 第一夫人

A proper gentleman always knows how to treat a **lady**, especially when they go out.
有禮貌的紳士總是知道如何對待女士，尤其是一起外出時。

---

luxu 奢華 + **ry** 物 = luxury

S extravagance 5 IELTS

luxury ['lʌkʃərɪ] 奢侈；奢侈品

速記 luxury goods 奢侈品

In America, most senior executives live in **luxury**, no matter how their companies are doing.
在美國，無論公司營運狀況如何，大多數高階主管都過著豪華的生活。

---

lie 撒謊 + **ar** 人 = liar

S fibber 4 GEPT

liar ['laɪɚ] 說謊的人

速記 Show me a liar, and I will show you a thief. 說謊是偷竊的開始

The little boy's parents called him a **liar** when he denied eating the last piece of cake.
小男孩的父母在他否認吃掉最後一片蛋糕後叫他騙子。

---

machine 機器 + **ery** 物 = machinery

S equipment 5 TOEFL

machinery [mə'ʃinərɪ] 機器；工具

The female employee refused to take part in repairing the broken **machinery** in her office.
女員工拒絕參與維修辦公室裡的故障機器。

---

master 征服者 + **y** 人 = mastery

S domination 5 IELTS

mastery ['mæstərɪ] 控制

速記 Gain mastery by striking first. 先發制人。

The soldier gained **mastery** of martial arts, so he could be prepared for anything.
士兵精通武術，因此他隨時都能出任務。

---

modest 謙虛的 + **y** 充滿 = modesty

S virtue 5 TOEIC

modesty ['madɪstɪ] 謙虛；端莊

速記 in all modesty 實在地

The businessman exhibited great **modesty** when he anonymously made a large donation to charity.
富商匿名捐款時展現了偉大的美德。

---

mise 不幸 + **ry** 物 = misery

S suffering 5 IELTS

misery ['mɪzərɪ] 不幸

速記 make one's life a misery 讓人痛苦

If things are not going well in your life, remember that **misery** loves company.
如果你的人生諸事不順，請記住同病相憐。

---

nan 照顧 + **y** 人 = nanny

S baby-sitter 3 GEPT

nanny ['nænɪ] 保姆

速記 nanny cam 針孔攝影機

Judy has been in contact with her **nanny** since childhood, no matter where she lived.

不管住在哪，裘蒂一直和她小時候的保姆保持聯繫。

part 部分 + **y** 物 = **party**　　　　　Ⓢcompany ④IELTS

party [ˈpɑrtɪ] 部隊；夥伴　　　速記 make one's party good 站穩立場

A **party** of retired civil employees became volunteers in their community to help others in need.
一夥退休公務員變身社區志工，幫助有需要的人。

pharmac 藥 + **y** 物 = **pharmacy**　　　　Ⓢdrugstore ③TOEIC

pharmacy [ˈfɑrməsɪ] 藥學；藥房　　　速記 nuclear pharmacy 核藥學

The young man manages a Chinese herbal medicine **pharmacy** for his grandfather.
年輕男子為他祖父經營一家中藥房。

poet 詩人 + **ry** 人 = **poetry**　　　　　Ⓐprose ⑤GRE

poetry [ˈpoɪtrɪ] 詩；詩意　　　速記 love poetry 愛情詩

The best **poetry** comes from actual emotional experiences that the poet had in life.
最棒的詩來自詩人生命中真實經歷的情感。

pot 壺 + **ery** 物 = **pottery**　　　　　Ⓢchina ③GEPT

pottery [ˈpɑtərɪ] 陶器；陶器廠

One of my hobbies is **pottery**, and you can find my work in every room of my home.
陶藝是我的嗜好，你可以在我家的每一個房間裡看到我的作品。

recover 恢復 + **y** 物 = **recovery**　　　Ⓢretrieval ⑤TOEIC

recovery [rɪˈkʌvərɪ] 恢復　　　速記 recovery room 術後恢復室

The doctor tended the wounded with care, so they could make quick **recoveries** from their injuries.
醫生仔細照料傷患，因此他們能夠快速地復原。

rival 競爭者 + **ry** 物 = **rivalry**　　　Ⓢcompetition ④TOEFL

rivalry [ˈraɪvl̩rɪ] 競爭　　　速記 friendly rivalry 友誼賽

Without doubt, the private manufacturing company entered into a **rivalry** with state enterprises.
無疑地，民營公司與國營企業開始競爭。

robber 強盜 + **y** 物 = **robbery**　　　Ⓢplunder ⑤IELTS

robbery [ˈrɑbərɪ] 搶奪　　　速記 daylight robbery 光天化日下搶劫

In spite of strict discipline during training, the soldier was arrested on a charge of armed **robbery**.
儘管訓練期間紀律嚴格，該士兵仍因持槍搶劫而遭控被捕。

secret 秘密 + **ary** 人 = **secretary**

secretary ['sɛkrə,tɛrɪ] 秘書

Sminister ④TOEIC

速記 private secretary 私人秘書

The businessman gave his **secretary** orders not to let anyone disturb him during the meeting.
商人要求他的秘書不得讓任何人在會議中打擾他。

---

slave 奴隸 + **ery** 人 = slavery

slavery ['slevərɪ] 奴隸身分；屈從

Aliberty ④IELTS

速記 white slavery 逼良為娼

Those men who were sold into **slavery** were captured from the southern villages of the island.
那些賣身為奴的男子是自島嶼的南邊村落被擄走的。

---

sum 加總 + **ary** 物 = summary

summary ['sʌmərɪ] 摘要；總結；概括的

Sabstract ⑤TOEIC

During the meeting, the assistant provided a **summary** of the business proposal to the clients.
會議中，助理提供業務提案的摘要給客戶。

---

theo 理論 + **ry** 物 = theory

theory ['θiərɪ] 理論；學理

Sconception ⑤TOEFL

速記 theory of relativity 相對論

We are in urgent need of a proposal suitable both in **theory** and in practice.
我們正急需一項適用於理論與實務的建議。

---

therap 治療 + **y** 物 = therapy

therapy ['θɛrəpɪ] 療法；療效

Streatment ④GEPT

速記 family therapy 家族治療

The new acupuncture **therapy** helped the elderly woman recover more quickly from her backache.
新的針灸療法幫助老婦人的背痛快速復原。

---

treasu 珍貴 + **ry** 物 = treasury

treasury ['trɛʒərɪ] 國庫；寶典

Sbank ③IELTS

速記 the National Treasury 國庫

This new electronic encyclopedia is supposed to be a **treasury** of knowledge and useful resources.
一般認為這部新的電子百科全書是知識寶典與有用資源。

---

treat 商議 + **y** 物 = treaty

treaty ['tritɪ] 條約；協定

Sagreement ④TOEIC

速記 in treaty with 和…交涉中

The general assured the President that the enemy would sign a peace **treaty** after the battle.
將軍和總統保證敵軍在戰後會簽訂和平條約。

---

tyran 暴君 + **y** 物 = tyranny

tyranny [ˈtɪrənɪ] 專制政治；暴虐

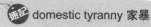 速記 domestic tyranny 家暴

Some of the victims of domestic **tyranny** are driven to despair and often commit suicide.
有些家暴受害者被逼得萬念俱灰，時常走上絕路。

vocable 單詞 ＋ **ary** 物 ＝ vocabulary

S word **5** TOEFL

vocabulary [vəˈkæbjəˌlɛrɪ] 字彙；用詞範圍

Robert's father expanded his English **vocabulary** so he could take care of himself in America.
羅伯特的父親加強他的英語字彙能力，因此能夠在美國照顧自己。

wiz 巫術 ＋ **ard** 人 ＝ wizard

A witch **3** IELTS

wizard [ˈwɪzəd] 男巫；術士

速記 a wizard at invention 發明奇才

Merlin, the famed **wizard** of Camelot, saved King Arthur on many occasions with his magic.
梅林是卡米洛特的著名術士，在許多狀況中用他的魔法解救亞瑟王。

006　名詞 -cle, -el, -le 表示小尺寸

 MP3 363

快學便利貼

article 物品；商品；條款；文章；冠詞；
　　v. 列舉；控告；訂契約
bottle 瓶子；一瓶的量；v. 裝瓶；隱藏
bundle 捆；包裹；v. 捆；急忙收拾行李
juvenile 青少年；少年讀物；雛鳥；
　　adj. 適於青少年的
model 模型；設計圖；模範；模特兒；
　　v. 當模特兒；作…的模型

parcel 包裹；一宗貨物；一塊土地；
　　v. 分配；區分；adj. 部分的
particle 顆粒；微量；虛詞
pebble 礫；卵石；v. 用卵石鋪蓋
riddle 謎語；莫名其妙的人或事情；
　　v. 猜謎；出謎
vehicle 車輛；運輸工具；媒介物
vessel 容器；器皿；血管；船

 單字拆解

S 同義　**A** 反義　**5** 單字出現頻率

arti 物品 ＋ **cle** 小尺寸 ＝ article

S object **5** TOEFL

article [ˈɑrtɪkl] 物品

 速記 articles and clauses 條款

Several **articles** of jewelry were on public display at the museum; however, they disappeared oon after.
幾件珠寶在博物館公開展示後不久卻消失了。

bott 瓶子 + **le** 小尺寸 = **bottle**　　　　**S** glass　**5** IELTS

bottle ['bɑtl̩] 瓶子；裝瓶　　　　速記 bottled water 瓶裝水

There were a lot of wine and liquor **bottles** littering in the camp after the barbecue.
烤肉活動結束後，營地留下很多葡萄酒與烈酒瓶。

bund 聯盟 + **le** 小尺寸 = **bundle**　　　　**S** package　**4** GEPT

bundle ['bʌndl̩] 捆；束　　　　速記 bundle in 蜂擁而來

Even though newborn babies require a lot of work, they are truly a **bundle** of joy.
即使照顧新生兒很辛苦，他們的確帶來很多歡樂。

juveni 年輕 + **le** 小尺寸 = **juvenile**　　　　**S** youth　**4** TOEFL

juvenile ['dʒuvənl̩] 青少年　　　速記 juvenile literature 青少年文學

The retired teacher devoted herself to promoting **juvenile** literacy in remote areas of the island.
退休教師致力於提升島上青少年的識字能力。

mode 模型 + **el** 小尺寸 = **model**　　　　**S** reproduction　**5** GRE

model ['mɑdl̩] 模型；模特兒　　　速記 after the model of 仿效

The boy faced difficulties when he attempted to make a clay **model** of Taipei 101.
男孩試圖用黏土捏製做台北101大樓模型時遇到困難。

par 部分 + **el** 小尺寸 = **parcel**　　　　**S** bundle　**4** GEPT

parcel ['pɑrsl̩] 包裹　　　　速記 parcel out 分配

I sent a **parcel** containing valuable items to Canada, and it was lost during its delivery.
我寄了一件裝有貴重物品的包裹到加拿大，但在運送途中遺失了。

part 部分 + **cle** 小尺寸 = **particle**　　　　**S** bit　**4** TOEFL

particle ['pɑrtɪkl̩] 顆粒；微量　　　速記 fundamental particles 基本粒子

The physicists exhausted themselves trying to isolate a **particle** of a new undiscovered element.
物理學家竭盡所能地試著分離出微量的未知新元素。

pebb 石頭 + **le** 小尺寸 = **pebble**　　　　**S** small rock　**3** GEPT

pebble ['pɛbl̩] 礫；卵石　　速記 not the only pebble on the beach 並非獨一無二

The boy and his father enjoyed long walks next to the lake and throwing **pebbles** into the water.
男孩與他的父親喜愛漫步於湖濱，沿途丟擲卵石到水中。

字首 字根 字尾 複合字

ridd 謎語 **+ le** 小尺寸 **= riddle**

S puzzle **③** IELTS

riddle ['rɪdḷ] 謎語；出謎

速記 solve a riddle 解謎

The young girl had the canny ability to answer **riddles** and put together jigsaw puzzles quickly.
年輕女孩有解開謎語的聰明能力，也能快速地組合拼圖。

vehi 車 **+ cle** 小尺寸 **= vehicle**

S car **⑤** GEPT

vehicle ['viɪkḷ] 車輛；運輸工具

速記 motor vehicle 汽車

Many more **vehicles** would be needed for a convoy of relief supplies heading into Pakistan.
需要更多的運輸工具護送救援物資至巴基斯坦。

vess 船 **+ el** 小尺寸 **= vessel**

S ship **③** GEPT

vessel ['vɛsḷ] 船

速記 a war vessel 戰艦

The ancient Phoenicians were skilled at building sailing **vessels**, and were masters of the sea.
古代腓尼基人擅長建造帆船，他們曾是海上霸主。

007

名詞 -cule, -en, -et, -ette, -in, -kin, -let, -ling 表示小巧可愛

快學便利貼

banquet 宴會；酒席；**v.** 設宴款待
blanket 毛毯；覆蓋層；**adj.** 全體的
bulletin 公告；會刊；**v.** 告示
bullet 子彈；鉛錘
booklet 小冊子
cabinet 內閣；小房間；**adj.** 秘密的
chicken 小雞；雞肉
cigarette 香菸
darling 親愛的人；寵物；**adj.** 迷人的

duckling 小鴨
kitten 小貓；小型哺乳動物
molecule 分子
napkin 餐巾
tablet 藥片；小片；匾額；門牌
ticket 入場券；票證；罰單
pumpkin 南瓜
violin 小提琴

banqu 宴會 + **et** 小 = banquet Ⓢfeast ④GEPT

banquet [ˈbæŋkwɪt] 宴會；酒席 速記 a banquet hall 宴會廳

After his appointment to office, a **banquet** was given to honor the new ambassador from France.
任命職務之後，來自法國的新大使接受表示致敬的宴會款待。

blank 白色 + **et** 小 = blanket Ⓢquilt ④IELTS

blanket [ˈblæŋkɪt] 毛毯 速記 a wet blanket 掃興的人

The blizzard left a thick **blanket** of snow on the freeway last night, so school was cancelled.
昨夜的大風雪造成厚厚的積雪，學校因此關閉。

bullet 印記 + **in** 小 = bulletin Ⓢmessage ④TOEFL

bulletin [ˈbulətɪn] 公告 速記 news bulletin 新聞簡報

The accountant distributed the latest **bulletin** about new work policies to all of the employees.
會計人員將最新一期關於新工作原則的公告發送給所有員工。

bull 靶心 + **et** 小 = bullet Ⓢshot ③IELTS

bullet [ˈbulɪt] 子彈；鉛錘 速記 magic bullet 靈丹妙藥

The surgeon felt a sense of relief after he took the **bullet** out of the captain's shoulder.
外科醫師在取出警長肩膀內的子彈後鬆了一口氣。

book 書籍 + **let** 小 = booklet Ⓢpamphlet ⑤TOEFL

booklet [ˈbuklɪt] 小冊子 速記 propaganda booklet 宣傳小冊

I didn't understand why the **booklet** given to me by the man talked about the end of the world.
我不懂男子給我的小冊子為何會談論到世界末日。

cabin 客艙 + **et** 小 = cabinet Ⓢcupboard ④GEPT

cabinet [ˈkæbənɪt] 內閣；小房間 速記 filing cabinet 檔案櫃

The coach wanted to install a new **cabinet** in his office to display his many awards.
教練要在自己辦公室裡新裝一組陳列架以展示他的眾多獎項。

chick 雞 + **en** 小 = chicken Ⓐrooster ⑤GEPT

chicken [ˈtʃɪkɪn] 小雞 速記 chicken out 臨陣退縮

The lady ordered roasted **chicken** for her main course, and enjoyed chocolate cake for dessert.

字首 字根 字尾 複合字

女士點烤雞做為主餐，甜點則享用巧克力蛋糕。

cigar 雪茄 + **ette** 小 = cigarette   Ⓢtobacco ❺GEPT

cigarette [ˌsɪgəˈrɛt] 香菸   速記 cigarette holder 煙嘴

The smoke released from a **cigarette** creates less pollution than exhaust released from a vehicle.
香菸釋放出來的煙所造成的汙染比車輛排出的廢氣來得少。

dar 親愛 + **ling** 小 = darling   Ⓢbeloved ❹IELTS

darling [ˈdɑrlɪŋ] 親愛的人；寵物

The couple is going to give a grand celebration party for their **darling** daughter for her 16th birthday.
這對夫婦打算為他們的愛女舉辦一場慶祝她十六歲的盛大派對。

duck 鴨 + **ling** 小 = duckling   Ⓢduck ❸GEPT

duckling [ˈdʌklɪŋ] 小鴨   速記 ugly duckling 醜小鴨

The **duckling** narrowly escaped from a stray dog's fierce attack, but lost its mother.
小鴨九死一生逃過流浪狗兇猛的攻擊，卻失去了它的媽媽。

kitt 貓 + **en** 小 = kitten   Ⓢkitty ❹IELTS

kitten [ˈkɪtn̩] 小貓

I took a photo when the playful **kitten** got tangled up in a mass of yarn.
愛玩的小貓被大坨的毛線纏住時，我拍了一張相片。

mole 克分子 + **cule** 小 = molecule   Ⓢparticle ❸GRE

molecule [ˈmɑləˌkjul] 分子   速記 molecular biology 分子生物學

The hemoglobin **molecule** includes iron atoms that attach themselves to oxygen.
血紅素分子包含附著於氧氣的鐵原子。

nap 午休 + **kin** 小 = napkin   Ⓢtowel ❹TOEIC

napkin [ˈnæpkɪn] 餐巾   速記 paper napkin 餐巾紙 sanitary napkin 衛生棉

The waitress handed the customer a menu and a **napkin** soon after he was seated.
女服務生在客人就座後送上菜單與餐巾。

tab 垂片 + **let** 小 = tablet   Ⓢpill ❺GEPT

tablet [ˈtæblɪt] 藥片；匾額；門牌   速記 sleeping tablet 安眠藥

The doctor advised his patient to take two aspirin **tablets** after each meal for an entire week.
醫師建議病人連續一週三餐飯後服用兩顆阿斯匹林。

tick 打勾 + **et** 小 = ticket

ticket [ˈtɪkɪt] 入場券；票證；罰單

 ticket window 售票窗口

Kevin received a traffic **ticket** for running through the red light on his way to work this morning.
凱文今早上班途中被開了一張闖紅燈的罰單。

pump 幫浦 + **kin** 小 = pumpkin

Ssquash 3GEPT

pumpkin [ˈpʌmpkɪn] 南瓜

 pumpkin pie 南瓜派

The teacher carved a big **pumpkin** into a jack-o'-lantern and displayed it near the classroom door.
老師將一顆南瓜雕刻成南瓜燈，並展示在教室門口附近。

viol 提琴 + **in** 小 = violin

Sfiddle 3GEPT

violin [ˌvaɪəˈlɪn] 小提琴

 the first violin 首席小提琴手

Phil earned the first **violin** position in the National Orchestra only two years after his graduation.
菲爾畢業短短兩年之後就榮升國家交響樂團的首席小提琴手。

008

名詞 -dom, -ery, -ium, -ory, -ry, -um, -y 表示地點

MP3 365

■ 快學便利貼

aquarium 魚缸；水族館
asylum 收容所；庇護所；救濟院
auditorium 禮堂；教室；觀眾席
balcony 陽台；包廂
bakery 麵包店；烘烤食品
cemetery 墓地
county 郡；**adj.** 世家子弟的
dormitory 宿舍；郊外住宅區
factory 工廠；代理處

gallery 走廊；陽臺；美術館；地下道
grocery 食品；雜貨；雜貨店
kingdom 王國；領域；生物界
laboratory 實驗室；化學工廠
laundry 洗衣；洗衣店
library 圖書館；叢書；書庫；藏書
nursery 托兒所；育兒室；苗圃
stadium 運動場；競技場

字首
字根
字尾
複合字

 **單字拆解**

Ⓢ同義　Ⓐ反義　Ⓕ單字出現頻率

aquar 水 + **ium** 地點 = aquarium　　Ⓢaquaria ❹TOEFL

aquarium [əˈkwɛrɪəm] 魚缸；水族館　速記 tropical aquarium 熱帶水族館

Flash photography is never allowed in the **aquarium**, because it may traumatize the fish.
水族館內禁止用閃光燈拍照，因為魚類可能會受到精神創傷。

a 否定 + **syl** 抓奪的權利 + **um** 地點 = asylum　　Ⓢrefuge ❸GEPT

asylum [əˈsaɪləm] 收容所　速記 asylum for the aged 養老院

Keep acting crazy and you're going to end up in a mental **asylum**.
你若持續裝瘋，最後就會被送進精神病院。

auditor 聽者 + **um** 地點 = auditorium　　Ⓢassembly hall ❹TOEFL

auditorium [ˌɔdəˈtorɪəm] 禮堂　速記 memorial auditorium 紀念堂

John must have felt horrible, because when he started to sing, people left the **auditorium**.
約翰當時的感覺一定很糟，因為當他正要開始唱歌時，人們就離開了禮堂。

balcon 露臺 + **y** 地點 = balcony　　Ⓢterrace ❹GEPT

balcony [ˈbælkənɪ] 陽台　速記 first balcony 戲院的第一層樓廳

We saw the Pacific Ocean from the **balcony** of the hotel room during our stay in Taitung.
我們停留台東時，從飯店房間陽台望去會看到太平洋。

bake 烘焙 + **ry** 地點 = bakery　　Ⓢbaker's shop ❺TOEFL

bakery [ˈbekərɪ] 麵包店　速記 Children Are Us Bakery 喜憨兒烘焙屋

Peter went to be an apprentice at a **bakery** soon after he finished his service in the Army.
彼德退伍後就到麵包店當學徒。

cemet 墳墓 + **ery** 地點 = cemetery　　Ⓢgraveyard ❷TOEFL

cemetery [ˈsɛməˌtɛrɪ] 墓地　速記 national cemetery 公墓

A new development of apartment homes are being built in the neighborhood of a **cemetery**.
墓地附近正在興建公寓住家。

count 伯爵 + **y** 地點 = county　　Ⓢprovince ❸GEPT

county [ˈkauntɪ] 郡　速記 county council 郡議會

Harris **County** comprises 1778 square miles and is home to millions of residents.

哈里斯郡面積一七七八平方英哩，是數百萬居民的家園。

dormit 住宿 + **ory** 地點 = **dormitory**　　　**S** apartment　**4** TOEFL

dormitory [ˈdɔrməˌtorɪ] 宿舍　　　速記 dormitory town 郊外住宅區

A majority of student in Taipei live in a **dormitory** because it is more convenient to campus.
台北大多數學生都住宿舍，這樣到校區比較方便。

fact 製造 + **ory** 地點 = **factory**　　　**S** plant　**5** TOEIC

factory [ˈfæktərɪ] 工廠　　　速記 factory worker 工廠員工

With the rising cost of raw materials, **factory** manufacturing costs have increased each year.
由於原物料成本上漲，工廠製造成本每年都在增加。

gall 走道 + **ery** 地點 = **gallery**　　　**S** hallway　**5** TOEIC

gallery [ˈgælərɪ] 走廊；美術館　　　速記 play to the gallery 譁眾取寵

The new **gallery** promoted new, undiscovered artistic talent in the city every month.
新美術館每個月在市內推廣新的素人藝術表演。

groc 雜貨 + **ery** 地點 = **grocery**　　　**S** grocer's　**3** TOEIC

grocery [ˈgrosərɪ] 食品；雜貨店　　　速記 grocery store 雜貨店

Most women in America do their **grocery** shopping in hypermarket on the weekend.
美國大多數婦女在週末會到大雜貨店購買食品。

king 國王 + **dom** 地點 = **kingdom**　　　**S** country　**3** IELTS

kingdom [ˈkɪŋdəm] 王國　　　速記 the United Kingdom 大英帝國

The **kingdom** of Saudi Arabia produces and exports much of the oil needed by the USA.
沙烏地阿拉伯王國生產並輸出許多美國所需的石油。

labor 勞動 + **tory** 地點 = **laboratory**　　　**S** studio　**3** TOEFL

laboratory [ˈlæbrəˌtorɪ] 實驗室；化學工廠

A class of English majors are taking an English listening test in the language **laboratory**.
一班主修英文的學生正在語言教室舉行英文聽力測驗。

laund 洗衣 + **ry** 地點 = **laundry**　　　**S** washing　**4** IELTS

laundry [ˈlɔndrɪ] 洗衣；洗衣店　　　速記 laundry list 一長串的名單

Mrs. Wu does the **laundry** and hangs the clothes on the balcony after dinner every day.
吳太太每天晚餐後洗衣服，並將衣服晾在陽台上。

libr 書 + **ary** 地點 = library

library ['laɪ‚brɛrɪ] 圖書館

速記 reference library 工具書閱覽室

The books borrowed from the school **library** must be returned by the end of this month.
從學校圖書館借來的書月底前必須歸還。

nurse 看護 + **ry** 地點 = nursery

nursery ['nɜsərɪ] 托兒所；苗圃

速記 nursery school 育幼院

There are three private **nurseries** in the neighborhood providing house plants for sale.
附近有三處販售居家植物的私人苗圃。

stad 運動 + **ium** 地點 = stadium

stadium ['stedɪəm] 運動場

速記 stadium concert 露天搖滾音樂會

The metropolitan **stadium** was filled to capacity for the baseball championship.
市立體育場擠滿觀看冠軍賽的球迷。

009 名詞 -ee, -eer, -ent, -er, -ese, -ess, -eur 指人或物

快學便利貼

actress 女演員	**mountaineer** 登山者
advertiser 登廣告的人	**mower** 割草人；割草機
amateur 業餘愛好者；外行	**murderer** 殺人犯；兇手
baby-sitter 褓姆	**nutrient** 營養物；養分
banker 銀行家；財主；工作臺	**nominee** 被提名者
barrier 柵欄；隔板；關卡；障礙；界線	**observer** 觀察者；遵守者
beginner 初學者；創立人	**officer** 官員；軍官；警官
boxer 拳擊家	**organizer** 發起人；組織者；創立人
carrier 運送人；郵差	**outsider** 外來者；局外人
carpenter 木匠	**owner** 物主；所有人
cleaner 清潔工人；去汙劑	**painter** 畫家；油漆匠
commander 指揮官	**peddler** 小販
commuter 通勤者	**performer** 執行者；演奏者

composer 作曲家；作者
computer 電腦
consumer 消費者
container 容器
controller 管理人；主計人；控制器
cooker 炊具
counter 計算器；收銀台；櫃台
component 成分；部分；**adj.** 組成的
committee 委員會；受託人；監護人
correspondent 特派記者；通訊員
creature 創造物；生物
customer 顧客
dancer 舞蹈家
dealer 發牌人；莊家；商人
designer 設計師
dinner 晚餐
dryer 烘乾機
employee 受雇者
employer 雇主
engineer 工程師
examiner 檢查員；主考人
eraser 立可白；橡皮擦；黑板擦
examinee 參加考試的人
farmer 農夫
fighter 戰士
founder 創立者
foreigner 外國人
freezer 冷藏庫
frontier 邊界；**adj.** 邊疆的
gardener 園丁；花匠
guarantee 保證；保證人
hacker 駭客
hanger 掛鉤；絞殺者
heater 暖氣機
holder 持票人；土地、權利等的所有人；
　　　　支架；保持者
hunter 獵人

photographer 攝影家
pitcher 投手
pioneer 拓荒者；先驅
player 選手；演員
poacher 偷獵者
porter 看門人；搬運工人
poster 海報；標語
prayer 懇求；禱告
president 總統；大學校長
precedent 先例；慣例
prisoner 囚犯；俘虜
printer 印刷業者；印刷機
producer 生產者；製片
propeller 螺旋槳；推進者；推進器
publisher 發行人；出版社
quarter 四分之一；十五分鐘；一季
receiver 接受者；招待人；話筒
recipient 接收者；容器
recorder 記錄者；錄音機
referee 裁判員；仲裁人
reminder 提醒者；提醒物
reporter 報告者；採訪記者
researcher 研究員；調查者
resident 居民；住院醫生
rubber 按摩師；橡皮擦
runner 賽跑者；情報員；推銷員
saucer 墊盤；碟子
server 服務者；發球者；侍服器
settler 移居者；殖民者；開拓者
shutter 百葉窗；快門；關閉
singer 歌手；鳴禽
slipper 拖鞋；**v.** 用拖鞋打
sneaker 運動鞋；鬼鬼祟祟的人
speaker 演說者；廣播員
stapler 釘書機；批發商
steamer 汽船；輪船；蒸籠
stewardess 空中小姐

hostess 女主人；女服務員	**stranger** 陌生人
interpreter 解釋者；口譯者	**student** 學生
intruder 侵入者	**sweater** 毛衣
Japanese 日本人；日語	**teacher** 老師
lawyer 律師	**teenager** 十幾歲青少年
leader 領導人；首長	**teller** 講述者；出納員
lecturer 演講者	**thriller** 使戰慄的東西；驚險小說電影或戲劇
listener 聽者	
locker 櫥櫃；抽屜	**trader** 商人；商船
loser 失敗者	**tranquilizer** 鎮定劑；止痛藥
lover 情人；愛好者	**traveler** 旅行者；旅客
manufacturer 製造商	**user** 使用者；用戶
messenger 使者；郵差；先驅者	**viewer** 參觀者；觀眾
miller 磨坊主人；工廠經營人	**widower** 鰥夫
miner 礦工；佈雷工兵	**worker** 工人
mistress 女主人；主婦；情婦	**writer** 作者；著作；撰稿人
	zipper 拉鏈

 **單字拆解**　　　　　　　**S**同義　**A**反義　**5**單字出現頻率

act 扮演 + **ess** 人 = **actress**　　　　　　**A** actor　**4** GEPT

actress ['æktrɪs] 女演員　　　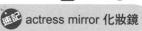 速記 actress mirror 化妝鏡

The young **actress** had many jobs before she landed her first big role in a movie.
年輕女演員在獲得電影中第一要角的演出機會前做過許多工作。

advertise 刊廣告 + **er** 人 = **advertiser**　　　**S** adman　**3** TOEIC

advertiser ['ædvɚˌtaɪzɚ] 登廣告的人

The publisher understood the importance of maintaining good relations with his **advertisers**.
發行人知道與他的廣告主維繫良好關係的重要。

a 否定 + **mat** 職業 + **eur** 人 = **amateur**　**A** professional　**4** TOEIC

amateur ['æməˌtʃʊr] 業餘愛好者　　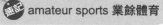 速記 amateur sports 業餘體育

The boxer made a name for himself before turning pro by winning many matches as an **amateur**.
拳擊手在轉為職業選手之前，以業餘選手身分贏得幾場比賽時就成名了。

baby-sit 當臨時褓姆 + **er** 人 = **baby-sitter**

baby-sitter ['bebɪsɪtə] 褓姆

Ⓢnanny ④GEPT

 babysitter wanted 誠徵褓姆

Jack and Cindy needed a **babysitter** to watch their child so they could enjoy their anniversary.
傑克與辛蒂需要一位保姆來照顧他們的小孩，這樣他們才能去享受結婚週年慶。

bank 銀行 + **er** 人 = **banker**

Ⓢshroff ③TOEIC

banker ['bæŋkə] 銀行家；財主

 banker lamp 銀行家燈

The **banker** gave large bonuses to his employees to celebrate the company's high profits.
銀行家發給員工大筆紅利以慶祝公司的高盈利。

bar 障礙 + **er** 物 = **barrier**

Ⓢobstruction ⑤TOEIC

barrier ['bærɪr] 柵欄；障礙

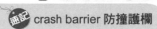 crash barrier 防撞護欄

The **barrier** was set up on the road to make sure nobody from the other side could enter.
路上設置路障以確保另一邊的人無法進入。

begin 開始 + **er** 人 = **beginner**

Ⓐexpert ④GEPT

beginner [bɪ'gɪnə] 初學者；創立人

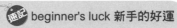 beginner's luck 新手的好運

The swimming student needed extra attention from the instructor because he was a **beginner**.
正在游泳的學生需要指導員額外的關照，因為他是個新手。

box 打拳 + **er** 人 = **boxer**

Ⓢpugilist ③TOEFL

boxer ['baksə] 拳擊家

 boxer shorts 有鬆緊帶之男用短內褲

The **boxer** drank 12 raw eggs every morning before his workout build up his muscles.
拳擊手每天早上鍛鍊肌肉前要喝十二個生雞蛋。

carry 運送 + **er** 人 = **carrier**

Ⓢtransporter ④TOEIC

carrier ['kærɪə] 運送人；郵差

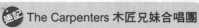 carrier bag 購物袋

The neighbor's dog bit the mail **carrier** yesterday, and he had to go to the hospital to get stitches.
昨天鄰居的小狗咬了那名郵差，他必須去醫院縫傷口。

carpent 木匠 + **er** 人 = **carpenter**

Ⓢwoodworker ④GEPT

carpenter ['karpəntə] 木匠

速記 The Carpenters 木匠兄妹合唱團

The **carpenters** in the hills of North Carolina are known to be master builders of furniture.
北卡羅來納州山區的木匠以精於製造傢俱聞名。

clean 打掃 + **er** 人 = **cleaner**

cleaner ['klinɚ] 清潔工人;去汙劑

Ⓢdetergent ❸TOEFL

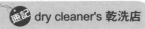 dry cleaner's 乾洗店

The cleaning company used a safe, non-toxic glass **cleaner** to keep the windows spotless.
清潔公司使用安全無毒的玻璃去汙劑來保持窗戶乾淨無污。

command 命令 + er 人 = commander

Ⓢcaptain ❺IELTS

commander [kə'mændɚ] 指揮官

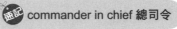 commander in chief 總司令

The **commander** of the warship patrolled the Gulf of Aden to protect ships from pirates.
戰艦指揮官巡航於亞丁灣以保護船隻免於海盜侵襲。

commute 通勤 + er 人 = commuter

Ⓢpassenger ❺TOEIC

commuter [kə'mjutɚ] 通勤者

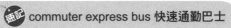 commuter express bus 快速通勤巴士

Hundreds of thousands of workers in New Jersey take **commuter** trains to NYC every morning.
數十萬新紐澤西工人每天早上搭乘通勤火車到紐約市。

compose 作曲 + er 人 = composer

Ⓢsongwriter ❹GEPT

composer [kəm'pozɚ] 作曲家;作者

Disney only hires the most talented **composers** to write music for their movie soundtracks.
迪士尼只聘請最有天分的作曲家來為他們的電影原聲帶製作音樂。

compute 計算 + er 物 = computer

Ⓢcalculator ❺TOEIC

computer [kəm'pjutɚ] 電腦

 computer dependency 電腦依賴症

Just about every family stays connected to the rest of the world through their **computer**.
幾乎每一個家庭都透過電腦與世界各地連結。

consume 消費 + er 人 = consumer

Ⓢpurchaser ❺TOEIC

consumer [kən'sjumɚ] 消費者

 Consumer's Foundation 消費者文教基金會

The government agency was founded to protect **consumers** from fraudulent business practices.
這個政府機構創立的目的是為了保護消費者免受不當商業行為的欺騙。

contain 包含 + er 物 = container

Ⓢcarton ❺GRE

container [kən'tenɚ] 容器

 container terminal 貨櫃碼頭

The spill-proof **container** carried the medicine that was needed by the remote village.
防漏容器裝著偏遠村落所需的藥品。

control 控制 + **er** 人 = **controller**　　　　Ⓢadministrator ④TOEIC

controller [kən'trolə] 管理人　　　速記 financial controller 財務總監

The teenager was given the wireless **controller** to play with his remote-controlled race car.
青少年拿到玩遙控賽車的無線遙控器。

cook 烹調 + **er** 物 = **cooker**　　　　Ⓢboiler ⑤GEPT

cooker ['kukə] 炊具　　　速記 pressure cooker 壓力鍋

The store offered discounts on the old range **cookers** to make room for the new models.
商家提供折扣促銷舊式廚具以騰出空間擺置新品。

count 計算 + **er** 物 = **counter**　　　　Ⓢtable ⑤TOEIC

counter ['kauntə] 計算器；櫃台　　　速記 under the counter 暗地裏

Grandmother kept the cookie jar on the **counter**, and would give me a treat occasionally.
祖母將餅乾罐子放在櫃台上，偶爾給我幾塊犒賞一下。

compose 構成 + **ent** 物 = **component**　　　　Ⓢconstituent ⑤GRE

component [kəm'ponənt] 成分；部分

The factory expanded its production capacity to produce more **components** for laptops.
工廠擴大產能以製造更多手提電腦零件。

commit 委任 + **ee** 人 = **committee**　　　　Ⓢcouncil ④TOEIC

committee [kə'mɪtɪ] 委員會；監護人

The **committee** is still deciding on the cost of the admission ticket to the museum.
委員會還在決定博物館門票的價錢。

correspond 與…一致 + **ent** 人 = **correspondent**　　　　Ⓢreporter ④TOEFL

correspondent [ˌkɔrɪ'spandənt] 特派記者；通訊員

The special **correspondent** was assigned to London to report on breaking news there.
特派員被派到倫敦報導當地頭條新聞。

create 創造 + **ure** 物 = **creature**　　　　Ⓢbeing ⑤GRE

creature ['kritʃə] 創造物；生物　　　速記 creature comforts 物質享受

The strange underwater **creature** had no eyes, ears, or teeth, but it did have many tentacles.
奇怪的水底生物沒有眼睛、耳朵及牙齒，但是有許多觸鬚。

字首
字根
字尾
複合字

custom 經常光顧 **+** **er** 人 **= customer**

Ⓢclient ❹TOEIC

customer [ˈkʌstəmə] 顧客

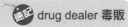 customer first 顧客至上

When Mr. Chu opened his new restaurant, he waited outside anxiously for his first **customer**.
朱先生的新餐廳開幕時，他在門外焦慮地等待他的第一位顧客。

dance 跳舞 **+** **er** 人 **= dancer**

❸IELTS

dancer [ˈdænsə] 舞蹈家

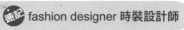 ballet dancer 芭蕾舞者

After watching her first show on Broadway, Katy dreamed of being a **dancer** when she grew up.
看過她在百老匯的第一場表演後，凱蒂夢想長大後做一位舞者。

deal 交易 **+** **er** 人 **= dealer**

Ⓢseller ❸TOEIC

dealer [ˈdilə] 發牌人；莊家；商人

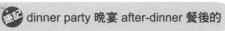 drug dealer 毒販

During the poker tournament, the card **dealer** made sure the players placed their bets quickly.
撲克牌比賽期間，發牌員確定玩家快速押注。

design 設計 **+** **er** 人 **= designer**

Ⓢcreator ❹IELTS

designer [dɪˈzaɪnə] 設計師

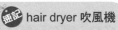 fashion designer 時裝設計師

Showing creative talent at an early age, Billy was destined to become a great **designer**.
比利年輕時就展現創意天份，他注定成為一名偉大設計師。

dine 進餐 **+** **er** 物 **= dinner**

Ⓢsupper ❸GEPT

dinner [ˈdɪnə] 晚餐

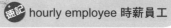 dinner party 晚宴 after-dinner 餐後的

Dinner will be promptly served at 6:00 p.m. to all of the guests at the English manor.
晚餐將於晚間六點準時供應給所有在英國莊園的賓客。

dry 使乾燥 **+** **er** 物 **= dryer**

Ⓢdrier ❹GEPT

dryer [ˈdraɪə] 烘乾機

hair dryer 吹風機

When mom's **dryer** broke down, we had to hang all of our clothes to dry on our patio.
媽媽的烘乾機故障時，我們必須將所有衣服晾在院子曬乾。

employ 雇用 **+** **ee** 人 **= employee**

Ⓢstaff ❹TOEIC

employee [ˌɛmplɔɪˈi] 受雇者

hourly employee 時薪員工

Employees of the large company were given bonuses and incentives for being loyal.
為保持員工忠誠度，大公司給予獎金及鼓勵。

employ 雇用 **+** **er** 人 **= employer**

employer [ɪmˈplɔɪɚ] 雇主

速記 employer trustee 資方信託人

At the factory, the **employer** requires its workers to clock in and out to track their time.
雇主要求工廠員工上下班打卡以記錄他們的時間。

engine 機械 + **eer** 人 = engineer

4 TOEFL

engineer [ˌɛndʒəˈnɪr] 工程師

速記 software engineer 軟體工程師

The **engineer** designed the new bridge in San Francisco to be stronger in an earthquake.
工程師在舊金山設計一座更能抗震的新橋樑。

examine 檢查 + **er** 人 = examiner

S censor **5** TOEIC

examiner [ɪgˈzæmɪnɚ] 檢查員

速記 medical examiner 法醫

The special customs **examiner** inspected all imported items on the shipping docks.
海關特別檢查員在裝貨碼頭檢查所有進口物品。

erase 消除 + **er** 物 = eraser

S rubber **3** GEPT

eraser [ɪˈresɚ] 立可白；橡皮擦；黑板擦

速記 eraser man 橡皮人

Suzy erased the chalkboard with the **eraser** for her teacher every morning before class.
蘇西每早上課前用板擦幫老師擦黑板。

examine 測驗 + **ee** 人 = examinee

A examiner **3** GRE

examinee [ɪgˌzæməˈni] 參加考試的人；受審查的人

The doctor informed the **examinee** that the routine examination would last for 15 minutes.
醫師通知受檢者例行檢查將持續十五分鐘。

farm 農場 + **er** 人 = farmer

S peasant **4** GEPT

farmer [ˈfɑrmɚ] 農夫

速記 suitcase farmer 手提箱農夫 dirt farmer 自耕農

Mr. Golic was a **farmer** that was well-known for growing organic cabbage and lettuce.
葛力克先生是一位以種植有機甘藍與萵苣聞名的農夫。

fight 戰鬥 + **er** 人 = fighter

S warrior **4** GEPT

fighter [ˈfaɪtɚ] 戰士

速記 freedom fighter 自由鬥士 fire fighter 消防隊員

The amateur street **fighter** won the respect of the crowd with his skilled use of martial arts.
業餘拳擊手以純熟的武打技巧贏得群眾的尊敬。

found 建立 + **er** 人 = founder

字首

字根

字尾

複合字

founder ['faʊndə] 創立者

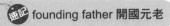 founding father 開國元老

The **founder** of the charity wept with pride when he realized how many orphans he had helped to feed.
慈善機構的創辦人知道自己幫助撫養的孤兒人數時，他驕傲地流下淚來。

foreign 外國 + **er** 人 = foreigner　　Soutlander ④TOEFL

foreigner ['fɔrɪnə] 外國人

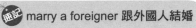 marry a foreigner 跟外國人結婚

The International Expo in Shanghai attracted millions of **foreigners** to showcase their products.
上海世博會吸引數百萬的外國人展示他們的產品。

freeze 冷凍 + **er** 物 = freezer　　Aboiler ③IELTS

freezer ['frizə] 冷藏庫

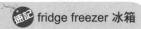 fridge freezer 冰箱

Since we got the new **freezer** in our garage, our family could buy enough meat for a month.
自從買了車庫裡的新冷凍庫後，我們家可以買足夠食用一個月的肉品。

front 前線 + **er** 物 = frontier　　Sborder ④TOEFL

frontier [frʌn'tɪr] 邊界；邊緣

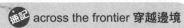 across the frontier 穿越邊境

On the border between North and South Korea, the **frontier** is heavily guarded by both sides.
在南北韓的國界上，雙方均對邊界嚴加警戒。

garden 花園 + **er** 人 = gardener　　Sgarden worker ③IELTS

gardener ['gɑrdənə] 園丁

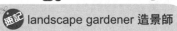 landscape gardener 造景師

When grandfather could no longer care for his rose garden, we hired a **gardener** for him.
當祖父無法再照料他的玫瑰花園時，我們幫他請了一名園丁。

guaranty 保證 + **ee** 物 = guarantee　　Spromise ③TOEFL

guarantee [͵gærən'ti] 保證

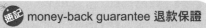 money-back guarantee 退款保證

There are no true **guarantees** in life, so everyone must be prepared for the unexpected.
生命中沒有絕對，因此每個人都必須為無常做準備。

hack 非法侵入電腦 + **er** 人 = hacker　　Scracker ③GEPT

hacker ['hækə] 駭客

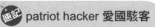 patriot hacker 愛國駭客

The government hired convicted **hackers** to protect their systems from other computer hackers.
政府雇用有案在身的駭客保護他們的系統免受其他電腦駭客的侵襲。

hang 懸掛 + **er** 物 = hanger   Ⓢhook ④IELTS

hanger ['hæŋə] 掛鉤；絞殺者   🔖 cliff hanger 扣人心弦的比賽

It was Ned's first time doing laundry, so he was not sure how to place his pants on the **hangar**.
這是奈德第一次洗衣服，因此他不知道怎麼把長褲晾在衣架上。

heat 熱 + **er** 物 = heater   Ⓐcooler ④TOEFL

heater ['hitə] 暖氣機   🔖 storage heater 電蓄熱器

It was so cold that the space **heater** was not enough to keep the old man warm in his bedroom.
天氣冷到小型電熱器不夠讓老先生在臥室裡保持暖和。

hold 持有 + **er** 人 = holder   Ⓢowner ⑤GEPT

holder ['holdə] 持票人   🔖 record holder 紀錄保持者

The pot **holder** was placed on the table to keep the hot pot from burning the surface.
桌上放著鍋架，以免熱鍋燒壞桌面。

hunt 打獵 + **er** 人 = hunter   Ⓐprey ④GEPT

hunter ['hʌntə] 獵人   🔖 headhunter 獵人才者 job hunter 求職者

Kevin bought a wild mountain pig from a skillful **hunter** for the Christmas.
凱文為了聖誕節而從一名技巧高超的獵人那裏買到一隻野山豬。

host 主辦 + **ess** 人 = hostess   Ⓐguest ③IELTS

hostess ['hostɪs] 女主人；女服務員   🔖 air hostess 空姐

The **hostess** of the party introduced me to everyone, so I wouldn't be nervous any more.
宴會女主人把我介紹給每個人，我也就不再緊張了。

interpret 解釋 + **er** 人 = interpreter   Ⓢtranslator ⑤TOEFL

interpreter [ɪn'tɝprɪtə] 解釋者；口譯者

The United Nations employs thousands of **interpreters** to assist delegates during conferences.
聯合國於開議期間雇用數千名口譯員協助各國代表。

intrude 入侵 + **er** 人 = intruder   Ⓐdefender ④TOEFL

intruder [ɪn'trudə] 侵入者   🔖 space intruder 外太空入侵者

Mrs. Davis was acquitted of wrongdoing, as she shot the **intruder** in her home in self-defense.
戴維斯太太獲無罪釋放，因為她是出於自衛而在自家射擊入侵者。

Japan 日本 + **ese** 人 = Japanese

Japanese [ˌdʒæpəˈniz] 日本人；日語

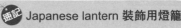 速記 Japanese lantern 裝飾用燈籠

We will need an interpreter at the meeting, because our business clients only speak **Japanese**.
因為我們的客戶只講日語，會議中我們將需要一名翻譯。

 **law** 法律 + **er** 人 = **lawyer**

Sattorney **5**GEPT

lawyer [ˈlɔjɚ] 律師

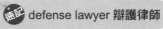 速記 defense lawyer 辯護律師

Lawyers are hired to prosecute the defendants as well as to protect the accuser.
律師受雇對被告提起訴訟，同時保護原告。

 **lead** 領導 + **er** 人 = **leader**

Afollower **5**GEPT

leader [ˈlidɚ] 領導人；首長

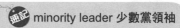 速記 minority leader 少數黨領袖

Kim became a **leader** to rally the other teachers in her school to demand better pay.
金成為召集學校其他老師一起要求加薪的領導人。

lecture 講演 + **er** 人 = **lecturer**

Sinstructor **4**TOEFL

lecturer [ˈlɛktʃərɚ] 演講者

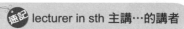 速記 lecturer in sth 主講…的講者

The guest **lecturer** from Harvard University spoke at NTU on advances in particle acceleration.
來自哈佛大學的客座演講者在台灣大學演講粒子加速的進展。

listen 聽 + **er** 人 = **listener**

Aspeaker **5**GEPT

listener [ˈlɪsṇɚ] 聽者

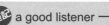 速記 a good listener 一個好的傾聽者

The radio disc jockey enjoyed meeting the **listeners** of his show when he was at events.
電台音樂節目主持人喜愛與節目聽眾見面。

lock 鎖 + **er** 物 = **locker**

Scloset **5**TOEFL

locker [ˈlɑkɚ] 櫥櫃；抽屜

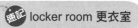 速記 locker room 更衣室

Many students at the high school kept personal items in their **lockers** along with their books.
許多中學生將個人物品及書籍存放在他們的置物櫃裡。

lose 輸 + **er** 人 = **loser**

Awinner **5**GEPT

loser [ˈluzɚ] 失敗者

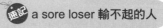 速記 a sore loser 輸不起的人

You may be the **loser**, but you can learn from your mistakes to improve your pluck.
你或許是失敗者，但是你可以從自己的錯誤中學習以增進你的膽量。

love 愛 + **er** 人 = **lover**

Shoney **5**GEPT

lover [ˈlʌvɚ] 情人；愛好者

速記 a lover of nature 熱愛大自然的人

The nurse enjoyed reading romance novels and imagining that she had a tall, handsome **lover**.
那位護士喜愛閱讀浪漫小說，並幻想她有一位又高又帥的情人。

manufacture 製造 + **er** 人 = manufacturer　Ⓢproducer ④TOEIC

manufacturer [ˌmænjəˈfæktʃərə] 製造商

The inventor traveled to China, Taiwan and Mexico to find the best **manufacturer** for his toy.
發明者去了中國、台灣及墨西哥尋找他玩具的最佳製造商。

message 訊息 + **er** 人 = messenger　Ⓢcarrier ④TOEFL

messenger [ˈmɛsn̩dʒə] 使者；郵差；先驅者

When Japan attacked Pearl Harbor, the **messenger** arrived too late to warn the U.S. President.
日本攻擊珍珠港時，使者太慢抵達而無法警告美國總統。

mill 磨坊 + **er** 人 = miller　③TOEFL

miller [ˈmɪlə] 磨坊主人；工廠經營人

The environmentally-friendly **miller** used windmills and wind power to grind the grain.
環保的磨坊主人使用風車風力磨碎穀物。

mine 採礦 + **er** 人 = miner　Ⓢmineworker ③TOEFL

miner [ˈmaɪnə] 礦工　🐜速記 a coal miner 煤礦工人

It took a tremendous effort in Chile to rescue the trapped **miners**, but it was well worth it.
救援受困的智利礦工需付出極大的努力，但非常值得。

mistr 女主人 + **ess** 人 = mistress　Ⓐmaster ③IELTS

mistress [ˈmɪstrɪs] 女主人；主婦；情婦

The businessman had to buy his wife a diamond ring after she found out about his **mistress**.
商人在他老婆發現情婦之後，他必須買一只鑽戒送他老婆。

mountain 山 + **eer** 人 = mountaineer　Ⓢmountain-climber ③GRE

mountaineer [ˌmaʊntəˈnɪr] 登山者　🐜速記 mountaineer jacket 登山夾克

The **mountaineer** explored the Swiss Alps for a week and scaled more than a dozen mountains.
登山者花一週時間探險瑞士阿爾卑斯山脈，且攀登十幾座山。

mow 割草 + **er** 人 = mower　Ⓢlawnmower ③IELTS

mower [ˈmoə] 割草人；割草機　🐜速記 lawn mower 割草機

The gardener bought a self-powered **mower** to keep his lawn beautiful and to save

his time.
園丁買一部自動發電的割草機來保持草皮美麗，並且節省時間。

murder 謀殺 + **er** 人 = **murderer**　　　⑤assassin ④TOEFL

murderer [ˈmɝdərə] 殺人犯；兇手　　 a serial murderer 連續殺人犯

The **murderer** confessed after he realized how much pain he had caused to the victim's parents.
殺人犯在了解他造成被害人父母多大的痛苦後俯首認罪。

nutrition 營養 + **ent** 物 = **nutrient**　　　⑤nutrition ④TOEFL

nutrient [ˈnjutrɪənt] 營養物；養分　　 nutrient density 營養密度

Green, leafy vegetables provide important **nutrients** that our body need to produce energy.
綠色的多葉蔬菜提供我們身體所需要產生能量的養分。

nominate 提名 + **ee** 人 = **nominee**　　　⑤candidate ④GRE

nominee [ˌnɑməˈni] 被提名者

The **nominee** for the award prepared an acceptance speech and dressed nicely for the ceremony.
授獎提名人準備一份得獎演說並為典禮備足行頭。

observe 觀察 + **er** 人 = **observer**　　　⑤spectator ④GRE

observer [əbˈzɝvə] 觀察者；遵守者　　 Mars observer 火星觀察者號

During the war games, generals from several friendly countries were invited to be **observers**.
軍事演習期間，來自幾個友好國家的將軍受邀為觀察員。

office 辦公室 + **er** 人 = **officer**　　　⑤administrator ⑤TOEIC

officer [ˈɔfəsə] 官員；軍官；警官　　 warrant officer 海軍士官長

The naval **officer** graduated from the academy hoping to be captain of his own ship one day.
該名海軍軍官自軍事學院畢業，希望有一天能領導屬於自己的船艦。

organize 組織 + **er** 人 = **organizer**　　　⑤founder ⑤TOEIC

organizer [ˈɔrgəˌnaɪzə] 發起人；組織者；創立人

The **organizer** of the trade show had to coordinate marketing efforts and booth sales.
貿易展的發起人必須協調行銷工作與攤位銷售。

outside 外部 + **er** 人 = **outsider**　　　⚠insider ④GEPT

outsider [ˌautˈsaɪdə] 外來者；局外人　　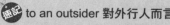

After the bank robbery, the residents of the small town were not too friendly to **outsiders**.

銀行搶劫發生之後，小鎮居民對外來客變得不太友善。

own 擁有 + **er** 人 = **owner**　　　　　　　Ⓢpossessor ❺TOEIC

owner [ˈonə] 物主；所有人　　　　速記 house owner 屋主

The **owner** of the red car was called out to the parking lot to turn off its headlights.
紅車的主人被叫到停車場去關掉車子頭燈。

paint 畫 + **er** 人 = **painter**　　　　　　　Ⓢartist ❹IELTS

painter [ˈpentə] 畫家；油漆匠　　　速記 Sunday painter 業餘畫家

The aspiring **painter** moved to Paris to find new inspiration and refresh his career.
抱負遠大的畫家遷居巴黎以找尋新靈感並能使自己的職涯煥然一新。

peddle 販賣 + **er** 人 = **peddler**　　　　　　Ⓢseller ❸IELTS

peddler [ˈpɛdlə] 小販　　　速記 a fruit peddler 水果販

The hairdresser showed her co-workers the necklace she bought from a street
peddler in Mexico.
美容師向同事展示跟墨西哥街頭小販買的項鍊。

perform 執行 + **er** 人 = **performer**　　　　　Ⓐaudience ❺TOEIC

performer [pəˈfɔrmə] 執行者；演奏者　　　速記 street performer 街頭藝人

The Chinese acrobatic **performers** amazed audiences around the world during their
tour.
中國雜技表演者在世界巡迴演出期間技驚觀眾。

photograph 照片 + **er** 人 = **photographer**　　Ⓢcameraman ❺GEPT

photographer [fəˈtɑɡrəfə] 攝影家

Only **photographers** who are accomplished in their field are invited to photograph
the President.
只有在專業領域有所成就的攝影師才會受邀為總統拍照。

pitch 投擲 + **er** 人 = **pitcher**　　　　　　　Ⓐhitter ❹GEPT

pitcher [ˈpɪtʃə] 投手　　　速記 starting pitcher 先發投手

The baseball **pitcher** received a standing ovation from the crowd after throwing a
perfect game.
棒球投手在擲出一場完美的比賽之後受到群眾起立熱烈歡呼。

pion 開墾 + **eer** 人 = **pioneer**　　　　　　　Ⓢsettler ❺TOEFL

pioneer [ˌpaɪəˈnɪr] 拓荒者；先驅

Lewis and Clark were famous American **pioneers** who discovered a route to the
Pacific Ocean.
李維斯與克拉克是著名的美國拓荒者，他們發現一條通往太平洋的路徑。

字首
字根
字尾
複合字

play 玩 + **er** 人 = player

Ⓢathlete ❹GEPT

player [ˈpleɚ] 選手　　　速記 professional tennis player 職業網球選手

The soccer **player** scored the winning goal during the World Cup, exciting the fans.
該名足球選手在世界盃比賽期間踢進致勝的一球，令粉絲們為之興奮。

poach 偷獵 + **er** 人 = poacher

Ⓢintruder ❸GRE

poacher [ˈpotʃɚ] 偷獵者　　　速記 poacher turned gamekeeper 由黑轉白

In South Africa, **poachers** kill thousands of animals illegally to profit from their skins.
在南非，盜獵者為了獸皮利益非法殘殺數以千計的動物。

port 門 + **er** 人 = porter

Ⓢbaggageman ❹TOEIC

porter [ˈportɚ] 看門人；搬運工人　　　速記 pret-a-porter 成衣

During his trip, Mr. Klausmann ran into an old friend who worked as a **porter** at the hotel.
克勞斯曼旅行途中巧遇一位在飯店當服務員的老朋友。

post 張貼 + **er** 人 = poster

Ⓢplacard ❺TOEIC

poster [ˈpostɚ] 海報；標語　　　速記 poster paint 廣告顏料

When his daughter lost her puppy, Mr. Jones put up **posters** offering a reward for its return.
瓊斯先生的女兒遺失她的小狗時，他為了尋回它而張貼懸賞海報。

pray 祈禱 + **er** 物 = prayer

Ⓢinvocation ❹GEPT

prayer [prɛr] 懇求；禱告　　　速記 morning prayer 晨禱

The pastor offered a special **prayer** to a family in his church that recently lost a son.
牧師在教會為最近失去兒子的家庭做特別禱告。

preside 指揮 + **ent** 人 = president

Ⓢchief executive ❺GEPT

president [ˈprɛzədənt] 總統；大學校長　　　速記 vice president 副總統

The **President** of Honduras visited Taipei on a trip to promote goodwill and cooperation.
宏都拉斯總統造訪台北來推動親善合作之旅。

precede 領先於 + **ent** 人 = precedent

Ⓐfollowing ❹TOEFL

precedent [ˈprɛsədənt] 先例；慣例　　　速記 without precedent 史無前例

Muhammad Ali set a **precedent** for younger black Americans who wanted to speak out.
莫罕默德阿里為想要發聲的年輕美國黑人樹立先例。

prison 監獄 + **er** 人 = prisoner

prisoner ['prɪznə] 囚犯；俘虜

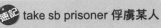 速記 take sb prisoner 俘虜某人

After a long car chase, the sheriff took the escaped **prisoner** back to the nearby prison.
一長段汽車追逐之後，警長將逃逸的受刑人遣返回附近的監獄。

print 印刷 + **er** 人 = **printer**

5GRE

printer ['prɪntə] 印刷業者；印刷機

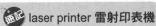 速記 laser printer 雷射印表機

The Chen family bought a new inkjet **printer** for their PC to help their son with his reports.
陳家為他們的個人電腦購置一部噴墨印表機以應他們兒子作報告之需。

produce 生產 + **er** 人 = **producer**

Smanufacturer **5**TOEIC

producer [prə'djusə] 生產者；製片

速記 film producer 電影製片

The television **producer** financed a new show to find talented performers in China.
為發掘大陸優秀的表演者，電視製片人投資一個新節目。

propel 推進 + **er** 人 = **propeller**

4GRE

propeller [prə'pɛlə] 螺旋槳；推進者；推進器

Before turboprop and jet engines were developed, all airplanes used **propellers** to move.
在發展出渦輪螺槳發動機及噴射引擎之前，所有飛機都使用螺旋槳做為動力。

publish 出版 + **er** 人 = **publisher**

Spublishing house **5**TOEIC

publisher ['pʌblɪʃə] 發行人；出版社

The book **publisher** specialized in educational books, especially those of teaching languages.
書籍出版商擅長出版教育類書，尤其是語言教學書籍。

quart 一夸脫的容器 + **er** 物 = **quarter**

Sone fourth **5**GEPT

quarter ['kwɔrtə] 四分之一

速記 quarter-final 半準決賽

Most people prefer to take a vacation, but a **quarter** of the workers never took one.
大多數人較喜歡渡假，但是有四分之一的勞工從未休過假。

receive 接受 + **er** 人 = **receiver**

Asender **5**GEPT

receiver [rɪ'sivə] 接受者

速記 telephone receiver 聽筒

The radio waves entered the stereo **receiver**, which produced beautiful music for the listener.
無線電波進入立體音響接收器，為聽者製造優美的音樂。

receive 接受 + **ent** 人 = **recipient**

字首 字根 字尾 複合字

recipient [rɪ'sɪpɪənt] 接受者；容器

The **recipient** of the award for Best Male Singer of the Year in Taiwan was Jay Chou.
台灣年度最佳男歌手的得獎人是周杰倫。

record 記錄 + **er** 人 = recorder Ⓢcopyist ❺GEPT

recorder [rɪ'kɔrdə] 記錄者；錄音機 速記 tape recorder 錄音機

Before the police began the interview, they turned on the tape **recorder** to record the suspect.
警方在開始面談之前打開錄音機以錄下嫌犯說的話。

refer 交付 + **ee** 人 = referee Ⓢumpire ❹TOEFL

referee [ˌrɛfə'ri] 裁判員；仲裁人 速記 assistant referee 助理裁判

The **referee** made a crucial penalty call during our soccer match, and it cost us the game.
裁判在足球比賽期間響起殘酷的處罰鈴聲，讓我們輸掉比賽。

remind 使想起 + **er** 人 = reminder Ⓢmemorandum ❺GEPT

reminder [rɪ'maɪndə] 提醒者；提醒物

The school principal broadcasted a **reminder** to the students to vote for the student council.
學校校長廣播提醒學生要去投學生會選舉票。

report 報告 + **er** 人 = reporter Ⓢjournalist ❺GEPT

reporter [rɪ'portə] 報告者；採訪記者 速記 news reporter 新聞記者

This **reporter** was persistent and always found a way to uncover the truth behind scandals.
這名記者很有耐力，他總能找到門路挖掘醜聞背後的真相。

research 研究 + **er** 人 = researcher Ⓢinvestigator ❺GEPT

researcher [ri'sɝtʃə] 研究員；調查者

Dr. Chen was a **researcher** who won recognition for his groundbreaking research with DNA.
陳博士是一位DNA研究者，他的創新研究贏得各方認可。

reside 居住 + **ent** 人 = resident Ⓢinhabitant ❹GRE

resident ['rɛzədənt] 居民 速記 foreign resident 國外定居者

The outgoing girl was interested in meeting an attractive, new **resident** of her apartment building.
外向的女孩對遇見自身公寓大樓的迷人新住戶很感興趣。

rub 摩擦 + **er** 人 = rubber

rubber [ˈrʌbɚ] 按摩師；橡皮擦

速記 rubber band 橡皮筋

The **rubber** soles on the bottom of the tour guide's shoes were worn down after only a few months.
導遊鞋子底部的橡膠底墊只用幾個月之後就磨壞了。

run 跑 + **er** 人 = **runner**

S sprinter ❸GEPT

runner [ˈrʌnɚ] 賽跑者；推銷員

速記 runner-up 第二名；亞軍

The marathon **runner** had a huge lead, so he made a bad decision to take a quick nap.
該名馬拉松選手大幅領先其他人，所以他做了小睡片刻的糟糕決定。

sauce 調味料 + **er** 物 = **saucer**

S plate ❷IELTS

saucer [ˈsɔsɚ] 墊盤；碟子

速記 flying saucer 飛碟

The pilot enjoyed collecting porcelain teacups and **saucers** from many cities in Europe.
飛行員喜愛收集來自歐洲城市的瓷杯與瓷盤。

serve 服務 + **er** 人 = **server**

S waiter ❹GEPT

server [ˈsɝvɚ] 服務者；伺服器

速記 web server 網路伺服器

After the waiter took our order at the French restaurant, the **server** brought the food and wine.
法國餐廳的服務生替我們點餐後，侍者就端出食物及酒。

settle 殖民 + **er** 人 = **settler**

S pioneer ❺TOEFL

settler [ˈsɛtlɚ] 移居者；殖民者

速記 the first settlers 第一代開墾者

The first European **settlers** in the American Midwest found bountiful rivers and grasslands.
第一批進入美國中西部的歐洲殖民發現豐饒的河流與草原。

shut 關閉 + **er** 物 = **shutter**

S blind ❹GEPT

shutter [ˈʃʌtɚ] 百葉窗；快門；關閉

速記 shutter speed 快門速度

When interior designer heard the typhoon was approaching, she closed all of her window **shutters**.
室內設計師一聽說颱風接近時，就關上所有的百葉窗。

sing 歌唱 + **er** 人 = **singer**

S vocalist ❹TOEIC

singer [ˈsɪŋɚ] 歌手

速記 lead singer 主唱 folk singer 民歌手

Eileen daydreamed in her classes about being a famous **singer**, even against her parent's wishes.
即使違背家長的願望，愛蓮仍在課堂上幻想成為名歌星。

字首
字根
字尾
複合字

slip 滑動 + **er** 物 = **slipper**　　　Ⓢsandal ❸GEPT

slipper [ˈslɪpə] 拖鞋　　速記 bathroom slipper 浴室拖鞋 carpet slipper 室內拖

The little girl put on her warm, fuzzy **slippers**, and then walked downstairs to get some milk.
小女孩穿上暖和的絨毛拖鞋，然後下樓喝牛奶。

sneak 偷偷逃走 + **er** 物 = **sneaker**　　　Ⓢtrainer ❸GEPT

sneaker [ˈsnikə] 運動鞋　　　速記 a pair of sneakers 一雙運動鞋

Steve only wanted new basketball **sneakers** for his birthday, so he could be faster on the court.
史提夫只想要一雙籃球鞋做為生日禮物，這樣他在球場上可以跑得更快。

speak 說話 + **er** 人 = **speaker**　　　Ⓢorator ❺IELTS

speaker [ˈspikə] 演說者；廣播員　　　速記 native speaker 母語人士

The **speaker** used a wireless microphone, so he could walk around the room freely.
演說者使用無線麥克風，因此他可任意在室內到處走動。

staple 大宗出產 + **er** 人 = **stapler**　　　Ⓢwholesaler ❸TOEIC

stapler [ˈsteplə] 釘書機；批發商　　　速記 stapler gun 釘槍

The teacher told us to buy some construction paper, and a **stapler** to make a book for class.
老師要我們買一些彩色美術紙及一臺釘書機來為班上製作一本書。

steam 蒸汽 + **er** 物 = **steamer**　　　Ⓢboat ❸IELTS

steamer [ˈstimə] 汽船；輪船；蒸籠　　　速記 bamboo steamer 蒸籠

The Japanese restaurant had an extra large rice **steamer** to handle many orders of sushi.
日本料理餐廳有一部特大的蒸籠來處理大量供應壽司。

steward 服務員 + **ess** 人 = **stewardess**　　　Ⓢflight attendant ❸GEPT

stewardess [ˈstjuwədɪs] 空中小姐

The lovely **stewardess** made our flight to Tokyo more comfortable and memorable.
可愛的空中小姐讓我們飛往東京的旅程更加舒適難忘。

strange 陌生的 + **er** 人 = **stranger**　　　Ⓢunknown ❺IELTS

stranger [ˈstrendʒə] 陌生人　　速記 make no stranger of sb 親切對待某人

My mother warned me not to talk to **strangers**, and to never accept rides from them.
我母親警告我不要和陌生人說話，也不要搭陌生人的車。

study 學習 + **ent** 人 = **student**

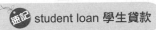

student ['stjudnt] 學生

速記 student loan 學生貸款

The hard-working, committed teacher became a lifelong role model for her **students**.
這位努力又有責任感的老師成為她學生終身的榜樣。

---

sweat 汗 + **er** 人 = sweater

S jumper ❺ GEPT

sweater ['swɛtɚ] 毛衣

速記 turtleneck sweater 高領毛衣

My grandmother knitted a beautiful **sweater** and gave it to me as a present for Christmas.
我祖母織了一件漂亮毛衣送給我當作聖誕禮物。

---

teach 講授 + **er** 人 = teacher

S mentor ❺ GEPT

teacher ['titʃɚ] 老師

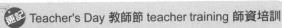 Teacher's Day 教師節 teacher training 師資培訓

The art **teacher** asked us to draw a picture of our favorite animal with pastels on canvas.
美術老師要我們用粉蠟筆在帆布上畫一幅我們最喜愛的動物。

---

teenage 十幾歲的 + **er** 人 = teenager

S juvenile ❺ GRE

teenager ['tin,edʒɚ] 十幾歲青少年

Teenagers should learn the importance of responsibility before they become an adult.
青少年在轉大人之前應該學習責任感的重要性。

---

tell 講 + **er** 人 = teller

S cashier ❸ IELTS

teller ['tɛlɚ] 講述者；出納員

速記 fortune-teller 算命師

When I cashed my check at the bank, the **teller** gave me a nice and friendly smile.
我在銀行兌現支票時，出納員給我一個美好又友善的微笑。

---

thrill 戰慄 + **er** 物 = thriller

❹ GEPT

thriller ['θrɪlɚ] 使戰慄的東西；驚險小說電影或戲劇

The new 3-D movie was scary and exciting, and the ending was a real **thriller**.
這部新的3D電影可怕又刺激，結局更是驚悚。

---

trade 商業 + **er** 人 = trader

S merchant ❸ TOEIC

trader ['tredɚ] 商人

速記 day trader 股票交易員

The sea captain was a shrewd **trader**, who brought commerce and jobs to his island home.
船長是一名精明的商人，他將貿易及工作機會帶進島上之家。

---

tranquilize 鎮定 + **er** 物 = tranquilizer

S narcotic ❸ TOEFL

tranquilizer ['træŋkwɪ,laɪzɚ] 鎮定劑；止痛藥

字首
字根
字尾
複合字

When the lion escaped from the Taipei Zoo, police needed to shoot it with **tranquilizer** darts.
獅子逃離台北動物園時，警方需要用鎮定標槍射擊它。

travel 旅行 + **er** 人 = **traveler**　　　　Ⓢadventurer ⑤IELTS

traveler ['trævlə] 旅行者；旅客　　　速記 traveler's check 旅行支票

The weary **traveler** drove all night on the country roads looking for a motel to stay in.
疲累的旅人整夜駕車於鄉間道路，沿途找尋歇息的汽車旅館。

use 使用 + **er** 人 = **user**　　　　Ⓢconsumer ⑤TOEIC

user ['juzə] 使用者　　　速記 user-friendly 容易使用的 end user 終端用戶

Ken started a club for computer **users** to share tips and to learn about the latest software.
肯為電腦使用者創立一個既能分享秘笈，又能學習最新軟體的社群。

view 看 + **er** 人 = **viewer**　　　　Ⓢspectator ④TOEFL

viewer ['vjuə] 參觀者；觀眾

The new television show became a hit because its **viewers** recommended it to their friends.
新電視節目開播成功，因為觀眾會將節目推薦給他們的朋友。

widow 使失去妻子 + **er** 人 = **widower**　　　　Ⓐwidow ③TOEFL

widower ['wɪdoə] 鰥夫　　　速記 grass widower 離婚男子

The **widower** was alone for many years after the death of his wife, until he met Charlene.
這位鰥夫自從妻子去世後獨自生活好幾年，直到遇見夏琳。

work 工作 + **er** 人 = **worker**　　　　Ⓢdoer ⑤GEPT

worker ['wɜkə] 工人　　　速記 freelance worker 自由業者

Workers in China earn less income for the same jobs than **workers** in the USA.
中國工人賺得的收入比做同樣工作的美國工人來得少。

write 寫 + **er** 人 = **writer**　　　　Ⓢauthor ④TOEFL

writer ['raɪtə] 作者；著作　　　速記 writer's block 寫作瓶頸

The **writer** lived in the mountains of Taiwan to get away from the noise of the city.
作家住在台灣山區以遠離都市喧囂。

zip 拉拉鏈 + **er** 物 = **zipper**　　　　Ⓢzip ③GEPT

zipper ['zɪpə] 拉鏈　　　速記 zipper bag 拉鍊袋

When his **zipper** broke at school, the embarrassed student had to go home to get new pants.
這名學生的拉鍊在學校壞掉了，他尷尬的必須回家換一條新褲子。

名詞 **-hood** 狀況

MP3 367

快學便利貼

boyhood 少年時期；少年們
brotherhood 兄弟關係；手足之情；同業
childhood 童年時期；幼年時期

likelihood 可能；可能性
motherhood 母性；母權；母親的義務
neighborhood 鄰近地區；街坊；鄰近；**adj.** 附近的

字首

字根

字尾

複合字

單字拆解

S 同義　**A** 反義　**5** 單字出現頻率

boy 男童 + **hood** 狀況 = **boyhood**　　**A** girlhood　**3** GEPT

boyhood [ˈbɔɪˌhʊd] 少年時期　　　　速記 boyhood chum 少年時期密友

The old man was surprised when he met his **boyhood** friend while shopping at the market.
老先生在市場購物時遇見少年時期的友人感到很驚訝。

brother 兄弟 + **hood** 狀況 = **brotherhood**　　**S** fellowship　**3** TOEFL

brotherhood [ˈbrʌðɚˌhʊd] 兄弟關係；手足之情

Colleagues working hard on projects together often have a strong feeling of **brotherhood**.
一起努力執行計畫的同事們通常有著一份堅固的情誼。

child 孩童 + **hood** 狀況 = **childhood**　　**A** adulthood　**4** GEPT

childhood [ˈtʃaɪldˌhʊd] 童年　　　　速記 early childhood 幼童時期

Wendy's mother committed suicide during her **childhood**, and she never forgot the sorrow.
溫蒂的母親在她幼年時自殺，她未曾忘記這份傷痛。

likely 有可能 + **hood** 狀況 = **likelihood**　　**S** possibility　**3** TOEFL

likelihood [ˈlaɪklɪˌhʊd] 可能；可能性　　　速記 in all likelihood 很有可能

There is a great **likelihood** that the committee will pass the vote at the last moment.
委員會很有可能在最後一刻通過決議案。

mother 母親 + **hood** 狀況 = **motherhood**　　**S** maternity　**3** IELTS

motherhood [ˈmʌðɚˌhʊd] 母性；母親的身分

The woman focused on her children during **motherhood** and gave up her job temporarily.
為盡母親義務，女子把心力都放在孩子身上並暫時放棄工作。

neighbor 鄰居 ＋ **hood** 狀況 ＝ neighborhood

neighborhood ['nebɚˌhud] 鄰近地區；街坊；附近的

Mandy posted flyers around the **neighborhood** when her pet dog ran away from home.
曼蒂的寵物狗從家裡走丟後，她在附近張貼傳單。

---

011 名詞 -ic, -ier, -ist, -ite, -ive 指人或物

MP3 36B

快學便利貼

activist 行動主義者；激進份子
artist 藝術家
cashier 出納員
capitalist 資本家；資本主義者
chemist 化學家；藥劑師
dentist 牙科醫生
economist 經濟學家
executive 行政部門；總經理；**adj.** 執行的；實施的；行政的
humanist 人道主義者
laborite 勞工黨員
linguist 語言學家
mechanic 技工
naturalist 博物學家；自然主義者
novelist 小說家

pharmacist 製藥者；藥劑師；藥學家
physicist 物理學家；自然科學家
pianist 鋼琴家
premier 總理；首相；**adj.** 第一的；首位的；首要的
psychologist 心理學家
representative 代表；繼承人；議員；樣本；**adj.** 象徵的；代理的；代表的
scientist 科學家
socialist 社會主義者
soldier 軍人；士兵
specialist 專家；專科醫生
therapist 治療學家
tourist 遊客
typist 打字員
violinist 小提琴家

active 活動的 + **ist** 人 = activist　　　　**S** radical **3** TOEFL

activist [ˈæktəvɪst] 行動主義者；激進份子

Many **activists** who had protested the military junta in Burma had been sent to jail.
許多抗議緬甸軍政府的激進份子已經被捕入獄。

art 藝術 + **ist** 人 = artist　　　　**S** master **4** IELTS

artist [ˈɑrtɪst] 藝術家　　　　速記 make up artist 彩妝師

Amadeus Mozart is perhaps the most influential music **artist** to have ever walked the earth.
阿瑪迪斯．莫札特可能是有史以來最具影響力的音樂家。

cash 現金 + **ier** 人 = cashier　　　　**S** teller **3** TOEIC

cashier [kæˈʃɪr] 出納員　　　　速記 cashier's check 銀行本票

The students in the cafeteria paid the **cashier** for their lunch after going through the line.
自助餐廳裡的學生排隊付午餐費給收銀員。

capital 資本 + **ist** 人 = capitalist　　　　**A** communist **3** TOEIC

capitalist [ˈkæpətlɪst] 資本家；資本主義者

The **capitalist** and the socialists are always at odds about how they want to solve problems.
資本家與社會主義者解決問題的方式永遠不一致。

chemistry 化學 + **ist** 人 = chemist　　　　**S** pharmacist **4** GRE

chemist [ˈkɛmɪst] 化學家；藥劑師　　　　速記 dispensing chemist 藥劑師

Dow Chemical pays top salaries to lure the top **chemists** to join its research department.
美國陶氏化學支付高薪吸引頂尖化學家加入其研究部門。

dental 牙齒的 + **ist** 人 = dentist　　　　**S** dental surgeon **5** TOEFL

dentist [ˈdɛntɪst] 牙科醫生　　　　速記 the dentist's 牙醫診所

If you don't want to see a **dentist** very often, you need to brush and floss your teeth.
如果你不想常常看牙醫，你就要每天刷牙和使用牙線。

economy 經濟 + **ist** 人 = economist　　　　**4** TOEFL

economist [iˈkɑnəmɪst] 經濟學家　　　　速記 political economist 政治經濟學家

The President consulted the **economist** about how to solve the collapse of the banking industry.

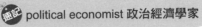

總統向經濟學者諮詢如何解決銀行業衰退的問題。

execute 執行 + **ive** 人 = executive　　Ⓢadministrator ④TOEIC

executive [ɪgˈzɛkjutɪv] 行政部門　　速記 chief executive 總裁

In Taiwan, the prime minister is the chief **executive** of the government.
在台灣，行政院長是政府的行政首長。

human 人類的 + **ist** 人 = humanist　　Ⓢhumanitarian ③GRE

humanist [ˈhjumənɪst] 人道主義者　　速記 religious humanist 宗教人文主義者

The **humanist** from Hungary always believed in promoting peace through reasonable dialogue.
來自匈牙利的人道主義者一向相信透過理性對話能促進和平。

labor 勞工 + **ite** 人 = laborite　　Ⓐconservative ②IELTS

laborite [ˈlebəraɪt] 勞工黨員

The powerful labor unions in England depended on the support of their **laborites**.
勢力龐大的英國工會依靠他們勞工黨員的支持。

linguistics 語言學 + **ist** 人 = linguist　　③TOEFL

linguist [ˈlɪŋgwɪst] 語言學家　　速記 cognitive linguist 認知語言學家

The **linguist** traveled to the islands of Indonesia to study the many tribal languages there.
語言學家造訪印尼群島研究許多當地的部落語言。

mechan 機械 + **ic** 人 = mechanic　　Ⓢtechnician ③TOEIC

mechanic [məˈkænɪk] 技工　　速記 dental mechanic 牙科技師

The **mechanic** inspected the damaged automobile and didn't have good news for the owner.
修理工檢驗受損車輛，並告訴車主結果不太妙。

natural 自然的 + **ist** 人 = naturalist　　Ⓢenvironmentalist ④GRE

naturalist [ˈnætʃərəlɪst] 博物學家；自然主義者

Khelia loved birds and wanted to follow in the footsteps of Audobon, the famous **naturalist**.
凱莉亞喜愛鳥類，想要跟隨知名生物學家奧都本的腳步。

novel 長篇小說 + **ist** 人 = novelist　　Ⓢauthor ③IELTS

novelist [ˈnɑvl̩ɪst] 小說家　　速記 famous novelist 知名小說家

The **novelist** drew upon his many tragic experiences to write novels that made people think.
小說家憑藉許多自己的悲傷經驗來撰寫發人省思的小說。

pharmacy 藥學 + **ist** 人 = pharmacist ⑤chemist ④IELTS

pharmacist ['fɑrməsɪst] 藥劑師

The **pharmacist** recommended a combination of cough medicine and rest to the sick customer.
藥劑師建議病人服用感冒藥也要休息。

physics 物理學 + **ist** 人 = physicist ④TOEFL

physicist ['fɪzɪsɪst] 物理學家；自然科學家

The **physicist** working at CERN successfully created anti-matter in the gigantic supercollider.
在歐洲原子核研究委員會工作的物理學家在龐大的超級對撞機中成功創造出反物質現象。

piano 鋼琴 + **ist** 人 = pianist ⑤piano player ③GEPT

pianist [pɪ'ænɪst] 鋼琴家 速記 jazz pianist 爵士鋼琴家

Franklin was a shy man who ended up overcoming his fear to become a famous concert **pianist**.
富蘭克林原本是一個害羞的男孩，最後克服了自身恐懼，並成為知名的鋼琴演奏家。

prime 最初的 + **ier** 人 = premier ⑤prime minister ③TOEIC

premier ['primɪə] 總理；首相

The opera singer studied and performed at the **premier** music school in Moscow.
這位歌劇演唱家在莫斯科最好的音樂學校一邊學習一邊表演。

psychology 心理學 + **ist** 人 = psychologist ④TOEFL

psychologist [saɪ'kɑlədʒɪst] 心理學家

When Susan noticed her son becoming anti-social, she hired a **psychologist** to help him.
蘇珊注意到她兒子變得反社會時，她雇請心理學家來協助他改善狀況。

represent 代表 + **ive** 人 = representative ⑤spokesperson ④TOEIC

representative [rɛprɪ'zɛntətɪv] 代表；議員；樣本

The lawyer appeared in court as a **representative** of the victim and presented a strong case.
律師代表受害者出庭，並提出強而有力的論證。

science 科學 + **ist** 人 = scientist ⑤TOEFL

scientist ['saɪəntɪst] 科學家 速記 political scientist 政治學者

Scientists are confident that we will reverse global warming and have a healthy planet.
科學家有信心我們將徹底改變全球暖化，擁有一個健康的星球。

social 社會的 + **ist** 人 = socialist

④GRE

socialist ['soʃəlɪst] 社會主義者

速記 Fabian socialist 費邊社會主義者

The **Socialist** Party won the election to give the power back to the people of the country.
社會黨贏得選舉，為的是將權力歸還給國家人民。

sold 兵 + **ier** 人 = soldier

Ⓐofficer ④GEPT

soldier ['soldʒə] 軍人；士兵

速記 foot soldier 步兵

The **soldier** in Iraq performed his brave duty of fighting the terrorists to ensure peace there.
駐守伊拉克的軍人執行打擊恐怖份子的英勇任務，以確保當地和平。

special 特別的 + **ist** 人 = specialist

Ⓢexpert ④TOEFL

specialist ['spɛʃəlɪst] 專家；專科醫生

When Jeanette wanted to dye her hair to a new color, she went to a hair-coloring **specialist**.
珍妮特想要染新髮色時，就會去找染髮專家。

therapy 療效 + **ist** 人 = therapist

Ⓢadviser ④TOEFL

therapist ['θɛrəpɪst] 治療學家

速記 speech therapist 語言治療師

The physical **therapist** helped the car accident survivor to walk again after months of training.
經過數月的訓練之後，物理治療師協助車禍生還者重新走路。

tour 旅行 + **ist** 人 = tourist

Ⓢvisitor ⑤TOEIC

tourist ['tʊrɪst] 遊客

速記 tourist attraction 旅遊景點

The city of Acapulco relies on thousands of **tourists** every month to drive its economy.
墨西哥南部瀕太平洋的阿卡波可市仰賴每個月數千名觀光客來推動經濟。

type 用打字機 + **ist** 人 = typist

④IELTS

typist ['taɪpɪst] 打字員

速記 shorthand typist 速記員

The company hired a **typist** from the agency who could type letters at over 80 words per minute.
公司從介紹所雇用一名每分鐘能打八十多字的打字員。

violin 小提琴 + **ist** 人 = violinist

③IELTS

violinist [ˌvaɪə'lɪnɪst] 小提琴家

速記 first violinist 首席小提琴手

The crowd fell in love with the solo performance of the **violinist**, and gave her rousing applause.
群眾愛上小提家的獨奏演出，並給予熱烈的掌聲。

名詞 -ic, -ics 學術用語

快學便利貼

arithmetic 算術；計算
basics 基礎；基礎訓練；**adj.** 基礎的；鹼性的
economics 經濟；經濟學
electronics 電子學
ethics 倫理學；倫理；道德
genetics 遺傳學
logic 邏輯；道理；操作規則
mathematics 數學；運算

mechanics 力學；機械學；技巧
physics 物理學；物理現象；物理性質
politics 政治學；政治；政界；行政工作；政見；動機；權術
statistics 統計學；統計法
tactics 戰術；策略
technics 技術；技巧；術語
linguistics 語言學

字首

字根

字尾

複合字

單字拆解

S 同義 　**A** 反義 　**5** 單字出現頻率

arithmet 算術 + **ic** 學 = arithmetic 　　**S** mathematics 　**3** GRE

arithmetic [ə'rɪθmətɪk] 算術；計算 　　速記 arithmetic mean 算術平均數

The boy was a genius at math because he was confident of his abilities with **arithmetic**.
男孩是個數學天才，因為他對自己的算術能力深具信心。

base 基底 + **ic** 學 = basic 　　**S** essential 　**5** GEPT

basic ['besɪk] 基礎；基礎訓練 　　速記 basic training 基本訓練

The coach instructed his players to focus on the **basics** if they wanted to win a championship.
教練教導他的選手們如果想要贏得錦標賽，就得專注於基礎訓練。

economy 經濟 + **ics** 學 = economics 　　**4** TOEFL

economics [͵ikə'nɑmɪks] 經濟；經濟學 　　速記 home economics 家政

The administrative assistant majored in **economics** in college, not statistics.
行政助理大學時主修經濟學，而非統計學。

electron 電子 + **ics** 學 = electronics 　　**3** TOEFL

electronics [ɪlɛk'trɑnɪks] 電子學 　　速記 electronics industry 電子業

Vincent went to the **electronics** store to shop for a new, high-fidelity stereo system.
文生到電器行購買一套新的高傳真音響系統。

ethic 倫理的 + **ics** 學 = ethics

ethics ['ɛθɪks] 倫理學；倫理；道德

Ⓢ morality ④ GRE

速記 work ethic 職業道德

The professor contiuously reminded his medical students to keep medical **ethics** in mind.

教授不斷提醒他醫學院的學生牢記醫學倫理。

gene 基因 + **ics** 學 = genetics

genetics [dʒə'nɛtɪks] 遺傳學

③ TOEFL

速記 behavioral genetics 行為遺傳學

Scientists have experimented with **genetics** to produce new hybrid plants that can resist disease.

科學家已著手進行基因學實驗以製造能夠抗病的混種植物。

log 邏輯 + **ic** 學 = logic

logic ['lɑdʒɪk] 邏輯

Ⓢ sience of reasoning ④ GRE

速記 symbolic logic 邏輯符號

There was no **logic** behind Steve's decision to quit his job and move his family to Beijing.

史提芬辭掉工作，舉家搬到北京的決定根本毫無邏輯可言。

mathemat 數學 + **ics** 學 = mathematics

mathematics [ˌmæθə'mætɪks] 數學

Ⓢ math ⑤ GRE

Those who have no ability in **mathematics** should not consider statistics or accounting as a career.

缺乏數學能力的人不該考慮以統計學或會計學作為職業。

mechan 機械 + **ics** 學 = mechanics

mechanics [mə'kænɪks] 力學；機械學；技巧

Ⓢ kinetics ③ TOEFL

The **mechanics** involved in the new weapons systems was beyond their understanding.

與新武器有關的力學讓他們難以理解。

phys 物理 + **ics** 學 = physics

physics ['fɪzɪks] 物理學；物理現象；物理性質

④ TOEFL

In Taiwan, **physics** is the first choice for a lot of new college students when they choose a major.

物理學是很多台灣大學新生選填主修時的首選。

polit 政治 + **ics** 學 = politics

politics ['pɑlətɪks] 政治學；政治

Ⓢ polity ④ TOEFL

速記 play politics 耍詭計

If you want to get along with your neighbors, you should avoid talking about **politics** or religion.

你若要與鄰居和平相處，應該避免談論政治或宗教。

statist 統計 + **ics** 學 = **statistics** | Ｓcensus ❹TOEFL

statistics [stə'tɪstɪks] 統計學

通記 descriptive statistics 描述統計

Official government **statistics** indicate that the rate of unemployment has dropped dramatically.
政府的官方統計數據顯示失業率已有顯著下降。

tact 戰術 + **ics** 學 = **tactics** | Ｓstrategy ❹TOEIC

tactics ['tæktɪks] 戰術；策略

通記 military tactics 軍事戰術

Customary **tactics** may not work when negotiating with the leaders of aggressive governments.
與好鬥的政府領導人談判時，以往常用的策略可能會失效。

techn 技術 + **ics** 學 = **technics** | Ｓtechnique ❹GRE

technics ['tɛknɪks] 技術；技巧；術語

To protect themselves, the company patented their special, creative manufacturing **technics**.
為了自我保護，公司替他們有創意的特殊製造技術申請專利。

linguist 語言 + **ics** 學 = **linguistics** | ❸TOEFL

linguistics [lɪŋ'gwɪstɪks] 語言學

通記 historical linguistics 歷史語言學

Professor Lien got her PhD in comparative **linguistics** from UCLA ten years ago.
連教授於十年前從加州大學洛杉磯分校取得比較語言學博士學位。

---

013 名詞 -ing 狀態

MP3 370

快學便利貼

accounting 會計學；會計；記帳	**housing** 房屋；庇護；避難所
being 存在；生命；人生；生物；本質	**meaning** 意義；詞義；**adj.** 意味深長的；有企圖的
belongings 附件；財產；行李；家屬	
blessing 祝福；禱告	**offering** 提議；提供；供品；出售物
bowling 保齡球	**outing** 外出；旅行；散步
boxing 拳擊	**painting** 繪畫；著色；顏料
building 建築物	**saving** 救助；儲蓄金；節省；**adj.** 保留的；補償的；援救的；節儉的；
clothing 衣服的總稱	
crossing 交叉；橫越；十字路口	**pre.** 除…以外

字首 · 字根 · 字尾 · 複合字

drawing 牽引;引誘;抽籤;描畫	**serving** 服務;一份
dressing 衣服;打扮;裝飾;包紮;烹調;調味料	**setting** 安裝;調整;配樂;背景
	shilling 先令(貨幣單位)
dwelling 居住;住處	**shortcoming** 缺點
ending 終止;結局	**sightseeing** 觀光
engineering 工程技術;工程學;操縱	**spelling** 拼字
feeling 感覺;感情;心情;同情;感想	**stocking** 長襪
gathering 聚集;集會;捐款	**surroundings** 環境;附近;周遭事物或情況
greeting 敬禮;問候語	**upbringing** 撫養;教育;培養
handwriting 筆跡;手稿	**wedding** 婚禮;結婚紀念

 單字拆解

Ⓢ同義　Ⓐ反義　Ⓕ單字出現頻率

account 計算 + **ing** 狀態 = accounting　　　Ⓢaudit　ⒻTOEFL

accounting [əˈkauntɪŋ] 會計學　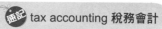 tax accounting 稅務會計

There's no **accounting** for tastes.
人各有所好。

be 正在 + **ing** 狀態 = being　　　Ⓢexistence　ⒻTOEFL

being [ˈbiɪŋ] 存在;生命　　速記 from the time being 暫時;眼下

There is an article about when the universe came into **being** in the initial issue of a science magazine.
某科學雜誌創刊號中有一篇關於宇宙何時形成的文章。

belong 屬於 + **ing** 狀態 = belongings　　　Ⓢproperty　❹TOEIC

belongings [bəˈlɔŋɪŋz] 附件;財產

It is a just claim to keep the hallway clear and do not accumulate personal **belongings** at the hallway.
保持走道通暢且不堆積個人物品是一項基本要求。

bless 祝福 + **ing** 狀態 = blessing　　　Ⓢgrace　❹GEPT

blessing [ˈblɛsɪŋ] 祝福;禱告　　速記 have the blessing of 得到…同意

The bridegroom and bride accepted all the guests' **blessings** upon their marriage.
新朗與新娘接受所有賓客對他們婚姻的祝福。

bowl 保齡球 + **ing** 狀態 = bowling　　　❸GEPT

bowling [ˈbolɪŋ] 保齡球　　 go bowling 打保齡球

To his excitement, Dave beat a superior **bowling** contestant in the match yesterday.
戴夫很興奮，因為他在昨天的比賽中擊敗一位資深的保齡球選手。

box 用拳頭打 + **ing** 狀態 = **boxing**　　Ｓpugilism ❸TOEIC

boxing [ˈbɑksɪŋ] 拳擊　　速記 boxing ring 拳擊場

Boxing is supposed to be inappropriate for yong children because it's usually so violent and bloody.
一般認為拳擊不適合小孩，因為經常過於暴力血腥。

build 建造 + **ing** 狀態 = **building**　　Ｓstructure ❺GRE

building [ˈbɪldɪŋ] 建築物　　速記 building site 建築工地

A crowd of people made their escape from the public **building** when it was on fire.
公共建築失火時一大群人從裡面奔逃而出。

cloth 布類 + **ing** 狀態 = **clothing**　　Ｓclothes ❹TOEIC

clothing [ˈkloðɪŋ] 衣服的總稱　　速記 warm clothing 保暖衣物

The staff at the language school wear uniform **clothing**.
語言學校的職員穿著制服。

cross 穿過 + **ing** 狀態 = **crossing**　　Ｓcrossroad ❹TOEIC

crossing [ˈkrɔsɪŋ] 交叉；十字路口　　速記 zebra crossing 斑馬線

The driver whose car hit a senior man at the zebra **crossing** was admitted to bail.
車子撞到斑馬線上老先生的司機獲准交保。

draw 牽引 + **ing** 狀態 = **drawing**　　Ｓsketch ❹GEPT

drawing [ˈdrɔɪŋ] 牽引；引誘；描畫　　速記 drawing board 製圖板

The engineer made a rough **drawing** of the ventiducts in the interior of a house by measure.
工程師按尺寸描繪室內通風管的草圖。

dress 使穿衣 + **ing** 狀態 = **dressing**　　Ｓbandage ❺GEPT

dressing [ˈdrɛsɪŋ] 衣服；包紮　　速記 dressing table 梳妝台

The doctor put a **dressing** on the minor injury on the lady's arm.
醫生為小姐包紮手臂上的輕傷。

dwell 居住 + **ing** 狀態 = **dwelling**　　Ｓresidence ❹TOEFL

dwelling [ˈdwɛlɪŋ] 居住；住處　　速記 change one's dwelling 搬家

Most prominent figures live in a modern **dwelling** downtown.
大多數的顯赫人物住在市區的摩登住宅。

end 結束 + **ing** 狀態 = **ending**

ending ['ɛndɪŋ] 終止；結局

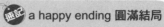 速記 a happy ending 圓滿結局

The neurosurgeon tried to find out the immediate cause of the patient's nerve **endings** problem.
神經外科醫師試著找出病人神經末梢問題的直接原因。

engineer 工程師 + **ing** 狀態 = engineering ❹GRE

engineering [ˌɛndʒə'nɪrɪŋ] 工程技術；工程學；操縱

The professor is a scholar of great research on aeronautical **engineering**.
教授是一位對航太工程頗有研究的專家。

feel 感覺 + **ing** 狀態 = feeling Ⓢemotion ❺GEPT

feeling ['filɪŋ] 感覺；感情

 速記 enter into one's feelings 體諒

The man would like to express regret for hurting his girfriend's **feelings**.
男子因為傷害他女友感情而想要表達歉意。

gather 集合 + **ing** 狀態 = gathering Ⓢcrowd ❹GRE

gathering ['gæðərɪŋ] 聚集；集會；捐款

I will have an interview with a number of businesspeople in the social **gathering**.
我會在社交聚會中接見許多企業界人士。

greet 問好 + **ing** 狀態 = greeting Ⓢsalute ❹GEPT

greeting ['gritɪŋ] 敬禮；問候語

速記 greeting card 賀卡

The chairperson sent his **greetings** to all the visitors in his preliminary remarks.
主席在開場白中向所有訪客問好。

handwrite 手寫 + **ing** 狀態 = handwriting Ⓢwriting ❹GRE

handwriting ['hænd͵raɪtɪŋ] 筆跡；手稿

The signature in the hotel register is not the credit card holder's **handwriting**.
飯店登記簿上的簽名不是信用卡持卡人的筆跡。

house 房屋 + **ing** 狀態 = housing Ⓢhabitation ❹TOEFL

housing ['hauzɪŋ] 房屋

 速記 housing benefit 住房補貼

There will be an acute **housing** shortage in the neighborhood of the newly developed industrial zone.
新開發的工業區附近將會發生嚴重的住宅短缺。

mean 意指 + **ing** 狀態 = meaning Ⓢintent ❺GEPT

meaning ['minɪŋ] 意義；詞義

 速記 hidden meaning 言外之意

The new employee is increasing the **meaning** of small profits and quick returns.
新員工逐漸了解薄利多銷的意涵。

offer 提供 + **ing** 狀態 = **offering** Ⓢdonation ❺TOEIC

offering [ˈɔfərɪŋ] 提議；提供 速記 public offering 公開發行

Offerings from the congregation are small in hard times.
在困苦的年代，會眾的捐獻很有限。

out 出去 + **ing** 狀態 = **outing** Ⓢtrip ❹IELTS

outing [ˈautɪŋ] 外出；旅行；散步 速記 go for an outing 去遠足

The spring **outing** has been cancelled for the sake of continuous heavy rain.
由於持續大雨的緣故，春季旅遊已經取消。

paint 畫 + **ing** 狀態 = **painting** Ⓢpicture ❹GEPT

painting [ˈpentɪŋ] 繪畫；著色；顏料 速記 oil painting 油畫

We can see the artist's authentic signature on the traditional Chinese **painting**.
我們可以在中國傳統繪畫上看到作者的真實簽名。

save 儲蓄 + **ing** 狀態 = **saving** Ⓐsquander ❹TOEIC

saving [ˈsevɪŋ] 救助；儲蓄金；節省 速記 saving account 儲蓄帳戶

The discount gave me a **saving** of two thousand dollars.
折扣為我省下兩千元。

serve 服務 + **ing** 狀態 = **serving** Ⓢportion ❺TOEIC

serving [ˈsɜvɪŋ] 一份；服務 速記 self-serving 自私的

The dietician suggested that I eat at least five **servings** of fruit each day.
營養師建議我一天至少吃五份水果。

set 裝置 + **ing** 狀態 = **setting** Ⓢenvironment ❹TOEFL

setting [ˈsɛtɪŋ] 安裝；背景 速記 agenda setting 議程設置

Without extra charge, it is an ideal **setting** for picnicking.
無額外收費，它是個理想的野餐地點。

shill 誘餌 + **ing** 狀態 = **shilling** ❷IELTS

shilling [ˈʃɪlɪŋ] 先令 速記 cut sb off with a shilling 取消繼承權

The president decided to cut off his only son's heir with a **shilling**.
總裁決定取消他獨生子的繼承權。

shortcome 缺點 + **ing** 狀態 = **shortcoming** Ⓢweakness ❹TOEFL

shortcoming [ˈʃɔrtˌkʌmɪŋ] 缺點

Carelessness is Tina's chief **shortcoming**, which she needs to make up her mind to overcome.
粗心是蒂娜最大的缺點，她需要下定決心去克服。

字首 字根 字尾 複合字

sightsee 遊覽 + **ing** 狀態 = **sightseeing**　Ⓢtourism ❸TOEIC

sightseeing ['saɪt,siɪŋ] 觀光　🔖 sightseeing bus 觀光巴士

The terrorist obtained a visa to visit that country under the disguise of **sightseeing**.
恐怖份子假借觀光名義取得進入該國的簽證。

spell 用字母拼寫 + **ing** 狀態 = **spelling**　❸TOEIC

spelling ['spɛlɪŋ] 拼字　🔖 spelling bee 拼字比賽

Don't make a mistake in your **spelling** in your composition.
你的文章中不要犯拼字錯誤。

stock 儲存 + **ing** 狀態 = **stocking**　Ⓢtights ❸GEPT

stocking ['stɑkɪŋ] 長襪　🔖 stocking feet 只穿襪不穿鞋

To Jane's dismay, she just drew a pair of **stockings** in the lottery at the year end party.
珍很沮喪，因為她在尾牙上只抽中一雙長襪子。

surround 環繞 + **ing** 狀態 = **surroundings**　Ⓢenvironment ❹TOEIC

surroundings [sə'raʊndɪŋz] 附近；週遭事物

The inventor always pays full attention to his **surroundings**, which are combined with his creativity.
發明家總是十分注意他的周圍環境，和他的創意是相結合的。

upbring 養育 + **ing** 狀態 = **upbringing**　Ⓢcultivation ❹GEPT

upbringing ['ʌp,brɪŋɪŋ] 撫養；教育；培養

The master spirit owed her success to nice **upbringing** she had in her childhood.
傑出人物將她的成就歸功於兒時所受的良好教養。

wed 結婚 + **ing** 狀態 = **wedding**　Ⓢmarriage ❺GEPT

wedding ['wɛdɪŋ] 婚禮；結婚典禮　🔖 wedding ring 婚戒

A golden **wedding** is the fiftieth anniversary of a marriage.
金婚是結婚五十週年慶。

014 名詞 -ion, -tion, -ation

abbreviation 省略;縮寫	**implication** 牽涉;糾纏;言外之意
accommodation 適應;調解;供給;接待;貸款	**indication** 指出;表示;象徵;跡象
	infection 傳染;感染;傳染病;影響
acquisition 獲得;獲得物	**inflation** 通貨膨脹;自負
accumulation 累積;資本增值	**information** 通知;報導;資訊;知識;詢問處
accusation 譴責;控告;罪名	
action 動作;活動;行為;作用;法律訴訟;機械裝置	**injection** 注射;注射劑;噴射
	innovation 創新;改革;新發明
adaptation 適合;適應;改編	**inspection** 檢查;審查
addition 附加;附加物;加法	**inspiration** 靈感;激勵
administration 管理;行政;行政機關	**installation** 設備;安裝;軍事設施
admiration 讚美;欽佩	**institution** 設立;制度;機關
affection 愛慕;影響;疾病	**integration** 結合;產業集中;種族融合
anticipation 預期;期待;預支	**interaction** 互動;相互影響
application 運用;申請;勤勉	**interruption** 打斷;停止;插話;障礙物
appreciation 評價;知道;欣賞;感激	**instruction** 教育;教訓;指示
association 聯繫;聯盟;交際;聯想	**intention** 意圖;目的;意義
assumption 採取;承擔;假設;傲慢	**interpretation** 解釋;說明;表演
attention 注意;注意力;關照;禮貌	**intervention** 介入;調解;干涉;妨礙
attraction 吸引;魅力;引力	**intonation** 語調;吟誦
auction 拍賣	**intuition** 直覺
calculation 計算;預測;精打細算	**invasion** 侵入;侵略
caption 電影字幕;標題;插圖說明	**invention** 發明;發明的東西;創造力;虛構
caution 謹慎;警告;保證	
celebration 慶祝;儀式;讚美	**investigation** 研究;調查;調查報告
circulation 循環;運行;傳播;發行量;貨幣	**irritation** 生氣;刺激;刺激物
	isolation 隔離;孤立
classification 分類;類別;等級	**liberation** 釋放;解放
collection 集團;珍藏;徵收;捐款	**location** 位置;場所;外景拍攝地
collision 碰撞;衝突;抵觸	**mediation** 調解;仲裁
combination 結合;合併;合作	**medication** 藥物;藥物治療
communication 通訊;通知;交流;傳播	**migration** 遷移;遷徙;洄游
	modernization 現代化

字首

字根

字尾

複合字

compensation 賠償;補償金;薪水
competition 競爭;比賽
complexion 氣色;膚色;情況
complication 錯雜;糾紛;併發症
composition 作文;作品;樂曲;結構;成分
comprehension 理解;理解力;包括
concentration 專心;集中;濃縮
conception 概念;構想;看法;懷孕
conclusion 結局;結論;決定
confession 承認;告解;自白書;口供;教派
confrontation 面對;遭遇;對峙;對抗
confusion 混亂;狼狽
congratulation 祝賀;恭喜
conjunction 連接;同時發生;連接詞
connection 連接;聯絡;關係
conservation 保存;保護
consideration 考慮;討論;關心;報酬;原因
consolation 安慰;撫恤金
constitution 結構;體質;成分;任命;憲法
construction 建築;結構;解釋;句法結構
consultation 商量;協商會;參考
consumption 消費;消耗
contemplation 注視;沈思;計劃
contradiction 反駁;否定;矛盾;相反
contribution 貢獻;捐贈;投稿;補助品
cooperation 合作;互助
corporation 團體;財團法人;股份有限公司
corruption 腐敗;貪污;賄賂
conversation 會話;交際
creation 創造;作品;宇宙

motivation 動機;刺激
navigation 航行;導航
negotiation 談判;流通;轉讓
nomination 任命;提名
nutrition 營養;營養物
objection 反對;不承認;缺點;妨礙
obligation 義務;責任;合約;證券;債務
observation 觀察;觀測資料;監視
occupation 佔領;居住;職業
operation 工作;運轉;操作;手術;經營
opposition 反對;抵抗;相對;在野黨
possession 擁有;佔有;財產;所有權;著迷
persuasion 說服;說服力;信仰;教派
protection 保護;包庇;護照;保護貿易制度
oppression 壓迫;鎮壓;沈悶
organization 組織;體制;機構
participation 關係;參加;合作;分享
perception 感受;知覺;觀念;理解力;徵收
perfection 完美;熟練
permission 允許;答應
pollution 污染;腐敗;墮落
population 人口;人口總數;族群
position 位置;情況;姿勢;職位;立場
prevention 阻止;妨礙;預防
production 生產;產品;提供
profession 職業;聲明;同行
prohibition 禁止;禁令
projection 投擲;發射;投影;計劃;推測
promotion 促進;提升;促銷;創立
prosecution 執行;控告;檢舉;經營

declaration 宣言；公告；原告的申訴；證人的陳述；海關申報

decoration 裝飾；裝飾品；勳章

decision 決定；決心；判決

dedication 奉獻；獻辭；專心致力

definition 定義；限定；明確

delegation 派遣；代表團

deliberation 深思熟慮；協商

demonstration 表示；證明；示範；示威行動

depression 降低；蕭條；沮喪；窪地；低氣壓

description 敘述；說明書；種類

determination 決心；決定；判決

devotion 信仰；祈禱；獻身；熱誠

dictation 聽寫；命令

digestion 消化；融會貫通

direction 方向；範圍；指導；傾向

discrimination 區別；辨別力；歧視

discussion 討論；論述；辯論

distinction 差別；特徵；卓越；榮譽

distraction 分心；娛樂；發狂

distribution 分配；分紅；財產分配；分佈；銷售(量)

diversion 轉移；改道；挪用；娛樂

definition 限定；定義

destruction 滅亡；消滅；驅除

donation 捐贈；捐款

edition 版本；翻版

education 教育；教育學；培養

election 選出；當選；選舉權

emigration 移居外國；移民

equation 平均；方程式；時差；等分

eruption 爆發；噴出物

evaluation 估價；評估

evolution 發展；演變；進化

precision 精密；精確性；嚴格

prediction 預言；預報

preparation 準備；預習

preposition 介系詞；前置詞

prescription 法令；處方

preservation 保存；防腐

procession 行列；隊伍；行進

publication 公佈；發行；出版物

qualification 授權；資格；限制；執照

quotation 引用；語錄；行情；估價單

radiation 發光；輻射；放射物

reaction 反應；倒退；副作用；猛跌

realization 實現；親身體會；變賣

reception 接待；招待會；感受

recognition 認識；招呼；承認；表揚

recommendation 推薦；推薦信；特長；勸告

reduction 縮減；降級；折扣；投降

reflection 反射；倒影；反省；感想；譴責

rejection 拋棄；拒絕；廢棄物；駁回

relation 敘述；故事；關係；親戚；告發

relaxation 放鬆；減輕刑罰；休息；衰弱；娛樂

repetition 重複；背誦；副本

reputation 聲望；名譽

reservation 權利保留；預約；條件；限制

resignation 辭職；辭呈；服從；拋棄

resolution 決心；決定；判決；溶解

restoration 恢復；復職；歸還

rotation 旋轉；自轉；輪流

regulation 規則；管理；調整

restriction 限制；束縛

revelation 揭發；暴露；啟示

salvation 拯救；救濟品；救世主

字首

字根

字尾

複合字

exaggeration 誇張；誇大

examination 考試；檢查；診察

exception 例外；抗告；異議；反對

execution 實施；執行死刑；命令；法律

exhibition 展覽；展覽會；展覽品；提出證據

expansion 擴大；展開；發展；闡述

expectation 期待；前程

expiration 呼氣；屆滿；截止

exploration 探險；調查

explanation 解釋；說明；和解

expression 表現；表達；表情；措辭

extension 範圍；延期；擴展

faction 派別；內訌；嫡系

fascination 魅力；迷戀

federation 聯盟；聯邦；聯邦政府

formation 組織；構造；形態；隊形

foundation 創立；基礎；慈善機關；基金會；基本原則

frustration 挫折；失敗

generation 時代；同時代的人；生育；產生；世代

graduation 畢業；畢業典禮；刻度

hesitation 猶豫；口吃

illustration 說明；例證；圖解；插畫

imagination 想像；想像力；創造力

imitation 模仿；學習；贗品

immigration 移居；移民

satisfaction 滿足；賠償；報復

section 切割；部門；條款；階層；區域

selection 選擇；文選

sensation 知覺；感動；轟動

separation 分開；分居；脫離

situation 場所；情況

solution 溶解；解決；解釋；解除

starvation 饑餓；餓死；絕食

stimulation 刺激；鼓勵；興奮

subscription 捐款；預約；訂閱；簽名

substitution 代替；替換

succession 接連發生；繼承；繼承權；系列；接續

suggestion 建議；方案；暗示；聯想

superstition 迷信；盲目崇拜

suspicion 懷疑；嫌疑

temptation 引誘；誘惑

tension 繃緊；緊張；張力

transition 過渡期；演變

translation 翻譯；譯文

transmission 傳送；傳染；移轉；發射；通話

transportation 運輸；運輸工具

tuition 講授；學費

variation 變化；偏差；演變

vibration 振動；激動；猶豫

violation 違背；妨害；污辱；犯規

單字拆解

Ⓢ同義　Ⓐ反義　❺單字出現頻率

abbreviate 省略 + **ion** 名詞 = **abbreviation**　Ⓢbrief ❸TOEFL

abbreviation [ə,brivɪ'eʃən] 省略；縮寫

The **abbreviation** for adjective is adj. and the abbreviation for verb is v..
形容詞的縮寫為adj.，動詞的縮寫則為v.。

accommodate 適應 + **ion** 名詞 = **accommodation**

.454.

accommodation [ə,kɑmə'deʃən] 適應；供給

The hotel's **accommodations** were not as advertised, so we asked for a discount.
旅館內的住宿與廣告不符，所以我們要求折扣。

acquisite 獲得 + **ion** 名詞 = acquisition   **S**obtaining ④GRE

acquisition [,ækwə'zɪʃən] 獲得   速記 acquisition order 徵用令

Acquisition of the company will create new jobs and increase profits.
公司併購將會創造新的工作也會增加利潤。

accumulate 累積 + **ion** 名詞 = accumulation   **S**collection ④GRE

accumulation [ə,kjumjə'leʃən] 累積；資本增值

The **accumulation** of garbage in the streets is disgusting.
堆積在街上的垃圾真是令人作噁。

accuse 控訴 + **ation** 名詞 = accusation   **S**charge ③IELTS

accusation [,ækjə'zeʃən] 譴責   速記 self-accusation 自責

The **accusations** against Peter are very serious and he may end up in jail if he's found guilty.
彼得遭到相當嚴重的指控，如果他被查出有罪，最後就得吃牢飯。

act 動作 + **ion** 名詞 = action   **S**behavior ⑤GEPT

action ['ækʃən] 動作；活動   速記 out of action 失去作用

Jackie Chan is one of the most famous **action** movie stars on the planet.
成龍是這個世界上最知名的武打明星之一。

adapt 使適應 + **ation** 名詞 = adaptation   **S**modification ⑤TOEFL

adaptation [,ædæp'teʃən] 適合；適應   速記 light adaptation 光適性

The **adaptation** period for newly arrived foreigner in Taiwan is usually very short.
剛到台灣的外國人適應期通常很短。

add 增加 + **tion** 名詞 = addition   **S**attachment ⑤TOEFL

addition [ə'dɪʃən] 附加   速記 in addition 除…以外還

Addition of a design department will double the company's size.
增加設計部門，公司的規模將會倍增。

administrate 管理 + **ion** 名詞 = administration   **S**management ④TOEIC

administration [əd,mɪnə'streʃən] 管理

The new **administration** promises to make many changes when it takes control.
新的行政團隊承諾一旦接管就會做多方面變革。

字首

字根

字尾

複合字

admire 讚美 + **ation** 名詞 = admiration   Ⓐcontempt ❺GEPT

admiration [ˌædməˈreʃən] 讚美   速記 self-admiration 自負

He has great **admiration** for anyone who can balance work and family life.
他很欽佩可以在工作與家庭間取得平衡的人。

affect 影響 + **ion** 名詞 = affection   Ⓢadmiration ❹IELTS

affection [əˈfɛkʃən] 愛慕；影響

Many people thought she was cold because she had a hard time showing **affection**.
很多人認為她之所以冷漠是因為她在感情表達上有困難。

anticipate 預期 + **ion** 名詞 = anticipation   Ⓢexpectation ❹TOEFL

anticipation [ænˌtɪsəˈpeʃən] 預期；期待；預支

In **anticipation** of the holiday, we began making preparations for our trip.
我們滿懷著期待開始準備假日的旅行。

apply 運用 + **ation** 名詞 = application   Ⓢrequest ❺TOEFL

application [ˌæpləˈkeʃən] 運用；申請

My first **application** to the school got lost in the mail so I had to apply again.
我的第一份學校申請在郵寄時遺失了，所以我必須再次申請。

appreciate 欣賞 + **ion** 名詞 = appreciation   Ⓢgratitude ❹GEPT

appreciation [əˌpriʃɪˈeʃən] 評價；欣賞；感激

As a token of my **appreciation** allow me to treat you to dinner.
讓我請你一頓晚飯以聊表我的謝意。

associate 使聯合 + **ion** 名詞 = association   Ⓢcoalition ❺TOEFL

association [əˌsosɪˈeʃən] 聯繫   速記 free association 自由聯想

Be careful who you are in **association** with, since their bad reputation may become your own.
交友要謹慎，因為他們的壞名聲也會變成你的。

assume 臆測 + **tion** 名詞 = assumption   Ⓢspeculation ❹TOEFL

assumption [əˈsʌmpʃən] 採取；假設

He made an **assumption** that his clients wanted to buy property near the coast.
他假設客戶想要在海岸附近置產。

attend 注意 + **tion** 名詞 = attention   Ⓐinattention ❺GEPT

attention [əˈtɛnʃən] 注意   速記 pay attention to 關心

Please pay **attention** while the manager is speaking, or you will not know what is going on.

當經理在說話時請注意，否則會不知其所以然。

attract 引人注意 + **ion** 名詞 = **attraction**　　△ repulsion　❺ TOEIC

attraction [ə'trækʃən] 吸引
速記 tourist attraction 觀光勝地

The main **attraction** of doing business in the city is the larger consumer base.
在都市做生意最吸引人的地方是龐大的消費群。

auc 拍賣 + **tion** 名詞 = **auction**　　Ⓢ sale　❹ IELTS

auction ['ɔkʃən] 拍賣
速記 auction price 拍賣價

The painting sold at **auction** for over $10,000,000.
那幅畫在拍賣中要價超過一千萬。

calculate 計算 + **ion** 名詞 = **calculation**　　Ⓢ counting　❹ TOEFL

calculation [ˌkælkjə'leʃən] 計算；預測

Taiwanese children usually learn how to do **calculations** on an abacus.
台灣小孩通常學習用算盤計算。

cap 帽子 + **tion** 名詞 = **caption**　　Ⓢ subtitle　❸ TOEFL

caption ['kæpʃən] 電影字幕；標題；插圖說明

Some pictures on Facebook are accompanied with a **caption** that describes what happened.
臉書上的一些照片會有標題說明所發生的事情。

cau 小心 + **tion** 名詞 = **caution**　　Ⓢ alert　❹ IELTS

caution ['kɔʃən] 謹慎；警告；保證
速記 caution money 保證金

Since that company has an unstable history, I suggest use **caution** when purchasing their stocks.
我建議買那家公司股票時要謹慎，因為他們的紀錄很不穩定。

celebrate 慶祝 + **ion** 名詞 = **celebration**　　Ⓢ festivity　❺ GEPT

celebration [ˌsɛlə'breʃən] 慶祝；儀式；讚美

With the **celebration** of the New Year finished, it was back to work as usual.
新年慶祝結束後，又一如往常地回到工作崗位。

circulate 循環 + **ion** 名詞 = **circulation**　　Ⓢ rotation　❸ TOEIC

circulation [ˌsɝkjə'leʃən] 循環
速記 out of circulation 不再流通的

Circulation of newspapers and magazines is decreasing due to the widespread of online news services.
因為網路新聞服務的普及，報紙與雜誌的流通量持續縮減。

classify 分類 + **ation** 名詞 = **classification**

classification [ˌklæsəfəˈkeʃən] 分類

The **classification** of customers should be divided into three groups: children, teenagers, and young adults.
顧客應該分為三種族群：兒童、青少年及成人。

collect 收集 + **ion** 名詞 = collection

collection [kəˈlɛkʃən] 集團；珍藏；徵收；捐款

He is crazy about the stamp **collection**.
他非常熱衷集郵。

collide 碰撞；衝突 + **ion** 名詞 = collision

collision [kəˈlɪʒən] 碰撞；衝突；抵觸

片語 in collision with 與…碰撞

The airplanes are on a **collision** course! They must be alerted!
有飛機在碰撞航道上！一定要讓他們有所警覺！

combine 使結合 + **ation** 名詞 = combination

combination [ˌkɑmbəˈneʃən] 結合

Taiwan is a **combination** of lovely people and great weather.
台灣是由可愛的人民和美好的天氣組合而成。

communicate 傳達 + **ion** 名詞 = communication

communication [kəˌmjunəˈkeʃən] 通訊；交流

Some foreign reporters advised the president to hone his **communication** skills in English.
一些外國記者建議總統好好磨練他的英文溝通技巧。

compensate 賠償 + **ion** 名詞 = compensation

compensation [ˌkɑmpənˈseʃən] 賠償

The company agreed to give him **compensation** for the extra hours he had worked over the holidays.
公司同意補償他假日額外的工作時數。

compete 競爭 + **tion** 名詞 = competition

competition [ˌkɑmpəˈtɪʃən] 競爭；比賽

He firmly believes that **competition** will create the best products and the fairest prices.
他堅信競爭會創造出最佳產品與最合理價錢。

complex 複雜的 + **ion** 名詞 = complexion

complexion [kəm'plɛkʃən] 氣色；情況

The **complexion** of the town has transformed from blue-collar to white-collar in only a few years.
那個城鎮的情勢在短短幾年內就從藍領階級轉換為白領階級。

complicate 使複雜 + **ion** 名詞 = complication

Ⓐsimplification ⑤TOEFL

complication [ˌkɑmpləˈkeʃən] 錯雜

The poor weather was the biggest **complication** of our plans to spend the day at the beach.
惡劣的天氣是我們海灘度假計畫的最大變數。

compose 組成 + **tion** 名詞 = composition

Ⓢwriting ④GRE

composition [ˌkɑmpəˈzɪʃən] 作文；結構

I wrote a **composition** about a long resignation letter to my boss thanking him for the chance work at such a prestigious company.
我寫了一封很長的辭職信，謝謝老闆給我機會在這頗具盛名的公司工作。

comprehend 瞭解 + **tion** 名詞 = comprehension

Ⓢunderstanding ④TOEFL

comprehension [ˌkɑmprɪˈhɛnʃən] 理解

Your listening **comprehension** must be very high because I am speaking quickly, yet you still understand.
你的聽力一定很好，因為我說得很快但你仍然聽得懂。

concentrate 專心 + **ion** 名詞 = concentration

Ⓐexpansion ④GRE

concentration [ˌkɑnsɛnˈtreʃən] 專心；濃縮

Drinking coffee will help a person's **concentration** only for a short while.
喝咖啡僅能幫助人集中精神一小段時間。

concept 概念 + **ion** 名詞 = conception

Ⓢidea ④GEPT

conception [kənˈsɛpʃən] 概念

速記 natural conception 自然受孕

Most new employees have no **conception** of how the company works on the inside.
很多新員工對於公司內部運作毫無概念。

conclude 結束 + **tion** 名詞 = conclusion

Ⓢoutcome ⑤TOEFL

conclusion [kənˈkluʒən] 結局；決定

The **conclusion** of the book I read last week is indeed very shocking.
我上週讀的那本書結局的確令人非常震驚。

confess 承認 + **ion** 名詞 = confession

字首
字根
字尾
複合字

confession [kən'fɛʃən] 承認;告解;自白書;口供

The saddest **confession** the mother made was that she had been stealing money from her own children for years.
那位母親做出最悲傷的告解是好幾年來她都在偷自己孩子的錢。

confront 面對 + **ation** 名詞 = confrontation Ⓢopposition ❹GEPT

confrontation [ˌkɑnfrʌn'teʃən] 面對;遭遇;對峙

Although basketball is a team sport, yesterday's game was clearly a **confrontation** between the two star players on each team.
雖然籃球是團隊運動,但昨天的比賽顯然是兩隊明星球員的對峙。

confuse 使混亂 + **ion** 名詞 = confusion Ⓢperplexity ❺IELTS

confusion [kən'fjuʒən] 混亂;狼狽

If the advertisement contains too many images it will create **confusion**.
如果一支廣告帶有太多意象,就會使人產生困惑。

congratulate 祝賀 + **ion** 名詞 = congratulation Ⓢblessing ❺IELTS

congratulation [kənˌgrætʃə'leʃən] 祝賀;恭喜

We offered our **congratulations** on his acquisition of the new company.
我們祝賀他併購了一家新公司。

conjunct 連接的 + **ion** 名詞 = conjunction Ⓢcombination ❹TOEFL

conjunction [kən'dʒʌŋkʃən] 連接;同時發生

Students and teachers are working in **conjunction** to clean up the school.
學生和老師正一起攜手整理校園。

connect 連接 + **ion** 名詞 = connection Ⓢjunction ❺TOEFL

connection [kə'nɛkʃən] 連接;關係

There is a **connection** between living a long life and exercising regularly.
長壽和規律運動之間具有關連性。

conserve 保存 + **ation** 名詞 = conservation Ⓢpreservation ❹GRE

conservation [ˌkɑnsə'veʃən] 保存;保護

To cut costs, the management has asked all employees to do the energy **conservation** by turning off lights.
為了削減成本,管理部門要求所有員工關燈以節省能源。

considerate 體諒的 + **ion** 名詞 = consideration

consideration [kənsɪdə'reʃən] 考慮;討論

He has no **consideration** for other people and simply yells and screams any time he is unhappy.
他只要一不高興就會任意放聲尖叫,完全不會考慮到別人。

console 安慰 + **ation** 名詞 = consolation　　Scomfort ❸IELTS

consolation [ˌkɑnsə'leʃən] 安慰;撫恤金

Though you lost the game, there is the **consolation** that you tried your hardest.
雖然比賽輸了,但值得安慰的是你盡力了。

constitute 組成 + **ion** 名詞 = constitution　Scomposition ❹TOEFL

constitution [ˌkɑnstə'tjuʃən] 結構;體質

It is clear from the race that, though Cindy is 72 years old, she still has a strong **constitution**.
從比賽可以明顯看出,雖然欣蒂已經七十二歲,但是身體依舊硬朗。

construct 構成 + **ion** 名詞 = construction　　Serection ❺GRE

construction [kən'strʌkʃən] 建築;結構

Construction on the new headquarters will begin next week.
下星期將開始新總部的建設工程。

consult 諮詢 + **ation** 名詞 = consultation　Sdiscussion ❹TOEIC

consultation [ˌkɑnsəl'teʃən] 商量;參考

Joe was called in to **consult** about the merger of the two companies and he concluded that the merger was a good idea.
喬被召集去協商兩家公司的合併案,他的結論是合併是個好主意。

consume 消耗 + **tion** 名詞 = consumption　Sexpenditure ❹TOEIC

consumption [kən'sʌmpʃən] 消費

In order to stay awake every day, I rely on a great **consumption** of coffee.
為了每天保持清醒,我會依賴大量咖啡提神。

contemplate 仔細考慮 + **ion** 名詞 = contemplation
Sconsideration ❹TOEFL

contemplation [ˌkɑntɛm'pleʃən] 注視;沈思;計劃

Before you decide what to do, you should have careful **contemplation** of the effects of your action.
採取行動之前,要仔細思考其後果。

contradict 反駁 + **ion** 名詞 = contradiction

字首 字根 字尾 複合字

contradiction [ˌkɑntrəˈdɪkʃən] 反駁；否定；矛盾

It's a **contradiction** when you say you don't smoke and then you light up a cigarette.
當你說不抽菸，然後又點了一根時，這就叫矛盾。

contribute 貢獻出 + **ion** 名詞 = **contribution**　Ⓢdonation ❺GEPT

contribution [ˌkɑntrəˈbjuʃən] 貢獻；捐贈

Tough Tom failed to win the first prize, he still made a **contribution** to the competition.
雖然湯姆未能贏得冠軍，對整場比賽來說他仍是有貢獻的。

cooperate 合作 + **ion** 名詞 = **cooperation**　❺TOEIC

cooperation [koˌɑpəˈreʃən] 合作　通記 non-cooperation 不合作

Our **cooperation** with that group of people has been rewarding.
我們和那群人的合作一直都很值得。

corporate 共同的 + **ion** 名詞 = **corporation**　Ⓢcompany ❺TOEIC

corporation [ˌkɔrpəˈreʃən] 團體　通記 corporation tax 公司稅

Microsoft is certainly one of the most successful **corporations** in the world.
微軟的確是世界上最成功的公司之一。

corrupt 腐敗的 + **ion** 名詞 = **corruption**　Ⓢdepravation ❹GRE

corruption [kəˈrʌpʃən] 腐敗；貪污

The high level of **corruption** has destroyed the people's belief in the current government.
貪污程度高到破表，破壞了人民對當今政府的信任。

converse 談話 + **ation** 名詞 = **conversation**　Ⓢdialogue ❺GEPT

conversation [ˌkɑnvəˈseʃən] 會話；交際

After weeks of quarreling, the two friends finally sat down and had a **conversation** yesterday.
那兩個朋友經過幾個星期的爭執後，終於在昨天坐下來好好談談了。

create 創造 + **ion** 名詞 = **creation**　Ⓢinvention ❺GEPT

creation [krɪˈeʃən] 創造；作品；宇宙　通記 all creation 全世界

The **creation** of new spy drones by the military is of great concern to some politicians.
軍中研發新型間諜飛機有某些政治家深度涉入其中。

declare 宣佈 + **ation** 名詞 = **declaration**

declaration [ˌdɛkləˈreʃən] 宣言

速記 negative declaration 否定聲明

The American **declaration** of independence was on July 4th, 1776.
美國於一七七六年七月四日發表獨立宣言。

---

decorate 裝飾 + **ion** 名詞 = **decoration**　　Sadornment 5 TOEFL

decoration [ˌdɛkəˈreʃən] 裝飾；勳章

We decided to **decorate** the room with old family photographs.
我們決定用舊的家庭相片裝飾房間。

---

decide 決定 + **tion** 名詞 = **decision**　　Sresolution 5 TOEIC

decision [dɪˈsɪʒən] 決定；判決

速記 make a decision 做決定

A **decision** with the government was made to increase military spending next year.
政府決定在明年增加軍事花費。

---

dedicate 奉獻 + **ion** 名詞 = **dedication**　　Sdevotion 4 TOEFL

dedication [ˌdɛdəˈkeʃən] 奉獻；獻辭

速記 dedication to 對…奉獻

She showed her **dedication** to the company by staying late every day and working on weekends.
她每天晚歸，週末也工作，充份展現了對公司的致力奉獻。

---

define 解釋 + **tion** 名詞 = **definition**　　Sexplanation 5 GRE

definition [ˌdɛfəˈnɪʃən] 定義；限定；明確

速記 by definition 釋義為…

A good dictionary is filled with the **definitions** of thousands of words.
一部好字典涵蓋數以千計的字彙定義。

---

delegate 代表 + **ion** 名詞 = **delegation**　　Sauthorization 4 TOEIC

delegation [ˌdɛləˈgeʃən] 派遣；代表團

It is extremely important for a manager to learn the **delegation** of responsibilities.
對一個管理者來說，學習如何委派責任極為重要。

---

deliberate 考慮 + **ion** 名詞 = **deliberation**　Sconsideration 4 GRE

deliberation [dɪˌlɪbəˈreʃən] 深思熟慮

After several hours of **deliberation**, the board of directors finally reached a decision.
經過數小時的審慎思考後，理事會終於達成結論。

---

demonstrate 表示；證明 + **ion** 名詞 = **demonstration**
Smanifestation 4 TOEFL

demonstration [ˌdɛmənˈstreʃən] 表示；證明；示範

The manager said that high sales were a **demonstration** of the need to expand to other markets.

經理表示高銷售額顯示公司有必要擴展到其他市場。

depress 使沮喪 + **ion** 名詞 = depression　　Ⓢstagnation ⑤IELTS

depression [dɪ'prɛʃən] 降低；蕭條；沮喪

The sudden loss of his job caused the young man to fall into **depression**.
突然失去工作導致那位年輕人陷入低潮。

describe 敘述 + **tion** 名詞 = description　　Ⓢinstruction ⑤GRE

description [dɪ'skrɪpʃən] 敘述　　速記 job description 工作職責說明

The **description** of the market in the travel guide was not correct.
旅遊手冊對市場的描述並不正確。

determinate 決定的 + **ion** 名詞 = determination
　　　　　　　　　　　　　　　　　　　　Ⓢdecision ⑤GEPT

determination [dɪˌtɝmə'neʃən] 決心；決定；判決

With a strong sense of **determination**, you will be able to get through the hard times.
有強烈的決心，你必能渡過難關。

devote 貢獻 + **ion** 名詞 = devotion　　Ⓢdedication ⑤IELTS

devotion [dɪ'voʃən] 信仰；獻身　　速記 self devotion 自我犧牲

Because of his **devotion** to fairness and honesty, Joe's friends trusted him completely.
喬非常公正又誠實，因此他的朋友都完全信任他。

dictate 聽寫 + **ion** 名詞 = dictation　　Ⓢorder ④TOEFL

dictation [dɪk'teʃən] 聽寫；命令　　速記 take dictation 聽寫

The new rules **dictate** that employees must wear business clothes to work.
新規則說明員工必須穿著上班服工作。

digest 消化；領會 + **ion** 名詞 = digestion　　Ⓢabsorption ④GRE

digestion [də'dʒɛstʃən] 消化；融會貫通

The article was too long and difficult for him to have the **digestion** of all the information at once.
對他而言，文章太長太困難，無法立即領會所有資訊。

direct 指導 + **ion** 名詞 = direction　　Ⓢorientation ④GEPT

direction [də'rɛkʃən] 方向；範圍；指導

The new administration hopes to lead the company in a new **direction**.
新行政團隊希望朝新方向領導公司。

discriminate 區分出 + **ion** 名詞 = discrimination

discrimination [dɪˌskrɪməˈneʃən] 歧視

It is illegal for a company to have gender **discrimination** against job applicants.
一家公司歧視應徵工作者的性別是非法的。

discuss 討論 + **ion** 名詞 = **discussion**　　Sconference 5 TOEIC

discussion [dɪˈskʌʃən] 討論

速記 under discussion 討論中

The **discussion** centered around the hiring of new assistants.
這次討論集中在雇用新助理一事。

distinct 性質不同的 + **ion** 名詞 = **distinction**　　Sdifference 4 TOEFL

distinction [dɪˈstɪŋkʃən] 差別

速記 distinction between 對比

A **distinction** between good and bad behavior must be made or people will get hurt.
行為的好壞必須有所區分，否則人會受到傷害。

distract 分散注意力 + **ion** 名詞 = **distraction**

Aconcentration 5 GEPT

distraction [dɪˈstrækʃən] 分心

TV is a **distraction** from studying for most people, but she is able to do both at the same time.
對大部分的人來說，看電視會分散讀書的注意力，但是她可以同時兩者兼顧。

distribute 分配 + **ion** 名詞 = **distribution**　　Sshare 4 TOEIC

distribution [ˌdɪstrəˈbjuʃən] 分配

速記 distribution right 經銷權

Our company is responsible for the **distribution** of products throughout the whole country.
我們公司負責配送產品到全國各地。

diverse 不同的 + **ion** 名詞 = **diversion**　　Sdeviation 5 GRE

diversion [daɪˈvɜʒən] 轉移；改道；娛樂

The thief bumped into the man to create a **diversion** and then stole the man's wallet.
為了轉移注意力，那個小偷撞了那個男人，然後偷走他的皮夾。

definite 明確的 + **ion** 名詞 = **definition**　　Sexplanation 5 TOEFL

definition [ˌdɛfəˈnɪʃən] 限定；定義

速記 by definition 按照定義地

The teacher asked the student to give a **definition** to the word "distribution".
老師要求那位學生為「分配」這個字下定義。

destruct 破壞的 + **ion** 名詞 = **destruction**　　Swreckage 4 GEPT

destruction [dɪˈstrʌkʃən] 消滅

速記 ethnic destruction 種族淨化

Beside the loss of lives, war causes the **destruction** of many places.

戰爭除了造成人員喪生，還會導致許多地方毀滅。

donate 捐贈 + **ion** 名詞 = donation
　　　　　　　　　　　　　　　　　　　　Ⓢcontribution ④GEPT

donation [do'neʃən] 捐贈；捐款　　　速記 make a donation 捐贈

Thousands of people have made a **donation** to those affected by hurricane.
數千人已經捐款給那些受颶風侵襲的人。

edit 編輯 + **ion** 名詞 = edition
　　　　　　　　　　　　　　　　　　　　Ⓢversion ⑤GRE

edition [ɪ'dɪʃən] 版本；翻版　　　速記 limited edition 限量版

The third **edition** of the dictionary will have more explanations and pictures.
字典的第三版將會有更多的解釋與圖片。

educate 教育 + **ion** 名詞 = education
　　　　　　　　　　　　　　　　　　　　Ⓢinstruction ⑤GEPT

education [ˌɛdʒʊ'keʃən] 教育　　速記 special education 特殊教育

My mother considered my **education** so important that she took two jobs to pay for my tuition.
我的母親認為我的教育非常重要，所以她兼兩份工作來支付我的學費。

elect 推選 + **ion** 名詞 = election
　　　　　　　　　　　　　　　　　　Ⓢselection by vote ⑤GEPT

election [ɪ'lɛkʃən] 選出；當選；選舉權　　速記 run for election 參選

Election of the first woman president in the country surprised many.
選出國家史上第一位女總統讓許多人感到驚訝。

emigrate 移居外國 + **ion** 名詞 = emigration　Ⓐimmigration ⑤TOEFL

emigration [ˌɛmə'greʃən] 移居外國；移民

My family **emigrated** from Ireland to the United States over 150 years ago.
一百五十多年前，我的家族從愛爾蘭移民到美國。

equate 使相等 + **ion** 名詞 = equation
　　　　　　　　　　　　　　　　　　　　④GRE

equation [ɪ'kweʃən] 平均；方程式；時差；等分

The math exam had an **equation** in it that most of the students failed to complete.
數學考試裡有一道大部分學生都解不出的方程式。

erupt 噴出；爆發 + **ion** 名詞 = eruption
　　　　　　　　　　　　　　　　　　　　Ⓢoutburst ④TOEFL

eruption [ɪ'rʌpʃən] 爆發；噴出物　　速記 volcanic eruption 火山爆發

The **eruption** of the volcano occurred one week ago.
火山在一星期前爆發。

evaluate 估價 + **ion** 名詞 = evaluation
　　　　　　　　　　　　　　　　　　Ⓢassessment ⑤TOEIC

evaluation [ɪˌvæljʊ'eʃən] 估價；評價

Every year, all employees must undergo **evaluation** of their performance over the past year.
每年，所有的員工在過去一年的表現都必須接受考核。

evolute 演化 + **ion** 名詞 = **evolution**　Ⓢevolvement ④IELTS

evolution [ˌɛvə'luʃən] 發展；演變；進化

The **evolution** of cars has led to much faster and much quieter machines over time.
汽車的演變隨著時間變得更快速、更安靜。

exaggerate 誇張 + **ion** 名詞 = **exaggeration**　Ⓢoverstatement ④TOEFL

exaggeration [ɪgˌzædʒə'reʃən] 誇張

Though he claimed to have invented the Internet, this was really an **exaggeration**.
儘管他說網路是他發明的，但這還真是誇張。

examine 檢查；考試 + **ation** 名詞 = **examination**　Ⓢexam ⑤GEPT

examination [ɪgˌzæmə'neʃən] 考試；檢查；診察

After passing all the **examination**, she successfully applied for the university.
通過所有考試之後，她成功申請上大學。

except 除…之外 + **ion** 名詞 = **exception**　Ⓐrule ⑤GEPT

exception [ɪk'sɛpʃən] 例外　速記 without exception 無一例外

With the **exception** a few people who are on vacation, everybody needs to work tonight.
除了一些渡假中的人，每個人今晚都要工作。

execute 實施 + **ion** 名詞 = **execution**　Ⓢimplementation ④IELTS

execution [ˌɛksɪ'kjuʃən] 實施；執行死刑；命令

Proper **execution** of the plan, everyone is required to be at the office exactly at 9 o'clock.
需要每個人九點整抵達辦公室以使計畫順利進行。

exhibit 表明；展覽 + **ion** 名詞 = **exhibition**　Ⓢshow ⑤GEPT

exhibition [ˌɛksə'bɪʃən] 陳明；展覽　速記 on exhibition 展出中

Exhibition of our new products will hopefully boost sales.
展示我們的新產品希望能提高銷售率。

expand 擴大；展開 + **ion** 名詞 = **expansion**　Ⓢextention ⑤TOEFL

expansion [ɪk'spænʃən] 擴大　速記 expansion slot 擴充槽

The **expansion** of the high speed railway to Kenting will probably never happen.
高速鐵路要延伸到墾丁可能不會實現。

expect 期待 + **ation** 名詞 = expectation Ⓢanticipation ④IELTS

expectation [ˌɛkspɛk'teʃən] 期待　　速記 beyond expectation 出乎意料

Management is in **expectation** of all employees to arrive at work on time.
管理處希望每個員工都能準時上班。

expire 呼氣；到期 + **ation** 名詞 = expiration Ⓢexpiry ④IELTS

expiration [ˌɛkspə'reʃən] 呼氣；屆滿；截止

The **expiration** date on the package indicated that the meat was two weeks too old.
標示在包裝上的賞味期限表示肉已過期兩週了。

explore 探險；調查 + **ation** 名詞 = exploration Ⓢstudy ④GRE

exploration [ˌɛksplə'reʃən] 探險；調查

Because of the **exploration** of new ideas for products, company representatives made phone calls to former customers.
為了挖掘產品的新點子，公司專員打電話給以前的顧客。

explain 解釋 + **ation** 名詞 = explanation Ⓢexposition ⑤TOEFL

explanation [ˌɛksplə'neʃən] 解釋；說明

The company's investors asked for an **explanation** of the new direction the company was taking.
公司投資客要求公司說明其所採取的新方向。

express 表達 + **ion** 名詞 = expression Ⓢenunciation ⑤GEPT

expression [ɪk'sprɛʃən] 表現　　速記 past expression 無法形容

When he heard the bad news, his **expression** changed instantly.
一聽到壞消息，他的表情立刻變了。

extend 擴大；延伸 + **ion** 名詞 = extension Ⓢprolongation ④GEPT

extension [ɪk'stɛnʃən] 範圍　　速記 extension lead 延長線

They asked for an **extension** on the deadline because they had only completed half of the project.
因為企畫案只完成一半，所以他們要求延長期限。

fact 事實；證據 + **ion** 名詞 = faction Ⓢgroup ③IELTS

faction ['fækʃən] 派別；內訌；嫡系　　速記 warring faction 主戰派

The country has split into two different **factions** and there may be civil war.
國家已經分裂成兩個不同派系，或許會有內戰發生。

fascinate 迷住 + **ion** 名詞 = fascination Ⓢobsession ④GEPT

fascination [ˌfæsn'eʃən] 魅力；迷戀

His **fascination** with collecting art started when he first visited a museum in Paris at the age of ten.
他十歲時首次造訪巴黎一家博物館，自此之後就開啟他對藝術收集的狂熱。

federate 聯合的 + **ion** 名詞 = federation　　Ⓢunion ❺GEPT

federation [ˌfɛdəˈreʃən] 聯盟；聯邦；聯邦政府

A **federation** of local business owners is getting together to clean up the city and lower the crime.
當地企業主聯盟一起為市容整潔及降低犯罪率打拼。

format 形式 + **ion** 名詞 = formation　　Ⓢcreation ❹GRE

formation [fɔrˈmeʃən] 組織；構造；形態；隊形

Formation of the committee to make new company rules took place yesterday evening.
昨天晚上成立了制定公司新規則的委員會。

found 建立 + **ation** 名詞 = foundation　　Ⓢorganization ❹TOEIC

foundation [faʊnˈdeʃən] 創立　　速記 foundation course 基礎課程

Since the establishment of the **foundation** in 1956, it has helped hundreds of students go to college.
基金會自一九五六年成立後，已經幫助過數百名學生進入大學。

frustrate 使失敗 + **ion** 名詞 = frustration Ⓢdisappointment ❺GEPT

frustration [ˌfrʌsˈtreʃən] 挫折；失敗　　速記 sense of frustration 挫折感

Lack of investment has **frustrated** the companies' hope to expand into other countries.
缺乏投資金使公司擴展至國外的期望受阻。

generate 產生 + **ion** 名詞 = generation　　Ⓢproduction ❺TOEIC

generation [ˌdʒɛnəˈreʃən] 時代；同時代的人；生育

The sales over the holiday weekend **generated** millions of dollars of revenue.
週末假期的銷售量帶來數百萬元的收益。

graduate 畢業 + **ion** 名詞 = graduation　　Ⓐdrop-out ❺GEPT

graduation [ˌgrædʒʊˈeʃən] 畢業；刻度

After **graduation**, he began his military service in Kaohsiung.
畢業後，他在高雄服兵役。

hesitate 猶豫 + **ion** 名詞 = hesitation　　Ⓐdetermination ❸GEPT

hesitation [ˌhɛzəˈteʃən] 猶豫；口吃　　速記 without hesitation 毫不猶豫

Hesitation may cause you to miss this great opportunity.
猶豫可能使你錯失良機。

illustrate 加上插圖 + **ion** 名詞 = illustration　⑤figure ④TOEFL

illustration [ɪ,lʌs'treʃən] 說明；例證；圖解；插畫

The **illustration** of the accident was even more horrible than the description.
事故畫面比所描述的更加可怕。

imagine 想像 + **ation** 名詞 = imagination　⑤fantasy ⑤GEPT

imagination [ɪ,mædʒə'neʃən] 想像；想像力；創造力

If you want to work in advertising, you must have a good **imagination**.
如果你想要從事廣告業，你必須要有豐富的想像力。

imitate 模仿 + **ion** 名詞 = imitation　⑤copy ⑤GEPT

imitation [,ɪmə'teʃən] 模仿；學習；贗品

Though the company tried an **imitation** of its competitor's products, they did not meet with success.
雖然公司嘗試模仿競爭對手的產品，但是沒有成功。

immigrate 遷移 + **ion** 名詞 = immigration　⚠emigration ④TOEFL

immigration [,ɪmə'greʃən] 移居；移民

My parents **immigrated** to England from Russia at some time in the 1900's.
我父母於九零年代期間從俄羅斯移民到英國。

implicate 使有牽連 + **ion** 名詞 = implication　⑤suggestion ④GEPT

implication [,ɪmplɪ'keʃən] 牽涉；言外之意

We all wondered what the **implications** of the new policy would be.
我們都想知道新政策的影響力。

indicate 指出；象徵 + **ion** 名詞 = indication　⑤sign ④GRE

indication [,ɪndə'keʃən] 指出；表示；象徵；跡象

I'd like to go to the compound restaurant now, but I don't have the **indications** on how to get there.
我想去那家複合式餐廳，但我不知道該怎麼去。

infect 傳染；感染 + **ion** 名詞 = infection　⑤contagion ④TOEFL

infection [ɪn'fɛkʃən] 傳染；感染；傳染病；影響

Cleaning and bandaging a cut reduces the risk of **infection**.
清潔傷口並綁上繃帶能降低感染風險。

inflate 抬高物價；使驕傲 + **ion** 名詞 = inflation　⚠deflation ③TOEIC

inflation [ɪn'fleʃən] 通貨膨脹；自負　速記 rate of inflation 通貨膨脹率

The **inflation** in price of food such as rice affects poor people negatively.

例如稻米等食物的價格上漲對窮人造成負面影響。

inform 通知 + **ation** 名詞 = information Ⓢdata ❹TOEFL

information [ˌɪnfəˈmeʃən] 通知 速記 information counter 服務台

People often worry that the **information** they get from the Internet may be incorrect.
大家經常擔心他們取得的網路資訊是不正確的。

inject 注射；噴射 + **ion** 名詞 = injection Ⓢshot ❹TOEFL

injection [ɪnˈdʒɛkʃən] 注射；注射劑；噴射

The **injection** of humor into the serious movie improved the movie significantly.
注入幽默元素大大改善了那部嚴肅的電影。

innovate 創新 + **ion** 名詞 = innovation Ⓢnovelty ❹TOEIC

innovation [ˌɪnəˈveʃən] 創新；改革；新發明

Many businesses devote a lot of time and money to **innovation** in the hope of creating interest in their products.
許多企業投注大量心血和金錢在產品創新上，希望因此創造利潤。

inspect 檢查 + **ion** 名詞 = inspection Ⓢinvestigation ❺TOEIC

inspection [ɪnˈspɛkʃən] 檢查；審查 速記 a close inspection 詳細的檢查

Inspection of the restaurant showed that it was not clean and would need to be closed down.
檢查結果顯示餐廳衛生不佳，必須停業。

inspire 賦予靈感 + **ation** 名詞 = inspiration Ⓢstimulation ❺TOEIC

inspiration [ˌɪnspəˈreʃən] 靈感；激勵

It is said that an apple falling from a tree was the **inspiration** for Newton's law of gravity.
據說一顆從樹上掉下的蘋果啟發了牛頓的地心引力定律。

install 任命；安裝 + **ation** 名詞 = installation
Ⓢplacement ❹TOEFL

installation [ˌɪnstəˈleʃən] 設備；安裝；軍事設施

Installation of broadband Internet increased the departments' overall efficiency.
安裝寬頻網路大幅提升了各部門的整體效率。

institute 設立 + **ion** 名詞 = institution Ⓢorganization ❺TOEIC

institution [ˌɪnstəˈtjuʃən] 設立；制度；機關

Internationally, MIT is considered one of the most prestigious **institutions** of higher education.
國際間認為麻省理工學院是最具聲望的高等教育機構之一。

integrate 與…結合 + **ion** 名詞 = integration   Ⓢcoalition ❹TOEIC

integration [ˌɪntəˈgreʃən] 結合；產業集中；融合

The company believes in the **integration** of technology and environmentally-friendly design.
公司堅信能結合兼具科技與環保的設計。

interact 互動 + **ion** 名詞 = interaction   ❹TOEIC

interaction [ˌɪntəˈrækʃən] 互動；相互影響

Everyone knew that she would be a good teacher because of the way she **interacted** with children.
因為她和孩子互動的方式，大家知道她會是一位好老師。

interrupt 妨礙；打斷 + **ion** 名詞 = interruption   Ⓢbreak ❺GEPT

interruption [ˌɪntəˈrʌpʃən] 打斷；停止；插話；障礙物

Interruption of transportation service yesterday was the result of a strike held by subway workers.
昨天大眾運輸服務中斷是因為地鐵員工發動抗議。

instruct 教導；指示 + **ion** 名詞 = instruction   Ⓢtuition ❹TOEFL

instruction [ɪnˈstrʌkʃən] 教育   速記 instruction manual 操作指南

As part of their training, every new employee receives **instruction** in typing skills and making spread sheets.
每位新進員工接受打字技巧及表格製作的指導是受訓的一部分。

intent 意圖；意義 + **ion** 名詞 = intention   Ⓢpurpose ❹GEPT

intention [ɪnˈtɛnʃən] 意圖；目的；意義

It was never my **intention** of offending anyone by telling that bad joke.
因為說了一個爛笑話而觸怒任何人絕非我本意。

interpret 解釋；說明 + **ation** 名詞 = interpretation
Ⓢtranslation ❸TOEFL

interpretation [ɪnˌtɜprɪˈteʃən] 解釋；說明；表演

The job of judges is the **interpretation** of the law as it applies to individual cases.
法官的工作是當法律援用於個案時予以詮釋。

intervene 調停 + **tion** 名詞 = intervention   Ⓢmeddling ❺TOEIC

intervention [ˌɪntəˈvɛnʃən] 調解   速記 non-intervention 不干涉

The **intervention** of the armed forces were necessary only when the demonstration turned violent.
只有當示威遊行暴力化時，才有讓軍隊介入的必要。

intone 吟誦 + **ation** 名詞 = intonation

intonation [,ɪntoˈneʃən] 語調；吟誦

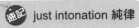 just intonation 純律

English relies on **intonation** to indicate the emotions of the speaker.
英文靠語調傳達說話者的情緒。

intuit 憑直覺知道 + **ion** 名詞 = **intuition**

Sinstinct ④GEPT

intuition [,ɪntjuˈɪʃən] 直覺

 trust your intuition 相信你的直覺

Intuition contributed a lot to his decision to reject the offer.
直覺是他決心拒絕提議的主要因素。

invade 侵略 + **ion** 名詞 = **invasion**

Sviolation ⑤GEPT

invasion [ɪnˈveʒən] 侵入；侵略

 invasion of privacy 侵犯隱私

Many people using websites like Facebook are concerned about the **invasion** of their privacy.
使用像臉書這類網站的人會擔憂他們的隱私遭侵犯。

invent 發明；虛構 + **ion** 名詞 = **invention**

Screation ⑤IELTS

invention [ɪnˈvɛnʃən] 發明；創造力；虛構

Although necessity is the mother of **invention**, many modern inventions are made just for fun.
雖說需要為發明之母，但有些現代發明只是出於好玩。

investigate 研究；調查 + **ion** 名詞 = **investigation**

Sexamination ⑤TOEFL

investigation [ɪn,vɛstəˈgeʃən] 研究；調查

The committee is involved in a very serious **investigation** of the company's accounting practices.
委員會投入一件公司重要的會計業務審查。

irritate 激怒；刺激 + **ion** 名詞 = **irritation**

Sanger ④GEPT

irritation [,ɪrəˈteʃən] 生氣；刺激

 irritation at 激怒

While employee evaluation may cause some **irritation**, it is helpful in determining the company's efficiency.
雖然人資評估可能引發一些不悅，但在決定公司的效率上頗具助益。

isolate 隔離 + **ion** 名詞 = **isolation**

Sseparation ⑤IELTS

isolation [,aɪslˈeʃən] 隔離；孤立

fight in isolation 孤軍奮戰

Isolation from the mainland meant that islanders had to pay more for food and imported products.
脫離大陸意味著島民必須付出更高代價獲取食物與進口產品。

liberate 釋放 + **ion** 名詞 = **liberation**

字首

字根

字尾

複合字

liberation [ˌlɪbəˈreʃən] 釋放

助記 liberation from 解放

Liberation from slavery did not mean that the slaves were then integrated into society.
解放奴隸不代表他們就能因此融入社會。

locate 位於 + **ion** 名詞 = **location**

Ⓢsite ❺GEPT

location [loˈkeʃən] 位置；場所；外景拍攝地

The **location** of the board meeting was kept secret to avoid the presence of the news media.
保密董事會議的地點為了避免新聞媒體的出現。

mediate 調解 + **ion** 名詞 = **mediation**

Ⓢconciliation ❹TOEFL

mediation [midɪˈeʃən] 調解；仲裁

Mediation between workers and management resulted in a slight pay raise for the workers.
勞資雙方的調解結果是勞工薪水獲得微幅調升。

medicate 藥物治療 + **ion** 名詞 = **medication**

Ⓢtreatment ❺GEPT

medication [ˌmɛdɪˈkeʃən] 藥物；藥物治療

As the cost of **medication** is too high, people have to choose between paying for food and paying for medicine.
現在藥物價格相當高，許多人必須在購買食物或是購買藥物之間做選擇。

migrate 遷移 + **ion** 名詞 = **migration**

Ⓢmove ❹TOEFL

migration [maɪˈgreʃən] 遷移；遷徙；洄游

High crimes are to blame on the vast **migration** away from the cities into the suburbs.
高犯罪率歸因於從城市到郊區的大規模遷移。

modernize 使現代化 + **ation** 名詞 = **modernization**

❸GRE

modernization [ˌmɑdənəˈzeʃən] 現代化

The **modernization** of sewage system will cost the government hundreds of millions of dollars.
下水道系統的現代化將花費政府數億公帑。

motivate 激發 + **ion** 名詞 = **motivation**

Ⓢmotive ❹GEPT

motivation [ˌmotəˈveʃən] 動機

助記 motivation behind 背後的動機

The **motivation** for hiring a young CEO was the hope of injecting new energy and enthusiasm.
雇用一位年輕執行長的動機為期待能替公司注入新的能量與熱忱。

navigate 導航 + **ion** 名詞 = navigation　　Ⓢguide ❹GEPT

navigation [ˌnævəˈgeʃən] 航行；導航

Most people now prefer navigation by GPS to **navigation** by paper maps.
比起紙本地圖，現在大部分人偏好衛星定位導航。

negotiate 談判 + **ion** 名詞 = negotiation　　Ⓢdiscussion ❺TOEIC

negotiation [nɪˌgoʃɪˈeʃən] 談判　　筆記 peace negotiation 和談

The contract is under **negotiation** until both parties are satisfied that the terms are fair.
合約內容將持續協議至雙方都滿意條款的公平性。

nominate 提名 + **ion** 名詞 = nomination　　Ⓢappointment ❺GEPT

nomination [ˌnɑməˈneʃən] 任命；提名

His **nomination** to the board of directors, though it increased his workload, was a dream came true.
雖然工作量增加，但他在董事會獲得提名的美夢成真了。

nutri 營養 + **tion** 名詞 = nutrition　　Ⓐmalnutrition ❺TOEFL

nutrition [njuˈtrɪʃən] 營養；營養物　　筆記 poor nutrition 營養不良

Lack of proper **nutrition** led to the rapid spread of the disease.
缺乏適當的營養導致疾病快速擴散。

object 反對 + **ion** 名詞 = objection　　Ⓢprotest ❺GEPT

objection [əbˈdʒɛkʃən] 反對；不承認；缺點

My main **objection** to your idea is that most of our customers cannot afford the new product.
我反對你的想法主要是因為我們大部分的客戶負擔不起這項新產品。

obligate 負法律義務 + **ion** 名詞 = obligation　　Ⓢduty ❺GEPT

obligation [ˌɑbləˈgeʃən] 義務；責任；債務

You are under an **obligation** to fairly share your work to co-workers instead of leaving everything to them.
你有責任公平分配工作給同事，而不是什麼都丟給他們做。

observe 觀察 + **ation** 名詞 = observation　　Ⓢdetection ❺IELTS

observation [ˌɑbzɝˈveʃən] 觀察　　筆記 observation post 觀測所

Children are born with the powerful ability to learn just from **observation**.
孩童天生擁有僅從觀察中就能學習的超強能力。

occupy 佔領 + **ation** 名詞 = occupation

字首
字
根
字
尾
複
合
字

occupation [ˌɑkjəˈpeʃən] 佔領;居住;職業

When I asked him his **occupation**, he replied that he was my boss and that I should get back to work.
當我問他職業時,他說他是我的老闆,而且我應該回去工作。

operate 操作;手術 + **ion** 名詞 = **operation**　　Sutilization ⑤TOEIC

operation [ˌɑpəˈreʃən] 運轉　　速記 minor operation 小型手術

The daily costs of **operation** were too high, and so the factory had to close.
由於日常營運成本太高,因此工廠必須關閉。

opposite 相對的 + **ion** 名詞 = **opposition**　　Ⓐapproval ④GEPT

opposition [ˌɑpəˈzɪʃən] 反對　　速記 in opposition 在野的

Although the **opposition** to the new law was strong, the law finally passed today.
雖然反對新法的聲浪很強烈,法案在今天終於通過了。

possess 使佔有 + **ion** 名詞 = **possession**　　Sownership ⑤IELTS

possession [pəˈzɛʃən] 擁有　　速記 self-possession 沉著

Possession of weapons is prohibited on any airline.
任何一家航空公司都禁止持有武器。

persuade 說服 + **ion** 名詞 = **persuasion**　　Sadvice ④GEPT

persuasion [pəˈsweʒən] 說服　　速記 political persuation 政治宣導

Because he is so skilled at the art of **persuasion**, he nearly always gets what he wants.
因為他的話術高超,幾乎要什麼就能有什麼。

protect 保護 + **ion** 名詞 = **protection**　　Sguard ⑤GEPT

protection [prəˈtɛkʃən] 保護;包庇　　速記 environmental protection 環保

Many people argue that the main function of government is the **protection** of its citizens from harm.
許多人認為政府的主要功能是保護其公民免於傷害。

oppress 壓迫 + **ion** 名詞 = **oppression**　　Ssuppression ③TOEFL

oppression [əˈprɛʃən] 壓迫;鎮壓;沈悶

After many years of **oppression**, the workers finally decided to fight back.
遭受多年的壓迫後,那些員工決定反擊。

organize 組織 + **ation** 名詞 = **organization**　　Sinstitution ⑤GEPT

organization [ˌɔrgənəˈzeʃən] 組織;體制;機構

Our **organization** represents the consumers who were taken advantage of by large

corporations.
我們機構代表那些被大公司欺騙的顧客。

participate 參加；分享 + **ion** 名詞 = **participation** ⑤TOEIC

participation [pɑr,tɪsə'peʃən] 關係；參加；合作；分享

The **participation** of women in politics is more common nowadays.
現今，女性參與政治較為普遍。

percept 感覺 + **ion** 名詞 = **perception** ⑤comprehension ④TOEFL

perception [pə'sɛpʃən] 感受
速記 depth perception 深度知覺

The **perception** people have of movie stars is completely different from reality.
人們對電影明星的認知和現實是完全不一樣的。

perfect 完美的 + **ion** 名詞 = **perfection** ⑤refinement ④GRE

perfection [pə'fɛkʃən] 完美；熟練
速記 to perfection 完美地

Perfection of the means of production will hopefully increase efficiency and lower costs.
希望完善的製造方法能增加效率及降低成本。

permit 允許 + **ion** 名詞 = **permission** ⑤consent ④GEPT

permission [pə'mɪʃən] 允許
速記 planning permission 規劃許可

Before I say I can go to the concert, I must ask **permission** from my parents.
在我說可以去演唱會之前，我必須先徵求父母的同意。

pollute 污染 + **ion** 名詞 = **pollution** ⑤dirt ⑤GEPT

pollution [pə'luʃən] 污染；腐敗；墮落
速記 noise pollution 噪音污染

The four countries signed an international agreement to decrease **pollution** by 25% over the next five years.
四個國家簽了一項五年後降低百分之二十五汙染的國際協議。

populate 居住於 + **ion** 名詞 = **population** ⑤people ④IELTS

population [,pɑpjə'leʃən] 人口
速記 population growth 人口成長

The sudden increase of the **population** in that area had a negative impact on the environment.
那地區的人口突然增加已對環境帶來負面衝擊。

posit 安排 + **ion** 名詞 = **position** ⑤location ⑤GEPT

position [pə'zɪʃən] 位置
速記 position paper 施政說明

I have already clearly stated my **position** on this matter.
我已經明確說明我對這件事情的觀點。

prevent 阻止；預防 + **ion** 名詞 = **prevention** ⓈobstructION ④IELTS

prevention [prɪˈvɛnʃən] 阻止；妨礙；預防

Prevention of disease is cheaper than treatment, so you should eat right and exercise regularly.
預防疾病的花費低於治療，所以你應該要正確飲食，並且規律運動。

product 出產 + **ion** 名詞 = **production** Ⓢmanufacture ④TOEIC

production [prəˈdʌkʃən] 生產　　通記 mass production 大量生產

The new model has already gone into **production** and will be in the stores sometime next year.
新型號已經進入生產階段，將於明年適時發售。

profess 表示 + **ion** 名詞 = **profession** Ⓢvocation ⑤TOEIC

profession [prəˈfɛʃən] 職業　　通記 by profession 以…為職業

Great care should be given to one's choice of **profession**.
選擇職業時應該極為慎重。

prohibit 禁止 + **ion** 名詞 = **prohibition** Ⓢforbiddance ④GEPT

prohibition [ˌproəˈbɪʃən] 禁止；禁令　　通記 drug prohibition 禁毒

A **prohibition** against smoking in any public place was enacted just this month.
這個月起才開始實施任何公共場所禁菸。

project 投擲；投影；計劃 + **ion** 名詞 = **projection** ④IELTS

projection [prəˈdʒɛkʃən] 投擲　　通記 projection screen 投影屏幕

Projections of future sales are very hopeful.
未來的銷售計畫很有展望。

promote 促進 + **ion** 名詞 = **promotion** Ⓢadvancement ⑤TOEIC

promotion [prəˈmoʃən] 促進　　通記 job promotion 晉升

Part of the new **promotion** involves ads on television and on the Internet.
電視和網路廣告是新促銷方式的一部分。

prosecute 執行 + **ion** 名詞 = **prosecution** Ⓢsuit ④IELTS

prosecution [ˌprɑsɪˈkjuʃən] 執行；控告；檢舉

The jury asked the judge to withhold **prosecution** of the man because they believed he was mentally ill.
陪審團要求法官不對男子起訴，因為他們認為他有精神疾病。

precise 精確的 + **ion** 名詞 = **precision** Ⓢexactness ④TOEFL

precision [prɪˈsɪʒən] 精密；精確性；嚴格　　通記 with precision 精確地

Surgery requires that the doctor work with **precision**.
手術需要醫生的精確操作。

predict 預言 + **ion** 名詞 = **prediction** Ⓢforecast ④IELTS

prediction [prɪ'dɪkʃən] 預言；預報 通記 make prediction 做出預測

The reporter's **prediction** that the stock market would recover proved false.
記者對股市回升的預測被證實是錯誤的。

prepare 準備 + **ation** 名詞 = **preparation** Ⓢreadiness ⑤GEPT

preparation [ˌprɛpə'reʃən] 準備 通記 in preparation 準備中

Preparations for the New Year's celebration took more than two weeks.
慶祝新年要花兩個多星期準備。

prepositive 前置的 + **ion** 名詞 = **preposition** Ⓢprep. ⑤GRE

preposition [ˌprɛpə'zɪʃən] 介系詞

Prepositions give information about location and time.
介係詞傳達位置與時間的訊息。

prescript 法令 + **ion** 名詞 = **prescription** Ⓢinstruction ④GEPT

prescription [prɪ'skrɪpʃən] 法令；處方 通記 fill a prescription 領藥

After his visit to the doctor's, he went to have his **prescription** filled at the pharamacy.
看完醫生後，他拿處方簽到藥局領藥。

preserve 保存 + **ion** 名詞 = **preservation** Ⓢconservation ⑤TOEFL

preservation [ˌprɛzəˈveʃən] 保存；防腐

A special national park has been created to insure the **preservation** of important woodlands.
設立特別國家公園是為要保存重要林地。

process 進行 + **ion** 名詞 = **procession** Ⓢparade ④TOEIC

procession [prə'sɛʃən] 行列；隊伍；行進

The **procession** for the graduates went without incident and everybody was happy.
畢業生的行進隊伍沒有發生意外，每個人都很快樂。

public 公共的 + **ation** 名詞 = **publication** Ⓢcopy ④GEPT

publication [ˌpʌblɪˈkeʃən] 公佈；發行；出版物

Publication of J.K. Rowling's latest novel received a lot of coverage in the news.
J.K.羅琳最新出版的小說博得許多版面。

qualify 使具有資格 + **ation** 名詞 = **qualification**

qualification [ˌkwɑləfəˈkeʃən] 資格；執照

When asked about her **qualifications**, she said that she had been working in sales for over 5 years.
被問到資歷時，她表明從事銷售業已有五年多的時間。

quote 引用；報價 + **ation** 名詞 = quotation **S** reference **4** TOEFL

quotation [kwoˈteʃən] 引用

典記 quotation mark 引號

"To be, or not to be: that is the question," is a **quotation** taken from Shakespeare's play Hamlet.
「活著或是死去，問題就在這裡。」是一句莎劇哈姆雷特的引言。

radiate 輻射 + **ion** 名詞 = radiation **S** irradiation **4** GRE

radiation [ˌrediˈeʃən] 發光；輻射；放射物

One of the dangers of nuclear energy is **radiation**.
輻射是核能的危害之一。

react 重做；反應 + **ion** 名詞 = reaction **S** response **5** TOEFL

reaction [rɪˈækʃən] 反應；倒退

典記 chain reaction 連鎖反應

The **reaction** of the students when they heard school was off was of disappointment.
學生聽到學校放假時的反應都很失望。

realize 實現 + **ation** 名詞 = realization **S** achievement **4** IELTS

realization [ˌrɪələˈzeʃən] 實現；親身體會；變賣

Her acceptance into MIT was the **realization** of a life-long dream.
進入麻省理工學院就讀實現她一生的夢想。

receipt 接受 + **ion** 名詞 = reception **S** welcome **4** TOEIC

reception [rɪˈsɛpʃən] 接待；招待會；感受

Please meet Mandy at the **reception** of the Hilton Hotel at twelve o'clock.
請於十二點在希爾頓飯店的接待處和曼蒂見面。

recognize 認識 + **ion** 名詞 = recognition **S** indentification **4** IELTS

recognition [ˌrɛkəgˈnɪʃən] 認識；招呼；承認；表揚

In **recognition** of his fight for democracy, he was awarded the Nobel Peace Prize.
為表彰他為民主所做的奮鬥，他獲得諾貝爾和平獎。

recommend 推薦 + **ation** 名詞 = recommendation **S** reference **4** TOEFL

recommendation [ˌrɛkəmɛnˈdeʃən] 推薦；勸告

The main reason he was hired was because of the letter of **recommendation** from

his professor.
他被錄用的主因是教授的推薦函。

reduce 減少；使衰退 + **tion** 名詞 = reduction ⑤decrease ④TOEIC

reduction [rɪ'dʌkʃən] 縮減　速記 noise reduction 噪音減量

A significant **reduction** in the price of the product led to high sales.
產品大降價促使銷售額大幅提高。

reflect 反射 + **ion** 名詞 = reflection ⑤contemplation ⑤GRE

reflection [rɪ'flɛkʃən] 反射；倒影　速記 on reflection 經考慮

After further **reflection**, he decided to change his major from chemistry to psychology.
進一步省思之後，他決定把主修從化學換成心理學。

reject 拒絕；丟棄 + **ion** 名詞 = rejection ⑤denial ④TOEFL

rejection [rɪ'dʒɛkʃən] 拋棄；拒絕；廢棄物；駁回

Unanimous **rejection** of the proposal was due to the extremely high cost of the project.
計畫成本太高導致提案一致遭駁回。

relate 敘述；關聯 + **ion** 名詞 = relation ⑤relatedness ⑤GEPT

relation [rɪ'leʃən] 敘述；關係　速記 in relation to 與…有關

Relations between the countries have been tense ever since the shootings across the border.
兩國關係自從越界射擊後就一直處於緊繃狀態。

relax 放鬆 + **ation** 名詞 = relaxation ⑤rest ④TOEFL

relaxation [ˌrilæks'eʃən] 放鬆；減輕刑罰；休息

To achieve a complete state of **relaxation** while meditating could take many years.
要持續好幾年的靜坐冥想才能達到完全的放鬆狀態。

repete 重複 + **tion** 名詞 = repetition ⑤repeat ④GRE

repetition [ˌrɛpɪ'tɪʃən] 重複；背誦　 constant repetition 常態性的重複

Repetition of a brand's slogan will hopefully imprint the slogan on the mind of consumers.
一般希望藉由重複品牌標語將其深植消費者心中。

repute 名氣 + **ation** 名詞 = reputation ⑤name ④IELTS

reputation [ˌrɛpjə'teʃən] 聲望　 ruin one's reputation 名聲敗壞

His **reputation** as a solid manager was tested during the financial crisis.
他可靠的經理人聲望在金融危機期間受到考驗。

| **reserve** 保留 + **ation** 名詞 = reservation | Sbooking 5GEPT |

reservation [ˌrɛzəˈveʃən] 權利保留；預約

You had better confirm a plane **reservation** several days before departure.
你最好在出發前幾天確認你的班機訂位。

| **resign** 辭職；服從 + **ation** 名詞 = resignation | 4TOEIC |

resignation [ˌrɛzɪgˈneʃən] 辭職；辭呈

To everyone's surprise, the director submitted his **resignation** in the plenitude of her power.
令所有人驚訝的是，廠長在權勢一把抓的當紅時刻提出辭呈。

| **resolute** 堅決的 + **ion** 名詞 = resolution | Sdecision 4GEPT |

resolution [ˌrɛzəˈluʃən] 決心；決定

Resolution of the crisis was due mostly to the intervention of a third party.
第三方的介入是危機得以解決的主要原因。

| **restore** 恢復；歸還 + **ation** 名詞 = restoration | 4TOEIC |

restoration [ˌrɛstəˈreʃən] 恢復   強記 image restoration 影像復原

A careful **restoration** of the ancient building revealed its original beauty.
那棟古老的建築在經過徹底修復後顯現其原有風采。

| **rotate** 旋轉；輪流 + **ion** 名詞 = rotation | Scirculation 4TOEFL |

rotation [roˈteʃən] 旋轉；自轉；輪流   強記 in rotation 循環

One full **rotation** of the Earth occurs once every twenty-four hours.
地球每二十四小時自轉一次。

| **regulate** 規定 + **ion** 名詞 = regulation | Srule 5TOEIC |

regulation [ˌrɛgjəˈleʃən] 規則   強記 safety regulation 安全規範

New **regulations** prohibit the use of plastic in the manufacture of the product.
新規定禁止產品製造過程使用塑膠。

| **restrict** 限制 + **ion** 名詞 = restriction | Slimit 5GEPT |

restriction [rɪˈstrɪkʃən] 限制；束縛

With all the **restrictions** on her time from family and work, she barely has time to see her friends.
由於家人和工作完全限制住她的時間，她幾乎沒有時間和朋友見面。

| **reveal** 揭露；啟示 + **ation** 名詞 = revelation | Sdisclosure 4TOEIC |

revelation [ˌrɛvl̩ˈeʃən] 揭發；暴露；啟示

The shocking **revelation** of the senator's drug use cost him the election.

參議員吸毒的震驚爆料讓他賠上選舉。

salv 拯救 **+** **ation** 名詞 = salvation　　Srescue ⑤IELTS

salvation [sæl'veʃən] 拯救；救濟品；救世主

The discovery of oil has been the **salvation** of the country's economy.
原油的發現成了該國經濟的救星。

satisfy 使滿足；賠償 **+** **tion** 名詞 = satisfaction　Scontent ④IELTS

satisfaction [,sætɪs'fækʃən] 滿足；賠償；報復

He derives his greatest **satisfaction** from sitting at a café and reading.
坐在咖啡店閱讀讓他得到最大的滿足。

sect 派別 **+** **ion** 名詞 = section　　Spart ⑤TOEIC

section ['sɛkʃən] 部門；階層；區域　　通記 in sections 拆開

The rear **section** of the airplane was the most comfortable because it was so quiet.
飛機靠近機尾部分是最舒服的地方，因為很安靜。

select 選擇 **+** **ion** 名詞 = selection　　Schoice ⑤TOEIC

selection [sə'lɛkʃən] 選擇；文選　　通記 make selection 做出抉擇

Please make your **selection** from the choices presented on the menu.
請依出現在菜單中的菜色做出選擇。

sensate 有感覺的 **+** **ion** 名詞 = sensation　　Sfeeling ④GEPT

sensation [sɛn'seʃən] 知覺　　通記 a burning sensation 灼熱感

A **sensation** of pleasure filled her after the first bite of chocolate cake.
咬下第一口巧克力蛋糕後，她全身充滿了喜悅。

separate 分開 **+** **ion** 名詞 = separation　　Sdivision ⑤IELTS

separation [,sɛpə'reʃən] 分開；分居；脫離

Their argument got so heated that we thought **separation** was the best way to avoid a fight.
他們的爭論過於激烈，因此我們覺得分開是避免爭吵的最好方法。

situate 使…位於 **+** **ion** 名詞 = situation　　Scondition ④GEPT

situation [,sɪtʃu'eʃən] 場所　　通記 save the situation 扭轉局面

The seriousness of the **situation** calls for immediate action.
情況嚴重到需要立即採取行動。

solute 溶解物 **+** **ion** 名詞 = solution　　Sanswer ⑤GRE

solution [sə'luʃən] 溶解；解決；解釋；解除

My **solution** to the problem was not even considered by the committee.
委員會毫不考慮我所提出的問題解決方案。

starve 饑餓 + **ation** 名詞 = starvation　　Ⓢhunger ❹GEPT

starvation [stɑr'veʃən] 饑餓；餓死；絕食

Without any food for three days, the group lost in the mountains feared **starvation**.
連續三天沒有任何食物，在山區走失的團體恐怕會餓死。

stimulate 激勵 + **ion** 名詞 = stimulation　　Ⓢinspiration ❹IELTS

stimulation [ˌstɪmjə'leʃən] 刺激；鼓勵；興奮

She finds the **stimulation** of intelligent conversation very satisfying.
她發現機智對話的激勵讓人很滿足。

subscript 寫在下面的 + **ion** 名詞 = subscription　Ⓢorder ❹TOEIC

subscription [səb'skrɪpʃən] 捐款；預約；訂閱；簽名

My **subscription** to the magazine started from last month, so I have already received one issue.
我從上個月開始訂雜誌，所以我已經收到一期的刊物了。

substitute 代替 + **ion** 名詞 = substitution　Ⓢreplacement ❺TOEFL

substitution [ˌsʌbstə'tjuʃən] 代替

Substitution of a high-fat dish for a low-fat dish would surely be a healthier choice.
以低脂肪餐代替高脂肪餐無疑是一項比較健康的選擇。

succeed 接著發生 + **ion** 名詞 = succession　　Ⓢsequence ❹GRE

succession [sək'sɛʃən] 接連發生；繼承；系列

The students need to come up on stage in **succession** to keep things in order.
學生要接連走上舞台，將東西按順序整理。

suggest 建議；暗示 + **ion** 名詞 = suggestion　　Ⓢadvice ❺TOEIC

suggestion [sə'dʒɛstʃən] 建議；方案；暗示；聯想

My **suggestion** is that you quit your present job and find a new one.
我建議你辭掉現有工作，再去找新的。

superstit 迷信 + **ion** 名詞 = superstition　　❸GEPT

superstition [ˌsupə'stɪʃən] 迷信

Avoiding the number 13 is a common **superstition** in North America.
避開數字十三是北美地區普遍的迷信。

suspect 懷疑 + **ion** 名詞 = suspicion

suspicion [sə'spɪʃən] 懷疑；嫌疑

 under suspicion 受到懷疑的

The governor came under **suspicion** when his car was seen leaving the house at night.
州長的車在夜裡被人看見從那棟房子開走而使他受到懷疑。

tempt 引誘 + **ation** 名詞 = **temptation**

⑤allurement **④**TOEIC

temptation [tɛmp'teʃən] 引誘

 give in to temptation 經不起誘惑

He could not resist the **temptation** to show everyone his new cell phone.
他抗拒不了向大家展示新手機的誘惑。

tense 使緊張 + **ion** 名詞 = **tension**

⑤stress **④**GRE

tension ['tɛnʃən] 繃緊；緊張

 to relieve tension 釋放壓力

At the meeting, there appeared to be a lot of **tension** between the two managers.
在會議上，兩位經理之間的氣氛非常緊繃。

transit 運輸 + **ion** 名詞 = **transition**

⑤transformation **④**TOEFL

transition [træn'zɪʃən] 過渡期；演變

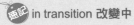 in transition 改變中

The **transition** from university to the working world can be very hard for many new graduates.
對許多剛畢業的大學生來說，從大學轉換到職場非常辛苦。

translate 翻譯 + **ion** 名詞 = **translation**

⑤interpretation **⑤**TOEFL

translation [træns'leʃən] 翻譯；譯文

She is working on a **translation** of the text from Spanish into Chinese.
她正著手進行將一份西班牙文原稿譯成中文。

transmit 傳送 + **ion** 名詞 = **transmission**

⑤transfer **⑤**TOEIC

transmission [træns'mɪʃən] 傳送；傳染

Transmission of information is much faster than it used to be before the Internet.
資訊的傳送比過去尚未有網路時快多了。

transport 運輸 + **ation** 名詞 = **transportation**

⑤transport **④**TOEIC

transportation [ˌtrænspə'teʃən] 運輸

Public **transportation** has transformed the city by drastically reducing the number of cars on the road.
公共運輸工具藉由大幅減少路上車流量而使城市轉型。

tuit 講授 + **ion** 名詞 = **tuition**

⑤instruction **④**GEPT

tuition [tju'ɪʃən] 講授；學費

tuition fee 學費

Tuition at the top universities is so expensive that only the richest families can afford.
頂尖大學的學費相當昂貴，只有富裕的家庭才負擔得起。

variate 改變 + **ion** 名詞 = variation　　　　Ⓢchange ❸IELTS

variation [ˌvɛrɪˈeʃən] 變化；偏差

She told us the story again without any **variation** in her emotion.
不帶任何情感變化，她又向我們重述一次那則故事。

vibrate 振動 + **ion** 名詞 = vibration　　　　Ⓢshake ❸GRE

vibration [vaɪˈbreʃən] 振動；激動

He could feel the **vibration** of his cell phone in his pocket.
他可以感覺到手機在口袋裡震動。

violate 違反 + **ion** 名詞 = violation　　　　Ⓢbreach ❹TOEIC

violation [ˌvaɪəˈleʃən] 違背；犯規　　　　通記 in violation of 違背

Any **violation** of the law was punished immediately throwing the violator in jail.
任何違法行為都會立刻受罰，違法者面臨牢獄之災。

---

015 名詞 -ism, -asm

學說；主義；行業；事物

MP3 372

快學便利貼

capitalism 資本主義
criticism 批評；評論；審定
enthusiasm 熱忱；熱心
evolutionism 進化論
journalism 新聞業；新聞寫作
materialism 寫實主義；唯物主義
mechanism 機械裝置；結構；技巧
nationalism 民族主義

optimism 樂觀主義
organism 微生物；組織；結構
pessimism 悲觀主義
racism 種族主義；種族歧視
realism 現實主義
socialism 社會主義
tourism 觀光業；旅遊

單字拆解

Ⓢ同義　Ⓐ反義　❺單字出現頻率

capital 資本 + **ism** 主義 = capitalism

capitalism ['kæpətḷ,ɪzəm] 資本主義

Ⓐ socialism ❹ GRE

 速記 post-capitalism 後資本主義

Capitalism is an economic system where market forces control the prices of commodities.
資本主義是一種由市場力量支配商品價格的經濟制度。

critic 批評家 + **ism** 行業 = **criticism**

Ⓐ praise ❸ TOEFL

criticism ['krɪtə,sɪzəm] 評論

 速記 constructive criticism 建設性批評

The anonymous author's sharp opinion in the newspaper column generated much **criticism**.
報紙上匿名作者的尖銳意見引發許多批評。

enthuse 變熱心 + **asm** 狀態 = **enthusiasm**

Ⓢ eagerness ❸ TOEIC

enthusiasm [ɪn'θjuzɪ,æzəm] 熱忱；熱心

The woman was full of **enthusiasm** about her investment in the real estate deal.
女子對投資不動產買賣充滿熱忱。

evolution 進化 + **ism** 學說 = **evolutionism**

Ⓐ creationism ❹ GRE

evolutionism [,ɛvə'luʃənɪzəm] 進化論

I was reading about Charles Darwin, the English scientist who was the founder of **evolutionism**.
我正在閱讀有關創立進化論的英國科學家，查爾斯·達爾文。

journal 日記 + **ism** 物 = **journalism**

❸ IELTS

journalism ['dʒɜnḷ,ɪzm] 新聞業

速記 investigative journalism 調查性新聞

Sophia has been determined to find a job in the **journalism** field after she graduates.
蘇菲亞已決定畢業後要在新聞業找工作。

material 物質 + **ism** 主義 = **materialism**

Ⓐ idealism ❷ GRE

materialism [mə'tɪrɪəl,ɪzəm] 唯物主義

René Descartes, a French philosopher and mathematician, is the pioneer of **materialism**.
笛卡兒是法國的哲學家與數學家，是唯物論的先驅。

mechanic 技工 + **ism** 主義 = **mechanism**

❷ TOEFL

mechanism ['mɛkə,nɪzəm] 機械裝置；結構

The nervous tissue is a complex **mechanism** that sends electrical signals to and from the brain.
神經組織是將電子訊號來回傳導至大腦的複雜機制。

national 全國性的 + **ism** 主義 = **nationalism**

nationalism [ˈnæʃənˌɪzəm] 民族主義

The Chinese government displays great **nationalism** and pride during its May Day parade.
中國政府在五一節遊行期間展現強大的民族主義與驕傲。

optimize 持樂觀態度 + **ism** 主義 = optimism　Ⓐpessimism ❷TOEFL

optimism [ˈɑptəmɪzəm] 樂觀主義

 sense of optimism 感到樂觀

The doctor expressed **optimism** about the patient's recovery from his chronic disease.
醫師對病人能自慢性疾病康復表達樂觀。

organize 組織 + **ism** 物 = organism　Ⓢbeing ❸GRE

organism [ˈɔrgənˌɪzəm] 微生物

living organism 有機生命體

Life started to diversify after evolving from single-celled **organisms** to more complex forms.
生命自單細胞組織進化到複雜結構之後開始出現多樣性。

pessimist 悲觀者 + **ism** 主義 = pessimism　Ⓐoptimism ❸GEPT

pessimism [ˈpɛsəmɪzəm] 悲觀主義

A man of enterprise and good fortune always stays away from people who show **pessimism**.
進取心強又好運的人永遠不會與表現悲觀的人為伍。

race 民族 + **ism** 主義 = racism　❷TOEFL

racism [ˈresɪzəm] 種族歧視

 environmental racism 環境種族主義

To my great surprise, the reputable senator used to support **racism** during his youth.
我非常訝異這位頗負聲望的參議員年輕時曾經支持種族主義。

real 真實的 + **ism** 主義 = realism　Ⓢpracticalness ❷TOEIC

realism [ˈrɪəlˌɪzəm] 現實主義

I watched a documentary about a blind artist who painted with extraordinary **realism**.
我看過一部紀錄片是關於一位用超現實手法繪畫的盲人藝術家。

social 社會的 + **ism** 主義 = socialism　Ⓐcapitalism ❸TOEFL

socialism [ˈsoʃəlˌɪzəm] 社會主義

The economics scholar converted his beliefs to **socialism** after he was put into prison.
經濟學家入監後改變信念為社會主義。

tour 旅行 + **ism** 行業 = tourism

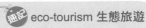
tourism ['turɪzəm] 觀光業；旅遊

 eco-tourism 生態旅遊

The couple took a trip to Japan after watching a commercial made by the **tourism** bureau.
那對夫婦看到觀光局製作的廣告後前往日本旅行。

016 名詞 -ium, um

MP3 373

 快學便利貼

aluminum 鋁	**petroleum** 石油
momentum 動量；惰性；要素；契機	**uranium** 鈾

單字拆解

⑤同義 **Ⓐ反義** **❺單字出現頻率**

aluminize 在…塗鋁 + **um** 名詞 = **aluminum** ❶TOEFL

aluminum [ə'lumɪnəm] 鋁

 be made of aluminum 鋁製

Tom's wife went online to order a set of long-lasting cooking utensils made of **aluminum**.
湯姆的老婆上網訂購一組耐用的鋁製廚具。

moment 力矩 + **um** 名詞 = **momentum** ⑤force ❸TOEIC

momentum [mo'mɛntəm] 動量

When the star basketball player on their team got hurt, it killed their **momentum** and they lost.
籃球隊的明星選手一受傷，就扼殺了他們的士氣，使其屢戰屢敗。

petrol 汽油 + **ium** 名詞 = **petroleum** ⑤black gold ❷TOEIC

petroleum [pə'trolɪəm] 石油

Chinese Petroleum Corp. 中油

Most countries in Mideast are rich in **petroleum** and they export many containers full every year.
許多中東國家盛產石油，每年出口無數貨櫃的原油。

uraninite 天然氧化鈾 + **ium** 名詞 = **uranium** ❷GRE

uranium [ju'renɪəm] 鈾

uranium ore 鈾礦

Enriched **uranium** is an essential element to produce an atom bomb, so it is strictly

controlled.
濃縮鈾是製造原子彈的基本成分，因此受到嚴格控管。

017

名詞 -ment 狀態

快學便利貼

accomplishment 成就；實行；履行；才能

adjustment 調整；校正；清算

advertisement 廣告；登廣告

agreement 同意；契約；一致

amusement 樂趣；娛樂活動

announcement 宣告；預告；聲明

apartment 公寓；房間

appointment 任命；職位；預約；指定；約會

argument 爭論；論點；摘要

arrangement 整理；約定；和解；情節

assessment 評定；稅額；應繳股款

assignment 分配；指定；委派；委託證書；工作

astonishment 驚訝；驚愕

attachment 附著；附件；扣押；逮捕

basement 底層；地下室

commitment 犯罪；委任；承諾；債務；信仰

complement 補充；整套；補語；v. 補充；補足

compliment 恭維話；敬意；禮儀

contentment 滿意；滿足

department 部門；科系

development 發展；擴充；新事物；進化；顯影

enlightenment 啟蒙

enrichment 富裕；充實；肥沃；濃縮

enrollment 註冊；入伍；入會

entertainment 招待；娛樂；宴會

establishment 設立；機關；研究所；收入

excitement 興奮；刺激；令人興奮的事；激勵

government 政府；管理；內閣

harassment 折磨；騷擾；煩惱

implement 器具；裝備；手段

imprisonment 監禁；限制

installment 分期付款中的每期應付款；一期；分冊

instrument 樂器；儀器；證券；文件；工具；手段

investment 投資；授權；封鎖；覆蓋

judgment 審判；判斷；意見

measurement 測量；尺寸

movement 運動；動作；姿勢；傾向；樂章；動靜

nourishment 營養；撫養；助長

pavement 人行道；鋪路材料

payment 支付；付款額；報酬；賠償；報復；付款

postponement 延緩；擱置

punishment 處罰；痛擊

disagreement 不一致;爭論;不適合;有害	**refinement** 提煉;優雅;精密
	refreshment 提神;心曠神怡;茶點
disappointment 挫折;失望	**requirement** 要求;必需品;資格
discouragement 沮喪;阻止	**resentment** 憤怒;怨恨
embarrassment 困惑;為難;拮据	**retirement** 退休;偏僻地方
employment 利用;雇用;工作	**statement** 聲明;供述;財務報告書
enactment 頒佈;法令;演出	**settlement** 安定;結算;殖民地;居留地;租界
encouragement 鼓勵;助長;贊助	
enforcement 實施;強制	**supplement** 補足;附錄
engagement 約定;婚約;雇用;債務	**temperament** 脾氣;喜怒無常
enhancement 增加;提高;宣揚	**tournament** 比賽;錦標賽
enjoyment 享受;欣賞;喜愛	**treatment** 待遇;處理;治療
enlargement 擴展;增大;放大照片	**unemployment** 失業

單字拆解　　　　Ⓢ同義　Ⓐ反義　❺單字出現頻率

accomplish 完成 ＋ **ment** 狀態 ＝ accomplishment

Ⓢachievement ❸GEPT

accomplishment [əˈkɑmplɪʃmənt] 成就

Beyond all question, to graduate at the top of his class was a difficult **accomplishment**.
無疑地,要在他班上以頂尖成績畢業是很難達成的。

adjust 調整 ＋ **ment** 狀態 ＝ adjustment　　Ⓢmodulation ❹IELTS

adjustment [əˈdʒʌstmənt] 調整　　掰記 make adjustments 做調整

It was contrary to expectations that the organization made an **adjustment** to the janitor's salary.
機構調整工友薪水的做法與預期有所出入。

advertise 做廣告 ＋ **ment** 狀態 ＝ advertisement　Ⓢad ❹TOEIC

advertisement [ˌædvɚˈtaɪzmənt] 廣告

The online store was thrust into fame when it's eye-catching **advertisement** aired on TV.
網路商店在電視上播出引人注目的廣告時衝高知名度。

agree 同意 ＋ **ment** 狀態 ＝ agreement　　Ⓐdisagreement ❹IELTS

agreement [əˈgrimənt] 同意;契約;一致

The store came to an **agreement** with the man who was injured when he fell while shopping.

店家和一位在店裡購物時摔傷的男子達成協議。

amuse 娛樂 **+** **ment** 狀態 **= amusement** Ⓢentertainment ❷TOEIC

amusement [əˋmjuzmənt] **樂趣** 速記 amusement park 遊樂場

Those children found much **amusement** when they visited the circus that came to their city.
那些孩子在觀賞來到他們城裡的馬戲團表演時得到許多樂趣。

announce 宣告 **+** **ment** 狀態 **= announcement**
Ⓢproclamation ❹TOEFL

announcement [əˋnaʊnsmənt] **宣告**

It appears that an important **announcement** about the war will be made tomorrow.
明天似乎會有一項關於戰爭的重要宣告。

apart 個別；相隔 **+** **ment** 狀態 **= apartment** Ⓢflat ❷GRE

apartment [əˋpartmənt] **公寓；房間** 速記 apartment house 公寓

According to the celebrity news, a famous movie star bought an **apartment** for his girlfriend.
根據名人新聞報導，一位知名影星買了一棟公寓給他的女朋友。

appoint 委派 **+** **ment** 狀態 **= appointment** Ⓢarrangement ❹TOEIC

appointment [əˋpɔɪntmənt] **預約；約會**

The employee made an **appointment** with the supervisor to discuss getting a raise in pay.
那名員工和主管約定時間討論加薪事宜。

argue 爭論 **+** **ment** 狀態 **= argument** Ⓢdisagreement ❸IELTS

argument [ˋargjəmənt] **爭論** 速記 get into an argument 陷入爭執

The customer got into an **argument** with the sales clerk when his cell phone didn't work.
顧客在他的手機壞掉時與店員發生口角。

arrange 整理 **+** **ment** 狀態 **= arrangement** Ⓢagreement ❹TOEIC

arrangement [əˋrendʒmənt] **約定**

You should have made **arrangements** with your landlord to get a set of keys in advance.
你應該和你的房東事先約好要拿一整串的鑰匙。

assess 評估 **+** **ment** 狀態 **= assessment** Ⓢevaluation ❸GRE

assessment [əˋsɛsmənt] **評定** make an assessment 評估

Dr. Lee made a careful **assessment** of the patient's condition before he discharged him.

李醫生讓病患出院前會仔細評估病患的狀況。

assign 分配 + **ment** 狀態 = **assignment**　　Ⓢtask ❹GEPT

assignment [ə'saɪnmənt] 分配；指定；委派

The photojournalist left for his **assignment** to document the war in the Middle East.
攝影記者受派前往中東，任務是提供戰爭紀錄。

astonish 使吃驚 + **ment** 狀態 = **astonishment**　　Ⓢamazement ❸TOEFL

astonishment [ə'stɑnɪʃmənt] 驚訝

To everyone's **astonishment**, the star soccer player from North Korea asked for asylum.
令每個人驚訝的是，來自北韓的足球明星要求政治庇護。

attach 附上 + **ment** 狀態 = **attachment**　　❸IELTS

attachment [ə'tætʃmənt] 附著；附件　　通記 attachment to 附著於

I sent the e-mail to the attorney with several **attachments**, so he would have supporting documents.
我寄一封有幾個附件的電子郵件給律師，這樣他就有佐證資料。

base 底層 + **ment** 狀態 = **basement**　　Ⓢcellar ❷IELTS

basement ['besmənt] 底層；地下室　　通記 in the basement 在地下室

Jay addressed a complaint to his landlord, because the **basement** was flooded with water.
因為地下室淹水，傑向他的房東表達不滿。

commit 委任 + **ment** 狀態 = **commitment**　　Ⓢpromise ❸TOEIC

commitment [kə'mɪtmənt] 委任；承諾

Miss Liu shouldn't have made a hasty **commitment** to a man who didn't show much integrity.
劉太太原本不該倉促地給那名不太正直的男子承諾。

complete 完成 + **ment** 狀態 = **complement**　　Ⓢsupplement ❷GRE

complement ['kɑmpləmənt] 補充　　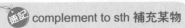 complement to sth 補充某物

If you are looking for success, remember that hard work is a great **complement** to persistence.
如果你正追尋成功，記得努力工作來完成你的堅持。

compli 順從 + **ment** 狀態 = **compliment**　　Ⓢflatter ❺IELTS

compliment ['kɑmpləmənt] 恭維話　　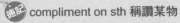 compliment on sth 稱讚某物

In my mind, the customer's high praise was the greatest **compliment** I've ever had.
對我來說，這位客人的高度讚揚是我得過最棒的讚美。

字首 字根 字尾 複合字

content 容量 + **ment** 狀態 = contentment

Ⓐdiscontentment ④TOEIC

contentment [kən'tɛntmənt] 滿意

Glancing at her beloved, Vicky made no disguise of her feelings with a smile of **contentment**.
看著她的最愛，薇琪毫不掩飾地流露出滿足的笑容。

depart 分離 + **ment** 狀態 = department

Ⓢdivision ④GEPT

department [dɪ'pɑrtmənt] 部門

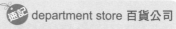 department store 百貨公司

The manager of the sales **department** always wears a beautiful dress on Fridays.
銷售部經理每星期五總是穿著漂亮洋裝。

develop 發展 + **ment** 狀態 = development

Ⓢgrowth ⑤GRE

development [dɪ'vɛləpmənt] 發展

 under development 發展中

There will be a lecture on the economic **development** in the activity center tomorrow.
明天活動中心有一場關於經濟發展的演講。

disagree 不一致 + **ment** 狀態 = disagreement

Ⓐagreement ④IELTS

disagreement [ˌdɪsə'grimənt] 意見不合

If we have another **disagreement** and can't work it out, I will become very depressed.
如果我們再度意見不合而又不能解決時，我會變得非常沮喪。

disappoint 使失望 + **ment** 狀態 = disappointment

Ⓢnonfulfilment ②TOEIC

disappointment [ˌdɪsə'pɔɪntmənt] 失望

The nation's citizens couldn't get over their **disappointment** with the former President.
這個國家的國民無法忘卻對前任總統的失望。

discourage 使沮喪 + **ment** 狀態 = discouragement

Ⓐencouragement ③GRE

discouragement [dɪs'kɝɪdʒmənt] 阻止

When the student told her parents she wanted to be a singer, their **discouragement** was strong.
學生告訴父母她想要成為歌手時，他們強力阻止。

embarrass 使困惑 + **ment** 狀態 = embarrassment

Ⓢabashment ③TOEIC

embarrassment [ɪm'bærəsmənt] 為難；拮据

After losing most of the money in the retirement fund, the man suffered great **embarrassment**.
失去大部分退休金後，男人陷入嚴重的困境。

employ 雇用 + **ment** 狀態 = **employment**
⒜unemployment ❹IELTS

employment [ɪmˈplɔɪmənt] 雇用

The youngster found **employment** as an integrated circuit technician at a high-tech company.
年輕人在高科技公司找到一份積體電路技師的工作。

enact 制訂法令 + **ment** 狀態 = **enactment**
⒮legislation ❷TOEFL

enactment [ɪnˈæktmənt] 立法；法令
速記 enactment date 制定日期

More children were able to receive health care after the **enactment** of the health care reform law.
制定健保修正法案後，有更多孩童能得到健康照顧。

encourage 鼓勵 + **ment** 狀態 = **encouragement**
⒜discouragement ❷TOEFL

encouragement [ɪnˈkɜɪdʒmənt] 鼓勵；助長

The swimming champion owed her success to her coaches' constant **encouragement**.
游泳冠軍選手將她的成就歸功於教練們持續的鼓勵。

enforce 實施 + **ment** 狀態 = **enforcement**
⒮compulsion ❸GRE

enforcement [ɪnˈforsmənt] 實施
速記 law enforcement 執法

People should be able to count on the police to provide responsible law **enforcement**.
人們應該能夠信賴警方盡責執法。

engage 訂婚 + **ment** 狀態 = **engagement**
⒮promise ❹GEPT

engagement [ɪnˈgedʒmənt] 約定；婚約

The man was shaking when he gave his girlfriend an **engagement** ring, because he was nervous.
因為緊張，男子在送女友訂婚戒指時一直顫抖。

enhance 提高；宣揚 + **ment** 狀態 = **enhancement**
⒮improvement ❷IELTS

enhancement [ɪnˈhænsmənt] 增加；提高

The hotel gave out comment cards to its guests to get ideas for **enhancements** of its service.
飯店發給客戶意見卡以獲得改善服務的建議。

enjoy 享受 + **ment** 狀態 = **enjoyment**
⒮delight ❸TOEIC

enjoyment [ɪnˈdʒɔɪmənt] 享受；喜愛

During the ocean cruise, the band sang popular dance tunes for the **enjoyment** of the guests.
海外巡演期間，樂團演唱來賓喜愛的熱門舞曲。

字首

字根

字尾

複合字

enlarge 擴展 + **ment** 狀態 = enlargement　Ⓢexpansion ❹GRE

enlargement [ɪn'lɑrdʒmənt] 擴展；放大照片

To illustrate his proposed design, the architect revealed an **enlargement** of the blueprints.
為了講解他所提議的設計，建築師展示出藍圖的放大圖。

enlighten 開導；使擺脫偏見 + **ment** 狀態 = enlightenment　Ⓢedification ❸IELTS

enlightenment [ɪn'laɪtŋmənt] 啟蒙

My homeroom teacher provided me with **enlightenment** as to why I should never give up in life.
我的導師開導我人生絕對不該放棄的原因。

enrich 富含 + **ment** 狀態 = enrichment　Ⓢbetterment ❷TOEIC

enrichment [ɪn'rɪtʃmənt] 富裕；充實

The parents demanded that the school provide music class for the **enrichment** of their children.
為了充實他們的小孩，家長要求學校提供音樂課程。

enroll 註冊 + **ment** 狀態 = enrollment　Ⓢregistration ❸GRE

enrollment [ɪn'rolmənt] 註冊；入伍

There was a problem with the transfer student's **enrollment** because no one could find his transcript.
因為沒有人找得到轉學生的成績單，使他的註冊出現問題。

entertain 招待 + **ment** 狀態 = entertainment　Ⓢamusement ❹IELTS

entertainment [ˌɛntə'tenmənt] 招待；娛樂

The public-relations manager was delighted to be responsible for the **entertainment** of clients.
公關經理樂意負起招待客戶的責任。

establish 設立 + **ment** 狀態 = establishment　Ⓢset-up ❷TOEIC

establishment [ɪs'tæblɪʃmənt] 設立；機關

The manufacturing company is a well-organized **establishment** without parallel in the industry.
這間製造公司是一個井然有序，業界無以匹配的組織。

excite 使興奮 + **ment** 狀態 = excitement　❸GEPT

excitement [ɪk'saɪtmənt] 興奮；刺激

The popular pop star provided **excitement** to all of the sailors on the aircraft carrier.
流行歌手讓航空母艦上的所有水手感到興奮。

govern 統治 + **ment** 狀態 = **government** Ⓢadministration ❹TOEIC

government [ˈgʌvənmənt] 政府　　　通記 form a government 成立政府

Many citizens have a hard time trusting the promises of the **government**.
許多市民難以相信政府的承諾。

harass 使煩擾 + **ment** 狀態 = **harassment** Ⓢdisturbance ❸GRE

harassment [ˈhærəsmənt] 騷擾　　　通記 sexual harassment 性騷擾

Some employers fail to give proper attention to the issue of sexual **harassment** in the workplace.
有些雇主未能適當關注職場性騷擾的議題。

imply 意味 + **ment** 狀態 = **implement** Ⓢtool ❸TOEIC

implement [ˈɪmpləmənt] 器具；實施　　通記 farm implement 農具

The company called a meeting of employees to **implement** the new safety procedures.
公司為實行新的安全程序召開員工會議。

imprison 監禁 + **ment** 狀態 = **imprisonment**
Ⓢimmurement ❸IELTS

imprisonment [ɪmˈprɪzn̩mənt] 監禁

The hijacker was sentenced to life **imprisonment** without the chance for parole.
綁架犯被判不得假釋的終生監禁。

install 安置 + **ment** 狀態 = **installment** ❸GRE

installment [ɪnˈstɔlmənt] 分期支付

Mr. Ko paid for his new car in 48 monthly **installments** of ten thousand dollars.
柯先生以月付一萬元，總共分四十八期來支付他的新車。

instru 演奏法 + **ment** 狀態 = **instrument** Ⓢtool ❷IELTS

instrument [ˈɪnstrəmənt] 樂器；儀器　　通記 music instrument 樂器

The nurse sterilized all of the surgical **instrument** for the doctor before surgery began.
護士在手術開始前為醫師消毒所有手術器具。

invest 投資 + **ment** 狀態 = **investment** ❹TOEIC

investment [ɪnˈvɛstmənt] 投資　　通記 make an investment 投資

The large **investment** Truman made into the chemical factory amounted to two billion dollars.
杜魯門在化學工廠的巨額投資高達二十億元。

judge 判決 + **ment** 狀態 = **judgment** Ⓢopinion ❹GEPT

judgment [ˈdʒʌdʒmənt] 審判；判斷　　通記 good judgement 判斷精準

Hank makes good **judgments** about people he hires, but I think the new employee won't last.
漢克對他雇用的人判斷精準，但我認為這個新員工不會久留。

measure 測量 + **ment** 狀態 = measurement ③ TOEFL

measurement [ˈmɛʒəmənt] 測量；尺寸

The **measurements** of the vault in the bank are 25 by 25 by 25 feet, which is very large.
銀行金庫的尺寸是二十五立方呎，規模非常大。

move 移動 + **ment** 狀態 = movement Ⓢ motion ④ GRE

movement [ˈmuvmənt] 運動；動作 labor movement 工人運動

A group of people is gathering around the corner, and they seem to be about to start a **movement** against something.
有一群人聚集在街角，他們似乎將要進行某種抗爭運動。

nourish 營養 + **ment** 狀態 = nourishment Ⓢ nutrition ② TOEFL

nourishment [ˈnɝɪʃmənt] 營養

The volunteer soup kitchen provided **nourishment** to thousands of homeless people every night.
義工廚房每晚提供營養食物給幾千名無家可歸的人。

pave 鋪設 + **ment** 狀態 = pavement Ⓢ sidewalk ③ IELTS

pavement [ˈpevmənt] 人行道 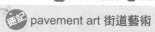 pavement art 街道藝術

There are several containers next to the **pavement** for recycling aluminum, paper, and plastic.
人行道旁有幾個回收鋁、紙類及塑膠瓶的箱子。

pay 支付 + **ment** 狀態 = payment Ⓢ compensation ④ TOEIC

payment [ˈpemənt] 支付；報酬 down payment 頭期款

Full **payment** has to be made before the customer leave the dealership with his or her new car.
顧客開著他或她的新車離開代理商門市前需付清全額。

postpone 延緩 + **ment** 狀態 = postponement Ⓢ delay ③ GRE

postponement [postˈponmənt] 延緩

The **postponement** of the basketball game was caused by debris falling from the ceiling.
屋頂掉落的殘瓦造成籃球比賽延期。

punish 處罰 + **ment** 狀態 = punishment Ⓢ penalty ④ GEPT

punishment [ˈpʌnɪʃmənt] 處罰；痛擊

Carrice's **punishment** for being late to class was to spend the afternoon in detention.

凱利斯上課遲到的處罰是下午要留校察看。

refine 提煉 + **ment** 狀態 = **refinement** ⓢelegance ❸IELTS

refinement [rɪ'faɪnmənt] 提煉；優雅　　🏷️ sugar refinement 煉糖

There was much **refinement** and exquisite workmanship exhibited in the artist's later works.
藝術家後期的作品中展示出許多典雅精緻的成品。

refresh 使變新 + **ment** 狀態 = **refreshment** ⓢnutriment ❷GRE

refreshment [rɪ'frɛʃmənt] 提神；茶點

Refreshments will be served in the lobby during the intermission of the recital.
獨奏會中場休息期間將於大廳供應茶點。

require 要求 + **ment** 狀態 = **requirement** ⓢneed ❹TOEIC

requirement [rɪ'kwaɪrmənt] 要求

John passed the employees' review and fulfilled all **requirements** for getting a raise.
約翰批准員工的審核，並同意所有加薪的要求。

resent 憤怒 + **ment** 狀態 = **resentment** ⓢanger ❸GRE

resentment [rɪ'zɛntmənt] 憤怒　　🏷️ to bear resentment 懷恨

The CEO sold his company to a larger company, but he faced much **resentment** from employees.
執行長將公司賣給一家更大的公司，但得面對來自員工的憤怒。

retire 退休 + **ment** 狀態 = **retirement** ⓢretreat ❷IELTS

retirement [rɪ'taɪrmənt] 退休；偏僻地方

The former financial manager invested heavily in the stock market after his **retirement**.
前任財務經理退休後大量投資股票。

state 陳述 + **ment** 狀態 = **statement** ⓢannouncement ❸TOEIC

statement ['stetmənt] 聲明；供述　　🏷️ bank statement 銀行對帳單

I always get a bank **statement** in the mail during the last week of the month.
每個月的最後一週我總會收到銀行的對帳單。

settle 安定 + **ment** 狀態 = **settlement** ⓢagreement ❸GRE

settlement ['sɛtḷmənt] 安定；結算　　🏷️ reach a settlement 達成協議

The shopkeeper required the customer to complete the **settlement** of his account before he left.
店長要求顧客離開前先結清帳款。

supple 柔軟的 + **ment** 狀態 = **supplement**

字首

字

首

字

根

字

尾

複

合

字

supple**ment** ['sʌpləmənt] 補足；附錄

My neighbor put too much value on dietary **supplements**, and never ate enough real food.
我的鄰居高估營養補給品，真正的食物卻缺乏補充。

temper 脾氣 + **ment** 狀態 = temperament　**S**disposition **2** IELTS

tempera**ment** ['tɛmprəmənt] 脾氣

The lady with a mellow **temperament** has never lost her temper while working at the office.
脾氣溫和的女子不曾在工作場合發脾氣。

tour 巡迴 + **na** + **ment** 狀態 = tournament
Scompetition **3** GRE

tourna**ment** ['tɜnəmənt] 比賽；錦標賽

The school volleyball team won the championship in the national **tournament** yesterday.
排球校隊昨天贏得全國總錦標賽。

treat 待遇 + **ment** 狀態 = treatment　**S**therapy **4** TOEIC

treat**ment** ['tritmənt] 待遇；治療　 silent treatment 沉默以對

Some foreign laborers in Taiwan complained of unreasonable **treatment** by their employers.
有些在台灣的外籍勞工抱怨雇主不合理的待遇。

unemploy 失業 + **ment** 狀態 = unemployment
Sjoblessness **3** GEPT

unemploy**ment** [ˌʌnɪm'plɔɪmənt] 失業

Thousands of people will face **unemployment** when the company go bankrupt.
公司破產時將會有數千人面臨失業。

018

名詞 -ness

MP3 375

快學便利貼

business 事務；商業；交易；公司；職責	**wilderness** 荒野；無數；不受控制的
consciousness 意識；知覺	狀態；茫茫的一片

Ⓢ同義　Ⓐ反義　❺單字出現頻率

busy 忙碌 + ness 名詞 = business　　　Ⓢwork ❸IELTS

business ['bɪznɪs] 事務；商業
通記 run a business 經營事業

The psychologist made a deliberate decision to start a new **business** in his hometown.
心理學家經過一番深思熟慮後，決定在家鄉開創新事業。

conscious 有意識的 + ness 名詞 = consciousness
Ⓐunconsciousness ❹TOEIC

consciousness ['kɑnʃəsnɪs] 意識；知覺

The man lost **consciousness** after he had a hard fall during a speed skating contest.
男子在競速滑冰比賽時嚴重摔落後失去了意識。

wilder 使困惑 + ness 名詞 = wilderness　　　Ⓢwasteland ❸GRE

wilderness ['wɪldənɪs] 荒野
通記 in the wilderness 在荒野中

The hunter spent the harsh winter living in the **wilderness** to search for grizzly bears.
獵人為了尋找灰棕熊，在荒野中度過寒冬。

019 名詞 -on, -or 指人或物

快學便利貼

actor 行動者；男演員；原告
behavior 行為；習性；作用
calculator 計算者；電腦
collector 採集者；收集器；收款員；募捐人；收藏家
commentator 注釋者；實況廣播報導員
companion 夥伴；朋友；指南
conductor 指導者；指揮；導體
contractor 立約人；包商
corridor 走廊；通路；迴廊
counselor 顧問；法律顧問；輔導員
creator 創造者；造物主；發生原因

janitor 守門人；工友
liquor 液體；溶液；酒
monitor 勸告者；班長；監視器；電腦螢幕；v. 監控
motor 原動力；發動機；汽車；v. 開汽車；adj. 運動的
narrator 敘述者；解說員；旁白
operator 操作者；總機；經紀人；投機商人；施行外科手術者
patron 獎勵者；贊助人；顧客
radiator 輻射體；散熱器
razor 剃刀；v. 剃

字首
字根
字尾
複合字

dictator 發號施令者；口授者；獨裁者	**refrigerator** 冰箱；製冰機
director 指揮者；長官；校長；導演	**sailor** 水手；船員
editor 編輯；校訂者	**sculptor** 雕刻家
elevator 電梯；起重工人	**spectator** 觀眾；旁觀者
escalator 電扶梯；**adj.** 上下調整的	**successor** 繼承人；接班人
factor 經銷商；因素；乘數	**surgeon** 外科醫生；軍醫
generator 產生者；創始者；發電機	**tailor** 裁縫師；**v.** 專門訂做
governor 統治者；州長	**traitor** 賣國賊；叛徒
innovator 革新者；改革者	**translator** 翻譯者；翻譯機
inspector 檢查員；監察員	**vendor** 攤販；賣主
instructor 教導者；大學講師	**visitor** 訪客；遊客；參觀者
inventor 發明家；創作者	**warrior** 戰士；軍人
investigator 研究者；調查者；偵查員	

單字拆解

⑤同義　▲反義　⑤單字出現頻率

act 動作；演出 ＋ **or** 人 ＝ **actor** ⑤performer ②GEPT

actor [ˈæktɚ] 行動者；男演員

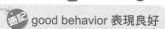 leading actor 主角

The controversial remarks the **actor** made in the interview were taken out of context.
演員在訪問中的爭議性言論遭斷章取義。

behave 行為 ＋ **or** 物 ＝ **behavior** ⑤conduct ③GEPT

behavior [bɪˈhevjɚ] 行為

好 good behavior 表現良好

The child earned a trip to the toyshop, because she was on her best **behavior** during the day.
小孩賺到一趟玩具店之行，因為她一整天表現良好。

calculate 計算 ＋ **or** 物 ＝ **calculator** ③GRE

calculator [ˈkælkjəˌletɚ] 計算機

 pocket calculator 袖珍型計算機

Before entering business school, all students are required to have a scientific **calculator**.
進入商業學校之前，所有學生都需要自備一台工程用計算機。

collect 聚集 ＋ **or** 人 ＝ **collector** ⑤gatherer ②GRE

collector [kəˈlɛktɚ] 收集者；募捐人

 debt collector 收帳人

The tax **collector** works under the command of the city mayor, and has a big responsibility.
收稅員在市長的指揮下做事，並有著重大的責任。

commentate 釋義 + **or** 人 = commentator ⓢbroadcaster ❹GEPT

commentator ['kɑmən,tetə] 實況廣播報導員

The news **commentator** has a good command of both English and French.
新聞現場播報員擅長英文與法文。

company 陪伴 + **on** 人 = companion ⓢpartner ❸TOEIC

companion [kəm'pænjən] 夥伴；朋友

The old man only had a dog for a **companion** after he freed from the prison camp.
老人自戰俘營獲釋後只有一隻狗陪伴著他。

conduct 指導；傳導 + **or** 人 = conductor ❷TOEFL

conductor [kən'dʌktə] 指揮；導體　　速記 heat conductor 熱導體

Silver is the best **conductor** of electricity, but it is generally too expensive to use in wiring.
銀是電的最佳導體，但通常因過於昂貴而無法當接線使用。

contract 契約 + **or** 人 = contractor ⓢbuilder ❸IELTS

contractor ['kɑntræktə] 立約人；包商

The construction of the new restroom at our school was done by qualified **contractors**.
合格包商興建我們學校的廁所。

corrid 走廊 + **or** 物 = corridor ⓢhallway ❷GRE

corridor ['kɔrɪdə] 走廊；通路　　速記 down the corridor 沿著走廊

In the education building, the main **corridor** leads to the auditorium where we have lectures.
教學大樓裡的主要走廊通往我們舉辦演講的禮堂。

counsel 商議；勸告 + **or** 人 = counselor ⓢadvisor ❹TOEIC

counselor ['kaunsḷə] 顧問　　速記 guidance counselor 諮詢顧問

The high school career **counselor** interviewed each student to recommend potential careers.
中學就業輔導老師與每一位學生面談，建議他們可能從事的職業。

create 創造 + **or** 人 = creator ⓢinventor ❺IELTS

creator [krɪ'etə] 創造者；造物主　　速記 the creator of …的創造者

The quiet scientist from M.I.T. was the **creator** of the electric car that won the contest.
那位寡言少語、來自麻省理工的科學家是贏得比賽的電動車發明者。

dictate 命令；聽寫 + **or** 人 = dictator ⓢtyrant ❷TOEFL

dictator ['dɪk,tetə] 口授者；獨裁者　　速記 military dictator 軍事獨裁者

The **dictator** abolished the national legislature and gave himself supreme power to make new laws.
獨裁者廢除國家立法機關，並賦予自己至高的立法權。

direct 指導 + **or** 人 = director

ⓈExecutive ❸TOEIC

director [dəˈrɛktɚ] 指揮者；導演　　　速記 board of directors 董事會

The film **director** Wu was honored by the Asian film industry at the Tokyo Film Festival.
吳導演在東京影展受到亞洲電影界的推崇。

edit 編輯 + **or** 人 = editor

Ⓢredactor ❹IELTS

editor [ˈɛdɪtɚ] 編輯　　　速記 editor in chief 總編輯

The contributing financial **editor** made remarks on the emerging trends of the stock market.
財經特約編輯撰文評論股市回升的趨勢。

elevate 舉起 + **or** 物 = elevator

Ⓢlift ❸TOEFL

elevator [ˈɛləˌvetɚ] 電梯　　　速記 take the elevator 搭電梯

Five visitors were trapped in the **elevator** going up to the telescope in the observatory.
五位訪客受困於通往天文台望遠鏡的電梯內。

escalate 乘電梯上升 + **or** 物 = escalator

Ⓢmoving stairway ❹GRE

escalator [ˈɛskəˌletɚ] 電扶梯　　　速記 take the escalator 搭電扶梯

The maintenance crew kept busy maintaining the **escalators** at the huge mall late at night.
維修小組漏夜不停忙著維修大賣場裡的電扶梯。

fact 事實 + **or** 人 = factor

Ⓢcause ❸TOEIC

factor [ˈfæktɚ] 因素　　　速記 major factor 主要因素

There are many **factors** to consider when choosing which university to attend.
選擇上哪一所大學時要考慮許多因素。

generate 產生 + **or** 人 = generator

❷GEPT

generator [ˈdʒɛnəˌretɚ] 產生者；發電機

The technician operated the electric **generator** on the transport ship with a remote control unit.
技術員用遙控裝置操作運輸船上的電子發動機。

govern 統治 + **or** 人 = governor

Ⓢadministrator ❹TOEFL

governor [ˈgʌvənɚ] 統治者　　　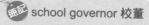 school governor 校董

The **governor** of the province decided to raise taxes to pay for earthquake relief efforts.
省長決定增稅以支應地震救援工作。

| innovate | 創新 + **or** 人 = innovator | Screator ③IELTS |

innovator [ˈɪnəˌvetə] 革新者；改革者

Thomas Edison was the ultimate **innovator**, as he found new ways to solve problems of his time.
湯姆斯・愛迪生是一位偉大的革新者，因為他找到解決那個時代問題的新方法。

| inspect | 檢查 + **or** 人 = inspector | Sexaminer ②TOEIC |

inspector [ɪnˈspɛktə] 檢查員
速記 ticket inspector 驗票員

The meat **inspector** worked dutifully to prevent harmful bacteria from harming consumers.
肉品檢查員盡忠職守，預防消費者受到有害細菌的侵害。

| instruct | 教導 + **or** 人 = instructor | Strainer ④GRE |

instructor [ɪnˈstrʌktə] 講師
速記 part time instructor 兼職講師

The flight **instructor** trained new pilots, and logged thousands of flight hours in the air.
飛行教練訓練新飛行員，並在空中飛行數千小時。

| invent | 發明 + **or** 人 = inventor | Screator ③GEPT |

inventor [ɪnˈvɛntə] 發明家
速記 Inventor's Day (美國)發明節

The teenager who showed creative talents wanted to be an **inventor** in the future.
展現創意才能的青少年未來想要做個發明家。

| investigate | 調查 + **or** 人 = investigator | Sinquirer ②TOEFL |

investigator [ɪnˈvɛstəˌgetə] 研究者；偵查員

The insurance claims specialist hired an **investigator** to deal with the suspicious fire claim.
保險理賠專家雇請調查員處理可疑的火險理賠案。

| janit + **or** 人 = janitor | Scustodian ④TOEIC |

janitor [ˈdʒænɪtə] 守門人；工友

The school hired extra **janitors** to help clean the high school during the last week of semester.
校方在學期最後一週另外雇請工友整理校園。

| liqu 酒；液體 + **or** 物 = liquor | Sspirits ③IELTS |

liquor [ˈlɪkə] 液體；烈酒
速記 liquor store 酒品店 hard liquor 烈性酒

The driver under the influence of **liquor** was arrested on a DUI charge and was sent to jail.
受酒精影響的駕駛人因酒醉駕車遭拘捕並入監服刑。

monit 警告 + **or** 物 = monitor

Ⓢoversee ④GRE

monitor ['mɑnətə] 監視器；電腦螢幕

The patient in intensive care was immediately connected to an electric heart **monitor**.
受重症監護的病人與電子心臟監視器緊密連接。

mot 動作 + **or** 物 = motor

Ⓢengine ③IELTS

motor ['motə] 原動力；發動機

速記 motor inn 汽車旅館

I have to go to the garage today to get the car **motor** tuned up before the big trip.
長途旅行之前，我今天要先去車庫把汽車發動機熱一下。

narrate 敘述 + **or** 人 = narrator

Ⓢvoice-over ④TOEIC

narrator [næ'retə] 解說員；旁白

速記 first-person narrator 第一人稱敘述

The **narrator** of the documentary film did an excellent job of conveying a sense of urgency.
紀錄片的解說員在傳達急迫感時表現傑出。

operate 操作 + **or** 人 = operator

Ⓢtelephonist ⑤TOEFL

operator ['ɑpə,retə] 操作者；總機

速記 train operator 火車司機

If you can't remember the phone number for an important call, you can dial the **operator**.
如果你不記得重要來電的電話號碼，你可以撥總機。

patr 贊助 + **on** 人 = patron

Ⓢcustomer ②TOEFL

patron ['petrən] 獎勵者；顧客

速記 regular patron 老主顧

The all-you-can-eat restaurant will have a special offer for their regular **patrons** during the holidays.
吃到飽餐廳將提供常客假日特價優惠。

radiate 輻射 + **or** 物 = radiator

Ⓢheater ③IELTS

radiator ['redɪ,etə] 散熱器；暖氣機

The woman received the news from the mechanic that she would need to replace the **radiator**.
女士接獲來自修理工人的消息，說她的暖氣機需要更換。

raze 消除 + **or** 物 = razor

Ⓢshaver ④TOEIC

razor ['rezə] 剃刀

速記 razor blade 刮鬍刀片

The assistant manager usually shaved his face with a **razor** in the office restroom.
副理經常在辦公室裡的盥洗室用剃刀刮鬍子。

refrigerate 使冷卻 + **or** 物 = refrigerator

refrigerator [rɪˈfrɪdʒəˌretə] 冰箱

Anna's parents bought her a small **refrigerator** for her dorm room as a graduation gift.
安娜的雙親為她購置一部宿舍使用的冰箱作為畢業禮物。

sail 航行 + **or** 人 = sailor

Smariner **2**GRE

sailor [ˈselə] 水手

速記 sailor suit 水手服

Dozens of **sailors** died on the South Korean vessel when a torpedo sunk it.
魚雷炸沉南韓船隻時，數十名水手喪生。

sculpt 雕塑 + **or** 人 = sculptor

Scarver **3**IELTS

sculptor [ˈskʌlptə] 雕刻家

速記 wood sculptor 木雕家

The **sculptor** was commissioned to create a sculpture of the latest President of the United States.
雕刻家受託創作一尊美國新任總統的雕像。

spectate 出席觀看 + **or** 人 = spectator

Saudience **4**TOEIC

spectator [spɛkˈtetə] 觀眾；旁觀者

According to the news release, the New Year's countdown will draw almost a million **spectators**.
根據新聞報導，紐約跨年倒數將吸引將近一百萬名觀眾。

success 成功 + **or** 人 = successor

Sheir **2**TOEFL

successor [səkˈsɛsə] 繼承人

速記 successor to 接任…的人

The North Korean leaders met to decide who will be the **successor** to the supreme leader.
北韓領導人會面決定誰將是最高領導接班人。

surgery 外科手術 + **on** 人 = surgeon

Aphysician **3**IELTS

surgeon [ˈsɜdʒən] 外科醫生

速記 plastic surgeon 整形外科醫生

The **surgeon** removed the tumor in the woman's womb during emergency surgery.
外科醫師在緊急手術中切除婦人子宮腫瘤。

tail 燕尾服 + **or** 人 = tailor

Sdressmaker **2**GRE

tailor [ˈtelə] 裁縫師

速記 tailor-made 量身訂製的

When you need to look your best, you should order a custom suit from a fine **tailor**.
在你需要展現自己最美的一面時，應該請巧手的裁縫師量身訂做一襲套裝。

trait 特徵 + **or** 人 = traitor

Sbetrayer **3**TOEIC

traitor [ˈtretə] 叛徒

速記 traitor to 背棄…的人

To my disgust, the ambassador became a **traitor** to his country and sold secrets for cash.

大使變成國家叛徒，並且販賣機密，真是令我作嘔。

translate 翻譯 **+** **or** 人 **= translator** ⑤interpreter ④IELTS

translator [træns'letɚ] **翻譯者** 速記 simultaneous translator 同步譯者

The multilingual graduate took a job as a **translator** in a multi-national corporation.
會說多種語言的畢業生在一家跨國企業擔任翻譯員工作。

vend 販賣 **+** **or** 人 **= vendor** ⑤seller ①GRE

vendor ['vɛndɚ] **攤販** 速記 ice cream vendor 冰淇淋攤販

The notorious gangster usally demands street **vendors** to pay him money as a protection fee.
惡名昭彰的幫派份子經常要求街頭攤販付錢給他當保護費。

visit 拜訪；參觀 **+** **or** 人 **= visitor** ⑤guest ③TOEIC

visitor ['vɪzɪtɚ] **訪客；遊客** 速記 a surprise visitor 意外的訪客

The sign above the actress's dressing room door says, "**Visitors** not admitted."
女演員更衣室上方的牌子寫著：「訪客勿進」。

war 戰爭 **+** **or** 人 **= warrior** ⑤fighter ①IELTS

warrior ['wɔrɪɚ] **戰士；軍人** 速記 a noble warrior 高貴的戰士

The **warrior**, a man of discipline, led a life of honor and piety and prayed before each battle.
有紀律的戰士過著榮譽且虔誠的生活，並在每場戰役前禱告。

020 名詞 -ship 狀態

快學便利貼

championship 支持；擁護者；優勝
companionship 友誼；交往
friendship 友誼；友情
hardship 困苦；艱難；虐待
leadership 領導；領導權；領導人員
membership 會員身分

ownership 所有權；物主身分
partnership 合作關係；合夥人；合夥契約；合資公司
relationship 親戚；關係
scholarship 學問；學術成就；獎學金
sportsmanship 運動員精神；運動技術

單字拆解

⑤同義　△反義　⑤單字出現頻率

champion 冠軍 + **ship** 狀態 = championship ⑤title ②TOEFL

championship [ˈtʃæmpɪənˌʃɪp] 優勝

Two unexpected teams made it to the **championship** game, guaranteeing an interesting matchup.
兩隊意外地打進冠軍賽，保證會是一場有趣的賽事。

companion 伴侶；朋友 + **ship** 狀態 = companionship ⑤friendship ③IELTS

companionship [kəmˈpænjənˌʃɪp] 友誼；交往

Maurice, a loyal butler, provided a **companionship** of many years for the elderly widow.
莫立斯是位忠心的管家，多年來一直陪伴年邁的寡婦。

friend 朋友 + **ship** 狀態 = friendship ⑤amity ④TOEIC

friendship [ˈfrɛndʃɪp] 友誼；友情

The regular customer at the coffee shop developed a **friendship** with one of the baristas.
咖啡店裡的常客與其中一位店員發展出友誼。

hard 困難的 + **ship** 狀態 = hardship ⑤difficulty ④GEPT

hardship [ˈhɑrdʃɪp] 困境　　　　　　通記 suffer a hardship 遭遇困境

The loyal worker could be counted on to bear the **hardships** of reduced staff without complaint.
我們信賴忠誠的員工能無怨無悔承擔人員裁減的困境。

leader 領袖 + **ship** 狀態 = leadership ⑤headship ②TOEFL

leadership [ˈlidɚʃɪp] 領導權

The president decided to assign a suitable person to take over the **leadership** of the company.
總裁決定指派一名適當人選接管公司的領導權。

member 成員 + **ship** 狀態 = membership ⑤admission ④GRE

membership [ˈmɛmbɚˌʃɪp] 會員身分

The charitable organization has a large **membership** of volunteers to help poor children.
該慈善機構擁有眾多志工會員幫助貧困孩童。

owner 所有人 + **ship** 狀態 = ownership ⑤possession ③TOEIC

ownership [ˈonɚˌʃɪp] 所有權　　　　通記 state ownership 國有

There has been an unresolved dispute over the **ownership** of the office building for years.

字首　字根　字尾　複合字

辦公大樓所有權之爭已懸宕多年了。

partner 合夥人 + **ship** 狀態 = **partnership** Ⓢcooperation ❹IELTS

partnership ['partnɚˌʃɪp] 合作關係；合夥人

The firm does business in **partnership** with an overseas university for improved funding of research.
公司為了增加研究經費而與一所海外大學建立合作關係。

relation 親戚；關係 + **ship** 狀態 = **relationship** Ⓢrelation ❺GRE

relationship [rɪˈleʃənˌʃɪp] 親戚；關係

The attorney convinced the judge that the suspect had a **relationship** to the victim and a motive.
律師要法官採信嫌犯與被害人有曖昧關係而產生動機。

scholar 學者；公費生 + **ship** 狀態 = **scholarship** ❸IELTS

scholarship ['skalɚˌʃɪp] 獎學金；學術成就

Leo won a prestigious **scholarship** to Oxford University to pursue his Doctorate degree.
里歐獲得頗具盛名的牛津大學獎學金，攻讀他的博士學位。

sportsman 運動員 + **ship** 狀態 = **sportsmanship** ❷TOEIC

sportsmanship ['sportsmənˌʃɪp] 運動員精神

The coach encouraged his players to accept any defeat with honorable **sportsmanship**.
教練鼓勵他的選手要以高尚的運動員精神接受任何輸球結果。

021 名詞 -ster, -yer 指人

快學便利貼

gangster 歹徒；流氓	**minister** 部長；大臣；牧師
lawyer 律師	**youngster** 年輕人

 單字拆解　　　Ⓢ同義　Ⓐ反義　❺單字出現頻率

gang 幫派 + **ster** 人 = **gangster** Ⓢmobster ❸TOEIC

gangster ['gæŋstɚ] 歹徒；流氓　　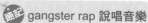 gangster rap 說唱音樂

Most boys like to watch action movies involving car chases, police and **gangsters**.

大多數男孩喜歡看有關車輛追逐及警匪情節的動作片。

law 法律 + **yer** 人 = **lawyer**　　　　　　Ⓢattorney ❸GRE

lawyer [ˈlɔjɚ] 律師　　　　通記 consult a lawyer 諮詢律師

Before you decide to build your fence over my property, you had better consult my **lawyer**.
當你決定在我的土地上興建圍籬之前，最好先詢問我的律師。

mini 部 + **ster** 人 = **minister**　　　　　　Ⓢpastor ❷IELTS

minister [ˈmɪnɪstɚ] 部長；牧師　　通記 Minister of Education 教育部長

The **Minister** of Foreign Affairs usually pays formal visits to countries with diplomatic relations.
外交部長經常前往邦交國進行正式訪問。

young 年輕的 + **ster** 人 = **youngster**　　　　Ⓢyouth ❺TOEIC

youngster [ˈjʌŋstɚ] 年輕人

The **youngster** should be taught to yield their seats on a bus or MRT to the elderly.
應當教導年輕人在公車或捷運上讓座給老人。

022 名詞 -t, -th

MP3 379

快學便利貼

breadth 寬度；幅員；寬宏大量
growth 成長；發展；栽培；培養
strength 力量；長處；兵力；強度；濃度

warmth 溫暖；熱心；誠懇
weight 重量；體重；重擔；影響力
width 寬度；幅度；廣闊；幅員

單字拆解　　Ⓢ同義　Ⓐ反義　❺單字出現頻率

broad 寬闊的 + **th** 名詞 = **breadth**　　　　Ⓢwidth ❸TOEIC

breadth [brɛdθ] 寬度；幅員　　通記 by a hair's breadth 千鈞一髮

The dimensions of the small **gallery** are twenty feet in width and twelve feet in **breadth**.
小美術館的規模是面寬二十呎，橫寬十二呎。

grow 成長 + **th** 名詞 = **growth**

growth [groθ] 成長；發展

⑤development ⑤TOEFL

暗記 zero growth 零成長

The rate of overall economic **growth** is forecast to be over four percent next quarter.
下一季整體經濟成長率預估會超過百分之四。

streng 強大的 + **th** 名詞 = **strength**

▲weakness ③IELTS

strength [strɛŋθ] 力量；長處

暗記 go from strength to strength 不斷壯大

The **strength** of economy comes from the persistence and creativity shown by entrepreneurs.
經濟實力來自企業家所展現的堅持與創造力。

warm 溫暖的 + **th** 名詞 = **warmth**

⑤zeal ③TOEIC

warmth [wɔrmθ] 溫暖；熱心

暗記 the warmth of …的溫暖

The returning alumni at the reunion were touched by the **warmth** of the students' welcome.
聯歡會上返校的校友受學生的熱情歡迎所感動。

weigh 重壓 + **t** 名詞 = **weight**

⑤heaviness ③IELTS

weight [wet] 重量；體重

暗記 weight lifting 舉重

There is a **weight** limit for elevators to prevent possible malfunction of the braking system.
升降電梯的重量限制能預防煞車系統失靈的可能。

wide 寬的 + **th** 名詞 = **width**

⑤broadness ④TOEIC

width [wɪdθ] 寬度；幅度

暗記 in width 寬度

The movers were uncertain if they could move the piano because of the narrow **width** of the door.
搬運工人不確定能否搬運鋼琴，因為門的寬度很窄。

023 名詞 -itude, -titude 狀態

快學便利貼

altitude 海拔；高度	**longitude** 經度；經線
attitude 態度；姿勢	**magnitude** 重要性；偉大；重大；大小；等級
gratitude 感謝；感恩	
latitude 緯度；自由；範圍	**solitude** 孤獨；荒野

單字拆解

S 同義　A 反義　5 單字出現頻率

al 高度 + **titude** 狀態 = altitude　　　　S height　2 GRE

altitude ['æltə,tjud] 海拔；高度　　　　撇記 low altitude 低海拔

The Himalayas reach such high **altitudes**, that the snow never melts and travel over them is difficult.
喜馬拉雅山海拔達到如此地高，以致冰雪終年不溶，上山旅遊困難。

at 對於 + **titude** 狀態 = attitude　　　　S viewpoint　4 IELTS

attitude ['ætətjud] 態度；姿勢　　　　撇記 attitude toward 對⋯的態度

The CEO always takes a protective **attitude** toward his company's assets and liabilities.
執行長對公司的資產與負債一向持保護態度。

gra 感謝 + **titude** 狀態 = gratitude　　　　S thankfulness　2 TOEIC

gratitude ['grætə,tjud] 感謝　　　　撇記 out of gratitude 出於感謝

The mother could barely express her **gratitude** to the fireman for saving her son's life.
那位母親幾乎無法對解救他兒子生命的消防隊員表達感激。

la 緯度 + **titude** 狀態 = latitude　　　　A longitude　2 GRE

latitude ['lætə,tjud] 緯度　　　　撇記 high latitude 高緯度

Any place in Indonesia is extremely wet and warm because of its low **latitude**.
印尼的任何地方都極度潮濕而溫暖，因為其緯度接近赤道。

long 長的 + **itude** 狀態 = longitude　　　　A latitude　4 IELTS

longitude ['landʒə,tjud] 經度；經線　　　　撇記 line of longitude 經線

Toronto is near the same **longitude** as Havana, but their climates are totally different.
多倫多的經度與哈瓦那相近，但兩地的氣候截然不同。

magn 大的 + **itude** 狀態 = magnitude　　　　S importance　3 GRE

magnitude ['mægnə,tjud] 重要性；巨大

Most people underestimated the **magnitude** of the health care reform bill when it finally passed.
健保改革條例最後通過時，大部分人都低估其重要性。

sol 單獨 + **itude** 狀態 = solitude　　　　S isolation　4 TOEIC

solitude ['salə,tjud] 孤獨；荒野　　　　撇記 in solitude 孤獨地

They search for a place where they can live in **solitude** for the rest of their lives.
他們尋找下半輩子可以過著退隱生活的地方。

字首

字根

字尾

複合字

名詞 -ty, -ity

快學便利貼

ability 能力；技能
activity 活動；功能
authority 權威；許可權；當局；代理權
capability 能力；容量
captivity 俘虜；束縛
casualty 事故；災難；受傷者
celebrity 名聲；名人
certainty 確實；必然
commodity 日用品；商品
complexity 複雜性；錯綜性
continuity 繼續；連結；剪輯
cruelty 殘酷；虐待
curiosity 好奇心；古董；奇人；奇特性
density 稠密；濃度；密度；昏庸
diversity 不同；多樣
equality 平等；相等
fertility 肥沃；繁殖力
hospitality 款待；殷勤；適宜
hostility 敵意；戰鬥
humanity 人類；人性
humidity 濕度；濕氣
ingenuity 機智；獨創性；別出心裁
integrity 誠實；完全；正直
intensity 強烈；強度；明暗度
liability 責任；義務；傾向；不利條件
loyalty 忠誠；忠心
majority 大多數；多得票數；成年
maturity 成熟；到期；壯年期
mentality 智力；精神；心理
minority 少數；未成年；較少票數
morality 道德；寓意

nationality 民族性；國民；國籍
necessity 必要性；必需品
originality 創造力；創舉；怪人；珍品
personality 個性；人格；品格
popularity 流行；名氣
possibility 可能性；合適的人
poverty 貧窮；缺乏；低劣
priority 重點；優先權；優先考慮的事
productivity 多產；生產率
property 財產；所有權；性質
prosperity 繁榮；興隆
publicity 公開；宣傳；廣告
purity 純潔；清白；貞潔
quality 品質；質量；性質；特質；優
　　　　　質；美質；優點；才能；能力；
　　　　　技能；素養；身份；地位；
　　　adj. 優質的；高級的
quantity 數量；定量；期限
reality 現實；事實；逼真
responsibility 責任；義務；職責；
　　　　　　　償付能力
royalty 王國；王位；版稅；高貴
safety 安全；保險；安全設備
security 安全；保護
serenity 晴朗；寧靜；從容
simplicity 單純；簡單；無知
similarity 類似；相似物
sincerity 誠實；真摯；純粹
sovereignty 主權；統治權；主權國家
specialty 特質；專長；蓋印；特製品
stability 鞏固；堅定

superiority 超越；優秀
utility 效用；實用；功利；功利主義；
　　adj. 多用途的；經濟實惠的；
　　公用事業的

validity 正當；有效；合法性
vanity 空虛；虛榮；自大；無益的事物

單字拆解

Ⓢ同義　Ⓐ反義　Ⓕ單字出現頻率

abil 能力 ＋ **ity** 名詞 ＝ **ability**　　　Ⓢcompetence ⒻGRE

ability [ə'bɪlətɪ] 能力；技能　　速記 have the ability to 有…的能力

The director made Leo aware that he should complete the task to the best of his **ability**.
社長要李歐明白他應該盡最大能力完成任務。

active 活動的 ＋ **ity** 名詞 ＝ **activity**　　　Ⓢmovement ④TOEIC

activity [æk'tɪvətɪ] 活動；功能　　速記 outdoor activities 戶外活動

The children really deserve an **activity** because they have been working so hard.
孩子們實在該有個消遣活動，因為他們一直都很努力。

author 作者 ＋ **ity** 名詞 ＝ **authority**　　　Ⓢpower ③IELTS

authority [ə'θɔrətɪ] 權威；當局　　速記 in authority 掌權者

The police have the **authority** to arrest people who are breaking the law.
警方有權逮捕破壞法律的人。

capable 有才能的 ＋ **ity** 名詞 ＝ **capability**　　　Ⓢability ③GRE

capability [,kepə'bɪlətɪ] 能力；容量

The section leader is a man of great **capabilities** and he will get a special promotion soon.
科長是個能力出眾的人，他很快就要破格晉升了。

captive 活捉 ＋ **ity** 名詞 ＝ **captivity**　　　Ⓢimprisonment ④TOEFL

captivity [kæp'tɪvətɪ] 俘虜；束縛　　速記 in captivity 受束縛地

You can't understand how prisoners feel until you have experienced **captivity** for yourself.
你要到親身遭囚禁過才能了解人犯的感受。

casual 偶然的 ＋ **ty** 名詞 ＝ **casualty**　　　Ⓢinjury ④IELTS

casualty ['kæʒjuəltɪ] 災難；受傷者　　速記 heavy casualties 損傷慘重

The fighter jet dropped a bomb near a school and there were many innocent **casualties**.
戰鬥機在學校附近投下炸彈，造成許多無辜傷亡。

字

首

字

根

字

尾

複

合

字

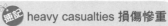

celeb 名人 + **ity** 名詞 = celebrity　　　　　Sstar ❹TOEIC

celebrity [sɪ'lɛbrətɪ] 名聲；名人　　📝 a sporting celebrity 運動名人

The Hollywood movie star was a **celebrity** that was idolized by millions of fans in India.
那位好萊塢明星是印度數百萬粉絲崇拜的名人。

certain 正確的 + **ty** 名詞 = certainty　　　Sactuality ❸GEPT

certainty ['sɝtəntɪ] 確實　　📝 with certainty 確實地

There is no **certainty** that you will become rich, but should continue to try and never give up.
雖然無法確定你會富有，但你應該繼續嘗試，永不放棄。

commod 用品 + **ity** 名詞 = commodity　　　Sproduct ❹TOEFL

commodity [kə'mɑdətɪ] 日用品；商品

The company traded in **commodities** like corn and wheat and they had an influence on food prices.
公司從事玉米及小麥等商品交易，它們對於食品價格具有影響力。

complex 複雜的 + **ity** 名詞 = complexity　　　Asimplicity ❹TOEIC

complexity [kəm'plɛksətɪ] 複雜性　　📝 the complexity of …的複雜性

The prime minister is a sensible man who was able to deal with the problems of great **complexity**.
行政首長是一位有能力處理極為複雜問題的明智之士。

continue 繼續 + **ity** 名詞 = continuity　　　Sseries ❸IELTS

continuity [ˌkɑntə'njuətɪ] 繼續；連結　　📝 a continuity of 連續的

When you are writing a story, there should be **continuity** of similar verb tense throughout the text.
你在寫故事時，整篇文本應該要有相似的動詞時態連結。

cruel 殘忍的 + **ty** 名詞 = cruelty　　　Akindness ❷GEPT

cruelty ['kruəltɪ] 殘酷；虐待　　📝 cruelty to sth 對某物殘忍

People enjoy eating chicken, but they don't realize the **cruelty** they suffer in the poultry farms.
人們喜歡吃雞肉，但是他們不了解這些雞在家禽飼養場所遭受的殘酷對待。

curious 好奇的 + **ity** 名詞 = curiosity　　　Aincuriosity ❸TOEFL

curiosity [ˌkjurɪ'ɑsətɪ] 好奇心；奇特性

A good professor will stimulate his or her student's **curiosity** by asking many questions.
一名好的教授會藉由提出許多問題來刺激學生的好奇心。

dense 密集的 + **ity** 名詞 = density

density ['dɛnsətɪ] 濃度；密度

S denseness **4** TOEIC

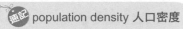 population density 人口密度

Above the Arctic Circle, the population **density** is only two people per square mile.
北極圈以上的人口密度每平方英哩只有兩人。

diverse 不同的 + **ity** 名詞 = **diversity**

S difference **4** GRE

diversity [daɪ'vɜsətɪ] 不同；多樣

ethnic diversity 種族多樣性

The student who takes a **diversity** of interests usually performs better in job interviews.
具有多樣興趣的學生在求職面試時經常表現得較好。

equal 平等的 + **ity** 名詞 = **equality**

A inequality **3** IELTS

equality [i'kwɑlətɪ] 平等；相等

sexual equality 性別平等

There have been major improvements when it comes to **equality** between men and women.
提到男女平等，一般認為已有顯著改善了。

fertile 肥沃的 + **ity** 名詞 = **fertility**

A infertility **4** TOEFL

fertility [fɜ'tɪlətɪ] 肥沃；繁殖力

fertility drug 受孕藥

The couple went to the **fertility** clinic to see if it would be possible for them to have a child.
這對夫婦去生殖專科診所檢查看他們是否可能有自己的小孩。

hospital 醫院 + **ity** 名詞 = **hospitality**

3 TOEIC

hospitality [ˌhɑspɪ'tælətɪ] 款待；殷勤

Many thanks for the considerate **hospitality** you offered during my stay in your country.
非常感謝我停留在貴國時您所提供的體貼款待。

hostile 敵對的 + **ity** 名詞 = **hostility**

A amity **2** IELTS

hostility [hɑs'tɪlətɪ] 敵意；戰鬥

have hostility toward 對…懷有敵意

Up until he was caught stealing, the teachers didn't have any **hostility** toward the principal.
直到校長偷竊被逮以前，老師們對他一直都沒有任何敵意。

human 人類的 + **ity** 名詞 = **humanity**

A inhumanity **3** TOEFL

humanity [hju'mænətɪ] 人性；人類

all humanity 全人類

War prisoners should be treated with the same **humanity** that we, ourselves, would hope to receive.
如同我們本身也希望得到的，戰俘應受到人性化的對待。

humid 潮濕的 + **ity** 名詞 = **humidity**

humidity [hju'mɪdətɪ] 濕度

速記 absolute humidity 絕對濕度

The visiting artist is getting accustomed to the heat and **humidity** of the tropical island.
來訪的藝術家逐漸習慣熱帶島嶼上的酷暑與潮濕。

ingenue 純真的少女 + **ity** 名詞 = **ingenuity**　　**Ⓢcleverness ④IELTS**

ingenuity [ˌɪndʒəˈnuətɪ] 機智；獨創性

The engineer showed great **ingenuity** when he removed all of the problems during testing.
工程師在測試期間排除所有問題，展現了高超的機智。

integrate 使完整 + **ty** 名詞 = **integrity**　　**Ⓢhonesty ❸GRE**

integrity [ɪn'tɛgrətɪ] 誠實；正直

速記 a man of integrity 正直的人

The citizen showed great **integrity** and honesty when he turned in the wallet to the police.
這位市民在將皮包送交警方時展現高度的正直與誠實。

intense 強烈的 + **ity** 名詞 = **intensity**　　**❸TOEFL**

intensity [ɪn'tɛnsətɪ] 強烈；強度；明暗度

The supervisor required the electrician to adjust the **intensity** of the lights in the hallway.
主管要求電工調整走廊燈光的強度。

liable 有義務的 + **ity** 名詞 = **liability**　　**Ⓢaccountability ❷IELTS**

liability [ˌlaɪə'bɪlətɪ] 責任

速記 liability to 傾向

Based on the judgement, the manufacturer had no **liability** for damage caused by its product.
依據判決，製造商對產品所造成的損失沒有責任。

loyal 忠實的 + **ty** 名詞 = **loyalty**　　**Ⓐdisloyalty ④TOEIC**

loyalty ['lɔɪəltɪ] 忠誠；忠心

速記 loyalty to 對…忠心

The company retains a high level of **loyalty** with its employees by offering a large holiday bonus.
公司藉由提供長假福利以保持員工的高度忠誠。

major 較多的；主要的 + **ity** 名詞 = **majority**　　**Ⓐminority ❸IELTS**

majority [mə'dʒɔrətɪ] 大多數；成年

速記 absolute majority 絕對多數

The **majority** of voters wanted healthcare reform, but it was difficult to pass through Congress.
大多數選民想要醫療改革，但要讓議會通過很難。

mature 成熟的 + **ity** 名詞 = **maturity**

maturity [məˈtjʊrətɪ] 成熟；到期

通記 at maturity 成熟時

You may withdraw your principal and interest once your investment reaches its **maturity**.
你的投資一旦到期，就可以提領本金及利息。

mental 精神的；心理的 + **ity** 名詞 = **mentality** Sspirituality ②GRE

mentality [mɛnˈtælətɪ] 精神；心理

The young man who served behind the counter of the coffee shop has a positive **mentality**.
在咖啡店櫃台後服務的年輕人思想樂觀。

minor 少數的 + **ity** 名詞 = **minority** Amajority ④IELTS

minority [maɪˈnɔrətɪ] 少數；未成年

通記 ethnic minoritiy 少數民族

The priest was tempted to visit the **minority** who lived in the mountains and encourage them.
牧師想要拜訪那些住在山上的少數民族並且鼓勵他們。

moral 道德的 + **ity** 名詞 = **morality** Sethics ③GRE

morality [məˈrælətɪ] 道德；寓意

通記 conventional morality 傳統道德

People can never agree on whether or not governments should enforce social **morality**.
對於政府是否應該推行社會道德，人們永遠無法達成共識。

national 國家的 + **ity** 名詞 = **nationality** Scitizenship ②TOEFL

nationality [ˌnæʃəˈnælətɪ] 民族性；國民

The writer took advantage of her dual **nationalities**, and had a house in both countries.
作者利用她雙重國籍身分在兩國購置房產。

necessary 必要的 + **ity** 名詞 = **necessity** Srequirement ③TOEIC

necessity [nəˈsɛsətɪ] 必要性

通記 basic necessities 基本需求

Don't forget to bring the **necessities**, like backpack and tents when you go camping.
你去露營時，不要忘記攜帶如背包及帳篷等必需品。

original 原始的 + **ity** 名詞 = **originality** ④IELTS

originality [əˌrɪdʒəˈnælətɪ] 創造力；珍品

It was agreed by everyone that the handmade pearl bracelet showed the most **originality**.
大家都一致認為那款手工珍珠手鐲最具獨創性。

personal 個人的 + **ity** 名詞 = **personality**

字首

字根

字尾

複合字

personality [ˌpɝsn'æləti] 個性；品格

😊記 split personality 人格分裂

The director is a man of strong **personality**, and he usually refuses to lose an argument.
廠長是位個性強悍的人，對自己的論點總是據理力爭。

popular 大眾的 + **ity** 名詞 = popularity

Ａunpopularity ④GEPT

popularity [ˌpɑpjə'lærəti] 流行；名氣

The winner of the Nobel Prize enjoyed a cash prize and general **popularity** all over the world.
諾貝爾獎得主享有一筆獎金與舉世流傳的名氣。

possible 可能的 + **ity** 名詞 = possibility

Ｓchance ❸TOEIC

possibility [ˌpɑsə'biləti] 可能性

😊記 a strong possibility 很有可能

At this company, there is no **possibility** of getting promoted to an executive position.
在這家公司要晉升至主管職位是不可能的。

pover 窮困 + **ty** 名詞 = poverty

Ｓimpoverished ❷IELTS

poverty ['pɑvəti] 貧窮；缺乏

😊記 poverty gap 貧富差距

The man came into **poverty** and failed to support himself after he went bankrupt.
男子破產後一貧如洗，連自己都養不活。

prior 優先的 + **ity** 名詞 = priority

Ｓanteriority ④GRE

priority [praɪ'ɔrəti] 重點；優先權

😊記 first priority 第一優先

The administrative assistant needs to establish the order of **priority** before starting the meeting.
行政助理要在會議開始前先安排好優先順序。

productive 生產的 + **ity** 名詞 = productivity

Ｓfertility ❸TOEIC

productivity [ˌprodʌk'tɪvəti] 多產；生產率

Japanese auto manufacturers have the highest **productivity** rates in the world.
日本汽車製造商擁有世界最高的生產率。

proper 適當的；正式的 + **ty** 名詞 = property

Ｓpossession ❸TOEIC

property ['prɑpəti] 財產；所有權

😊記 property tax 財產稅

The president of the contruction company seems to be successful in **property** investment.
建設公司總裁在資產投資方面似乎蠻成功的。

prosper 使繁榮 + **ity** 名詞 = prosperity

Ｓaffluence ④IELTS

prosperity [prɑs'pɛrəti] 繁榮；興隆

During the New Year's party, the mayor wished his citizens peace and **prosperity** for the year.
新年宴會中，市長祝福他的市民來年平安發達。

public 公共的 + **ity** 名詞 = **publicity**　　Ⓢadvertisement ④TOEIC

publicity [pʌbˈlɪsətɪ] 公開；宣傳；廣告　　速記 bad publicity 壞名聲

The consulting agency launched a huge **publicity** campaign for the airline after the plane crash.
顧問機構在航空公司發生空難後舉辦大型宣傳活動。

pure 清白的 + **ity** 名詞 = **purity**　　Ⓢnaturalness ③GEPT

purity [ˈpjʊrətɪ] 純潔；清白；貞潔　　速記 mental purity 心靈潔淨

In most cultures, white is a symbol of **purity**, but in China, it is a symbol of death.
白色在大部分的文化中是純潔的象徵，但在中國卻代表死亡。

qual 特質 + **ity** 名詞 = **quality**　　Ⓐquantity ③IELTS

quality [ˈkwɑlətɪ] 品質；特質　　速記 high quality 高品質

The best **quality** wine is fermented from grapes cultivated organically in France.
最佳品質的葡萄酒是由法國培植的有機葡萄所釀造的。

quant 量 + **ity** 名詞 = **quantity**　　Ⓐquality ④GRE

quantity [ˈkwɑntətɪ] 數量；定量　　速記 a small quantity of sth 少量的

There is a small **quantity** of gas left in the tank, so our car may just make it into town.
油箱裡只剩少量的汽油，所以我們的車子也許只能開到鎮裡。

real 真實的 + **ity** 名詞 = **reality**　　Ⓢactuality ④IELTS

reality [riˈælətɪ] 現實；事實　　速記 in reality 事實上

The government has already made cultural exchange with China in **reality**.
政府事實上已與中國進行文化交流。

responsible 有責任的 + **ity** 名詞 = **responsibility**　　Ⓢliability ③GRE

responsibility [rɪˌspɑnsəˈbɪlətɪ] 責任；義務

A good executive should always assume the **responsibility** of his staff's errors.
一位好主管應當承擔職員的錯誤。

royal 皇家的 + **ty** 名詞 = **royalty**　　Ⓢkingship ④TOEIC

royalty [ˈrɔɪəltɪ] 皇室；版稅　　速記 royalty income 版稅收入

The productive writer usually gets a 15% **royalty** on each copy of his book.
多產作者的每一本書大多抽百分之十五的版稅。

safe 安全的 + **ty** 名詞 = **safety**

字首
字根
字尾
複合字

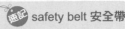

safety [ˈseftɪ] 安全;保險;安全設備

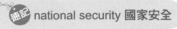 safety belt 安全帶

The police have taken measures to ensure traffic **safety** around the interchange.
警方已採取確保交流道周邊交通安全的措施。

secure 安全的 + **ity** 名詞 = security   Ⓢsafety ④IELTS

security [sɪˈkjʊrətɪ] 安全;保護

national security 國家安全

Many people think about the **security** of a country for travelers before going there on vacation.
許多想要前往他國度假的人都會事先考慮遊客在當地的安全。

serene 寧靜的 + **ity** 名詞 = serenity   Ⓢtranquility ③TOEFL

serenity [səˈrɛnətɪ] 寧靜;從容

There is nothing that can disturb the monk's **serenity** while he's sitting in meditation.
和尚靜坐時,任何事物都無法打亂他的平靜。

simple 簡單的 + **ity** 名詞 = simplicity   Ⓢclearness ④GRE

simplicity [sɪmˈplɪsətɪ] 單純;簡單

be simplicity itself 非常樸素

The watch designer is known for creating watches that show elegance and **simplicity**.
手錶設計師以創作簡單優雅的錶款聞名。

similar 相似的 + **ity** 名詞 = similarity   Ⓐdifference ④IELTS

similarity [ˌsɪməˈlærətɪ] 類似;相似物

The objects on display at the museum are reproductions that show great **similarity**.
博物館的展示品是相似度極高的複製品。

sincere 真誠的 + **ity** 名詞 = sincerity   Ⓢingenuousness ③GRE

sincerity [sɪnˈsɛrətɪ] 誠實;真摯

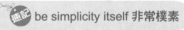 in all sincerity 十分真誠地

The two parties negotiated for days and agreed with great **sincerity** to be beneficial partners.
雙方經過數日談判之後,同意以最大誠意成為互利夥伴。

sovereign 握有主權的 + **ty** 名詞 = sovereignty   Ⓢsupremacy ②IELTS

sovereignty [ˈsɑvrɪntɪ] 主權;統治權

The president declared that country's **sovereignty** could not be infringed upon by another country.
總統聲明表是國家主權不可受到其他國家侵犯。

special 特別的 + **ty** 名詞 = specialty   Ⓢspeciality ③IELTS

specialty [ˈspɛʃəltɪ] 特質;專長

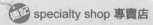 specialty shop 專賣店

The student determined to study computer information management, with a

speciality in databases.
學生決定研讀電腦資訊管理，並以資料庫處理為專長。

stable 固定的；意志堅定的 + **ity** 名詞 = **stability** △ **instability** ④ **GRE**

stability [stə'bɪlətɪ] 鞏固；堅定　　🔖 relative stability 相對穩定性

The CEO conferred with accountants on the best way to secure financial **stability** for the company.
執行長與會計人員商議確保公司財務穩定的最佳方法。

superior 優秀的 + **ity** 名詞 = **superiority** △ **inferiority** ④ **TOEIC**

superiority [sə,pɪrɪ'orətɪ] 超越；優秀

The Americans defeated Japan during WWII because of the **superiority** they enjoyed in air power.
由於美軍享有空軍實力的優勢，他們在二戰時擊敗日本。

util 利用 + **ity** 名詞 = **utility** Ⓢ **usefulness** ⑤ **IELTS**

utility [ju'tɪlətɪ] 效用；實用；多用途的　　🔖 utility room 雜物間

The senior electrician carried many tools and useful items in his **utility** belt.
資深電工在他的多功能皮帶上繫著許多工具及有用物品。

valid 正確的 + **ity** 名詞 = **validity** △ **invalidity** ④ **TOEIC**

validity [və'lɪdətɪ] 正當；有效；合法性　　🔖 of no validity 無效地

When it comes to medicine, doctors should always question the **validity** of test results.
一提到醫藥，醫師總要詢問測試結果的有效性。

van 虛榮 + **ity** 名詞 = **vanity** Ⓢ **conceit** ④ **IELTS**

vanity ['vænətɪ] 空虛；虛榮　　🔖 vanity table 梳妝臺

Helen showed extreme **vanity** when she bought a pink Cadillac convertible for herself.
海倫購買粉紅色凱迪拉克敞篷車時，她的虛榮心表露無遺。

025 名詞 -ure

快學便利貼

closure 關閉；結束；終止辯論；圍牆
departure 離開；出發
disclosure 洩露；公開；顯示

nurture 營養物；v. 培育
pleasure 快樂；享受；恩惠
posture 姿勢；態度；心情；情形

enclosure 包圍；附件；圍欄	pressure 壓力；大氣壓力；壓迫；緊急；艱難
exposure 揭發；曝光；方位；陳列	
failure 不及格；衰退；無力支付；失敗	procedure 過程；手續；訴訟程序；禮節；常規
feature 容貌；特點；劇情片；特輯	
lecture 演講；教訓	signature 簽名；署名；蓋章；記號
literature 文學；文獻；印刷品	stature 身材；才能
manufacture 製造；產品；v. 製造	sculpture 雕像；刻蝕
miniature 縮圖；模型佈景；adj. 小規模的；v. 是…的縮影	scripture 經文；經典；文稿
	texture 結構；織品；紋理；質地；v. 使具有某種結構或特徵

單字拆解

Ⓢ同義　Ⓐ反義　Ⓕ單字出現頻率

close 關閉；結束 **+ ure** 名詞 **= closure**　Ⓢtermination ⑤TOEFL

closure [ˈkloʒɚ] 關閉；終止辯論
速記 school closure 學校關閉

Emma is really happy that her divorce is settled because it gives her **closure**.
艾瑪實在開心，她的離婚搞定了，算是給她一個了結。

depart 離開 **+ ure** 名詞 **= departure**　Ⓐarrival ④TOEIC

departure [dɪˈpɑrtʃɚ] 離開；出發
速記 departure lounge 候機室

The plane's **departure** for France will be postponed until the dense fog clears.
前往西雅圖的班機將延遲至濃霧散去。

disclose 揭發 **+ ure** 名詞 **= disclosure**　Ⓢexpose ④TOEFL

disclosure [dɪsˈkloʒɚ] 洩露；公開；顯示

The agency made full **disclosure** of the information that the judge required of them.
代理人將法官要求他們的情資全都洩露出去。

enclose 包圍 **+ ure** 名詞 **= enclosure**　Ⓢfence ③GRE

enclosure [ɪnˈkloʒɚ] 包圍
速記 shower enclosure 淋浴間

The zoo released the newly acquired gorilla in its own private **enclosure** to get acclimated.
動物園將新來的大猩猩安置在獨居圍欄內讓它逐漸適應環境。

expose 暴露 **+ ure** 名詞 **= exposure**　Ⓢexpose ⑤IELTS

exposure [ɪkˈspoʒɚ] 揭發；曝光；方位；商品的陳列

The magazine's **exposure** of the mayor's affair ultimately led to his resignation.
雜誌踢爆市長緋聞最後迫使他下台。

fail 不及格；缺乏 + **ure** 名詞 = **failure**   Ⓐsuccess ④GEPT

failure ['feljə] 不及格；衰退   速記 heart failure 心臟衰竭

The partners invested in developing a new shopping mall, but it was a **failure**.
夥伴們投資開發一處新的購物賣場，但是失敗了。

feat 技術；功績 + **ure** 名詞 = **feature**   Ⓢcharacteristic ④GRE

feature ['fitʃə] 形狀；特點   速記 feature fatigue 功能疲勞症

An airbag is an important **feature** to look for when buying a new car.
安全氣囊是買新車時一定要物色的重要配備。

lect 說話 + **ure** 名詞 = **lecture**   Ⓢspeech ⑤TOEFL

lecture ['lɛktʃə] 演講；教訓   速記 read someone a lecture 訓斥某人

Mr. Stewart gave a **lecture** about quantum mechanics that was very interesting.
史都華先生發表一篇關於量子力學非常有趣的演講。

literate 有學問的 + **ure** 名詞 = **literature**   ④TOEFL

literature ['lɪtərətʃə] 文學   速記 light literature 通俗文學

I majored in English **Literature** at the University and I've been reading voraciously ever since.
我在大學主修英國文學，從那時候起，我就有如求知若渴般不斷閱讀。

manu 手 + **fact** 製造 + **ure** 名詞 = **manufacture**   Ⓢmake ④TOEIC

manufacture [ˌmænjə'fæktʃə] 製造；工廠

The island nation must import many products that cannot be **manufactured** by its own.
島國必須進口許多自己無法製造的產品。

miniate 用彩色文字裝飾 + **ure** 名詞 = **miniature**   Ⓢtiny ④TOEFL

miniature ['mɪnɪətʃə] 彩飾畫；縮圖   速記 in miniature 小型的

A Shetland Pony is a **miniature** breed of horse that originally came from islands near Scotland.
雪特蘭矮種馬是一種源於蘇格蘭附近島嶼的迷你品種。

nurt 培育 + **ure** 名詞 = **nurture**   Ⓢrear ③GRE

nurture ['nɜtʃə] 培育；營養物   速記 be nurtured by 由…培養而成

Some parents fail to **nurture** their teenage children because they don't know what to do.
有些父母無法好好教養他們的青少年孩子，因為他們不知所措。

please 使高興 + **ure** 名詞 = **pleasure**

pleasure ['plɛʒɚ] 快樂;享受;恩惠

S enjoyment **4** IELTS

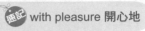 速記 with pleasure 開心地

The old man finds great **pleasure** in fishing, and spends hours each day at the pond.
老人在垂釣時得到極大的樂趣,因而每天花好幾小時待在池塘邊。

post 公佈 + **ure** 名詞 = posture

S position **5** GRE

posture ['pɑstʃɚ] 姿勢;態度;情形

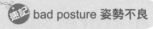 速記 bad posture 姿勢不良

Most office workers have bad **postures** and backaches because of sitting for hours each day.
因為每天長時間久坐,大多數的辦公室職員都有坐姿不良和背痛的現象。

press 壓 + **ure** 名詞 = pressure

S burden **4** GEPT

pressure ['prɛʃɚ] 壓力;大氣壓力

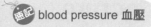 速記 blood pressure 血壓

Many people today work with a lot of **pressure** because more is demanded of them in less time.
現今許多人承受很大的工作壓力,因為他們被要求在更短的時間內完成更多事。

proceed 進行 + **ure** 名詞 = procedure

S process **5** TOEFL

procedure [prə'sidʒɚ] 過程

The Speaker makes sure that the meetings in the House of Representatives follow the **procedures**.
議長確保眾議院的會議遵照程序進行。

sign 簽名 + **at** 在… + **ure** 名詞 = signature

S endorsement **5** TOEIC

signature ['sɪgnətʃɚ] 簽名;蓋章;記號

The petitions bearing more than a million **signatures** will be sent to the Legislative Yuan.
擁有一百多萬人署名的請願書將送往立法院。

stat 身材 + **ure** 名詞 = stature

S height **3** IELTS

stature ['stætʃɚ] 身材;才能

The woman was rather small in **stature**, but she received much attention when she went to the bar.
女子身材嬌小,但當她走向吧台時卻受到不少關注。

sculpt 雕刻 + **ure** 名詞 = sculpture

S carving **5** GRE

sculpture ['skʌlptʃɚ] 雕像;刻蝕

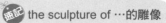 速記 the sculpture of …的雕像

There is a bronze lion **sculpture** standing next to each side of the entrance to the palace.
皇宮入口兩側各有一座獅子銅雕站立著。

script 腳本 + **ure** 名詞 = scripture　❸ TOEFL

scripture ['skrɪptʃɚ] 經文；經典；文稿　速記 Scripture 聖經

The pastor read a couple of **scriptures** from the Bible to set the tone for his Sunday sermon.
牧師讀幾段聖經經節為主日佈道揭開序幕。

text 原文 + **ure** 名詞 = texture　⑤ structure　❹ TOEFL

texture ['tɛkstʃɚ] 結構；織品；紋理；質地

The silk sheets looked so comfortable on the bed that many passersby wanted to feel its **texture**.
絲質被單鋪在床上看起來好舒服，許多路人都想感受一下它的質地。

001 形容詞 -able, -ible 能力；適合　MP3 383

快學便利貼

able 能；有才能的；有法定資格的	**imaginable** 可想像的
acceptable 可接受的；令人滿意的	**indispensable** 不可缺少的；重要的；責無旁貸的
accessible 可取得的；易接近的；易受影響的；容易理解的	**inevitable** 不可避免的；合情合理的；逼真的；照常的
accountable 有責任的；可說明的	**invaluable** 無價的；非常貴重的
admirable 可欽佩的；極好的	**irritable** 易怒的；易激動的；過敏性的
agreeable 愉快的；有禮貌的；可答應的；適合…的；一致的	**knowledgeable** 有知識的；精明的
amiable 可愛的；和藹可親的	**manageable** 易處理的；易管理的
applicable 適當的；可應用的	**measurable** 可測量的；相當的；重要的
approachable 可進入的；易接近的	**miserable** 不幸的；痛苦的；可憐的；卑劣的；簡陋的；缺乏的；n. 不幸的人
available 可利用的；可得到的；有效的	**movable** 可移動的；動產的；n. 家具；動產
believable 可信任的；可信的	
changeable 易變的；不確定的；無恆心的	
charitable 仁愛的；慈善的	
comfortable 愉快的；舒適的；感到安慰的；寬裕的	**notable** 值得注意的；顯著的；著名的；n. 著名人士
comparable 可相比的；類似的	
considerable 該注意的；重要的；大量的	**noticeable** 顯而易見的；重要的

字首　字根　字尾　複合字

countable 可數的；n. 可數名詞
credible 可靠的；可信的
defensible 能防禦的；能辯護的
dependable 可信任的；可靠的
desirable 理想的；希望到手的；令人滿意的；n. 合意的人
dispensable 可省略的；不重要的；可給予的
disposable 可任意處理的；用後就丟棄的；可自由使用的
edible 可食用的；n. 食品
eligible 適任的；合格的；適當的
fashionable 流行的；高級的
favorable 順利的；贊成的；討人喜歡的；起促進作用的
feasible 可實行的；有理的；適宜的
feeble 虛弱的；微弱的
formidable 可怕的；難以應付的；龐大的；傑出的
honorable 可敬的；正直的；光榮的；體面的；尊敬的
hospitable 殷勤的；好客的；適宜的
horrible 可怕的；討厭的；可惡的

permissible 可准許的
possible 可能的；潛在的；做得到的；合理的；n. 可能性
preferable 更好的；略勝一籌的
profitable 有益的；有利可圖的
reasonable 合理的；適當的；講道理的
remarkable 值得注意的；非凡的；出眾的
reliable 可靠的；確實的
respectable 值得尊敬的；有名望的；體面的；可觀的
responsible 有責任的；可靠的；明白是非的
sensible 可覺察的；明顯的；合情合理的；明智的；敏感的
sociable 聯誼會；善交際的；群居的；宜於交際的
suitable 合適的；相當的
understandable 可理解的
valuable 有價值的；可估價的；n. 貴重物品；財產
variable 易變的；變換的；n. 易變的東西；變數
vulnerable 易受傷的；易受責難的

 **單字拆解**

Ｓ同義　Ａ反義　Ｇ單字出現頻率

Ｓcapable　ＧTOEIC

able ['ebl] 能；有才能的

 able-minded 能幹的 be able to 能夠

The naval architect is **able** to design a high-tech yacht and assemble it in his own factory.
造船工程師能夠設計高科技帆船，並能在自己的工廠組裝。

accept 接受 ＋ **able** 能力 ＝ acceptable　Ａunacceptable　ＧGEPT

acceptable [ək'sɛptəbl] 令人滿意的

 be acceptable to 可接受的

It is never **acceptable** to let small children wander the streets of the city by themselves.
讓小孩子獨自在市區街道上閒晃絕不被接受。

access 接近 + **ible** 能力 = accessible　Ⓐinaccessible ④TOEFL

accessible [æk'sɛsəbḷ] 可取得的　速記 be accessible to 易接近的

Confidential documents should not be kept where they are **accessible** by unauthorized people.
機密文件不應放在可以讓人擅自取得的地方。

account 說明 + **able** 能力 = accountable　Ⓢresponsible ③TOEFL

accountable [ə'kaʊntəbḷ] 有責任的；可說明的

The president always emphasized that everyone should be **accountable** for his or her own work.
總裁一直強調每個人都應為他或她自己的工作負責。

admire 欽佩 + **able** 能力 = admirable　Ⓢpraiseworthy ④IELTS

admirable ['ædmərəbḷ] 極好的；值得讚許的

To everyone's surprise, the assistant came up with an **admirable** strategy to complete the object.
助理提出完成目標的絕佳策略讓每個人都很驚訝。

agree 同意；適合 + **able** 能力 = agreeable　Ⓐdisagreeable ④GRE

agreeable [ə'griəbḷ] 愉快的；一致的　速記 be agreeable to 贊同

Each of the parties are **agreeable** to the proposal of cash transactions for the real estate deal.
各方都答應不動產買賣用現金交易的提議。

ami 可愛 + **able** 能力 = amiable　Ⓢlikable ③GEPT

amiable ['emɪəbḷ] 可愛的；和藹可親的

The counter clerks in the bank are all **amiable**, which seems to be their method to attract clients.
銀行櫃檯人員都很和藹可親，這似乎是他們吸引顧客的方法。

apply 運用 + **able** 能力 = applicable　Ⓢrelevant ④IELTS

applicable ['æplɪkəbḷ] 適當的　速記 be applicable to 適用於

The law of supply and demand is **applicable** to the current shortage of gaming consoles at the stores.
供需法則適於目前店家賭博機台的短缺情形。

approach 使接近 + **able** 能力 = approachable　Ⓢaccessible ④TOEIC

approachable [ə'protʃəbḷ] 可進入的；易接近的

The general manager is a man of principle that is well-liked because he is very **approachable**.
總經理是一位有原則的人，因為非常親切而平易近人。

avail 有利於 + **able** 能力 = **available**　　Ⓢobtainable ❺GEPT

available [ə'veləbḷ] 可利用的；可得到的

Returning home because of an unexpected funeral, Barry couldn't find an airline ticket **available**.
巴瑞因一場突如其來的喪禮必須返家，卻訂不到機票。

believe 相信 + **able** 能力 = **believable**　　Ⓐdoubtful ❸GEPT

believable [bɪ'livəbḷ] 可信任的

The professor didn't question the student's tardiness, since the boy has always been **believable**.
教授未質疑學生為何遲到，因為那男孩一直都是令人相信的。

change 改變 + **able** 能力 = **changeable**　　Ⓢreversible ❷IELTS

changeable ['tʃendʒəbḷ] 易變的；不確定的

This area is unsuitable for us to make vacation plans, because the weather is so **changeable**.
這地區天氣變化無常，因此不適合在這裏安排假期。

charity 仁慈 + **able** 能力 = **charitable**　　Ⓢkind ❸TOEFL

charitable ['tʃærətəbḷ] 仁愛的；慈善的　　　速記 be charitable to 對…仁慈

The volunteer takes care of stray dogs at a shelter run by a **charitable** organization.
義工在一家慈善機構經營的收容所照顧流浪狗。

comfort 安慰 + **able** 能力 = **comfortable**　　Ⓢcontented ❷TOEIC

comfortable ['kʌmfətəbḷ] 愉快的；舒適的

It's more **comfortable** to stay in an air-conditioned office than to stay outside on a hot summer day.
炎炎夏日裡，待在有冷氣的辦公室比待在戶外舒適。

compare 比較 + **able** 能力 = **comparable**　　Ⓐincomparable ❹GRE

comparable ['kɑmpərəbḷ] 可相比的；類似的

The price of a two coach-class fares is **comparable** to that of a first-class fare.
兩張標準車廂的費用相當於一張頭等艙票價。

consider 考慮 + **able** 能力 = **considerable**　　Ⓢsubstantial ❸GEPT

considerable [kən'sɪdərəbḷ] 重要的；大量的

The ex-wife demanded a **considerable** sum of money during the divorce settlement.
前妻在協議離婚時要求巨額財產。

count 計算 + **able** 能力 = **countable**

countable [ˈkaʊntəbl̩] 可數名詞;可數的

As a matter of fact, many uncountable nouns are also **countable** sometime, such as juice, chocolate or coffee.
事實上,許多不可數名詞也是可數的,例如果汁、巧克力或咖啡。

credit 信用 + **ible** 能力 = credible 　　　　△ incredible ❹ IELTS

credible [ˈkrɛdəbl̩] 可靠的;可信的 　　🔖 a credible story 可信的故事

The man was arrested in his home after several **credible** witnesses described his car to police.
幾個可靠目擊者向警方描述男子車型後,他在自家被逮。

defense 防禦 + **ible** 能力 = defensible 　　　　△ indefensible ❸ TOEFL

defensible [dɪˈfɛnsəbl̩] 能防禦的;能辯護的

My position on the case of the telemarketing fraud scheme is **defensible** in court.
電話行銷詐騙案中我的立場在法庭上是辯方。

depend 依靠 + **able** 能力 = dependable 　　　　Ⓢ trustworthy ❹ TOEIC

dependable [dɪˈpɛndəbl̩] 可靠的

The president usually consults with his legal staff because their advice has been **dependable**.
總裁經常和他的法務同仁交換意見,因為他們的建議一向很可靠。

desire 渴望 + **able** 能力 = desirable 　　　　△ undesirable ❸ GRE

desirable [dɪˈzaɪrəbl̩] 理想的;令人滿意的

It is more **desirable** and less expensive to purchase a home in the suburbs rather than downtown.
在市郊購屋比在市區更理想且省錢。

dispense 分配 + **able** 能力 = dispensable 　△ indispensable ❷ GEPT

dispensable [dɪˈspɛnsəbl̩] 不重要的

Many soldiers died trying to take over the small island, making everyone feel **dispensable**.
許多士兵在試圖攻下小島時喪命,這使每個人覺得沒有那個必要。

dispose 安排;處理 + **able** 能力 = disposable 　　　　❸ GRE

disposable [dɪˈspozəbl̩] 用後就丟棄的

Mary wanted to make sure she had enough **disposable** diapers for her family's flight to Chicago.
瑪莉要確定她的家人在飛往芝加哥的班機上有足夠的可拋式尿布。

ed 吃 + **ible** 能力 = edible

字首
字根
字尾
複合字

edible ['ɛdəbl] 可食用的

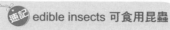 edible insects 可食用昆蟲

Although everything in the cafeteria is **edible**, it is certain that not all of it is healthy.
儘管自助餐廳裡所有食物都能吃，但可確定的是，並非每樣食物都有益健康。

elig 合格 + **ible** 能力 = eligible

S qualified **3** TOEIC

eligible ['ɛlɪdʒəbl] 適任的；合格的

be eligible to 有資格

The senior manager is **eligible** for retirement after working for company for over 25 years.
在公司服務二十五年後，資深經理是夠格退休了。

fashion 時尚 + **able** 能力 = fashionable

A unfashionable **3** GEPT

fashionable ['fæʃənəbl] 流行的；高級的

Carrying small dogs in handbags has become quite **fashionable** for the ladies in Taiwan.
台灣女性將小狗帶在手提袋裡已相當流行。

favor 贊成；偏愛 + **able** 能力 = favorable

A unfavorable **3** TOEIC

favorable ['fevərəbl] 順利的；贊成的

be favorable to 贊同

The board was **favorable** to building new classrooms for the overcrowded high school.
董事會樂於為過度擁擠的中學建新教室。

feas 可行 + **ible** 能力 = feasible

S workable **2** IELTS

feasible ['fizəbl] 可實行的；有理的；適宜的

It was **feasible** to believe that travel was going to be difficult during Chinese New Year.
我們真的認為在春節期間出遊很難。

fe 衰弱 + **able** 能力 = feeble

S weak **2** TOEFL

feeble ['fibl] 虛弱的；微弱的

forcible-feeble 外強中乾的

When the thief ran down the street with the money, a pedestrian made a **feeble** attempt to stop him.
小偷帶著錢沿街跑時，一名行人有想要制止他。

formid 可怕 + **able** 能力 = formidable

S difficult **3** IELTS

formidable ['fɔrmɪdəbl] 可怕的；難以應付的

Mr. Huang took upon himself the **formidable** task of reforming the whole assembly system.
黃先生一肩挑起改良整個裝配系統的艱難任務。

honor 榮譽；正直 + **able** 能力 = honorable

A dishonorable **4** TOEFL

honorable ['ɑnərəbl] 正直的；光榮的

The **honorable** man believes everyone should treat customers the way they wanted to be treated.
品格高尚的男子認為每個人都應以自己想要如何被對待的方式來對待顧客。

hospit 住宿 + **able** 能力 = hospitable　Ⓐinhospitable ❹TOEFL

hospit**able** ['hɑspɪtəbl̩] 好客的；適宜的

The campers searched the wilderness for a **hospitable** place to set up their campsite.
露營者在野外尋找適合的地方搭建營地。

horror 恐怖；嫌惡 + **ible** 能力 = horrible　Ⓢterrible ❸GEPT

horr**ible** ['hɔrəbl̩] 可怕的；討厭的　筆記 be horrible to 討厭…

If you don't take personal responsibility for this, the consequences will be **horrible**.
如果你不親自為這事負責，後果將會不堪設想。

imagine 想像 + **able** 能力 = imaginable　❷TOEIC

imagin**able** [ɪ'mædʒɪnəbl̩] 可想像的

The community theater troupe tried every means **imaginable** to attract visitors to their show.
社區劇團嘗試每一個想像得到的方法吸引遊客參觀表演。

indispens 必要 + **able** 能力 = indispensable　Ⓢessential ❸TOEFL

indispens**able** [ˌɪndɪs'pɛnsəbl̩] 不可缺少的

My organizer has been an **indispensable** tool for my business, so I never leave without it.
我的記事本對我的業務來說是不可或缺的工具，所以我絕不能失去它。

inevit 不可逃避 + **able** 能力 = inevitable　Ⓐavoidable ❸TOEIC

inevit**able** [ɪn'ɛvətəbl̩] 不可避免的

It seems **inevitable** that there will be flying cars in the skies during my lifetime.
在我有生之年天空飛車似乎是必然會發生的。

invalue 無價 + **able** 能力 = invaluable　Ⓐvalueless ❹TOEIC

invalu**able** [ɪn'væljəbl̩] 無價的；非常貴重的

The lawyer's advice was **invaluable** to the success of negotiations with the financial group.
要能成功與財團談判，律師的意見非常重要。

irritate 激怒 + **able** 能力 = irritable　Ⓢimpatient ❸IELTS

irrit**able** [ˈɪrətəbl̩] 易怒的；易激動的

Zoe was exhausted and couldn't sleep well, because the noisy neighbor made her **irritable**.

因為吵鬧的鄰居讓她煩躁，柔依感到精疲力竭，而且睡不好。

knowledge 知識；理解 + **able** 能力 = knowledgeable ❹GEPT

knowledgeable [ˈnɑlɪdʒəbl̩] 有知識的

The executive seems to be very **knowledgeable** about how to profit in this economy.
主管似乎對如何在這樣的經濟狀況下獲利很在行。

manage 處理；管理 + **able** 能力 = manageable
⚠unmanageable ❹IELTS

manageable [ˈmænɪdʒəbl̩] 易處理的

To make this project more **manageable**, we need to assign separate tasks to each person.
為了讓這企劃更易處理，我們必須指派每個人不同任務。

measure 測量 + **able** 能力 = measurable
Ⓢnoticeable ❸TOEFL

measurable [ˈmɛʒərəbl̩] 可測量的；相當的；適當的

With weeks of physical therapy after his car accident, Fred made **measurable** progress.
車禍後經過數週的物理治療，福瑞德已有相當進展。

miser 不幸 + **able** 能力 = miserable
Ⓢpoor ❹TOEIC

miserable [ˈmɪzərəbl̩] 不幸的；痛苦的；可憐的

Mrs. Tsai felt **miserable** when she discovered that her husband had an affair with his assistant.
蔡太太發現丈夫與助理外遇時感到非常痛苦。

move 移動 + **able** 能力 = movable
⚠immovable ❹GRE

movable [ˈmuvəbl̩] 可移動的；動產的

I purchased the piano from a lady on the 3rd floor, but it was only **movable** with a heavy crane.
我向一位住在三樓的女子買鋼琴，但只能靠起重機才搬得動。

note 注意 + **able** 能力 = notable
Ⓢremarkable ❸TOEIC

notable [ˈnotəbl̩] 顯著的；著名的

強記 be notable for 因⋯而著名

There is **notable** difference between the quality of products imported from both countries.
從這兩個國家進口的產品在品質上有顯著差異。

notice 注意 + **able** 能力 = noticeable
Ⓢobvious ❹GRE

noticeable [ˈnotɪsəbl̩] 顯而易見的

The economist was frustrated because the tax cut had no **noticeable** effect on economic growth.

因為減稅對經濟成長沒有顯著影響，使經濟學家感到沮喪。

permit 准許 + **ible** 能力 = permissible 　　Ⓢallowable ❸GEPT

permissible [pə`mɪsəbl̩] 可准許的

The truck driver transported heavy logs beyond the **permissible** load, and was caught by police.
卡車司機運送的木頭超過可負荷量而被警察攔下。

poss 可能 + **ible** 能力 = possible 　　Ⓢimpossible ❹IELTS

possible [`pɑsəbl̩] 可能的；潛在的　　速記 if possible 可能的話

Ben rushed to the police station at the highest **possible** speed because they found his son.
班盡他所能的火速趕到警局，因為他們找到他兒子了。

prefer 較喜歡的 + **able** 能力 = preferable 　　❹TOEIC

preferable [`prɛfərəbl̩] 更好的；略勝一籌的

I chose to take a high-speed train home, because it was **preferable** to the bus.
我選擇搭高鐵回家，因為它比巴士更舒適。

profit 利潤 + **able** 能力 = profitable 　　Ⓐunprofitable ❸TOEIC

profitable [`prɑfɪtəbl̩] 有益的；有利可圖的

The biological technology has become a highly **profitable** business in an aging society.
生物科技在老化社會中已成為高獲利產業。

reason 原因 + **able** 能力 = reasonable 　　Ⓐunreasonable ❺IELTS

reasonable [`riznəbl̩] 合理的；講道理的

Allen is the last person I want to work with, because he is not a **reasonable** person.
我最不想和艾倫共事，因為他不是個明理的人。

remark 注意 + **able** 能力 = remarkable 　　Ⓢextraordinary ❹TOEFL

remarkable [rɪ`mɑrkəbl̩] 非凡的；出眾的

The president of the Central Bank is one of the most **remarkable** financial executives in Asia.
中央銀行總裁是亞洲最出眾的金融主管。

rely 依靠；信賴 + **able** 能力 = reliable 　　Ⓢtrustworthy ❺TOEIC

reliable [rɪ`laɪəbl̩] 可靠的；確實的

It was reported by a **reliable** authority that the president had an accident during his stay in Africa.
據可靠來源指出，總統停留非洲期間曾發生事故。

respect 尊敬 + **able** 能力 = respectable

respectable [rɪ'spɛktəbl̩] 值得尊敬的；可觀的

The company lost a **respectable** sum of money because they lost so many customers last quarter.
公司因上一季流失許多客戶而損失一筆可觀的收入。

response 回應 + **ible** 能力 = responsible ⚠irresponsible ④GEPT

responsible [rɪ'spɑnsəbl̩] 有責任的；可靠的

We should give the job to a **responsible** person.
我們應該將工作委託給一個有責任感的人。

sense 感覺；理性 + **ible** 能力 = sensible ⚠absurd ④GRE

sensible ['sɛnsəbl̩] 可覺察的；明顯的 　　速記 be sensible of 察覺到

I know there is a **sensible** reason for the price of gasoline being this high right now.
我知道現今油價如此高的理由很明顯。

soci 社交 + **able** 能力 = sociable ⚠unsociable ③GEPT

sociable ['soʃəbl̩] 群居的；善交際的

The marketing manager is an outgoing and **sociable** woman who has a large circle of friends.
行銷經理是位外向、善於交際、朋友很多的女性。

suit 適合 + **able** 能力 = suitable ⚠unsuitable ④TOEFL

suitable ['sutəbl̩] 合適的；相當的 　　速記 be suitable for 適合

With a creative mind and an aptitude for interior design, Miss Sully is really **suitable** for the job.
因著創意巧思與室內設計天賦，蘇黎小姐確實適合這一行。

understand 理解 + **able** 能力 = understandable
Scomprehensible ④TOEIC

understandable [ˌʌndɚ'stændəbl̩] 可理解的

It is certainly **understandable** for the bullied student to pursue a lawsuit against the school.
遭霸凌的學生對學校提起訴訟當然合情合理。

value 價值 + **able** 能力 = valuable ⚠valueless ⑤TOEIC

valuable ['væljuəbl̩] 有價值的；可估價的

The woman would rather carry her **valuables** with her rather than deposit them in a hotel safe.
那名女子寧願隨身攜帶貴重物品，也不願存放在飯店保險箱。

vary 變化；多樣化 + **able** 能力 = variable

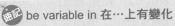

variable [ˋvɛrɪəvl] 易變的；變換的

To be brief, share prices will be **variable** according to the activities of the stock exchanges.
簡言之，股價會依股票交易活動而有所變化。

vulnerate 使受傷害 **+** **able** 能力 **= vulnerable** Ⓢfragile ③TOEFL

vulnerable [ˋvʌlnərəvl] 易受傷的；脆弱的

People should care more about the struggles of the elderly, who are our most **vulnerable** citizens.
人們應更加關照老年人的不便之處，他們是最脆弱的人民。

002 形容詞 -al, -ial 關於

字首
字根
字尾
複合字

快學便利貼

accidental 偶然的；意外的；附帶的
additional 附加的；另外的；添加的
biological 生物學的；n. 生物製品
chemical 化學的；n. 化學製品；藥品
classical 古典的；古典文學的；經典的；正統的；標準的
clinical 診所的；臨床的；科學的
commercial 廣告性質的；營利的；商業的；n. 商業廣告
constitutional 固有的；憲法的；有益健康的；n. 保健運動
continental 大陸的；n. 歐洲大陸人
conventional 因襲的；傳統的；平常的；形式上的；協定的
cordial 熱心的；親切的；提神的；n. 甘露酒；水果果汁
critical 批評的；危險的；決定性的；重大的；吹毛求疵的
cultural 耕作的；培養的；文化的
dental 牙齒的；牙科的

presidential 總統的；支配的；指揮的；監督的；總裁的；會長的
recreational 娛樂的；休養的；消遣的
eventual 最後的；最終的；結果的
exceptional 特別的；例外的；稀有的；卓越的；優秀的
mechanical 機械的；技工的；無意識的；技巧上的
mortal 死的；凡人的；致命的；臨終的
national 國家的；國立的；民族的；國民的；n. 國人；全國總部
natural 自然的；野生的；天賦的；逼真的；n. 天然物；具天生才能的人
operational 運轉的；操作上的；作戰上的；經營上的
optional 隨意的；非強制的；可自由選擇的；n. 選修科
oriental 東方的；東部的；有特殊光澤的；n. 東方人
original 原始的；最初的；新穎的

educational 教育的；有教育意義的
emotional 情緒的；感情的；感動人的
environmental 環境的；有關環境的
ethical 倫理的；合乎道德的；憑處方出售的；倫理學上的；道德的
experimental 實驗的；經驗上的；試驗性的；根據實驗的
external 外部的；客觀的；膚淺的；外國的；外用的；n. 外部；外觀
financial 財務的；金融上的
formal 正式的；形式上的；整齊的；外形的；有條理的；合規格的
functional 機能的；職務上的；函數的；在起作用的
global 球狀的；全球的；世界的；總體的
historical 歷史的；基於史實的
horizontal 水平的；地平線的；相同地位的；n. 水平面
incidental 容易發生的；附帶的；偶然的
industrial 工業的；產業的；從事工業的；來自勞力的
informal 非正式的；口語的
liberal 自由的；大方的；公正的
logical 邏輯的；合理的；必然的
magical 有魔力的；魔術的；神秘的
marginal 邊緣的；臨界的
mathematical 數學的；精確的
musical 音樂的；好聽的；n. 歌舞劇
mutual 相互的；共同的
occasional 偶爾的；臨時的；特殊場合的；非經常的
official 職務上的；官方的；法定的；正式的；n. 公務員；官員
physical 身體的；自然的；物質的；有形的；物理的；n. 身體檢查

partial 一部分的；不公平的；偏袒的
personal 個人的；親自的；私人的；身體的；屬於個人的
political 政治的；政府的；行政的；政黨的；人事糾紛的
practical 事實上的；實用的；實事求是的
professional 職業的；專業的；專職的
provincial 省的；州的；地方性的；偏狹的；迂腐的；n. 外鄉人
psychological 心理學的；精神的
racial 種族的；人種的；種族之間的
regional 地方的；區域性的；局部的
residential 居住的；住宅的
rhetorical 修辭的；華麗的；誇張的
sentimental 感情的；多愁善感的；感傷的；多情的
sexual 性的；生殖的；性別的；性欲的
skeptical 懷疑的；多疑的
spiral 螺旋形的；盤旋的
spiritual 精神上的；心靈的；神聖的；崇高的；超自然的；n. 聖歌
statistical 統計的；統計學的
structural 結構上的；建築上的
substantial 實質的；本質的；有資產的；重要的；有實力的；充實的；相當的
technical 技術的；工業的；專門的
technological 技術的；工藝的
traditional 習慣的；傳統的；因襲的
tribal 部落的；種族的
tropical 熱帶的；非常熱的；熱烈的
typical 代表的；典型的；獨特的；象徵的
universal 宇宙的；全體的；普遍的；多才多藝的；通用的
verbal 文字的；口頭的；逐字的
virtual 實際的；實質的；虛擬的

單字拆解

S 同義　**A** 反義　**5** 單字出現頻率

---

accident 意外 + **al** 關於 = **accidental** 　**A** deliberate 　**5** IELTS

accidental [ˌæksəˈdɛntl̩] 偶然的；意外的

It was **accidental** that I bumped into my boss at the golf course after I told him I was sick at home.
在告知老闆我生病在家後，卻意外在高爾夫球場遇見他。

---

addition 附加 + **al** 關於 = **additional** 　**S** extra 　**4** GEPT

additional [əˈdɪʃən̩l] 附加的；另外的　　速記 additional cost 額外費用

To cease campus bullying, the principal announced **additional** regulations for the students.
為杜絕校園霸凌，校長對學生宣布新增的校規。

---

biology 生物學 + **al** 關於 = **biological** 　**3** TOEFL

biological [ˌbaɪəˈlɑdʒɪkl̩] 生物學的　　速記 biological clock 生理時鐘

The **biological** difference between a human and a mouse is surprisingly small.
人類與老鼠的生物差異竟然不是很大。

---

chemistry 化學 + **al** 關於 = **chemical** 　**4** TOEFL

chemical [ˈkɛmɪkl̩] 化學的　　速記 chemical research 化學研究

The leaders of Iraq horrified the world when they used **chemical** weapons against their own people.
伊拉克領袖使用生化武器對待自己人民，震驚全世界。

---

classic 古典的 + **al** 關於 = **classical** 　**S** classic 　**3** GRE

classical [ˈklæsɪkl̩] 古典的；經典的　　速記 classical music 古典樂

Mr. Lin bought the antique desk lamp with a **classical** design to match his elegant desk.
林先生買一盞設計典雅的古董桌燈來搭配他那張典雅的書桌。

---

clinic 診所 + **al** 關於 = **clinical** 　**4** TOEIC

clinical [ˈklɪnɪkl̩] 診所的　　速記 clinical psychology 臨床心理學

The patient filed a civil lawsuit against the surgeon because of the inappropriate **clinical** treatment.
由於不當的臨床治療，病人對外科醫師提出民事訴訟。

---

commerce 商業 + **ial** 關於 = **commercial** 　**S** business 　**4** TOEFL

commercial [kəˈmɝʃəl] 營利的　　速記 commercial bank 商業銀行

The company decided to gradually adjust its business model to raise its **commercial** value.公司決定逐步調整營業模式以提升其商業價值。

字首　字根　字尾　複合字

破解字根字首，7000單字不必背 **.539.**

constitution 組織 + **al** 關於 = constitutional ⑤inherent ③TOEIC

constitutional [ˌkɑnstə'tjuʃənḷ] 憲法的

According to **constitutional** law, all treaty with another country needs one month to be approved.
根據憲法，任何與他國的協定都需要一個月的時間批核。

continent 大陸 + **al** 關於 = continental ⒶoceaNic ③TOEFL

continental [ˌkɑntə'nɛntḷ] 大陸的

Florida is the warmest State in the **continental** U.S. year-round.
佛羅里達州是美國大陸一年中最溫暖的州。

convention 慣例 + **al** 關於 = conventional ⑤customary ④GRE

conventional [kən'vɛnʃənḷ] 傳統的　速記 conventional wisdom 普遍信念

Oil companies have approached global warming with only limited **conventional** methods.
石油公司僅以有限的傳統方式處理全球暖化問題。

cord 芯 + **ial** 關於 = cordial ⑤hearty ③GEPT

cordial ['kɔrdʒəl] 熱心的；親切的　速記 a cordial welcome 熱切歡迎

All of the workers gave the prime minister a **cordial** greeting when he visited the factory.
行政院長參訪工廠時，所有員工都熱烈迎接他。

critic 批評家 + **al** 關於 = critical ⑤crucial ④GEPT

critical ['krɪtɪkḷ] 批評的；重大的　 be critical to 對…而言很重要

The legal team made a **critical** decision to cancel all negotiations and take the rival to court.
法律團隊做了取消所有談判並將對手告上法院的重大決定。

culture 文化 + **al** 關於 = cultural ④GEPT

cultural ['kʌltʃərəl] 文化的　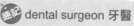 cultural differences 文化差異

In a sense, **cultural** exchange with hostile countries is a good way to reduce tension.
就某種意義而言，與敵對國家進行文化交流是緩解緊張局勢的好方法。

dent 牙齒 + **al** 關於 = dental ⑤orthodontic ②GEPT

dental ['dɛntḷ] 牙齒的；牙科的　速記 dental surgeon 牙醫

The **dental** hygienist did a lot of work to treat the boy's serious cavity.
口腔衛生專家費了很大功夫治療男孩的嚴重蛀牙。

education 教育 + **al** 關於 = educational

educational [ˌɛdʒʊˈkeʃənl̩] 教育的

The government increased its budget to fund **educational** support for children from poor families.
為提供窮困家庭學童教育補助基金，政府增加教育預算。

emotion 情緒；感動 + **al** 關於 = emotional　　⑤ emotive　④ GEPT

emotional [ɪˈmoʃənl̩] 情緒的；感動人的

For a salesperson, reaching the sales goals generates financial and **emotional** satisfaction.
對銷售員而言，達成銷售目標可帶來金錢與心理上的滿足。

environment 環境 + **al** 關於 = environmental　　④ IELTS

environmental [ɪnˌvaɪrənˈmɛntl̩] 環境的；有關環境的

Everyone should do something for **environmental** protection to the best of their abilities.
每個人都應該盡己所能為環保出一份力。

ethics 倫理；道德 + **al** 關於 = ethical　　⑤ moral　⑤ GEPT

ethical [ˈɛθɪkl̩] 倫理的；合乎道德的　　插記 ethical issues 道德議題

It is not considered **ethical** to release or sell company secrets to a competitor.
一般認為洩漏或販賣公司機密給競爭對手是不道德的。

experiment 實驗 + **al** 關於 = experimental　　⑤ empirical　⑤ TOEFL

experimental [ɪkˌspɛrəˈmɛntl̩] 實驗的；試驗性的

Experimental gene therapy may cure chronic diseases, but its side effects are still unknown.
實驗性的基因療法可醫治慢性病，但其副作用仍然未知。

extern 外部 + **al** 關於 = external　　Ⓐ internal　④ IELTS

external [ɪkˈstɜnəl] 外部的；客觀的　　插記 external factors 外部因素

Thanks to the ECFA agreement with China, Taiwan's **external** trade should expand.
由於與中國簽訂ECFA協定，台灣的對外貿易勢必拓展。

finance 財政 + **ial** 關於 = financial　　⑤ monetary　⑤ TOEIC

financial [faɪˈnænʃəl] 財務的　　插記 financial crisis 財務危機

The board gave their assessment of the **financial** reports submitted by the chief financial executive.
董事會針對財務長繳交的財務報告提出評估。

form 形式 + **al** 關於 = formal

formal ['fɔrml̩] 正式的；形式上的

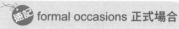 formal occasions 正式場合

The embassy sent a **formal** request to the foreign minister to visit their country.
大使館寄發一封邀請外國部長參訪該國的正式信函。

function 功能 + **al** 關於 = functional

Ｓ operational ④ IELTS

functional ['fʌŋkʃən̩l] 機能的；起作用的

The boy found an old box buried underground, and inside was a watch that was still **functional**.
男孩發現一只埋在地下的舊箱子，裡面還有一支仍在運作的手錶。

globe 地球 + **al** 關於 = global

Ｓ universal ⑤ TOEFL

global ['globl̩] 球狀的；全球的

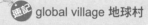 global village 地球村

The multinational company has set up their own internal system of **global** communication.
跨國公司已在內部設置全球通訊系統。

history 歷史 + **al** 關於 = historical

③ TOEIC

historical [hɪs'tɔrɪkl̩] 歷史的

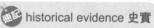 historical evidence 史實

The backpacker seized the occasion to take pictures at the **historical** sites on the island of Iwo Jima.
背包客把握機會拍下硫磺島上的歷史景點。

horizon 地平線 + **al** 關於 = horizontal

Ａ vertical ④ GEPT

horizontal [ˌhɑrə'zɑntl̩] 水平的；同行的

On occasion, there is a **horizontal** transfer of an employee to another department in the company.
員工有時會平調到公司其他部門。

incident 事故 + **al** 關於 = incidental

④ TOEFL

incidental [ˌɪnsə'dɛntl̩] 容易發生的；附帶的

I enclose within a check for reimbursement of your travel and **incidental** expenses.
我隨信附上一張旅遊及附帶費用的退款支票給你。

industry 工業 + **ial** 關於 = industrial

④ IELTS

industrial [ɪn'dʌstrɪəl] 工業的

 Industrial Revolution 工業革命

The unemployed man got a promising job after completing a series of **industrial** training courses.
失業男子在完成一系列產業訓練課程後得到一份前景看好的工作。

inform 無形狀的 + **al** 關於 = informal

informal [ɪnˈfɔrm!] 非正式的；簡略的

The CEO paid an **informal** visit to the manufacturing department to boost employee morale.
為提振員工士氣，執行長私下走訪生產製造部門。

---

liberty 自由 + **al** 關於 = liberal   **A** conservative   **3** IELTS

liberal [ˈlɪbərəl] 自由的；大方的   通記 liberal state 自由國度

"Charge this box of wine to my account against me", said the businessman **liberal** of his money.
「這瓶酒算我的帳上。」，出手大方的商人說道。

---

logic 邏輯 + **al** 關於 = logical   **A** illogical   **4** TOEFL

logical [ˈlɑdʒɪk!] 邏輯的；合理的   通記 logical thinking 邏輯思考

If you insist on selling the land in a bad economy, it is **logical** that you will get a low price.
如果你堅持在景氣不佳時賣地，必然賣不了好價錢。

---

magic 魔術 + **al** 關於 = magical   **S** miraculous   **2** TOEFL

magical [ˈmædʒɪk!] 有魔力的；神奇的

The Labrador retriever puppies seem to be **magical**, having the ability to make everyone smile.
拉不拉多幼犬似乎具有讓每個人微笑的神奇能力。

---

margin 邊緣 + **al** 關於 = marginal   **4** IELTS

marginal [ˈmɑrdʒɪn!] 邊緣的；限界的   通記 marginal benefit 邊際效益

In down times, all most companies can hope for is to make **marginal** benefit until things improve.
經濟衰退時期，大多數公司所能期望的是創造邊際效益，直到局勢好轉。

---

mathematics 數學 + **al** 關於 = mathematical   **S** arithmetical   **3** GRE

mathematical [ˌmæθəˈmætɪk!] 數學的；數學上的；精確的

The Germans can engineer automobiles with great style and **mathematical** precision.
德國人以絕佳造型及精密準確度設計汽車。

---

music 音樂 + **al** 關於 = musical   **S** melodious   **4** IELTS

musical [ˈmjuzɪk!] 音樂的；好聽的   通記 musical instruments 樂器

The boss invited some of his employees to a **musical** play in the amphitheater on Friday evening.
老闆邀請一些員工星期五傍晚至圓形劇場觀賞歌舞劇。

字首　字根　字尾　複合字

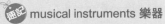

mutu 互相 + **al** 關於 = **mutual**   Ⓢreciprocal ❹TOEIC

mutual [ˈmjutʃʊəl] 相互的   速記 mutual understanding 互相了解

Thanks to the **mutual** benefits between the two companies, they enjoyed long-lasting success.
由於兩家公司互利互惠，他們享有持續性的成功。

occasion 場合 + **al** 關於 = **occasional**   Ⓢintermittent ❺IELTS

occasional [əˈkeʒənl̩] 偶爾的   速記 occasional visits 臨時造訪

The manager worked hard six days a week, and he didn't even take time for an **occasional** nap.
經理一週辛苦工作六天，連偶爾午睡片刻的時間都沒有。

office 職務 + **ial** 關於 = **official**   Ⓐprivate ❸GEPT

official [əˈfɪʃəl] 官方的；正式的   速記 official website 官方網站

One of the assistant's **official** responsibilities was to record the average daily customer flow.
助理的其中一項職責就是要記錄每日平均客流量。

physic 身體 + **al** 關於 = **physical**   Ⓢcorporal ❹IELTS

physical [ˈfɪzɪkl̩] 身體的   速記 physical health 身體健康

After having a **physical** examination, the candidate submitted his results to the personnel office.
體檢完後，求職者將檢查結果呈交人事室。

president 總統 + **ial** 關於 = **presidential**   ❺TOEIC

presidential [ˈprɛzədɛnʃəl] 總統的   速記 presidential suite 總統套房

The **Presidential** election campaign in America lasts for 18 months and costs millions of dollars.
美國的總統大選活動持續十八個月，花費數百萬美元。

recreation 娛樂 + **al** 關於 = **recreational**   Ⓢleisure ❹GEPT

recreational [ˌrɛkrɪˈeʃən] 娛樂的；休養的

The engineer purchased a **recreational** vehicle soon after he received his annual bonus.
工程師領到年終獎金後不久便買了休旅車。

event 事件 + **al** 關於 = **eventual**   Ⓢfinal ❺GRE

eventual [ɪˈvɛntʃʊəl] 最後的；萬一的

After careful deliberation, the jury reached the **eventual** decision to put the man in prison for life.
經過嚴謹的審議，陪審團最終判決男子終身監禁。

exception 例外 + **al** 關於 = exceptional　　🄢extraordinary ④GEPT

exceptional [ɪkˈsɛpʃənl̩] 特別的

The president had a press conference to commend the **exceptional** police officer yesterday.
昨天總統召開記者會表揚優秀警官。

mechanic 技工 + **al** 關於 = mechanical　　③TOEIC

mechanical [məˈkænɪkl̩] 機械的　　速記 mechanical failure 機械故障

The airplane was grounded for a week after the maintenance crew found major **mechanical** problems.
在維修團隊發現重大機械問題後，飛機停飛了一週。

mort 死亡 + **al** 關於 = mortal　　🄐immortal ③GEPT

mortal [ˈmɔrtl̩] 死的；凡人的；致命的　　速記 mortal remains 遺體

The doctor found there was a **mortal** wound in the victim's artery caused by a piercing instrument.
醫師發現被害者動脈有銳器造成的致命傷。

nation 國家 + **al** 關於 = national　　🄢federal ④IELTS

national [ˈnæʃənl̩] 國家的；國立的　　速記 national anthem 國歌

Some campaign candidates were accused of not having enough **national** pride.
一些競選人挨批國家榮譽感不足。

nature 自然 + **al** 關於 = natural　　🄐artificial ④TOEFL

natural [ˈnætʃərəl] 自然的；天賦的　　速記 natural gas 天然氣

Without its own **natural** resources, the country needs to import a great amount of coal and oil.
該國本身缺乏天然資源，需要進口大量煤碳及石油。

operation 運轉 + **al** 關於 = operational　　🄢functional ⑤IELTS

operational [ˌɑpəˈreʃənl̩] 運轉的；可使用的

The government needs to pass new measures and to make them **operational** to help the economy.
政府需要通過新措施，並將這些措施用於改善經濟狀況。

option 選擇 + **al** 關於 = optional　　🄐compulsory ④TOEFL

optional [ˈɑpʃənl̩] 非強制的；可選擇的　　速記 optional course 選修課

Many travel agents try to make additional profit by selling **optional** tours and extra services.
許多旅行社試著藉由銷售自選旅遊及額外服務來獲取附加利益。

字首

字根

字尾

複合字

orient 東方 + **al** 關於 = **oriental**　　　　　Ⓢeastern ③GRE

oriental [ˌorɪˈɛntl̩] 東方的；東的　　　速記 oriental express 東方快車

The Canadian wanted to visit various sites from **oriental** folklores during her trip to Asia.
那位加拿大人到亞洲旅遊時想要參觀東方民間故事裡的景點。

origin 起源 + **al** 關於 = **original**　　　　　Ⓢprimary ④GEPT

original [əˈrɪdʒənl̩] 原始的；最初的　　　速記 original owner 原主

It is said that the **original** version of the novel is much different from the current versions available.
據說原版小說跟現行本差異很大。

part 部分 + **ial** 關於 = **partial**　　　　　Ⓐimpartial ③TOEIC

partial [ˈpɑrʃəl] 一部分的；偏袒的　　　速記 be partial to 偏袒

The promotion achieved only **partial** success because the stores were not open long enough.
由於店家的營業時間不夠久，促銷活動只達到部分成效。

person 個人 + **al** 關於 = **personal**　　　　　Ⓢprivate ④GEPT

personal [ˈpɝsn̩l̩] 個人的；私人的　　　速記 personal preference 個人喜好

The secretary will take a leave of absence next week to deal with some **personal** affairs.
秘書下禮拜請假處理一些私人事務。

politic 政治 + **al** 關於 = **political**　　　　　⑤TOEFL

political [pəˈlɪtɪkl̩] 政治的　　　速記 political correctness 政治正確

It seems as though the mainstream media is becoming more biased and **political** these days.
近來主流媒體似乎變得較偏頗及政治化。

practice 實用 + **al** 關於 = **practical**　　　　　Ⓐtheoretical ④IELTS

practical [ˈpræktɪkl̩] 事實上的；實用的　　　速記 practical joke 惡作劇

Because of the lack of **practical** experience, the newcomer was excluded from the research project.
由於缺乏實務經驗，新進人員被排除在研究計劃之外。

profession 職業 + **al** 關於 = **professional**　　　　　Ⓐamateur ③TOEIC

professional [prəˈfɛʃənl̩] 職業的；專業的

The capable manager with an MBA degree is supposed to be a highly **professional** administrator.
擁有MBA學位的能幹經理應該是位高度專業的主管。

province 省 + **ial** 關於 = provincial   Ⓢregional ④GEPT

provincial [prə'vɪnʃəl] 省的；地方性的

The local restaurant owner made an apology for the poor service in a **provincial** accent.
當地餐廳老闆操著鄉音為服務不盡理想道歉。

psychologic 心理學 + **al** 關於 = psychological   Ⓢmental ⑤TOEFL

psychological [ˌsaɪkə'lɑdʒɪk] 心理學的；精神的

Psychological differences between the two sexes have led to misunderstandings and discrimination.
兩性間的心理差異已造成誤解與歧視。

race 種族 + **ial** 關於 = racial   Ⓢethnic ④GEPT

racial ['reʃəl] 種族的   速記 racial discrimination 種族歧視

The politician excused himself for his inappropriate **racial** remarks during his campaign.
政治人物為他在競選期間關於種族的不當言論提出辯解。

region 地區 + **al** 關於 = regional   Ⓢlocal ③TOEFL

regional ['ridʒənl] 地方的；局部的   速記 regional accent 口音

The doctor in the **regional** hospital diagnosed the old man's illness as diabetes mellitus.
地區醫院的醫師診斷老先生罹患糖尿病。

resident 居民 + **ial** 關於 = residential   ④IELTS

residential [ˌrɛzə'dɛnʃəl] 居住的   速記 residential area 住宅區

The community center in the **residential** area provides many childcare services for busy parents.
住宅區的社區中心為忙碌的家長提供許多兒童照護服務。

rhetor 雄辯家 + **al** 關於 = rhetorical   ③GRE

rhetorical [rɪ'tɔrɪkl] 修辭的；華麗的

I didn't really mean for you to answer me because it was just a **rhetorical** question.
不是真的要你回答我，這只是修飾個問句罷了。

sentiment 情感 + **al** 關於 = sentimental   Ⓢemotional ③IELTS

sentimental [ˌsɛntə'mɛntl] 多愁善感的

While cleaning out the attic, my brother decided to keep his teddy bear for **sentimental** reasons.
清掃閣樓時，我哥因為捨不得而決定保留他的泰迪熊。

sex 性；性別 + **al** 關於 = **sexual**　　　　　　　　**S** gender　**4** GEPT

sexual [ˈsɛkʃʊəl] 性的；性別的 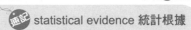 速記 sexual discrimination 性別歧視

Sexual harassment refers to the unwelcome and improper behavior related to sex in the workplace.
性騷擾是職場上與性有關，不受歡迎且不適當的行為表現。

skeptic 懷疑者 + **al** 關於 = **skeptical**　　　　　　**S** doubtful　**3** TOEIC

skeptical [ˈskɛptɪkl] 懷疑的　　速記 be skeptical about 對…感到懷疑

Peter was **skeptical** about the proposal because he felt the agency couldn't handle such a large job.
彼得對計畫存疑，因他認為經辦人員無法處理如此大規模的工作。

spire 螺旋 + **al** 關於 = **spiral**　　　　　　　　　　**S** twirl　**5** TOEFL

spiral [ˈspaɪrəl] 螺旋形的；盤旋的　　速記 spiral staircase 旋轉樓梯

Climbing the **spiral** staircase on the corner, we entered a balcony for a good view of the parade.
爬上角落的旋轉樓梯，我們進入陽台以取得觀賞遊行的絕佳視野。

spirit 精神 + **al** 關於 = **spiritual**　　　　　　　　**A** material　**4** IELTS

spiritual [ˈspɪrɪtʃʊəl] 精神上的　　速記 spiritual therapy 靈性治療

The aim of the workshop is to learn to build a balanced **spiritual** life while having a busy career.
研討會的目的為學習在忙碌的職場中建立均衡的精神生活。

statistic 統計學 + **al** 關於 = **statistical**　　　　　　　　**3** GEPT

statistical [stəˈtɪstɪkl] 統計的　　速記 statistical evidence 統計根據

Based on **statistical** data, our average daily sales volume is five percent lower than our goal.
根據統計資料，我們每日平均銷售量比銷售目標少百分之五。

structure 結構 + **al** 關於 = **structural**　　　　　**S** constructional　**4** IELTS

structural [ˈstrʌktʃərəl] 結構上的

The cracks in the rivets on the bridge were caused by the **structural** stress of many years of use.
多年使用後，結構上的壓力造成橋樑鉚釘破裂。

substance 實質 + **ial** 關於 = **substantial**　　　　　**S** actual　**5** TOEFL

substantial [səbˈstænʃəl] 本質的；相當的

The management made a **substantial** concession to the labor union on working conditions.
管理階層在工作環境方面對工會做出具體讓步。

| technic | 技巧 + al 關於 = technical | Ⓐ untechnical ❺ GRE |

technical [ˈtɛknɪkl̩] 技術的；專門的

It is the **technical** adviser's suggestion that the company partner with an institute of technology.
技術顧問建議公司應與技術學院結盟。

| technology | 技術 + al 關於 = technological | Ⓢ technical ❷ GEPT |

technological [ˌtɛknəˈlɑdʒɪkl̩] 技術的；工藝的

Technological superiority has always allowed the U.S. Air Force to achieve victory in battle.
技術優勢總使美國空軍戰役告捷。

| tradition | 傳統 + al 關於 = traditional | Ⓢ conventional ❹ GEPT |

traditional [trəˈdɪʃənl̩] 習慣的；傳統的

It is a **traditional** routine for the Buddhist monks to meditate before each meal.
和尚在餐前冥想是一項傳統習慣。

| tribe | 部落 + al 關於 = tribal | Ⓢ ethnic ❹ TOEIC |

tribal [traɪbl̩] 部落的；部族的　　　　速記 tribal society 部落社會

The **tribal** leaders met to negotiate a peace treaty with representatives of the federal government.
部落領袖與聯邦政府代表協談和平條約。

| tropic | 熱帶 + al 關於 = tropical | Ⓐ temperate ❸ TOEFL |

tropical [ˈtrɑpɪkl̩] 熱帶的；非常熱的　　　速記 tropical zone 熱帶區域

The island is famous for **tropical** fruits, such as durians, rambutans and mangosteens.
這島嶼以熱帶水果聞名，如榴槤、紅毛丹以及山竹果。

| type | 典型 + al 關於 = typical | Ⓐ atypical ❹ IELTS |

typical [ˈtɪpɪkl̩] 代表的；典型的

A **typical** breakfast in the United States may consist of several eggs, bacon, toast and juice.
美國典型的早餐包含蛋、培根、吐司及果汁。

| universe | 宇宙 + al 關於 = universal | Ⓢ general ❸ TOEIC |

universal [ˌjunəˈvɝsl̩] 宇宙的　　　速記 universal language 共通語言

Undoubtedly, English has been the **universal** language to do business worldwide.
無疑地，英文已成為全世界從事貿易的通用語言。

| verb | 動詞 + al 關於 = verbal |

verbal ['vɝbl] 文字的；口頭的

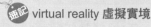verbal communication 語言溝通

The customer has made a **verbal** agreement to settle his account with the shopkeeper within 3 days.
顧客已與店東口頭承諾於三天內結清帳款。

virtu 實際 + **al** 關於 = **virtual**

Ⓢactual ❸TOEFL

virtual ['vɝtʃuəl] 實質的；虛擬的

virtual reality 虛擬實境

The report that many foreign laborers in Taiwan are in a state of **virtual** slavery is untrue.
許多在台外勞處被奴役狀態的報導有誤。

003 形容詞 -ant, -ent

MP3 385

快學便利貼

apparent 顯然；明白易懂；顯而易見
brilliant 明亮的；燦爛的；漂亮的；卓越的；顯赫的；色彩鮮明的；n. 寶石
decent 莊重的；相稱的；合宜的
different 不同的；各式各樣的
excellent 優秀的；出色的；傑出的
fluent 流暢的；流利的；液態的；暢流的；通暢的；流暢熟練的
frequent 經常的；頻繁的；v. 時常去
obedient 服從的；孝順的；馴良的
prudent 慎重的；穩健的；精明的；節儉的；小心的；善於經營的
recent 近來的；近代的；最近的
resistant 抵抗的；耐久的；n. 防腐劑

absent 缺席的；不在意的；恍惚的
consistent 一致的；堅實的；符合的
dependent 依靠的；從屬的；懸吊的
efficient 有效的；有能力的 ；能勝任的
innocent 清白的；無辜的；單純的；無害的；幼稚的；頭腦簡單的
persistent 堅持的；百折不撓的；持久不變的；反覆的；持續的
sufficient 足夠的；有能力的；能勝任的
urgent 緊急的；極力主張的；急迫的
deficient 缺乏的；有缺陷的；不足的；有缺點的；缺少的
proficient 熟練的；精通的；訓練有素的；n. 熟練者；專家

單字拆解

Ⓢ同義 Ⓐ反義 ❺單字出現頻率

appar 明顯 + **ent** 形容詞 = **apparent**

Ⓢobvious ❹IELTS

apparent [ə'pærənt] 顯而易見的

it is apparent that 顯而易見地

It's **apparent** that for a small island, Taiwan produces many excellent baseball players.
很明顯地，對於一座小島來說，台灣出產許多優異的棒球選手。

brilli 光輝 + **ant** 形容詞 = **brilliant**　　　Ⓢclever ❸GEPT

brilliant [ˈbrɪljənt] 卓越的；燦爛的　　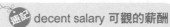 a brilliant idea 好主意

The young prodigy executed a **brilliant** strategy to beat the world chess champion.
神童採取英明的戰略，擊敗世界西洋棋冠軍。

dec 合宜 + **ent** 形容詞 = **decent**　　　Ⓢproper ❹TOEFL

decent [ˈdisn̩t] 莊重的；合宜的　　描記 decent salary 可觀的薪酬

The single mother works hard at two jobs to make a **decent** living for her two children and herself.
為了給孩子及自己一個不錯的生活，單親媽媽辛苦兼職兩份工作。

differ 不同 + **ent** 形容詞 = **different**　　　Ⓐsimilar ❺GRE

different [ˈdɪfərənt] 不同的；各式各樣的

The Mandarin accent heard in Taipei is quite **different** from that spoken in Beijing.
在台北聽到的中文腔調跟北京腔比起來相差蠻多的。

excel 優於 + **ent** 形容詞 = **excellent**　　　Ⓢgreat ❹TOEFL

excellent [ˈɛksl̩ənt] 優秀的　　描記 be excellent in 在…表現傑出

The new accountant showed a great resumé and he is **excellent** in cost analysis.
新進會計人員展示漂亮的履歷以及優異的成本分析能力。

flu 流暢 + **ent** 形容詞 = **fluent**　　　Ⓢsmooth ❸GEPT

fluent [ˈfluənt] 流暢的；流利的　　描記 be fluent in 流利

To everyone's surprise, the schoolboy from a remote village was able to speak **fluent** English.
令所有人驚訝的是，來自偏遠村莊的男同學說得一口流利英語。

frequ 經常 + **ent** 形容詞 = **frequent**　　　Ⓐrare ❹TOEIC

frequent [ˈfrikwənt] 時常去；經常的

The ex-President George W. Bush is known to **frequent** a barbecue restaurant in Crawford, Texas.
大家都知道前美國總統布希時常光顧一間位於德州克勞福德市的燒烤店。

obedi 遵守 + **ent** 形容詞 = **obedient**　　　Ⓐdisobedient ❷TOEFL

obedient [əˈbidjənt] 服從的；孝順的　　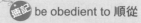 be obedient to 順從

Bruce's Beagle is very **obedient** because it was trained to do everything he is told to do.
布魯斯的米格魯服從性很高，因為它會服從他的所有指示。

prud 正經 + **ent** 形容詞 = prudent
Ⓢcareful ❸IELTS

prudent ['prudṇt] 慎重的；穩健的
速記 financially prudent 財務穩定

The new President is **prudent** in his approach to other world leaders, to show mutual respect.
新總統對待其他國家元首的態度非常明智，就是互相尊重。

rec 近期 + **ent** 形容詞 = recent
Ⓢlate ❹TOEFL

recent ['risṇt] 近來的；近代的
速記 in recent years 近年來

The divorced woman has been gambling and living beyond her means in **recent** years.
那名離婚女子近年來沉溺於賭博，入不敷出。

resist 抵抗 + **ant** 形容詞 = resistant
Ⓢdurable ❹TOEIC

resistant [rɪ'zɪstənt] 抵抗的；耐久的
速記 be resistant to 抵抗…

Bella enjoys going to the beach quite often, so she purchased a water-**resistant** watch.
貝菈喜歡時常去海邊，所以她買了一隻防水手錶。

abs 缺席 + **ent** 形容詞 = absent
Ⓐpresent ❸GRE

absent ['æbsṇt] 缺席的；恍惚的
速記 be absent from 從…缺席

The boy who is addicted to playing video games is often **absent** from his classes.
沉溺於電動的男同學經常曠課。

consist 與…一致 + **ent** 形容詞 = consistent
Ⓐinconsistent ❹TOEFL

consistent [kən'sɪstənt] 一致的；堅實的；濃厚的

A good mother and father are **consistent** in the way they punish and reward their children.
一對優秀的父母在獎懲小孩方面的標準應一致。

depend 依靠 + **ent** 形容詞 = dependent
Ⓐindependent ❹GEPT

dependent [dɪ'pɛndənt] 依靠的
速記 be dependent upon 依靠…

The plan to build new classrooms for the school is **dependent** on the size of next year's budget.
新校舍的興建計畫取決於明年年度預算額。

effici 效率 + **ent** 形容詞 = efficient
Ⓐinefficient ❸TOEIC

efficient [ɪ'fɪʃənt] 有效的；有能力的
速記 fuel-efficient car 省油車

The automobiles made in the 1970's were not very **efficient** in their gas mileage.
七零年代的車子耗油量大且效率低。

innoc 天真 + **ent** 形容詞 = innocent

innocent [ˈɪnəsn̩t] 無辜的；單純的

 be innocent of 清白的

The most **innocent** victims of the war were the children, many of whom are now orphans.
戰爭中最無辜的受害者就是孩童，而其中許多成為了孤兒。

---

persist 堅持 + **ent** 形容詞 = persistent

S prolonged **4** TOEFL

persistent [pəˈsɪstənt] 堅持的；持久不變的

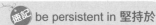 be persistent in 堅持於

It is never easy to rebuild an economy when a country has **persistent** unemployment at a high rate.
長期處於高失業率的國家難以重整經濟。

---

suffice 足夠 + **ent** 形容詞 = sufficient

S enough **3** GEPT

sufficient [səˈfɪʃənt] 足夠的；有能力的

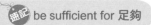 be sufficient for 足夠

The ambitious young man set out to get a job with **sufficient** income to support his family.
野心勃勃的年輕人著手找尋收入足以支應家計的工作。

---

urge 催促 + **ent** 形容詞 = urgent

S pressing **4** GRE

urgent [ˈɜdʒənt] 緊急的；極力主張的

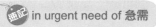 in urgent need of 急需

The survivors of Typhoon Morakot were in **urgent** need of food and shelter after the storm.
莫拉克颱風的生還者在暴風雨過後最需要的是食物和避難之處。

---

defici 缺乏 + **ent** 形容詞 = deficient

S lacking **5** TOEIC

deficient [dɪˈfɪʃənt] 缺乏的；有缺陷的

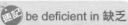 be deficient in 缺乏

Out of sympathy, the boss hired the poor girl, even though she was **deficient** in practical experience.
儘管女孩缺乏實務經驗，老闆還是出於同情任用她。

---

profici 精通 + **ent** 形容詞 = proficient

S expert **4** IELTS

proficient [prəˈfɪʃənt] 熟練的；精通的

 be proficient in 精通

You will have many more job opportunities if you are **proficient** in English.
如果你精通英語，你會有許多工作機會。

004

形容詞 -ar, -ary, -ery

 MP3 386

字首

字根

字尾

複合字

circular 圓形的；循環的；巡迴的；通告的；供傳閱的；環形的；n. 傳閱文件；通知；傳單

polar 南北極的；磁極的；極端相反的

singular 唯一的；單獨的；單數的；非凡的；卓越的；n. 單數

customary 通常的；照慣例的

elementary 初等的；基本的；單元的

legendary 傳說中的；傳奇的

honorary 名譽的；義務的；光榮的；名譽職位的；無報酬的

imaginary 想像的；虛構的；幻想的

military 軍人的；好戰的；n. 軍隊

necessary 必要的；不可缺的；強迫的；必然的；n. 必需品；必要的物品

secondary 第二的；從屬的；補充的；次要的；代理的；n. 副手；代理人

solitary 孤獨的；獨居的；人煙稀少的

slippery 滑的；狡猾的；不可靠的；棘手的

momentary 瞬間的；暫時的；片刻的

revolutionary 革命的；旋轉的；n. 革命家；改革者；革命支持者

stationary 靜止的；不變的；固定的；n. 不動的人或物；常備軍

 **單字拆解**

S 同義　**A** 反義　**5** 單字出現頻率

circul 圓形 + **ar** 形容詞 = **circular**　**S** round　**3** TOEIC

circular ['sɝkjələ] 圓形的；循環的

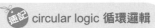 circular logic 循環邏輯

The carpenter used a **circular** saw to quickly cut wood planks to make bookshelves.
木匠使用圓鋸快速切割木板以製作書架。

pole 柱 + **ar** 形容詞 = **polar**　**2** TOEFL

polar ['polə] 南北極的；電極的；截然對立的

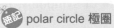 polar circle 極圈

Polar bears are most active in regions near the polar ice cap, where there aren't many humans.
北極熊活動於人煙稀少的極地冰蓋附近的區域。

single 單獨的 + **ar** 形容詞 = **singular**　**A** plural　**4** IELTS

singular ['sɪŋgjələ] 唯一的；單獨的；單數的

When they visited the museum, the kindergarten students were told to line up in **singular** file.
參觀博物館時，那群幼稚園學童被告知要排成一列縱隊。

custom 慣例 + **ary** 形容詞 = **customary**　**S** usual　**5** TOEIC

customary ['kʌstəm,ɛrɪ] 通常的；照慣例的

In Japan, it is **customary** to take off your shoes and wear slippers before you enter someone's home.

在日本，當你進到別人家裡前，照慣例要脫掉自己的鞋子並換穿拖鞋。

discipline 紀律 + **ary** 形容詞 = **disciplinary** ❹GRE

disciplinary [ˈdɪsəplɪnˌɛrɪ] 紀律的；懲戒性的

The principal will take **disciplinary** action toward bullying on campus without hesitation.
對於校園霸凌事件，校長將毫不猶豫地採取懲處行動。

element 成分 + **ary** 形容詞 = **elementary** Ⓢprimary ❸GEPT

elementary [ˌɛləˈmɛntərɪ] 初等的   速記 elementary school 小學

In the preliminary examination, we will test the applicant's **elementary** knowledge of math.
在初步審查時，我們將測驗申請人基礎的數學知識。

legend 傳說 + **ary** 形容詞 = **legendary** Ⓢmythical ❹GRE

legendary [ˈlɛdʒəndˌɛrɪ] 傳說中的；傳奇的；傳奇性的

The president of the construction company is regarded as a **legendary** leader in the industry circles.
那位建設公司的總裁在產業界被視為一名傳奇性的領導人物。

honor 光榮；名譽 + **ary** 形容詞 = **honorary** Ⓢglorious ❸TOEFL

honorary [ˈɑnəˌrɛrɪ] 名譽的   速記 honorary doctorate 榮譽博士

The social worker obtained an **honorary** degree in economics from Harvard University.
那位社服人員獲得哈佛大學經濟學的榮譽學位。

imagine 想像 + **ary** 形容詞 = **imaginary** Ⓐreal ❹GEPT

imaginary [ɪˈmædʒəˌnɛrɪ] 想像的；虛數的

Hank was a lonely boy who often could be seen playing with an **imaginary** friend.
漢克是一位孤獨的男孩，我們經常會看到他和他自己想像的朋友在玩耍。

milit 戰鬥 + **ary** 形容詞 = **military** Ⓐnaval ❹TOEFL

military [ˈmɪləˌtɛrɪ] 軍人的

The Navy Admiral received his **military** training at the Naval Academy in Bethesda, Maryland.
海軍上將在馬里蘭州貝塞斯達的海軍學院接受軍事訓練。

necess 需要 + **ary** 形容詞 = **necessary** Ⓢessential ❸GEPT

necessary [ˈnɛsəˌsɛrɪ] 必要的   速記 a necessary evil 不得已的事

When planning your marketing for your business, it's **necessary** to have a clear budget.
當你為自己的企業計畫市場行銷時，必須要有清楚的預算。

字首
字根
字尾
複合字

second 第二的 + **ary** 形容詞 = secondary Ⓐprimary ❷TOEIC

secondary ['sɛkən,dɛrɪ] 第二的；次要的 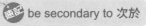 be secondary to 次於

The company is making new efforts to improve their **secondary** line of products.
該公司為改善二線產品投注新血。

solit 孤獨 + **ary** 形容詞 = solitary Ⓢsingle ❸TOEFL

solitary ['sɑlə,tɛrɪ] 孤獨的；獨居的 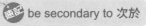 a solitary man 孤獨男子

The prisoner caused so many problems in the prison that he was sent to **solitary** confinement.
那名囚犯在監獄引起許多問題，以至於被送去單獨監禁。

slip 滑 + **ery** 形容詞 = slippery Ⓢslick ❹GRE

slippery ['slɪpərɪ] 滑的；狡猾的 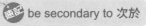 a slippery slope 不歸路

Mountain climbing is very difficult in rainy weather, as the slopes are too **slippery**.
由於下雨天山坡太滑，所以很難爬山。

moment 時刻 + **ary** 形容詞 = momentary Ⓢbrief ❹IELTS

momentary ['momən,tɛrɪ] 瞬間的；暫時的

Tina caught a **momentary** glimpse of her favorite pop idol as he exited from the stage.
當蒂娜最喜歡的偶像從舞台上離開的時候，在那一瞬間她看到了他。

revolution 革命 + **ary** 形容詞 = revolutionary Ⓢrevolving ❷GEPT

revolutionary [,rɛvə'luʃən,ɛrɪ] 革命的；旋轉的；完全創新的

The invention of cell phones was a **revolutionary** improvement in communication.
手機的發明在通訊方面是一項革命性的進展。

station 靜止狀態 + **ary** 形容詞 = stationary Ⓢfixed ❸IELTS

stationary ['steʃən,ɛrɪ] 靜止的；固定的

Margaret was intent on losing weight, so she spent many hours a day pedaling a **stationary** bicycle.
瑪格麗特熱衷於減肥，所以她每天花好幾個小時踩健身腳踏車。

005

形容詞 **-ate, -ete, -ute**

具有…性質

快學便利貼

accurate 準確的；精密的；正確無誤的
affectionate 親切的；感情深厚的
compassionate 富同情心的
considerate 細心的；考慮周到的；體諒的；體貼的；為他人著想的

fortunate 幸運的；僥倖的
passionate 多情的；易怒的；熱烈的；易被情慾所支配的；熱誠的；狂熱的
absolute 完全的；絕對的；無條件的；確實的；專制的；**n.** 絕對事物

 單字拆解

⑤同義 **Ⓐ**反義 **⑤**單字出現頻率

---

accur 精準 **+** **ate** 具有⋯性質 **= accurate** Ⓐ inaccurate ❹ TOEIC

accurate [ˈækjərɪt] 準確的；精密的

速記 be accurate at 精準於

The statistician usually provides the government with **accurate** data on the cost of living index.
統計學家通常提供政府精確的生活消費指數數據。

---

affection 感情 **+** **ate** 具有⋯性質 **= affectionate** ⑤ loving ❹ GEPT

affectionate [əˈfɛkʃənɪt] 親切的；感情深厚的

The movie star has been seen being **affectionate** with her manager behind closed doors.
那位電影明星被目擊私下與經紀人過從甚密。

---

compassion 同情 **+** **ate** 具有⋯性質 **= compassionate**
⑤ pitying ❸ GRE

compassionate [kəmˈpæʃənɪt] 富同情心的

The **compassionate** teacher dedicated herself to helping the students who were slow-learning.
慈悲的老師奉獻自己幫助學習遲緩的學生。

---

consider 考慮 **+** **ate** 具有⋯性質 **= considerate**
⑤ thoughtful ❹ TOEIC

considerate [kənˈsɪdərɪt] 考慮周到的；體諒的

The aggressive driver who unpredictably changed lanes at random was never **considerate** to others.
那名莽撞的司機任意變換車道，完全沒有顧慮到其他人。

---

fortune 幸運 **+** **ate** 具有⋯性質 **= fortunate** ⑤ lucky ❷ GEPT

fortunate [ˈfɔrtʃənɪt] 幸運的；僥倖的

From her facial expression, I'm sure that Eliza was **fortunate** enough to win the first prize.

從伊麗莎的臉部表情看來，我敢肯定她幸運地獲得了首獎。

passion 激情 + **ate** 具有…性質 = passionate
⑤enthusiastic ④TOEFL

passionate ['pæʃənɪt] 多情的；熱烈的

In front of his citizens, the new minister gave an **passionate** inaugural address on TV.
在人民面前，新任部長透過電視發表了情感激昂的就職演說。

absol 絕對 + **ute** 具有…性質 = absolute
⑤complete ③IELTS

absolute ['æbsə,lut] 完全的；絕對的
 速記 absolute majority 絕對多數

It is the **absolute** truth that, at one time, I used to be a shy, skinny little child.
我曾經是一個害羞且瘦小的孩子，這絕對是真的。

---

006 形容詞 -ed 充滿…性質

MP3
388

快學便利貼

advanced 前進的；高深的；先進的
crooked 彎曲的；不正常的；詐欺的
deserted 無人居住的；被拋棄的
distinguished 卓越的；出名的；高貴的
gifted 天賦的；有天資的；天資聰慧的
learned 博學的；學術上的；精通的
naked 裸體的；暴露的；明白的；無證據的

nearsighted 近視的；目光短淺的
ragged 襤褸的；粗糙的；刺耳的；破
　　　爛的；精疲力竭的；蓬亂的
renowned 著名的；有聲望的
rugged 崎嶇的；有皺紋的；粗魯的；
　　　醜陋的；刺耳的；嚴厲的；辛苦的
talented 有才能的；能幹的

 單字拆解

⑤同義　Ⓐ反義　⑤單字出現頻率

advance 前進 + **ed** 充滿…性質 = advanced
⑤forward ④TOEIC

advanced [əd'vænst] 前進的；高深的
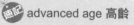 速記 advanced age 高齡

Simon completed the basic communication course and was now ready for the **advanced** course.
賽門完成了基礎溝通課程，現在準備上更高階的課程。

crook 彎曲；騙子 + **ed** 充滿…性質 = crooked
Ⓐstraight ②TOEFL

crooked ['krukɪd] 彎曲的；詐欺的
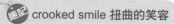 速記 crooked smile 扭曲的笑容

The **crooked** man has served his time in prison, and is now having a hard time

finding a job.
那位騙子曾在監獄服刑過，而現在很難找到工作。

desert 遺棄 + **ed** 充滿…性質 = **deserted**　　Ⓐfertile ❹GEPT

deserted [dɪ'zətɪd] 無人居住的；被拋棄的

The old soldier has secretly been living in a **deserted** village for ten years.
那位老兵已秘密地住在一個廢棄的村莊長達十年了。

distinguish 區分 + **ed** 充滿…性質 = **distinguished**
　　Ⓢoutstanding ❸IELTS

distinguished [dɪ'stɪŋgwɪʃt] 卓越的；出名的

A **distinguished** entrepreneur will give a lecture on his personal secret of success.
一位傑出的企業家將演說他個人成功的秘訣。

gift 天賦 + **ed** 充滿…性質 = **gifted**　　Ⓢtalented ❹TOEFL

gifted ['gɪftɪd] 天賦的；有天資的　　速記 be gifted with 擁有…的天賦

The new surgeon is **gifted** with the ability to form the correct diagnosis of a disease.
新的外科醫生天生具有正確診斷疾病的能力。

learn 學習 + **ed** 充滿…性質 = **learned**　　Ⓐunlearned ❸IELTS

learned ['lɜnɪd] 博學的；學術上的　　速記 be learned in 精通

The Shaolin monks are **learned** in many forms of martial arts, and only use them peacefully.
少林武僧精通多種武術，且只和平地使用。

nake 裸體 + **ed** 充滿…性質 = **naked**　　Ⓢexposed ❹TOEIC

naked ['nekɪd] 裸體的；率直的；明白的　　速記 naked eye 肉眼

On a clear day, the craters of the full moon are visible to the **naked** eye.
在晴朗的日子裡，滿月上的隕石坑可為肉眼所見。

nearsight 近視 + **ed** 充滿…性質 = **nearsighted** Ⓐfarsighted ❹GRE

nearsighted ['nɪr'saɪtɪd] 近視的；目光短淺的

The **nearsighted** business manager made many hasty decisions that hurt the company.
那位目光短淺的業務經理做了許多草率的決定，傷害了公司。

rag 糟蹋 + **ed** 充滿…性質 = **ragged**　　Ⓢtorn ❸TOEFL

ragged ['rægɪd] 襤褸的；粗糙的　　速記 be on the ragged edge 極度疲憊

The policeman were ordered to rid the streets of Rio de Janeiro of its **ragged**, homeless children.
警察奉命驅逐里約熱內盧街頭衣衫襤褸、無家可歸的兒童。

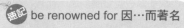

renown 名望 + **ed** 充滿…性質 = **renowned** ⑤famous ❹TOEIC

renowned [rɪ'naʊnd] 著名的
速記 be renowned for 因…而著名

The **renowned** scholar was recruited by many colleges for his excellent research methods.
著名學者因擁有卓越的研究方法而使許多大學爭相聘請他。

rug 小地毯 + **ed** 充滿…性質 = **rugged** ⑤sturdy ❹TOEFL

rugged ['rʌgɪd] 粗魯的；辛苦的
速記 rugged coastline 崎嶇的海岸線

The hunters in Alaska are generally strong, **rugged** men who are not afraid of danger.
阿拉斯加的獵人普遍都是很強壯、吃苦耐勞且不怕危險的男人。

talent 才能 + **ed** 充滿…性質 = **talented** ⑤gifted ❸GEPT

talented ['tæləntɪd] 有才能的；能幹的
速記 talented singer 天才歌手

The **talented** tennis student soon surpassed the abilities of his coach, and was ready to turn pro.
那位天才網球學員很快地超越了他教練的能力，並準備好要轉為職業球員。

---

007 形容詞 -en 具…材料

快學便利貼

earthen 土製的；陶製的；現世的；大地的	**wooden** 木製的；笨拙的；沒表情的；呆板的；僵硬的；木然的
golden 金色的；金製的；貴重的；全盛的	

單字拆解
⑤同義　Ⓐ反義　❺單字出現頻率

earth 土壤 + **en** 具…材料 = **earthen** ❹GRE

earthen ['ɝθən] 土製的；陶製的
速記 earthen floor 泥磚地

The archaeologist discovered a treasure trove of ancient Greek vases and other **earthen** pottery.
考古學家發現了古希臘的花瓶和其他陶器等寶藏。

gold 黃金 + **en** 具…材料 = **golden** ⑤bright ❸GEPT

golden ['goldn̩] 金色的；貴重的
速記 golden opportunity 絕佳機會

The student has a **golden** opportunity to be sponsored by the government and study abroad.

學生有一個由政府贊助出國深造的大好機會。

wood 木頭 + **en** 具…材料 = **wooden**　　　　　**S** wood　**2** IELTS

wooden ['wʊdn̩] 木製的　速記 win the wooden spoon 最後一名

The mother divided the chicken soup into four bowls with a **wooden** spoon for her children.
媽媽用木製湯匙替孩子們把雞湯分裝成四碗。

008　形容詞 **-ern** 表方向　　

快學便利貼

eastern (朝)東方的；從東吹來的；東洋的；n. 東方人；東部地區的人
modern 現代的；近代的；n. 現代人
northern 北方的；北方特有的；n. 北方人

southern (朝)南方的；來自南方的；南部地區的；n. 南部；南方人
western (朝)西方的；從西方來的；衰頹的；n. 西部人；西方人

單字拆解

S 同義　**A** 反義　**5** 單字出現頻率

east 東方 + **ern** 方向 = **eastern**　　　　　**A** western　**3** IELTS

eastern ['istən] 東方的；朝東的　速記 eastern wind 東風

These days many more westerners are curious about **Eastern** philosophy and medicine.
如今有更多的西方人對東方哲學和醫學感到好奇。

mode 時髦 + **ern** 方向 = **modern**　　　　　**A** ancient　**4** TOEIC

modern ['madən] 現代的；摩登的　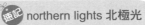速記 modern art 現代藝術

Frank Lloyd Wright was known as the father of **modern** architecture.
法蘭克・洛伊德・萊特被公認為現代建築之父。

north 北方 + **ern** 方向 = **northern**　　　　　**A** southern　**3** GRE

northern ['nɔrðən] 北方的；北方特有的　速記 northern lights 北極光

The roots of the modern Han people can be traced to the **northern** part of China.
現代漢族人的源頭可以追溯至中國北部地區。

south 南方 + **ern** 方向 = **southern**

字首　字根　字尾　複合字

southern [ˈsʌðən] 南方的；朝南的

 Southern Taiwan 南台灣

While Taipei has frequent rains, **Southern** Taiwan enjoys many more days of sunshine.
儘管台北經常下雨，南台灣仍能享有許多晴朗的日子。

west 西方 + **ern** 方向 = **western**

western [ˈwɛstən] 西方的；向西的

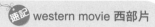 western movie 西部片

You can commonly see camels in the **western** part of China, which is typically hot and dry.
你可以經常在乾燥炎熱的中國西部看到駱駝。

009 形容詞 -**ful** 充滿

MP3 391

快學便利貼

awful 可怕的；醜陋的；極糟的；非常的
beautiful 美麗的；極好的；優美的
careful 小心謹慎的；注意的；精心的
cheerful 高興的；歡樂的；由衷的
colorful 鮮豔的；多采多姿的；生動的
delightful 極快樂的；討人歡喜的；可愛的；令人愉快的；令人高興的
disgraceful 可恥的；不名譽的
doubtful 懷疑的；難以預料的；含糊的
dreadful 可怕的；令人敬畏的；討厭的；糟透的；令人恐懼的
faithful 忠實的；可靠的；正確的
fearful 可怕的；非常的；擔心的
forgetful 健忘的；疏忽的；不注意的
graceful 優美的；得體的；適度的
grateful 感恩的；愉快的；可喜的
handful 一把；難以控制的人；麻煩的事
harmful 有害的；導致損害的
hateful 可恨的；討厭的；可惡的
helpful 有幫助的；有益的；願意幫忙的
hopeful 有希望的；有前途的

meaningful 意味深長的；有意圖的
mournful 哀痛的；使人傷心的
painful 疼痛的；討厭的；勤勉的
peaceful 和平的；安靜的；安寧的
playful 嬉戲的；滑稽的；開玩笑的
plentiful 豐富的；充足的；富裕的
powerful 強大的；動人的；有權力的
regretful 後悔的；抱歉的；惆悵的
respectful 尊重的；表示敬意的；殷勤的；有禮貌的；尊敬的；恭敬的
shameful 丟臉的；猥褻的
skillful 熟練的；擅長於；有技術的
sorrowful 悲傷的；傷心的；令人傷心的；悲痛的；悲哀的
successful 成功的；有成效的
thankful 感激的；欣慰的；感謝的
thoughtful 細心的；若有所思的；體貼的；思想豐富的；考慮周到的
truthful 誠實的；真實的；坦率的
useful 有用的；有效的；值得稱讚的
youthful 年輕的；富有朝氣的；初期的

joyful 快樂的；使人喜悅的；使人高興的	**wonderful** 令人驚奇的；極好的；精
lawful 合法的；守法的；法定的	彩的；奇妙的；驚人的

 **單字拆解**　　　　**S**同義　**A**反義　**5**單字出現頻率

aw 極壞 + **ful** 充滿 = awful　　　**S** brutal　**3** GRE

awful [ˈɔful] 可怕的；非常的　　　　惟記 feel awful 感覺很糟

It must be an **awful** job to have to scare monkeys away from the fruit farm every day.
必須天天嚇跑果園裡猴子的工作一定很可怕。

beauty 美麗 + **ful** 充滿 = beautiful　　　**S** lovely　**4** TOEIC

beautiful [ˈbjutəfəl] 美麗的；極好的

Why not seize the perfect opportunity to disclose your intentions to your **beautiful** beloved?
何不抓住這個好機會向你美麗的心上人示愛？

care 小心 + **ful** 充滿 = careful　　　**S** cautious　**5** TOEFL

careful [ˈkɛrfəl] 小心謹慎的；注意的　　　惟記 be careful of 小心

It is better to have an open enemy than a false friend, so be **careful** about who you call a friend.
虛假的朋友比公開的敵人更可怕，所以請謹慎交友。

cheer 愉快 + **ful** 充滿 = cheerful　　　**S** happy　**4** IELTS

cheerful [ˈtʃɪrfəl] 高興的　　　惟記 a cheerful smile 開心的笑容

A **cheerful** clown had been running around the circus before the lions came out to perform.
在獅子出來表演之前，一位快樂的小丑繞著馬戲團跑來跑去。

color 色彩 + **ful** 充滿 = colorful　　　**S** multicolored　**4** GEPT

colorful [ˈkʌləfəl] 鮮豔的；多采多姿的

There are **colorful** potted flowers arranged in a circle in the middle of the courtyard.
庭院的中間有一盆盆五顏六色的花排列成一個圓圈。

delight 愉快 + **ful** 充滿 = delightful　　　**S** pleasant　**3** GRE

delightful [dɪˈlaɪtfəl] 極快樂的；討人歡喜的

My secretary always prepares **delightful** surprises when I get to the office each morning.
當我每天早上到辦公室時，我的秘書總是會準備令我開心的驚喜。

字首　字根　字尾　複合字

disgrace 恥辱 + **ful** 充滿 = **disgraceful** Ⓢshameful ⑤TOEIC

disgraceful [dɪsˈgresfəl] 可恥的；不名譽的

Many corrupt politicians abuse their powers and do **disgraceful** things before they leave office.
許多腐敗的政客濫用他們的權力並在離職前做了很多可恥的事。

doubt 懷疑 + **ful** 充滿 = **doubtful** Ⓢskeptical ④IELTS

doubtful [ˈdautfəl] 懷疑的；難以預料的 速記 be doubtful about 懷疑

Most Americans remain **doubtful** about whether or not the terrorist leader will ever be caught.
大部分的美國人都懷疑恐怖份子的領袖是否會有被抓到的一天。

dread 害怕 + **ful** 充滿 = **dreadful** Ⓢterrible ④TOEFL

dreadful [ˈdrɛdfəl] 可怕的；糟透的

There was a **dreadful** storm when the fishing boat tried to reach the port, so it remained at sea.
當那艘漁船試著停靠港口時，天空正下起可怕的雷雨，所以那艘船仍然停留在海面上。

faith 忠實 + **ful** 充滿 = **faithful** Ⓢloyal ③GEPT

faithful [ˈfeθfəl] 忠實的；可靠的；正確的 速記 be faithful to 忠實於

The President is hopeful that his citizens will remain **faithful** to the economic recovery process.
總統希望他的公民對經濟復甦的過程有信心。

fear 恐怖；擔心 + **ful** 充滿 = **fearful** Ⓢdreadful ⑤IELTS

fearful [ˈfɪrfəl] 可怕的；擔心的 速記 be fearful of 擔心

Amy is **fearful** that her little sister will embarrass her in the presence of her friends.
艾咪擔心當她朋友出現時，妹妹會使她感到尷尬。

forget 忘記；忽略 + **ful** 充滿 = **forgetful** Ⓢabsent-minded ③GEPT

forgetful [fəˈgɛtfəl] 健忘的；疏忽的 速記 be forgetful of 疏忽

The **forgetful** restaurant worker forgot to bring the french fries with my order.
那位健忘的餐廳員工忘了給我薯條。

grace 優雅 + **ful** 充滿 = **graceful** Ⓢelegant ④TOEFL

graceful [ˈgresfəl] 優美的；得體的

The father wrote a **graceful** letter to thank the brave man who rescued his son.
那位父親寫了一封得體的信來感謝救他兒子的那位勇敢男子。

grate 感謝 + **ful** 充滿 = **grateful** Ⓢthankful ③GRE

grateful [ˈgretfəl] 感恩的；愉快的 速記 be grateful for 感激

The naval captain was **grateful** for the acknowledgement given to him for saving the ship.
海軍艦長心存感恩的接受拯救船隻的謝禮。

hand 手 + **ful** 充滿 = **handful**　　　**S** fistful　**5** TOEFL

handful ['hændfəl] 一把；麻煩的事　　　速記 a handful of 一把…

As requested, the waitress added a **handful** chili peppers to the customer's chicken soup.
應顧客要求，女服務員加了一把辣椒在客人的雞湯裡。

harm 傷害 + **ful** 充滿 = **harmful**　　　**S** hazardous　**2** IELTS

harmful ['hɑrmfəl] 有害的；導致損害的　　　速記 be harmful to 對…有害

It will be **harmful** to your injured ankle if you continue to play basketball regularly.
如果你繼續打籃球，將對你受傷的腳踝有害。

hate 怨恨 + **ful** 充滿 = **hateful**　　　**A** unpleasant　**3** TOEIC

hateful ['hetfəl] 可恨的；討厭的；可惡的；充滿憎恨的

Debbie was alienated from the rest of her classmates because she was so **hateful**.
黛比被班上其他同學排擠，因為她很可惡。

help 幫助 + **ful** 充滿 = **helpful**　　　**A** unhelpful　**4** TOEFL

helpful ['hɛlpfəl] 有幫助的；有益的　　　速記 be helpful to 對…有幫助

It will be **helpful** to add these addendum clauses to the contract, so we can be clear about bonuses.
於合約中增加條款將有助於我們了解獎金的部分。

hope 希望 + **ful** 充滿 = **hopeful**　　　**A** hopeless　**5** GRE

hopeful ['hopfəl] 有希望的；有前途的　　　速記 be hopeful of 對…充滿希望

The volunteer medical and dental team felt **hopeful** of restoring the child's beautiful smile.
那群義工醫療和牙醫團隊對於恢復孩子美麗的笑容充滿希望。

joy 快樂 + **ful** 充滿 = **joyful**　　　**S** glad　**3** IELTS

joyful ['dʒɔɪfəl] 快樂的；使人喜悅的　　　速記 be joyful about 對…感到開心

For some people, it would be a **joyful** event to have a meal with a prominent movie star.
對於有些人來說，跟一位出名的電影明星吃飯是一件歡樂的事。

law 法律 + **ful** 充滿 = **lawful**　　　**S** legal　**4** TOEIC

lawful ['lɔfəl] 合法的；守法的　　　速記 lawful age 法定年齡

The gangster got away with the crime when a **lawful** citizen was wrongly accused.
當守法的市民遭到錯誤指控時，那名幫派分子便僥倖逃脫。

meaning 意思 + **ful** 充滿 = meaningful 　　Ⓐmeaningless ❸GEPT

meaningful ['minɪŋfəl] 意味深長的

The pop idol's latest song was very **meaningful**, describing the plight of the homeless.
那位流行歌手最新的歌曲描述了無家可歸的困境，非常有意義。

mourn 哀悼 + **ful** 充滿 = mournful 　　Ⓢsad ❹TOEFL

mournful ['mɔrnfəl] 哀痛的 　　速記 mournful songs 哀歌

It was **mournful** to hear that hundreds of children were infected and died from the disease.
聽到有上百個小孩遭到疾病的感染及死亡，令人感到悲痛。

pain 疼痛 + **ful** 充滿 = painful 　　Ⓢhurtful ❺TOEFL

painful ['penfəl] 疼痛的；討厭的 　　速記 be painful to 對…而言痛苦

The social workers found the mother in **painful** agony after losing her only child.
社工人員發覺那位媽媽在失去她唯一的孩子之後感到非常的痛苦。

peace 和平 + **ful** 充滿 = peaceful 　　Ⓢplacid ❹GEPT

peaceful ['pisfəl] 和平的；安靜的 　　速記 a peaceful protest 和平抗議

Shally was uncertain if Ben could find **peaceful** coexistence with his roommate.
雪莉不確定班是否能與他的室友和平共處。

play 玩 + **ful** 充滿 = playful 　　Ⓐserious ❺GRE

playful ['plefəl] 嬉戲的；滑稽的 　　速記 a playful kiss 淘氣的吻

A dental clinic is the last place where you would expect to find children in a **playful** mood.
牙醫診所是最不可能看到小朋友嘻嘻哈哈的地方。

plenty 豐富 + **ful** 充滿 = plentiful 　　Ⓢabundant ❹GEPT

plentiful ['plɛntɪfəl] 豐富的 　　速記 extremely plentiful 非常豐富

Thanks to advanced farming technology, the farmer will have a **plentiful** harvest this year.
多虧先進的農業技術，農民今年將會大豐收。

power 力量 + **ful** 充滿 = powerful 　　Ⓐpowerless ❹TOEFL

powerful ['pauɚfəl] 強大的；有權力的 　　速記 all-powerful 全能的

The principal made a **powerful** speech to encourage all teachers to enforce school discipline.
校長發表了一段強而有力的演講來鼓勵所有老師執行校規。

regret 後悔 + **ful** 充滿 = regretful

regretful [rɪ'grɛtfəl] 後悔的；抱歉的

速記 be regretful for 後悔

The customer made a **regretful** apology to the shopkeeper for his false accusations.
那名顧客為了他的不實指控向店長道歉。

respect 尊重 + **ful** 充滿 = respectful

⚠ disrespectful **3** TOEFL

respectful [rɪ'spɛktfəl] 尊重的

速記 be respectful of 尊重

All of the employees always keep at a **respectful** distance from their boss.
所有員工總是對他們的老闆敬而遠之。

shame 羞恥 + **ful** 充滿 = shameful

S humiliating **4** IELTS

shameful ['ʃemfəl] 丟臉的；猥褻的

It was **shameful** that the teacher didn't recognize and appreciate how hard his students worked.
一名老師如果沒有發現及欣賞學生的努力是可恥的。

skill 技能 + **ful** 充滿 = skillful

S expert **4** TOEFL

skillful ['skɪlfəl] 熟練的；擅長於

速記 be skillful at 善於

The manager was **skillful** at civil engineering and oversaw the construction of many bridges.
經理善於土木工程，並監督許多橋樑的建設。

sorrow 悲痛 + **ful** 充滿 = sorrowful

S sad **4** GEPT

sorrowful ['sɑrəfəl] 悲傷的；悔恨的

速記 feel sorrowful 感到悲傷

The **sorrowful** mother will never forgive herself for letting her baby drown in the bathtub.
那位悲傷的母親永遠無法原諒自己把孩子溺死在浴缸裡。

success 成功 + **ful** 充滿 = successful

S victorious **2** TOEIC

successful [sək'sɛsfəl] 成功的；幸運的

Mrs. Li was **successful** in selling her products by using an online auction and earned a lot of money.
李太太成功地在網路上拍賣了她的產品並且賺了很多錢。

thank 感謝 + **ful** 充滿 = thankful

S grateful **3** TOEFL

thankful ['θæŋkfəl] 感激的；欣慰的

速記 be thankful for 感謝

You should be **thankful** that your son didn't ask for a reward from the woman who lost her money.
你的兒子沒有從掉錢的女人那兒要求回報，你應該感到欣慰。

thought 思考 + **ful** 充滿 = thoughtful

字首
字根
字尾
複合字

thoughtful ['θɔtfəl] 若有所思的

 be thoughtful about 體貼

After the accident, the corps commander didn't say anything but remained **thoughtful** for a while.
事故發生後，部隊指揮官沒有說什麼，但沉思了一會兒。

truth 真實；誠實 + **ful** 充滿 = truthful

Auntruthful ❹GRE

truthful ['truθfəl] 誠實的；真實的

 a truthful person 誠實的人

Parents raise their children hoping that they will grow up to be **truthful** and trustworthy adults.
父母養育子女，希望他們長大後成為誠實、可信的成年人。

use 利用 + **ful** 充滿 = useful

Auseless ❹TOEIC

useful ['jusfəl] 有用的；有效的

 be useful for 有益於

Mike, a man with a creative mind, is able to make himself **useful** during most situations.
麥克是一位有創意思維的男人，能夠在大部分的情況下讓自己成為一位有幫助的人。

youth 年輕 + **ful** 充滿 = youthful

Syoung ❸GRE

youthful ['juθfəl] 年輕的；富有朝氣的；初期的

The teacher remained happy and **youthful** because of his work with children.
這位老師保持年輕快樂，因為他的工作與孩童有關。

wonder 驚奇 + **ful** 充滿 = wonderful

Sgreat ❷TOEFL

wonderful ['wʌndəfəl] 極好的

 what a wonderful world 世界真美好

The popular associate professor received a **wonderful** surprise when he retired.
那位受歡迎的副教授在退休時收到了一個非常棒的驚喜。

010 形容詞 -ic, -cal 有關

快學便利貼

academic 學院的；文學的；空談的
alcoholic 酒精的；含酒精的
allergic 過敏症的；敏感的
athletic 運動的；強壯的；活躍的
atomic 原子的；極微的；原子能的

heroic 英雄的；崇高的；壯烈的
linguistic 語言的；語言學的
ironic 諷刺的；令人啼笑皆非的
magnetic 磁性的；有魅力的；磁鐵的
organic 器官的；有組織的；有機的；
　　　　 根本的；生物的；有機體的

characteristic 特有的；n. 特徵；特色
classic 最優秀的；高尚的；古典的；模
　　範的；有名的；典型的；n. 大藝
　　術家；經典；古典主義者
diplomatic 外交的；有外交手腕的
dramatic 戲劇的；戲劇性的；引人注目
　　的；劇本的；充滿激情的
electronic 電子的；電子操縱的；用電
　　子設備完成的；電子設備的
energetic 精力旺盛的；積極的
enthusiastic 熱情的；熱心的
generic 類的；一般的；未註冊的
graphic 書寫的；繪畫的；圖解的；生
　　動的；逼真的；座標式的

patriotic 愛國的；愛國主義的
pessimistic 悲觀的；厭世的
poetic 詩的；有詩意的；詩人的
rhythmic 抑揚頓挫的；韻律和諧的；
　　間歇的；按節拍的
romantic 浪漫主義的；情節離奇的；多
　　情的；虛構的；羅蔓蒂克的
scenic 背景的；戲劇的；風光明媚的
strategic 策略的；重要的；戰略的
symbolic 符號的；象徵的
systematic 有系統的；有組織的；有
　　步驟的；徹底的；經常的
toxic 有毒的；中毒的；毒性的
tragic 悲劇的；悲慘的；不幸的

🧩 單字拆解

S 同義　**A** 反義　**5** 單字出現頻率

academy 學會 + **ic** 有關 = **academic**　　**3** TOEFL

academic [ˌækə'dɛmɪk] 學院的
片記 academic freedom 學術自由

The professor at the university possessed absolute **academic** freedom to teach as he wished.
大學教授擁有絕對的學術自由可以教他想教的內容。

alcohol 酒精 + **ic** 有關 = **alcoholic**　　**A** nonalcoholic　**4** IELTS

alcoholic [ˌælkə'hɔlɪk] 酒精的
片記 alcoholic drinks 酒精飲品

It is illegal to sell **alcoholic** drinks to pregnant women or young people under the lawful age.
販賣酒品給孕婦和未成年者是違法的。

allergy 過敏 + **ic** 有關 = **allergic**　　**S** atopic　**4** TOEFL

allergic [ə'lɝdʒɪk] 過敏症的；敏感的
片記 be allergic to 對…過敏

I never let my children drink fresh milk because they are **allergic** to all dairy products.
我從來沒有讓孩子喝過鮮奶，因為他們對所有奶製品過敏。

athlete 運動員 + **ic** 有關 = **athletic**　　**S** strong　**2** GEPT

athletic [æθ'lɛtɪk] 運動的；強壯的
片記 athletic ability 運動能力

The **athletic** competition will be held two days after the mid-term exams.
運動會將在期中考結束後兩天舉行。

atom 原子 + **ic** 有關 = atomic
❸ GRE

atomic [ə'tɑmɪk] 原子的；極微的

速記 atomic bomb 原子彈

The students didn't understand the **atomic** fission process and how nuclear power was created.
學生不明白原子裂變過程以及核能如何產生。

character 特性 + **ic** 有關 = characteristic
S typical ❸ IELTS

characteristic [ˌkærəktə'rɪstɪk] 有特性的；特有的；特徵

There are many different **characteristics** between the faces of Europeans and Asians.
歐洲人和亞洲人的臉孔各自有許多不同的特色。

class 等級 + **ic** 有關 = classic
S excellent ❺ TOEFL

classic ['klæsɪk] 最優秀的；模範的

速記 a classic example 典型的例子

The author of the best seller is also considered one of the best **classic** writers of our time.
那位暢銷書的作者同時也被視為當代的大文豪。

diplomat 外交官 + **ic** 有關 = diplomatic
S tactful ❹ IELTS

diplomatic [ˌdɪplə'mætɪk] 外交的；有外交手腕的

Mr. Robinson was immediately sent to North Korea on a secret **diplomatic** assignment.
羅賓遜先生立即被派往北韓執行秘密外交任務。

drama 戲劇 + **ic** 有關 = dramatic
S theatrical ❹ GEPT

dramatic [drə'mætɪk] 戲劇的

速記 dramatic change 巨變

Mr. Koehler retired early from his business career to focus on developing his **dramatic** talents.
為了專注於發展戲劇天分，柯勒先生提早從他的商業生涯退休。

electron 電子 + **ic** 有關 = electronic
❷ TOEIC

electronic [ɪlɛk'trɑnɪk] 電子的；電子操縱的

The **electronic** speedometer above the traffic light checks the speed of the drivers.
紅綠燈上的電子測速表用來檢測駕駛的車速。

energy 精力 + **ic** 有關 = energetic
S dynamic ❸ TOEFL

energetic [ˌɛnə'dʒɛtɪk] 精力旺盛的；積極的

The teacher is making an **energetic** effort to give her slow students personal attention.
老師積極努力地把注意力放在學習緩慢的學生身上。

enthusiast 熱衷者 + **ic** 有關 = enthusiastic

enthusiastic [ɪn,θjuzɪ'æstɪk] 熱情的；熱心的；熱烈的

The first swimmer to swim across the English Channel received an **enthusiastic** welcome in France.
第一位游泳橫渡英吉利海峽的泳者受到了法國熱烈的歡迎。

gener 一般 + **ic** 有關 = generic

Ⓐspecific ❸GRE

generic [dʒɪ'nɛrɪk] 一般的；未註冊的

速記 generic drugs 非專利藥

When consumers cannot afford to buy name brand drugs, they can choose **generic** medicine.
當消費者買不起有牌子的藥時，他們可以選擇沒有牌子的藥物。

graph 圖表 + **ic** 有關 = graphic

Ⓢvivid ❹GRE

graphic ['græfɪk] 圖解的；生動的

速記 graphic design 平面造型設計

The **graphic** artist taught himself to be a website designer to make sure he could find work.
平面設計師透過自學成為一個網頁設計師，以確保能找到工作。

hero 英雄 + **ic** 有關 = heroic

Ⓢbold ❷TOEFL

heroic [hɪ'roɪk] 英雄的；崇高的；壯烈的

速記 on a heroic scale 大規模

Most people would perform a **heroic** act if given the right circumstances at the right time.
在適當的情況與時機下，大部分的人都會跳出來展現其英雄壯舉。

linguist 語言 + **ic** 有關 = linguistic

❸IELTS

linguistic [lɪŋ'gwɪstɪk] 語言的

速記 linguistic studies 語言學研究

The **linguistic** studies suggest that native Hawaiians originally came from Taiwan.
語言學研究指出，夏威夷原住民源於台灣。

iron 諷刺 + **ic** 有關 = ironic

Ⓢsarcastic ❹GEPT

ironic [aɪ'rɑnɪk] 諷刺的；令人啼笑皆非的

速記 it's ironic that 諷刺的是

It was **ironic** that the mayor who reduced crime in the city was caught breaking the law.
諷刺的是那位降低城市犯罪率的市長因犯法而被抓了。

magnet 磁鐵 + **ic** 有關 = magnetic

Ⓢattractive ❷TOEIC

magnetic [mæg'nɛtɪk] 磁性的；有魅力的

速記 magnetic field 磁場

He was voted the most popular actor because his fans were attracted to his **magnetic** personality.
他被票選為最受歡迎的演員，因為粉絲們都被他的個人魅力所吸引。

organ 器官；機構 + **ic** 有關 = organic

字首

字根

字尾

複合字

organic [ɔr'gænɪk] 器官的；有機的
Ⓐinorganic ❸TOEFL
 organic food 有機食品

Organic agricultural products usually cost more than those sprayed with pesticides.
有機農產品通常比那些噴灑農藥的農產品要來得貴。

patriot 愛國者 + **ic** 有關 = **patriotic**
Ⓢnationalistic ❹IELTS

patriotic [ˌpetrɪ'ɑtɪk] 愛國的
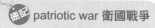 patriotic war 衛國戰爭

The Chinese government played **patriotic** songs on the loudspeakers during the national parade.
中國政府在全國遊行時使用揚聲器播放愛國歌曲。

pessimist 悲觀者 + **ic** 有關 = **pessimistic**
Ⓐoptimistic ❹GRE

pessimistic [ˌpɛsə'mɪstɪk] 悲觀的；厭世的

Many lawyers take a **pessimistic** view about the abolishment of capital punishment in Taiwan.
在台灣，許多律師對於廢除死刑抱持悲觀的看法。

poet 詩人 + **ic** 有關 = **poetic**
Ⓢpoetical ❸TOEIC

poetic [po'ɛtɪk] 詩的；有詩意的
 poetic justice 應得的報應

The lovestruck student used his **poetic** talents to write love letters to the girl of his dreams.
癡情的學生用自己的詩才寫情書給夢寐以求的女孩。

rhythm 節奏 + **ic** 有關 = **rhythmic**
Ⓢrhythmical ❹IELTS

rhythmic ['rɪðmɪk] 韻律和諧的
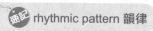 rhythmic pattern 韻律

According to a study, the **rhythmic** beat of the heart can determine stress levels in a patient.
根據一項研究表示，心臟的跳動節奏可以斷定病人受壓力的程度。

romance 浪漫史 + **ic** 有關 = **romantic**
Ⓐrealistic ❺TOEFL

romantic [rə'mæntɪk] 多情的；虛構的

Although the **romantic** movie was not popular, it inspired many couples to travel to Korea.
雖然那部浪漫電影不受歡迎，它仍鼓動了許多夫婦前往韓國。

scene 風景 + **ic** 有關 = **scenic**
Ⓢbeautiful ❹IELTS

scenic ['sinɪk] 背景的；戲劇的；風光明媚的

The coastal highway in Eastern Taiwan is famous for its **scenic** views of the ocean and cliffs.
台灣東部的沿海高速公路以漂亮的海景峭壁聞名。

strategy 策略 + **ic** 有關 = **strategic**

strategic [strə'tidʒɪk] 策略的

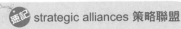 strategic alliances 策略聯盟

To reach its **strategic** goal, the company planned to form partnerships with a university.
為了達成策略目標，公司計畫與一間大學成立夥伴關係。

symbol 符號；象徵 + **ic** 有關 = **symbolic** **3**TOEFL

symbolic [sɪm'balɪk] 符號的；象徵的

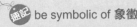 be symbolic of 象徵

The new chairperson required students to remove all highly **symbolic** objects from the hall.
新任主席要求學生移除大廳裡所有具象徵意義的物體。

system 系統 + **ic** 有關 = **systematic** Smethodical **4**IELTS

systematic [ˌsɪstə'mætɪk] 有系統的；有組織的

The general was **systematic** in his approach to win approval of the local citizens.
那位將軍使用有系統的方法來贏得當地居民的支持。

tox 毒 + **ic** 有關 = **toxic** Spoisonous **2**GRE

toxic ['taksɪk] 有毒的

toxic chemical 有毒化學物質

We have a problem with what to do with the **toxic** waste from our factories.
我們有一個要如何去處理我們工廠毒廢料的問題。

tragedy 悲劇 + **ic** 有關 = **tragic** Sdisastrous **3**TOEIC

tragic ['trædʒɪk] 悲劇的；悲慘的

a tragic death 死於非命

The singing star almost died in a **tragic** fire, and is now recovering in the hospital.
那位歌手差一點死於那場悲慘的火災，而她目前在醫院康復中。

011 形容詞 -id, -ine

 MP3 393

快學便利貼

splendid 光亮的；燦爛的；壯觀的；輝煌的　**masculine** 雄壯的；勇敢的；陽性的

單字拆解

S同義　A反義　5單字出現頻率

splendent 光亮的 + **id** 形容詞 = **splendid**

splendid [ˈsplɛndɪd] 光亮的；輝煌的

For young people, it's a **splendid** opportunity to travel overseas to study in a foreign country.
對年輕人來說，能夠出國旅遊唸書是一個極好的機會。

mascul 雄性 + **ine** 形容詞 = masculine ⒜feminine ❹TOEIC

masculine [ˈmæskjəlɪn] 雄壯的；陽性的

Although our basketball coach was a woman, she was strong and **masculine**.
我們的籃球教練雖然是女的，但是她很強壯和陽剛。

形容詞 -ing

快學便利貼

according 據…所說；依照
darkling 朦朧的；黑暗中的；令人可怕的；**adv.** 在黑暗中
imposing 給人印象深刻的；雄偉的
missing 失去的；失蹤的；缺席的

outstanding 顯著的；傑出的；未付的；未完成的；**n.** 未清帳款
promising 有前途的；有希望的
willing 樂意的；自願的；積極肯做的；願意的；心甘情願的

 單字拆解　　　Ｓ同義　Ａ反義　❺單字出現頻率

accord 一致 + **ing** 形容詞 = according Ｓaccordant ❺IELTS

according [əˈkɔrdɪŋ] 據…所說；依照 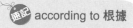 according to 根據

According to news reports, the diplomats made an important decision at the conference.
據新聞報導，外交官在會議中作出重大決定。

dark 黑暗 + **ing** 形容詞 = darkling Ｓdark ❹GRE

darkling [ˈdɑrklɪŋ] 朦朧的；黑暗中的；令人可怕的

In the **darkling** horizon, I could make out the bright shine of Venus.
在黑暗的天際中，我能辨認出明亮的金星。

impose 強加給 + **ing** 形容詞 = imposing

imposing [ɪm'pozɪŋ] 給人印象深刻的

速記 imposing stone 排字版

The new headquarters will be in an **imposing** skyscraper downtown.
新總部將成立於市中心氣勢宏偉的摩天大廈內。

miss 失去 + **ing** 形容詞 = **missing**

Ⓢlost ❸IELTS

missing ['mɪsɪŋ] 失去的；失蹤的

速記 go missing 遺失

The judge was suspicious of the oil company when he found a page **missing** from the document.
當法官發現文件裡有一頁不見時，他對該石油公司感到懷疑。

outstand 突出 + **ing** 形容詞 = **outstanding**

Ⓢgreat ❹GRE

outstanding ['aut'stændɪŋ] 顯著的

速記 outstanding debt 巨額欠債

The scholar was working hard in pursuit of **outstanding** achievement in scientific research.
學者勤奮工作以追求卓越的科學成就。

promise 允許；希望 + **ing** 形容詞 = **promising**

Ⓢhopeful ❺TOEIC

promising ['prɑmɪsɪŋ] 有前途的；有希望的

Sam, a **promising** young talent, will be given an important responsibility within the company.
山姆是一位年輕有為的人才，公司將重大的責任交給他。

will 意願 + **ing** 形容詞 = **willing**

Ⓐunwilling ❸IELTS

willing ['wɪlɪŋ] 樂意的；自願的

速記 be willing to V 樂於

The group of volunteers were **willing** to wade in the oily water to rescue the birds and clean them.
那組志工願意進入滲油的水裡涉水拯救並清洗那些鳥兒。

013 形容詞 **-ior** 比較級

快學便利貼

inferior 下面的；低下的；較差的；低劣的；**n.** 晚輩；下級；次品	**superior** 上級的；高級的；優良的；優勢的；優秀的；**n.** 長輩；上司；優勝者

字首

字根

字尾

複合字

 **單字拆解** Ⓢ同義 Ⓐ反義 Ⓕ單字出現頻率

infer 暗示 + **ior** 比較級 = **inferior** Ⓐsuperior ❹TOEFL

inferior [ɪnˈfɪrɪə] 低下的；低劣的 　速記 be inferior to 次於

The police chief got in trouble when he said that policewomen were **inferior** to policemen.
當警察局長說女警察遜色於男警察的時候，他惹上了麻煩。

super 超級 + **ior** 比較級 = **superior** Ⓢbetter ❹IELTS

superior [səˈpɪrɪə] 高級的；優良的 　速記 be superior to 優於

The assistant professor felt his communication skills were **superior** to that of his boss.
助理教授覺得他的溝通技巧優於他老闆。

014

形容詞 -ique-, -esque
具⋯風貌

 MP3 396

快學便利貼

antique 古代的；古風的；n. 古物；古董　　picturesque 畫似的；生動的；逼真的

 **單字拆解** Ⓢ同義 Ⓐ反義 Ⓕ單字出現頻率

ant 古代的 + **ique** 具⋯風貌 = **antique** Ⓢancient ❹GRE

antique [ænˈtik] 古代的；古風的 　速記 antique furniture 古董家具

The **antique** dealer confirmed an order from a man who has a profound interest in old vases.
那位古董商確認了一位對舊式花瓶有濃厚興趣的人之訂單。

picture 圖畫 + **esque** 具⋯風貌 = **picturesque** Ⓢvivid ❹IELTS

picturesque [ˌpɪktʃəˈrɛsk] 畫似的；生動的；逼真的

The family took a drive to a **picturesque** lake in the mountains to enjoy a picnic.
那家人開車到山裡一個如畫的湖邊享受野餐。

形容詞 -ish 具…性質

快學便利貼

childish 幼稚的；幼年的
feverish 發燒的；興奮的；狂熱的
foolish 愚蠢的；荒謬的

selfish 自私自利的；利己主義的
stylish 時髦的；漂亮的；雅致的

 **單字拆解**　　　　Ⓢ同義　Ⓐ反義　❺單字出現頻率

child 孩子 + **ish** 具…性質 = childish　　Ⓐmature ❷TOEFL

childish [ˈtʃaɪldɪʃ] 幼稚的；幼年的　　速記 childish behavior 幼稚行徑

The teacher was suspended because of his unusually **childish** behavior towards his students.
那位老師因以極度幼稚的行為對待學生而被停職。

fever 發燒 + **ish** 具…性質 = feverish　　Ⓢfevered ❷IELTS

feverish [ˈfivərɪʃ] 發燒的；狂熱的　　速記 feverish activity 匆忙行動

The teacher felt the girl's head was a bit **feverish**, so she sent her to the nurse's office.
老師覺得女孩有點發燒，所以送她到醫護室。

fool 傻子 + **ish** 具…性質 = foolish　　Ⓢsilly ❸GRE

foolish [ˈfulɪʃ] 愚蠢的；荒謬的　　速記 look foolish 看起來很蠢

In Russia, it is **foolish** and unwise to publicly humiliate the government leaders.
在俄羅斯，公開羞辱政府領導人是荒謬和不明智的。

self 自己 + **ish** 具…性質 = selfish　　Ⓐselfless ❹GEPT

selfish [ˈsɛlfɪʃ] 自私自利的　　速記 selfish behavior 自私行為

People who are **selfish** are always lack of a sense of helping others.
自私的人總是缺乏幫助別人的概念。

style 風格 + **ish** 具…性質 = stylish　　Ⓢfashionable ❹IELTS

stylish [ˈstaɪlɪʃ] 時髦的；漂亮的　　速記 a stylish dresser 穿著時髦的人

The secretary-general, a man of great influence, is also a **stylish** dresser and great dancer.
秘書長是一名具有極大影響力的男子，也是一位穿著時髦又很會跳舞的人。

字首
字根
字尾
複合字

形容詞 -ive

快學便利貼

respective 個別的；分別的；各自的
abstractive 抽象的；摘要的
active 活動的；活潑的；進展中的
collective 集合的；集體的；共同的
comparative 比較的；相當的；相對的；n. 可匹敵者；可比擬物
competitive 競爭的；經由競爭的
comprehensive 廣泛的；綜合的；有理解力的；無所不包的
conservative 保守的；傳統的
constructive 構成的；積極的；推定的
cooperative 合作的；共同的；n. 合作社
creative 創造的；有創造力的
defensive 防禦的；辯護的
descriptive 敘述的；說明的
distinctive 區別的；有特色的
decisive 決定性的；果斷的
destructive 破壞性的；有害的
excessive 過多的；極端的；額外的
exclusive 除外的；獨佔的；唯一的
expressive 表現的；富於表情的；意味深長的；表現；表達；表示
impressive 給人深刻印象的；令人感動的；令人讚賞的；令人敬佩的
effective 有效的；顯眼的；精銳的
expensive 昂貴的；浪費的；高價的
imaginative 想像的；富於想像力的

intensive 加強的；集中的
massive 結實的；大量的；大規模的
objective 客觀的；目標的；客觀存在的；n. 目的；任務；目標
offensive 無禮的；冒犯的；討厭的；攻擊的；n. 進攻；攻勢
persuasive 有說服力的；勸誘的；令人信服的；n. 動機；誘因
positive 肯定的；確實的；斷然的；明確的；n. 優勢；優點
preventive 預防的；n. 預防措施
primitive 原始的；早期的；粗糙的；基本的；純樸的；n. 原始人；原始事物；文藝復興前的藝術家
productive 有生產力的；多產的
progressive 前進的；發展的；進步的
prospective 未來的；預期的
protective 保護的；保護貿易的
reflective 反射的；反光的；能反省的
relative 相關的；相對的；成比例的；附條件的；n. 親戚；關係物
selective 選擇的；淘汰的
sensitive 有感覺的；敏感的；過敏的；易受影響的；極機密的
subjective 主觀的；主格的
successive 連續的；逐次的
talkative 健談的；多嘴的

respect 尊敬 + **ive** 形容詞 = respective　　⑤particular ③TOEIC

respective [rɪ'spɛktɪv] 個別的　　囲記 respective duties 各自的職責

In the company, all employees have their **respective** duties but work together for the same goal.
公司裡所有員工有各自的職責，但是大家一起為相同的目標努力。

abstract 抽象 + **ive** 形容詞 = abstractive　　⚠concrete ④IELTS

abstractive [æb'stræktɪv] 抽象的；摘要的

The administrative department decided to use an **abstractive** figure in the company's logo.
行政部門決定在公司的商標裡使用抽象圖形。

act 活動 + **ive** 形容詞 = active　　⚠inactive ④GEPT

active ['æktɪv] 活動的；活潑的　　囲記 be active in 活躍於

The advocate has been **active** in making the public aware of the pollution in our drinking water.
提倡者一直積極的要讓大眾知道我們飲用水的汙染。

collect 集中 + **ive** 形容詞 = collective　　⑤aggregate ③GRE

collective [kə'lɛktɪv] 集體的　　囲記 collective decision 集體決定

The success of the campaign should be attributed to the **collective** efforts of the entire team.
該競選活動的成功應歸功於整個團隊的共體努力。

compare 比較 + **ive** 形容詞 = comparative　　⑤relative ③TOEIC

comparative [kəm'pærətɪv] 比較的

Comparative studies show that men typically are offered higher salaries for the same jobs.
比較研究顯示，在同樣的工作崗位，男性通常得到較高的薪水。

compete 競爭 + **ive** 形容詞 = competitive　　⑤rival ④IELTS

competitive [kəm'pɛtətɪv] 競爭的；經由競爭的

In the highly **competitive** society, everyone should do their best to stand out and get ahead.
在高度競爭的社會，每個人都應該盡己所能出類拔萃。

comprehend 瞭解 + **ive** 形容詞 = comprehensive　　⑤thorough ④TOEFL

comprehensive [ˌkɑmprɪ'hɛnsɪv] 廣泛的；綜合的

字首 字根 字尾 複合字

The committee is taking a **comprehensive** survey of university students to improve their courses.
該委員會正針對大學生全面調查以改善大學課程。

conserve 保存 + **ive** 形容詞 = conservative ⓢtraditional ⑤IELTS

conservat**ive** [kən'sɜvətɪv] 保守的　　　　Conservative Party 保守黨

The financial department took a **conservative** attitude toward offering a bonus to teachers.
財政部門對於核發教師獎勵金採取保守態度。

construct 構成 + **ive** 形容詞 = constructive ⓢuseful ③TOEIC

construct**ive** [kən'strʌktɪv] 構成的；積極的

The director will take all the **constructive** criticism into consideration without any prejudice.
導演將不帶任何偏見地把所有建設性的批評列入考量。

cooperate 合作 + **ive** 形容詞 = cooperative ⚠uncooperative ④IELTS

cooperat**ive** [ko'ɑpə‚retɪv] 合作的；共同的

The leader was much obliged to every single worker for their **cooperative** actions.
領導者非常感激每一位員工的合作。

create 創造 + **ive** 形容詞 = creative ⓢinventive ④TOEFL

creat**ive** [krɪ'etɪv] 創造的；有創造力的　　　creative writing 文字創作

The corporation will take a **creative** approach to generating clean, renewable energy.
公司將採取創新的方法來生產乾淨可再生能源。

defense 防禦 + **ive** 形容詞 = defensive ⚠offensive ④GEPT

defens**ive** [dɪ'fɛnsɪv] 防禦的；辯護的

We all know that we were very **defensive** about our party's record on tax reform.
我們都知道我們非常保護本黨的稅制改革記錄。

describe 敘述 + **ive** 形容詞 = descriptive ⓢdescribing ③TOEIC

descript**ive** [dɪ'skrɪptɪv] 敘述的；說明的

The graphic artist was hired by the company to design and print **descriptive** brochures.
公司聘請平面設計師設計與印刷宣傳手冊。

distinct 獨特的 + **ive** 形容詞 = distinctive ⓢdistinguishing ③GRE

distinct**ive** [dɪ'stɪŋktɪv] 區別的　　　　distinctive feature 特點

Linda bought a T-shirt with the **distinctive** stripes of a zebra on her trip to Kenting.
去墾丁玩的時候，琳達買了一件有獨特斑馬條紋的T恤。

decide 決定 + **ive** 形容詞 = **decisive**　Ⓐindecisive ④TOEFL

decisive [dɪ'saɪsɪv] 決定性的；果斷的

President Kennedy was known for being **decisive** under extreme international pressure.
甘迺迪總統以在極大國際壓力下仍行事果斷而聞名。

destruct 破壞 + **ive** 形容詞 = **destructive**　Ⓐconstructive ④GEPT

destructive [dɪ'strʌktɪv] 破壞性的；有害的

Bullying is **destructive** to the atmosphere on campus, and makes it hard for teachers to teach.
霸凌對校園氣氛有害，且讓老師難以教學。

excess 超過 + **ive** 形容詞 = **excessive**　Ⓢimmoderate ⑤IELTS

excessive [ɪk'sɛsɪv] 過多的　速記 excessive drinking 飲酒過量

The college student never graduated because of his **excessive** interest in extra-curricular activities.
那位大學生因課外活動太多而無法畢業。

exclude 排除 + **ive** 形容詞 = **exclusive**　Ⓐinclusive ④GRE

exclusive [ɪk'sklusɪv] 除外的；獨佔的　速記 be exclusive to 專屬於

The reporter was given **exclusive** access to interview Selena after she recovered in the hospital.
那名記者在瑟琳娜出院後獲得獨家採訪的機會。

express 表達 + **ive** 形容詞 = **expressive**　Ⓐexpressionless ③TOEFL

expressive [ɪk'sprɛsɪv] 表現的　速記 be expressive of 表達

The receptionist gave **expressive** glances to her boss each morning, hoping to get his attention.
接待員每天早上都意味深長地看著老闆，希望得到他的注意。

impress 印象 + **ive** 形容詞 = **impressive**　Ⓐvague ④IELTS

impressive [ɪm'prɛsɪv] 給人深刻印象的

The candidate was known for giving **impressive** speeches to his supporters during the campaign.
候選人由於競選期間對支持者發表感人的演講而令人印象深刻。

effect 效果；影響 + **ive** 形容詞 = **effective**　Ⓐineffective ⑤TOEIC

effective [ɪ'fɛktɪv] 有效的；顯眼的　速記 be effective from 從…起生效

Window screens are **effective** in keeping out mosquitoes.
紗窗能有效隔絕蚊子。

expense 花費 + **ive** 形容詞 = **expensive**

expensive [ɪk'spɛnsɪv] 昂貴的；浪費的

To save on expenses, supervisors never stayed at **expensive** hotels when they traveled abroad.
為了節省經費，監事們出國旅行時從來沒有住過昂貴的酒店。

imagine 想像 + **ive** 形容詞 = **imaginative**　　Sfictional **4** GRE

imaginative [ɪ'mædʒə,netɪv] 想像的

The **imaginative** illustrator used vivid artistic elements in his artwork used in the storybook.
想像力豐富的插畫家在故事書裡使用生動的藝術元素。

include 包含 + **ive** 形容詞 = **inclusive**　　⚠exclusive **3** TOEIC

inclusive [ɪn'klusɪv] 範圍廣的；包括…的　　速記 be inclusive of 包含

Last year, I was given a trip to Rio de Janeiro, with hotel and airfare being **inclusive**.
去年我去里約熱內盧旅行，旅館及機票費用全免。

initiate 開始 + **ive** 形容詞 = **initiative**　　Sprimary **4** IELTS

initiative [ɪ'nɪʃətɪv] 初步的；創始的　　速記 take the initiative 採取主動

He did not have the **initiative** to start his own business.
他沒有自行開業的進取心。

innovate 創新 + **ive** 形容詞 = **innovative**　　Screative **4** TOEFL

innovative ['ɪno,vetɪv] 創新的　　速記 innovative approach 創新的方法

Having an **innovative** marketing strategy is supposed to be one of the avenues to success.
擁有創新的營銷策略應該是通往成功的途徑之一。

intense 強烈的 + **ive** 形容詞 = **intensive**　　⚠extensive **4** GRE

intensive [ɪn'tɛnsɪv] 集中的

The English teacher challenged her students to an **intensive** reading program over the Summer.
英語老師要求她的學生這個暑假加入密集閱讀計畫。

mass 大量 + **ive** 形容詞 = **massive**　　Sheavy **3** GEPT

massive ['mæsɪv] 大量的；大規模的

The Middle Kingdom was attacked by a **massive** force of barbarians from the north.
中國遭北方蠻族大規模的侵襲。

object 客觀；目標 + **ive** 形容詞 = **objective**　　⚠subjective **4** TOEIC

objective [əb'dʒɛktɪv] 客觀的；目標　　速記 objective opinion 客觀看法

Any constructive opinion will be accepted to help us achieve our **objective** at the seminar.
研討會裡任何有建設性的意見都會被採納以幫助我們達成目標。

offense 無禮 + **ive** 形容詞 = **offensive**   Ⓐdefensive ❸TOEFL

offensive [ə'fɛnsɪv] 無禮的   速記 be offensive to 無禮

When given the chance, the manager's nephew always went on the **offensive** to avoid blame.
當有機會時，經理的侄子總是發動攻勢以避開指責。

persuade 說服 + **ive** 形容詞 = **persuasive**   Ⓐdissuasive ❹GRE

persuasive [pə'swesɪv] 有說服力的

The attorney presented a very **persuasive** argument for supporting the story of the defendant.
律師提出有力的論點來支持被告的說詞。

posite 斷定 + **ive** 形容詞 = **positive**   Ⓐnegative ❸TOEIC

positive ['pɑzətɪv] 肯定的；明確的   速記 positive attitude 正向態度

The education committee will encourage all parents to provide more **positive** reinforcement.
教育委員會將鼓勵所有家長提供孩子更多的正向增強。

prevent 預防 + **ive** 形容詞 = **preventive**   Ⓢpreventative ❹GEPT

preventive [prɪ'vɛntɪv] 預防的   速記 preventive measures 預防措施

Preventive measures should have been taken before the negative results started to appear.
在負面的結果出現之前就應該先行採取預防措施。

primit 原始 + **ive** 形容詞 = **primitive**   Ⓐmodern ❷TOEFL

primitive ['prɪmətɪv] 原始的；粗糙的   速記 primitive art 原始藝術

The farming methods of the tribal people seem **primitive**, but they are more friendly to the Earth.
部落人耕種的方法較原始，但對地球很環保。

product 生產 + **ive** 形容詞 = **productive**   Ⓐunproductive ❹GEPT

productive [prə'dʌktɪv] 有生產力的   速記 be productive of 產生

The popular hostess is a **productive** writer who makes a fortune from royalties every year.
受歡迎的女主人是一位多產的作家，每年都靠抽版稅來賺錢。

progress 進步 + **ive** 形容詞 = **progressive**   Ⓢadvanced ❹TOEFL

progressive [prə'grɛsɪv] 前進的；進步的

字首

字

根

字

尾

複合字

Thanks to the **progressive** therapy, the patient suffering from an incurable disease is still alive.
多虧了進步的治療方法，患不治之症的病人目前還活著。

prospect 前途 + **ive** 形容詞 = **prospective**　**S** expected　**3** IELTS

prospect**ive** [prə'spɛktɪv] 未來的；預期的

The public relations department tries to improve relationships with each of the **prospective** clients.
公關部門試圖提升與每一位潛在客戶的關係。

protect 保護 + **ive** 形容詞 = **protective**　**2** TOEIC

protect**ive** [prə'tɛktɪv] 保護的；保護貿易的

Each of the business owners is naturally **protective** of the reputation of their company.
每一位企業主必然會保護公司的名聲。

reflect 反射 + **ive** 形容詞 = **reflective**　**4** IELTS

reflect**ive** [rɪ'flɛktɪv] 反射的；反光的　**速記** be reflective of 反映了…

The lower sales volume for his new book is **reflective** of the public opinion of the topic.
新書的低銷售量反映了大眾對該主題的看法。

relate 關聯 + **ive** 形容詞 = **relative**　**4** GEPT

relat**ive** ['rɛlətɪv] 相關的；相對的　**速記** relative to 相關於…

Relative to gold and treasury bonds, stocks are a much riskier investment.
相較於黃金及國庫債券，股票的投資風險要高得多。

select 選擇 + **ive** 形容詞 = **selective**　**3** GRE

select**ive** [sə'lɛktɪv] 選擇的；淘汰的

The new government is planning to put **selective** service into practice in the near future.
新政府將於不久之後實施募兵制。

sensate 有感覺的 + **ive** 形容詞 = **sensitive**　**A** insensitive　**4** TOEIC

sensit**ive** ['sɛnsətɪv] 敏感的；易受影響的

Practically speaking, it is wise to avoid **sensitive** issues during a political debate.
實際來說，討論政治時避開敏感議題才是明智之舉。

subject 主觀 + **ive** 形容詞 = **subjective**　**A** objective　**5** GRE

subject**ive** [səb'dʒɛktɪv] 主觀的；主格的

Any **subjective** judgement will have a negative impact on corporate unity and morale.
任何主觀判斷對於團體的和諧與士氣都有負面影響。

success 成功 + **ive** 形容詞 = **successive**　　Ⓢconsecutive ❸GEPT

successive [sək'sɛsɪv] 連續的；逐次的

The company had five **successive** years of bountiful profits until the financial tsunami occurred.
公司直到金融海嘯發生才結束一連五年的可觀獲利。

talk 談話 + **ive** 形容詞 = **talkative**　　Ⓐsilent ❹IELTS

talkative ['tɔkətɪv] 健談的；多嘴的

A **talkative** person may make a mistake in the process of negiotiation.
貧嘴的人可能在談判過程中犯錯。

017

形容詞 -less 無

快學便利貼

countless 無數的；數不盡的
priceless 無價的；極貴重的；極荒謬的；極為有趣的；稀世之珍的

reckless 不注意的；輕率的
regardless 不重視的；不關心的；不顧慮的；不注意的；無論如何

 單字拆解　　Ⓢ同義　Ⓐ反義　❺單字出現頻率

count 計算 + **less** 無 = **countless**　　Ⓢmany ❹TOEFL

countless ['kaʊntlɪs] 無數的　　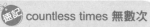speed countless times 無數次

There were **countless** reasons they should have failed, but the leaders overcame the odds to succeed.
他們原本該失敗的，但是領導者克服了種種障礙而成功。

price 價格 + **less** 無 = **priceless**　　Ⓢinvaluable ❸TOEIC

priceless ['praɪslɪs] 無價的　　priceless treasure 稀世珍寶

Thanks to their benefactor, the museum acquired a large collection of **priceless** antiquities.
多虧捐助者，博物館獲得大批無價的古董。

reck 注意 + **less** 無 = **reckless**　　Ⓢcareless ❸GRE

reckless ['rɛklɪs] 不注意的；輕率的　　reckless driving 魯莽駕駛

Mr. Li was **reckless** in his business decisions and let his company fall apart.
李先生輕率的商務判斷使他的公司蒙受挫敗。

regard 關心 + **less** 無 = regardless　　　　　**S** despite　**④** IELTS

regardless [rɪ'ɡɑrdlɪs] 不重視的　　　　　 regardless of 不顧

Ashley decided to share her company's wrongdoings with the reporter **regardless** of the punishment.
艾希莉決定不顧處分，執意將公司的不當行為透露給那名記者。

018 形容詞 -like 像
MP3 400

 **快學便利貼**

childlike 天真的；孩子般的；坦率的　　　　**ladylike** 優雅的；高貴的；溫柔的

單字拆解　　　**S** 同義　**A** 反義　**⑤** 單字出現頻率

child 孩子 + **like** 像 = childlike　　　　　**A** mature　**②** TOEIC

childlike [ˈtʃaɪld‚laɪk] 天真的　　　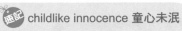 childlike innocence 童心未泯

The young teacher with a **childlike** face was usually mistaken for being a student.
帶著稚氣臉龐的年輕老師經常被誤認為學生。

lady 女士 + **like** 像 = ladylike　　　　　**S** modest　**③** GEPT

ladylike [ˈledɪ‚laɪk] 優雅的；溫柔的

Her grandmother constantly reminded her that it wasn't **ladylike** to wear pants and play sports.
祖母老是提醒她穿長褲及運動感覺起來不甚優雅。

019 形容詞 -ly
MP3 401

bodily 身體的；具體的；肉體的；**adv.** 肉體上；親身；整體；活生生地

costly 昂貴的；浪費的；代價高的

cowardly 怯懦的；**adv.** 怯懦地

deadly 致命的；死人般的；**adv.** 死亡般地

elderly 年長的；較老的；老式的

friendly 友善的；親密的；**adv.** 友好地

heavenly 神聖的；天國的；**adv.** 無比地

hourly 每小時的；每小時一次的；以鐘點計算的；**adv.** 每小時一次；隨時

leisurely 從容不迫的；**adv.** 休閒地

likely 很可能的；適當的；有希望的；正合要求的；**adv.** 恐怕；也許

lively 活潑的；愉快的；鮮明的；生動的；振奮的；**adv.** 精力充沛地；鮮明地

lonely 寂寞的；荒涼的；幽靜的

lovely 可愛的；快樂的；**n.** 漂亮事物

monthly 每月的；按月的；**n.** 月刊；**adv.** 每月一次

orderly 有條理的；整潔的；有秩序的；有組織的；安靜的；**adv.** 依次地；有規則地；順序地

partly 部分的；**adv.** 部分地；多少

weekly 每週的；**n.** 周刊；**adv.** 每週地

yearly 每年的；一年一次的；**n.** 年刊；**adv.** 每年地

字首　字根　字尾　複合字

單字拆解

Ⓢ同義　Ⓐ反義　⑤單字出現頻率

body 身體 + **ly** 形容詞 = **bodily**　Ⓐspiritual ④IELTS

bodily [ˈbɑdɪlɪ] 身體的；具體的　速記 bodily injury 身體傷害

The thugs promised to do **bodily** harm to the man who borrowed money from the gangster.
暴徒允諾會傷害那位向歹徒借錢的男子。

cost 花費 + **ly** 形容詞 = **costly**　Ⓢexpensive ④TOEIC

costly [ˈkɔstlɪ] 昂貴的；代價高的　速記 a costly delay 損失重大的延誤

The president's decision to sever diplomatic relations with other countries was a **costly** mistake.
總統與其他國家斷絕外交關係的決定是一個代價昂貴的錯誤。

coward 膽小鬼 + **ly** 形容詞 = **cowardly**　Ⓐbrave ②GEPT

cowardly [ˈkauədlɪ] 怯懦的　速記 cowardly behavior 膽小的行為

By picking on small children, the bully was actually quite **cowardly** in his behavior.
霸凌者欺負弱小的行為其實是相當怯懦的。

dead 死的；全然 + **ly** 形容詞 = **deadly**　Ⓢfatal ③IELTS

deadly [ˈdɛdlɪ] 致命的；死人一般的　速記 deadly virus 致命病毒

To the relief of the campers, the forest ranger killed a **deadly** rattle snake at the

campground.
露營者鬆了口氣，因為森林巡守員在營地殺死一條致命的響尾蛇。

elder 年長的 + **ly** 形容詞 = **elderly**   Ｓold ❹TOEFL

elderly ['ɛldəlɪ] 年長的；較老的   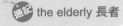 the elderly 長者

The Congresswoman was known for being an advocate of the rights of the **elderly** citizens.
該名國會女議員以做為一位老人權益提倡者聞名。

friend 朋友 + **ly** 形容詞 = **friendly**   Ａunfriendly ❺TOEFL

friendly ['frɛndlɪ] 友善的；親密的   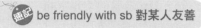 be friendly with sb 對某人友善

The **friendly** and beautiful waitresses were the biggest reasons for the success of the new restaurant.
友善而美麗的女服務生是這家新餐廳成功的最主要原因。

heaven 天堂 + **ly** 形容詞 = **heavenly**   Ａearthly ❸GRE

heavenly ['hɛvənlɪ] 神聖的；天國的   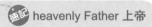 heavenly Father 上帝

The film gave a brief description of the **heavenly** bodies, but no one is certain what they are.
那部影片簡要描述天體，但沒有人確定它們是甚麼。

hour 小時 + **ly** 形容詞 = **hourly**   ❹TOEFL

hourly ['aurlɪ] 每小時的；每小時一次的   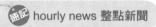 hourly news 整點新聞

The part-timer's **hourly** pay is 100NT dollars, which is more than the minimum rate allowed by law.
兼職人員的時薪是台幣一百元，多於法定最低薪資。

leisure 休閒 + **ly** 形容詞 = **leisurely**   Ｓrelaxed ❹GEPT

leisurely ['liʒəlɪ] 從容不迫的；休閒地   take a leisurely walk 漫步

Mark and his fiancée had a romantic candle light dinner, and then they took a **leisurely** stroll.
馬克和他的未婚妻享用一頓浪漫的燭光晚餐，然後他們悠閒地去散步。

like 相似的 + **ly** 形容詞 = **likely**   Ａunlikely ❹TOEFL

likely ['laɪklɪ] 很可能的；有希望的   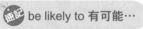 be likely to 有可能…

The oil companies are **likely** to raise the price of gas in the near future, no matter what happens.
不論發生甚麼事，石油公司很可能在不久之後調漲油價。

live 生活 + **ly** 形容詞 = **lively**   Ｓvivid ❸IELTS

lively ['laɪvlɪ] 鮮明的；生動的   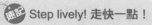 Step lively! 走快一點！

The traveller gave a **lively** description of his memorable trip to the Antarctic to the

college students.
旅行者向大學生生動描述他在南極的難忘之旅。

lone 寂寞的 + **ly** 形容詞 = **lonely**　　Ⓢlonesome ④GEPT

lonely [ˈlonlɪ] 寂寞的　　速記 lead a lonely life 過著寂寞的生活

The old handicapped man lived a **lonely** life with his dog in the small house on the hill.
行動不便的老先生和他的小狗一起在山上小屋裡過著寂寞的生活。

love 愛 + **ly** 形容詞 = **lovely**　　Ⓢdelightful ③IELTS

lovely [ˈlʌvlɪ] 可愛的；快樂的　　速記 a lovely day 美好的一天

During their horseback ride through the forest, the prince commented on the princess's **lovely** smile.
王子與公主一起騎馬穿過樹林時，王子讚美公主可愛的笑容。

month 月 + **ly** 形容詞 = **monthly**　　④TOEIC

monthly [ˈmʌnθlɪ] 每月的；按月的　　速記 monthly salary 月薪

The mortgage is the biggest **monthly** expense for most residents in Taipei City.
貸款是大部分台北市民每月最大筆的支出。

order 次序；整齊；秩序 + **ly** 形容詞 = **orderly**　　Ⓢneat ③GRE

orderly [ˈɔrdɚlɪ] 有秩序的　　速記 line up in an orderly fashion 整齊的排隊

The fire chief ordered the residents of the building to have an **orderly** evacuation.
消防隊長要求大樓住戶有秩序地撤離。

part 部分 + **ly** 形容詞 = **partly**　　Ⓐentirely ④TOEFL

partly [ˈpɑrtlɪ] 部分的　　速記 partly responsible for 對⋯負部分責任

The vice manager was **partly** responsible for the company going over its budget on the project.
副理要負起為公司查驗該計畫預算的部分責任。

week 星期 + **ly** 形容詞 = **weekly**　　③GEPT

weekly [ˈwiklɪ] 每週的　　速記 Business Weekly 商業週刊

The accounting department remits each employee's **weekly** pay to their bank account on Mondays.
會計部門每週一將每位員工的週薪匯到他們的銀行帳戶。

year 年 + **ly** 形容詞 = **yearly**　　Ⓢannual ③IELTS

yearly [ˈjɪrlɪ] 每年的；一年一次的　　速記 3-yearly 每三年一次

The **yearly** salary of a medical technician is about ten times greater than that of a beautician.
醫務技術人員的年薪比美容師高出十倍。

字首 字根 字尾 複合字

020

形容詞 -most 最高程度

MP3 402

快學便利貼

almost 近似的；**adv.** 幾乎；差不多
foremost 最先的；主要的；最重要的

utmost 極度的；最遠的；最大的；**n.** 極限；極端；最大可能

 單字拆解

Ⓢ同義　Ⓐ反義　❺單字出現頻率

al 接近 ＋ **most** 最高程度 ＝ almost

Ⓢnearly ❺TOEIC

almost [ˈɔl.most] 近似的

速記 almost perfect 幾近完美

It was difficult to put up their tents because it was **almost** dark when the boy scouts got to the camp.
男童軍抵達營地時天快黑了，要搭起帳篷不容易。

fore 先前的 ＋ **most** 最高程度 ＝ foremost

Ⓢfirst ❸TOEFL

foremost [ˈfor.most] 最先的；主要的

速記 first and foremost 首要的是

The **foremost** Egyptian archaeologist gave an impressive lecture to the class at Cambridge.
那位一流的埃及考古學家在劍橋大學發表一場令人印象深刻的演講。

ut 遠端 ＋ **most** 最高程度 ＝ utmost

Ⓢuttermost ❹GRE

utmost [ˈʌt.most] 極度的；最遠的

速記 the utmost importance 極度重要

The flooded regions of Australia are in a state of the **utmost** confusion and desperation now.
澳洲遭洪水肆虐的地區目前處於極度混亂及絕望的狀況。

021

形容詞 -ory 具…性質

MP3 403

快學便利貼

accessory 附屬的；附帶的；輔助的；同謀的；**n.** 零件；附件；附屬；同謀

satisfactory 令人滿意的；符合要求的；良好的；贖罪的；可以的

⑤同義　**⚠**反義　**⑤**單字出現頻率

access 接近 ＋ **ory** 具…性質 ＝ **accessory**　　**⑤**extra　**③**IELTS

accessory [æk'sɛsərɪ] 同謀的

速記 accessory muscle 輔助肌群

The art dealer was charged with being an **accessory** to the crime of theft by fraud.
那名藝術交易商被指控是詐欺案的共犯。

satisfact 使滿意 ＋ **ory** 具…性質 ＝ **satisfactory**
⚠unsatisfactory　**④**TOEIC

satisfactory [ˌsætɪs'fæktərɪ] 令人滿意的；符合要求的；良好的

The temporary worker's behavior is anything but **satisfactory**, so he was never hired again.
那名臨時工的行為一點也不讓人滿意，因此他再也沒被雇用。

022

形容詞 -OUS 充滿

MP3 404

快學便利貼

cautious 小心的；謹慎的；慎重的
conscientious 認真的；憑良心的；正大光明的；謹慎的；誠實的
conscious 有知覺的；有意識的；故意的；意識到的；神志清醒的；害羞的
contagious 傳染病的；有感染力的；蔓延的；接觸傳染性的
continuous 繼續的；連續的；不斷的
courageous 勇敢的；英勇的；無畏的
courteous 有禮貌的；周到的；殷勤的
curious 好奇的；稀奇的；奇怪的
dangerous 危險的；不安全的
delicious 美味的；美妙的；香噴噴的
disastrous 引起災難的；悲慘的；損失重大的；災害的；災難性的
dubious 半信半疑的；令人懷疑的；含糊的
famous 有名的；著名的；出名的

miraculous 奇蹟般的；不可思議的；非凡的；驚人的；神奇的
mischievous 有害的；頑皮的
monotonous 單調的；無聊的
monstrous 畸形的；可怕的；龐大的
mountainous 山多的；巨大的
notorious 惡名昭彰的；聲名狼藉的
numerous 許多的；人數多的
outrageous 粗暴的；無恥的；無法無天的；毫無節制的；可憎的
pious 虔誠的；偽善的；不可實現的
poisonous 有毒的；惡意的；惡毒的；惡臭的；討厭的
populous 人口稠密的
previous 以前的；過早的
prosperous 繁榮的；良好的；幸福的
religious 虔誠的；宗教的

furious 暴怒的；猛烈的；喧鬧的	**ridiculous** 可笑的；荒謬的；滑稽的
generous 慷慨的；寬大的；肥沃的；濃的	**rigorous** 嚴格的；苛刻的；精確的
glorious 光榮的；輝煌的；令人愉快的	**serious** 嚴肅的；認真的；重大的
gorgeous 華麗的；極好的；燦爛的	**simultaneous** 同時發生的
gracious 仁慈的；優美的；有禮貌的	**spacious** 廣闊的；寬敞的；寬裕的
humorous 詼諧的；幽默的；喜劇的	**spontaneous** 自發的；本能的；即時的；無意識的
infectious 易傳染的；有損害的；有壞影響的；易傳播的；傳染性的	**superstitious** 迷信的
ingenious 機靈的；足智多謀的；別出心裁的；巧妙的；心靈手巧的	**suspicious** 可疑的；多疑的
jealous 妒忌的；猜疑的；吃醋的	**tedious** 單調沈悶的；冗長乏味的
joyous 快樂的；高興的；令人愉快的	**tremendous** 驚人的；巨大的；極好的；極度的；很棒的
luxurious 奢侈的；豪華的；非常舒適的	**vicious** 邪惡的；惡毒的
marvelous 不可思議的；妙極的；華貴的	**victorious** 勝利的

 **單字拆解**

Ⓢ同義　Ⓐ反義　Ⓕ單字出現頻率

cauti 小心；謹慎 + **ous** 充滿 = cautious　　Ⓢcareful ❹GRE

cautious [ˈkɔʃəs] 小心的；謹慎的　　速記 be cautious of 小心

Be **cautious** of the dangerous dog guarding the entrance of the farm house.
要小心那隻看守農舍入口的危險小狗。

conscient 良心 + **ous** 充滿 = conscientious　　Ⓢupright ❹IELTS

conscientious [ˌkɑnʃɪˈɛnʃəs] 憑良心的；誠實的；正大光明的

Many people in the USA were **conscientious** objectors to the Vietnam War and fled to Canada.
許多美國人是出於良知而拒絕參與越戰的反戰者，並走避加拿大。

consci 知覺 + **ous** 充滿 = conscious　　Ⓐunconscious ❸GRE

conscious [ˈkɑnʃəs] 有意識的；故意的　　速記 be conscious of 意識到…

The tenant was not **conscious** of the fact that the lease would expire in just one month.
房客沒有意識到租約在一個月後就要到期的事實。

contagi 感染 + **ous** 充滿 = contagious　　Ⓢinfectious ❸TOEFL

contagious [kənˈtedʒəs] 傳染病的；有感染力的

H1N1 is the most well-known of the new generation of **contagious** diseases.
新流感是新一代傳染病中最廣為人知的。

continue 繼續 + **ous** 充滿 = continuous

continuous [kən'tɪnjuəs] 繼續的；連續的

Stella dissuaded her roommate from going to the mountains because of **continuous** rain.
由於連續降雨，史黛拉勸她的室友不要去山區。

---

courage 勇氣 + **ous** 充滿 = **courageous**　　　⑤brave ②TOEIC

courageous [kə'redʒəs] 勇敢的　 a courageous decision 勇敢的決策

The entrepreneur was **courageous** enough to expand the business during the economic recession.
企業家夠有膽量，敢在經濟蕭條時擴展業務。

---

court 獻殷勤 + **ous** 充滿 = **courteous**　　　⑤polite ④TOEIC

courteous ['kɜtjəs] 有禮貌的；周到的

The **courteous** and intelligent assistant will attend a conference on behalf of the company.
那位有禮貌又聰慧的助理將代表公司出席大會。

---

curi 好奇 + **ous** 充滿 = **curious**　　　⑤inquisitive ③GRE

curious ['kjurɪəs] 好奇的；稀奇的　　be curious about 對…感到好奇

Many people are **curious** about how the aboriginal girl gained a command of English.
許多人對那位原住民女孩是如何精通英文感到好奇。

---

danger 危險 + **ous** 充滿 = **dangerous**　　　⑤risky ④IELTS

dangerous ['dendʒərəs] 危險的　　be dangerous for 對…而言是危險的

It is always **dangerous** for the person behind the wheel to talk on the cell phone while driving.
駕駛員開車時講手機一向很危險。

---

delici 美味 + **ous** 充滿 = **delicious**　　　⑤tasty ④TOEIC

delicious [dɪ'lɪʃəs] 美味的；美妙的　　delicious dish 美味的菜餚

Millet steamed in bamboo is one of the most **delicious** aboriginal dishes in Taiwan.
竹筒飯是台灣最美味的原住民料理之一。

---

disaster 災難 + **ous** 充滿 = **disastrous**　　　⑤catastrophic ④TOEFL

disastrous [dɪz'æstrəs] 悲慘的；損失重大的

Beacause of Terry's carelessness, the whole situation was led to a **disastrous** result.
因為泰瑞的粗心大意，情勢轉為災難收場。

---

dubi 懷疑 + **ous** 充滿 = **dubious**　　　⑤doubtful ③TOEFL

dubious ['djubɪəs] 令人懷疑的；含糊的　　be dubious about 感到懷疑

He had the **dubious** distinction of being the only family member who never graduated from college.
他有個啟人疑竇的特點，就是他是家中唯一沒有大學畢業的成員。

fame 名聲 + **ous** 充滿 = famous　　　　　Ⓢnoted ④TOEIC

famous [ˈfeməs] 有名的　　　 be famous for 因…而聞名

Tainan, an old city in southern Taiwan, is **famous** for a variety of traditional local delicacies.
台南是位於台灣南部的古老城市，以各式傳統地方美食聞名。

fury 狂怒 + **ous** 充滿 = furious　　　　　Ⓢraging ③TOEFL

furious [ˈfjʊərɪəs] 暴怒的；猛烈的

The director is likely to be **furious** with the assistant when he hears the news about the mistakes.
主管聽到關於失誤的消息時，可能會對助理勃然大怒。

gener 一般的 + **ous** 充滿 = generous　　　Ⓐmean ④GEPT

generous [ˈdʒɛnərəs] 慷慨的；寬大的　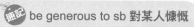 be generous to sb 對某人慷慨

The doctor's wife was **generous** with her inheritance, making large donations to an orphanage.
醫生的妻子慷慨處理她繼承的財產，捐獻大筆金錢給孤兒院。

glory 光榮 + **ous** 充滿 = glorious　　　　Ⓢwonderful ④TOEIC

glorious [ˈglorɪəs] 光榮的；輝煌的　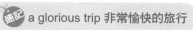 a glorious trip 非常愉快的旅行

The general returned to the emperor to share the news of **glorious** victories in the battlefield.
將軍回到皇帝身邊，向他分享戰場上輝煌勝利的消息。

gorge 峽谷 + **ous** 充滿 = gorgeous　　　　Ⓢlovely ④TOEFL

gorgeous [ˈgɔrdʒəs] 華麗的；極好的　 absolutely gorgeous 非常好看

In the interview, the young actor proclaimed that he was seeking a **gorgeous** woman to marry.
年輕男星在訪談中表示他一直在找尋一位漂亮的女子做為結婚對象。

grace 優美 + **ous** 充滿 = gracious　　　　Ⓢkindly ④IELTS

gracious [ˈgreʃəs] 仁慈的；優美的；有禮貌的；莊重的

The weary traveler thanked the **gracious** farmer for allowing him to sleep in the barn.
疲憊的旅人感謝好心腸的農夫讓他睡在穀倉裡。

humor 幽默 + **ous** 充滿 = humorous　　　　Ⓢamusing ⑤GEPT

humorous [ˈhjumərəs] 詼諧的；幽默的；喜劇的

The **humorous** writer has a good memory and is able to remember many jokes when

he needs them.
那位幽默的作家記性很好，能夠在需要時想起許多笑話。

infect 傳染 + **ous** 充滿 = infectious　　　Ⓢcontagious ❹IELTS

infectious [ɪnˈfɛkʃəs] 易傳染的；有壞影響的

The teacher's laughter was **infectious**, and soon, all of the students were laughing wildly.
老師的笑聲具有感染力，所有學生很快地都開懷大笑。

ingeni 獨創性 + **ous** 充滿 = ingenious　　　Ⓢclever ❸TOEFL

ingenious [ɪnˈdʒinjəs] 機靈的；足智多謀的；別出心裁的

The factory worker thought of an **ingenious** way to improve the efficiency of the process by 45%.
工廠員工想出一個將製程效率提升百分之四十五的妙方。

jeal 忌妒 + **ous** 充滿 = jealous　　　Ⓢenvious ❹TOEIC

jealous [ˈdʒɛləs] 妒忌的；猜疑的　　　memo be jealous of 妒忌…

The wife calls her husband at the office ten times a day because she is **jealous** of the new secretary.
那位妻子一天打十通電話到辦公室給她先生，因為她吃新任秘書的醋。

joy 快樂的 + **ous** 充滿 = joyous　　　Ⓢcheerful ❸IELTS

joyous [ˈdʒɔɪəs] 快樂的；高興的；令人愉快的

For most people, the Christmas holidays are the most **joyous** time of the year.
對大部分的人來說，聖誕假期是一年中最快樂的時光。

luxury 奢侈 + **ous** 充滿 = luxurious　　　Ⓢextravagant ❸TOEFL

luxurious [lʌgˈʒurɪəs] 奢侈的；豪華的

The government provided the diplomatic staff **luxurious** accommodations at the 5-star hotel.
政府提供外交人員五星級的豪華住宿。

marvel 驚歎 + **ous** 充滿 = marvelous　　　Ⓢwonderful ❹GEPT

marvelous [ˈmɑrvələs] 不可思議的　marvelous experience 奇特的經歷

The socialite told her friends about a **marvelous** new hairdresser at the salon.
社交名媛告訴她朋友一位沙龍新來的厲害美髮師。

miracle 奇蹟 + **ous** 充滿 = miraculous　　　Ⓢmarvelous ❹GEPT

miraculous [mɪˈrækjələs] 奇蹟般的；非凡的

The basketball player made a **miraculous** full-court shot that won the championship game.
籃球選手投進奇蹟般的全場三分球，成為贏得錦標賽的致勝關鍵。

mischief 頑皮 + **ous** 充滿 = **mischievous**　　Ⓢnaughty ❷TOEFL

mischievous ['mɪstʃɪvəs] 有害的；頑皮的

To my frustration, the **mischievous** student always played tricks on his classmates.
令我感到挫折的是，那位頑皮的學生總是對同學惡作劇。

monotone 單調 + **ous** 充滿 = **monotonous**　　Ⓢboring ❸TOEFL

monotonous [mə'natənəs] 單調的；無聊的

Many students fell asleep during the lecture because the professor spoke with a **monotonous** voice.
許多學生在演講時睡著，因為講者的聲音無抑揚頓挫。

monster 怪物 + **ous** 充滿 = **monstrous**　　Ⓢhorrible ❸TOEFL

monstrous ['manstrəs] 畸形的；可怕的

The gangster who was guilty of committing **monstrous** crimes finally surrendered to authorities.
犯下驚悚案件的幫派份子最後被繩之以法。

mountain 山 + **ous** 充滿 = **mountainous**　　Ⓢhumongous ❸GEPT

mountainous ['mauntənəs] 山多的；巨大的

Most of Taiwan is **mountainous**, so the population lives mostly in the fertile lowlands.
台灣大部分為山區，因此大多數人住在肥沃的低地。

notori 聲名狼藉 + **ous** 充滿 = **notorious**　　Ⓢinfamous ❹GEPT

notorious [no'torɪəs] 惡名昭彰的　　速記 be notorious for 因…而惡名昭彰

Based on reliable news, the **notorious** criminal will gain his freedom due to a special pardon.
根據可靠消息，惡名昭彰的罪犯將因特赦而重獲自由。

number 數目 + **ous** 充滿 = **numerous**　　Ⓢmany ❹TOEIC

numerous ['njumərəs] 許多的　　速記 too numerous to list 族繁不及備載

There are **numerous** children suffering from flu during the flu season every year.
每年有許多孩童在流感季節間遭受流感之苦。

outrage 暴行 + **ous** 充滿 = **outrageous**　　Ⓢexcessive ❹GEPT

outrageous [aut'redʒəs] 粗暴的；無恥的；無法無天的；毫無節制的

The wealthy woman spends an **outrageous** amount of money on jewelry and designer watches.
富有的婦人無所節制地花錢在珠寶及名錶上。

pi 虔誠 + **ous** 充滿 = **pious**　　Ⓢfaithful ❸TOEFL

pious ['paɪəs] 虔誠的；不可實現的　　速記 a pious wish 難以實現的願望

The Asian country's leader often consults with his spiritual leader, who is a **pious** Buddhist monk.
那位亞洲國家領導人時常向他的精神導師——一名虔誠的佛教僧侶請益。

poison 毒 + **ous** 充滿 = poisonous Ⓢtoxic ❸IELTS

poisonous [ˈpɔɪznəs] 有毒的；惡意的 通記 be poisonous to 對⋯來說有毒

There are more than six hundred species of **poisonous** snakes on Earth, but many are endangered.
地球上有六百多種毒蛇，但其中有許多都瀕臨絕種。

previ 預知 + **ous** 充滿 = previous Ⓢformer ❺TOEFL

previous [ˈpriviəs] 以前的；過早的 通記 previous to 在⋯之前

The CEO blamed the company's current problems on decisions made by the **previous** CEO.
執行長將公司目前的問題歸咎於前任執行長的決定。

prosper 使繁榮 + **ous** 充滿 = prosperous Ⓢthriving ❹TOEFL

prosperous [ˈprɑspərəs] 繁榮的；良好的；幸福的

New Taipei City, which was Taipei County before, is expected to be a **prosperous** metropolitan area.
大家都期待新北市，也就是以前的台北縣，能夠成為繁華的大都會。

religi 宗教 + **ous** 充滿 = religious Ⓢspiritual ❺GEPT

religious [rɪˈlɪdʒəs] 虔誠的；宗教的 通記 religious liberty 宗教信仰自由

Throughout history, **religious** leaders have used their influence to gain control over governments.
綜觀歷史，宗教領袖一直運用他們的影響力來控制政府。

ridicule 嘲笑 + **ous** 充滿 = ridiculous Ⓢsilly ❹TOEIC

ridiculous [rɪˈdɪkjələs] 可笑的；荒謬的；滑稽的

When Derek came to work wearing boots and a cowboy hat, the boss thought he looked **ridiculous**.
當德瑞克穿著靴子、帶著牛仔帽來上班時，老闆覺得他看起來很可笑。

rigor 嚴格 + **ous** 充滿 = rigorous Ⓢrigid ❹TOEFL

rigorous [ˈrɪgərəs] 嚴格的；苛刻的；精確的

The Israeli military commandos must pass a series of **rigorous** physical and mental tests.
以色列軍方突擊隊員必須通過一系列嚴格的體能及心理測試。

seri 嚴肅 + **ous** 充滿 = serious Ⓢimportant ❺TOEIC

serious [ˈsɪrɪəs] 嚴肅的；認真的；重大的 通記 a serious manner 嚴肅的態度

The financial executive made a **serious** mistake when she reported that the company was profitable.
財務主管在做公司的獲利報告時犯了一個嚴重錯誤。

simultane 同時發生 + **ous** 充滿 = simultaneous

Ⓢconcurrent ④TOEFL

simultaneous [ˌsaɪmḷˈtenɪəs] 同時發生的

The security crew made a **simultaneous** effort to protect both the president and the vice president.
安全組員同時竭力保護總統與副總統。

space 空間 + **ous** 充滿 = spacious

Ⓢvast ④TOEFL

spacious [ˈspeʃəs] 寬敞的

速記 a spacious living room 寬敞的起居室

The professional basketball player's home has a **spacious** practice gym and swimming pool.
職業籃球選手的家有一座寬敞的練習體育館及游泳池。

spontane 自發性 + **ous** 充滿 = spontaneous

Ⓢinstinctive ⑤TOEIC

spontaneous [spɑnˈtenɪəs] 自發的

速記 spontaneous combustion 自燃

The witnesses offered **spontaneous** assistance to the man who was shot by robbers.
目擊者自發的去協助那位遭搶匪槍擊的男子。

superstiti 迷信 + **ous** 充滿 = superstitious

④GEPT

superstitious [ˌsupɚˈstɪʃəs] 迷信的

速記 a superstitious man 迷信的男人

Some people in Taiwan are still **superstitious** about when they should have their children be born.
台灣有些人仍迷信於孩子應於良辰吉時出生。

suspici 懷疑 + **ous** 充滿 = suspicious

Ⓢquestionable ④IELTS

suspicious [səˈspɪʃəs] 可疑的

速記 be suspicious of/about 對…感到懷疑

There is something **suspicious** about the editorial writer's sudden resignation.
社論作家的突然請辭有些可疑。

tedi 無聊 + **ous** 充滿 = tedious

Ⓢdull ④TOEFL

tedious [ˈtidɪəs] 單調沈悶的；冗長乏味的

Some high-tech jobs are **tedious**, but they are still popular because of the high salary.
由於待遇佳，有些高科技工作雖然單調冗長卻仍受歡迎。

tremend 巨大 + **ous** 充滿 = tremendous

Ⓢenormous ④TOEFL

tremendous [trɪˈmɛndəs] 驚人的；巨大的；極好的

The retired teacher spent a **tremendous** amount of money on lottery tickets and is now broke.

退休老師花費大筆金錢在樂透彩券上，結果現在破產了。

vici 邪惡 + **ous** 充滿 = vicious　　　　　　Ⓢevil ④GEPT

vicious ['vɪʃəs] 邪惡的；惡毒的　　 vicious circle 惡性循環

The **vicious** guard dog at the museum bit the thief in the leg as he tried to escape.
博物館兇猛的警犬在竊賊要逃走時咬了他的腿一口。

victory 勝利 + **ous** 充滿 = victorious　　Ⓢtriumphant ④TOEIC

victorious [vɪk'torɪəs] 勝利的　　 be victorious in 在…中獲勝

The Roman army returned **victorious** from Egypt and brought Queen Cleopatra with them.
羅馬軍隊自埃及凱旋歸來，並連同埃及豔后一起帶回。

023

形容詞 -some 有…傾向　 MP3 405

快學便利貼

awesome 有威嚴的；極好的
lonesome 寂寞的；淒涼的
tiresome 沈悶的；麻煩的；討厭的

troublesome 討厭的；麻煩的；棘手的
wholesome 安全的；有益健康的；合乎
衛生的；生氣勃勃的

單字拆解　　Ⓢ同義　Ⓐ反義　⑤單字出現頻率

awe 敬畏 + **some** 有…傾向 = awesome　　Ⓢspectacular ④GEPT

awesome ['ɔsəm] 有威嚴的；極好的

The tourists looked at the **awesome** sight of the Grand Canyon and were stunned.
觀光客看著大峽谷壯麗的景致，感到十分震驚。

lone 寂寞的 + **some** 有…傾向 = lonesome　　Ⓢlonely ④IELTS

lonesome ['lonsəm] 寂寞的；淒涼的　　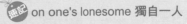 on one's lonesome 獨自一人

The engineer was **lonesome** when he transferred to Taiwan, away from his girlfriend.
工程師被調到台灣時，因為與女友分離而感到落寞。

tire 疲倦 + **some** 有…傾向 = tiresome　　Ⓢweary ④TOEIC

tiresome ['taɪrsəm] 沈悶的；麻煩的；討厭的

The student went to his room because he felt talking to his parents **tiresome**.
那名學生走進自己房間，因為他覺得和父母談話很煩。

trouble 麻煩 + **some** 有…傾向 = **troublesome**

Ⓢbothersome Ⓢ TOEIC

troublesome ['trʌb|səm] 麻煩的；棘手的

The employee of the coffee shop lost his temper with the **troublesome** customer this morning.
咖啡店員工今天早上對一名難纏的客人發火。

whole 健康的 + **some** 有…傾向 = **wholesome**

Ⓐharmful ❸ TOEFL

wholesome ['holsəm] 安全的

 wholesome food 安全食品

Grandmother suggested I look for a girl from a small town, because they were more **wholesome**.
祖母建議我找個小鎮女孩，因為她們比較健康。

024 形容詞 -ward 表示方向

 MP3 406

快學便利貼

awkward 不合適的；笨拙的；不雅的；棘手的；難使用的
backward 向後的；相反的；落後的；遲緩的；畏縮的；遲來的

downward 向下的；下跌的；日趨沒落的
forward 前面的；提前的；冒失的；熱心的
outward 外部的；表面的；明顯的；向外的
upward 向上的；上漲的；超過的

單字拆解

Ⓢ同義　Ⓐ反義　Ⓢ單字出現頻率

awk 尷尬 + **ward** 方向 = **awkward**

Ⓢungraceful ❹IELTS

awkward ['ɔkwəd] 不雅的

 put sb in an awkward situation 讓某人為難

The male host brought the situation upon himself after making **awkward** comments to the girl.
對那位女孩做出不雅的批評之後，這位男主人感到自討沒趣。

back 後方 + **ward** 方向 = **backward**

Ⓐadvanced ❹TOEFL

backward ['bækwəd] 向後的；落後的

 a backward glance 往後一瞥

The manager didn't hire workers from the countryside because he thought they were **backward**.
經理不僱用來自鄉下的員工，因為他認為那些人是落伍的。

down 向下 + **ward** 方向 = **downward**

downward ['daʊnwəd] 向下的；下跌的 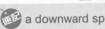 a downward spiral 惡性循環

This investor only bought stocks when he saw the prices falling **downward** sharply.
這名投資人只有看到股價重挫時才買進。

fore 前面的 + **ward** 方向 = **forward**　▲backward ⑤ TOEFL

forward ['fɔrwəd] 前面的；提前的；冒失的 forward the email 轉寄郵件

The **forward**-thinking man invented a new umbrella that could withstand strong winds.
想法前瞻的男子發明一款耐得住強風的雨傘。

out 外面 + **ward** 方向 = **outward**　Ｓexterior ④ GRE

outward ['aʊtwəd] 外部的；表面的；向外的 outward bound 向外駛離

The manager let people into the popular nightclub based only on their **outward** appearance.
這家超人氣夜店的經理憑外貌讓人進場。

up 上面 + **ward** 方向 = **upward**　▲downward ④ TOEFL

upward ['ʌpwəd] 向上的；上漲的；超過的 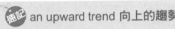 an upward trend 向上的趨勢

Children who are 120 cm in height and **upward** have to pay full airfare on this airline.
身高一百二十公分（含）以上的兒童搭乘這家航空公司班機時必須付全額機票費用。

025　形容詞 -y 充滿

快學便利貼

bloody 血的；血跡斑斑的；血腥的；嗜血的；殘忍的；**adv.** 很；非常

bulky 笨重的；龐大的；過大的

chilly 寒冷的；冷淡的；使人寒心的

cloudy 多雲的；朦朧的；愁容滿面的；混濁的；**n.** 多雲的日子

clumsy 笨拙的；不圓滑的

crazy 瘋狂的；破爛的；古怪的

crunchy 嘎吱作響的；易碎的

dirty 骯髒的；猥褻的；惡劣的；卑鄙的；**v.** 弄髒；變髒

dusty 滿是灰塵的；枯燥無味的

needy 貧窮的；**n.** 窮困的人

noisy 嘈雜的；過分渲染的

rocky 岩石的；鐵石心腸的；困難的；搖擺的；不牢靠的；病弱無力的

rusty 生鏽的；褪色的；陳舊的

salty 有鹽味的；刺激的；有趣的；難駕馭的；逗笑的；鹹的

scary 易受驚的；膽怯的；可怕的

skinny 皮包骨的；低劣的；吝嗇的

sleepy 想睡的；懶散的；寂靜的

sloppy 稀薄的；泥濘的；草率的；易傷感的；邋遢的；喝醉的；馬虎的

字首　字根　字尾　複合字

fairy 美麗的；幻想中的；n. 仙女	**sneaky** 鬼鬼祟祟的；悄悄的
foggy 多霧的；朦朧的；模糊的	**snowy** 雪白的；多雪的；被雪覆蓋的
funny 好笑的；愛開玩笑的	**steady** 鎮定的；沈著的；堅定的；n. 固定
gloomy 黑暗的；令人沮喪的；脾氣不	中心架；v. 使穩定；鎮定；adv.
好的；沒希望的；悲觀的	堅定地；持續地；穩固地
grassy 多草的；食草的；草綠色的	**sticky** 黏的；悶熱的；固執的；麻煩的
greasy 油膩的；滑的；泥濘的；諂媚	**stingy** 吝嗇的；缺乏的；有刺的；尖銳的
的；油性的；虛情假意的	**stormy** 暴風雨的；多風波的；脾氣暴躁的
greedy 貪心的；貪吃的；渴望的	**sunny** 和煦的；愉快的；歡樂的
guilty 有罪的；內疚的	**tasty** 美味的；大方的；有趣的
handy 便利的；易於操作的；靈巧的	**thirsty** 口渴的；耗油的；乾燥的
hearty 誠懇的；強健的；友好旳	**thrifty** 節約的；繁榮的；茂盛的
juicy 多汁的；多雨的；津津有味的；	**tiny** 極小的；微小的；微量的
絢爛的；報酬多的；令人滿足的	**tricky** 狡猾的；機智的；錯綜複雜的
lengthy 漫長的；冗長的；很長的	**wealthy** 富有的；豐富的；大量的
messy 凌亂的；不整潔的	**windy** 有風的；空洞的；空虛的；輕佻的
muddy 泥濘的；模糊的；混亂的	**witty** 機智的；詼諧的；措詞巧妙的
nasty 邋遢的；下流的；討厭的；天氣	**worthy** 有價值的；可尊敬的；有道德的
惡劣的；嚴重的；惡意的；無禮	**yummy** 美味的；令人喜愛的

單字拆解

Ⓢ同義　Ⓐ反義　❺單字出現頻率

blood 血 ＋ **y** 充滿 ＝ **bloody**　　　　　Ⓢbleeding ❹IELTS

bloody [ˈblʌdɪ] 血的；血跡斑斑的；血腥的；嗜血的　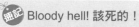 Bloody hell! 該死的！

The **bloody** crime scene was surrounded by yellow tape warning people to keep out.
血腥的刑案現場被黃色膠帶所圍繞，警告人們不要接近。

bulk 巨大 ＋ **y** 充滿 ＝ **bulky**　　　　　Ⓢvast ❸TOEFL

bulky [ˈbʌlkɪ] 笨重的；龐大的　　　　a bulky parcel 笨重的包裹

The new Russian cargo plane is designed to carry **bulky** cargo 3,000 miles without refueling.
這架新型俄羅斯貨機被設計用來運載龐大貨物，而且能夠不加燃料續航三千英里。

chill 寒冷 ＋ **y** 充滿 ＝ **chilly**　　　　　Ⓢcold ❺IELTS

chilly [ˈtʃɪlɪ] 寒冷的；冷淡的　　　　 a chilly welcome 不友善的迎接

The Catholic priest gave an emotional midnight sermon in the **chilly** courtyard on Christmas Eve.
天主教神父在聖誕夜於冷冽的庭院中舉行一場感人的夜間佈道。

cloud 雲 + **y** 充滿 = **cloudy**　　　　Ⓢ overcast ⑤ IELTS

cloudy ['klaʊdɪ] 多雲的；愁容滿面的　　🎀 通記 a cloudy memory 模糊的記憶

The forecast in Taipei calls for **cloudy** weather throughout the weekend with a chance for rain.
台北地區的天氣預報指出，整個週末的天氣是多雲偶陣雨。

clums 笨拙 + **y** 充滿 = **clumsy**　　　　Ⓢ awkward ④ TOEFL

clumsy ['klʌmzɪ] 笨拙的；不圓滑的　　🎀 通記 a clumsy attempt to 笨拙地

The new secretary seems to be a little **clumsy** on the dance floor, but she is a very good worker.
新任秘書似乎不太會跳舞，但她是一名很好的員工。

craze 使發狂 + **y** 充滿 = **crazy**　　　　Ⓢ insane ⑤ GEPT

crazy ['krezɪ] 瘋狂的；破爛的；古怪的　　🎀 通記 be crazy about 著迷於…

The investor was **crazy** to sell his expensive house at such a low price, so I think he was desperate.
投資客瘋狂地低價拋售他的豪宅，因此我認為他走到窮途末路。

crunch 咬碎 + **y** 充滿 = **crunchy**　　　　Ⓢ crispy ④ GEPT

crunchy ['krʌntʃɪ] 嘎吱作響的；易碎的

The lady baked some **crunchy** cookies for her new neighbors.
那位女士烘烤酥脆的餅乾送給她的新鄰居。

dirt 灰塵 + **y** 充滿 = **dirty**　　　　Ⓐ clean ⑤ GEPT

dirty ['dɜtɪ] 骯髒的；猥褻的；惡劣的；卑鄙的　　🎀 通記 dirty trick 卑鄙伎倆

The man's wife discouraged him from going fishing in the river because the water was too **dirty**.
因為水太髒，男子的太太勸他不要到河邊釣魚。

dust 灰塵 + **y** 充滿 = **dusty**　　　　Ⓢ dirty ④ IELTS

dusty ['dʌstɪ] 滿是灰塵的；枯燥無味的　　🎀 通記 a dusty house 滿佈灰塵的房子

The maid from the cleaning service was vacuuming the **dusty** floor of the conference room.
清潔公司的女侍一直在吸沾滿灰塵的會議室地板。

fair 美麗的；女性的 + **y** 充滿 = **fairy**　　　　Ⓢ fantasized ③ GEPT

fairy ['fɛrɪ] 美麗的；幻想中的　　🎀 通記 fairy tale 童話故事

Hans Christian Andersen is famous for his **fairy** tale about the Little Mermaid.
安徒生以關於小美人魚的童話故事聞名。

fog 霧 + **y** 充滿 = **foggy**

foggy ['fɑgɪ] 多霧的；朦朧的

 not have the foggiest idea 毫無所知

There was a huge pileup of cars and trucks on the freeway during the **foggy** morning.
在濃霧的早晨，公路上發生嚴重的汽車與卡車連環車禍。

fun 樂趣 + **y** 充滿 = funny

S entertaining **5** GEPT

funny ['fʌnɪ] 好笑的；愛開玩笑的

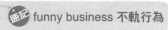 funny business 不軌行為

The boy left a trail of muddy footprints in the house, but his mother didn't think it was **funny**.
男孩在屋裡留下一連串泥濘的腳印，但他母親並不覺得有趣。

gloom 黑暗 + **y** 充滿 = gloomy

S delightful **4** IELTS

gloomy ['glumɪ] 黑暗的；令人沮喪的；沒希望的

The city of Tamsui is a Taiwanese seaport that is cold and **gloomy** for most of the winter.
淡水是幾乎整個冬天都又冷又灰的台灣海港。

grass 草 + **y** 充滿 = grassy

3 GEPT

grassy ['græsɪ] 多草的；食草的；草綠色的

The best place for a picnic is in the **grassy** meadow filled with colorful wildflowers.
最佳的野餐地點是滿佈鮮豔野花的草地。

grease 油脂 + **y** 充滿 = greasy

S oily **3** TOEFL

greasy ['grizɪ] 油膩的；滑的；泥濘的；諂媚的

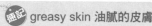 greasy skin 油膩的皮膚

To lose weight, Miss Liu decided to stay away from any kind of **greasy** food.
為了減重，劉小姐決定遠離各種油膩的食物。

greed 貪心 + **y** 充滿 = greedy

S avid **4** IELTS

greedy ['gridɪ] 貪心的

 be greedy for 渴望於

When their uncle died, the three brothers didn't want to be **greedy**, so they shared the estate.
當他們的叔叔往生時，三兄弟不想變得貪婪，所以共同持有遺產。

guilt 有罪 + **y** 充滿 = guilty

A innocent **5** GEPT

guilty ['gɪltɪ] 有罪的；內疚的

 be guilty about 對…感到愧疚

The girl felt **guilty** after breaking up with her boyfriend after ten years, and gave him a call.
女孩在與男友分手十年後覺得內疚，而打了通電話給他。

hand 手 + **y** 充滿 = handy

S convenient **5** TOEFL

handy ['hændɪ] 便利的；易於操作的

come in handy 遲早有用

The little LED flashlight on my keychain is usually quite **handy** when I am out at night.
鑰匙圈上的LED手電筒在我夜間出門時通常很方便。

heart 心 + **y** 充滿 = **hearty**　　　　　Ⓢsincere ④IELTS

hearty [ˈhɑrtɪ] 誠懇的；強健的　　　　描記 a hearty welcome 熱切的歡迎

The jovial woodsman gave a **hearty** laugh when he spotted the lost tourist in the forest.
看到森林中走失的觀光客時，快活的林中居民露出懇切的笑容。

juice 汁液 + **y** 充滿 = **juicy**　　　　　Ⓢsucculent ⑤GEPT

juicy [ˈdʒusɪ] 多汁的；津津有味的；報酬多的　　　描記 juicy details 有趣的細節

The panda searched through the bamboo forest for **juicy**, tender shoots to eat.
貓熊為了吃到鮮嫩多汁的幼筍尋遍竹林。

length 長度 + **y** 充滿 = **lengthy**　　　　Ⓢtedious ③GRE

lengthy [ˈlɛŋθɪ] 漫長的；冗長的　　　描記 a lengthy meeting 冗長的會議

The lecturer's speech was so **lengthy** and monotonous that half of the audience fell asleep.
講者的演講冗長又單調，以致有半數的聽眾睡著了。

mess 混亂 + **y** 充滿 = **messy**　　　　　Ⓢuntidy ④IELTS

messy [ˈmɛsɪ] 凌亂的　　　描記 a messy situation 難以處理的局面

The family enjoyed the Thanksgiving feast and offered to help the host clean up the **messy** kitchen.
那家人享用感恩節大餐之後，自告奮勇地幫忙清理髒亂的廚房。

mud 泥漿 + **y** 充滿 = **muddy**　　　　　Ⓢmiry ④GEPT

muddy [ˈmʌdɪ] 泥濘的；模糊的　　　描記 muddy thoughts 糊塗的想法

The troops drove their supplies on a rugged, **muddy** road through the mountains of Burma.
軍隊在緬甸山區崎嶇的泥濘路上運送補給品。

nast 骯髒 + **y** 充滿 = **nasty**　　　　　Ⓢrevolting ④GEPT

nasty [ˈnæstɪ] 邋遢的；下流的；討厭的　　　描記 a nasty temper 壞脾氣

The woman explained that she divorced her husband because he was always mean and **nasty** to her.
婦人解釋自己與先生離婚是因為他總是鄙視她、令她難堪。

need 需要；缺乏 + **y** 充滿 = **needy**　　　　Ⓢpoor ④TOEFL

needy [ˈnidɪ] 貧窮的　　　描記 a needy family 貧窮的家庭

When the man moved out of the trailer home, he insisted on giving it to a **needy** family.
男子搬離拖車屋時，他堅持要將它送給一個貧困的家庭。

noise 聲音 + **y** 充滿 = **noisy**　　　　　Ⓐquiet ❺GEPT

noisy ['nɔɪzɪ] 嘈雜的　　　速記 a noisy engine 很吵的引擎

John was determined to have a vacation at a quiet retreat, away from the **noisy** city.
約翰決定在一個遠離城市喧擾的僻靜地點渡假。

rock 岩石；搖擺 + **y** 充滿 = **rocky**　　　　Ⓢstony ❺GRE

rocky ['rɑkɪ] 岩石的；困難的　　速記 the rocky road ahead 前途岌岌可危

The hunter was on the trail of a large wild pig, and got hurt when he fell down a **rocky** slope.
獵人追循著一隻大野豬的蹤跡，然後在滿佈石頭的斜坡跌倒時受傷了。

rust 鐵銹 + **y** 充滿 = **rusty**　　　　Ⓢeroded ❹TOEIC

rusty ['rʌstɪ] 生鏽的；褪色的；陳舊的　　速記 a rusty nail 生鏽的鐵釘

The operator coated the **rusty** iron machine with a layer of oil to deter rust.
操作員塗一層油在生鏽的鐵製機器上除鏽。

salt 鹽 + **y** 充滿 = **salty**　　　　Ⓢsalt ❹GEPT

salty ['sɔltɪ] 有鹽味的；刺激的；有趣的　　速記 salty humor 低級的幽默

The tender beefsteak he bought at the night market tasted a little too **salty**.
他在夜市買的嫩牛排嚐起來有點太鹹。

scare 驚嚇 + **y** 充滿 = **scary**　　　　Ⓢspooky ❺GEPT

scary ['skɛrɪ] 易受驚的；膽怯的；可怕的　　速記 a scary movie 恐怖片

On Halloween night, you will find children wearing **scary** costumes going door-to-door for candy.
在萬聖節夜晚，你會發現小孩穿著可怕的服裝挨家挨戶要糖果。

skin 皮膚 + **y** 充滿 = **skinny**　　　　Ⓢthin ❺TOEFL

skinny ['skɪnɪ] 皮包骨的；低劣的；吝嗇的　　速記 skinny jeans 窄管褲

I think the model in the magazine looks too **skinny** and send the wrong message to young girls.
我認為雜誌上的模特兒看起來過瘦，傳遞了錯誤訊息給年輕女孩。

sleep 睡覺 + **y** 充滿 = **sleepy**　　　　Ⓢdrowsy ❹GEPT

sleepy ['slipɪ] 想睡的；懶散的　　速記 a sleepy town 寂靜的小鎮

Hugh went to the hospital for medical advice, since he felt **sleepy** very often during the day.
修去醫院洽詢醫療意見，因為他白天會不時感到昏昏欲睡。

slop 泥漿 + **y** 充滿 = **sloppy**

sloppy ['slɑpɪ] 草率的；易傷感的；邋遢的

It seems for some reason that most doctors have very **sloppy** handwriting.
大多數醫師筆跡都很潦草似乎是有某種原因。

sneak 偷偷的 + **y** 充滿 = **sneaky**　　　⑤furtive ④GEPT

sneaky ['snikɪ] 鬼鬼祟祟的　　　記 a sneaky trick 陰險的招數

A **sneaky** guy tried to win the lottery by forging a lottery ticket, but he got arrested by the police.
形跡可疑的傢伙意圖藉由偽造彩券來贏得彩金，卻遭警方逮捕。

snow 雪 + **y** 充滿 = **snowy**　　　⑤nival ⑤GEPT

snowy [snoɪ] 雪白的；多雪的　　　記 snowy hair 灰白的頭髮

Unusually **snowy** weather cancelled hundreds of flights in Chicago this year.
今年芝加哥因不尋常地多雪天氣而取消數百架次的航班。

stead 代替 + **y** 充滿 = **steady**　　　⑤stable ⑤TOEIC

steady ['stɛdɪ] 沈著的；穩健的；堅定的　　　記 as steady as a rock 固若金湯

The young surgeon built a solid reputation because of his **steady** hands.
這名年輕外科醫師以穩健的技術建立起好名聲。

stick 棒；棍 + **y** 充滿 = **sticky**　　　⑤adhesive ④GEPT

sticky ['stɪkɪ] 黏的；悶熱的；麻煩的　　　記 a sticky end 悲慘的下場

The town in the mountains was famous for its variety of **sticky** rice desserts coated with sugar.
山區的小鎮以各式裹糖的糯米甜點聞名。

sting 刺 + **y** 充滿 = **stingy**　　　⑤sparing ④IELTS

stingy ['stɪndʒɪ] 吝嗇的；有刺的　　　記 be stingy with 在…方面很吝嗇

The **stingy** businessman never gave spare change to the homeless people on the street.
吝嗇的商人從不施捨多餘的零錢給街頭無家可歸的人。

storm 暴風雨 + **y** 充滿 = **stormy**　　　⑤violent ⑤IELTS

stormy ['stɔrmɪ] 暴風雨的　　　記 stormy weather 暴風雨

The weather was **stormy** when Vivien took a boat trip from Penghu to Kaohsiung.
薇薇安搭船從澎湖到高雄時碰到暴風雨。

sun 太陽 + **y** 充滿 = **sunny**　　　⑤cheerful ⑤GEPT

sunny ['sʌnɪ] 和煦的；愉快的　　　記 a sunny smile 令人愉快的微笑

It was a beautiful **sunny** day, so girls decided to take a bicycle ride together along the

字首
字根
字尾
複合字

shore.
這是個美好的大晴天，女孩決定一同沿著海濱騎單車。

taste 品嘗 + **y** 充滿 = **tasty** Ⓢdelicious ⑤GEPT

tasty ['testɪ] 美味的；大方的 a tasty dish 美味佳餚

For me, I believe the **tasty** food of Japan has to be my favorite cuisine from another country.
對我來說，我相信日本料理一定是我最喜愛的外國美食。

thirst 渴；乾燥 + **y** 充滿 = **thirsty** Ⓢparched ⑤GEPT

thirsty ['θɝstɪ] 口渴的；耗油的；乾燥的 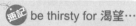 be thirsty for 渴望…

College students should be **thirsty** for specific knowledge in their career.
大學生應當渴求職場上的專業知識。

thrift 節約的；繁榮的 + **y** 充滿 = **thrifty** Ⓢeconomical ③TOEFL

thrifty ['θrɪftɪ] 節約的；繁榮的 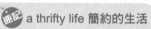 a thrifty life 簡約的生活

You don't find many young people these days who are **thrifty** with their money.
這年頭你很難找到節省的年輕人。

tin 錫 + **y** 充滿 = **tiny** Ⓢlittle ⑤TOEFL

tiny ['taɪnɪ] 極小的 a tiny room 極小的房間

I didn't know why my tire was flat until I found a **tiny** hole caused by a nail.
直到發現一個被鐵釘戳破的小洞才知道我的輪胎為什麼漏氣。

trick 詭計；把戲 + **y** 充滿 = **tricky** Ⓢslick ⑤IELTS

tricky ['trɪkɪ] 狡猾的；機智的  a tricky person 狡猾的人

When it comes to protecting their vital interests, many people become **tricky** and sophisticated.
一提到保護自身的重要利益，許多人會變得機敏且世故。

wealth 財富 + **y** 充滿 = **wealthy** Ⓢrich ⑤TOEIC

wealthy ['wɛlθɪ] 富有的；豐富的；大量的 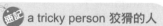 extremely wealthy 非常有錢的

There is a country club nearby where you can find the **wealthy** residents enjoying golf.
附近有個鄉村俱樂部，在那裏你可以遇到喜愛打高爾夫球的有錢居民。

wind 風 + **y** 充滿 = **windy** Ⓢbreezy ⑤IELTS

windy ['wɪndɪ] 有風的；空洞的；空虛的；輕佻的 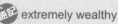 a windy day 風大的日子

On a **windy** day, you should take your children to the riverbank to fly kites.
在起風的日子，你應當帶孩子到河堤放風箏。

wit 機智；詼諧 + **y** 充滿 = **witty**

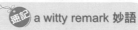

Ⓢ clever ❹ IELTS

witty [ˈwɪtɪ] 機智的；詼諧的

描記 a witty remark 妙語

My favorite professor was the man who was **witty** and kind to his students.
我最喜愛的教授是那位詼諧、對學生親切的人。

worth 值得的 + **y** 充滿 = **worthy**

Ⓢ deserving ❺ GEPT

worthy [ˈwɝðɪ] 有價值的；可尊敬的；有道德的

描記 be worthy of 值得

After reviewing your proposal, I believe it is **worthy** of being discussed by the school board.
審閱你的提案之後，我認為這值得在學校董事會提出來討論。

yum 好吃 + **y** 充滿 = **yummy**

Ⓢ tasty ❹ IELTS

yummy [ˈjʌmɪ] 美味的；令人喜愛的

Tainan is famous for its **yummy** local delicacies, most of which you can find in the night markets.
台南以美味的地方料理聞名，而大多數的料理在夜市都可以找著。

001　動詞 -ate

MP3 408

快學便利貼

accommodate 容納；適應；供應；招待	**originate** 引起；創辦；發明；發生；開始；來自；創作；產生
assassinate 行刺；暗殺；破壞	**populate** 居住於…中；殖民於
differentiate 區別；劃分；分化	**regulate** 規定；控制；整頓；調節
locate 位於；找出；座落於；居住	**vibrate** 振動；猶豫；使擺動
motivate 給…動機；刺激；激發	

單字拆解

Ⓢ 同義　🅐 反義　❺ 單字出現頻率

accommod 容納 + **ate** 動詞 = **accommodate**

❹ TOEFL

accommodate [əˈkɑməˌdet] 容納；適應；供應；招待

The CEO agreed to **accommodate** the client from France for the night in a luxury hotel.
執行長同意招待來自法國的客戶留宿豪華飯店。

assassin 刺客 + **ate** 動詞 = **assassinate**

assassinate [əˈsæsɪnˌet] 行刺；暗殺；破壞

Irene watched in horror as the TV news replayed the attempt to **assassinate** the President.
當電視新聞重播刺殺總統的預謀行動時，艾琳驚恐地看著。

different 不同的 + **ate** 動詞 = **differentiate**　　Ⓢdistinguish ❹TOEIC

differentiate [ˌdɪfəˈrɛnʃɪˌet] 區別；劃分；分化

I worried about the children because they could not **differentiate** between right and wrong.
我擔憂這些孩子，因為他們無法明辨對錯。

loc 當地 + **ate** 動詞 = **locate**　　Ⓢsituate ❺TOEFL

locate [loˈket] 位於；找出；居住　　locate in 位於

From the main train station, it was easy to **locate** the new City Hall, which is a short walk away.
從主要的火車站較容易找出新市政府的位置，大概走幾步路就到了。

motive 動機 + **ate** 動詞 = **motivate**　　Ⓢdrive ❺TOEIC

motivate [ˈmotəˌvet] 給…動機；刺激

The volleyball coach really knows how to **motivate** his team to win.
我的排球教練對如何挑起球隊贏球動機知之甚詳。

origin 起源 + **ate** 動詞 = **originate**　　Ⓢemanate ❺GRE

originate [əˈrɪdʒəˌnet] 引起；發生；開始　　originate from 源於

Most people believe that the globally financial tsunami years ago **originated** from the United States.
大多數人認為數年前的全球金融海嘯源自美國。

popul 民眾 + **ate** 動詞 = **populate**　　Ⓢinhabit ❺TOEFL

populate [ˈpɑpjəˌlet] 居住於…中　　a thickly-populated area 人口密集區

In Asia, housing prices are usually much higher in areas that are more densely **populated**.
在亞洲，人口密集區的房價經常高出很多。

regul 規則 + **ate** 動詞 = **regulate**　　Ⓢadjust ❺TOEIC

regulate [ˈrɛgjəˌlet] 規定；控制；整頓；調節

The electrician installed a new digital thermostat to **regulate** the temperature in the auditorium.
電工安裝一部調節禮堂溫度的新數位恆溫器。

vibr 振動 + **ate** 動詞 = **vibrate**

vibrate ['vaɪbret] 振動；猶豫；使擺動

 速記 vibrate to 有同感

The little boy felt the ground **vibrate** and cried out that an earthquake was about to happen.
小男孩感覺地面在震動，大喊地震來了。

002 動詞 -en, -er 使
 MP3 409

快學便利貼

awaken 使覺醒；認識到；激起
broaden 使擴大；使闊；變寬
deafen 使聽不見；使聾；淹沒(聲音)
deepen 加深；加重；使強烈
fasten 使固定；扣緊；把…歸於；堅持
frighten 使驚嚇；驚恐；害怕
harden 凝固；變果斷；變冷酷；行情看漲；加強；使麻木；使變硬
heighten 升高；加強；使顯著；使顏色變深；變濃；變高
lengthen 延伸；拉長；使加長
lessen 減少；輕視；貶低；縮小
lighten 照亮；點火；啟發；減輕負擔
loosen 放鬆；鬆弛；鬆散；解開

sharpen 使銳利；使敏銳；磨練；使劇烈
shorten 縮短；減少；縮小；使鬆脆
soften 使軟化；減輕；變安穩
straighten 弄直；矯正；整理
strengthen 鞏固；使強壯；激勵；價格上漲；變強大；變堅挺
threaten 威脅；恐嚇；快要來臨
tighten 繃緊；固定；節省支出
waken 醒來；使覺醒；鼓勵
weaken 變弱；衰減；畏縮；動搖
widen 擴大；放寬；加寬
better 改良；使更好；勝過；**n.** 較好事物；**adj.** 較好的；**adv.** 更好地
lower 降低；降下；減價

單字拆解

S 同義　**A** 反義　**⑤** 單字出現頻率

awake 喚醒 **+** **en** 使 **= awaken**
S revive **⑤** TOEFL

awak**en** [əˈwekən] 使覺醒；認識到

 速記 awaken to 使意識到

The Egyptian leaders **awakened** to the importance of dealing with corruption at all levels.
埃及首領們覺悟到處理各階層貪腐問題的重要性。

broad 廣大 **+** **en** 使 **= broaden**
S widen **⑤** TOEFL

broad**en** [ˈbrɔdn̩] 使擴大

 速記 broden the horizons 打開眼界

It is my belief that experience teaches while reading and traveling **broaden** the imagination.
我相信經驗使我們學習，而閱讀與旅遊擴展我們的想像力。

deaf 聾 + **en** 使 = **deafen**　　　Ⓢmake deaf　④IELTS

deafen [ˈdɛfṇ] 使聽不見　　速記 be deafened by 因…而耳聾

Believers were almost **deafened** by loud music and firecrackers at the temple festival.
廟會的吵雜音樂及鞭炮讓信眾幾乎要耳聾了。

deep 深的 + **en** 使 = **deepen**　　　Ⓢexcavate　③GRE

deepen [ˈdipən] 加深；加重

Olga's spoke passionately to **deepen** the delegation's understanding of the people's plight.
歐加對代表團慷慨激昂地陳詞以使他們深入了解人民的困境。

fast 堅固的 + **en** 使 = **fasten**　　　⚠unfasten　④TOEFL

fasten [ˈfæsṇ] 使固定；扣緊；把…歸於；堅持　　速記 fasten one's eye on 凝視

The airline pilot spoke over the intercom to tell passengers to **fasten** their seat belts before take-off.
機長透過內部通訊系統告訴乘客起飛前要繫緊安全帶。

fright 恐怖 + **en** 使 = **frighten**　　　Ⓢscare　⑤IELTS

frighten [ˈfraɪtṇ] 使驚嚇；驚恐　　速記 frighten sth away 把某物嚇跑

The prior Catholic school principal believed it was OK to **frighten** the children to behave in class.
前任天主教學校校長相信上課中威嚇孩子守規矩是沒關係的。

hard 堅固的 + **en** 使 = **harden**　　　⚠soften　④IELTS

harden [ˈhɑrdṇ] 凝固；堅定　　速記 harden one's heart 變得冷酷無情

The boy's mother told him that he needed to wait for the jelly to cool and **harden** before he could eat it.
男孩的母親告訴他要等到果凍涼了且凝固之後才能吃。

height 高度 + **en** 使 = **heighten**　　　⚠reduce　⑤TOEIC

heighten [ˈhaɪtṇ] 升高；加強；使顯著　　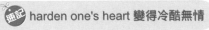 highten one's awareness 提高警覺

Two bombings in Russia only **heightened** the government's strict security policies.
在俄羅斯的兩起爆炸案反而讓政府加強嚴密的安全策略。

length 長度 + **en** 使 = **lengthen**　　　⚠shorten　④TOEFL

lengthen [ˈlɛŋθən] 延伸；拉長

I won't hold you back if you feel the need to **lengthen** the meeting time this afternoon.
如果你覺得需要延長今天下午的會議時間，我不會阻止你。

less 較少的 + **en** 使 = **lessen**　　　　　Ⓢreduce ⑤TOEIC

lessen [ˈlɛsṇ] 減少；輕視　　　速記 lessen the risk of 降低…的風險

Nancy tried to bring cash more often to purchase items to **lessen** the strain on her credit debt.
南西試著更常帶現金去購物以減緩卡債。

light 光 + **en** 使 = **lighten**　　　　　Ⓐincrease ④GEPT

lighten [ˈlaɪtṇ] 減輕負擔　　　速記 Lighten up! 放輕鬆！

The kind tour guide offered to carry Jennifer's backpack to **lighten** her load during the hike.
為減輕她健行時的負擔，親切的導遊自告奮勇地背珍妮佛的背包。

loose 鬆的 + **en** 使 = **loosen**　　　　　Ⓐtighten ③TOEIC

loosen [ˈlusṇ] 放鬆；鬆弛；鬆散　　　速記 loosen up! 放輕鬆！

As a camp manager, Mr. Lo's responsibility was to maintain discipline, and not to **loosen** it.
做為營隊管理人，羅先生的責任是維護紀律，而非使之鬆散。

sharp 銳利的；敏銳的 + **en** 使 = **sharpen**　　　Ⓢintensify ③TOEIC

sharpen [ˈʃɑrpṇ] 磨練；使劇烈　　　速記 sharpen pencils 削鉛筆

The businessman took the class to **sharpen** his communication skills in English at a great expense.
商人花費高額費用參加提升英語溝通能力的課程。

short 短的 + **en** 使 = **shorten**　　　　　Ⓐlengthen ④TOEFL

shorten [ˈʃɔrtṇ] 縮短；減少；縮小　　　速記 shorten to 縮短為…

In order to reduce the budget and labor costs, the school board voted to **shorten** the school day.
為了降低預算及勞力成本，學校董事會投票決定減少上課日。

soft 柔軟的 + **en** 使 = **soften**　　　　　Ⓐharden ⑤GRE

soften [ˈsɔfṇ] 使軟化；減輕；變安穩　　　速記 soften the blow 緩和…的影響力

The leader wanted to regain the popularity he once had, so he **softened** his tone during his speech.
領導人想要恢復昔日的人氣，因此他在演講時刻意軟化語氣。

straight 直的 + **en** 使 = **straighten**　　　Ⓢneaten ④IELTS

straighten [ˈstretṇ] 弄直；矯正；整理　　　速記 straighten out 整頓

The new financial department director was hired to **straighten** out the company's financial mess.
新任財務部門主管受雇整頓公司的財務爛帳。

字首　字根　字尾　複合字

strength 力量 + **en** 使 = **strengthen**　　　Ａweaken ❹TOEFL

strengthen ['strɛŋθən] 鞏固；使強壯；激勵

The defendant hired a new attorney with a better reputation to **strengthen** his defensive position.
被告雇請一名聲譽較佳的律師來鞏固他的辯護立場。

threat 威脅 + **en** 使 = **threaten**　　　Ｓintimidate ❹IELTS

threaten ['θrɛtn] 威脅；恐嚇；快要來臨　速記 be threatened with 受…的威脅

The company which was once prosperous was now **threatened** to dissolve through bankruptcy.
曾經興旺一時的公司目前遭受破產解散的威脅。

tight 緊的 + **en** 使 = **tighten**　　　Ａloosen ❹TOEFL

tighten ['taɪtn] 繃緊；固定；節省支出　速記 tighten your belt 省吃儉用

The wise leader understands that one should not **tighten** control to win the hearts of the people.
明智的領導人都了解加強控制無法贏得人心。

wake 醒來 + **en** 使 = **waken**　　　Ｓawake ❸IELTS

waken ['wekn] 醒來；使覺醒；鼓勵　速記 waken up 睡醒

During the dire weather, the off-duty crew was **wakened** by the emergency distress signal.
在這惡劣的天氣裡，下班的船員都被船難信號給喚醒。

weak 虛弱的 + **en** 使 = **weaken**　　　Ａstrengthen ❹TOEIC

weaken ['wikən] 變弱；衰減

When Alzheimer's sets in, it will severely **weaken** your mind's ability to remember things short-term.
一罹患阿滋罕默症，短期記憶的心智能力將會嚴重減弱。

wide 廣大的 + **en** 使 = **widen**　　　Ａnarrow ❹TOEFL

widen ['waɪdn] 擴大；放寬　速記 widen the road 拓寬馬路

The Panama Canal was **widened** several times in the past to deal with increasing ship traffic.
為應付日益增加的船運交通，巴拿馬運河在過去拓寬過幾次。

bet 打賭 + **er** 使 = **better**　　　Ａworsen ❺GEPT

better ['bɛtɚ] 改善；使更好　速記 better off 變得富有

The professor believes that **better** technology does not necessarily **better** our lives.
那名教授不認為較佳的技術一定能使我們的生活變得更好。

low 低的 + **er** 使 = **lower**　　　Ａ raise ⑤ TOEFL

lower ['loɚ] 降低；降下；減價　　　 速記 lower your voice 降低音量

When the new coffee shop opened nearby, the barista decided to **lower** prices to stay competitive.
當附近新開一間咖啡店時，那位義式咖啡師傅決定降價以保持競爭力。

003

動詞 -er, -le 反覆動作

快學便利貼

batter 連續猛打；攻擊；摧毀	**shiver** 發抖；顫抖；使破碎；發出顫聲；
chatter 喋喋不休地說；振動響；啁啾	n. 發抖；顫抖；寒顫
flicker 閃爍；顫動；飄揚；n. 閃爍	**twitter** 嘰嘰喳喳叫；興奮；顫抖
flutter 拍翅振翼；坐立不安；n. 振	**dazzle** 使眼花撩亂；使茫然
翼；飄揚；焦急；影像跳動	**sparkle** 發火花；閃耀；光彩；活力
glitter 閃爍；炫耀；n. 燦爛；發光體	**startle** 震驚；嚇一跳；n. 吃驚
quiver 顫動；抖動；n. 顫動；顫音	**twinkle** 閃爍；眨眼；n. 閃爍；眨眼；瞬間

單字拆解

Ｓ 同義　Ａ 反義　⑤ 單字出現頻率

bat 揮打 + **er** 反覆動作 = **batter**　　　Ｓ beat ❸ GEPT

batter ['bætɚ] 連續猛打；摧毀　　　速記 batter against 捶打

The woman screamed and **battered** the door down to escape from the burning house.
那名女子尖叫，並將門猛力推倒以逃離著火的房子。

chat 聊天 + **er** 反覆動作 = **chatter**　　　Ｓ gabble ❸ IELTS

chatter ['tʃætɚ] 喋喋不休地說；啁啾　　　速記 chatter away 閒聊

Lucy lost all her patience with her brother during the long car ride because of the mindless **chatter**.
露西的弟弟因為在長途車程期間瞎掰胡扯，她對他完全失去耐性。

flick 輕彈 + **er** 反覆動作 = **flicker**　　　Ｓ glimmer ❹ TOEFL

flicker ['flɪkɚ] 閃爍；顫動；飄揚　　　速記 flicker across 閃過

The candles **flickered** in my room during the power outage when I tried my best to do my homework.
停電期間，在我盡力要做作業時，蠟燭在我房裡閃爍。

flut 拍打 + **er** 反覆動作 = **flutter**　　　Ｓflap ❸TOEFL

flutter ['flʌtɚ] 拍翅振翼；坐立不安　　速記 flutter one's eyelashes at 對…眨眼

During the ceremony, the mayor released a dozen white doves that **fluttered** high into the sky.
典禮期間，市長放出十二隻白鴿，它們向天空振翅高飛。

glitz 發光；炫目 + **er** 反覆動作 = **glitter**　　　Ｓsparkle ❺IELTS

glitter ['glɪtɚ] 閃爍；炫耀　　　速記 glitter with 閃爍著…

All that glitters may not be gold, but the **glitter** they put in makeup these days can attract attention.
閃爍的東西或許不一定都是金子，但是當季彩妝中所添加的閃亮元素蠻吸睛的。

quiv 顫抖 + **er** 反覆動作 = **quiver**　　　Ｓtremble ❹IELTS

quiver ['kwɪvɚ] 顫動；抖動　　　速記 quiver with fear 怕得發抖

The drowned boy **quivered** after being revived with CPR, but he soon regained consciousness.
溺水的男孩被施予心肺復甦術之後直顫抖，但是不久之後他就恢復意識。

shiv 剃刀 + **er** 反覆動作 = **shiver**　　　Ｓtremble ❹TOEFL

shiver ['ʃɪvɚ] 發抖；顫抖；使破碎　　　速記 shiver with cold 冷得發抖

The homeless man **shivered** on the park bench, and tried to stay warm under a layer of newspapers.
無家可歸的男子在公園長凳上發抖，試圖用一層報紙取暖。

twit 嘲笑 + **er** 反覆動作 = **twitter**　　　Ｓcheep ❹IELTS

twitter ['twɪtɚ] 嘰嘰喳喳叫；興奮；顫抖　　速記 twitter away 嘰嘰喳喳地講話

Swallows usually **twitter** around my house in the late afternoon before they take off to find food.
燕子在傍晚飛去覓食前經常在我家附近嘰嘰喳喳地叫。

daze 使迷亂 + **le** 反覆動作 = **dazzle**　　　Ｓflash ❸IELTS

dazzle ['dæzl] 使眼花撩亂；使茫然　　　速記 be dazzled by 因…而眼花

The new power forward **dazzled** the audience with his ball handling ability and his shooting touch.
新加入的大前鋒以控球能力及投籃技巧讓觀眾眼花撩亂。

spark 火花 + **le** 反覆動作 = **sparkle**　　　Ｓtwinkle ❹IELTS

sparkle ['spɑrkl] 發火花；閃耀　　　速記 sparkle with 閃爍著…

The clerk's eyes **sparkled** with joy when she was informed that she would get a raise.
那名職員得知加薪時，眼睛愉悅地閃耀著。

start 突然出現 + **le** 反覆動作 = **startle**　　　⑤shock ④TOEIC

startle ['stɑrtl̩] 震驚;嚇一跳　　　通記 be startled by 被⋯嚇到

I was **startled** by the sound of approaching footsteps in the darkness of the forest.
我被黑暗森林裡逼近的腳步聲嚇到。

twink + **le** 反覆動作 = **twinkle**　　　⑤glitter ⑤GEPT

twinkle ['twɪŋkl̩] 閃爍;眨眼　　　通記 twinkle with 閃爍著⋯

The stars in the sky seem to **twinkle** because of the gases and clouds in the atmosphere.
由於大氣層的氣體與雲層,天空中的星星看起來好像在閃爍。

004

動詞 -fy, -ify 使成⋯化

快學便利貼

amplify 擴大;引伸;詳述;誇張
beautify 美化;修飾;裝飾;變美
classify 把⋯分類;列為密件;分等級
diversify 使多樣化;把資金分散投資
fortify 建防禦工事;加強;增加酒精量;支持;證實;構築堡壘
horrify 使毛骨悚然;使厭惡;使恐懼
identify 把⋯看做一致;鑒定為一致;確定分類學位置;辨別;使參與
intensify 加強;使加劇;變激烈
justify 證明合法;為⋯辯護;整版
magnify 擴大;放大;讚美;誇張
minify 使減少;縮小;貶低

modify 修改;修飾;緩和;調節;限制
notify 宣告;通知;報告;公佈;報告
purify 使純淨;淨化;清除;滌罪;提煉
qualify 使具有資格;證明合格;准予;宣誓就職;限制;把⋯當做;描述
salify 使含有鹽分;鹽化;使與鹽結合
satisfy 令人滿意;使滿足;符合;賠償;履行;使確信;消除疑慮
signify 象徵;有重要性;裝模作樣
simplify 簡化;使單純;使平易
specify 指定;詳細說明;逐一登記;分類
terrify 威脅;使恐怖;使害怕

單字拆解　　　⑤同義 Ⓐ反義 ⑤單字出現頻率

amply 廣闊地 + **fy** 使 = **amplify**　　　⑤enlarge ④TOEFL

amplify ['æmplə͵faɪ] 擴大;引申;詳述　　　通記 amplify on 詳述

The crowd in the auditorium was so large that more power was needed to **amplify** the volume of the speakers.

由於禮堂人數眾多，我們需要更多電力來放大擴音器的音量。

beauty 美麗 **+** **fy** 使 **= beautify** Ⓢembellish ❸GRE

beautify [ˈbjutəˌfaɪ] 美化；裝飾；變得美

Several residents in the community attempted to **beautify** their yards with tropical vegetation.
幾位社區住戶想要以熱帶植栽美化他們的庭園。

class 類別 **+** **ify** 使 **= classify** Ⓢcategorize ❺TOEIC

classify [ˈklæsəˌfaɪ] 把⋯分類；列為密件 速記 classify as 分為⋯類

The exams were given to rank and **classify** the students to determine which job they would have.
測試的舉行是要將學生分類以決定他們日後的職業。

diverse 不同的 **+** **ify** 使 **= diversify** Ⓢvary ❹TOEFL

diversify [daɪˈvɜsəˌfaɪ] 使多樣化 速記 diversify into 分散成⋯

To avoid the risks of an uncertain market, it is of great importance to **diversify** your investments.
為規避不穩定市場之風險，分散投資是非常重要的。

fort 要塞；堡壘 **+** **ify** 使 **= fortify** Ⓢstrengthen ❸GRE

fortify [ˈfɔrtəˌfaɪ] 建防禦工事；加強 速記 fortify oneself 變得強壯

During the Warring States Period of Chinese history, many towns were **fortified** with high walls.
在中國歷史的戰國時代，許多城鎮以高牆做為防禦工事。

horror 恐怖；嫌惡 **+** **ify** 使 **= horrify** Ⓢterrify ❹IELTS

horrify [ˈhɔrəˌfaɪ] 使毛骨悚然；使厭惡 速記 be horrified by 被⋯嚇到

The tenant was **horrified** to hear the news that the room he rented had once been a crime scene.
聽到他承租的房間曾經是刑案現場，房客感到毛骨悚然。

identi 身分；一致 **+** **fy** 使 **= identify** Ⓢrecognize ❺TOEIC

identify [aɪˈdɛntəˌfaɪ] 把⋯看做一致；辨別 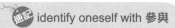 速記 identify oneself with 參與

The police investigator **identified** the criminal by matching fingerprints found at the crime scene.
警方調查員藉由比對在刑案現場發現的指紋確認罪犯身分。

intense 激烈的 **+** **ify** 使 **= intensify** Ⓢreinforce ❺TOEFL

intensify [ɪnˈtɛnsəˌfaɪ] 加強；使加劇；變激烈

The company decided to **intensify** measures to increase the productivity of its workers.

公司決定加強提升員工生產力的措施。

justice 正義；公平 + **ify** 使 = justify　　　　⑤legitimate ⑤TOEFL

justify [ˈdʒʌstəˌfaɪ] 證明合法；為…辯護　　速記 justify oneself 替自己辯護

The suspect tried to **justify** taking the money by telling the judge he was helping people with it.
嫌犯向法官辯稱，拿取該筆款項是為了幫助他人。

magni 大的 + **fy** 使 = magnify　　　　　⑤exaggerate ④TOEFL

magnify [ˈmægnəˌfaɪ] 擴大；放大；讚美　　速記 magnifying glass 放大鏡

The terror bombing only **magnified** the discontent of the people in the poor country.
恐怖轟炸只會擴大貧窮國家人民的不滿。

min 小的 + **ify** 使 = minify　　　　　　Ⓐmagnify ③IELTS

minify [ˈmɪnɪˌfaɪ] 使減少；縮小；貶低

The scientists wanted to **minify** a video camera so it could capture footage for security purposes.
為了安全目的，科學家想要縮小錄影機以拍攝連續畫面。

mode 形式 + **ify** 使 = modify　　　　　　⑤adapt ⑤TOEIC

modify [ˈmɑdəˌfaɪ] 修改；緩和　　速記 be modified to 做調整以配合…

The mayor wanted to **modify** several terms of the contract before agreeing to sign it.
市長想要在同意簽約之前修改幾則合約條款。

note 注意 + **ify** 使 = notify　　　　　　⑤inform ④TOEFL

notify [ˈnotəˌfaɪ] 通知　　速記 notify sb of sth 通知某人某事

The landlord posted a notice on the wall to **notify** the tenants that the building would be torn down.
房東在牆上貼一則公告，通知房客建築物將被拆除。

pure 純的 + **ify** 使 = purify　　　　　　⑤clarify ④GRE

purify [ˈpjʊrəˌfaɪ] 淨化；清除；滌罪　　速記 purify of something 淨化

A gang of drug dealers **purified** their illegal drugs in a deserted hut in the mountains.
一票毒販在山區廢棄屋裡煉製非法毒品。

quality 特質 + **ify** 使 = qualify　　　　Ⓐdisqualify ⑤TOEIC

qualify [ˈkwɑləˌfaɪ] 使具有資格；准予　　速記 qualify for 具…資格

The assistant manager was intent on studying to **qualify** himself for the position of manager.
副理潛心學習以使自己具有取得經理職務的資格。

salt 鹽巴 + **ify** 使 = salify **3** GRE

salify ['sælə,faɪ] 使含有鹽分；鹽化；使與鹽結合

Paul poured sea salt into the fish tank to **salify** the water for his new tropical fish.
為了飼養熱帶魚，保羅將海鹽倒入魚缸使水鹽化。

satis 滿意 + **fy** 使 = satisfy **S** fulfill **5** TOEFL

satisfy ['sætɪs,faɪ] 使滿足；賠償 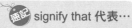 satisfy one's curiosity 滿足好奇心

After years of hard work, the man achieved his goal to **satisfy** all of his debts.
經過幾年努力工作後，男子達成清償所有債務的目標。

sign 象徵 + **ify** 使 = signify **S** symbolize **4** TOEFL

signify ['sɪgnə,faɪ] 象徵；有重要性 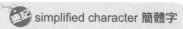 signify that 代表…

The candidate believed that his win in the election **signified** the people were ready for change.
候選人相信他的勝選象徵著人心思變。

simple 簡單的 + **ify** 使 = simplify **A** complicate **3** TOEFL

simplify ['sɪmplə,faɪ] 簡化；使單純  simplified character 簡體字

The director believed that the company should **simplify** procedures in the performance test.
廠長認為公司應該簡化性能測試程序。

spec 特別 + **ify** 使 = specify **S** list **5** TOEFL

specify ['spɛsə,faɪ] 指定；詳細說明 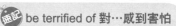 specify how 詳細說明如何…

The secretary worked to **specify** to whom the party invitations should be sent.
秘書詳列派對邀請函的寄送名單。

terror 恐怖 + **ify** 使 = terrify **S** horrify **4** IELTS

terrify ['tɛrə,faɪ] 威脅；使恐怖 be terrified of 對…感到害怕

The boss **terrified** his employees into reaching the business goal by threatening to fire them.
老闆藉由恐嚇解雇員工來威嚇他們達到業務目標。

005 動詞 -ish 做…動作 MP3 412

快學便利貼

blush 害羞；臉紅；**n.** 紅臉；紅色	**flourish** 茂盛；活躍；**n.** 繁榮；華麗的辭藻
cherish 珍惜；撫育；懷有；愛護	**furnish** 佈置；供應；裝修；配置；提供

單字拆解

S 同義　**A** 反義　**⑤** 單字出現頻率

blu 害羞 ＋ **sh** 動作 ＝ **blush**　　　**S** redden　**⑤** IELTS

blush [blʌʃ] 害羞；臉紅　　　　　　**筆記** make someone blush 讓某人臉紅

The policewoman **blushed** when the handsome guy conveyed his grateful feelings and best wishes.
年輕小夥子對女警傳達感激之情與問候之意時，她臉紅了。

cher 珍惜 ＋ **ish** 動作 ＝ **cherish**　　　**S** treasure　**⑤** GEPT

cherish [ˈtʃɛrɪʃ] 珍惜；撫育；懷有　　**筆記** cherish a hope 懷抱希望

The volunteer **cherished** the precious opportunity to contribute to victims in the disaster area.
志工珍惜為災區受害者貢獻的寶貴機會。

flour 茂盛 ＋ **ish** 動作 ＝ **flourish**　　　**S** thrive　**⑤** TOEFL

flourish [ˈflɜrɪʃ] 茂盛；活躍　　　**筆記** flourish at 對…揮舞

Diligent and considerate, the vendor's business has been **flourishing** in the past ten years.
由於勤奮又善解人意，攤販的生意在過去十年蒸蒸日上。

furniture 家具 ＋ **ish** 動作 ＝ **furnish**　　　**S** equip　**⑤** TOEIC

furnish [ˈfɜnɪʃ] 佈置；供應；裝修　**筆記** fully furnished house 家具完備的房子

I would like to rent an apartment **furnished** with kitchen utensils together with air conditioner.
我想要租一間備有廚房用品及冷氣的公寓。

006 動詞 -ize 使…化

MP3 413

analyze 分析；解析；進行心理分析
apologize 辯護；道歉；辯解；賠罪
authorize 授權；委託；批准；認可
characterize 以…為特徵；描繪特性
civilize 使文明；啟發；教育；使開化
computerize 電腦化；用電腦處理
criticize 批評；苛求；評價；非難
emphasize 強調；著重；使顯得突出
fertilize 使肥沃；使豐饒；使受孕
generalize 概括；歸納；推廣；普及
hospitalize 把…送入醫院治療
industrialize 工業化；實現工業化
memorize 記憶；記錄；記住；背熟
minimize 使減到最少；輕視；最小化
mobilize 發動；使流通；使不動產變成動產；動員；調動；使鬆動
modernize 使現代化；現代化

organize 組織；創立；發起
paralyze 使麻痺；使癱瘓；使全面停頓；使氣餒；使無力；使不能活動
publicize 發表；宣傳；公佈；廣告
realize 實現；瞭解；產生；賺到；變賣
socialize 使社會化；使學習組織化；參加社交活動；交往；交際
specialize 使特殊化；專門從事；列舉
stabilize 使穩定；使固定
summarize 概括；做…的摘要
symbolize 象徵；標誌
sympathize 同情；同感；一致；安慰
utilize 利用；使用；運用；應用
visualize 顯現；想像；具體化
victimize 使犧牲；迫害；欺騙；使痛苦；使受害；使受苦

單字拆解

Ⓢ同義　Ⓐ反義　Ⓕ單字出現頻率

analyst 分析家 + **ize** 使…化 = analyze　　　Ⓢassay ⒻGRE

analyze [ˈænḷˌaɪz] 分析；解析　 factor analyze 因素分析

The pharmacist was **analyzing** the ingredients of the sovereign remedy in the laboratory.
藥師正在實驗室裡分析特效藥的成分。

apology 道歉 + **ize** 使…化 = apologize　　　④GEPT

apologize [əˈpɑləˌdʒaɪz] 辯護　 apologize to sb 向某人致歉

The manager advised the clerk to **apologize** to the customer for her rude attitude.
經理規勸店員要為自己的魯莽態度向客人道歉。

author 作者 + **ize** 使…化 = authorize　　　Ⓢempower ⒻTOEIC

authorize [ˈɔθəˌraɪz] 授權；委託　 authorize sb to do sth 授予某人做某事

According to the contract, the company will be **authorized** to act for the client's purchasing agent.
根據合約，公司將獲得客戶的代理採購權。

character 特徵 + **ize** 使…化 = **characterize** ⑤portray ④TOEFL

characterize ['kærəktə,raɪz] 以…為特徵 速記 characterize as 被認為是…

The movie is **characterized** by visual effects of 3-D animation and advanced cinematic technique.
這部電影以3D動畫視覺效果及先進的電影技術為其特色。

civil 文明的 + **ize** 使…化 = **civilize** ⑤educate ④GEPT

civilize ['sɪvə,laɪz] 使文明；教育 速記 civilized society 文明社會

Historically speaking, the Romans **civilized** a number of the tribes of northern Europe.
就歷史觀點而言，羅馬人將文明帶入許多北歐部落。

computer 電腦 + **ize** 使…化 = **computerize** ⑤cybernate ③GRE

computerize [kəm'pjutə,raɪz] 電腦化

In Taiwan, **Computerized** Public Welfare Lottery has made more than one hundred people wealthy.
在台灣，電腦公益彩券已讓一百多人致富。

critic 評論家 + **ize** 使…化 = **criticize** ⑤judge ⑤IELTS

criticize ['krɪtɪ,saɪz] 批評 速記 criticize sb of doing sth 因某事而批評某人

The boss is **criticized** that he doesn't convince others by sound arguments but his own concepts.
有人批評老闆不以合理論點，而以主觀概念說服他人。

emphasis 強調 + **ize** 使…化 = **emphasize** ⑤punctuate ④TOEFL

emphasize ['ɛmfə,saɪz] 強調

We can't **emphasize** the importance to protect the earth from being more polluted too much.
我們再怎麼強調保護地球免於進一步汙染的重要性也不為過。

fertile 肥沃的 + **ize** 使…化 = **fertilize** ④TOEFL

fertilize ['fɝtḷ,aɪz] 使肥沃；使豐饒；使受孕

More and more farmers use organic materials to **fertilize** soil instead of chemicals.
愈來愈多的農夫使用有機肥料，而不用農藥施肥。

general 一般的 + **ize** 使…化 = **generalize** △specialize ③TOEFL

generalize ['dʒɛnərəl,aɪz] 歸納；推廣 速記 generalize from 由…廣泛推論

The criminal investigator **generalized** a conclusion from a collection of clues on the scene.
刑案調查員從現場採集的線索歸納出一個結論。

hospital 醫院 + **ize** 使…化 = **hospitalize**

hospitalize ['hɑspɪtḷ,aɪz] 把…送入醫院治療

The rescue team **hospitalized** the mountain climber with a traumatic shock by helicopter.
救援隊用直升機將因外傷休克的登山客送醫急救。

industrial 工業的 + **ize** 使…化 = industrialize

industrialize [ɪn'dʌstrɪəl,aɪz] 工業化

The international summit will be held in one of the **industrialized** countries in Asia.
國際高峰會將於亞洲的一個工業國舉行。

memory 記憶 + **ize** 使…化 = memorize

Ⓢ remember ❺ IELTS

memorize ['mɛmə,raɪz] 記憶；存儲；記住；背熟

The supervisor asked all the representatives to **memorize** client background well.
主管要求所有的業務代表牢記客戶背景。

minim 一點點 + **ize** 使…化 = minimize

Ⓐ maximize ❹ GRE

minimize ['mɪnə,maɪz] 使減到最少；最小化；輕視

The committee has made a deliberate decision to **minimize** losses caused by wrong investment.
委員會已做出審慎決定，將錯誤投資所造成的損失減至最低。

mobile 流動的 + **ize** 使…化 = mobilize

Ⓐ demobilize ❹ TOEFL

mobilize ['mobḷ,aɪz] 發動；使流通；動員；使鬆動

The union leader **mobilized** the mass to surround the government office and protest the budget cuts.
工會領袖發動群眾包圍政府辦公室以抗議預算刪減。

modern 現代的 + **ize** 使…化 = modernize

Ⓢ update ❹ TOEIC

modernize ['mɑdən,aɪz] 使現代化；現代化

The CEO decided to **modernize** the factory by installing the imported high-tech equipment.
執行長決定裝設進口的高科技設備使工廠現代化。

organ 機構 + **ize** 使…化 = organize

Ⓢ arrange ❺ GEPT

organize ['ɔrgə,naɪz] 組織；發起

 organize oneself 組織起來

The government doesn't permit the teachers of compulsive education to **organize** themselves into a union.
政府禁止義務教育的教師組織工會。

paral 癱瘓 + **ize** 使…化 = paralyze

paralyze ['pærə,laɪz] 使癱瘓

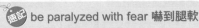 速記 be paralyzed with fear 嚇到腿軟

A nationwide demonstration will **paralyze** the energy-intensive industry.
全國示威活動將使能源密集產業全面停頓。

public 公開的 + **ize** 使…化 = **publicize**　Ⓢpropagate ❹TOEIC

publicize ['pʌblɪ,saɪz] 發表；宣傳

速記 widely publicized 廣為宣傳

The museum **publicized** their abundant collections through multilingual audio tour.
博物館藉由多語言語音導覽宣傳其豐富的館藏。

real 實際的 + **ize** 使…化 = **realize**　Ⓢunderstand ❺GEPT

realize ['rɪə,laɪz] 實現；瞭解

速記 realize on 變賣

A team leader should **realize** the importance of setting a good example to teammates.
隊長應該了解為隊員樹立良好榜樣的重要性。

social 社會的 + **ize** 使…化 = **socialize**　❹TOEIC

socialize ['soʃə,laɪz] 社會化；參加社交活動

速記 socialize with 與…社交

To expand business, the sales department manager has to **socialize** with the clients very frequently.
為擴展業務，業務部門經理必須經常與客戶互動。

special 特別的 + **ize** 使…化 = **specialize**　Ⓐgeneralize ❹TOEFL

specialize ['spɛʃəl,aɪz] 使特殊化；專門從事

速記 specialize in 專攻

The auditor examined the account and **specialized** each item.
查帳員檢查帳務並且逐項列舉。

stable 穩定的 + **ize** 使…化 = **stabilize**　Ⓢsteady ❹GRE

stabilize ['stebḷ,aɪz] 使穩定；使固定

The Central Bank has been **stabilizing** the currency for fear of fluctuations.
中央銀行持續穩定貨幣以避免波動。

summary 摘要 + **ize** 使…化 = **summarize**　Ⓢsum up ❹TOEFL

summarize ['sʌmə,raɪz] 做…的摘要；概括

The chairperson **summarized** the guidelines of the new promotion strategy in several sentences.
主席簡短幾句摘要說明新促銷策略的指導原則。

symbol 象徵 + **ize** 使…化 = **symbolize**　Ⓢrepresent ❹GRE

symbolize ['sɪmbḷ,aɪz] 象徵；標誌

It's believed that dove **symbolizes** peace, while eagle symbolizes pride.
一般來說，鴿子象徵和平，而老鷹象徵驕傲。

字首
字根
字尾
複合字

sympathy 同情 + **ize** 使…化 = **sympathize** 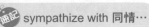 **S**pity **4**GEPT

sympathize [ˈsɪmpəˌθaɪz] 同情 　速記 sympathize with 同情…

The monk **sympathized** with victim's mother in her grief in the funeral.
僧侶在喪禮中安慰悲傷的罹難者母親。

utile 有用的 + **ize** 使…化 = **utilize** **S**use **4**GRE

utilize [ˈjutḷˌaɪz] 利用 　速記 to utilize for 運用於…

The technician devoted himself to developing more efficient ways of **utilizing** recycled batteries.
技術人員致力於開發更有效利用回收電池的方法。

visual 視覺的 + **ize** 使…化 = **visualize** 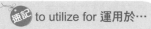 **S**imagine **4**GEPT

visualize [ˈvɪʒʊəˌlaɪz] 想像 　速記 visualize sb doing sth 想像某人做某事

The victim stated that she remembered meeting the suspect somewhere, but she couldn't **visualize** him.
被害人宣稱她記得在某處見過嫌犯，但無法具體描述那個人。

victim 受害者 + **ize** 使…化 = **victimize** **3**IELTS

victimize [ˈvɪktḷˌmaɪz] 使犧牲；迫害；欺騙

The victim made a complaint against the gangster, who had **victimized** him cruelly several times.
被害人控訴多次殘忍加害於他的那名不良分子。

001
副詞 ence

 MP3 414

快學便利貼

hense 因此；今後；從這時起；由此

S同義　**A**反義　**5**單字出現頻率

h 因此 + **ence** 副詞 = **hence** **S**therefore **5**GEPT

hence [hɛns] 因此；今後 　速記 three days hence 大後天

Coming into conflict with Kelly so often; **hense**, Amanda never gets well along with her.
因為時常和凱莉發生衝突，艾曼達未曾與她和睦相處。

002

副詞 -ly 表示情狀

快學便利貼

accordingly 因此；所以；相應地	**largely** 大量地；主要地；廣泛地
badly 惡劣地；不正確地；有害地	**lately** 最近；不久前；近來
barely 幾乎沒有；赤裸裸地；公然地	**mostly** 大部分；通常；主要地
especially 特別；尤其；格外	**partly** 部分地；多少；不完全地
fairly 公正地；簡直；相當；完全	**roughly** 粗糙地；粗暴地；粗俗地；粗略地
highly 高度地；非常；稱讚地；高價地	**simply** 簡單地；坦白地；天真地；僅僅

 單字拆解　　　　　 **S**同義　**A**反義　**5**單字出現頻率

according 依照 + **ly** 情狀 = **accordingly**　　**S**therefore　**4**TOEIC

accordingly [ə'kɔrdɪŋlɪ] 因此

> 速記 accordingly to 遵照…

David didn't take a nap in the afternoon, and **accordingly**, he felt sleepy when doing homework in the evening.
大衛下午沒有休息，因此晚上做作業時很想睡覺。

bad 壞的 + **ly** 情狀 = **badly**　　　　　　　　　　**A**well　**4**GEPT

badly ['bædlɪ] 惡劣地；嚴重地

> 速記 in badly need of 迫切需要

The motorcyclist was **badly** wounded in the traffic accident of bumping into a speeding car.
機車騎士在撞擊超速車輛的交通事故中受重傷。

bare 赤裸裸的 + **ly** 情狀 = **barely**　　　　　　　**S**hardly　**4**TOEFL

barely ['bɛrlɪ] 幾乎沒有；公然地；勉強；剛好

The child was lost in the forest for several days and was found **barely** alive.
小孩在森林中失蹤幾天後，被發現時已奄奄一息。

especial 特別的 + **ly** 情狀 = **especially**　　　**S**particularly　**4**GEPT

especially [ə'spɛʃəlɪ] 特別；尤其

> 速記 especially for 特別為了

During the outbreak of H1N1, the school was **especially** careful to make sick children stay home.
H1N1爆發期間，學校單位特別小心讓生病的孩童待在家裡。

fair 公平的 + **ly** 情狀 = **fairly**

字首
字根
字尾
複合字

fairly ['fɛrlɪ] 公正地；相當

S impartially **5** IELTS

速記 fairly well 非常好

The founding principle of the company is to make decisions **fairly** by a committee vote.
公司的創立原則就是要透過委員會投票，做出公正的決策。

high 高的 + **ly** 情狀 = highly

S very **4** IELTS

highly ['haɪlɪ] 高度地；非常

速記 highly successful 非常成功

Everyone should make endeavor all the time in the **highly** competitive society.
在高度競爭的社會中，每個人都應當時時努力。

large 大的；廣泛的 + **ly** 情狀 = largely

S mainly **4** TOEFL

largely ['lardʒlɪ] 大量地；主要地

速記 give largely 慷慨給予

The large telescope at the university is **largely** used for scientific research of comets.
大學裡的大型望遠鏡主要用於彗星的科學研究。

late 遲；晚期的 + **ly** 情狀 = lately

S recently **4** GEPT

lately ['letlɪ] 最近

速記 What have you been lately? 你最近好嗎？

With his parents' advice, the student hasn't abandoned himself to Internet café **lately**.
由於父母的勸告，那名學生最近已不再沉溺於網咖了。

most 大部分的 + **ly** 情狀 = mostly

S mainly **4** GEPT

mostly ['mostlɪ] 大部分；通常

速記 mostly cloudy 多雲

The man makes his income **mostly** through royalties generated from sales of his novel.
男子的主要收入為小說的版稅。

part 部分 + **ly** 情狀 = partly

A wholly **4** GEPT

partly ['partlɪ] 部分地；多少

速記 partly because 部分原因為…

The two countries severed diplomatic relations **partly** due to a disagreement over trade tariffs.
兩國斷交的部分原因為雙方對貿易關稅的分歧。

rough 粗糙的 + **ly** 情狀 = roughly

S about **4** GEPT

roughly ['rʌflɪ] 粗糙地；粗略地

速記 roughly speaking 粗略地說

Roughly speaking, the workshop is to train employees how to react to customer complaints.
粗略地說，這場研習是要訓練員工如何應對顧客抱怨。

simple 簡單的 + **ly** 情狀 = simply

S just **4** TOEIC

simply ['sɪmplɪ] 簡單地；的確

速記 to put it simply 簡言之

Being retired, the old civil servant wants to **simply** live with his family in easy circumstances. 退休後，年老的公務員只想和家人安適地住在一起。

副詞 -S

快學便利貼

indoors 在屋裡；往室內
nowadays 現今；時下；現代
besides 更；還有；而且；另外
outdoors 在戶外；在野外；往戶外

overseas 來自海外的；往海外的
sometimes 有時；間或
upstairs 在樓上；往樓上

單字拆解

S 同義　**A** 反義　**5** 單字出現頻率

indoor 室內 + **S** 副詞 = **indoors**　　**A** outdoors **4** IELTS

indoors ['ɪn'dorz] 在屋裡　 stay indoors 待在室內

Most elders stay **indoors** in the senior home in bad weather for fear of getting sick.
天氣不佳時，大部分老人都待在安養院內，以免生病。

nowaday 現今 + **S** 副詞 = **nowadays**　　**S** now **4** TOEIC

nowadays ['nauə,dez] 現今　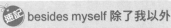 kids nowadays 現在的小孩

Nowadays, all of the freshmen have accustomed themselves to the campus environment. 現在，所有新生都已適應校園環境。

beside 除此之外 + **S** 副詞 = **besides**　　**S** moreover **5** GEPT

besides [bɪ'saɪdz] 更；另外　 besides myself 除了我以外

The captain is fully aware of criminal theories; and **besides**, he has thorough knowledge for abnormal psychology.
警長對犯罪理論有充分的了解，此外，他對變態心理學也有完備的知識。

outdoor 戶外的 + **S** 副詞 = **outdoors**　　**A** indoors **4** GEPT

outdoors ['aut'dorz] 在戶外　 work outdoors 在戶外工作

An army of fire ants made an attack on the livestock **outdoors** last night.
昨夜有一群紅火蟻攻擊戶外的家禽。

oversea 海外的 + **S** 副詞 = **overseas**　　**S** abroad **4** TOEFL

overseas ['ovə'siz] 海外地；外國地　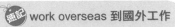 work overseas 到國外工作

The excellent student seems to be ambitious of going **overseas** for further study.
優秀學生有志出國深造。

| **sometime** 某時 + **s** 副詞 = **sometimes** | Ⓢoccasionally ❺GEPT |

sometimes [ˈsʌmˌtaɪmz] 有時;間或

Joe **sometimes** falls asleep in morning classes because he is sleepless at night to bed late.
由於晚上睡不著覺,喬有時會在上午課時睡著。

| **upstair** 樓上 + **s** 副詞 = **upstairs** | Ⓐdownstairs ❹GEPT |

upstairs [ˈʌpˈstɛrz] 在樓上;往樓上　🏷速記 kick sb upstairs 明升暗降

After fierce fighting, the criminal was caught alive **upstairs** in an inn by the police.
激烈打鬥之後,罪犯在旅館樓上被警方活捉。

---

004 副詞 -ward, -wards 方向

快學便利貼

afterwards 然後;以後;之後	outwards 向外;在外部;表面上
backwards 向後;在後方;倒	upwards 在上面;向內地;上漲;從…
inwards 向內;向內心;向中心	起以後;以上;朝頭部

🧩 單字拆解　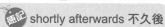 Ⓢ同義　Ⓐ反義　❺單字出現頻率

| **after** 之後 + **wards** 方向 = **afterwards** | Ⓢafterward ❹TOEFL |

afterwards [ˈæftəwədz] 然後;以後　🏷速記 shortly afterwards 不久後

After stirring for a while, sugar dissolved in liquid **afterwards**.
攪拌一會兒後,糖溶解於液體中。

| **back** 後面 + **wards** 方向 = **backwards** | Ⓐforwards ❺TOEFL |

backwards [ˈbækwədz] 向後　🏷速記 know sth backwards 對某人瞭若指掌

The slow student always exerts all his powers for fear to go **backwards** in schoolwork.
唯恐學校課業落後,學習遲緩的學生總是費盡所有心力。

| **in** 內部 + **wards** 方向 = **inwards** | Ⓐoutwards ❹GRE |

inwards [ˈɪnwədz] 向內;向內心　🏷速記 carriage inwards 進貨運費

There is an exhaust pipe assembled **inwards** on the left side of the machine.
有一條排風管安裝在機器左側內部。

out 外部 + **wards** 方向 = **outwards**　　Ⓐ inwards　❹ TOEFL

outwards [ˈaʊtwɚdz] 向外；表面上　　速記 facing outwards 朝外

The ambitious enterpriser is planning to expand his business **outwards** all the time.
雄心勃勃的企業家一直計畫將事業向外擴展。

up 上面 + **wards** 方向 = **upwards**　　Ⓐ downwards　❺ TOEIC

upwards [ˈʌpwɚdz] 在上面；上漲　　速記 upwards of 超過

An editorial said that prices would tend **upwards** in the near future.
一篇社論提到物價近期內將上漲。

005

副詞 -way, -ways, -wise
方式

快學便利貼

sideways 橫向地；斜著；從旁邊	**likewise** 同樣地；也；而且；照樣地；
clockwise 順時針方向轉動的	類似地；亦；又；還

單字拆解

Ⓢ 同義　Ⓐ 反義　❺ 單字出現頻率

side 旁邊 + **ways** 方式 = **sideways**　　Ⓢ sideward　❹ GEPT

sideways [ˈsaɪdˌwez] 橫向地　　速記 knock sb sideways 使某人驚嚇地不知所措

A number of calling crabs moved **sideways** among rocks on the sands.
許多招潮蟹在沙灘上的岩石間橫著走。

clock 時鐘 + **wise** 方式 = **clockwise**　　Ⓐ counterclockwise　❸ IELTS

clockwise [ˈklɑkˌwaɪz] 順時針地　　速記 clockwise rotation 順時針方向轉動

The astronomical telescope in the observatory moves **clockwise** at regular intervals.
天文台裡的天文望遠鏡每隔一段時間就以順時針方向轉動。

like 像 + **wise** 方式 = **likewise**　　Ⓢ similarly　❹ IELTS

likewise [ˈlaɪkˌwaɪz] 同樣地；也；而且　　速記 do sth likewise 照著做

Aside from financial problems, the woman faced domestic violence from her husband **likewise**.
除了經濟問題，那女人還遭到丈夫的家暴。

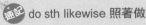

Key Points Review

這些饒富深意的複合字，

其實是由兩個獨立的單字字義所組合，

進而產生另一具有意義的新詞。

看似驚人的英文重組字，

其實是最省時的單字記憶法。

n.名詞　v.動詞　adj.形容詞　adv.副詞　prep.介系詞　conj.連接詞

快學便利貼

absent-minded adj. 心不在焉的	**anyway adv.** 無論如何
air-conditioner n. 空調；冷氣機	**anybody pron.** 任何人
aircraft n. 航空器；飛機	**anyone pron.** 任何人
airline n. 空中航線；定期航空公司	**anyhow adv.** 無論如何
airmail n. 航空信件；**adj.** 航空郵件的	**anything pron.** 任何事物
airplane n. 飛機	**anytime adv.** 任何時候
airport n. 機場	**anywhere adv.** 無論何處；任何地方
airtight adj. 不透氣的；嚴密的	**armchair n.** 扶手椅；**adj.** 不實際的
airway n. 航空公司；空中航線	**ATM n.** 自動櫃員機

 單字拆解　　Ｓ同義　Ａ反義　❺單字出現頻率

absent 缺席 ＋ **mind** 心 ＋ **ed** 的 ＝ absent-minded

Ａ concentrated　❹ GEPT

absent-minded [ˈæbsn̩tˈmaɪndɪd] 心不在焉的

The mother was furious because her son was **absent-minded** when doing homework. 母親很生氣，因為她兒子寫功課時心不在焉。

air 空氣 ＋ **conditioner** 調節器 ＝ air-conditioner

Ａ heater　❸ GEPT

air-conditioner [ˈɛrkənˈdɪʃənɚ] 空調

You are allowed to turn on the **air-conditioner** only when the indoor temperature rises over 30.
室內溫度超過三十度時你才能開冷氣。

air 天空 ＋ **craft** 飛機 ＝ aircraft

Ｓ plane　❸ IELTS

aircraft [ˈɛrˌkræft] 飛機

筆記 bomber aircraft 轟炸機

Senior supervisors usually travel around on business by the company's **aircraft**.
高級主管通常搭乘公司飛機往返商務旅行。

air 空中 ＋ **line** 線路 ＝ airline

Ｓ airway　❸ GEPT

airline [ˈɛrˌlaɪn] 航線

筆記 budget airline 廉價航空

If you give my boss an **airline** choice, I think he will opt for a budget **airline**.
如果你讓我老闆選擇的話，我想他會選廉價航空公司。

air 空中 + **mail** 郵件 = airmail | Ⓢpar avion ④IELTS

airmail [ˈɛrˌmel] 航空信件 | 速記 也可以用airmail letter

The assistant sent the product catalog and some samples to the foreign client via **airmail**. 助理用航空郵件把公司產品型錄和樣品寄給國外客戶。

air 天空 + **plane** 飛機 = airplane | Ⓢaeroplane ④GEPT

airplane [ˈɛrˌplen] 飛機 | 速記 airplane mode 手機飛航模式

It takes about two and a half hours to travel from Hong Kong to Shanghai by **airplane**. 從香港搭飛機到上海大概要兩個半小時。

air 天空 + **port** 港口 = airport | Ⓢairfield ④TOEFL

airport [ˈɛrˌport] 機場 | 速記 at the airport 在機場

Lucy picked up the visiting professor at the **airport** and drove him directly to the school. 露西到機場接客座教授，並直接送他到學校。

air 空氣 + **tight** 緊的 = airtight | Ⓢsealed ③GEPT

airtight [ˈɛrˌtaɪt] 不透氣的 | 速記 airtight containers 密封保鮮盒

It's never good for your health to work in an **airtight** place for long hours.
長期在密不透風的場所工作絕對有害健康。

air 空中 + **way** 道路 = airway | Ⓢairline ③IELTS

airway [ˈɛrˌwe] 航空公司 | 速記 British Airways 英國航空

Singapore Airlines is thought of as one of the best **airways** in the world.
新加坡航空是全世界公認最佳的航空公司之一。

any 任何 + **way** 方法 = anyway | Ⓢanyhow ④GEPT

anyway [ˈɛnɪˌwe] 無論如何 | 速記 anyway just now 至少現在…

The typhoon is predicted to hit the island, but we will take a trip there on schedule **anyway**. 颱風即將侵台，但無論如何我們還是會照常啟程。

any 任何 + **body** 身體 = anybody | Ⓢanyone ⑤GEPT

anybody [ˈɛnɪˌbɑdɪ] 任何人 | 速記 Anybody home? 有人在家嗎？

I'm sure you can ask **anybody** here in the office for help with your request.
我相信你可以針對你的需求詢問辦公室裡任何人的協助。

any 任何 + **one** 人 = anyone | Ⓢanybody ⑤TOEFL

anyone [ˈɛnɪˌwʌn] 任何人 | 速記 anyone else 其他人

It is always a good policy not to be envious of **anyone**'s success.

不對別人的成功眼紅是美德。

any 任何 + **how** 方式 = anyhow
Ⓢanyway ❹IELTS

anyhow [ˈɛnɪˌhaʊ] 無論如何
速記 anyhow and everyhow 隨便

The accused couldn't reverse the verdict **anyhow** because he lacked evidence supporting his statement.
被告無論如何也不能扭轉判決，因為缺乏證據支持他的說詞。

any 任何 + **thing** 東西 = anything
Ⓐnothing ❺TOEIC

anything [ˈɛnɪˌθɪŋ] 任何事物
速記 anything goes 都可以

In my mind, the candidate is **anything** but an honest politician.
在我看來，候選人根本不是個誠實的政治家。

any 任何 + **time** 時間 = anytime
Ⓢwhenever ❺GRE

anytime [ˈɛnɪˌtaɪm] 任何時候
速記 Anytime. 不客氣。

You can convey your best wishes to your ex-girlfriend **anytime**.
你隨時都可以向前女友表達祝福。

any 任何 + **where** 地方 = anywhere
Ⓢanyplace ❹GEPT

anywhere [ˈɛnɪˌhwɛr] 無論何處
速記 not get anywhere 一事無成

Judy was sick all week last week; therefore, she didn't go **anywhere**.
茱蒂上週病了一個星期，因此她哪裡也沒去。

any 手臂 + **chair** 椅子 = armchair
Ⓐpractical ❸IELTS

armchair [ˈɑrmˌtʃɛr] 扶手椅；不實際的
速記 armchair traveler 神遊旅行者

I saw dad sitting back in an **armchair**, having his apple pie.
我看見老爸靠坐在扶手椅上吃著他的蘋果派。

automated 自動 + **teller** 櫃員 + **machine** 機器 = ATM
Ⓢcashpoint ❸GEPT

ATM 自動櫃員機
速記 ATM card 提款卡

Mom reminded me to withdraw money from **ATM** on the way to the department store.
母親提醒我在往百貨公司的路上到自動提款機領錢。

002

以 b 為首

barbershop n. 理髮廳	**breakdown** n. 故障；崩潰；分類
barefoot adj./adv. 赤腳的	**breakfast** n. 早餐
baseball n. 棒球	**breakthrough** n. 突破；完成
basketball n. 籃球	**breakup** n. 解散；崩潰；分離；停止
bathroom n. 浴室	**bridegroom** n. 新郎
bedroom n. 臥室	**briefcase** n. 公事包
beforehand adv. 事先；超前	**broadcast** n./v. 廣播；散佈；adj. 廣播
bodyguard n. 保鑣；警衛	的；廣泛散佈的
bookcase n. 書櫥；書箱	**butterfly** n. 蝴蝶；蝶式

 單字拆解

Ⓢ同義　Ⓐ反義　Ⓕ單字出現頻率

barber 理髮師 ＋ **shop** 商店 ＝ barbershop　　Ⓢbarber's　ⒻTOEFL

barbershop [ˈbɑrbɚˌʃɑp] 理髮廳　　🔖 barbershop quartet 男聲四重唱

Sean is accustomed to having his hair cut at the **barbershop** in his office building.
尚恩習慣在辦公大樓的理髮廳剪頭髮。

bare 裸的 ＋ **foot** 腳 ＝ barefoot　　Ⓢbare-footed　ⒻGEPT

barefoot [ˈbɛrˌfut] 赤腳的　　🔖 run barefoot 赤腳跑步

The aboriginal boy walks **barefoot** to and from school every day.
原住民男孩每天赤腳走路上下學。

base 壘 ＋ **ball** 球 ＝ baseball　　Ⓐsoftball　ⒻTOEFL

baseball [ˈbesˌbɔl] 棒球　　🔖 baseball cap 棒球帽

Hong-Chih Kuo, an excellent **baseball** pitcher from Taiwan, performed very well in MLB. 郭泓志是一名台灣出身的傑出投手，在大聯盟表現出色。

basket 籃子 ＋ **ball** 球 ＝ basketball　　ⒻTOEFL

basketball [ˈbæskɪtˌbɔl] 籃球　　 play basketball 打籃球

We are going to a **basketball** game between Chinese Taipei and Japan this evening.
我們今晚要去看台北對戰日本的籃球賽。

bath 沐浴 ＋ **room** 空間 ＝ bathroom　　Ⓢshower　ⒻGEPT

bathroom [ˈbæθˌrum] 浴室　　 go to the bathroom 上廁所

The **bathroom** is where children or senior family members commonly get hurt in the house. 浴室通常是家中幼童及老年人容易受傷的地方。

bed 床 + **room** 空間 = bedroom　　　　Ｓroost ❸GEPT

bedroom ['bɛd,rum] 臥室

After breakfast, Peter went to his **bedroom**, making his bed and vacuuming the rug.
吃完早餐後，彼得到房間整理床舖和吸地毯。

before 之前 + **hand** 手 = beforehand　　Ａafterward ❹TOEFL

beforehand [bɪ'for,hænd] 事先　　速記 pay beforehand 事先付款

The manager usually asks his assistant to inform him of the meeting agenda
beforehand. 經理通常要求他的助理要事先告知開會議程。

body 身體 + **guard** 警衛 = bodyguard　　Ｓlifeguard ❸GEPT

bodyguard ['badɪ,gard] 保鑣　　速記 personal bodyguard 貼身保鑣

The **bodyguard** should always concentrate his attention on his boss.
保鑣應該隨時注意老闆的安危。

book 書 + **case** 箱 = bookcase　　　　Ｓbookshelf ❸GEPT

bookcase ['buk,kes] 書櫃　　速記 a brand new bookcase 全新書櫃

I purchased a used **bookcase** to hold my large stamp collection.
我買了一個二手書櫃來存放大量的集郵收藏 。

break 破壞 + **down** 削弱 = breakdown　　Ｓcollapse ❹TOEIC

breakdown ['brek,daun] 崩潰　　速記 nervous breakdown 精神崩潰

After the **breakdown** of his tractor, the farmer could no longer harvest his crops.
自從他的收割機壞了之後，農夫再也不能收割農作物了。

break 打斷 + **fast** 禁食 = breakfast　　Ａdinner ❸GEPT

breakfast ['brɛkfəst] 早餐　　速記 breakfast television 晨間電視節目

Mr. Liu usually listens to the morning news on the radio when he eats **breakfast** at
home. 劉先生在家吃早餐時，通常會收聽晨間新聞廣播。

break 打破 + **through** 穿過 = breakthrough

Ｓbreakout ❹TOEFL

breakthrough ['brek,θru] 突破

Jeff took the organizational seminar to have a **breakthrough** in his work productivity.
為求工作生產力有所突破，傑夫參加了組織研討會。

break 中斷 + **up** 完全地 = breakup　　　Ｓseparate ❹TOEIC

breakup ['brek'ʌp] 解散

After being together for two years, Jeanette endured a painful **breakup** with her boyfriend. 交往兩年後，珍娜忍痛跟她男朋友分手了。

bride 新娘 + **groom** 男侍者 = **bridegroom** Ⓢgroom ❷IELTS

bridegroom ['braɪd,grʊm] 新郎
速記 bridegroom-to-be 準新郎

The **bridegroom** gave his bride a kiss after the priest announced them as husband and wife.
在神父宣佈他們為夫妻後，新郎吻了新娘一下。

brief 簡報 + **case** 手提箱 = **briefcase** Ⓢattache case ❷GEPT

briefcase ['brif,kes] 公事包

The Japanese businessperson left his **briefcase** in the taxi, and lost his presentation script. 從日本來的商人把公事包掉在計程車上，也弄丟了他的簡報。

broad 寬闊的 + **cast** 投擲 = **broadcast** Ⓢannounce ❸IELTS

broadcast ['brɔd,kæst] 廣播
速記 news broadcast 新聞廣播

Mr. Lin used to listen to English **broadcast** program on the radio every day.
林先生之前習慣每天收聽英文廣播。

butter 奶油 + **fly** 飛 = **butterfly** ❸GEPT

butterfly ['bʌtə,flaɪ] 蝴蝶；蝶式
速記 butterfly effect 蝴蝶效應

Leo is ready for the presentation, but he seems to have **butterflies** in his stomach.
里奧已準備好要上台報告了，但是他看起來很緊張。

003

以 C 為首

快學便利貼

cardboard n. 硬紙板；紙卡
carefree adj. 無憂無慮的；快活的
caretaker n. 管理人；職務代理人
cellphone n. 行動電話
chairperson n. 主席
checkbook n. 存摺；支票簿
check-in n. 登記手續；投宿旅館
check-out n. 結帳退租；檢驗
checkup n. 核對；健康檢查
chestnut n. 栗子；栗色

cocktail n. 雞尾酒；冷盤；混合物
commonplace n. 平凡的事物；老生常談；
　　　　adj. 平凡的；無聊的
congressman n. 國會議員
copyright n. 版權；著作權；adj. 版權的；
　　　　著作權的；v. 獲得…版權
counterclockwise adj./adv. 反時針方向
　　　　的(地)
counterpart n. 副本；相對的人
countryside n. 鄉下；農村

字首　字根　字尾　複合字

childlike adj. 孩子般的	courtyard n. 庭院；院子
chopsticks n. 筷子	cowboy n. 牛仔；牧童
coastline n. 海岸線	cupboard n. 碗櫃；小櫥櫃

 單字拆解　　　　Ｓ同義　Ａ反義　Ｆ單字出現頻率

card 卡片 + **board** 板子 = cardboard　　Ｓcarton ❷GEPT

cardboard ['kɑrd,bord] 硬紙板　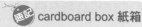 cardboard box 紙箱

To my surprise, the detailed reindeer action figure was made of **cardboard**.
我很驚訝這個精緻的馴鹿模型是用硬紙板做的。

care 憂慮 + **free** 無…的 = carefree　　Ｓhappy ❸GEPT

carefree ['kɛr,fri] 快活的　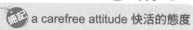 a carefree attitude 快活的態度

Walking out of the conference room, the young lady felt **carefree** after her first job interview. 年輕女士走出會議室，在第一次工作面試後感到輕鬆愉快。

care 管理 + **take** 負責 + **er** 人 = caretaker　　Ｓjanitor ❸TOEIC

caretaker ['kɛr,tekɚ] 管理人　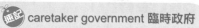 caretaker government 臨時政府

The **caretaker** visits the patients every other week and files reports to the administrative center.
負責人每隔一週都會拜訪病人並向行政中心回報。

cell 細胞 + **phone** 電話 = cellphone　　Ｓmobile ❹TOEFL

cellphone ['sɛlfon] 行動電話　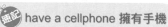 have a cellphone 擁有手機

The latest multi-functional **cellphone** costs more than ten thousand dollars.
擁有多項功能的最新手機要價一萬多元。

chair 主席 + **person** 人 = chairperson　　Ｓpresident ❹TOEIC

chairperson ['tʃɛr,pɝsn̩] 主席　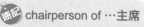 chairperson of …主席

The **chairperson** couldn't persuade the majority of the members to approve the move. 主席無法說服多數會員贊成這項措施。

check 支票 + **book** 書本 = checkbook　　Ｓchequebook ❸TOEIC

checkbook ['tʃɛk,buk] 存摺；支票本　 checkbook diplomacy 金錢外交

Bring your **checkbook**; everything at that department store is on sale.
帶著你的支票本，百貨公司正在打折。

check 核對 + **in** 在…之內 = check-in

check-in [ˈtʃɛk͵ɪn] 登記手續

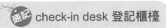 Acheck-out ④GEPT

速記 check-in desk 登記櫃檯

When Tom was at the **check-in** counter, he saw a colleague from his company.
湯姆在櫃台辦理登記手續時看到公司的同事。

check 核對 + **out** 出外 = **check-out**

Acheck-in ④TOEFL

check-out [ˈtʃɛk͵aʊt] 結帳退租

速記 check-out counter 結帳櫃檯

You had better get your things out of the hotel room, as **check-out** time is at noon.
你最好趕快整理一下行李，因為退房時間是中午。

check 檢查 + **up** 完全地 = **checkup**

Smedical examination ④IELTS

checkup [ˈtʃɛk͵ʌp] 健康檢查

速記 regular checkups 例行健康檢查

In Taiwan, each adult older than forty has a free **checkup** every three years.
在台灣，四十歲以上的成年人每三年可享一次免費健康檢查。

chest 胸部 + **nut** 果核 = **chestnut**

②GEPT

chestnut [ˈtʃɛs͵nʌt] 栗子；栗色

速記 water chestnut 荸薺

A squirrel approached the woman, and she fed it several **chestnuts** with her hand.
一隻松鼠接近那位婦女，她就拿手上的幾個栗子餵它。

child 孩童 + **like** 像 = **childlike**

Amature ③GEPT

childlike [ˈtʃaɪld͵laɪk] 單純的

速記 childlike innocence 天真無邪

My cousin is a college student, but he is still **childlike** and always full of energy.
我表弟是個大學生，但還是像小孩子一樣，總是精力旺盛。

chop 削 + **sticks** 棍子 = **chopsticks**

②GEPT

chopsticks [ˈtʃɑp͵stɪks] 筷子

速記 disposable chopsticks 免洗筷

It's impolite to twirl your **chopsticks** in your hand during the meal.
吃飯時轉筷子很不禮貌。

coast 海岸 + **line** 線 = **coastline**

Sshoreline ③IELTS

coastline [ˈkost͵laɪn] 海岸線

速記 along the coastline 沿著海岸線

The **coastline** around Taiwan is a total of 1,240 kilometers long.
台灣海岸線總長一千兩百四十公里。

cock 公雞 + **tail** 尾部 = **cocktail**

③TOEIC

cocktail [ˈkɑk͵tel] 雞尾酒

速記 cocktail party 雞尾酒會

We will hold the opening **cocktail** party and luncheon in our Kaohsiung office tomorrow. 我們明天在高雄分公司舉辦開幕酒會和午餐會。

common 普通 + **place** 地點 = **commonplace**

commonplace ['kamən‚ples] 平凡的

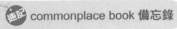 commonplace book 備忘錄

Thanks to THSR, it is **commonplace** to travel between Taipei and Kaohsiung in one day. 幸虧有台灣高鐵，一日往返台北和高雄再容易不過了。

congress 國會 + **man** 人 = congressman

Ⓢcongressperson ③TOEFL

congressman ['kɑŋɡrəsmən] 國會議員

The **congressmen** are usually in agreement with the political agendas of their party. 國會議員通常與所屬政黨的政治議程一致。

copy 稿子 + **right** 權利 = copyright

Ⓢliterary property ④TOEIC

copyright ['kɑpɪ‚raɪt] 版權

breach of copyright 違反著作權

The publishing company sold the **copyrights** of the novel to a movie production company in Korea. 出版社把小說版權賣給一家韓國電影公司。

counter 相反的 + **clockwise** 順時針的 = counterclockwise

Ⓐclockwise ②TOEFL

counterclockwise [‚kaʊntə'klɑk‚waɪz] 反時針的

The water usually rotates in a **counterclockwise** motion when you flush the toilet. 當你沖馬桶時，水通常是逆時針方向流動。

counter 相對的 + **part** 部分 = counterpart

Ⓢduplicate ③TOEIC

counterpart ['kaʊntə‚pɑrt] 副本

 the counterpart of 相應事物

Generally speaking, the British Parliament is the **counterpart** of the US Congress. 一般來說，英國議會相當於美國國會。

country 鄉村 + **side** 地區 = countryside

Ⓢrural area ②GEPT

countryside ['kʌntrɪ‚saɪd] 鄉下

in the countryside 在鄉間

The retired couple usually has a good time visiting **countryside** looking for antiques. 那對退休夫妻到鄉下挖寶時總是很有收穫。

court 院子 + **yard** 場所 = courtyard

Ⓢyard ③TOEFL

courtyard ['kort'jɑrd] 庭院

 in the courtyard 在後院

Mrs. Lee raises some domestic animals in the **courtyard** in back of her house. 李太太在她家後院養了一些家畜。

cow 牛 + **boy** 男童 = cowboy

Ⓢcowpoke ②GEPT

cowboy ['kaʊbɔɪ] 牧童；牛仔

cowboy hat 牛仔帽

The **cowboy** likes to play the guitar to calm his cattle down every night.
牧童每晚喜歡彈吉他以安撫牛群。

cup 杯具 + **board** 木板 = cupboard　Ⓢsideboard ❶GEPT

cupboard [ˈkʌbəd] 碗櫃　速記 kitchen cupboard 櫥櫃

Sarah frantically searched through the **cupboard** for sugar and flour to make a cake.
莎拉瘋狂搜尋櫥櫃，想找出麵粉和糖來做蛋糕。

004 以 **d** 為首

MP3 422

快學便利貼

daybreak n. 黎明	**dragonfly** n. 蜻蜓
deadline n. 截止時間	**drawback** n. 障礙；弊端；撤
doorstep n. 門口的階梯；v. 登門拜訪	銷；退款；短處
doorway n. 門口；出入口	**driveway** n. 私人車道；馬路
doughnut n. 甜甜圈；環狀物	**drugstore** n. 藥妝店
downtown n./adj. 商業區(的)；adv. 在商業區	**DVD** n. 數位影碟

單字拆解

Ⓢ同義　Ⓐ反義　❺單字出現頻率

day 天 + **break** 打破 = daybreak　Ⓢdawn ❷TOEFL

daybreak [ˈdeˌbrek] 黎明　速記 at daybreak 黎明時分

The tourists woke up an hour before **daybreak** to watch the marvelous sunrise at Alishan. 觀光客在破曉前一小時起床，前往阿里山欣賞美妙的日出。

dead 無效的 + **line** 線 = deadline　Ⓢdue date ❹TOEIC

deadline [ˈdɛdˌlaɪn] 截止時間　速記 set a deadline 設截止期限

The **deadline** for submitting the next year's annual budget is November 25th.
明年度的預算報告提交截止日是十一月二十五日。

door 門 + **step** 台階 = doorstep　Ⓢperron ❷GEPT

doorstep [ˈdorˌstɛp] 門前階梯　速記 stand on the doorstep 站在門階上

Mrs. Lin went outside and found a box of kittens that someone placed on her **doorstep**. 林太太出門時發現有人在她家門口放了一箱小貓咪。

door 門 + **way** 走道 = doorway | Ⓢentrance ❸GEPT

doorway ['dor,we] 門口
🏷速記 in the doorway 在門口

There is a security guard standing near the **doorway** of the bank.
有名警衛站在銀行出入口附近。

dough 麵團 + **nut** 果核 = doughnut | Ⓢdonut ❷TOEFL

doughnut ['do,nʌt] 甜甜圈；環狀物

Following the baker's instruction, the children finally succeeded in making delicious **doughnuts**. 照著麵包師傅的指示，小朋友終於成功做出美味的甜甜圈。

down 往 + **town** 城鎮 = downtown | Ⓐuptown ❹TOEFL

downtown [,daʊn'taʊn] 商業區
🏷速記 go downtown 進城

There are a variety of restaurants and shops in the **downtown** neighborhood.
市區附近有許多不同的餐廳和商店。

dragon 龍 + **fly** 飛 = dragonfly | ❶GEPT

dragonfly ['drægən,flaɪ] 蜻蜓
🏷速記 bamboo dragonfly 竹蜻蜓

Most children in Taiwan enjoy playing with Taiwanese bamboo **dragonflies** for fun.
大部分的台灣小朋友都以玩竹蜻蜓為樂。

draw 抽出 + **back** 往回 = drawback | Ⓢdisadvantage ❹TOEIC

drawback ['drɔ,bæk] 障礙

The only **drawback** of hiring a beautiful secretary is that too many employees will be distracted. 雇用漂亮秘書的唯一缺點就是會讓很多員工分心。

drive 開車 + **way** 道路 = driveway | Ⓢroadway ❷TOEIC

driveway ['draɪv,we] 私人車道；馬路

Please remove your car from my **driveway** as soon as you can.
請儘快把你的車子從我的車道移開。

drug 藥 + **store** 商店 = drugstore | Ⓢpharmacy ❸TOEFL

drugstore ['drʌg,stor] 藥妝店
🏷速記 in the drugstore 在藥妝店

Could you please buy a pack of tissue in the **drugstore** for me at your convenience?
可以請你順便到藥妝店幫我買一盒面紙嗎？

digital 數位 + **video** 錄影 + **disc** 光碟 = DVD | ❷TOEIC

DVD 數位影碟
🏷速記 DVD player DVD播放器

Lucy is used to watching **DVD** movies on her laptop when commuting to work by train.
露西在坐火車上班的途中習慣用她的筆電看影片。

快學便利貼

earphone n. 耳機；聽筒	**eyebrow** n. 眉毛
elsewhere adv. 在別處；向別處	**eyelash** n. 睫毛
evergreen n. 常綠植物；**adj.** 常綠的	**eyelid** n. 眼皮
extraordinary adj. 特別的；臨時的	**eyesight** n. 視力；見解

字首　字根　字尾　複合字

 單字拆解　⑤同義　▲反義　⑤單字出現頻率

ear 耳朵 + **phone** 聲音工具 = **earphone**　⑤headphone ②TOEFL

earphone ['ɪr‚fon] 耳機；聽筒

速記 a set of earphones 一副耳機

It will damage your ears if you listen to music through **earphones** too often.
如果你太常用耳機聽音樂會傷害你的耳朵。

else 其他的 + **where** 地方 = **elsewhere**　⑤somewhere else ④GRE

elsewhere ['ɛls‚hwɛr] 在別處；向別處

Maybe we need to look **elsewhere** for a good restaurant to dine out today.
今天我們也許要去別處找一家好餐廳吃個飯。

emotional 情感 + **quotient** 商數 = **EQ**
▲IQ, intelligence quotient ③GRE

EQ 情感商數

速記 high/low EQ 高EQ/低EQ

As far as I'm concerned, **EQ** plays a more important role in life than IQ.
就我而言，情感商數在生活中比智商扮演更重要的角色。

ever 永遠 + **green** 綠色 = **evergreen**　▲deciduous ②TOEFL

evergreen ['ɛvɚ‚grin] 常綠植物

速記 evergreen tree 長青樹

The backyard is covered with thick **evergreen** trees that stay green throughout the winter. 後院佈滿茂密的常綠植物，翠綠了一整個冬季。

extra 特別 + **ordinary** 普通的 = **extraordinary**
⑤exceptional ④TOEIC

extraordinary [ɪk'strɔrdn‚ɛrɪ] 特別的

An **extraordinary** teacher inspired his students to become future teachers.

一個頂尖的老師會啟發他的學生未來從事教職。

eye 眼睛 ＋ **brow** 眉毛 = eyebrow　　**②** GEPT

eyebrow [ˈaɪ͵braʊ] 眉毛　　　速記 eyebrow tweezer 眉毛夾

Raising his **eyebrows**, the old man read the telegram from his only son in Canada.
老先生抬起眉毛，讀著住在加拿大的獨子傳來的電報。

eye 眼睛 ＋ **lash** 睫毛 = eyelash　　**Ⓢ** eyewinker **②** GEPT

eyelash [ˈaɪ͵læʃ] 睫毛　　　速記 eyelash curler 睫毛夾

It is said that the department store counter clerk applies **eyelash** extensions every day. 據說百貨公司的櫃台小姐天天戴假睫毛。

eye 眼睛 ＋ **lid** 蓋子 = eyelid　　**①** GEPT

eyelid [ˈaɪ͵lɪd] 眼皮　　　速記 drooping eyelid 眼瞼下垂

The actress painted her **eyelids** light blue to highlight her blue eyes.
女演員在她的眼皮上塗淺藍色眼影以突顯她的藍眼睛。

eye 眼睛 ＋ **sight** 視覺 = eyesight　　**Ⓢ** vision **④** TOEIC

eyesight [ˈaɪ͵saɪt] 視力；見解　　　速記 have good eyesight 視力佳

Carl always keeps his new bicycle within his **eyesight** to prevent it from being stolen.
為防失竊，卡爾讓新腳踏車保持在視線範圍內。

006 以 **f** 為首

MP3 424

快學便利貼

feedback **n.** 回饋；意見
fireman **n.** 消防隊員
fireplace **n.** 壁爐；爐床
fireproof **adj.** 耐火的；防火的
firework **n.** 煙火；煙火信號彈
fisherman **n.** 漁夫；漁船
flashlight **n.** 手電筒；閃光
folklore **n.** 民間創作；民間傳說

football **n.** 足球
forthcoming **adj.** 即將到來的；現有的；樂意幫助的
fourteen **n.** 十四
framework **n.** 架構；框架；機構
freeway **n.** 公路
freshman **n.** 新生；生手；初學者
furthermore **adv.** 而且；此外

feed 餵養 + **back** 回覆 = **feedback**　　Ⓢadvice ⒻTOEFL

feedback ['fid,bæk] 回饋；意見　　速記 give feedback to 給予意見

To improve service, the new website had a quick and easy customer **feedback** form.
為改善服務，新網站設有方便又快速的顧客意見表。

fire 火 + **man** 人 = **fireman**　　Ⓢfirefighter ④TOEIC

fireman ['faɪrmən] 消防隊員　　速記 visiting fireman 貴賓

The **fireman** climbed the ladder to reach the top floor of the burning building.
消防隊員爬上樓梯到達大火燃燒中的頂樓。

fire 火 + **place** 地點 = **fireplace**　　Ⓢgrate ③TOEIC

fireplace ['faɪr,ples] 壁爐；爐床　　速記 electric fireplace 電壁爐

My labrador retriever likes to lie close to the **fireplace** to keep warm in cold weather.
我家的拉不拉多犬天冷時喜歡躺在壁爐附近取暖。

fire 火 + **proof** 防止 = **fireproof**　　Ⓢflameproof ③GRE

fireproof ['faɪr'pruf] 防火的　　速記 fireproof clothes 防火衣

The architect is planning to build a new office complex that is not only **fireproof**, but eco-friendly. 建築師計畫興建一棟既防火又環保的全新辦公大樓。

fire 火 + **work** 作品 = **firework**　　Ⓢsparkler ②TOEFL

firework ['faɪr,wɝk] 煙火　　速記 fireworks display 施放煙火

To cut down expenses, the city government decided not to shoot **fireworks** during the festival.
為了減少花費，市政府決定節慶期間不施放煙火。

fisher 漁夫 + **man** 人 = **fisherman**　　Ⓢfisher ②GEPT

fisherman ['fɪʃəmən] 漁夫　　速記 Fisherman's Wharf 漁人碼頭

The **fishermen** found it harder to catch enough fish off the coast of Taiwan due to overfishing. 漁夫發現由於過度捕撈，已經很難在台灣近海捕到足夠的漁獲。

flash 使閃爍 + **light** 燈光 = **flashlight**　　Ⓢelectrick torch ④TOEFL

flashlight ['flæʃ,laɪt] 手電筒 turn on / off the flashlight 打開/關掉手電筒

The **flashlight** didn't work because Jack forgot to change the batteries.
手電筒不亮，因為傑克忘了換電池。

folk 民族 + **lore** 口頭傳說 = **folklore**

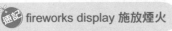

字首

字根

字尾

複合字

folklore ['fok,lor] 民間傳說

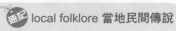 速記 local folklore 當地民間傳說

The historian wished to travel around the island and researched the **folklore** of different tribes.

歷史學家希望遊遍這整座島，研究不同部落的民俗文化。

foot 腳 + ball 球 = football

Ⓢrugby ❹ TOEIC

football ['fut,bɔl] 足球

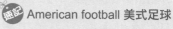 速記 American football 美式足球

The **football** team lost its fan support since it didn't win any games this year.

足球隊球迷跑光光了，因為今年一場球賽都沒贏。

forth 向前 + coming 來的 = forthcoming

Ⓢupcoming ❺ GRE

forthcoming [,forθ'kʌmɪŋ] 即將到來的

速記 forthcoming events 近期展演

Sandy started to pack for her **forthcoming** graduation trip around the island.

珊蒂開始為她即將成行的環島畢旅打包行李。

four 四 + teen 十幾的 = fourteen

❹ TOEFL

fourteen ['for'tin] 十四

Fourteen war criminals will be extradited to their own countries based on the international law.

十四名戰犯依照國際法將被引渡回國。

frame 結構 + work 工程 = framework

Ⓢstructure ❹ TOEIC

framework ['frem,wɜk] 架構

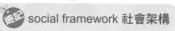 速記 social framework 社會架構

The local government planned to build a bridge with a steel **framework** across the river. 當地政府計畫建造一座橫越河流的鋼架橋。

free 免費的 + way 道路 = freeway

Ⓢhighway ❹ TOEFL

freeway ['frɪ,we] 公路

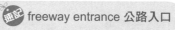 速記 freeway entrance 公路入口

To drive safely on **freeway**, you should keep a safe distance from the vehicle in front of your car.

為了公路行駛安全，你應該與前方車輛保持安全距離。

fresh 新進的 + man 人 = freshman

Ⓐsenior ❸ IELTS

freshman ['frɛʃmən] 新生

 速記 prospective freshman 即將入學的新生

The **freshman** has little vocation for literature, so he decided to major in accounting.

那個新生對文學冷感，所以他決定主修會計。

further 進一步 + more 更多 = furthermore

Ⓢalso ❺ TOEIC

furthermore ['fɜðə'mor] 而且；此外

The boy committed a crime, and **furthermore** he dashed his parents' hopes.

那男孩犯了罪，也讓他父母的期望破滅。

以 g 為首

MP3 425

字首

字根

字尾

複合字

快學便利貼

gentleman n. 紳士
glassware n. 玻璃器皿
GMO n. 基因改造有機體
grandchild n. 孫子
granddaughter n. 孫女
grandfather n. 祖父

• grandmother n. 祖母
• grandson n. 孫子
• grapefruit n. 葡萄柚
• grasshopper n. 蚱蜢
• greenhouse n. 溫室
• guideline n. 方針；準則

單字拆解

S 同義　A 反義　5 單字出現頻率

gentle 有禮貌的 + **man** 人 = gentleman　A lady　4 TOEFL

gentleman [ˈdʒɛntḷmən] 紳士　速記 ladies and gentlemen 各位先生女士

Mr. Wu is indeed a **gentleman**, as he is not only courteous, but also considerate.
吳先生真是個紳士，因為他不僅有禮貌還很體貼。

glass 玻璃 + **ware** 器皿 = glassware　S glasswork　3 GRE

glassware [ˈglæs͵wɛr] 玻璃器皿　速記 laboratory glassware 實驗室玻璃儀器

My grandmother always has a pile of tangerines on beautiful **glassware**.
祖母總是把橘子堆在漂亮的玻璃器皿上。

genetically 基因 + **modified** 改造 + **organism** 有機體 = GMO　2 TOEFL

GMO 基因改造有機體　速記 GMO crops 基因改造作物

The acronym **GMO** stands for "**genetically modified organism.**"
縮寫GMO是指基因改造有機體。

grand 孫子的 + **child** 孩童 = grandchild　S grandson　2 GEPT

grandchild [ˈgrænd͵tʃaɪld] 孫子　速記 great-grandchild 曾孫

The old man split his inheritance between a son and a **grandchild**.
老人把他的遺產分給兒子和孫子。

grand 孫子的 + **daughter** 女兒 = granddaughter

granddaughter ['græn,dɔtɚ] 孫女

The rich woman's **granddaughter** is terrible with money and spends too much.
貴婦的孫女不會理財又亂花錢。

grand 祖父母的 + father 父親 = grandfather　S grandpa ③ GEPT

grandfather ['grænd,fɑðɚ] 祖父　　速記 grandfather clock 落地鐘

The documentary film evoked memories of my **grandfather**'s youth when he worked as a miner.
那記錄片勾起了我爺爺年輕時當礦工的回憶。

grand 祖父母的 + mother 母親 = grandmother
S grandma ③ TOEIC

grandmother ['grænd,mʌðɚ] 祖母　　速記 great-grandmother 曾祖母

After hours of emergency treatment, my **grandmother**'s vital signs became stable.
經過好幾個小時的急救，我奶奶的生命跡象回復穩定了。

grand 孫子的 + son 兒子 = grandson　　S grandchild ② TOEFL

grandson ['grænd,sʌn] 孫子

Mrs. Lee's **grandson** stopped crying when she gave him an attractive toy doll.
在李太太給孫子一個好玩的娃娃後，他就不哭了。

grape 葡萄 + fruit 水果 = grapefruit　　② TOEIC

grapefruit ['grep,frut] 葡萄柚　　速記 grapefruit juice 葡萄柚汁

Grapefruit are richer in vitamin C, but not as sweet as oranges and tangerines.
葡萄柚富含維生素C ，但沒有柳丁和橘子那麼甜。

grass 草 + hopper 單腳跳的人或物 = grasshopper　　② IELTS

grasshopper ['græs,hɑpɚ] 蚱蜢　　速記 grasshopper effect 蝗蟲效應

Millions of **grasshoppers** attacked the farm and destroyed all the crops in a swarm.
數百萬隻蚱蜢侵襲農場並損害所有農作物。

green 反對環境污染的 + house 房子 = greenhouse
S glasshouse ④ TOEFL

greenhouse ['grin,haʊs] 溫室　　速記 greenhouse effect 溫室效應

The **greenhouse** effect has caused climate change and various natural catastrophes on earth. 溫室效應已造成地球氣候變化和各種天災。

guide 引導 + line 路線 = guideline　　S principle ④ GRE

guideline ['gaɪd,laɪn] 方針　　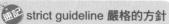速記 strict guideline 嚴格的方針

Based on the **guidelines**, government will develop industry and agriculture simultaneously. 根據指導原則，政府會同時發展農業和工業。

快學便利貼

haircut n. 理髮	**highlight** n. 最重要的部分；v. 強調
hairdresser n. 理髮師	**highway** n. 公路；主要航線；途徑
hairstyle n. 髮型	**homeland** n. 故鄉；本國
hairdo n. 髮型；結髮	**homesick** adj. 想家的；想念故鄉的
hallway n. 走廊；玄關	**hometown** n. 家鄉；故鄉
handwriting n. 筆跡；手寫稿	**homework** n. 家庭作業
hardware v. 硬體；五金器具	**honeymoon** n. 蜜月旅行
headline n. 標題；v. 以…做標題	**household** n. 家庭；adj. 家庭的
headphone n. 耳機	**housekeeper** n. 主婦；管家
headquarters n. 總部	**housewife** n. 家庭主婦
hereafter n. 將來；adv. 此後	**housework** n. 家事
hi-fi n. 高傳真度；adj. 高等的；奢侈的	**however** adv. 然而

單字拆解

Ⓢ同義　Ⓐ反義　❺單字出現頻率

hair 頭髮 + **cut** 剪 = **haircut**　　Ⓢhairdo ❹TOEIC

haircut [ˈhɛr͵kʌt] 理髮

速記 get a haircut 剪頭髮

Due to school regulations, students are required to get **haircuts** every three months.
根據校規，學生必須每三個月理一次髮。

hair 頭髮 + **dresser** 加工者 = **hairdresser**　Ⓢhairstylist ❷TOEFL

hairdresser [ˈhɛr͵drɛsə] 理髮師

The girl from a single-parent family has become a successful **hairdresser**.
來自單親家庭的女孩成為一名成功的理髮師。

hair 頭髮 + **style** 型式 = **hairstyle**　　Ⓢhairdo ❸GEPT

hairstyle [ˈhɛr͵staɪl] 髮型

速記 new hairstyle 新髮型

The model's **hairstyle** looks nice on her, but it's not my style.
模特兒的髮型蠻適合她的，但不適合我。

hair 頭髮 + **do** 處置 = **hairdo**

hairdo [ˈhɛrˌdu] 髮型；結髮

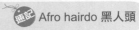 Afro hairdo 黑人頭

Do I look better with a shoulder-length **hairdo**, or better shorter?
我頭髮留到肩膀好看是剪短點好看？

hall 大廳 + **way** 走道 = **hallway**

hallway [ˈhɔlˌwe] 走廊；玄關

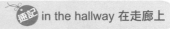 in the hallway 在走廊上

In the dormitory, there are usually posters and student notices in the **hallway**.
學生宿舍的走廊上通常貼有海報和公告。

hand 手 + **writing** 寫 = **handwriting**

handwriting [ˈhændˌraɪtɪŋ] 筆跡

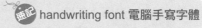 handwriting font 電腦手寫字體

A doctor's **handwriting** looks quite messy and hard to read.
醫生的筆跡看起來很亂很難懂。

hard 硬的 + **ware** 製品 = **hardware**

hardware [ˈhɑrdˌwɛr] 硬體；五金器具

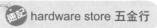 hardware store 五金行

The janitor bought a hammer, a screwdriver and a pack of nails in the **hardware** store. 工友在五金行買了一個鐵鎚、一支螺絲起子和一包鐵釘。

head 主要的 + **line** 一行文章 = **headline**

headline [ˈhɛdˌlaɪn] 標題

 hit the headline 躍上標題

The news of tax increase hit the **headlines** in today's newspaper.
增稅的新聞登上今日頭條。

head 頭 + **phone** 耳機 = **headphone**

headphone [ˈhɛdˌfon] 耳機

 headphone amplifier 耳機擴音器

I'd like to buy a set of **headphones** so I can listen to the music in the office.
我想買一副耳機，這樣我就可以在辦公室聽音樂。

head 主要的 + **quarters** 駐地 = **headquarters**

headquarters [ˈhɛdˌkwɔrtəz] 總部

The overseas branch office received financial assistance from its **headquarters**.
海外分部得到總公司的財務援助。

here 這裡 + **after** 之後 = **hereafter**

hereafter [ˌhɪrˈæftə] 將來

More and more Westerners believe in the **hereafter** and reincarnation.
愈來愈多西方人相信來世與輪迴。

high 高等的 + **fidelity** 傳真度 = **hi-fi**　　△lo-fi ③TOEFL

hi-fi ['haɪ'faɪ] 高傳真度　　🔊速記 hi-fi speakers 高傳真喇叭

The general affairs department purchased a **hi-fi** stereo using tax money.
總務部用稅金買了一台高級音響。

high 主要的 + **light** 燈光 = **highlight**　　Ⓢemphasize ④TOEIC

highlight ['haɪ,laɪt] 強調　　🔊速記 the highlight of 重點

The expert's lecture **highlighted** the urgent need for educational reform in Taiwan.
專家的演講強調台灣對教育改革的迫切需求。

high 主要的 + **way** 道路 = **highway**　　Ⓢexpressway ②GEPT

highway ['haɪ,we] 公路　　🔊速記 highway patrol 高速公路巡警

The government has been trying to improve the **highway** traffic between Taipei and Hualien. 政府一直致力於改善往來台北花蓮的公路交通。

home 故鄉 + **land** 土地 = **homeland**　　Ⓢmotherland ②TOEIC

homeland ['hom,lænd] 故鄉　　🔊速記 homeland security 國家安全

The foreign doctor resigned his post and returned to his **homeland** for military service. 外籍醫生辭去工作回家鄉服兵役。

home 故鄉 + **sick** 不適的 = **homesick**　　③TOEFL

homesick ['hom,sɪk] 想家的

The exchange student was very **homesick** before he got accustomed to the life here.
交換學生還沒習慣這裡的生活前非常想家。

home 故鄉 + **town** 城鎮 = **hometown**　　Ⓢbirthplace ④IELTS

hometown ['hom'taʊn] 家鄉

The author went to great lengths to give a full description of his **hometown** in Alaska.
作者用很大的篇幅詳述他在阿拉斯加的故鄉。

home 家庭 + **work** 作業 = **homework**　　Ⓢassignment ④TOEIC

homework ['hom,wɝk] 家庭作業

Instead of doing her **homework**, Anita read Japanese comic books in her bedroom all night.
安妮塔整晚在房間看日文漫畫而沒寫作業。

honey 蜂蜜似的 + **moon** 月亮 = **honeymoon**　　③TOEFL

honeymoon ['hʌnɪ,mun] 蜜月旅行　　🔊速記 honeymoon suite 蜜月套房

Our **honeymoon** in Europe was awfully unforgettable, and Paris was really romantic.
我們的歐洲蜜月旅行讓我非常難忘，而且巴黎真的是很浪漫。

字首　字根　字尾　複合字

house 家務 + **hold** 擔任 = household ⓢfamily ④GEPT

household ['haus,hold] 家庭

Most families are trying to cut down their **household** expenses since their income has decreased.
因收入減少，多數家庭正試著降低家務開支。

house 家務 + **keeper** 看護人 = housekeeper
ⓢhousemaker ③GEPT

housekeeper ['haus,kipɚ] 主婦；管家

Housekeepers clean the houses as well as do the laundry for their customers.
管家會為客戶打掃房間及清洗衣物。

house 家庭 + **wife** 太太 = housewife ⓢhousemaker ③TOEIC

housewife ['haus,waɪf] 家庭主婦

Following the doctor's advice, the **housewife** keeps the kitchen windows open when cooking. 家庭主婦照著醫生建議，煮飯時保持廚房窗戶敞開。

house 家庭 + **work** 工作 = housework ⓢchore ③GEPT

housework ['haus,wɜk] 家事

 do housework 做家事

It is of vital importance for children to learn to help their parents with **housework**.
讓孩子學習幫忙父母做家事非常重要。

how 如何 + **ever** 究竟 = however ⓢnevertheless ⑤TOEFL

however [hau'ɛvɚ] 然而

The businessman once made a fortune; **however**, he lost all his money in gambling.
那名商人曾經發過大財，卻因賭博而賠光所有積蓄。

009 以 **i** 為首

快學便利貼

iceberg n. 冰山；冷淡的人
income n. 收入；所得
indeed adv. 真正地；事實上
indoor adj. 室內的；住在室內的

inland n. 內地；adj. 內地的；adv. 內陸
input n. 投入；v. 輸入電腦
IQ n. 智力商數

ice 冰 + **berg** 山 = iceberg ③ GRE

iceberg [ˈaɪsˌbɝg] 冰山

速記 tip of the iceberg 冰山一角；端倪

An oil tanker struck an **iceberg** and caused an oil-leaking emergency.
油輪撞上冰山後，造成嚴重的漏油危機。

in 朝向 + **come** 來 = income **A** expense ④ TOEFL

income [ˈɪnˌkʌm] 收入

速記 draw a large income 收入很多

John's **income** has been increasing for the past five years.
約翰的收入在過去五年持續增加。

in 處於 + **deed** 事實 = indeed **S** certainly ⑤ TOEIC

indeed [ɪnˈdid] 真正地

速記 Why indeed? 到底是為什麼？

Indeed, there are many people in the world making contributions to society.
世界上確實有許多人對社會做出貢獻。

in 在…之內 + **door** 門 = indoor **A** outdoor ④ TOEFL

indoor [ˈɪnˌdor] 室內的

速記 indoor swimming pool 室內游泳池

There will be a tennis match in an **indoor** tennis court tomorrow evening.
明晚在室內網球場會有一場網球比賽。

in 在…之內 + **land** 土地 = inland **S** interior ③ GEPT

inland [ˈɪnlənd] 內地；內陸

速記 inland lake 內陸湖

The biologist team headed to the **inland** forest to search for some endangered species. 生物學家團隊前往內陸森林尋找瀕臨絕種的物種。

in 在…之內 + **put** 擺放 = input **A** output ④ TOEFL

input [ˈɪnˌput] 投入

速記 input from 從…得到資源

Would you give me some **input** since I'm not sure if I'm doing everything right.
請給我一些意見，因為我不確定我的做法是否正確。

intelligence 智力 + **quotient** 商數 = IQ **A** EQ, emotional quotient ③ GRE

IQ 智力商數

速記 IQ test 智力測驗

IQ is a measure of a person's intelligence as indicated by an intelligence test.
智力商數是用來測量人類智能的測驗。

010 以 **j** 為首

快學便利貼

jaywalk v. 亂穿馬路

Ⓢ同義　Ⓐ反義　❺單字出現頻率

jay 樫鳥 + **walk** 走路 = jaywalk　❷GEPT

jaywalk [ˈdʒeˌwɔk] 亂穿馬路

There were policemen standing at the street corner to prevent passengers from **jaywalking**. 警察站在街角是為了防止路人任意穿越馬路。

011 以 **k** 為首

快學便利貼

keyboard n. 鍵盤；琴鍵；v. 用鍵盤輸入

Ⓢ同義　Ⓐ反義　❺單字出現頻率

key 鍵 + **board** 板子 = keyboard　❸TOEFL

keyboard [ˈkiˌbord] 鍵盤　　筆記 computer keyboard 電腦鍵盤

The computer programmer needs to buy a new **keyboard**.
電腦程式設計師需要買一台新的鍵盤。

012 以 **l** 為首

slip ② TOEIC

壓倒性勝利

he villagers

lator ③ TOEFL

資深立法委員

to revise tax

- **lifeboat** n. 救生艇
- **lifeguard** n. 救生員
- **lifelong** adj. 終身的
- **lifetime** n. 人生；一生；adj. 終身的
- **lighthouse** n. 燈塔
- **lipstick** n. 口紅
- **livestock** n. 家畜
- **loudspeaker** n. 喇叭；擴音器

Ⓐ **expert** ② GRE

簡單的語言描述

r a **layman** to

S 同義　**A** 反義　**5** 單字出現頻率

② TOEFL

at crew 救生船員

ns.

dybug

S beetle ② TOEFL

s of **ladybugs** in the world.

S lifesaver ③ TOEFL

eryone to follow the

llady

A landlord ① GEPT

主

cant and I could rent it if I wanted to.

S lifetime ③ TOEIC

ng ambition 終身目標

uch with.

S lessor ① GEPT

opinions to improve his service.

S lifespan ③ TOEFL

of a lifetime 難得的機會

r **lifetime**.

k

S milestone ③ TOEIC

典記 a landmark decision 重大決策

of Yehliu.

② GEPT

ghthouse keeper 燈塔守衛

more than fifty years.

S scene

andscape architect 景

really beyond d

land 土地 + **slide** 滑下 = **landslide**

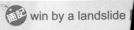

landslide ['lænd,slaɪd] 土石流　　🔊 win by a landslide ...

The village was destroyed by the terrible **landslide**, but luckily, all t...
survived. 整座村莊遭土石流淹沒，然而幸運的是村民全數倖存。

law 法律 + **maker** 製造者 = **lawmaker**　　Ⓢlegis...

lawmaker ['lɔ'mekɚ] 立法者　　🔊 senior lawmaker ...

Under the pressure of certain **lawmakers**, the government decided...
policy.
受到某幾位立法者的施壓，政府決定修改稅收政策。

lay 門外漢的 + **man** 人 = **layman**

layman ['lemən] 外行　　🔊 in layman's terms 以...

After reading Jack's speech note, his boss told him to rewrite it fo...
understand. 讀過傑克的講稿後，老闆請他重寫以便讓外行人理解其內容。

life 生命 + **boat** 小船 = **lifeboat**

lifeboat ['laɪf,bot] 救生艇　　🔊 lifebo...

There are 120 **lifeboats** on the deck in case of anything bad happe...
甲板上有一百二十艘救生艇以備不時之需。

life 生命 + **guard** 保護 = **lifeguard**

lifeguard ['laɪf,gɑrd] 救生員

Before getting into the swimming pool, the **lifeguard** reminded e...
rules. 進入泳池前，救生員提醒大家遵守規則。

life 生命 + **long** 長的 = **lifelong**

lifelong ['laɪf,lɔŋ] 終身的　　🔊 lifel...

People are lucky if they have a few **lifelong** friends to stay in to...
人如果能有幾個一生的好友是很幸運的。

life 生命 + **time** 時間 = **lifetime**

lifetime ['laɪf,taɪm] 人生　　🔊 chance...

principal encouraged the students to make the most of the...
勵學生充分利用人生。

t 燈光 + **house** 房子 = **lighthouse**

thouse ['laɪt,haus] 燈塔　　🔊 l...

has been working as a **lighthouse** keeper for...
衛超過五十載。

lip 嘴唇 + **stick** 棍子 = lipstick　　　Ⓢlip balm ❷TOEIC

lipstick ['lɪp,stɪk] 口紅　　　速記 put on lipstick 擦口紅

When I stopped at the trafficlight, I saw a lady in her car putting on **lipstick**.
我停紅綠燈時，看到一位小姐在她車裡塗口紅。

live 活的 + **stock** 牲畜 = livestock　　　Ⓢfarm animal ❶GEPT

livestock ['laɪv,stɑk] 家畜　　　速記 livestock science 畜牧科學

The farmer raised **livestock** with his sons, and had to provide much grain to feed them. 農夫和他的兒子養了些家畜，他們必須準備許多穀物來餵牠們。

loud 大聲 + **speaker** 喇叭 = loudspeaker　　　Ⓢamplifier ❷TOEFL

loudspeaker ['laud'spikə] 喇叭　　　速記 through a loudspeaker 透過擴音器傳出

The residents in the community can hear news or announcements over the **loudspeakers**. 社區居民可以透過擴音器得知消息和公告。

---

013 以 m 為首　　　MP3 431

快學便利貼

mainland n. 大陸；本土	**milestone** v. 里程碑；劃時代事件
mainstream n. 主流	**moreover** adv. 況且；此外
makeup n. 化妝品；補考；構造	**motorcycle** n. 機車
masterpiece n. 傑作；名著；傑出的事	**mouthpiece** n. 代言人；吹口；護齒套
meantime n. 其間；adv. 當時	**MRT** n. 捷運
meanwhile n. 同時；adv. 當時	**MTV** n. 音樂電視

單字拆解　　　Ⓢ同義　Ⓐ反義　❺單字出現頻率

main 主要的 + **land** 土地 = mainland　　　Ⓢcontinent ❸GRE

mainland ['menlənd] 本土　　　速記 on the mainland 在大陸上

The yacht left the islet and headed for the **mainland** about 20 miles away.
快艇駛離小島，前往二十英里外的大陸。

main 主要的 + **stream** 河流 = mainstream　　　Ⓐunderground ❹TOEIC

mainstream ['men,strim] 主流　　　速記 the mainstream of …的主流

The new boy band changed their music to be more popular with the **mainstream** audience. 新的男孩樂團改變他們的音樂風格來迎合主流市場。

make 製作 + **up** 完全地 = makeup ⑤cosmetics ❸TOEFL

makeup ['mek,ʌp] 化妝品 🔖 makeup remover 卸妝乳

The lady waited for her turn to buy the **makeup** on sale for more than twenty minutes. 女士等了超過二十分鐘才輪到她買特價彩妝。

master 優秀的 + **piece** 作品 = masterpiece ⑤masterwork ❸GRE

masterpiece ['mæstɚ,pis] 傑作 🔖 masterpiece of …的傑作

Robinson Crusoe is Defoe's **masterpiece**, which is supposed to be a must read for youngsters. 狄福的名著魯賓遜漂流記應列為年輕人的必讀好書。

mean 中間的 + **time** 時間 = meantime ⑤meanwhile ❹IELTS

meantime ['min,taɪm] 其間 🔖 in the meantime 同時

John hired a real estate agent to sell his home. In the **meantime**, he stayed with his parents. 約翰請一位房地產經紀人幫他賣房子，那段期間他和父母同住。

mean 中間的 + **while** 時間 = meanwhile ⑤meantime ❹GRE

meanwhile ['min,hwaɪl] 同時 🔖 in the meanwhile 當時

My roommate surfed the Internet, and **meanwhile**, I talked on the cell phone. 室友上網的同時我在講手機。

mile 里程 + **stone** 碑 = milestone ⑤milepost ❸TOEIC

milestone ['maɪl,ston] 里程碑 🔖 reach milestone 達到里程碑

The invention of the cell phone was a distinctive **milestone** of communication technology. 手機的發明是通訊技術上一個重要的里程碑。

more 更多 + **over** 在…之上 = moreover ⑤furthermore ❹TOEFL

moreover [mor'ovɚ] 況且；此外

The drunk driver was subjected to fines and, **moreover**, his driving license was revoked. 酒駕司機遭罰款，此外，他的駕照也被吊銷了。

motor 機動的 + **cycle** 單車 = motorcycle ⑤motorbike ❸GEPT

motorcycle ['motɚ,saɪk]] 機車 🔖 off-road motorcycle 越野機車

A number of Canadians had never driven a **motorcycle** before they came to Taiwan. 許多加拿大人來台灣前從沒騎過機車。

mouth 嘴巴 + **piece** 部位 = mouthpiece ❷TOEFL

mouthpiece ['mauθ,pis] 吹口   saxophone mouthpiece 薩克斯風吹嘴

After being tackled, the quarterback lost his **mouthpiece** somewhere on the field.

那名四分衛被撞倒後，護齒套掉在球場某處。

mass 大眾 + **rapid** 迅速 + **transit** 運輸 = MRT　Ⓢmetro ❷GEPT

MRT 捷運　🏷速記 MRT station 捷運站

Taipei Main Station and Zhongxiao Fuxing Station are both major stops on **MRT**.
台北車站和忠孝復興站都是捷運的主要停靠站。

music 音樂 + **television** 電視 = MTV　❷TOEIC

MTV 音樂電視　🏷速記 MTV channel MTV 頻道

A lot of young people are crazy about Lady Gaga's music video on **MTV**.
許多年輕人瘋迷女神卡卡在MTV台的音樂錄影帶。

014　以 **n** 為首

快學便利貼

nearby **adj.** 附近的；**adv.** 靠近
necklace **n.** 項鍊
necktie **n.** 領帶
network **n.** 網絡；廣播網；廣播聯播公司
nevertheless **adv.** 仍然；**conj.** 然而
newlywed **n.** 新婚夫婦
newscast **n.** 新聞廣播
newspaper **n.** 報紙

nickname **n.** 綽號
nighttime **n.** 夜間
nobody **n.** 沒人
nonetheless **adv.** 雖然如此；然而
notebook **n.** 筆記簿；手提電腦
nothing **n.** 沒有甚麼東西
nowhere **n.** 無人知道的地方；**adv.** 什麼地方都不到

🧩 單字拆解

Ⓢ同義　Ⓐ反義　❺單字出現頻率

near 附近 + **by** 經由 = nearby　Ⓢclose to ❹TOEFL

nearby [ˈnɪr͵baɪ] 附近的　🏷速記 nearby delivery 近期交貨

Dave's parents wanted him to attend a **nearby** college after he graduated from high school. 大衛的父母希望他高中畢業後進入附近的大學就讀。

neck 脖子 + **lace** 帶子 = necklace　Ⓢnecklet ❸GEPT

necklace [ˈnɛklɪs] 項鍊　🏷速記 diamond necklace 鑽石項鍊

Fred gave his girlfriend an expensive pearl **necklace** on her birthday.
佛瑞德在女友生日當天送她一條昂貴的珍珠項鍊。

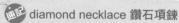

neck 脖子 + **tie** 領帶；繩索 = **necktie**　　　Ⓢtie ❸TOEFL

necktie [ˈnɛk,taɪ] 領帶

The blue silk **necktie** goes well with your white shirt.
這條藍色絲質領帶和你的白襯衫很搭。

net 網絡 + **work** 事物 = **network**　　　Ⓢsystem ❹TOEIC

network [ˈnɛt,wɝk] 網絡；廣播網　　 network security 網路安全

Most salesmen look for sales lead through friends' **networks** and business professionals. 多數業務員透過朋友網絡和商務人士來尋求銷售業績。

never 從不 + **the** 定冠詞 + **less** 更少 = **nevertheless**
Ⓢhowever ❹TOEFL

nevertheless [ˌnɛvɚðəˈlɛs] 仍然；然而

The Tai Chi instructor is old; **nevertheless**, he can touch his toes without bending his knees.
太極拳教練儘管年紀很大，卻能不用屈膝就碰到腳指。

newly 嶄新地 + **wed** 結婚 = **newlywed**
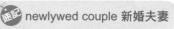 Ⓢnewly-married couple ❷IELTS

newlywed [ˈnjulɪ,wɛd] 新婚夫婦　　 newlywed couple 新婚夫妻

The **newlywed** decided to buy their house in the suburb and commute to work in the city. 那對新婚夫婦決定在郊區置產並通勤上班。

news 新聞 + **cast** 扔擲 = **newscast**　　　Ⓢnews broadcast ❸TOEIC

newscast [ˈnjuz,kæst] 新聞廣播　　 newscast channel 新聞頻道

I enjoy watching the 6:00 **newscast** as I eat dinner and unwind after work.
下班後我喜歡一邊吃晚餐放鬆心情，一邊看六點的整點新聞。

news 新聞 + **paper** 紙 = **newspaper**　　　Ⓢpaper ❹TOEFL

newspaper [ˈnjuz,pepɚ] 報紙　　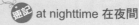 weekly newspaper 週報

The little girl read her grandmother's article in the **newspaper** and hoped to be a journalist. 小女孩讀著報紙上祖母的文章，期許自己成為一位記者。

nick 親密的 + **name** 名字 = **nickname**　　　Ⓢbyname ❸GEPT

nickname [ˈnɪk,nem] 綽號　　　 have nickname for 給…取外號

The naughty boy shouted at me, calling me by my **nickname** "Fatty".
那名調皮男孩對著我大喊我的綽號「小胖」。

night 夜晚 + **time** 時間 = **nighttime**　　　Ⓐdaytime ❹TOEIC

nighttime [ˈnaɪt,taɪm] 夜間　　　 at nighttime 在夜間

The cruise ship director planned many **nighttime** activities for guests' pleasure.

遊艇管理人為了滿足顧客，策畫了許多夜間活動。

no 沒有 + **body** 身體 = **nobody**

⚠️everybody ⑤GEPT

nobody ['nobɑdɪ] 沒人

📝like nobody's business 非常好；非常快

This secret is between you and me. **Nobody** else should be aware of it.
這是我們之間的祕密，不應該讓其他人知道。

none 沒有 + **the** 定冠詞 + **less** 更少 = **nonetheless**

Ⓢnevertheless ④TOEFL

nonetheless [ˌnʌnðəˈlɛs] 雖然如此；然而

The building project was way over the budget. **Nonetheless**, the board decided to proceed. 這項建設工程已超出預算很多，然而董事會還是決定著手進行。

note 筆記 + **book** 書本 = **notebook**

Ⓢlaptop ③TOEIC

notebook ['notˌbʊk] 筆記簿

📝notebook computer 筆記型電腦

My brother went to buy a **notebook** and some pencils in the neighboring stationery store. 我弟弟到附近文具店買了一本筆記本和幾隻鉛筆。

no 沒有 + **thing** 東西 = **nothing**

⚠️everything ⑤GEPT

nothing ['nʌθɪŋ] 沒有甚麼東西

📝nothing but 只有…；只不過

To stay in shape, Mika eats **nothing** for breakfast, but has a fruit smoothie every morning. 為了維持身材，米卡每天都不吃早餐，只喝一杯水果冰沙。

no 沒有 + **where** 地方 = **nowhere**

⚠️everywhere ④TOEFL

nowhere ['noˌhwɛr] 無人知道的地方

📝out of nowhere 突然冒出來

It's a pity that the book is out of print and is **nowhere** to be found.
很可惜這本書已絕版而且再也找不到了。

015 以 O 為首

MP3 433

快學便利貼

offspring n. 後代；產物；幼苗
otherwise adj. 另外的；adv. 此外；否則；conj. 不然；否則
outbreak n. 爆發；暴動
outcome n. 結果；成果

overall n. 工作服；罩衫；adj./adv. 全部的；總計；一般說來
overcoat n. 大衣；保護層
overcome v. 克服；戰勝；壓倒
overdo v. 過於…；誇張；耗盡

outdo v. 超越；制服
outdoor adj. 戶外的
outfit n. 旅行用品；工具；v. 配備
outgoing n. 開支；外出；adj. 開朗的；即將離職的
outlaw n. 喪失公權者；歹徒；v. 取締
outlet n. 出口；銷路；批發商店
outlook n. 展望；情勢；景色
outnumber v. 數量上勝過
output n. 產量；產品；v. 輸出信號
outright adj. 直率的；明白的；徹底的；adv. 完全；公開；直率地
outset n. 開端；開始
outside n. 外面；外側；外觀；adj. 外側的；prep. 在外部；向戶外；出界；在…之外
outskirts n. 郊外；外邊
outstanding adj. 傑出的；未付的；重要的；n. 未付帳款

overeat v. 吃得過多；暴食
overflow n. 過剩；超出額；排水口；v. 泛濫；充滿；過剩
overhead n. 管銷費用；天花板；adj. 架空的；通常開支的；adv. 在頭頂上；高高地；在樓上
overhear v. 無意中聽到；偷聽
overlap n./v. 重疊；重複
overlook v. 俯視；眺望；監督；檢查
overnight adj. 過夜的；adv. 過夜；昨夜
overpass n. 天橋；v. 通過；超出；違背
oversleep v. 睡過頭
overtake v. 超過；打垮
overthrow n./v. 推翻；破壞；廢除
overturn n./v. 推翻；毀滅；瓦解
overwhelm v. 壓倒；淹沒；使十分感動；使不知所措
overwork n. 過勞；加班；v. 工作過度；過勞

 單字拆解

S 同義　**A** 反義　**5** 單字出現頻率

off 脫離 + **spring** 出身 = offspring　　　**S** descendant　**3** TOEFL

offspring [ˈɔfˌsprɪŋ] 後代；產物；幼苗

It is said that all humankinds are the **offspring** of Eastern Africans.
據說所有人類都是東非人的後代。

other 其他的 + **wise** 方法 = otherwise　　　**S** if not　**5** IELTS

otherwise [ˈʌðɚˌwaɪz] 此外；否則　 be otherwise engaged 忙於其他事

The new teacher reads a lot of books to his students, **otherwise** they play games.
這名新老師會朗讀很多書給學生聽，不然就是玩遊戲。

out 突發地 + **break** 破裂 = outbreak　　　**S** outburst　**3** TOEFL

outbreak [ˈautˌbrek] 爆發；暴動　 the outbreak of …的爆發

The author was born in Tennessee before the **outbreak** of Civil War.
作者出生於美國南北戰爭爆發前的田納西州。

out 出現 + **come** 來 = outcome

Ⓢresult ④TOEIC

outcome ['aut,kʌm] 結果；成果

速記 the outcome of …的結果

It's our CEO's belief that quality determines the **outcome** of commercial competition.
總裁相信品質決定商業競爭的結果。

out 延伸地 + **do** 做 = outdo

Ⓢsurpass ③TOEIC

outdo [,aut'du] 超越；制服

速記 outdo sb in sth 在某方面超越某人

Peter usually **outdoes** all the other students in math exams.
彼得的數學時常考贏其他同學。

out 在外 + **door** 門 = outdoor

Ⓢopen-air ④GEPT

outdoor ['aut,dor] 戶外的

速記 outdoor activities 戶外活動

They will call off the **outdoor** campaigns if it rains next week.
若下週下雨，他們將取消戶外活動。

out 在外 + **fit** 裝備 = outfit

Ⓢequip ②GRE

outfit ['aut,fɪt] 旅費；旅行用品

速記 sailor outfit 水手服

The rescue team was **outfitted** with the modern equipment and headed to the disastrous area.
救援隊攜帶最新裝備前往災區。

out 向外 + **going** 離去 = outgoing

Ⓐincoming ③TOEFL

outgoing ['aut,goɪŋ] 開支；即將離職的

速記 outgoing call 外線

We are going to hold a retirement party for the **outgoing** colleague this Saturday.
我們將於本週六為一名即將離職的同事舉辦退休派對。

out 在外 + **law** 法律 = outlaw

Ⓢoutcast ③IELTS

outlaw ['aut,lɔ] 喪失公權者；歹徒；取締

The eccentric man was accused of offering shelter to an **outlaw**.
那名古怪的男人被控提供一名通緝犯棲身之所。

out 發出 + **let** 流出 = outlet

Ⓐinlet ③TOEIC

outlet ['aut,lɛt] 出口；銷路

速記 outlet mall 暢貨中心

The glassware manufacturer has a great number of **outlets** all over the island.
該玻璃器皿製造商在整個島上擁有許多銷售據點。

out 完全的 + **look** 看法 = outlook

Ⓢview ④GEPT

outlook ['aut,luk] 展望；情勢

速記 political outlook 政治前景

On my trip to Sun Moon Lake, I met a traveler who had an optimistic **outlook** on life.
在前往日月潭的途中，我認識了一位對人生充滿樂觀的旅客。

字首
字根
字尾
複合字

out 延伸地 + **number** 數量 = outnumber　　　　Ⓢexceed ❹TOEFL

outnumber [aut'nʌmbɚ] 數量上勝過　🐰速記 vastly outnumber 大量超出

The congressmen of the ruling party **outnumbered** those of the opposing party.
執政黨的議員人數遠多於在野黨。

out 產出 + **put** 推 = output　　　　Ⓢproduct ❹GEPT

output ['aut,put] 產量；生產　🐰速記 agricultural output 農業產出

Speaking and writing are both the **output** of language, while listening and reading are the input.
說與寫是語言的產物，聽與讀則是語言的輸入。

out 徹底地 + **right** 完全地 = outright　　　　Ⓢaltogether ❸GRE

outright ['aut,raɪt] 明白的；徹底的　🐰速記 an outright refusal 直截了當拒絕

The boutique will offer a special discount of 50% for buying the entire inventory **outright**. 精品店會給現場買下目錄上所有商品的人半價優惠。

out 發出 + **set** 開始活動 = outset　　　　Ⓢbeginning ❹TOEIC

outset ['aut,sɛt] 開端；開始　🐰速記 from the outset 從一開始

Take actions from the **outset** when you know the emergency money is running out.
當你一知道急用金快用完時，就應該有所行動。

out 在外 + **side** 邊 = outside　　　　⚠inside ❺IELTS

outside ['aut'saɪd] 外側的；在外部　🐰速記 at the outside 頂多

The alternate plan is to ask for some **outside** help if you aren't able to handle the case alone.
假如你無法單獨處理案件，就必須尋求外部協助做為替代方案。

out 偏僻的 + **skirts** 邊界 = outskirts　　　　Ⓢsuburbs ❹GEPT

outskirts ['aut,skɝts] 郊外；外邊　🐰速記 on the outskirts of …近郊

Some urban residents like to visit the **outskirts** on weekends.
有些都市人喜歡在周末時往郊區跑。

out 顯出地 + **standing** 地位 = outstanding　　　　Ⓢeminent ❹TOEFL

outstanding ['aut'stændɪŋ] 未付的；傑出的

The poor man paid off all his **outstanding** debt after he won the lottery.
那名窮人中樂透後清償了所有債務。

over 全面地 + **all** 全部 = overall　　　　Ⓢentire ❹TOEIC

overall ['ovɚ,ɔl] 全部的　🐰速記 overall majority 絕對多數

The **overall** economic situation in Asian countries went from bad to worse.
整個亞洲國家的經濟情勢每況愈下。

over 全部的 + **coat** 大衣 = overcoat　　　Ⓢtopcoat ❸TOEFL

overcoat [ˈovɚˌkot] 大衣；保護層

After entering the office, Miss Ko took off her **overcoat** and handed it to her secretary.
進辦公室後，柯小姐把大衣脫下交給助理。

over 反轉 + **come** 進展 = overcome　　Ⓢconquer ❹GEPT

overcome [ˌovɚˈkʌm] 克服；戰勝　　🔖 overcome with 屈服於

The students were **overcome** with grief upon hearing the news of their teacher's death. 學生得知老師的死訊時悲痛不已。

over 超過 + **do** 做 = overdo　　　Ⓢmagnify ❸GRE

overdo [ˌovɚˈdu] 誇張；耗盡　　🔖 overdo it 過分努力

Overdoing his exercise, Leo had sore knees and a backache the next day.
里歐因為運動過度，導致隔天膝蓋痠痛和背痛。

over 超過 + **eat** 吃 = overeat　　　Ⓐdiet ❷TOEFL

overeat [ˈovɚˈit] 吃得過多　　🔖 overeating disease 過食症

Fred's family asked him not to **overeat** during meals, but to consume sufficient vegetable fiber.
弗雷德的家人希望他不要暴飲暴食，而是要攝取足夠的蔬菜纖維。

over 超過 + **flow** 湧出 = overflow　　Ⓢflood ❸GEPT

overflow [ˌovɚˈflo] 泛濫；充滿　　🔖 overflow with 洋溢著

When a sink **overflows**, the water will go onto the floor and cause water damage.
水槽的水滿出來後，水會流到地上造成水患。

over 在…之上 + **head** 頭 = overhead　　Ⓢcost ❸TOEIC

overhead [ˈovɚˈhɛd] 管銷費用　　🔖 overhead projector 高射投影機

To decrease **overhead** expenses, the company no longer offered office supplies to its employees.
為了減少一般開銷，公司不再提供員工辦公用品。

over 在另一方 + **hear** 聽 = overhear　　❷TOEFL

overhear [ˌovɚˈhɪr] 無意中聽到　🔖 couldn't help overhearing 忍不住偷聽

I **overheard** my grandfather said that he planned to release his land to the real estate company. 我無意間聽到祖父說他計畫要把土地讓渡給房地產公司。

over 重複 + **lap** 層疊 = overlap　　　Ⓢlap ❸TOEIC

overlap [ˌovɚˈlæp] 重疊　　🔖 overlap with 與…重疊

The new department obviously **overlaps** the functions of the department already in existence. 新部門顯然與現有部門的職務重疊。

字首

字根

字尾

複合字

over 在…之上 + **look** 看 = overlook

overlook [ˌovəˈluk] 俯視；監督　　　速記 overlook the fact that 忽視…的事實　　Ⓢneglect ④TOEFL

The hard-working employee didn't realize that he was being **overlooked** for the promotion. 那位努力工作的員工不知道自己正被暗中觀察為升遷的對象。

over 在…期間 + **night** 夜晚 = overnight

overnight [ˈovəˈnaɪt] 過夜的　　　速記 change overnight 一夕之間轉變　　③TOEIC

The hikers stayed **overnight** at a hostel in the mountain due to the bad weather. 由於天氣惡劣，登山客在山中的旅舍過夜。

over 從一方至另一方 + **pass** 通過 = overpass

overpass [ˈovəˌpæs] 天橋　　　速記 under the overpass 在天橋下　　Ⓢviaduct ②TOEFL

The **overpass** close to my house has been closed ever since parts of it became damaged. 靠近我家的天橋因為部分毀損，目前已經關閉。

over 超過 + **sleep** 睡覺 = oversleep

oversleep [ˈovəˈslip] 睡過頭　　　速記 I overslept myself. 我睡過頭了。　　Ⓢoutsleep ③GEPT

Tina couldn't catch the first train to Taipei because she **overslept**. 蒂娜因為睡過頭而趕不上往台北的第一班火車。

over 超過 + **take** 奪取 = overtake

overtake [ˌovəˈtek] 超過　　　速記 be overtaken by 被…超越　　Ⓢoverhaul ③GRE

The slow moving van was **overtaken** by faster moving traffic on the highway. 那輛車速很慢的貨車在高速公路上被速度較快的車輛超車。

over 翻倒 + **throw** 投擲 = overthrow

overthrow [ˌovəˈθro] 推翻　　　速記 overthrow Qing Dynasty 推翻滿清　　Ⓢdestroy ③GEPT

Dr. Sun Yat-sen organized people to **overthrew** the last dynasty in China in 1911. 一九一一年，孫逸仙博士組織人民推翻中國最後一個王朝。

over 翻倒 + **turn** 旋轉 = overturn

overturn [ˌovəˈtɜn] 毀滅　　　速記 overturn a decision 推翻決定　　Ⓢoverthrow ②IELTS

The **overturn** of the government resulted from the president's notorious ruling. 政府遭推翻起因於總統惡名昭彰的治理方式。

over 全面 + **whelm** 壓倒 = overwhelm

overwhelm [ˌovəˈhwɛlm] 壓倒　　　速記 be overwhelmed by 沉浸於　　Ⓢsurmount ③GEPT

The mother has been **overwhelmed** by grief since her only son's death. 自從失去唯一的兒子，這位母親一直沉浸在悲傷裡。

over 超過 + **work** 工作 = overwork Ⓢoverfatigue ❸GEPT

overwork ['ovəˈwɜk] 過勞；加班   death from overwork 過勞死

Concerned about her personal health, the young doctor avoided **overworking** herself. 為了自身的健康，年輕醫生避免讓自己加班過勞。

016

以 p 為首 MP3 434

字首

快學便利貼

pancake n. 薄煎餅；烙餅	**playground** n. 操場；遊樂場；運動場
passport n. 護照；通行證；入場券	**playwright** n. 劇作家
password n. 密碼；口令	**pocketbook** n. 錢包；小筆記本；袖珍
peanut n. 花生；小人物	普及本；經濟來源
pickpocket n. 扒手	**policeman** n. 警察
pineapple n. 鳳梨	**popcorn** n. 爆米花
pipeline n. 管線	**postcard** n. 明信片

單字拆解

Ⓢ同義 Ⓐ反義 ❺單字出現頻率

pan 平底鍋 + **cake** 蛋糕 = pancake Ⓢcrepe ❷TOEFL

pancake ['pænˌkek] 薄煎餅 pancake roll 春捲

Can I have another helping of **pancakes**, and can I have maple syrup on them, please? 請問我可以再來一份鬆餅，並在上面淋些楓糖漿嗎？

pass 通過 + **port** 機場 = passport Ⓢpermission ❹TOEFL

passport ['pæsˌport] 護照 a passport to …的入場券

Unlike people in other countries, Canadians are required to renew their **passports** every five years.
不同於其他國家，加拿大人必須每五年更換一次護照。

pass 通過 + **word** 口令 = password Ⓢcode ❹TOEIC

password ['pæsˌwɜd] 密碼 password fatigue 密碼疲勞症

It's important to change your e-mail **password** once in a while as a security precaution. 基於安全考量，偶爾更換電子郵件的密碼是很重要的。

pea 豌豆莢 + **nut** 果核 = peanut

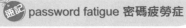

peanut ['pi,nʌt] 花生;小人物
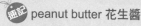 peanut butter 花生醬

The farmer insisted on planting **peanuts** without using any chemicals.
農夫堅持栽種花生的過程中不使用農藥。

pick 扒取 + **pocket** 口袋 = pickpocket
Ⓢganef ❷IELTS

pickpocket ['pɪk,pɑkɪt] 扒手

The **pickpocket** stole many wallets on the crowded streets in Bangkok.
那名扒手在人潮洶湧的曼谷街頭偷了許多錢包。

pine 松樹 + **apple** 蘋果 = pineapple
❷GEPT

pineapple ['paɪn,æpl] 鳳梨
 pineapple juice 鳳梨汁

The hostess made me a vegetable dish with **pineapple** slices for lunch this afternoon. 今天中午,女主人用鳳梨切片幫我做了蔬菜佳餚當午餐。

pipe 管狀物 + **line** 線路 = pipeline
Ⓢconduit ❸GRE

pipeline ['paɪp,laɪn] 管線
 in the pipeline 處理中

The oil companies built **pipelines** to deliver crude oil to the refineries a thousand miles away.
石油公司架設管線以便將原油輸送到一千英里外的煉油廠。

play 遊樂 + **ground** 地面 = playground
Ⓢfield ❷GEPT

playground ['ple,graʊnd] 遊樂場
 playground of …的遊樂場

There are slides, seesaws and swings in the **playground** where children can have fun safely.
遊樂場裡有溜滑梯、蹺蹺板和鞦韆,小朋友可以在這裡安全玩耍。

play 戲劇 + **wright** 建造者 = playwright
Ⓢdramatist ❸GRE

playwright ['ple,raɪt] 劇作家

William Shakespeare is known as the greatest English poet and **playwright** in history. 威廉・莎士比亞被譽為史上最偉大的英國詩人和劇作家。

pocket 口袋 + **book** 書 = pocketbook
Ⓢnotebook ❷TOEIC

pocketbook ['pɑkɪt,bʊk] 小筆記本
 pocketbook issues 民生議題

The Chen family's **pocketbook** was greatly affected as a result of Mr. Chen's layoff.
由於陳先生臨時遭解雇,陳家的經濟來源大受影響。

police 警察 + **man** 人 = policeman
Ⓢcop ❸GEPT

policeman [pə'lismən] 警察 sleeping policeman 使車輛減速的路面突起

The **policeman** lost the use of an arm when he fought with a vicious criminal head-on.
當那名警察正面迎擊一名聲名狼藉的罪犯時,他有一隻手臂不能動。

pop 爆裂 + **corn** 玉米 = popcorn ③ GEPT

popcorn [ˈpɑpˌkɔrn] 爆米花　　通記 microwave popcorn 微波爆米花

I'd like to order two bags of **popcorn** and one large coke, please.
請給我兩包爆米花還有一杯大可樂。

post 郵件 + **card** 卡片 = postcard Ⓢ card ⑤ IELTS

postcard [ˈpostˌkɑrd] 明信片　　通記 send sb postcard 寄明信片給某人

I was surprised to receive a **postcard** from my cousin, who immigrated to Canada ten years ago.
我很訝異會收到十年前移民加拿大的表妹寄給我的明信片。

017　以 r 為首
MP3 435

快學便利貼

railroad n. 鐵路；鐵路設施；鐵路公司
rainbow n. 彩虹
rainfall n. 下雨；雨量

reinforce v. 求援；增援；補充；使更具說服力；強化刺激
restroom n. 盥洗室

單字拆解

Ⓢ 同義　Ⓐ 反義　⑤ 單字出現頻率

rail 鐵軌 + **road** 路 = railroad Ⓢ railway ⑤ TOEIC

railroad [ˈrelˌrod] 鐵路；鐵路設施　　通記 railroad police 鐵路警察

Stuck on the **railroad** crossing, the car was hit by the train and was smashed into pieces. 那輛車因為卡在平交道而被火車撞成碎片。

rain 雨 + **bow** 弓 = rainbow ⑤ GRE

rainbow [ˈrenˌbo] 彩虹　　通記 rainbow trout 虹鱒

After the thundershower, there was a **rainbow** crossing the blue sky above the green mountain. 雷陣雨過後，翠綠的山頂上有一道彩虹橫跨藍天。

rain 雨 + **fall** 落下 = rainfall ④ TOEFL

rainfall [ˈrenˌfɔl] 下雨；雨量　　通記 low rainfall 降雨量低

A high amount of **rainfall** in Hawaii makes it hard to ride a bicycle or motorcycle there. 由於夏威夷降雨量大，很難在當地騎腳踏車或是機車。

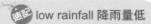
字首
字根
字尾
複合字

rein 支配 + **force** 力量 = reinforce 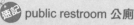 Ⓢstrenghthen ❺GEPT

reinforce [ˌriɪn'fɔrs] 求援；補充 reinforce concrete 鋼筋混凝土

Thicker steel girders **reinforce** skyscrapers in San Francisco to withstand frequent earthquakes. 在舊金山會用更粗的鋼樑來穩固摩天大樓以抵擋頻繁發生的地震。

rest 休息 + **room** 空間 = restroom　　Ⓢtoilet ❹GEPT

restroom [ˈrɛstrum] 盥洗室　　public restroom 公廁

Many travelers stop at gas stations just to use the **restrooms**.
許多旅客停靠加油站只是為了使用洗手間。

018 以 S 為首

MP3 436

快學便利貼

safeguard n. 警衛；安全措施；安全通行證；v. 防備；維護

salesperson n. 營業員；售貨員；推銷員

scarecrow n. 稻草人；衣衫襤褸的人

screwdriver n. 螺絲起子；螺絲刀

seagull n. 海鷗

setback n. 挫折；逆境；復發

shoplift v. 在商店中竊取商品

shortcoming n. 缺點；不足

shortsighted adj. 眼光短淺的

sidewalk n. 人行道

sightseeing n. 觀光；adj. 遊覽的

silkworm n. 蠶

skyscraper n. 摩天大樓；高聳煙囪

smallpox n. 天花；牛痘

software n. 軟體；程式設備；程度系統

somebody pron. 某人；n. 重要人物

someday adv. 有一天

somehow adv. 以某種方式；不知怎樣地

someone pron. 某人；有人

something n. 某事；重要的人物事；少量；adv. 大約；非常

sometime adj. 以前的；adv. 在以後某個時候

somewhat n. 某事；某部分；pron. 一些；adv. 稍微

somewhere adv. 某處；大約；在…附近；在…的時候

soybean n. 黃豆

spacecraft n. 太空船

spokesperson n. 發言人；代言人

sportsman n. 運動員；愛好運動的人

spotlight n. 聚光燈；注目焦點；v. 將光線集中於…

statesman n. 政治家

stepchild n. 前配偶所生的子女

stepfather n. 繼父

stepmother n. 繼母

straightforward adj. 直接的；正直的；明確的；adv. 坦率地

strawberry n. 草莓

suitcase n. 手提箱

supermarket n. 超級市場

safe 安全 + **guard** 警衛 = **safeguard**　Ⓢprotect ④TOEFL

safeguard ['sef,gɑrd] 警衛；安全措施

 safeguard from 防止

Extra security were employed to **safeguard** the British Crown Jewels during the exhibit. 展覽期間，博物館雇用額外的警力來保護英國女王的王冠。

sales 銷售 + **person** 人 = **salesperson**　Ⓢseller ④TOEIC

salesperson ['selz,pɝsn̩] 營業員

 real estate salesperson 房地產業務

All the **salespersons** are going all out to reach their monthly business goals.
所有的推銷員都外出去工作以達成月銷售目標。

scare 使驚嚇 + **crow** 烏鴉 = **scarecrow**　④GEPT

scarecrow ['skɛr,kro] 稻草人；衣衫襤褸的人

The farmer erected **scarecrows** around the field to prevent sparrows from eating crops. 農夫在田地附近立起稻草人以防止麻雀吃農作物。

screw 螺絲 + **driver** 驅使者 = **screwdriver**　④TOEFL

screwdriver ['skru,draɪvɚ] 螺絲起子

 electric screwdriver 電動螺絲起子

The mechanic removed the screws from the engine with a flathead **screwdriver**.
技工用扁頭螺絲起子旋下引擎上的螺絲釘。

sea 海 + **gull** 鷗鳥 = **seagull**　Ⓢshearwater ③IELTS

seagull ['sigʌl] 海鷗

Seagulls and other seabirds play an essential role for the marine ecology.
海鷗和其他海鳥在海洋生態中扮演著不可或缺的角色。

set 使處於…狀態 + **back** 後退 = **setback**　Ⓢfrustration ⑤GEPT

setback ['sɛt,bæk] 挫折；疾病復發

suffer a setback 遭遇挫折

The injured man experienced a **setback** in his recovery, which delayed his return to his job.
那名受傷的男人在復原過程中舊疾復發，耽擱了他回到工作崗位的時間。

shop 商店 + **lift** 偷竊 = **shoplift**　Ⓢsteal ④GEPT

shoplift ['ʃɑp,lɪft] 在商店中竊取商品

anti-shoplifting device 反偷竊裝置

The clerk made certain that the girl who **shoplifted** was reported to the police.
店員確定已將在店裡偷竊的女孩通報警察了。

short 不足的 + **coming** 到達 = **shortcoming**

字首　字根　字尾　複合字

shortcoming [ˈʃɔrtˌkʌmɪŋ] 缺點

The part-timer has several **shortcomings**, and the worst one is being too talkative.
那位計時工讀生有幾個缺點，其中最糟的就是太愛說話了。

short 短淺 + **sight** 眼界 + **ed** 的 = shortsighted

shortsighted [ˈʃɔrtˈsaɪtɪd] 眼光短淺的

The **shortsighted** candidate didn't discuss the important issues, and lost the mayoral election.
目光短淺的候選人並未談及重要議題，因而輸了市長選舉。

side 旁邊 + **walk** 走路 = sidewalk

sidewalk [ˈsaɪdˌwɔk] 人行道

速記 moving sidewalk 電動步道

While walking on the **sidewalk**, I saw a cat jump across my path in pursuit of a mouse. 走在人行道上，我看到有隻貓為了追一隻老鼠從我眼前跳過。

sight 風景 + **seeing** 觀看 = sightseeing

sightseeing [ˈsaɪtˌsiɪŋ] 觀光；遊覽的

速記 go sightseeing 觀光

Several **sightseeing** groups from Hong Kong visited the memorial arch on the hilltop. 有幾個從香港來的觀光團駐足山頂參觀紀念牌坊。

silk 絲綢 + **worm** 蟲 = silkworm

silkworm [ˈsɪlkˌwɜm] 蠶

速記 silkworm moth 蠶蛾

Silkworms feed on the leaves of mulberry for about two months and then spin silk.
蠶寶寶吃了兩個月的桑葉後就會開始吐絲。

sky 天空 + **scraper** 刮刀 = skyscraper

skyscraper [ˈskaɪˌskrepɚ] 摩天大樓；高聳煙囪

Seen in the distance, the **skyscraper** looks like a column standing on the horizon.
那棟摩天大樓遠遠望去就像是矗立於地平線上的大圓柱。

small 小的 + **pox** 發疹 = smallpox

smallpox [ˈsmɔlˌpɑks] 天花；牛痘

速記 smallpox vaccine 天花疫苗

In some developing countries, there are still a lot of children suffering from **smallpox**.
某些發展中的國家仍有許多幼童罹患天花。

soft 柔軟的 + **ware** 貨物 = software

software [ˈsɔftˌwɛr] 軟體

速記 word-processing software 文字處理軟體

The computer programmer upgraded the antivirus **software** compatible with his new computer. 程式設計師升級與新電腦相容的防毒軟體。

some 某一 + **body** 軀體 = somebody

somebody ['sʌm,bɑdɪ] 重要人物

通記 be somebody 成為重要人物

Ⓢsomeone ⑤TOEIC

After the meal, the customer didn't pay the bill but charged it to **somebody** else's account. 那個客人吃完飯後把錢記在別人帳上。

---

some 某一 + **day** 天 = someday

someday ['sʌm,de] 有一天

通記 someday soon 未來某天

Ⓢsometime ⑤GEPT

The labor union leader has arranged to negotiate with the CEO **someday** this month. 工會領導人已經安排好本月的某一天和總裁進行談判。

---

some 某個 + **how** 方式 = somehow

somehow ['sʌm,haʊ] 以某種方式

通記 somehow or other 以某種方式

Ⓢsomeway ⑤GEPT

I promised myself that I would **somehow** earn enough money to travel to Australia. 我答應自己要用某種方式賺夠錢然後去澳大利亞旅行。

---

some 某個 + **one** 人 = someone

someone ['sʌm,wʌn] 某人；有人

通記 someone else 別人

Ⓢsomebody ⑤TOEFL

In many countries, it's polite to shake hands with **someone** you first met. 在許多國家，和你第一次見面的人握手是有禮貌的。

---

some 某個 + **thing** 東西 = something

something ['sʌmθɪŋ] 重要人物或事；大約

⑤TOEFL

I made an appointment with the manager to give an account of **something** important. 為了報告某件要事，我和經理有約。

---

some 某個 + **time** 時間 = sometime

sometime ['sʌm,taɪm] 以前的；在以後某個時候

Ⓢsomeday ⑤TOEIC

The committee has decided to close an account with the foreign client **sometime** this year. 委員會決定要在今年關閉一位國外客戶的帳戶。

---

some 某個 + **what** 什麼 = somewhat

somewhat ['sʌm,hwɑt] 一些；稍微

通記 somewhat of 有點

Ⓢsort of ⑤TOEIC

The risky, high-yield investment goes **somewhat** against the conservative policies. 這個高風險高收益的投資有點違反傳統的策略。

---

some 某個 + **where** 地點 = somewhere

somewhere ['sʌm,hwɛr] 大約；在…附近

通記 somewhere else 他處

Ⓢsomeplace ⑤GEPT

It seems to be too noisy to talk on the cell phone here, so go **somewhere** quieter. 這裡似乎太吵了，所以到其他安靜一點的地方講手機吧。

字首
字根
字尾
複合字

soy 黃豆 + **bean** 豆類 = soybean Ⓢsoya bean ❸GEPT

soybean ['sɔɪ'bin] 黃豆 速記 soybean milk 豆漿

The **soybeans** are an improved variety, so the soybean milk made from them tasted sweeter. 黃豆是改良後的品種,因此製成豆漿後嚐起來更甜。

space 太空 + **craft** 飛機 = spacecraft Ⓢspaceship ❹TOEFL

spacecraft ['spes,kræft] 太空船 速記 Apollo spacecraft 阿波羅號太空船

The development of **spacecraft** has made it possible for man to travel in outer space. 太空船的發展使人類有可能到外太空旅行。

spokes 陳述 + **person** 人 = spokesperson Ⓢspokesman ❹TOEFL

spokesperson ['spoks,pɜsn] 發言人

The **spokesperson** announced that the seminar would be postponed for various reasons. 發言人宣布研討會因種種原因而延期。

sports 運動 + **man** 人 = sportsman Ⓢathlete ❺GEPT

sportsman ['sportsmən] 運動員 速記 a keen sportsman 熱衷運動的人

The **sportsman** seems to be quite daring and fond of trying risky sports.
那名運動員似乎相當勇敢而且熱愛嘗試危險的運動。

spot 聚點 + **light** 燈光 = spotlight Ⓢhighlight ❹TOEFL

spotlight ['spɑt,laɪt] 注目焦點 速記 under the spotlights 在聚光燈下

The report **spotlighted** the real situation of bullying on campus.
該報導特別關注校園霸凌的真實狀況。

states 國家事務 + **man** 人 = statesman Ⓢpolitician ❹GEPT

statesman ['stetsmən] 政治家 速記 elder statesman 元老

Abraham Lincoln is known as one of the greatest **statesmen** in the USA.
亞伯拉罕‧林肯被稱為美國最偉大的政治家之一。

step 後繼的 + **child** 孩童 = stepchild Ⓢstepson ❷TOEFL

stepchild ['stɛp,tʃaɪld] 前配偶所生的子女

The **stepchild** is usually embarrassed in the presence of his stepfather.
有繼父在場時,繼子通常會覺得有點尷尬。

step 後繼的 + **father** 父親 = stepfather ⚠biological father ❸GEPT

stepfather ['stɛp,fɑðə] 繼父 速記 a tender stepfather 慈祥的繼父

My mother survived my **stepfather**, so she had lived a lonely life before she died.
我的母親活得比我繼父久,所以在她死前一直過著孤獨的生活。

step 後繼的 + **mother** 母親 = stepmother   Ⓢ**stepmom** ③**IELTS**

stepmother [ˈstɛp.mʌðə] 繼母

To support his education, Oscar's **stepmother** made money by working three jobs around the clock.
為了供奧斯卡上學，他的繼母日以繼夜地兼三份差賺錢。

straight 直的 + **forward** 朝向 = straightforward   Ⓢ**direct** ④**GEPT**

straightforward [.stret'fɔrwəd] 直接的；明確的

The professor's explanation about the doctrines of Freud was **straightforward**.
教授清楚明確地解釋弗洛伊德學說。

straw 稻草的 + **berry** 莓類 = strawberry   ④**GEPT**

strawberry [ˈstrɔbɛrɪ] 草莓   〔速記〕strawberry jam 草莓醬

The **strawberry** shortcake is too sweet and fattening, so don't eat too much.
草莓蛋糕太甜膩而且容易令人發胖，所以不要吃太多。

suit 套；組 + **case** 箱子 = suitcase   Ⓢ**travel bag** ④**TOEFL**

suitcase [ˈsut.kes] 手提箱   〔速記〕pack a suitcase 打包行李

There is a moisture barrier inside the **suitcase**.
手提箱裡有防潮層。

super 大的 + **market** 市場 = supermarket   ⑤**TOEFL**

supermarket [ˈsupə.markɪt] 超級市場   〔速記〕supermarket aisles 超市走道

The woman took a part-time job at a neighborhood **supermarket** to earn spending money. 為了賺取零用錢，婦人到附近的超級市場兼差。

019 以 **t** 為首   MP3 437

快學便利貼

table tennis n. 桌球	**therefore** adv. 因此；所以
taxicab n. 計程車	**throughout** adv. 徹底地；prep. 整個；到處
textbook n. 教科書	**tiptoe** n. 腳尖；v. 踮起腳走；adv. 悄悄地
thereafter adv. 此後	**trademark** n. 商標；v. 註冊商標
thereby adv. 因此	**typewriter** n. 打字機

 **單字拆解**

S同義　A反義　5單字出現頻率

table 桌子 + **tennis** 網球 = **table tennis**　S ping-pong ④ TOEFL

table tennis ['tebḷ'tɛnɪs] 桌球
速記 table tennis racket 桌球拍

Swift and energetic, the little boy has an aptitude for playing **table tennis**.
敏捷又精力旺盛，這個小男孩具有打桌球的天份。

taxi 計程車 + **cab** 計程車 = **taxicab**　S taxi ④ TOEFL

taxicab ['tæksɪˌkæb] 計程車
速記 taxicab fare 計程車資

To make a living, the young man requested a loan from the bank to buy a **taxicab**.
為了生計，年輕人向銀行貸款買計程車。

text 課文 + **book** 書 = **textbook**　S course book ⑤ GEPT

textbook ['tɛkstˌbʊk] 教科書
速記 used textbook 二手教科書

Besides **textbooks**, students should be encouraged to read classic novels.
除了教科書外，應鼓勵學生讀些經典小說。

there 那裡 + **after** 之後 = **thereafter**　S afterwards ⑤ GEPT

thereafter [ðɛr'æftə] 此後
速記 shortly thereafter 不久之後

The teacher sang and danced in the play; **thereafter**, gaining the respect of her students.
自從該名老師在比賽中又唱又跳後，她贏得了學生的尊敬。

there 那裡 + **by** 經由 = **thereby**　S thus ④ TOEFL

thereby [ðɛr'baɪ] 因此
速記 thereby hangs a tale 其中大有文章

Steve recently stopped smoking, **thereby** he has better chance to live longer.
最近史提夫戒菸了，因此他有機會活久一點。

there 那裡 + **fore** 前面 = **therefore**　S hense ⑤ GEPT

therefore ['ðɛrˌfor] 因此
速記 I think, therefore I am. 我思故我在。

The doctor diagnosed Tom with diabetes; **therefore**, he had to quit eating anything with sugar.
醫生診斷出湯姆患有糖尿病，所以他必須停止吃任何含糖食物。

through 遍及 + **out** 徹底地 = **throughout**　S all over ⑤ GRE

throughout [θru'aʊt] 徹底地；整個
速記 throughout the world 全世界

The investigators searched **throughout** the graveyard for the gun deserted by the criminal.
調查員為了找出犯人丟棄的手槍翻遍了整座墓園。

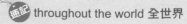

tip 尖端 + **toe** 腳趾 = tiptoe   Ⓐfingertip ❹GEPT

tiptoe ['tɪp,to] 腳尖;悄悄地   to tiptoe around 小心地規避

The girl didn't want to make any noise, so she **tiptoed** through the nursery room.
女孩不想發出噪音,所以她踮著腳尖走過嬰兒室。

trade 商業 + **mark** 標記 = trademark   Ⓢlabel ❹TOEIC

trademark ['tred,mɑrk] 商標   速記 registered trademark 註冊商標

Generally speaking, products with well-known **trademarks** sell better than those without them.
一般而言,擁有知名商標的產品賣得比那些沒有商標的還好。

type 打字 + **writer** 抄寫員 = typewriter   Ⓢtyping machine ❹GEPT

typewriter ['taɪp,raɪtɚ] 打字機   速記 typewriter font 打字機字體

The administrative assistant inserted a sheet of A4 paper into the **typewriter** and began to type.
行政助理將一張A4的紙插入打字機後便開始打字。

020 以 U 為首

快學便利貼

under adj. 下面的;附屬的;adv. 少於;
在…下面;prep. 少於;在…之下
underestimate n. 過低估價;過低評價;
輕視;v. 低估;看輕
undergo v. 經歷;遭受;接受
undergraduate n. 大學生;adj. 大學生的
underline n. 底線;下期節目預告;v. 劃線
於…下面;強調;預告
undermine v. 挖掘;侵蝕…基礎;暗中破壞
underneath n. 下部;adj. 底層的;下面
的;字裡行間的;adv. 在下
面;prep. 在…的下面;在…
的支配下;隸屬於…

underpass n. 地下道;地下通道
understand v. 了解;領會;聽說
undertake v. 從事;擔保;保證
underwear n. 內衣;襯衣
update n. 最新資訊;v. 更新
upgrade n. 撫養;升級;培養
uphold n. 支持者;v. 支援;批准;
確認
upload v. 上載;傳入資料
upright n. 柱;adj./adv. 筆直的;
正直的
upset n. 傾覆;不安;v. 推翻;使
不舒服;adj. 煩亂的

S below　**5** GRE

under [ˈʌndə] 下面的；根據；在進行…中

速記 under arrest 被捕

The MRT between Taipei and the international airport is still **under** construction.
往返台北和國際機場間的捷運正在興建。

under 少於　**+** **estimate** 估計 **= underestimate**

S undervalue　**4** TOEIC

underestimate [ˈʌndəˈɛstəˌmet] 低估

It's obvious that many buyers **underestimated** these exquisite works of art.
很明顯的，很多買家都低估了這些精緻的藝術作品。

under 在…裡面　**+** **go** 處於…狀態 **= undergo**　**S** experience　**5** TOEFL

undergo [ˌʌndəˈgo] 經歷；接受

速記 undergo an operation 接受手術

All the new employees will **undergo** a series of in-service training for one month.
所有新進員工都將接受一連串為期一個月的在職訓練。

under 未滿　**+** **graduate** 畢業 **= undergraduate**

S graduate　**5** TOEFL

undergraduate [ˌʌndəˈgrædʒuɪt] 大學生(的)

Choosing the right field of study is a serious decision for most **undergraduates**.
對多數大學生來說，選擇合適的研究領域是個重要的決定。

under 在…下面　**+** **line** 線 **= underline**　**S** underscore　**4** GEPT

underline [ˌʌndəˈlaɪn] 強調；預告

速記 an underlined word 劃底線的字

The teacher **underlined** the most important books she wanted us to read this summer.
老師強調了幾本要我們在今年夏天閱讀的重要書籍。

under 在…下面　**+** **mine** 開採 **= undermine**　**S** weaken　**5** GRE

undermine [ˌʌndəˈmaɪn] 侵蝕；暗中破壞

My mother's chronic disease has **undermined** our plans to go on vacation together.
母親的慢性病打消了我們一起度假的計畫。

under 在…之下　**+** **neath** 在…之下 **= underneath**　**S** below　**5** IELTS

underneath [ˌʌndəˈniθ] 底層的

速記 beauty underneath 隱藏的美

My favorite fishing spot is a clear brook flowing **underneath** the suspension bridge.
我最喜歡的釣魚地點是一條流過吊橋下的清澈小溪。

under 在…之下　**+** **pass** 通道 **= underpass**

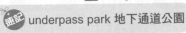
underpass [ˈʌndɚˌpæs] 地下道　　速記 underpass park 地下通道公園

Many motorcycle riders use an **underpass** to stay dry during a thunderstorm.
許多機車騎士會在雷雨交加時到地下道躲雨。

under 在…裡面 **+** **stand** 站立 **= understand** Ⓢ comprehend ⑤ GEPT

understand [ˌʌndɚˈstænd] 領會；聽說　　速記 Do you understand? 你了解嗎？

We should **understand** how to assert our rights before we decide to work with someone else.
在決定要和他人共事前，我們應該要先了解如何維護自身權利。

under 在…名義之下 **+** **take** 承擔 **= undertake** Ⓢ assume ④ GRE

undertake [ˌʌndɚˈtek] 從事；擔保　　速記 undertake a mission 負責一項任務

Brian promised to **undertake** the dangerous task; however, he broke his promise in the end.
布萊恩答應會接下這項危險任務，然而最後他卻失信了。

under 在…裡面 **+** **wear** 衣服 **= underwear** Ⓢ underpants ④ GEPT

underwear [ˈʌndɚˌwɛr] 內衣；襯衣　　速記 men's underwear 男性內衣

It is forbidden to wear **underwear** while swimming in the pool.
在泳池游泳時禁止穿著內衣。

up 趕上 **+** **date** 日期 **= update** Ⓢ renew ⑤ GEPT

update [ʌpˈdet] 最新資訊　　速記 update your status 更新您的狀態

The salesperson has to **update** his sales information to his supervisor every day.
售貨員必須每天向主管更新銷售資訊。

up 向上地 **+** **grade** 等級 **= upgrade** Ⓐ downgrade ⑤ TOEIC

upgrade [ˈʌpˈgred] 升級；培養　　速記 upgrade fever 電腦升級熱

Jim needs to **upgrade** his computer because he needs more RAM to play the new game. 吉姆需要升級他的電腦，因為他要更多的隨機存取記憶體來玩新遊戲。

up 沿著 **+** **hold** 支撐 **= uphold** Ⓢ sustain ④ GEPT

uphold [ʌpˈhold] 支援；批准　　速記 uphold a decision 支持決定

A judge must make difficult decisions to **uphold** the principles of law.
為了維護法律原則，法官必須做出困難的決定。

up 全部 **+** **load** 裝載 **= upload** Ⓐ download ④ TOEFL

upload [ʌpˈlod] 上載；傳入資料　　速記 upload speed 上傳速度

A web page instructed me on how to **upload** my personal videos to YouTube.com.
有個網頁教我如何上傳個人影片到YouTube。

字首
字根
字尾
複合字

up 由下往上 + **right** 直的 = upright

S vertical **5** GRE

upright ['ʌpˌraɪt] 筆直的;正直的

速記 upright piano 立式鋼琴

It's quite rude in Taiwan to leave your chopsticks **upright** in the bowl during the meal.
在台灣,吃飯時把筷子直接插在碗上很不禮貌。

up 逆向 + **set** 安置 = upset

S unsettle **5** GEPT

upset [ʌp'sɛt] 不安;推翻

速記 have an upset stomach 腸胃不適

The student tends to be nervous and **upset** whenever an exam is around the corner.
每當考試即將來臨時,學生變得緊張而且心煩意亂。

021 以 V 為首

MP3 439

快學便利貼

videotape n. 錄影帶;v. 錄影	volleyball n. 排球
vineyard n. 葡萄園	

單字拆解

S 同義 **A** 反義 **5** 單字出現頻率

video 錄影 + **tape** 膠帶 = videotape

A radio **5** GEPT

videotape ['vɪdɪo'tep] 錄影帶

速記 have sth videotaped 把…錄起來

The old security system used to record the hotel lobby on **videotape**, but it was recently replaced.
老舊的保全系統使用錄影帶錄下飯店大廳,但最近已遭汰換了。

vine 葡萄藤 + **yard** 場地 = vineyard

S grapery **4** TOEFL

vineyard ['vɪnjəd] 葡萄園

速記 Naboth's vineyard 令人垂涎之物

The **vineyard** owner purchased an advertisement in a magazine to promote his organic wine.
葡萄園主人買下雜誌的廣告頁面來促銷他的有機葡萄酒。

volley 將球擊回 + **ball** 球 = volleyball

4 GEPT

volleyball ['vɑlɪˌbɔl] 排球

速記 beach volleyball 沙灘排球

The tall, athletic student tried out for the school **volleyball** team.
那名又高又壯的學生參加排球校隊的選拔。

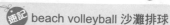

快學便利貼

wardrobe n. 衣櫥；藏衣室；全部衣服	**whereas** conj. 然而；雖然；既然；就…而論
warehouse n. 倉庫；v. 存入倉庫	
waterfall n. 瀑布	**wherever** adv. 無論在哪裡；任何地方；conj. 無論何處
watermelon n. 西瓜	
waterproof n. 防水材料；雨衣；v. 使防水；adj. 防水的	**wholesale** n. 批發；v. 批發；adj. 批發的；大規模的；adv. 整批地
website n. 網站；網址	**widespread** adj. 廣佈的；普遍的
weekday n. 工作日；adj. 平日的	**wildlife** n. 野生動植物；adj. 野生的
weekend n. 週末	**windshield** n. 擋風玻璃
whatever pron. 無論甚麼；adj. 任何的	**withdraw** v. 撤回；收回；領回；使退出
whatsoever pron. 不論甚麼；adj. 無論如何的；不論甚麼的	**within** prep. 不超過；在…的範圍內
	without prep. 沒有；在…範圍之外
wheelchair n. 輪椅	**withstand** n. 反抗；抵擋
whenever adv. 無論何時；conj. 每當	**woodpecker** n. 啄木鳥
whereabouts n. 所在之處；adv. 在…附近；conj. 在何處	**workshop** n. 工作坊；工廠
	worthwhile adj. 值得做的

字首 字根 字尾 複合字

單字拆解

S 同義　**A** 反義　**5** 單字出現頻率

ward 保護 ＋ **robe** 長袍 ＝ wardrobe　　**S** closet　**4** GEPT

wardrobe [ˈwɔrd͵rob] 衣櫥；全部衣服　 wardrobe malfunction 意外走光

Mrs. Sun searched through her **wardrobe** to find old clothes to donate to charity.
孫太太為了找些舊衣服捐給慈善機構，翻遍了整個衣櫥。

ware 貨物 ＋ **house** 房子 ＝ warehouse　　**S** storehouse　**4** TOEIC

warehouse [ˈwɛr͵haus] 倉庫　 warehouse sale 清倉特賣會

The workers are responsible for shipping and discharging the cargo at the **warehouse**.
工人負責運送和在倉庫卸貨。

water 水 ＋ **fall** 落下 ＝ waterfall

waterfall ['wɔtə‚fɔl] 瀑布

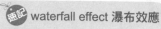 waterfall effect 瀑布效應

Theoretically speaking, most **waterfalls** are formed when a river is still young.
理論上，大部分瀑布的形成於河流初期。

water 水 + **melon** 甜瓜 = **watermelon**

Ⓢ melon ④ GEPT

watermelon ['wɔtə‚mɛlən] 西瓜

 watermelon seeds 瓜子

A group of day laborers had the difficult job of loading **watermelons** onto trucks.
這群臨時工的工作很艱辛，他們要把一堆西瓜搬上卡車。

water 水 + **proof** 防…的 = **waterproof**

Ⓢ watertight ④ TOEFL

waterproof ['wɔtə‚pruf] 防水的

 waterproof camera 防水相機

The **waterproof** cell phone can be used when you are taking a bath or swimming in the pool.
防水手機讓你在洗澡或游泳時使用。

web 網絡 + **site** 位置 = **website**

Ⓢ web page ⑤ GRE

website ['wɛb‚saɪt] 網站；網址

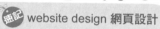 website design 網頁設計

It is much more efficient to search for information on **websites** than in books.
在網站上搜尋資訊比翻書查找更有效率。

week 週 + **day** 日 = **weekday**

Ⓐ holiday ⑤ GEPT

weekday ['wik‚de] 平日的

 on weekdays 在平常日

Employees are not allowed to wear casual clothes on **weekdays** except on Friday.
除了周五，員工平日一律不准穿著便服。

week 週 + **end** 末端 = **weekend**

Ⓐ weekday ⑤ TOEIC

weekend ['wik'ɛnd] 週末

 a long weekend 長週末

In order to lose weight, Miss Huang goes mountain-climbing with her family every **weekend**.
為了減肥，黃小姐每週末都和家人一起去爬山。

what 什麼 + **ever** 究竟 = **whatever**

Ⓢ anything ⑤ GEPT

whatever [hwɑt'ɛvə] 無論甚麼

 Whatever it takes. 不計代價。

The general ordered his troops to do **whatever** it took to hold the fort.
將軍命令軍隊無論如何都要守住堡壘。

what 什麼 + **so** 所以 + **ever** 究竟 = **whatsoever**

Ⓢ whatever ④ TOEIC

whatsoever [‚hwɑtso'ɛvə] 無論如何的

He wanted nothing, **whatsoever**, to do with his blind date because she was not his

type.
他真的一點也不想去相親，因為她不是他的菜。

wheel 輪 + **chair** 椅 = wheelchair　④GRE

wheelchair [ˈhwiˈltʃɛr] 輪椅　通記 wheelchair tennis 輪椅網球

After a serious traffic accident, the man moved around using a motorized **wheelchair**.
一場嚴重車禍後，那個男人只能用電動輪椅代步。

when 何時 + **ever** 究竟 = whenever　Ⓢanytime ⑤GRE

whenever [hwɛnˈɛvə] 每當　通記 whenever, wherever 隨時隨地

Every waiter and waitress is as busy as bee **whenever** the restaurant is filled to capacity.
每當餐廳客滿時，每位服務生都非常忙碌。

where 何處 + **abouts** 周圍 = whereabouts　Ⓢlocation ④GRE

whereabouts [ˈhwɛrəˈbauts] 所在之處

The old man forgot the **whereabouts** of his artificial teeth after he removed them.
拔下假牙後，老人忘了把它們放在何處。

where 何處 + **as** 雖然 = whereas　Ⓢas ④IELTS

whereas [hwɛrˈæz] 然而

Some people seize the opportunity, **whereas** others let it slip away.
有些人抓住機會，但有些人卻讓它溜走。

where 何處 + **ever** 究竟 = wherever　Ⓢanywhere ⑤GEPT

wherever [hwɛrˈɛvə] 任何地方；無論何處　通記 wherever possible 可能的話

"Take a seat **wherever** you like." said the host to his guests.
主人對客人說：「隨便坐。」

whole 全部的 + **sale** 銷售 = wholesale　Ⓢretail ④TOEIC

wholesale [ˈholˌsel] 批發的　通記 wholesale price 批發價

The vendor sells coats and gloves at **wholesale** prices at the night market.
小販在夜市裡以批發價販賣大衣和手套。

wide 寬廣的 + **spread** 散播 = widespread　⑤GEPT

widespread [ˈwaɪdˌsprɛd] 普遍的　通記 widespread dust 大範圍的灰塵

There is a **widespread** belief that the leader of the communist country is in poor health.
許多人認為該共產國家的領導人健康狀況不佳。

wild 野生的 + **life** 生命 = wildlife　　　Ⓢ wild animal　④ TOEFL

wildlife [ˈwaɪldˌlaɪf] 野生動植物　　速記 wildlife park 野生動物園

Wildlife conservation has become a global concern and a top priority for some countries.
野生動物保護已受全球關注，且為某些國家的首要之務。

wind 風 + **shield** 防禦物品 = windshield　　Ⓢ windscreen　⑤ GEPT

windshield [ˈwɪndˌʃild] 擋風玻璃　　速記 a windshield wiper 汽車雨刷

Peter turned on the **windshield** wiper to clear the mud from the windshield.
彼得啟動雨刷清理卡在擋風玻璃的泥巴。

with 與…分離 + **draw** 抽出 = withdraw　　Ⓢ extract　④ TOEFL

withdraw [wɪðˈdrɔ] 撤回；領回　　速記 withdraw money from 從…提款

The tourist went to an ATM machine to **withdraw** a substantial amount of money for his trip.
那旅客走到提款機前領了一大筆錢作為旅費。

with 有…的 + **in** 裡面 = within　　　Ⓢ in　⑤ GEPT

within [wɪˈðɪn] 不超過；在…的範圍內　　速記 within limits 適度地

You can arrive at the village on the island **within** an hour if you take a ferry across the bay.
如果搭渡輪越過港灣，你能在一小時內抵達島上的村莊。

with 有…的 + **out** 遠離地 = without　　⚠ with　⑤ TOEFL

without [wɪˈðaut] 沒有；在…範圍之外　　速記 without doubt 無庸置疑地

He left his family **without** a word.
他一句話也沒說就離家出走。

with 與…敵對 + **stand** 採取某種態度 = withstand　　Ⓢ endure　③ GRE

withstand [wɪðˈstænd] 反抗　　速記 withstand vibration 耐震度

With perfect discipline, soldiers can learn to **withstand** all types of extreme weather conditions.
由於完備的訓練，軍人知道如何抵擋所有極端的天氣狀況。

wood 木材 + **pecker** 鳥嘴 = woodpecker　　Ⓢ woodjobber　③ GEPT

woodpecker [ˈwudˌpɛkə] 啄木鳥　　速記 acorn woodpecker 橡樹啄木鳥

The smallest **woodpecker** is 7g and 8cm and the largest one is at an average of 58cm and about 600g.
最小的啄木鳥是七公克、八公分長；而最大的平均有五十八公分，約六百公克。

work 工作 + **shop** 坊 = workshop

workshop ['wɜk.ʃɑp] 工作坊　　🔖 performance workshop 表演工作坊

The international **workshop** was organized by Mr. Wei and lectured by several famous artists.
國際工作室是由魏先生所創立，並由幾位知名藝術家授課。

worth 值得 ＋ **while** 一會兒 ＝ worthwhile　　Ⓢvaluable ⑤TOEIC

worthwhile ['wɜθ.hwaɪl] 值得做的　　🔖 It's all worthwhile. 一切都值得了。

Young students should be encouraged to spend their time on **worthwhile** extracurricular activities.
應鼓勵年輕學子多花時間參與有價值的課外活動。

字首

字根

字尾

複合字

🐦 大師不藏私 🐦

～ The pot calling the kettle black. ～

　　台灣諺語中，有一句「龜笑鱉無尾」意思是半斤八兩的意思。在西方俚語中是用鍋子（pot）和茶壺（kettle）來表示，鍋子取笑茶壺被火燒得黑黑的，其實鍋子自己也是每天在爐火上燒卻不自覺。所以「the pot calling the kettle black」也就是用來形容人「五十步笑百步」的意思。

國家圖書館出版品預行編目資料

破解字根字首，7000單字不必背 / 蘇秦 著.
--初版.--新北市：華文網, 2011.08
面；公分· -- (Excellent；40)
ISBN 978-986-271-072-2 (平裝)

1.英語　　2.詞彙

805.188　　　　　　　　　　100007197

知識工場 · Excellent 40

破解字根字首，7000單字不必背

出版者／全球華文聯合出版平台·知識工場
作　　者／蘇秦　　　　　　印行者／知識工場
出版總監／王寶玲　　　　　文字編輯／何牧蓉
總 編 輯 ／歐綾纖　　　　　美術設計／蔡億盈

台灣出版中心／新北市中和區中山路2段366巷10號10樓
電話／（02）2248-7896
傳真／（02）2248-7758
ISBN-13／978-986-271-072-2
出版日期／2020年最新版

全球華文市場總代理／采舍國際
地址／新北市中和區中山路2段366巷10號3樓
電話／（02）8245-8786
傳真／（02）8245-8718

全系列書系特約展示
新絲路網路書店
地址／新北市中和區中山路2段366巷10號10樓
電話／（02）8245-9896
網址／www.silkbook.com

線上pbook&ebook總代理／全球華文聯合出版平台
地址／新北市中和區中山路2段366巷10號10樓
主題討論區／http://www.silkbook.com/bookclub　◆新絲路讀書會
紙本書平台／http://www.book4u.com.tw　　　◆華文網網路書店
電子書下載／http://www.book4u.com.tw　　　◆電子書中心(Acrobat Reader)

a- 處於；在…之中

aback = a+back 向後地 副

abed = a+bed 在床上 副

abreast = a+breast 並肩 副

abroad = a+broad 去國外 副

across = a+cross 橫過 介 / 副

afar = a+far 遙遠地 副

afloat = a+float 漂浮地 副

afoot = a+foot 徒步地 副

aground = a+ground 擱淺 形 / 副

ahead = a+head 在前面 副

alive = a+live 活著的 形

amid = a+mid 在其中 介

among = a+mong 在…之中 介

around = a+round 環繞 副 / 介

aside = a+side 在旁邊 介

asleep = a+sleep 睡著的 形

astir = a+stir 轟動的 形

away = a+way 離開 副

a- 強調

abide = a+bide 遵守 動

alike = a+like 相似地 形 / 副

aloud = a+loud 大聲地 副

amaze = a+maze 使驚訝 動

arise = a+rise 上升 動

arouse = a+rouse 鼓勵 動

ashamed = a+shame+ed 慚愧的 形

athirst = a+thirst 渴望的 形

await = a+wait 等候 動

awake = a+wake 醒來 動

awhile = a+while 暫時 副

a-/ac-/ad-/ag-/al-/ap-/as-/at- 前往

abandon = a+bandon 放棄 動

abridge = a+bridge 省略 動

accumulate = ac+cumulate 堆積 動

acquaint = ac+quaint 瞭解 動

address = ad+dress 演講 名

adjudge = ad+judge 裁定 動

adorn = ad+orn 裝飾 動

advent = ad+vent 來臨 名

adverse = ad+verse 反向的 形

affront = af+front 冒犯 動

aggress = ag+gress 挑釁 動

aggrieve = ag+grieve 使苦惱 動

allow = al+low 允許 動

allure = al+lure 引誘 動

amass = a+mass 積聚 動

appease = ap+pease 平息 動

ascertain = as+certain 確定 動

asset = as+set 資產 名

attach = at+tach 附上 動

attack = at+tack 攻擊 動

attest = at+test 證明 動

attire = at+tire 裝飾 動

attune = at+tune 使調和 動

avow = a+vow 公開承認 動

a-/am-/an- 否定

abiosis = a+bio+sis 無生命狀態 名

acentric = a+centr+ic 離心的 形

anarchy = an+arch+y 無政府狀態 名

apathy = a+pathy 冷漠 名

asocial = a+social　不善社交的 形

atheism = a+the+ism　無神論 名

atom = a+tom　原子 名

atypical = a+typical　非典型的 形

ab-/adv- 離開

abject = ab+ject　不幸的 形

abortion = ab+ori+tion　墮胎 名

abscess = abs+cess　潰瘍 名

absolve = ab+solve　赦免 動

absorb = ab+sorb　吸收 動

abstain = abs+tain　棄權 動

abundant = ab+und+ant　豐富的 形

advance = adv+ance　進展 名

amend = a+mend　修正 動

avocation = a+voc+ation　兼差 名

al- 全部

almighty = al+mighty　全能的 形

alone = al+one　單獨的 形

already = al+ready　已經 副

also = al+so　也 副 / 連

although = al+though　雖然 連

altogether = al+together　總共 副

always = al+way+s　總是 副

amb-/ambi-/amphi- 兩者；周圍

ambience = ambi+ence　周圍 名

ambiguous = amb+igu+ous　歧義的 形

ambition = amb+it+ion　抱負 名

amphibian = amphi+bi+an　兩棲類 名

an-/anci-/ante/anti- 之前

ancestor = an+ces+tor　祖先 名

ancient = anci+ent　古人 名

antecedent = ante+ced+ent　前例 名

antedate = ante+date　使提前 動

anteroom = ante+room　接待室 名

anticipate = anti+cipate　預期 動

ant-/anti- 反對；相反

Antarctic = ant+arctic　南極 名

antibiotic = anti+bio+tic　抗生素 名

antibody = anti+body　抗體 名

antipathy = anti+pathy　反感 名

antisocial = anti+social　反社會的 形

antiwar = anti+war　反戰的 形

auth-/auto- 自己

authentic = aut+hent+ic　真正的 形

autograph = auto+graph　手稿 名

autocrat = auto+crat　獨裁者 名

automatic = auto+mat+ic　自動的 形

automobile = auto+mobile　汽車 名

autonomy = auto+nomy　自治 名

autotomy = auto+tom+y　自割 名

be- 存在於

becalm = be+calm　使不動 動

because = be+cause　因為 連

become = be+come　成為 動

befall = be+fall　降臨 動

before = be+fore　之前 連

behind = be+hind 下面 名

behold = be+hold 注視 動

belittle = be+little 貶低 動

beneath = be+neath 在下面 副

beset = be+set 包圍 動

beside = be+side 在…旁邊 介

betray = be+tray 背叛 動

beyond = be+yond 超過 介

bene-/beni-/bon- 有益的

benefactor = bene+fact+or 恩人 名

beneficial = bene+fic+ial 有益的 形

benefit = bene+fit 利益 名

benign = beni+gn 和藹的 形

bonus 紅利 名

bi- 兩個

bicolored = bi+colored 雙色的 形

bicycle = bi+cycle 單車 名

biennial = bi+enn+ial 兩年一次的 形

bimonthly = bi+monthly 雙月刊 名

bipod = bi+pod 兩腳架 名

bipolar = bi+polar 兩極的 形

bisexual = bi+sexual 兩性的 形

biweekly = bi+weekly 隔週的 形 / 副

circu-/circul-/circum- 環繞；周圍

circuit = circu+it 繞行 動

circulate = circul+ate 循環 動

circumcise = circum+cise 環切 動

circumfuse = circum+fuse 散佈 動

co-/col-/com-/con-/cor-/coun- 共同

coexist = co+exist 共存 動

coincide = co+incide 相符 動

collaborate = co+labor+ate 合作 動

collapse = col+lapse 倒塌 名 / 動

colleague = col+league 同事 名

collide = col+lide 碰撞 動

combine = com+bine 結合 動

commute = com+mute 通勤 名 / 動

compile = com+pile 編輯 動

complain = com+plain 抱怨 動

concourse = con+course 匯合 名

condemn = con+demn 責難 動

condense = con+dense 壓縮 動

conflict = con+flict 衝突 名 / 動

consonant = con+son+ant 子音 名

council = coun+cil 會議 名

counsel = coun+sel 商議 名 / 動

counselor = counsel+or 顧問 名

contra- 反對；逆向

contrary = contra+ry 反對 名

contrast = contra+st 對照 名

contravene = contra+vene 違反 動

controvert = contro+vert 爭論 動

counter 反面 名

de- 往下；分離；來自；完全的

debase = de+base 貶低 動

decay = de+cay 腐爛 名 / 動

declaim = de+claim 辯解 動

deflate = de+flate 通貨緊縮 動

deflower = de+flower 抽取精華 動

defraud = de+fraud 詐取 動

defrost = de+frost 解凍 動

degrade = de+grade 降級 動

deliberate = de+liberate 慎重的 形

depurate = de+pur+ate 使淨化 動

despoil = de+spoil 掠奪 動

detail = de+tail 細節 名

dethrone = de+throne 推翻 動

devoid = de+void 空的 形

devote = de+vote 致力於 動

devour = de+vour 吞食 動

deca-/deci- 十；十分之一

decade 十年 名

decagon = deca+gon 十角形 名

decalogue = deca+logue 十誡 名

decapod = deca+pod 十腳動物 名

December = decem+mber 十二月 名

decigram = deci+gram 十公毫 名

deciliter = deci+liter 分升 名

di- 兩倍；日子

dial 日晷 名

diary 日記 名

diploma = di+ploma 執照 名

diplomat = di+plomat 外交官 名

double = dou+ble 兩倍 名

doubt 懷疑 名 / 動

dual = du+al 兩層的 形

duologue = duo+logue 對話 名

duplex = du+plex 兩倍的 形

duplicate = du+plic+ate 謄本 名

dia- 穿越；兩者之間

diabetes = dia+betes 糖尿病 名

diagram = dia+gram 圖表 名

dialect = dia+lect 方言 名

dialogue = dia+logue 對話 名 / 動

diameter = dia+meter 直徑 名

diagonal = dia+gon+al 對角線 名

di-/dis-/s- 分離；否定

digest = di+gest 摘要 名 / 動

diminish = di+mini+sh 貶損 動

disability = dis+ability 殘疾 名

disagree = dis+agree 不同意 動

disappear = dis+appear 消失 動

disappoint = dis+appoint 使失望 動

disapprove = dis+ap+prove 指責 動

disbelief = dis+belief 不相信 名

disbelieve = dis+believe 懷疑 動

discard = dis+card 拋棄 名 / 動

discharge = dis+charge 排出 動

discolor = dis+color 使褪色 動

discomfort = dis+comfort 不舒適 名

disconnect = dis+connect 分離 動

discreet = dis+creet 謹慎的 形

disease = dis+ease 疾病 名

disfavor = dis+favor 討厭 名

disfigure = dis+figure 毀損 動

disguise = dis+guise 偽裝 名 / 動

disgust = dis+gust 反感 名

dishearten = dis+heart+en 使氣餒 動

dishonest = dis+honest 不誠實的 形

disincline = dis+incline 使不願 動

dislike = dis+like 反感 動

dislodge = dis+lodge 驅逐 動

dismay = dis+may 沮喪 名 / 動

disregard = dis+regard 不顧 名 / 動

dissolve = dis+solve 溶解 動

dissuade = dis+suade 勸阻 動

distribute = dis+tribute 分配 動

distrust = dis+trust 不信任 名 / 動

spend = s+pend 花費 動

em-/en- 使

embank = em+bank 築堤 動

embark = em+bark 投資 動

embattle = em+battle 備戰 動

embed = em+bed 植入 動

embody = em+body 收錄 動

embrace = em+brace 擁抱 動

emplace = em+place 放置 動

empower = em+power 授權 動

enact = en+act 頒佈 名 / 動

encase = en+case 包圍 動

enchase = en+chase 框架 動

enclose = en+close 附記 動

encounter = en+counter 邂逅 動

endanger = en+danger 危害 動

endeavor = en+deavor 竭力 名 / 動

energy = en+erg+y 活力 名

engage = en+gage 從事 動

engross = en+gross 使全神貫注 動

enhance = en+hance 增加 動

enjoin = en+join 吩咐 動

enjoy = en+joy 享受 動

enlarge = en+large 擴大 動

enlighten = en+lighten 啟發 動

enlist = en+list 徵募 動

enliven = en+liven 使生動 動

enrage = en+rage 激怒 動

enrich = en+rich 使富裕 動

enroll = en+roll 登記 動

enslave = en+slave 奴役 動

ensnare = en+snare 陷害 動

entangle = en+tangle 連累 動

entitle = en+title 使具資格 動

entomb = en+tomb 埋葬 動

entrust = en+trust 託付 動

ep-/epi-
在…之中；在…之上

epicenter = epi+center 震央 名

epidemic = epi+dem+ic 傳染病 名

epigram = epi+gram 警語 名

epigraph = epi+graph 碑文 名

epilogue = epi+logue 結語 名

episode = epi+sode 情節 名

e-/ex-/s- 出外；完全地

edit = e+dit 編輯 動

editorial = editor+ial 社論 名

eliminate = e+limin+ate 淘汰 動

elite 精英份子 名

emerge = e+merge 出現 動

escape = es+cape 逃脫 名 / 動

exact = ex+act 強索 動

example = ex+ample 實例 名

excel = ex+cel 優於 動

excerpt = ex+cerpt 摘錄 名 / 動

exchange = ex+change 交易 動 / 名

execute = ex+ecute 執行 動

exert = ex+ert 運用 動

exhaust = ex+haust 耗盡 動

exhibit = ex+hibit 陳列 動

explain = ex+plain 解釋 動

exterior = exter+ior 外部 名

preexist = pre+exist 先存在 動

sample = s+ample 抽樣 動

il-/im-/in-/ir- 進入；在裡面；在上面；朝向

incense = in+cense 激怒 動

incentive = in+cent+ive 誘因 名

incident = in+cid+ent 事件 名

indulge = in+dulge 放縱 動

inherit = in+herit 繼承 動

illusion = il+lus+sion 錯覺 名

illustrate = il+lustr+ate 闡明 動

illuminate = il+lumin+ate 照亮 動

immerge = im+merge 下沉 動

implant = im+plant 移植 動

imprint = im+print 加戳記 動

imprison = im+prison 監禁 動

intuition = in+tui+tion 直覺 名

invade = in+vade 侵略 動

investigate = in+vestigate 研究 動

inbeing = in+being 本質 名

inborn = in+born 先天的 形

inbreathe = in+breathe 吸入 動

incurve = in+curve 內曲球 名

inflate = in+flate 使膨脹 動

inlet = in+let 引進 動

inroad = in+road 侵略 名

inside = in+side 在裡面 副

inshore = in+shore 近海岸的 形

insight = in+sight 見識 名

intake = in+take 攝取 名

in- 否定

inanimate = in+animate 無生命的 形

inaudible = in+audible 聽不見的 形

indefinite = in+definite 不確定的 形

infinite = in+finite 無限 名

inter-/intel-/enter- 在…之間

enterprise = enter+prise 事業 名

interior = inter+ior 內部 名

intermingle = inter+mingle 混合 動

Internet = inter+net 網際網路 名

interplay = inter+play 相互作用 名 / 動

interpret = inter+pret 詮釋 動

interstate = inter+state 洲際的 形

interval = inter+val 間隔 名

interview = inter+view 接見 名 / 動

interweave = inter+weave 交織 動

micro- 小的

microcosm = micro+cosm 縮圖 名

micrometer = micro+meter 測微器 名

microphone = micro+phone 麥克風 名

microscope = micro+scope 顯微鏡 名

microwave = micro+wave 微波 名

mis- 錯誤

misapply = mis+apply 誤用 動

misbehave = mis+behave 作弊 動

mischief = mis+chief 損害 名

misdate = mis+date 填錯日期 動

misfortune = mis+fortune 不幸 名

misgive = mis+give 使懷疑 動

mislead = mis+lead 誤導 動

mistake = mis+take 過失 名

misstate = mis+state 謊報 動

misstep = mis+step 失策 名

mistrust = mis+trust 疑惑 名

mon-/mono- 單一

monarch = mon+arch 君主 名

monk 和尚 名

monopoly = mono+poly 壟斷 名

monocycle = mono+cycle 單輪車 名

monologue = mono+logue 獨白 名

n-/ne-/non- 否定

neither = n+either 兩者都不 形 / 副

neutral = ne+utr+al 中立者 名

never = n+ever 絕不 副

none = n+one 毫無 代

nonstop = non+stop 直達的 形 / 副

ob-/oc- 處於；反對

oblige = ob+lige 強制 動

oblong = ob+long 長方形 名

obscure = ob+scure 遮蔽 動

obstacle = ob+sta+cle 妨害 名

obstinate = ob+stin+ate 固執的 形

obstruct = ob+struct 阻隔 動

occupy = oc+cupy 佔用 動

preoccupy = pre+occupy 盤據 動

pa-/par-/para- 旁邊；抵抗

parachute = para+chute 降落傘 名

paragraph = para+graph 段落 名

parallel = para+llel 平行線 名

paralyze = para+lyze 使麻痺 動

paramount = para+mount 首長 名

paraphrase = para+phrase 釋義 名

parasol = para+sol 陽傘 名

pre- 之前；pro- 向前地

precaution = pre+caution 預防 名

prehistoric = pre+historic 史前的 形

prejudice = pre+judice 偏見 名

prelife = pre+life 前世 名

premature = pre+mature 早產兒 名

presence = pre+sence 出席 名

present = pre+sent 現在 名

preside = pre+side 指揮 動

prestige = pre+stige 聲望 名

pretext = pre+text 藉口 名

preview = pre+view 預習 名 / 動

problem = pro+blem 問題 名

profile = pro+file 人物簡介 名

prominent = pro+min+ent 顯著的 形

pronoun = pro+noun 代名詞 名

purchase = pur+chase 購買 動 / 名

re- 返回；再一次

rebate = re+bate 折扣 名

rebirth = re+birth 重生 名

recall = re+call 回憶 名 / 動

rebound = re+bound 彈回 名 / 動

recharge = re+charge 再充電 動

reconcile = re+concile 調停 動

recruit = re+cruit 招募 動

refresh = re+fresh 使煥然一新 動

refuge = re+fuge 庇護所 名

regain = re+gain 收復 名 / 動

regard = re+gard 關心 名 / 動

register = re+gister 註冊 名 / 動

regret = re+gret 後悔 名 / 動

rehearse = re+hearse 預演 動

relic = re+lic 遺跡 名

remain = re+main 遺留 動

repay = re+pay 償還 名 / 動

rescue = re+scue 救援 名 / 動

research = re+search 研究 名 / 動

retrieve = re+trieve 取回 動

return = re+turn 返回 名 / 動

reveal = re+veal 顯露 名 / 動

reward = re+ward 報酬 名 / 動

sub-/suf-/sum- 下面

subculture = sub+culture 次文化 名

subdivide = sub+divide 細分 動

subhead = sub+head 副標題 名

subjacent = sub+jac+ent 基礎的 形

sublet = sub+let 分租 動

submarine = sub+marine 潛水艇 名

submerge = sub+merge 淹沒 動

subsist = sub+sist 存在 動

substance = sub+stan+ce 物質 名

substitute = sub+stitute 代替 動

subtitle = sub+title 字幕 名

subtle = sub+tle 精細的 形

subway = sub+way 地下鐵 名

suffocate = suf+foc+ate 窒息 動

summon = sum+mon 召集 動

super-/sove-/sur-
在…之上；超越

sovereign = sove+reign 至高的 形

superb 上等的 形

supervene = super+vene 附加 動

surcharge = sur+charge 超載 名

surplus = sur+plus 剩餘 名

surrender = sur+render 屈服 名 / 動

surmise = sur+mise 推測 名 / 動

surmount = sur+mount 克服 動

surname = sur+name 姓 名

survey = sur+vey 調查 名

syn-/syl-/sym- 一起

syllable = syl+lable 音節 名

symbiosis = sym+bio+sis 共生 名

symbol = sym+bol 象徵 名

sympathy = sym+path+y 同情 名

symptom = sym+ptom 症狀 名

synergy = syn+ergy 配合 名

system = syn+ste+m 系統 名

tele- 遠方的

telegram = tele+gram 電報 名

telegraph = tele+graph 電報 名

telemetry = tele+metry 遙測學 名

telepathy = tele+pathy 心電感應 名

telephone = tele+phone 電話 名

telescope = tele+scope 望遠鏡 名

television = tele+vision 電視 名

telstar = tele+star 通信衛星 名

tra-/trans-/tres-
跨越；經由

transfer = trans+fer 移轉 動

transform = trans+form 轉化 動

transit = trans+it 通行 名／動

transmit = trans+mit 傳送 動

transplant = trans+plant 移植 名／動

transport = trans+port 運輸 動

transcend = trans+scend 凌駕 動

transcribe = trans+scribe 謄寫 動

transduce = trans+duce 轉換 動

transfuse = trans+fuse 傾倒 動

transgress = trans+gress 違反 動

transpire = trans+spire 排出 動

transship = trans+ship 轉運 動

transverse = trans+verse 橫向 名

un- 否定；相反

unbind = un+bind 釋放 動

unbuckle = un+buckle 解開扣子 動

unburden = un+burden 解除負擔 動

unbury = un+bury 挖掘 動

unbutton = un+button 表露 動

uncover = un+cover 揭露 動

uncage = un+cage 釋放 動

uncap = un+cap 脫帽 動

undo = un+do 恢復 動

undress = un+dress 脫衣 動

undue = un+due 未到期的 形

unearth = un+earth 挖掘 動

unfair = un+fair 不公平的 形

unfold = un+fold 展開 動

unload = un+load 卸貨 動

unlock = un+lock 開鎖 動

unknown = un+known 未知的 形

unpack = un+pack 打開 動

unrest = un+rest 不安的 形

untidy = un+tidy 不整潔的 形

unmask = un+mask 露出真相 動

unroll = un+roll 公開 動

unseal = un+seal 開封 動

untie = un+tie 解開 動

unveil = un+veil 解開 動

unwind = un+wind 解開 動

unwrap = un+wrap 打開 動

unwrink = un+wrink 弄平皺紋 動

un-/uni- 單一

uniform = uni+form 制服 名

unify = uni+fy 統一 動

union = uni+on 聯合 名

unique = uni+que 獨特的 形

unit 個體；單位 名

unite 聯合 動

unity = uni+ty 個體 名

unicorn = uni+corn 獨角獸 名

unilateral = uni+lateral 單邊的 形

ac-/acid 酸的；尖銳的

acid 酸性物質 名

acidimeter = acidi+meter 酸定量計 名

acute 敏銳的 形

act-/ag- 行為；行動

activate = active+ate 刺激 動

activator = activat+or 觸媒 名

actual = actu+al 真實的 形

actuality = actual+ity 現實 名

agency = ag+ency 經銷處 名

agony = ag+ony 極大痛苦 名

cogent = co+gent 強有力的 形

exaction = exact+ion 詐取 名

interact = inter+act 交互作用 名 / 動

react = re+act 反應 動

transact = trans+act 交易 動

al-/alter-/altr- 其他的

alias 假名 名

alibi = ali+bi 不在場證明 名

alien 外星人 名

alienate = alien+ate 讓渡 動

alteration = alter+ation 變更 名

altercate = alter+cate 口角 動

alternate = alter+nate 輪流 名 / 動

alternative = alter+native 交替 名

am-/em- 喜愛

amateur = ama+teur 業餘的 形

amatory = ama+tory 戀愛的 形

amiable = ami+able 和藹可親的 形

amicable = ami+cable 友善的 形

enemy = en+em+y 敵人 名

enmity = en+m+ity 敵意 名

ann-/enn- 年

anniversary = anni+vers+ary 週年 名

annual = annu+al 年鑑 名

annuity = annu+ity 養老金 名

biennial = bi+enni+al 兩年一次的 形

apt- 適合的

adapt = ad+apt 改編 動

adaptive = adapt+ive 適應的 形

aptable = apt+able 能適應的 形

aptitude = apt+itude 才能 名

inapt = in+apt 不適宜的 形

inaptitude = in+aptitude 笨拙 名

aud-/audi- 聽

audience = audi+ence 聽眾 名

audio 音響 名

auditory = audi+ory 聽覺的 形

obedience = ob+edi+ence 服從 名

band-/bond- 綑綁

boundary = bound+ary 邊界 名

contraband = contra+band 走私 名

bel-/bell- 戰爭

rebel = re+bel 叛徒 名

rebeldom = rebel+dom 叛變 名

rebellion = rebell+ion 反叛 名

cad-/case-/cid- 落下

accident = ac+cid+ent 意外事件 名

casual = cas+ual 偶然的 形

coincide = co+in+cide 符合 動

incident = in+cid+ent 事件 名

occasion = oc+cas+ion 場合 名

cav- 中空的

cavern 挖空 動

cavernous = cavern+ous 凹陷的 形

cavity = cave+ity 穴 名

concave = con+cave 凹透鏡 名

excavate = ex+cav+ate 開鑿 動

excavator = excavat+or 挖土機 名

cede-/ceed-/cess- 前去；讓步

accede = ac+cede 同意 動

access = ac+cess 通路 名

cession = cess+ion 讓與 名

concede = con+cede 容許 動

exceed = ex+ceed 優於 動

excess = ex+cess 過度 名

intercede = inter+cede 調停 動

precede = pre+cede 領先 動

proceed = pro+ceed 著手 動

process = pro+cess 過程 名

recede = re+cede 撤退 動

retrocede = retro+cede 歸還 動

successor = success+or 繼承者 名

ceive-/cept-/cip/cipate- 拿

accept = ac+cept 接受 動

conceive = con+ceive 構想 動

deceive = de+ceive 欺騙 動

except = ex+cept 除外 介

intercept = inter+cept 攔截 名

perceive = per+ceive 領會 動

receive = re+ceive 接受 動

cent- 百；百分之一

centenarian 人瑞的 形

centigrade = centi+grade 攝氏的 形

centimeter = cent+meter 公分 名

centuple = centu+ple 一百倍 名

century 世紀 名

percent = per+cent 百分比 名

cern-/cret- 分開

concern = con+cern 關心 名 / 動

concerning = concern+ing 關於 介

discreet = dis+screet 謹慎的 形

discrete = dis+crete 離散的 形

excrete = ex+crete 分泌 動

secret = se+cret 秘密 名

secretary = secret+ary 秘書 名

cert- 確定的

certain 確定的 形

certificate = cert+ific+ate 證書 名

concert = con+cert 音樂會 名

certify = cert+ify 確認 動

字根

disconcert = dis+concert 破壞 動

chron- 時間

chronic = chron+ic 慢性的 形
chronology = chrono+logy 年表 名
isochronal = iso+chron+al 等時的 形

cide-/cise- 切割

concise = con+cise 簡潔的 形
decide = de+cide 決定 動
excise = ex+cise 切除 動
herbicide = herb+icide 除草劑 名
homicide = hom+icide 殺人犯 名
incise = in+cise 雕刻 動
pesticide = pest+icide 殺蟲劑 名
precise = pre+cise 精確的 形
suicide = sui+cide 自殺 動

clam-/claim- 大叫

acclaim = ac+claim 歡呼 動
claim 主張 名 / 動
declaim = de+claim 抗辯 動
disclaim = dis+claim 放棄權利 動
exclaim = ex+claim 呼喊 動
proclaim = pro+claim 聲明 動
reclaim = re+claim 教化 動

cli-/clin- 彎曲

climax = cli+max 頂點 名
decline = de+cline 衰退 名 / 動
incline = in+cline 傾斜 名 / 動

cognis-/gnos- 知曉

diagnosis = dia+gnosis 診斷 名
ignorant = i+gnor+ant 無知的 形
ignore = i+gnore 忽視 動
recognize = re+cogn+ize 辨認 動
cognition = cogn+ition 認知 名
prognosis = pro+gnosis 預測 名

cord-/cour- 心臟

accord = ac+cord 一致 名
concord = con+cord 協定 名
cordial = cord+ial 強心劑 名
courage = cour+age 勇氣 名
discourage = dis+cour+age 勸阻 動
encourage = en+cour+age 鼓勵 動
record = re+cord 記錄 名 / 動

count- 計算

account = ac+count 帳戶 名
count 計算；列舉 動
discount = dis+count 折扣 名
recount = re+count 詳述 動

cre-/cresc- 生長；製作

create 創造 動
crescent 新月 名
concrete 具體的 形
decrease = de+crease 減少 名 / 動
decrescent = de+crescent 下弦的 形
increase = in+crease 增加 名 / 動
increment = in+cre+ment 盈餘 名

recreation = re+cre+ation 消遣 名   secure = se+cure 安全的 形

cult- 耕種

aviculture = avi+culture 鳥類飼養 名

colony 殖民 名

cultivate = cultiv+ate 教化 動

culture = cult+ure 文化 名

cultivable = cultivat+able 可培養的 形

course-/cur- 跑

courier 導遊 名

course 路線 名

concourse = con+course 合流 名

concur = con+cur 同時發生 動

current = curr+ent 目前的 形

currency = curr+ency 貨幣 名

excursion = ex+curs+ion 旅行 名

excursive = ex+curs+ive 離題的 形

intercourse = inter+course 交流 名

incur = in+cur 遭遇 動

occur = oc+cur 發生 動

recourse = re+course 求助 名

recur = re+cur 重現 動

recurrent = re+current 循環的 形

cure- 注意；小心

accuracy = ac+cur+acy 正確 名

accurate = ac+cur+ate 準確的 形

curer = cure+er 治療器 名

curio 珍品、古玩 名

procure = pro+cure 說服 動

procurator = pro+cur+ator 代理人 名

damn-/demn- 損害

condemn = con+demn 譴責 動

damage = dam+age 損害 名 / 動

damn 咒罵 名 / 動

damnify = damn+ify 加害 動

indemnify = in+demnify 保障 動

dem-/demo- 人民

demotic = demo+tic 通俗的 形

epidemic = epi+dem+ic 傳染病 名

pandemic = pan+dem+ic 普及的 形

dic- 宣稱

abdicate = ab+dic+ate 放棄 動

dedicate = de+dic+ate 奉獻 動

index 索引 名

indicate = in+dic+ate 顯示 動

predicate = pre+dic+ate 斷言 動

dict- 說

contradict = contra+dict 反駁 動

dictate = dict+ate 命令 名 / 動

dictionary = dict+ion+ary 字典 名

dictum = dict+um 格言 名

indict = in+dict 控告 動

predict = pre+dict 預言 動

sedition = se+diction 煽動言論 名

verdict = ver+dict 判決 名

duce-/duct- 引導

abduct = ab+duct 綁架 動

conduct = con+duct 傳導 動

deduce = de+duce 演繹 動

deduct = de+duct 扣除 動

educate = e+duc+ate 教育 動

educe = e+duce 喚起 動

induce = in+duce 招致 動

introduce = intro+duce 介紹 動

produce = pro+duce 生產 動

product = pro+duct 產物 名

reduce = re+duce 減少 動

seduce = se+duce 誘惑 動

traduce = tra+duce 誹謗 動

dur- 持久的；堅固的

durable = dur+able 耐久的 形

durance = dur+ance 監禁 名

duration = dur+ation 持續的時間 名

during = dur+ing 在…期間 介

endure = en+dure 忍耐 動

perdure = per+dure 持續 動

eem-/em-/ample/ empt- 拿；買

example = ex+ample 樣本 名

exempt = ex+empt 免除 動

prompt = pro+mpt 敏捷的 形

redeem = red+eem 贖回 動

equ-/equi- 相等的

adequate = ad+equ+ate 勝任的 形

coequal = co+equal 相等的 形

equal = equ+al 相等的 形

equate = equ+ate 使相等 動

equator = equ+at+or 赤道 名

equipoise = equi+poise 平衡 名

equivalent = equi+val+ent 等價物 名

equivocal = equi+voc+al 含糊的 形

ess-/est- 存在

essence 本質 名

essential 必要的 形

interest = inter+est 興趣 名

et/ev- 時代

eternal 不朽的 形

eternity 永恆 名

coeval = co+ev+al 同時期的 形

longeval = long+eval 長壽的 形

primeval = prim+eval 遠古的 形

fact-/fect- 製造

affect = af+fect 影響 動

affair = af+fair 事情 名

confect = con+fect 調製 動

defeat = de+feat 擊敗 名 / 動

defect = de+fect 缺點 名

difficult = dif+fic+ult 困難的 形

effect = ef+fect 效果 名

facilitate = fac+ilit+ate 促進 動

facility = fac+il+ity 技能 名

factum = fact+um 行為 名

faculty 才能 名

infect = in+fect 傳染 動

malefactor = male+factor 罪犯 名

office = of+fice 辦公室 名

perfect = per+fect 完美的 形

profit = pro+fit 利潤 名

refection = re+fect+ion 消遣 名

sacrifice = sacri+fice 犧牲 名 / 動

surfeit = sur+feit 飲食過量 名

fess- 講

confess = con+fess 自白 動

profess = pro+fess 公開聲明 動

professor = pro+fess+or 教授 名

flect-/flex 彎曲

deflect = de+flect 偏離 動

flexible = flex+ible 靈活的 形

reflect = re+flect 反射 動

flu- 流

confluent = con+fluent 匯流 名

fluency = flu+ency 流暢 名

fluidity = flu+idity 流動性 名

inflow = in+flow 流入 名

influence = in+flu+ence 影響 名

refluence = re+flu+ence 退潮 名

fract-/frag- 損壞

fraction = fract+ion 碎片 名

fracture = fract+ure 骨折 名 / 動

fragile 易碎的 形

fragment = frag+ment 碎屑 名

frailty = frail+ty 脆弱 名

infract = in+fract 違法 動

fuse-/found- 傾倒

confuse = con+fuse 使混亂 動

fusion = fus+ion 融合 名

effuse = ef+fuse 瀉出 動

infuse = in+fuse 注入 動

interfuse = inter+fuse 使滲入 動

profuse = pro+fuse 慷慨的 形

refund = re+fund 退還 名 / 動

refuse = re+fuse 廢料 名

refute = re+fute 駁斥 動

transfuse = trans+fuse 滲透 動

gener- 產生；種族

general = gener+al 將軍 名

generate = gener+ate 產生 動

genetics = genet+ics 遺傳學 名

oxygen = oxy+gen 氧氣 名

pregnant = pre+gnant 懷孕的 形

grad-/gress- 走

aggression = ag+gress+ion 攻擊 名

congress = con+gress 國會 名

progress = pro+gress 前進 名 / 動

retrograde = retro+grade 逆行 動

transgress = trans+gress 侵越 動

gram-/graph- 寫

photograph = photo+graph 照片 名

monograph = mono+graph 專論 名

grav- 重的

aggravate = ag+grav+ate 使惡化 動
aggrieve = ag+grieve 侵害 動
gravity = grav+ity 莊重 名

hab-/hibit- 有；居住

exhibit = ex+hibit 展出 名／動
inhabit = in+habit 居住 動
prohibit = pro+hibit 禁止 動

here-/hes- 黏著

adhere = ad+here 遵循 動
adhesive = ad+hes+ive 黏合劑 名
coherent = co+here+ent 一致的 形
coherence = co+here+ence 凝聚 名
hesitate = hes+it+ate 猶豫 動
hesitant = hes+it+ant 躊躇的 形
inherent = in+here+ent 固有的 形

hydr- 水

hydrogen = hydro+gen 氫 名
hydrant = hydr+ant 消防栓 名
hydrate = hydr+ate 氫氧化物 名
dehydrate = de+hydrate 脫水 動

it- 去

exit = ex+it 出口 名
initial = in+it+ial 最初的 形
initiator = initiate+or 創始者 名
itinerary 旅行指南 名
itinerate 巡迴 動

transient = trans+it+ent 候鳥 名

jac-/ject- 投擲

adjacent = ad+jac+ent 毗鄰的 形
deject = de+ject 使沮喪 動
inject = in+ject 注入 動
object = ob+ject 目標 名
project = pro+ject 計劃 名

join-/junct- 加入

adjoin = ad+join 附上 動
conjoin = con+join 連接 動
subjoin = sub+join 添加 動

just-/juris- 法律；正當的

adjust = ad+just 調停 動
injure = in+jure 損害 動
jury 陪審團 名
just 公正的；合法的 形
justice 正義 名
juridical 司法的 形
jurisdiction 司法權 名
juror = jur+or 評審委員 名
unjust = un+just 不法的 形

lect-/leg-/lig- 選擇；聚集

collect = col+lect 收集 動
elect = e+lect 選舉 動
legible = leg+ible 清楚的 形
negligent = neg+lig+ent 疏忽的 形

lev- 輕的；提高

alleviate = al+lev+ate 緩和 動

elevate = e+lev+ate 提升 動

lever 槓桿 名

relevant = re+lev+ant 有關的 形

relief 減壓；安慰 名

relieve 安慰；減輕 動

relevance = re+lev+ance 適用 名

lig- 綁

ally = al+ly 盟友 名

colleague = col+league 同事 名

league 同盟 名

liable = li+able 有…傾向的 形

oblige = ob+lige 迫使 動

religion = re+lig+ion 宗教 名

rally = r+ally 重整 動

ligament = liga+ment 韌帶 名

allied = ally+ed 聯盟的 形

lingu- 語言；舌頭

bilingual = bi+lingual 雙語的 形

lingual = lingu+al 舌音 名

linguist = lingu+ist 語言學家 名

liter- 文字

literary = liter+ary 文學的 形

illiterate = il+liter+ate 文盲 名

loc- 地方

allocate = al+loc+ate 分派 動

local = loc+al 當地的 形

locate = loc+ate 位於 動

locale 現場 名

locality = local+ity 場所 名

collocate = col+locate 排列 動

mislocate = mis+locate 錯置 動

relocate = re+locate 重新布置 動

log-/loqu- 說

apology = apo+log+y 辯護 名

colloquial = col+loqu+ial 口語的 形

eloquent = e+loqu+ent 有口才的 形

eulogy = eu+log+y 頌詞 名

prolog = pro+log 序言 名

mod- 模式；態度

modal = mod+al 形態上的 形

model 模型 名

moderate 中庸的 形

modern = mod+ern 時髦的 形

modest 適度的 形

mode 方式；體裁 名

modifier = modify+er 修飾語 名

modulate = modul+ate 調節 動

man-/manu- 手

manage 經營；設法 動

manipulate = mani+pul+ate 操縱 動

manual 手冊；指南 名

manuscript = manu+script 原稿 名

maneuver 策略 名

manumit = manu+mit 解放 動

med- 治療

medicinal = med+ic+nal 治療的 形
remedy = re+med+y 療法 名

ment- 心智

amentia = a+ment+ia 精神錯亂 名
mentality = mental+ity 心理 名

merge-/mers- 下沉；浸泡

emerge = e+merge 暴露 動
immerge = im+merge 侵入 動
submerge = sub+merge 淹沒 動

mis-/miss-/mit- 傳送；釋放

dismiss = dis+miss 解散 動
permit = per+mit 許可 名 / 動
submit = sub+mit 使屈服 動

mov-/mob-/mot- 移動

demote = de+mote 降低 動
mobile = mob+ile 汽車 名
promote = pro+mote 提倡 動
remote = re+mote 遙遠的 形

mut- 變化

commute = com+mute 兌換 動
mutation = mut+ation 變異 名

nat- 天生；出生

agnate = ag+nate 同族 名

cognate = cog+nate 同源的 形
denature = de+nature 使變質 動
innate = in+nate 先天的 形
native = nat+ive 本地人 名
nature = nat+ure 自然 名

neg- 否認

negation = neg+ation 否定 名
neglect = neg+lect 忽略 名 / 動

onym- 名字

acronym = acr+onym 頭字詞 名
anonym = an+onym 假名 名
antonym = ant+onym 反義詞 名
autonym = aut+onym 本名 名
pseudonym = pseud+onym 筆名 名
synonym = syn+onym 同義詞 名

oper- 工作

cooperate = co+oper+ate 合作 動
opera = oper+a 歌劇 名
operate = oper+ate 操作 動
operative = operate+ive 有效的 形

opt- 希望

adopt = ad+opt 收養 動
adoptive = adopt+ive 採用的 形
option = opt+ion 選擇 名

order-/ordin- 秩序

disorder = dis+order 混亂 名
ordinal = ordin+al 序數 名

ori- 開始；上升

aborigine 土著 名

orient = ori+ent 東方 名

origin = ori+gin 起源 名

part- 分開；部份

apart = a+part 不同的 形

compart = com+part 區隔 動

depart = de+part 離開 動

impartial = im+parti+al 公平的 形

passi-/pati-/path- 感情；受苦

antipathy = anti+path+y 反感 名

dispassion = dis+passion 冷靜 名

pathetic = path+etic 感傷的 形

ped- 腳

biped = bi+ped 二足的 形

centipede = centi+pede 蜈蚣 名

expedite = ex+ped+it+e 派遣 動

impede = im+pede 妨礙 動

multiped = multi+ped 多足的 形

pel- 驅動

appeal = ap+peal 懇求 名 / 動

compel = com+pel 強迫 動

dispel = dis+pel 驅散 動

expel = ex+pel 驅逐 動

impel = im+pel 推動 動

propel = pro+pel 推進 動

repeal = re+peal 廢除 名 / 動

pend-/pens- 懸掛；衡量

appendage = append+age 配件 名

depend = de+pend 取決於 動

expense = ex+pense 消耗 名

pension = pens+ion 退休金 名

phe-/phon- 聲音；講話

prophecy = pro+phe+cy 預言 名

symphony = sym+phon+y 交響樂 名

plac-/pleas- 取悅

displease = dis+please 觸怒 動

placate = plac+ate 安撫 動

pleasant = pleas+ant 舒適的 形

pleasing = pleas+ing 令人高興的 形

plaud-/plod- 拍手；擊打

applaud = ap+plaud 拍手 動

applausive = ap+plau+sive 喝采的 形

explode = ex+plode 爆炸 動

ple-/plen-/plete-/pli-/ply- 充滿

ample = am+ple 充分的 形

complete = com+plete 完成 動

compliment = com+pli+ment 恭維 名

plenty = plen+ty 充裕的 形

supply = sup+ply 供應 名 / 動

ple-/pli-/plic-/ply- 層；摺疊

apply = ap+ply 申請 動

complicity = com+plic+ity 共謀 名

employ = em+ploy 雇用 名 / 動

explicit = ex+plic+it 明確的 形

exploit = ex+ploit 開發 動

implicit = im+plic+it 含蓄的 形

imply = im+ply 暗示 動

multiple = multi+ple 多重的 形

replicate = re+plic+ate 複製 動

pon-/pound- 放置

component = com+pon+ent 成分 名

compound = com+pound 化合物 名

expound = ex+pound 闡述 動

opponent = op+pon+ent 對立的 形

opposite = op+posite 在⋯對面 介

postpone = post+pone 使延期 動

proponent = pro+pon+ent 提議者 名

port- 大門；運送

export = ex+port 輸出 名 / 動

import = im+port 輸入 名 / 動

important = im+port+ant 重要的 形

opportunity = op+portun+ity 機會 名

portfolio = port+folio 文件夾 名

report = re+port 報導 名 / 動

support = sup+port 支持 名 / 動

pos-/pose-/post- 放置

composite = com+posite 合成的 形

decompose = de+compose 分解 動

depose = de+pose 免職 動

deposit = de+posit 存款 名

expose = ex+pose 使暴露 動

impose = im+pose 徵收 動

oppose = op+pose 反對 動

propose = pro+pose 提議 動

purpose = pur+pose 目的 名

suppose = sup+pose 推測 動

presuppose = pre+suppose 預設 動

press- 壓

compress = com+press 濃縮 動

depress = de+press 抑制 動

express = ex+press 表達 動

oppress = op+press 壓迫 動

repress = re+press 鎮壓 動

suppress = sup+press 壓制 動

prem-/prim-/prin- 第一的

premier = prem+ier 首要的 形

principal = prin+cip+al 校長 名

principle = prin+cip+le 原則 名

primeval = prim+ev+al 早期的 形

prehend-/pris- 抓取

comprise = com+prise 包括 動

enterprise = enter+prise 事業 名

surprise = sur+price 使驚訝 動

apprehend = ap+prehend 逮捕 動

reprehend = re+prehend 譴責 動

priv- 私人的；剝奪

deprivation 褫奪公權 名

deprive = de+prive 剝奪 動

privacy = priva+cy 隱私 名

privilege = privi+lege 特權 名

prob-/prov- 檢測

approve = ap+prove 批准 動

approbate = ap+prob+ate 認可 動

disproof = dis+proof 反駁 名

disapproval = dis+approval 不贊同 名

improve = im+prove 改善 動

probable = prob+able 可能的 形

reprieve = re+prieve 暫緩 名 / 動

quest-/quire- /quisit- 尋找

acquire = ac+quire 獲得 動

conquer = con+quer 征服 動

inquest = in+quest 審訊 名

inquire = in+quire 調查 動

request = re+quire 請求 名 / 動

radi- 根部；光線

irradiant = ir+radi+ant 燦爛的 形

radiant = radi+ant 光源 名

radiate = radi+ate 發光 動

radical = radi+cal 激進分子 名

radiative = radi+ative 發光的 形

rect- 正確的；直的

correct = cor+rect 改正 動

corrector = correct+or 中和劑 名

directive = direct+ive 管理的 形

erect = e+rect 豎立 動

escort = es+cort 護送 名 / 動

incorrect = in+correct 不妥當的 形

reg- 統治

regal = reg+al 堂皇的 形

regime 政權；統治 名

region 區域；行政區 名

reign 統治；支配 名 / 動

regular = regul+ar 定期的 形

regulate = regul+ate 規定 動

rigid = rig+id 僵硬的 形

rigor = rig+or 嚴格 名

royal 王室的；高級的 形

rid-/ris- 笑

ridicule 嘲笑 名 / 動

risible = ris+ible 愛笑的 形

deride = de+ride 嘲笑 動

derisive = de+ris+ive 可笑的 形

rot- 旋轉

rotate = rot+ate 輪流 動

rotation = rot+ation 交替 名

rotary = rot+ary 旋轉的 形

rupt- 破壞

abrupt = ab+rupt 突然的 形

bankrupt = bank+rupt 破產的 形

corrupt = cor+rupt 使腐敗 動

disrupt = dis+rupt 使分裂 動

erupt = e+rupt 爆發 動

eruption = erupt+ion 發疹 名

interrupt = inter+rupt 妨礙 動

irrupt = ir+rupt 突然發作 動

rupture = rupt+ure 裂斷 名／動

sal-/sult-/salt-
跳；健全的；鹽

assault = as+sault 攻擊 名／動

desalt = de+salt 淡化 動

insane = in+sane 瘋狂的 形

insult = in+sult 侮辱 名／動

result 結果 名；歸結為 動

salary = sal+ary 薪水 名

sanitation = sanat+ation 衛生 名

salina = sal+in+a 鹽沼 名

salinity = sal+in+ity 鹽分 名

sanity = san+ity 明智 名

sat-/sati-/satis-/
satur- 充滿的

satisfy = satis+fy 令人滿意 動

satiate = sati+ate 飽足的 形

saturate = satur+ate 滲透 動

scal-/scan-/scend-
攀爬

ascend = a+scend 追溯 動

ascendant = ascend+ant 祖先 名

descend = de+scend 傳下 動

descent 家世；繼承 名

escalate 迅速上漲 動

scale 刻度；規模 名

scan 掃描 名／動

transcend = trans+scend 超越 動

scribe- 寫下

conscribe = con+scribe 徵募 動

describe = de+scribe 描寫 動

inscribe = in+scribe 銘記 動

prescribe = pre+scribe 開處方 動

rescript = re+script 政令布告 名

subscribe = sub+scribe 訂閱 動

transcribe = tran+scribe 謄寫 動

sect-/seg- 切割

bisection = bi+section 平分 名

dissect = dis+sect 解剖 動

insect = in+sect 昆蟲 名

intersection = inter+section 交叉 名

section = sect+ion 部門 名

segment = seg+ment 片段 名

sed-/sid-/sess- 坐

assess = as+sess 評價 動

dispossess = dis+pos+sess 霸佔 動

possess = pos+sess 擁有 動

preside = pre+side 統轄 動

reside = re+side 居住 動

sedative = sed+ative 鎮靜劑 名

session = sess+ion 會議 名

subsidize = sub+sid+ize 補助 動

sens-/sent- 感覺

consent = con+sent 同意 名／動

dissenter = dis+sent+er 異議 名／動

sentiment = senti+ment 情操 名
sentence = sent+ence 判決 名 / 動
sensor = sens+or 感測器 名

sert-/cert- 結合

assert = as+sert 主張 動
concert = con+cert 音樂會 名
desert = de+sert 荒蕪的 形
insert = in+sert 刊登 動

sembl-/simil- 相同；相似

assemble = as+semble 裝配 動
resemble = re+semble 相似 動
assimilate = as+simil+ate 同化 動
facsimile = fac+simile 傳真 名

sist-/st-/sta-/stitute- 站立

arrest = ar+re+st 逮捕 名 / 動
assist = as+sist 援助 名 / 動
consist = con+sist 存在 動
constant = con+st+ant 固定的 形
establish = e+sta+bl+ish 設立 動
existent = exist+ent 現存的 形
insist = in+sist 堅持 動
install = in+stall 安裝 動
instant = in+st+ant 瞬間 名
resist = re+sist 抵抗 動

solut-/solv- 鬆解

absolute = ab+solute 絕對的 形
dissolve = dis+solve 溶解 動

insolvency = in+solv+ency 破產 名
resolute = re+solute 堅決的 形
resolve = re+solve 決心 名 / 動
solvent = solv+ent 溶劑 名

spec- 看

auspice = au+spice 前兆 名
conspectus = con+spect+us 大綱 名
despise = de+spise 輕視 動
expect = ex+pect 期待 動
inspect = in+spect 審查 動
prospect = pro+spect 展望 名
respect = re+spect 尊敬 名 / 動
spectrum = spect+rum 光譜 名
suspect = sus+pect 嫌疑犯 名

spir- 呼吸

aspire = a+spire 渴望 動
expire = ex+pire 吐氣 動
inspire = in+spire 鼓舞 動
inspirit = in+spirit 振奮 動
respiration = re+spir+ation 呼吸 名
transpire = tran+spire 蒸發 動

spond- 保證

correspond = cor+re+spond 對應 動
respond = re+spond 回應 動
sponsion = spon+sion 擔保 名

stru-/struct- 建造

destroy = de+story 破壞 動
instruct = in+struct 教導 動

obstruct = ob+struct 阻塞 動

structure = struct+ure 構造 名

tact-/tang- 接觸

attain = at+tain 達到 動

contact = con+tact 接觸 名 / 動

intact = in+tact 原封不動的 形

intangible = in+tang+ible 無形的 形

tactile = tact+ile 觸覺的 形

tain-/ten-/tin- 保持

abstain = abs+tain 棄權 動

content = con+tent 滿足 名 / 動 / 形

obtain = ob+tain 得到 動

retain = re+tain 保留 動

sustain = sus+tain 承受 動

pertinent = per+tin+ent 相關的 形

tend-/tense/tent- 伸展

attend = at+tend 出席 動

extend = ex+tend 伸展 動

extent = ex+tent 程度 名

intense = in+tense 激烈的 形

pretend = pre+tend 假裝 動

test-/testi- 證明

contest = con+test 競爭 名 / 動

protest = pro+test 抗議 名 / 動

testament = testa+ment 證據 名

testify = test+ify 作證 動

testimony = testi+mony 聲明 名

tort- 扭曲

contort = con+tort 扭曲 動

distort = dis+tort 曲解 動

extort = ex+tort 強奪 動

torture = tort+ure 訊問 名 / 動

torment = tor+ment 苦惱 名 / 動

tract-/treat- 拉

abstract = abs+tract 抽取 動

distract = dis+tract 分心 動

extract = ex+tract 引用 動

retreat = re+treat 隱退 名 / 動

subtract = sub+tract 扣除 動

retract = re+tract 收回 動

tractor = tract+or 曳引機 名

retrace = re+trace 追溯 動

tribute- 給予；贈與

attribute = at+tribute 屬性 名

contribute = con+tribute 貢獻 動

distribute = dis+tribute 分配 動

trud-/thrust- 推

intrude = in+trude 闖進 動

extrude = ex+trude 擠壓 動

intrusion = in+trus+ion 干涉 名

obtrude = ob+trude 強迫 動

us-/uti- 使用

abuse = ab+use 濫用 動

disused = dis+used 廢棄的 形

misuse = mis+use 誤用 名 / 動

usual = usu+al 通常的 形

utensil 廚房用具 名

usance 利息 名

usury = usu+ry 高利貸 名

utile 實用的 形

vac-/van-/void- 空的

avoid = a+void 避免 動

devoid = de+void 缺乏的 形

inevitable = in+evit+able 必然的 形

vacancy = vac+ancy 空虛 名

vanish = van+ish 消失 動

vacate = vac+ate 空出 動

val-/vail- 有價值的；強壯

countervail = counter+vail 對抗 動

devaluate = de+valu+ate 貶值 動

evaluate = e+valu+ate 估價 動

invalidity = invalid+ity 無效 名

prevail = pre+vail 壓倒 動

undervalue = under+value 低估 動

validate = valid+ate 證實 動

ven-/vent- 來

avenue = a+venue 大街 名

intervene = inter+vene 介入 動

prevent = pre+vent 妨礙 動

vers-/vert- 轉移

convert = con+vert 轉換 動

diverse = di+verse 不同的 形

divert = di+vert 使轉向 動

invert = in+vert 倒置 動

reverse = re+verse 反向 動

version = vers+ion 版本 名

vi-/voy- 道路

convey = con+vey 輸送 動

invoice = in+vo+ice 發票 名

obvious = ob+vi+ous 明顯的 形

previous = pre+vi+ous 在前 副

trivial = tri+vi+al 瑣碎的 形

via 經由；憑藉 介

viaduct = via+duct 高架橋 名

voyage 航行；旅行 動

vice-/vid-/vis-/vise 看見

evidence = e+vid+ence 跡象 名

evident = e+vid+ent 明白的 形

invisible = in+vis+ible 看不見的 形

revise = re+vise 校訂 名 / 動

supervise = super+vise 監督 動

survey = sur+vey 調查 名 / 動

vision = vis+ion 視力 名

viv- 生存

revive = re+vive 甦醒 動

survive = sur+vive 生還 動

vital = vi+tal 不可缺少的 形

vitamin = vit+amin 維他命 名

vivid 栩栩如生的 形

vivify = vivi+fy 給予生命 動

名詞 -age/-dom

bondage = bond+age 束縛
carriage = carry+age 運輸
expressage = express+age 快遞費
freedom = free+dom 自由
orphanage = orphan+age 孤兒院
wisdom = wise+dom 智慧

名詞 -ain/-aire/-an/-ant/-ian/-n 指人或物

accountant = account+ant 會計師
captain = capt+ain 艦長
claimant = claim+ant 索賠者
consultant = consult+ant 顧問
librarian = library+ian 圖書館長

名詞 -al 表示抽象

approval = approve+al 贊成
dismissal = dismiss+al 免職
proposal = propose+al 提議

名詞 -cle 表示小尺寸

particle = part+cle 顆粒
radicle = radi+cle 幼根

名詞 -dom/-ium/-ory/-ry/-um/-y 表示地點

factory = fact+ory 工廠
library = libr+ary 圖書館
auditorium = auditor+ium 禮堂
saltern = salt+ern 鹽田
rectum = rect+um 直腸

名詞 -ee/-ent/-er/-ese/-ess/-eur 指人或物

amateur = a+mat+eur 業餘愛好者
foreigner = foreign+er 外國人
precedent = precede+ent 先例
referee = refer+ee 裁判
Taiwanese = Taiwan+ese 台灣人

名詞 -ic/-ics 學術用語

economics 經濟學
mathematics 數學

名詞 -ing 狀態

being 存在；生命
dressing 打扮
feeling 感覺
gathering 聚集

名詞 -ism 學說；主義

capitalism = capital+ism 資本主義
terrorism = terror+ism 恐怖主義

名詞 -ment 狀態

excitement = excite+ment 興奮
judgment = judge+ment 判斷
refreshment = refresh+ment 提神

名詞 -on/-or 指人或物

companion = company+on 夥伴
surgeon = surgery+on 外科醫生
editor = edit+or 編輯

elevator = elevate+or 電梯

名詞 -ship 樣式

hardship = hard+ship 困苦
leadership = leader+ship 領導權
ownership = owner+ship 所有權

名詞 -titude 狀況

attitude = at+titude 態度
gratitude = gra+titude 感謝
rectitude = rect+titude 正直

形容詞 -able/-ible 能力

available = avail+able 可得到的
dependable = depend+able 可靠的
eligible = elig+ible 適任的
sensible = sens+ible 可覺察的

形容詞 -ate/-ete/-ute 具有…性質

affectionate = affection+ate 親切的
passionate = passion+ate 多情的

形容詞 -ed 充滿…性質

crooked = crook+ed 彎曲的
gifted = gifted 天賦的
talented = talent+ed 能幹的

形容詞 -en 具…材料

earthen = earth+en 大地的
leaden = lead+en 鉛製的
woolen = wool+en 羊毛的

形容詞 -ern 表方向

eastern = east+ern 東方的
modern = mode+ern 現代的

形容詞 -ful 充滿

doubtful = doubt+ful 懷疑的
plentiful = plenty+ful 豐富的
powerful = power+ful 強大的
thankful = thank+ful 感激的
useful = use+ful 有用的

形容詞 -ic/-cal 有關

diplomatic = diplomat+ic 外交的
graphic = graph+ic 圖解的
poetic = poet+ic 有詩意的

形容詞 -ish 具…性質

childish = child+ish 幼稚的
feverish = fever+ish 狂熱的
foolish = fool+ish 愚蠢的

形容詞 -ive

active = act+ive 活潑的
collective = collect+ive 集合的
competitive = compete+ive 競爭的
creative = create+ive 創造的
defensive = defense+ive 防禦的
distinctive = distinct+ive 區別的
decisive = decide+ive 果斷的
destructive = destruct+ive 有害的
excessive = excess+ive 過多的

exclusive = exclude+ive 除外的
expressive = express+ive 表現的
effective = effect+ive 有效的
expensive = expense+ive 昂貴的
inclusive = include+ive 範圍廣的
initiative = initiate+ive 初步的
innovative = innovate+ive 創新的
massive = mass+ive 大量的
objective = object+ive 客觀的
offensive = offense+ive 無禮的
positive = posite+ive 確實的
preventive = prevent+ive 預防的
productive = product+ive 有生產力的
progressive = progress+ive 進步的
prospective = prospect+ive 預期的
protective = protect+ive 保護的
reflective = reflect+ive 反射的
respective = respect+ive 個別的
selective = select+ive 選擇的
sensitive = sensate+ive 敏感的
subjective = subject+ive 主觀的
successive = success+ive 連續的
talkative = talk+ative 健談的

形容詞 -less

countless = count+less 無數的
priceless = price+less 無價的

形容詞 -ly

costly = cost+ly 浪費的
cowardly = coward+ly 怯懦的
deadly = dead+ly 致命的

elderly = elder+ly 年長的
friendly = friend+ly 友善的
heavenly = heaven+ly 神聖的
hourly = hour+ly 隨時
leisurely = leisure+ly 悠閒的
likely = like+ly 很可能的
partly = part+ly 部分的
yearly = year+ly 每年的

形容詞 -ous 充滿

furious = fury+ous 暴怒的
numerous = number+ous 許多的
populous = popul+ous 人口稠密的
spacious = space+ous 寬敞的

形容詞 -proof 防止…的

airproof = air+proof 密封的
fireproof = fire+proof 防火的
soundproof = sound+proof 隔音的

形容詞 -some 有…傾向

lonesome = lone+some 凄涼的
tiresome = tire+some 沈悶的

形容詞 -y 充滿

bulky = bulk+y 龐大的
chilly = chill+y 寒冷的
cloudy = cloud+y 多雲的
crazy = craze+y 瘋狂的
crunchy = crunch+y 易碎的
dirty = dirt+y 骯髒的
dusty = dust+y 枯燥無味的

foggy = fog+gy　朦朧的

funny = fun+ny　好笑的

gloomy = gloom+y　黑暗的

grassy = grass+y　多草的

greasy = grease+y　油膩的

greedy = greed+y　貪心的

guilty = guilt+y　內疚的

handy = hand+y　手邊的

hearty = heart+y　誠懇的

juicy = juice+y　多汁的

lengthy = length+y　冗長的.

noisy = noise+y　嘈雜的

rusty =rust+y　生鏽的

動詞 -ate

motivate = motive+ate　刺激

originate = origin+ate　引起

regulate = regul+ate　規定

動詞 -en/-er 使

better = bet+er　使更好

harden = hard+en　堅定

loosen = loose+en　放鬆

sharpen = sharp+en　磨練

strengthen = strength+en　鞏固

tighten = tight+en　繃緊

weaken = weak+en　變弱

動詞 -er/-le 反覆動作

batter = bat+er　連續猛打

chatter = chat+er　喋喋不休地說

flicker = flick+er　閃爍

dazzle = daze+le　使眼花撩亂

twinkle = twink+le　眨眼

動詞 -fy/-ify 使成…化

beautify = beauty+fy　美化

diversify = diverse+ify　使多樣化

identify = identity+fy　一致

purify = pure+ify　淨化

qualify = quality+ify　使具有資格

satisfy = satis+fy　使滿足

solidify = solid+ify　團結

動詞 -ize 使…化

authorize = author+ize　授權

memorize = memory+ize　記憶

modernize =modern+ize　使現代化

nationalize = national+ize　國營化

publicize = public+ize　發表

popularize = popular+ize　使大眾化

specialize = special+ize　專門從事

visualize = visual+ize　具體化

副詞 -ly 表示情狀

barely = bare+ly　幾乎沒有

highly = high+ly　非常

largely = large+ly　大量地

副詞 -wards 方向

afterwards = after+wards　然後

backwards = back+wards　向後

upwards = up+wards　在上面

airline = air+line 航空公司 名

airport = air+port 機場 名

airtight = air+tight 不透氣的 形

anyway = any+way 無論如何 副

anytime = any+time 任何時候 副

anywhere = any+where 無論何處 副

armchair = arm+chair 安逸的 形

barefoot = bare+foot 赤腳的 形

bathroom = bath+room 浴室 名

bedroom = bed+room 臥室 名

beforehand = before+hand 事先 副

bodyguard = body+guard 保鑣 名

bookcase = book+case 書櫥 名

breakdown = break+down 故障 名

breakup = break+up 解散 名

briefcase = brief+case 公事包 名

broadcast = broad+cast 廣播 動

cardboard = card+board 紙卡 名

carefree = care+free 無憂無慮的 形

caretaker = care+tak+er 管理人 名

chairperson = chair+person 主席 名

checkbook = check+book 支票簿 名

check-in = check+in 登記手續 名

checkup = check+up 健康檢查 名

chestnut = chest+nut 栗色 名

childlike = child+like 孩子般的 形

coastline = coast+line 海岸線 名

copyright = copy+right 版權 名

counterpart = counter+part 副本 名

courtyard = court+yard 庭院 名

cowboy = cow+boy 牛仔 名

cupboard = cup+board 碗櫃 名

daybreak = day+break 黎明 名

deadline = dead+line 截止時間 名

doorway = door+way 出入口 名

doughnut = dough+nut 甜甜圈 名

downtown = down+town 商業區 名

drawback = draw+back 弊端 名

driveway = drive+way 馬路 名

drugstore = drug+store 藥妝店 名

earphone = ear+phone 耳機 名

elsewhere = else+where 在別處 副

evergreen = ever+green 常青的 形

eyebrow = eye+brow 眉毛 名

eyelid = eye+lid 眼皮 名

eyesight = eye+sight 視力 名

feedback = feed+back 回饋 名

fireman = fire+man 消防隊員 名

fireplace = fire+place 壁爐 名

fireproof = fire+proof 防火的 形

firework = fire+work 煙火 名

fisherman = fisher+man 漁夫 名

flashlight = flash+light 手電筒 名

folklore = folk+lore 民間傳說 名

football = foot+ball 足球 名

framework = frame+work 框架 名

freeway = free+way 公路 名

freshman = fresh+man 生手 名

furthermore = further+more 此外 副

grandchild = grand+child 孫子 名

grapefruit = grape+fruit 葡萄柚 名

greenhouse = green+house 溫室 名

guideline = guide+line 準則 名

haircut = hair+cut 理髮 名

hairdresser = hair+dresser 理髮師 名

hairdo = hair+do 髮型 名

hallway = hall+way 走廊 名

handwriting = hand+writing 筆跡 名

headline = head+line 標題 名

highlight = high+light 強調 動

homeland = home+land 故鄉 名

homesick = home+sick 想家的 形

household = house+hold 家務的 形

however = how+ever 然而 副

iceberg = ice+berg 冷淡的人 名

indeed = in+deed 事實上 副

indoor = in+door 室內的 形

inland = in+land 內地 名

jaywalk = jay+walk 亂穿馬路 動

keyboard = key+board 鍵盤 名

landmark = land+mark 地標 名

landscape = land+scape 風景 名

landslide = land+slide土 石流 名

lawmaker = law+maker 立法者 名

layman = lay+man 門外漢 名

lifeboat = life+boat 救生艇 名

lifeguard = life+guard 救生員 名

lifelong = life+long 終生的 形

lighthouse = light+house 燈塔 名

livestock = live+stock 家畜 名

mainland = main+land 本土 名

mainstream = main+stream 主流 名

makeup = make+up 化妝品 名

meanwhile = mean+while 同時 副

milestone = mile+stone 里程碑 名

moreover = more+over 況且 副

motorcycle = motor+cycle 機車 名

nearby = near+by 附近的 形

necklace = neck+lace 項鍊 名

necktie = neck+tie 領帶 名

newlywed = newly+wed 新婚夫婦 名

newscast = news+cast 新聞廣播 名

newspaper = news+paper 報紙 名

nickname = nick+name 綽號 名

nighttime = night+time 夜間 名

notebook = note+book 筆記簿 名

offspring = off+spring 後代 名

otherwise = other+wise 否則 副

outbreak = out+break 爆發 名

outcome = out+come 結果 名

outdo = out+do 超越 動

outdoor = out+door 戶外的 形

outfit = out+fit 配備 動

outgoing = out+going 開朗的 形

outlaw = out+law 歹徒 名

outlet = out+let 出口 名

outlook = out+look 展望 名

output = out+put 產量 名

outright = out+right 直率的 形

outset = out+set 開端 名

outside = out+side 外面 名

outskirts = out+skirt+s 郊外 名

overall = over+all 工作服 名

overcoat = over+coat 大衣 名

overcome = over+come 克服 動

overdo = over+do 耗盡 動

overeat = over+eat 暴食 動

overflow = over+flow 過剩 名 / 動

overhead = over+head 高高地 副

overhear = over+hear 偷聽 動

overlap = over+lap 重複 名 / 動

overlook = over+look 俯視 動

overnight = over+night 過夜 副

overpass = over+pass 天橋 名

oversleep = over+sleep 睡過頭 動

overtake = over+take 打垮 動

overthrow = over+throw 推翻 動

overturn = over+turn 毀滅 名／動

overwhelm = over+whelm 壓倒 動

overwork = over+work 過勞 名／動

passport = pass+port 通行證 名

password = pass+word 密碼 名

peanut = pea+nut 微不足道的 形

pickpocket = pick+pocket 扒手 名

pipeline = pipe+line 管線 名

policeman = police+man 警察 名

popcorn = pop+corn 爆米花 名

postcard = post+card 明信片 名

railroad = rail+road 鐵路 名

rainfall = rain+fall 下雨 名

reinforce = rein+force 增援 動

restroom = rest+room 盥洗室 名

safeguard = safe+guard 警衛 名

scarecrow = scare+crow 稻草人 名

seagull = sea+gull 海鷗 名

setback = set+back 挫折 名

sidewalk = side+walk 人行道 名

sightseeing = sight+seeing 觀光 名

silkworm = silk+worm 蠶 名

smallpox = small+pox 天花 名

software = soft+ware 軟體 名

someday = some+day 有一天 副

sometime = some+time 以前的 形

somewhat = some+what 稍微 副

soybean = soy+bean 黃豆 名

spacecraft = space+craft 太空船 名

sportsman = sports+man 運動員 名

spotlight = spot+light 聚光燈 名

statesman = states+man 政治家 名

suitcase = suit+case 手提箱 名

textbook = text+book 教科書 名

thereafter = there+after 此後 副

throughout = through+out 到處 介

trademark = trade+mark 商標 名

undergo = under+go 經歷 動

underline = under+line 強調 動

underpass = under+pass 地下道 名

understand = under+stand 了解 動

undertake = under+take 擔保 動

underwear = under+wear 內衣 名

update = up+date 更新 動

uphold = up+hold 支援 動

upload = up+load 上載 動

upright = up+right 筆直的 形

upset = up+set 煩亂的 形

videotape = video+tape 錄影帶 名

vineyard = vine+yard 葡萄園 名

warehouse = ware+house 倉庫 名

waterfall = water+fall 瀑布 名

waterproof = water+proof 防水的 形

weekday = week+day 平日的 形

whereas = where+as 然而 連

wholesale = whole+sale 批發 名

wildlife = wild+life 野生生物 名

withdraw = with+draw 撤回 動

within = with+in 不超過 介

without = with+out 沒有 介

withstand = with+stand 反抗 動